LE GRAND ALMANIAK DES WC

2023

Auteur : Jean-Serge Lubeck

éditions 365

Édito

365 jours au petit coin !

Grâce à ce *Grand Almaniak des WC 2023*, joignez l'utile à l'agréable et, chaque jour, profitez de vos passages au petit coin pour faire le plein d'informations, mais aussi pour vous divertir ! Devinettes, blagues, mots d'enfants côtoient jeux de lettres (amalgrammes, rébus de lettres, mots croisés, etc.), jeux de chiffres (sudokus, cibles, dominos, calculs, etc.), jeux visuels et énigmes. De plus, les nombreuses informations de culture générale (vrai ou faux, quiz, c'est arrivé aujourd'hui, etc.) vous permettront de briller en société !
Quoi de plus grisant que de booster ses cellules grises dans un endroit aussi improbable ?!

Grâce à ses 365 pages de jeux et d'infos, plus qu'un simple passe-temps, ce nouvel Almaniak fera le bonheur de toute votre maisonnée ! Sauf peut-être de ceux qui attendent leur tour...
Alors, en 2023, détendez-vous au petit coin !

Un prêtre demande
à un petit garçon s'il fait bien
sa prière tous les soirs...
– Oh non ! C'est ma mère qui la fait.
– Que dit-elle ?
– Enfin, il est au lit !
Merci, mon Dieu !

ÉNIGME

Avant-hier, Catherine avait 17 ans. L'année prochaine, elle en aura 20. Comment est-ce possible ?

SEMAINE 52

Dimanche

1

Janvier

JOUR DE L'AN

CULTURE G

Quiz

Pourquoi le premier jour de l'année est-il fixé au 1er janvier ?

A - C'est le mois qui suit la naissance du Christ.

B - C'est une tradition païenne.

C - C'est le nom de Jules César qui a donné « julius », puis « janvier ».

JEU DE LETTRES

Un imprimeur étourdi a oublié d'insérer les voyelles et les espaces. Saurez-vous retrouver cette citation de Victor Hugo ?

LYDSGNSQNTNBBLTHQCMMLSN-QSNTNHRM

CULTURE G

C'EST ARRIVÉ AUJOURD'HUI

1er janvier 1962

À cette époque, la maison de disques Decca Records est persuadée que « les groupes à guitares vont disparaître ». C'est pour cette raison qu'aucune suite n'est donnée à l'issue de l'audition d'un jeune groupe anglais... les Beatles !

« Je parle espagnol à Dieu, italien aux femmes, français aux hommes et allemand à mon cheval. »

Charles Quint, empereur germanique

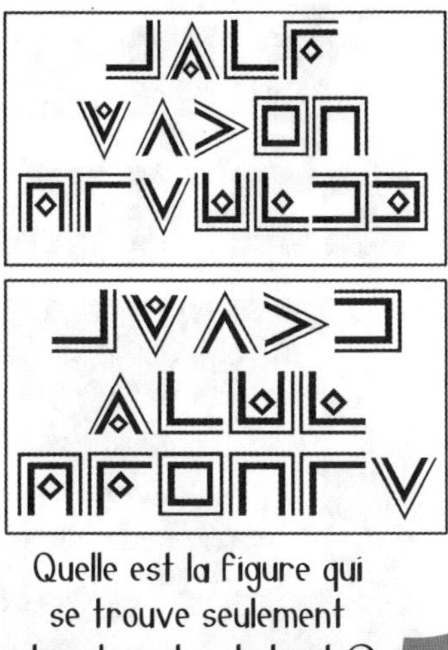

Quelle est la figure qui se trouve seulement dans le cadre du haut ?

Sudoku

						6	7	
					4		8	
	6				8			9
3				1			2	
	9	1			5			4
				2	6	8		
							1	
8		3				9		
4		7				5		

solutions p. 370

SEMAINE 1

Lundi
2
Janvier
St Basile

ÉNIGME

Plus on en met et moins ça pèse. Qu'est-ce ?

Une blonde marche dans la rue et aperçoit une énorme crotte de chien : « Pourvu que je ne me trompe pas de pied ! »

CULTURE G

INSOLITE

Il y a en France une enclave espagnole : la ville de Llívia. Elle se trouve dans les Pyrénées-Orientales, à 4 km de la frontière espagnole. Ainsi, au détour de ses routes, apparaissent des panneaux routiers et publicités espagnols.

JEU DE CHIFFRES

Réalisez ces égalités en insérant des opérateurs mathématiques (+, –, ×, / et ( )) entre les chiffres.

2 2 2 2 = 0   2 2 2 2 = 1
2 2 2 2 = 2   2 2 2 2 = 3

CULTURE G

AUX ORIGINES

Selon d'anciennes croyances, l'éternuement ferait perdre son âme. Pour conjurer le mauvais sort, on a alors pris l'habitude de dire « À vos souhaits ! », en guise de vœux de santé.

JEU DE LETTRES

Pouvez-vous retrouver le proverbe africain composé sur le clavier ?

53 84345 35374268
7248 68 8768837 33 5'328

« Les chanceux sont ceux qui arrivent à tout ; les malchanceux, ceux à qui tout arrive. »
Eugène Labiche, auteur dramatique français

Quelle est la pièce qui ne rentre pas dans le puzzle ?

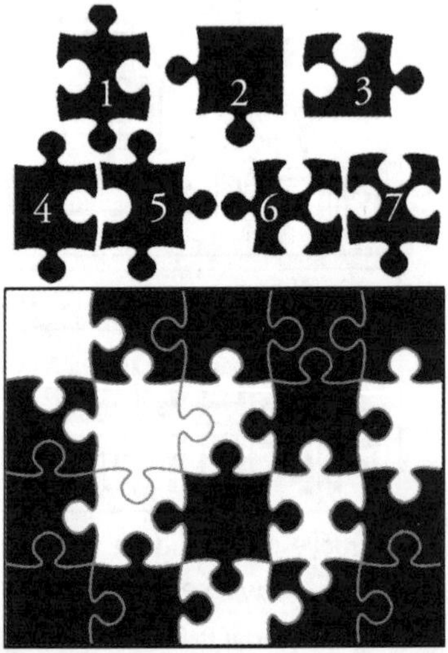

solutions p. 370

Que mangeras-tu quand la neige sera sur le côté nord de l'arbre ?
Proverbe indien

CULTURE G — **VRAI/FAUX**

John Kelly, médaille d'or d'aviron aux Jeux olympiques, était le père de Grace Kelly.

ÉNIGME

On retrouve un homme mort dans sa voiture, mais il ne s'est pas suicidé. À côté, il y a le pistolet qui l'a tué, les vitres sont fermées et bloquées. Il n'y a aucune trace de doigts et aucun trou dans les vitres. Comment le tueur a-t-il fait ?

Carré magique

Construisez un carré magique dont la somme de chaque ligne horizontale et verticale est identique. Les chiffres à utiliser sont les suivants : 51, 52, 53, 54, 61, 62, 63, 64, 71, 72, 73 et 74.

42		43	
	44		41

Perle de bulletin scolaire

« Fait ce qu'il peut, mais peut peu. »

SEMAINE 1

Mardi
3
Janvier
Ste Geneviève

JEU DE LETTRES

Mélangez les lettres de ces 12 mots aux lettres des noms des signes du zodiaque pour former 12 nouveaux mots :

Gai – lait – irma – nans – ration – rire – rot – ni – es – ses

Devinette

Quel est le comble pour une taupe ?

C'est d'amuser la galerie !

Trouvez le chemin pour sortir de ce labyrinthe.

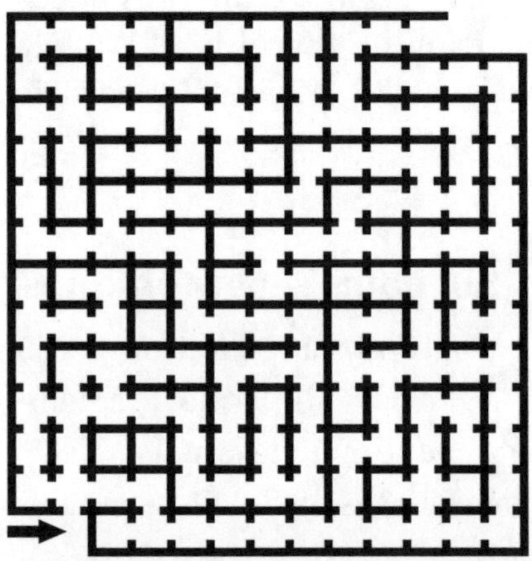

solutions p. 370

SEMAINE 1

Mercredi

4

Janvier

St Odilon

VRAI/FAUX — CULTURE G

Charles de Gaulle a été condamné à mort par le maréchal Pétain.

M. et Mme Rhol ont quatre filles. Comment s'appellent-elles ?

Jenny, Diane, Beth, Nicole et Esther.

JEU DE LETTRES

Formez un mot avec les lettres suivantes :

E – E – E – E – E – E – F – C – D – N – R – R

		R		F				N			

ÉNIGME

Dans une famille, le père est en prison et la fille pleure devant un hôtel. Quant à la mère, elle est très contente. Que se passe-t-il ?

JEU DE CHIFFRES

Pouvez-vous facilement calculer la somme des 100 premiers nombres entiers ?

1 + 2 + 3 + ... + 99 + 100

Combien de carrés y a-t-il dans cette figure ?

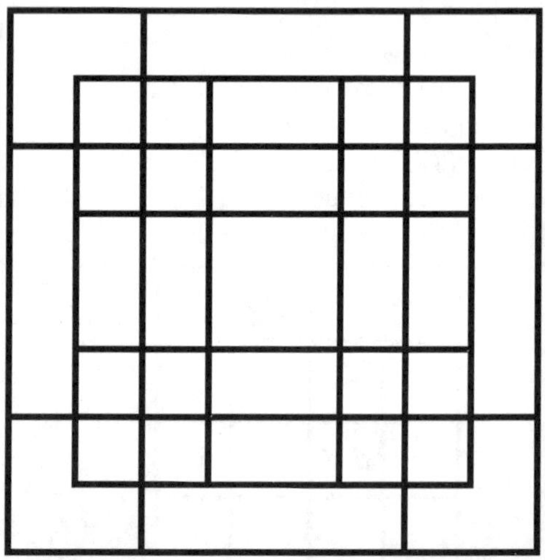

LE VRAI NOM DES STARS — CULTURE G

Lady Di => Diana Frances Spencer
Jean-Paul II => Karol Józef Wojtyła
Marc Chagall => Moishe Zakharovich Shagalov

CULTURE G

Surnoms géographiques

Quels pays appelle-t-on...

A. Le pays sur lequel le soleil ne se couche jamais
B. Le pays du Soleil-Levant
C. Le pays des Aryens

solutions p. 370

Deux asticots se retrouvent dans une pomme : « Tiens ! Je ne savais pas que vous habitiez le quartier ! »

SEMAINE 1

Jeudi

5

Janvier

St Édouard

ÉNIGME

Je suis un homme, je suis une femme. Je ne suis ni un homme, ni une femme. Qui suis-je ?

CULTURE G — C'EST ARRIVÉ AUJOURD'HUI

5 janvier 1980

Dans un contexte de guerre froide, le président Jimmy Carter refuse d'envoyer les athlètes américains aux Jeux olympiques d'été de Moscou, afin de protester contre l'invasion de l'Afghanistan par l'Union soviétique.

Virelangue

Amusez-vous à répéter dix fois de suite cette phrase.

Chouchou reçut six saucisses bien sèches sans ses six chaussons.

Carré de cartes

Rangez les 4 rois, les 4 dames, les 4 valets et les 4 as en carré de manière à ce que chaque ligne horizontale, perpendiculaire et diagonale contienne un roi, une dame, un valet et un as de couleurs différentes.

CULTURE G — LE SAVIEZ-VOUS ?

Le roman original de *Bambi, l'histoire d'une vie dans les bois* de Felix Salten (1923) a été interdit par les nazis en 1936, car il était considéré comme étant une allégorie du traitement de la population juive en Europe.

Suite logique

Complétez cette suite logique :

Les pluriels

Un rat ? Des goûts.
Un cas ? Des colles.
Un flagrant ? Des lits.

solutions p. 371

SEMAINE 1

Vendredi

6

Janvier

St Melaine
ÉPIPHANIE

Devinette

Qu'est-ce qui a 123 dents et 2 yeux ?

Un crocodile.

ÉNIGME

Un savant a cinq filles, chacune de ses filles a un frère. Combien a-t-il d'enfants ?

JEU DE CHIFFRES

Réalisez ces égalités en insérant des opérateurs mathématiques (+, –, ×, / et ( )) entre les chiffres.

5 5 5 5 = 3
5 5 5 5 = 5
5 5 5 5 = 6
5 5 5 5 = 26
5 5 5 5 = 50

Mot carré

	A	B	C	D	E
A					
B					
C					
D					
E					

Complétez cette grille en respectant les indications suivantes :

A - Verticalement et horizontalement : quadrilatère aux angles droits.

B - Verticalement et horizontalement : adepte de l'arianisme.

C - Verticalement et horizontalement : qui annonce de la gaîté.

D - Verticalement et horizontalement : caribou.

E - Verticalement et horizontalement : greffes sur un arbre.

CULTURE G

C'EST ARRIVÉ AUJOURD'HUI

6 janvier 1838

Samuel Morse effectue la première démonstration publique de son invention : le télégraphe électrique. Le message signalait l'arrivée d'un train, ainsi que le nombre de ses passagers.

Pouvez-vous enlever 8 allumettes pour voir apparaître 2 carrés parfaits dans cette figure ?

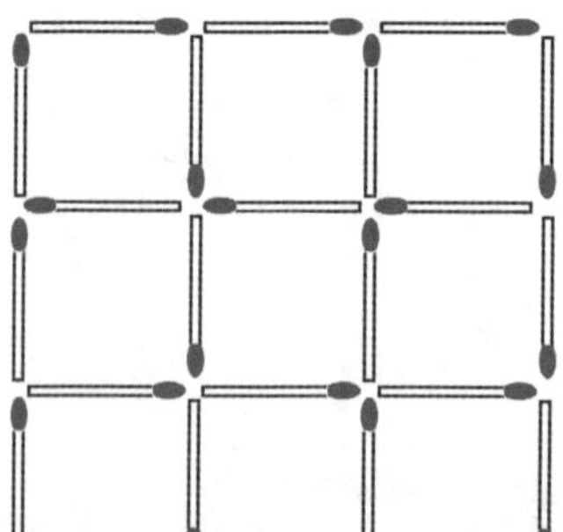

CULTURE G

AUX ORIGINES

À l'époque romaine, on cachait une fève dans un gâteau lors des fêtes saturnales (du 17 au 24 décembre). Celui qui la trouvait devenait le roi de la fête. De nos jours, cette pratique est devenue... l'Épiphanie !

solutions p. 371

CULTURE G

HYMNES NATIONAUX

De quels pays ces hymnes sont-ils les hymnes nationaux ?

A. *Bilady, Bilady, Bilady (Ma patrie, ma patrie, ma patrie)*

B. *El Gran Carlemany (Le Grand Charlemagne)*

ÉNIGME

Je suis immobile pendant toute ma vie. Je me déplace durant ma mort. Qui suis-je ?

SEMAINE 1

Samedi

7

Janvier

St Raymond

Un médecin en colère téléphone à son patient :

– Le chèque avec lequel vous avez payé votre consultation m'est revenu ! Il a été refusé par la banque !

– Peut-être, mais mes rhumatismes aussi sont revenus !

JEU DE LETTRES

Pouvez-vous compléter cette conjugaison au passé simple du verbe « s'abstenir » ?

je m'abstins — *tu t'abstins*

il s'abstint — *nous ____*

vous ____ — *ils _____*

Une oreille coupée a toujours son conduit.

Proverbe martiniquais

CULTURE G

LE VRAI NOM DES STARS

Sœur Emmanuelle => Madeleine Cinquin

Nostradamus => Michel de Nostre-Dame

Michel-Ange => Michelangelo Buonarroti

Sudoku

7								6
		6		5				8
		3		9		2		
5	1						6	
						8		
		8			3	1		7
6	3	5			8			
8								4
4				6				9

Saurez-vous aider la bête à retrouver son petit ?

solutions p. 371

SEMAINE 1

Dimanche

8

Janvier

St Lucien

ÉNIGME

Pouvez-vous nommer trois jours de la semaine consécutifs sans citer lundi, mardi, mercredi, jeudi, vendredi, samedi et dimanche ?

Devinette

Quelle est la différence entre un crocodile et un alligator ?

C'est caïman la même chose !

CULTURE G — INSOLITE

En 1920, pendant un voyage en train, un voyageur, Paul Deschanel, tomba sur la voie. Le cheminot qui le vit en premier, tout ensanglanté, ne le reconnut pas, lorsqu'il se présenta comme étant le président de la République. L'image des hommes publics était encore peu diffusée.

JEU DE CHIFFRES

Faites cette opération de tête ! N'utilisez pas de papier, de crayon ou de calculatrice.

(50 + 50) + (10 + 25) × 4 =

JEU DE LETTRES

Formez un mot avec les lettres suivantes :

A – A – A – A – A – B – B – C – D – R – R

A			A							

Combien de cercles voyez-vous dans cette figure ?

Citation drôle

« Le bonheur, c'est de continuer à désirer ce qu'on possède. »

Saint Augustin, docteur de l'Église latine

CULTURE G — *Quiz*

D'où vient le mot « rhésus » que l'on emploie pour qualifier le système des groupes sanguins ?

A - Du nom de son inventeur

B - Du nom des singes qui ont servi aux expériences de laboratoire

C - De la traduction de « sang » en latin

solutions p. 371

SEMAINE 2

Lundi

9

Janvier

Ste Alix

ÉNIGME

À la nuit tombée, un homme lit dans le salon avec sa femme et ses enfants. Les enfants vont se coucher. La femme fait de même et éteint la lumière du salon. Le père, quant à lui, continue sa lecture. Comment est-ce possible ?

L'étrange monastère
Le saint Tétik, un faux prophète.
Le saint Taxe, qui n'a commis aucune erreur.
Le saint Pathique, le patron des gentils.

CULTURE G — VRAI/FAUX

Simone Signoret a été la première comédienne française à recevoir un oscar.

JEU DE LETTRES

Quel mot français commençant par la lettre P ne rime avec aucun autre mot ?

CULTURE G — LE SAVIEZ-VOUS ?

L'estomac du homard possède trois grandes dents actionnées par les muscles de la paroi de l'estomac, qui broient les aliments.

On ne dit pas « mon amiral », mais « mon copain rouspète ».

Sudoku de lettres

Attention : les chiffres sont remplacés par les lettres A, B, C, D, E, F, G, H, I !

B						D	I	G
	A		F					
	G				E			
							D	
E		H		A		F		
G								H
	H				D		E	I
A		B		E				
		E		H	G		C	

Trouvez le chemin pour sortir de ce labyrinthe.

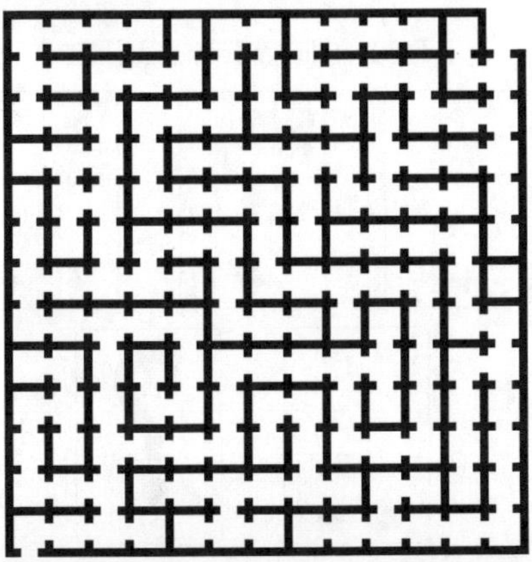

solutions p. 371

SEMAINE 2

Mardi
10
Janvier

St Guillaume

ÉNIGME

Je suis d'eau,
je suis d'air
et je suis
d'électricité.
Qui suis-je ?

CULTURE G — INSOLITE

Louis XIV avait une passion pour les carpes. Un matin, la Dorée, sa carpe préférée, manqua à l'appel. Il fit alors vider le bassin et l'on retrouva l'animal mort. Miné par le chagrin, le monarque annula toutes les audiences de la journée !

Devinette

Quel est l'oiseau capable de soulever un éléphant ?

La grue.

Sudoku

				7			8	
9					2			6
			3	6		7		
		5						
	3			2		4	9	
	1		5			6		
				5	9			1
	5	7		3				8
1					4			

JEU DE LETTRES

Élargissez votre vocabulaire !

Comment appelle-t-on une note rédigée par l'auteur à destination des acteurs ou du metteur en scène, donnant des indications d'action, de jeu ou de mise en scène ?

« Avant de se foutre par la fenêtre, il faut penser à l'ouvrir. »

Sim, humoriste et comédien français

CULTURE G — C'EST ARRIVÉ AUJOURD'HUI

10 janvier 1929

Tintin, le reporter d'Hergé, fait son apparition dans le quotidien bruxellois *Le Vingtième Siècle* pour sa première aventure : *Les Aventures de Tintin, reporter du* Petit Vingtième, *au pays des soviets.*

Trouvez la carte manquante.

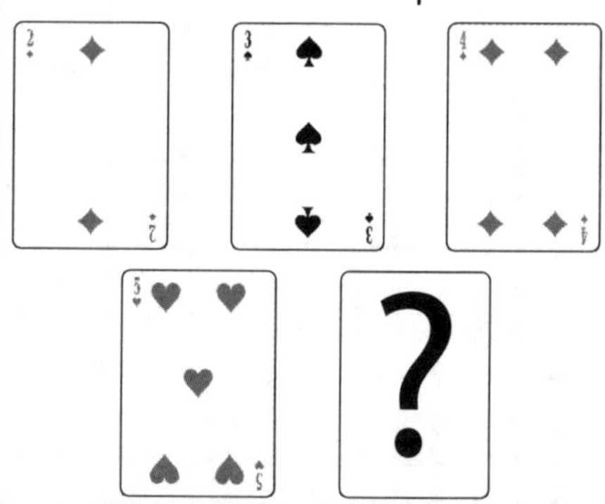

solutions p. 372

JEU DE CHIFFRES

Réalisez ces égalités en insérant des opérateurs mathématiques (+, –, ×, / et ( )) entre les chiffres.

9 9 9 9 = 7 9 9 9 9 = 9

9 9 9 9 = 10

ÉNIGME

Un homme veut acheter des numéros de maison, il demande alors le prix au vendeur :

– C'est combien pour 1 ?

– 3 €, répond le marchand.

– Combien pour 10 ?

– 6 €.

– Et pour 100 ?

– 9 €.

Comment est-ce possible ?

Un végétarien peut-il avoir une faim de loup ?

Combien de pois ont été recouverts par la coulée d'encre ?

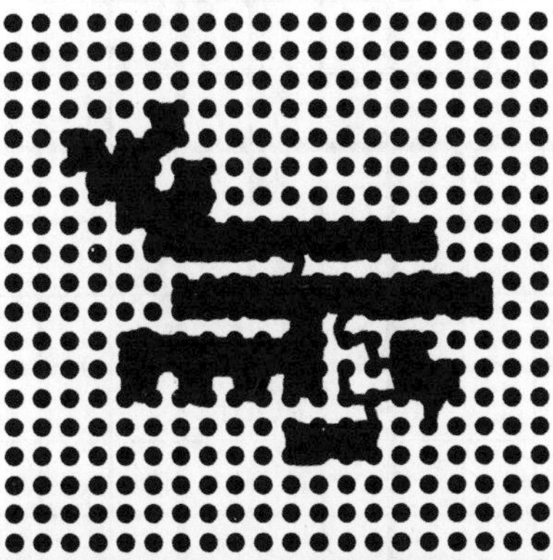

Offrir l'amitié à qui veut l'amour, c'est donner du pain à qui meurt de soif.

Proverbe espagnol

SEMAINE 2

Mercredi

11

Janvier

St Paulin

CULTURE G

Quiz

Sous la Révolution, quel était le surnom donné à la guillotine ?

A - La raccourcisseuse patriotique

B - Le rasoir national

C - Le moulin à silence

Mots codés

Disposez de manière différente les huit noms de villages français ci-dessous, de façon à pouvoir lire deux autres noms dans les diagonales.

B	E	A	U	V	A	I	S
S	O	N	G	E	O	N	S
S	A	N	C	E	R	R	E
B	E	L	L	E	V	U	E
G	A	R	D	E	R	E	S
G	E	N	O	L	H	A	C
S	O	L	I	G	N	A	C
C	E	S	S	E	R	A	S

On ne dit pas « il a roulé sa bosse », mais « il a truandé sa patronne ».

solutions p. 372

SEMAINE 2

Jeudi

12

Janvier

Ste Tatiana

ÉNIGME

Un fermier a 17 vaches. Elles meurent toutes sauf neuf. Combien lui en reste-t-il ?

Devinette

Pourquoi les blondes n'aiment-elles pas la soupe en sachet ?

Parce qu'elles n'arrivent jamais à mettre assez d'eau dans le sachet.

GENTILÉS

CULTURE G

Quel est le nom des habitants de :

A - Épinay-sur-Seine

B - Fontainebleau

C - Issy-les-Moulineaux

JEU DE LETTRES

Quel est le mot féminin qui devient masculin lorsqu'on lui ajoute un E muet ?

C'EST ARRIVÉ AUJOURD'HUI

CULTURE G

12 janvier 1967

James Bedford, un américain de 73 ans mort d'un cancer, est le premier homme à avoir été cryogénisé. Depuis, son corps, en parfait état, attend patiemment sa résurrection.

« Comme disait ma grand-mère, il faut mépriser les hauts et repriser les bas. »

Jacques Chirac, homme d'État français

Sudoku de lettres

Attention : les chiffres sont remplacés par les lettres A, B, C, D, E, F, G, H, I !

C						E		
G								
I			E	G	F			C
		I		H	A			G
H		G						
		F		I			D	
	E	D		A	H			
				F		H		
					C	B		

Que ce soit le matin ou le soir, les pendules indiquent les heures de 1 à 12. Pago Pago est en GMT – 11, Hong Kong en GMT + 8 et New Delhi en GMT + 5 h 30. Trouvez l'heure de quelle ville indique chaque pendule.

06:22

11:22

03:52

solutions p. 372

JEU DE LETTRES

Quel mot peut-on comprendre dans deux sens totalement opposés ?

☐☐☐☐

ÉNIGME

Qu'est-ce qui est plus grand que la tour Eiffel, mais infiniment moins lourd ?

SEMAINE 2

Vendredi 13 Janvier

Ste Yvette

L'étrange monastère
La sainte Hure de Chasteté, noble dame morte enfermée.
Le père Plexe, religieux mais dubitatif.
La mère Itante, qui a bien gagné sa place au ciel.

CULTURE G

LE SAVIEZ-VOUS ?

Les noms de la divination dépendent de son support. Ainsi, l'aéroscopie est la divination à l'aide de la météorologie, la cafédomancie utilise le marc de café, l'encromancie, les taches d'encre et la pissomancie, le jet de pois secs.

CULTURE G

VRAI/FAUX

L'anémone de mer ne possède ni œil, ni cerveau.

JEU DE CHIFFRES

Réalisez ces égalités en insérant des opérateurs mathématiques (+, –, ×, / et ( )) entre les chiffres.

8 8 8 8 = 80 8 8 8 8 = 120
8 8 8 8 = 192 8 8 8 8 = 520

Trouvez le chemin pour sortir de ce labyrinthe.

Un client demande au serveur :
– Est-ce que je pourrais avoir un verre de vin ?
– Du blanc ou du rouge ?
– Ça n'a pas d'importance, je suis aveugle !

solutions p. 372

Samedi
14
Janvier

Ste Nina

SEMAINE 2

« *La Joconde sourit parce que tous ceux qui lui ont dessiné des moustaches sont morts.* »

André Malraux, écrivain français

Virelangue

Amusez-vous à répéter dix fois de suite cette phrase.

Ce cher Serge cherche ses six cierges chez son sous-sergent chef.

ÉNIGME

J'apparais trois fois dans l'année et pourtant une seule fois par semaine. Qui suis-je ?

Le tireur prétend avoir 68 points.
De combien de points se trompe-t-il ?

CULTURE G

SURNOMS GÉOGRAPHIQUES

Quels pays appelle-t-on...

A. Le Plat Pays
B. Le Pays des hommes intègres
C. La Botte

Suite logique

Complétez cette suite logique de dominos à 9 points.

CULTURE G

Quiz

D'où vient de nom de Lucy, donné au squelette fossile daté de 3,3 millions d'années, découvert en Éthiopie en 1974 ?

A - C'est le prénom du chercheur qui l'a trouvé.
B - C'est en hommage à une chanson des Beatles.
C - Il a été donné au hasard.

Devinette

Qu'est-ce qui est écrit sur le fond des canettes de bière belges ?

Ouvrir de l'autre côté !

solutions p. 373

ÉNIGME

Trois poissons sont dans un seau. L'un meurt. Combien en reste-t-il dans le seau ?

Les généraux triomphent, les soldats tombent.

Proverbe japonais

JEU DE CHIFFRES

Faites cette opération de tête ! N'utilisez pas de papier, de crayon ou de calculatrice.

(44 + 2)/(9 – (3 + 4)) =

JEU DE LETTRES

Il ne manque que des voyelles pour compléter cette grille !

V			V				Z

Peut-on retrouver la vie de quelqu'un qui l'a perdue ?

Quelle est la figure qui se trouve deux fois dans le cadre du bas ?

CULTURE G — LE SAVIEZ-VOUS ?

L'Alaska, d'origine russe avant son rachat par les États-Unis en 1867, ne possède aucune frontière commune avec un autre État américain. Son drapeau national représente les sept étoiles les plus brillantes de la Grande Ourse, ainsi que l'Étoile polaire.

« Quand la France rencontre une grande idée, elles font, ensemble, le tour du monde. »

François Mitterrand, homme d'État français

solutions p. 373

SEMAINE 3

Lundi
16
Janvier

St Marcel

ÉNIGME

Aucun des
1 245 patients qu'un
homme a soignés
ne l'a remercié.
Pourquoi ?

CULTURE G — VRAI/FAUX

L'orgue de Staline était un orgue installé en secret dans la maison du dictateur.

JEU DE LETTRES

Formez un mot avec les lettres suivantes :
Y – O – R – G –
G – G

« L'homme le plus heureux est celui qui fait le bonheur d'un plus grand nombre d'autres. »
Denis Diderot,
écrivain français

Sudoku

	1			7				
4		9			2			8
			1		9		6	
	2				8	9		
1					5			2
		6				1		
		2	5					
								4
	8		7	4	1		5	

CULTURE G — *Quiz*

Qui est le premier homme qui a pu observer la courbure de la Terre ?

A - Iouri Gagarine, en 1961
B - Auguste Piccard, en 1931
C - Neil Armstrong, en 1969

Combien de cercles voyez-vous dans cette figure ?

Un Belge, accusé de viol, entre dans le box des accusés. Voyant la victime, il se tourne vers le juge en la désignant du doigt : « C'est elle ! C'est elle ! »

solutions p. 373

SEMAINE 3

Mardi
17
Janvier

Ste Roseline

Devinette

Quelle est la plante que l'on n'arrose jamais et que l'on écrase sans qu'elle ne s'abîme ?

La plante des pieds.

ÉNIGME

Je commence par la lettre P et finis par la lettre E. Je peux voler plus vite qu'un avion et ne jamais dormir. Qui suis-je ?

JEU DE CHIFFRES

Réalisez cette égalité en insérant des opérateurs mathématiques (+, −, ×, / et ( )) entre les chiffres.

1 2 3 4 5 6 7 8 9 = 100

Mots codés

Pouvez-vous retrouver ces mots de cinq lettres ? Attention : les lettres doivent être en ordre croissant de l'alphabet !

A				S
A				S
A				S

CULTURE G

LE SAVIEZ-VOUS ?

En Italie, on associe la malchance au chiffre 17, qui s'écrit ainsi en chiffres romains : XVII. Il est interprété comme étant l'anagramme de *vixi*, qui, en latin, signifie « j'ai vécu »... Autrement dit, « je suis mort ! »

Plus on est de fous, moins il y a de riz.
Coluche

Que ce soit le matin ou le soir, les pendules indiquent les heures de 1 à 12. Abidjan est sur l'heure GMT, Fort-de-France est en GMT − 4 et Hong Kong en GMT + 8. Trouvez l'heure de quelle ville indique chaque pendule.

04:04 08:04

04:04

CULTURE G

C'EST ARRIVÉ AUJOURD'HUI

17 janvier 1975

Sous l'impulsion de Simone Veil, ministre de la Santé du gouvernement Giscard d'Estaing, la loi relative à l'interruption volontaire de grossesse, dite loi Veil, est promulguée en France.

solutions p. 373

SEMAINE 3

Mercredi
18
Janvier

Ste Prisca

ÉNIGME

Un père a 54 ans et un fils en a 60. Comment est-ce possible ?

Un photographe doit faire une photo de groupe lors d'un séminaire d'avocats. Tout le monde se regroupe sur les marches du palais des congrès et il dit : « Attention, maintenant, tout le monde dit "honoraires" ! »

Virelangue

Amusez-vous à répéter dix fois de suite cette phrase.

Des gaufres au foie gras d'oie bien frais mais bien froides.

Suite logique

Complétez cette suite logique de cartes.

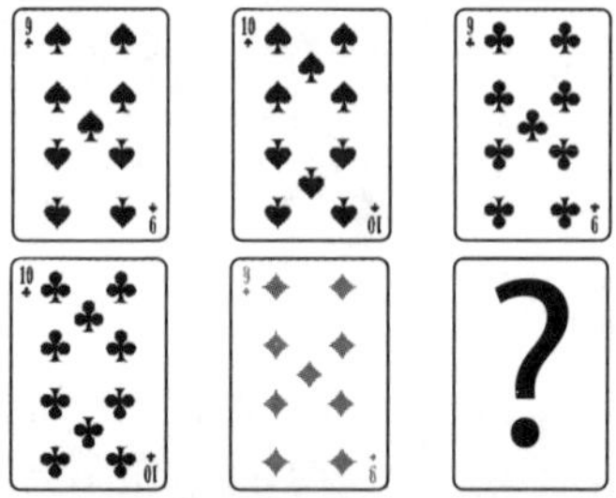

CULTURE G – INSOLITE

Par superstition, à partir de 1884, Sarah Winchester entreprit la construction d'une maison pour elle et tous les esprits des personnes tuées par la carabine Winchester. Les travaux durèrent 38 ans (24 h/24, 7 j/7), jusqu'à sa mort. La maison compte aujourd'hui 160 pièces, 40 chambres, 10 000 vitres, mais aussi des portes qui donnent sur le vide et des escaliers qui mènent au plafond !

Les grands cèdent à la honte et les petits à la peur.

Proverbe malgache

Sudoku

		4		8				
			4					8
	6							2
		8		2			5	
				1			9	
		5				4		1
	2			6	9	3		
	4	3				9		
7								

« Je crois que vous m'avez mal sous-estimé. »

George W. Bush, homme d'État américain

solutions p. 373

ÉNIGME

Qu'est-ce qui sert à s'asseoir, à dormir et à se brosser les dents ?

CULTURE G

VRAI/FAUX

Le patient du médecin est ainsi appelé parce qu'il patiente dans la salle d'attente.

SEMAINE 3

Jeudi

19

Janvier

St Marius

M. et Mme Houa ont un fils. Comment s'appelle-t-il ?

Bart.

JEU DE LETTRES

Formez un mot en vous servant des lettres suivantes :

A – E – C – S

		K		

Suite logique

Quel est le nombre qui complète cette suite logique ?

7 – 5 – 3 – 10 – 8 – X

CULTURE G

AUX ORIGINES

La devise « *Citius, Altius, Fortius* » (plus vite, plus haut, plus fort) était inscrite sur les tout premiers drapeaux olympiques de l'ère moderne.

Le tireur prétend avoir 100 points.
De combien de points se trompe-t-il ?

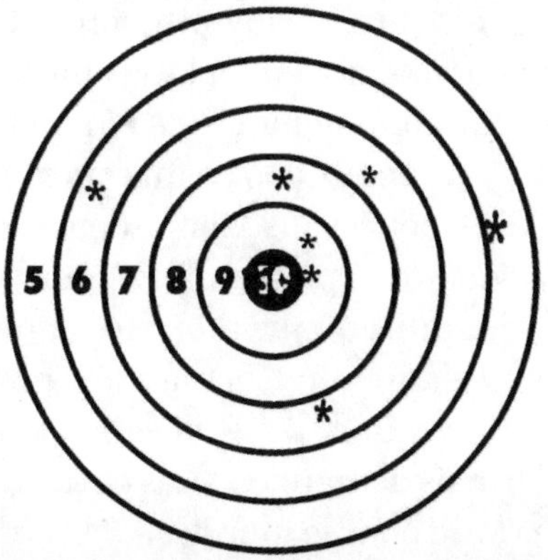

Qui mange un oignon rote comme un démon.

SEMAINE 3

Vendredi

20

Janvier

St Sébastien

ÉNIGME

David a 10 ans, son petit frère Franck a la moitié de son âge. Quand David sera 10 fois plus âgé, quel âge aura Franck ?

Suite logique

Quel chiffre complète cette suite logique ?

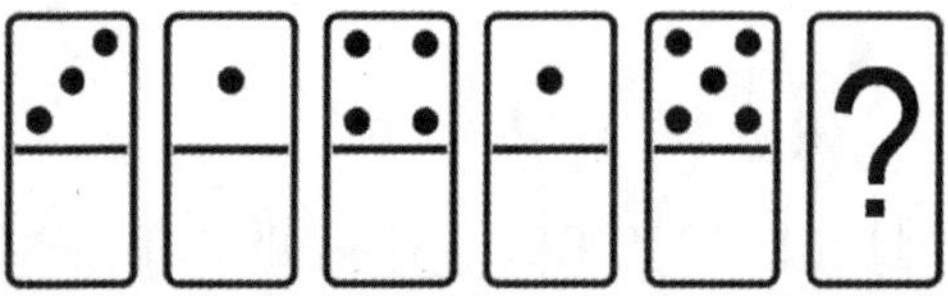

CULTURE G — Quiz

D'où vient le nom du fromage camembert ?

A - Du nom de son inventeur

B - De la localité où il était fabriqué

C - C'est un nom inventé

JEU DE LETTRES

Formez un mot avec les lettres suivantes :

Z – B – B – K – T – I – O – U

« J'espère vivre jusqu'à ma mort. »

Jean Paulhan, écrivain français

CULTURE G — C'EST ARRIVÉ AUJOURD'HUI

20 janvier 1961

John Fitzgerald Kennedy devient le plus jeune président des États-Unis. De son discours inaugural, on retient particulièrement ces quelques phrases : « Vous qui, comme moi, êtes américains, ne vous demandez pas ce que votre pays peut faire pour vous, mais demandez-vous ce que vous pouvez faire pour votre pays. Vous qui, comme moi, êtes citoyens du monde, ne vous demandez pas ce que les États-Unis peuvent faire pour le monde, mais demandez-vous ce que vous pouvez faire pour le monde. »

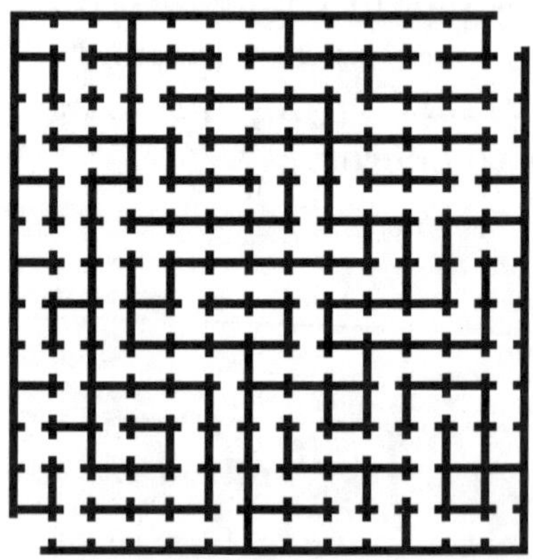

Trouvez le chemin pour sortir de ce labyrinthe.

solutions p. 374

SEMAINE 3

Samedi
21
Janvier
Ste Agnès

CULTURE G
GENTILÉS

Quel est le nom des habitants de :
A. Bourg-la-Reine
B. Charleville-Mézières
C. Château-Thierry

ÉNIGME

« J'ai 192 poule. »
Dans cet énoncé, pourquoi « poule » ne prend pas de S ?

Devinette

M. et Mme Decock ont un fils. Comment s'appelle-t-il ?

Basile.

Suite logique

Complétez cette suite logique :
0 - 2 - 5 - 7 - 8 - 9 - 11 - X

La forme des pyramides le prouve : l'homme a toujours eu tendance à en faire de moins en moins.

CULTURE G
INSOLITE

Il semblerait que le chiffre 21 ait été fatal à Louis XVI : il s'est enfui à Varennes un 21 juin (1791), a vu la royauté abolie un 21 septembre (1792) et a fini guillotiné un 21 janvier (1793) !

Combien de pois ont été recouverts par la coulée d'encre ?

Mot carré

Complétez cette grille en respectant les indications suivantes :
A - Verticalement et horizontalement : autour d'une personne.
B - Verticalement et horizontalement : m'en servis.
C - Verticalement et horizontalement : permet aux trains de rouler.
D - Verticalement et horizontalement : permet aux oiseaux de voler

	A	B	C	D
A				
B				
C				
D				

solutions p. 374

SEMAINE 3

Dimanche

22

Janvier

St Vincent
NOUVEL AN CHINOIS
(ANNÉE DU LAPIN)

« Les femmes des uns font le bonheur des autres. »

Gustave Flaubert, écrivain français

CULTURE G

Quiz

Pourquoi entend-on le tonnerre ?

A - C'est le bruit causé par des nuages chargés d'électricité qui se touchent.
B - C'est le bruit de l'éclair qui frappe le sol.
C - C'est le bruit causé par le réchauffement de l'air au passage de l'éclair.

CULTURE G

LE SAVIEZ-VOUS ?

En France, la première grille de mots croisés s'appelait « mosaïque mystérieuse ». Le cruciverbiste est celui qui remplit les cases, le verbicruciste est celui qui les fabrique.

Sudoku

			1		5			
		6			4	5		
3				6		4		
6		4			8	3		
	8		9					
		2			1	9		
							2	
8		5	3				7	
1					9			5

JEU DE LETTRES

Élargissez votre vocabulaire !

Quel mot de 13 lettres désigne le penchant à jouir des biens terrestres et des plaisirs charnels en particulier ?

CULTURE G

LE VRAI NOM DES STARS

Yves Montand => Ivo Livi
Jean Yanne => Jean Gouyé
Anémone => Anne Bourguignon

ÉNIGME

Deux pères et deux fils sont dans une chambre avec trois lits. Chacun dort seul dans son lit, il n'y a aucun lit de libre et aucun lit manquant. Comment est-ce possible ?

Trouvez le chemin pour sortir de ce labyrinthe.

solutions p. 374

ÉNIGME

Je commence la nuit, je finis le matin, je suis dans l'étang, je suis dans le jardin et je passe deux fois dans l'année. Qui suis-je ?

CULTURE G — HYMNES NATIONAUX

De quels pays ces hymnes sont-ils les hymnes nationaux ?

A. *Le Lion rouge*

B. *God Save the Queen (Que Dieu sauve la reine)*

Pour qu'un enfant grandisse, il faut tout un village.
Proverbe africain

Quelle est la figure qui se trouve seulement dans le cadre du haut ?

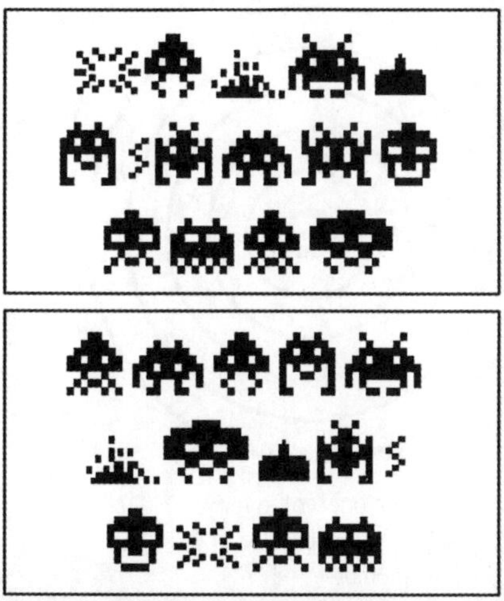

Après l'amour, une femme dit à son compagnon :
– Tu fais l'amour comme un lapin.
– Je ne vois pas comment tu peux juger quelqu'un en cinq secondes.

SEMAINE 4

Lundi 23 Janvier

St Barnard

JEU DE CHIFFRES

Réalisez ces égalités en insérant des opérateurs mathématiques (+, –, ×, / et ( )) entre les chiffres.

1 1 1 = 1 — 1 1 1 = 2

1 1 1 = 3

La vitesse de la lumière étant supérieure à celle du son, beaucoup de gens paraissent brillants jusqu'à ce qu'ils ouvrent la bouche.

JEU DE LETTRES

Formez un mot avec les lettres suivantes :

A – D – E – E – I – Q – R – S – U – U – V – Y

A	Y										S

solutions p. 374

SEMAINE 4

Mardi

24

Janvier

St François de Sales

« N'écoutant que son courage, qui ne lui disait rien, il se garda d'intervenir. »
Jules Renard, écrivain français

Virelangue

Amusez-vous à répéter dix fois de suite cette phrase.

J'ai vu six cents sots suçant six cent six saucisses sèches, six en sauce et six cents sans sauce.

CULTURE G – LE SAVIEZ-VOUS ?

On les confond souvent, mais les pingouins, qui savent voler, vivent dans l'hémisphère nord ; alors que les manchots, eux, excellents nageurs, ne volent pas et vivent dans l'hémisphère sud. Attention : en anglais, « manchot » se dit... *penguin* !

Sudoku de lettres

Attention : les chiffres sont remplacés par les lettres A, B, C, D, E, F, G, H, I !

	E	G	A			I		
					G			
		C			E			
		I	D					E
A				B			G	C
				F		D		
								F
B							E	
F			C	I	H	B		

CULTURE G – VRAI/FAUX

La chèvre possède des pupilles rectangulaires et horizontales.

ÉNIGME

Cinq chats sont capables d'attraper cinq souris en cinq minutes. Sachant cela, combien de chats faut-il pour attraper 100 souris en 100 minutes ?

Devinette

Pourquoi les Belges vont-ils à la messe avec un seau d'eau ?

Pour laver Maria.

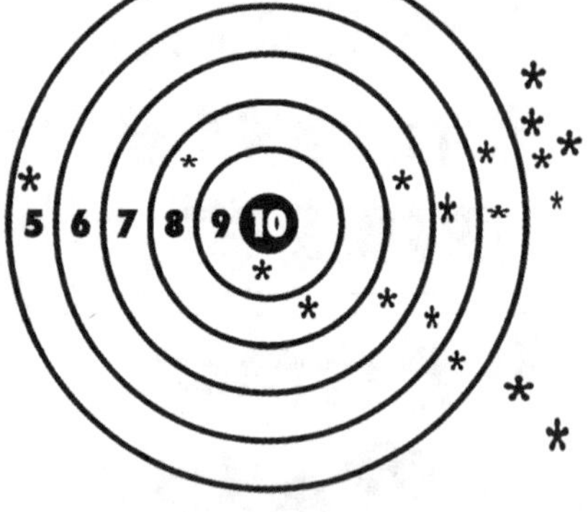

Le tireur prétend avoir 75 points. De combien de points se trompe-t-il ?

solutions p. 375

ÉNIGME

Comment faire quatre triangles équilatéraux avec six allumettes ?

CULTURE G — INSOLITE

L'anémone rouge rejette par la bouche les bébés qui se sont développés dans son estomac.

SEMAINE 4

Mercredi

25

Janvier

Conversion de Saint Paul

Deux Belges qui sont à la chasse voient passer un deltaplane. Le premier Belge épaule et tire.
– Bah, tu l'as raté !
– Oui, mais il a lâché sa proie !

Suite logique

Quel est le nombre qui complète cette suite logique ?

7 - 4 - 1 - 8 - X

CULTURE G — C'EST ARRIVÉ AUJOURD'HUI

25 janvier 1947

Rongé par une syphilis qui s'est aggravée en détention, le plus célèbre des gangsters américains du XXe siècle, Alfonso Caponi, dit Al Capone, ou Scarface, meurt à Miami d'une attaque cardiaque. Il avait fait fortune durant la prohibition en organisant le commerce clandestin d'alcool.

Vaut mieux être saoul que bête, ça dure moins longtemps.

JEU DE LETTRES

Pouvez-vous retrouver cette citation de Jean Carmet, composée sur le clavier ?

74 88 266846837 2 3473
666, 53 63 83 3362633724 727 866 2847,
53 8'376873724 7687 2637843743.

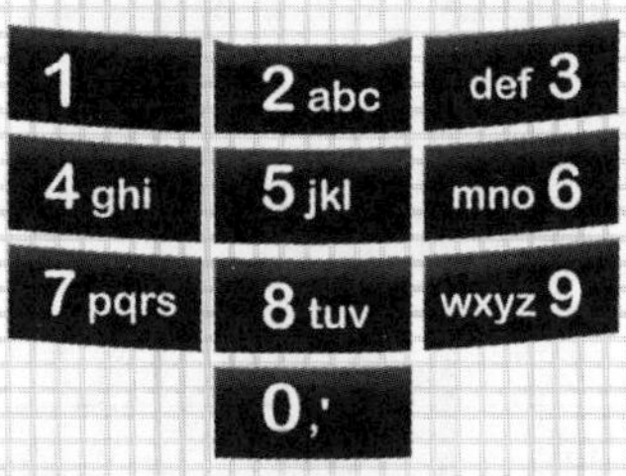

Combien de carrés et de rectangles pouvez-vous dénombrer ?

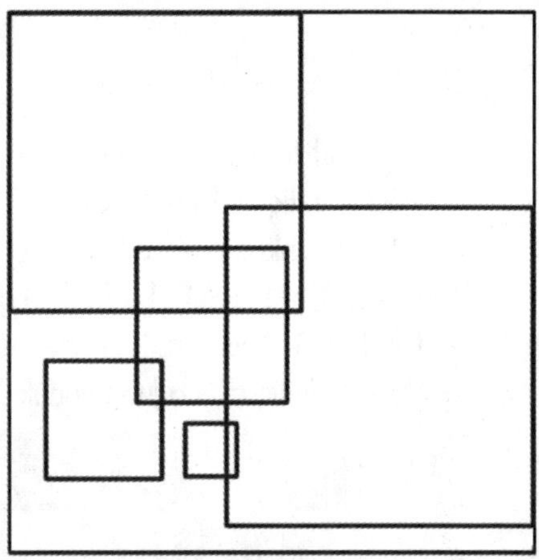

solutions p. 375

SEMAINE 4

Jeudi

26

Janvier

Ste Paule

ÉNIGME

Plus je suis chaud, plus je suis frais. Qui suis-je ?

Devinette

Comment reconnaît-on une blonde dans un aéroport ?

Elle jette du pain aux avions.

« Si l'administration travaillait dans le bâtiment, elle aurait les doigts pris dans le béton. »

Coluche, humoriste français

JEU DE LETTRES

Formez un seul mot en mélangeant toutes les lettres des mots suivants :

Timon – sec – paire – menu

CULTURE G

Quiz

Sachant que « porcin » est l'adjectif qui désigne ce qui est relatif aux porcs et « chevalin » aux chevaux, comment désigne-t-on ce qui est relatif aux renards ?

A - Renardin

B - Goupilin

C - Vulpin

CULTURE G

CAPITALES

De quels pays ces villes sont-elles les capitales ?

A. Mbabane

B. Antananarivo

C. Dacca

Que ce soit le matin ou le soir, les pendules indiquent les heures de 1 à 12. Helsinki est en GMT + 2, Nouméa en GMT + 11 et Zhengzhou en GMT + 8. Trouvez l'heure de quelle ville indique chaque pendule.

11:38

05:38

02:38

Sudoku

							5	
		4	6				3	
	7	6		4		2		
	2		3					9
			8	1		4		
			9				2	
		7						8
	9			7				2
	6	3	1					

solutions p. 375

ÉNIGME

Quel est le point commun de ces verbes : sangloter, effrayer, ressembler, s'approprier, engraisser et emprunter ?

Celui qui cherche un ami sans défaut reste sans ami.
Proverbe turc

JEU DE CHIFFRES

Réalisez ces égalités en insérant des opérateurs mathématiques (+, –, ×, / et ( )) entre les chiffres.

3 3 3 3 = 3   3 3 3 3 = 4
3 3 3 3 = 5   3 3 3 3 = 6

Complétez cette suite logique de cartes.

– J'ai deux nouvelles à t'annoncer.
– Commence par la bonne.
– Non, non, les deux sont mauvaises.

SEMAINE 4

Vendredi
27
Janvier

Ste Angèle

JEU DE LETTRES

Formez un mot de 5 lettres en n'ajoutant que des voyelles !

J				

CULTURE G

LE SAVIEZ-VOUS ?

L'îlot de Clipperton (2 km²) est le plus petit territoire que possède la France. Situé à 1 300 km du Mexique et à 12 000 km de la France, il abrite 100 000 oiseaux et 12 millions de crabes, mais aucun homme.

Le travail est pour moi la chose la plus sacrée : c'est pour ça que je n'y touche pas !

solutions p. 375

Samedi
28
Janvier

St Thomas d'Aquin

SEMAINE 4

ÉNIGME

Arthur est un bébé très mignon qui vient de naître. Ses parents admirent ses jolies petites mains, ses yeux éveillés, sa belle peau noire... Quelle est la couleur de ses dents ?

CULTURE G — VRAI/FAUX

La grande cloche (13 tonnes) de Notre-Dame de Paris, installée au sommet de la tour sud, s'appelle Emmanuel.

Le tireur prétend avoir 59 points. De combien de points se trompe-t-il ?

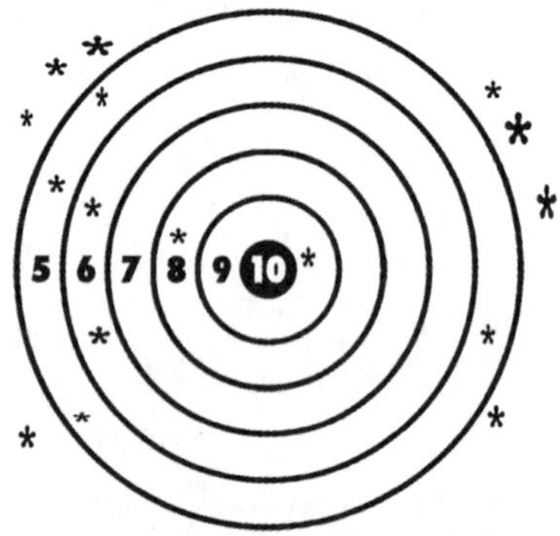

CULTURE G — INSOLITE

Depuis 1962, un incendie consume lentement la mine de charbon souterraine de la ville de Centralia (Pennsylvanie) aux États-Unis. La ville est abandonnée depuis 1981, date à laquelle l'ordre d'évacuer a été donné. On estime que le sous-sol devrait brûler encore pendant près de 250 ans.

Carré magique

Construisez un carré magique dont la somme de chaque ligne horizontale et verticale est identique.

15		2	13
6		3	
			1
10	5		4

Devinette

M. et Mme Ateur ont une fille. Comment s'appelle-t-elle ?

Bénédicte.

« La bonne humeur, c'est comme la confiture : moins on en a et plus il faut l'étaler ! »

Annie Cordy, chanteuse française

JEU DE LETTRES

Retrouvez le mot !

Voici la définition d'un mot de 8 lettres de la langue française, donnée par un dictionnaire daté de 1690. Pouvez-vous deviner de quel verbe il s'agit ? « Se dit du sang qui passe plusieurs fois par jour du cœur dans toutes les parties par le moyen des artères, et qui revient ensuite au cœur par le moyen des veines. »

solutions p. 375

SEMAINE 4

Dimanche

29

Janvier

St Gildas

ÉNIGME

Enfant de l'art,
enfant de la nature,
sans prolonger les
jours, j'empêche de
mourir. Plus le temps
passe, plus je fais
d'imposture, car je
deviens trop jeune à
force de vieillir.
Qui suis-je ?

Suite logique

Quel est le nombre qui complète cette suite logique ?

0 - 5 - 3 - 8 - 6 - 11 - 9 - X

CULTURE G — VRAI/FAUX

Le ver de terre ne possède pas de poumons.

On ne dit pas « incarcéré », mais « un bus bondé ».

Combien de cercles pouvez-vous dénombrer dans cette image ?

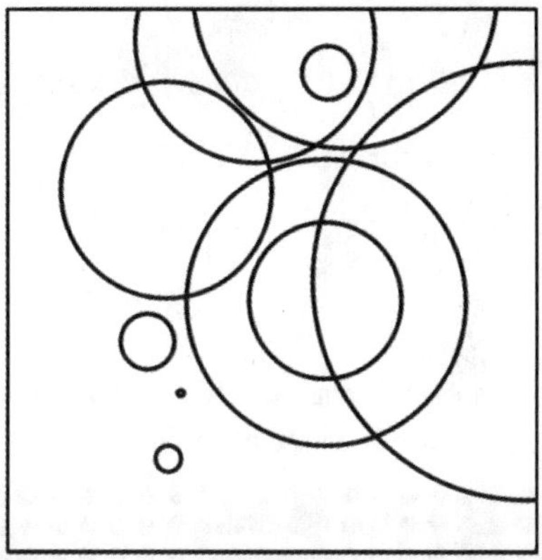

CULTURE G — C'EST ARRIVÉ AUJOURD'HUI

29 janvier 1996

Le président Jacques Chirac signe le Traité d'interdiction complète des essais nucléaires (TICE), qui met fin aux essais nucléaires français.

JEU DE LETTRES

Complétez cette grille pour former un mot !

K		Z				

L'étrange monastère

*Le saint Balles,
patron des musiciens.
Le saint Kantenaire,
mort le jour de ses 60 ans.
Le pape Ibrossar,
maître de l'épice.*

solutions p. 376

SEMAINE 5

Lundi
30
Janvier

Ste Martine

« Je dois rencontrer un homme qui aime mes enfants, mes ex et mes implants. »
Pamela Anderson, actrice américaine

ÉNIGME

Un homme glisse du rebord de la fenêtre de son immeuble et tombe dans la rue. Pourtant, il ne s'est pas fait mal. Comment est-ce possible ?

JEU DE LETTRES

Élargissez votre vocabulaire !

Quel mot de 15 lettres désigne la tendance à remettre au lendemain ce que l'on peut faire le jour même ?

– Papa, pourquoi tu as épousé maman ?
– Ah, toi aussi, tu te poses la question !

Si tu gagnes de l'argent à parler, tu gagnes de l'or à te taire.
Proverbe grec

CULTURE G

Quiz

Clara Petacci est connue pour avoir consigné chacune de ses relations sexuelles avec son amant dans un journal intime. Qui était son compagnon ?
A - Salvador Dalí
B - Mussolini
C - Victor-Emmanuel III d'Italie

Combien de pois ont été recouverts par la coulée d'encre ?

Sudoku

					6			2
						8		1
4				7		5		
8	7			4				3
1		9	3					7
			6					
3		6	9					
	8	4					9	
					1		3	

solutions p. 376

ÉNIGME

Pourquoi 4 est-il le chiffre commun aux six chiffres suivants ? 7, 5, 2, 0, 9, 8

Les mariages, c'est comme les enterrements, c'est bien seulement quand on n'est pas dans la première voiture.

SEMAINE 5

Mardi
31
Janvier

Ste Marcelle

CULTURE G

LE SAVIEZ-VOUS ?

Lorsque la Française Davy de Cussé breveta son invention du rétroviseur, en 1897, un journaliste le qualifia « d'instrument baroque et sans suite ».

JEU DE CHIFFRES

Faites cette opération de tête ! N'utilisez pas de papier, de crayon ou de calculatrice.

79 + 87 =

Devinette

M. et Mme Kdevin ont un fils. Comment s'appelle-t-il ?

Barry.

CULTURE G

INSOLITE

Depuis 2003, les habitants d'Amarasti, un village de Roumanie, pratiquent à nouveau une coutume ancestrale : ils poignardent le cœur et le ventre de leurs morts avec des pieux durcis par le feu, pour éviter qu'ils ne sortent de leur tombe. D'après certains, sans cet acte préventif, il serait fréquent que l'âme du défunt s'échappe de la tombe et revienne harceler sa famille sous forme de vampire.

Le tireur prétend avoir 59 points. De combien de points se trompe-t-il ?

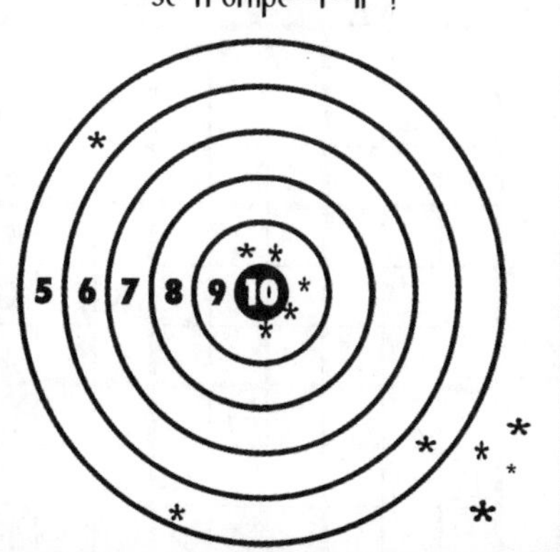

JEU DE LETTRES

Élargissez votre vocabulaire !

Quel mot de 7 lettres désigne les premiers mots d'un texte ?

solutions p. 376

SEMAINE 5

Mercredi

1

Février

Ste Ella

ÉNIGME

En se rendant au point d'eau dans la savane, un zèbre croise 6 girafes qui transportent 3 singes sur leur dos. Chaque singe a 2 oiseaux sur la queue. Chaque oiseau sert de perchoir à 3 mouches. Combien d'animaux se rendent au point d'eau ?

« Un roi sans divertissement est un homme plein de misères. »
Blaise Pascal, scientifique et écrivain français

Quelle est la figure qui apparaît une fois de plus dans l'image du bas ?

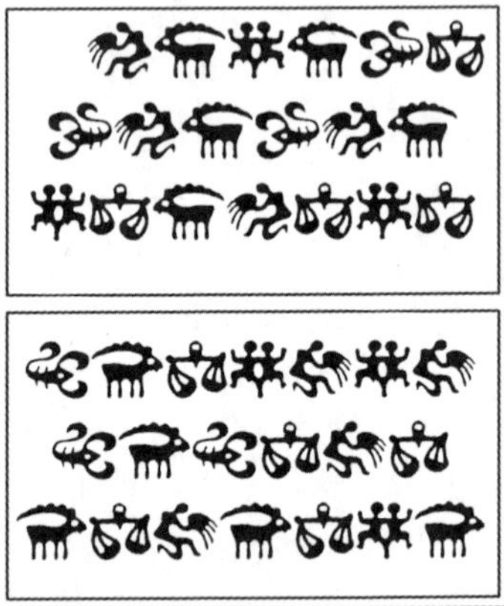

CULTURE G — AUX ORIGINES

À l'époque, se serrer la main permettait de montrer à la personne abordée que la main tendue n'était pas armée et que l'on n'y avait pas glissé un éventuel couteau.

JEU DE LETTRES

Formez le nom d'une ville en mélangeant les lettres des mots suivants :
Seras – ville

À Rome, le P-DG de Coca-Cola dit au pape :
– Je vous offre 50 millions de dollars si, dans votre Notre Père dominical au monde, vous remplacez « Donne-nous notre pain quotidien » par « Donne-nous notre Coca quotidien ».
– Vous savez bien que ce n'est pas possible ! répond le pape en souriant. Le P-DG insiste et lui propose 150 millions de dollars. Le pape réfléchit, se tourne vers son secrétaire et demande :
« Quand s'achève le contrat avec les boulangers ? »

CULTURE G — C'EST ARRIVÉ AUJOURD'HUI

Cinquante ans jour pour jour après l'appel qu'il avait lancé en faveur des « couche-dehors » et qui avait rapporté plus de 500 millions de francs, l'abbé Pierre renouvelle son appel. Il dénonce « l'égoïsme des gens heureux qui empêche de vivre les plus faibles ».

Sudoku de lettres

Attention : les chiffres sont remplacés par les lettres A, B, C, D, E, F, G, H, I !

		I			E			
	G							D
A			G					B
I		C					A	
	F					B		G
		D						I
				H	C			
		B		G		E		
		H		A	I			F

solutions p. 376

ÉNIGME

Un homme veut prendre un taxi avec une baguette en bois de 1,20 m. Le chauffeur lui annonce que son règlement lui interdit d'accepter des objets de plus de 1,10 m. L'homme se rend dans une boutique et revient avec un objet qui va lui permettre de rentrer dans le taxi avec sa baguette en bois, sans la plier, ni la casser. De quoi s'agit-il ?

SEMAINE 5

Jeudi
2
Février

St Théophane
CHANDELEUR

« La voilà foudroyée comme un lapin en plein vol ! »
Thierry Roland, journaliste sportif français

CULTURE G — VRAI/ FAUX

Le sexe des crocodiles est déterminé par la température des œufs pendant leur incubation.

Comment fait-on aboyer un chat ?

On lui donne une soucoupe de lait et il la boit.

CULTURE G — GENTILÉS

Quel est le nom des habitants de :
A. Le Mans B. Lisieux
C. Saint-Brieuc

Combien de cercles et de carrés voyez-vous dans cette figure ?

JEU DE CHIFFRES

Réalisez ces égalités en insérant des opérateurs mathématiques (+, –, ×, / et ( )) entre les chiffres.

2 2 2 2 = 0 2 2 2 2 = 1
2 2 2 2 = 2 2 2 2 2 = 3

JEU DE LETTRES

Pouvez-vous retrouver cette citation de Pierre Desproges, composée sur les touches du clavier ?

5'486687 84368 8688 7385 2
5'46663 26663 537 76457 28 78247

solutions p. 376

SEMAINE 5

Vendredi

3

Février

St Blaise

ÉNIGME

Un curé descend une pente à vélo. Ses freins lâchent, il prend de la vitesse, ne contrôle plus rien. En bas de la pente, un promeneur jette quelque chose sur la route. Le curé s'arrête alors immédiatement. De quoi s'agit-il ?

Un homme demande à un peintre :
– Pourquoi ne peignez-vous que des paysages ?
– Parce que jamais un arbre n'est venu me dire qu'il n'était pas ressemblant !

Ne coupe pas les ficelles quand tu pourrais défaire les nœuds.
Proverbe indien

CULTURE G

Quiz

De qui Édith Piaf fut-elle la maîtresse ?

A - Marcel Cerdan

B - Yves Montand

C - Georges Moustaki

JEU DE LETTRES

Trouvez deux lettres qui, ajoutées et mélangées aux lettres des mots suivants, permettent de former quatre nouveaux mots.

Pulpe - sole - veine - vie

Perle de bulletin scolaire
« A touché le fond, mais creuse encore... »

Quelle est la pièce qui ne rentre pas dans ce puzzle ?

Sudoku

		4		5	9			
	5			7			1	
7								
					1	3		
	6				5			1
2					6			
	1	3		2			7	
4		7		3				
8								5

solutions p. 377

SEMAINE 5

Samedi

4

Février

Ste Véronique

CULTURE G

VRAI/FAUX

L'ananas continue de mûrir après avoir été coupé.

Quel est le score de cette cible ?

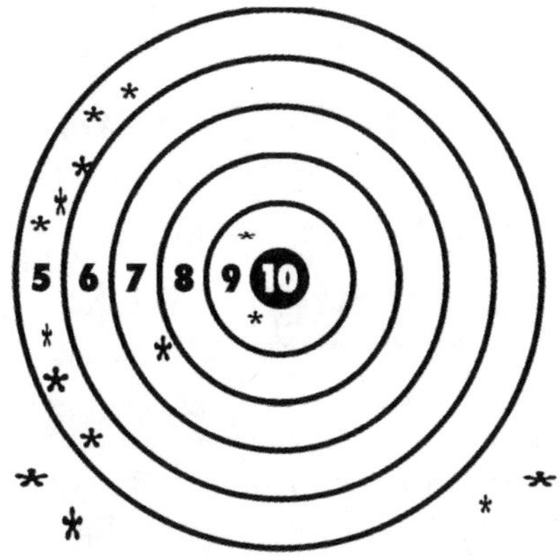

M. et Mme Zieuvair ont un fils. Comment s'appelle-t-il ?

Bruno.

JEU DE LETTRES

Quel est le nom de ce célèbre savant anglais du XVIIe siècle ?

		W			

ÉNIGME

On retrouve une femme morte dans sa chambre. Sur la table se trouve un enregistreur à cassette. Un policier presse le bouton « lecture » et entend : « Je ne veux plus vivre, adieu ! », puis, un coup de feu et le silence. Le policier réfléchit quelques secondes et déclare : « C'est un meurtre ! » Comment peut-il le savoir ?

CULTURE G

C'EST ARRIVÉ AUJOURD'HUI

4 février 2004

Mark Zuckerberg, étudiant à Harvard, fonde un réseau social initialement réservé aux étudiants de l'université : thefacebook.com. Quatorze ans plus tard, la valorisation de Facebook dépassait les 400 milliards de dollars !

JEU DE CHIFFRES

Réalisez ces égalités en insérant des opérateurs mathématiques (+, –, ×, / et ( )) entre les chiffres.

4 4 4 4 = 3 4 4 4 4 = 6

4 4 4 4 = 7 4 4 4 4 = 8

« Je ne pense jamais au futur. Il vient bien assez tôt. »
Albert Einstein, physicien américain

solutions p. 377

SEMAINE 5

Dimanche

5

Février

Ste Agathe

Combien de pois ont été recouverts par la coulée d'encre ?

CULTURE G — INSOLITE

Il est interdit de prononcer le mot « lapin » à bord d'un bateau, car autrefois, ces animaux étaient accusés de ronger les cordages des cargaisons, qui alors, par leur déplacement, déstabilisaient les navires. En mer, on l'appelle donc plutôt « l'animal aux grandes oreilles ».

Trop de repos n'a jamais fait mourir personne.

CULTURE G — DEVISE NATIONALE

Quel est le pays dont la devise nationale est « L'amour de la liberté nous a amenés ici » ?

A. Le Canada B. L'Éthiopie C. Le Liberia

ÉNIGME

Un escargot grimpe le long d'un mur de 14 mètres. Il monte de 3 mètres la journée et glisse de 2 mètres la nuit. S'il commence son ascension un matin, au bout de combien de jours aura-t-il atteint le haut du mur ?

JEU DE LETTRES

Formez un mot avec les lettres suivantes :

A – A – U – Q – V

Sudoku

		4		8			5	
1	7		3	9				
			6					1
	8				2			3
		5					7	
7	9				6			5
	1	8				4		7
3		7						
	2				9			

Lors d'un procès, l'avocat de la défense interroge le médecin légiste :
– Avez-vous pris le pouls de la victime ?
– Non.
– Avez-vous écouté son cœur ?
– Non.
– Donc, avant de signer le certificat de décès, vous n'avez rien fait pour vous assurer qu'il était effectivement mort ?
– Eh bien… Le cerveau de la victime était dans un bocal sur mon bureau…

solutions p. 377

Lundi 6 Février

St Gaston

ÉNIGME

Dans un étrange rêve, deux diables gardent deux portes, l'une donnant sur le paradis, l'autre sur l'enfer. L'un des deux dit toujours la vérité, l'autre ment toujours, mais on ne sait pas lequel. Quelle est la seule question que l'on puisse poser, à n'importe lequel d'entre eux, pour savoir quelle porte ouvrir ?

JEU DE LETTRES

Formez un mot en mélangeant toutes les lettres des mots suivants :

Morte – animé

« Les femmes chez nous représentent la moitié du corps électoral. Vu comme ça, le corps électoral, ça m'excite. »
Guy Bedos, humoriste français

JEU DE CHIFFRES

Réalisez ces égalités en insérant des opérateurs mathématiques (+, –, ×, / et ( )) entre les chiffres.

8 8 8 8 = 10 8 8 8 8 = 15

8 8 8 8 = 65

Le tireur prétend avoir 96 points.
De combien de points se trompe-t-il ?

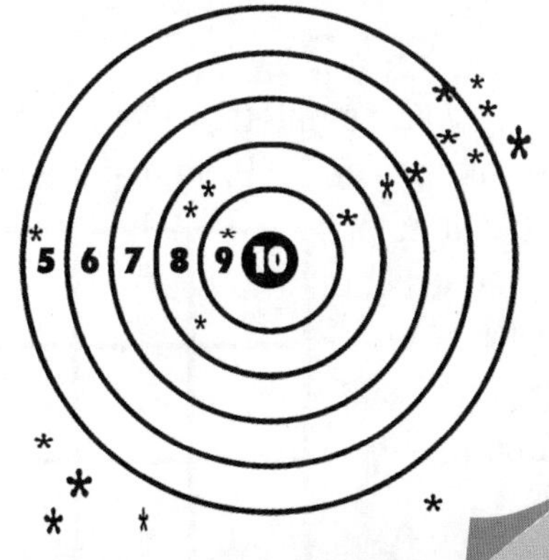

C'EST ARRIVÉ AUJOURD'HUI

CULTURE G

6 février 1998

Alors qu'il se rend au théâtre, Claude Érignac, préfet de Corse, est abattu de trois balles par des indépendantistes corses à Ajaccio. Plusieurs hommes arrêtés désignent Yvan Colonna comme étant le tireur. En juillet 2003, après quatre années de fuite, Yvan Colonna est arrêté par le GIGN, puis condamné à la réclusion criminelle à perpétuité.

VRAI/ FAUX

CULTURE G

L'éléphant est un très bon nageur.

– Beethoven était sourd et pourtant il était compositeur, dit une femme à son mari.
– Qu'est-ce que tu veux dire par là ?
– Que, même si tu es stérile, je suis enceinte !

solutions p. 377

SEMAINE 6

Mardi

7

Février

Ste Eugénie

CULTURE G

Quiz

Un alcool est obtenu grâce à la distillation de la pomme de terre. Savez-vous lequel ?

A - La vodka
B - Le raki
C - Le whisky

On ne tire pas du canon pour écraser une punaise.
Proverbe québécois

L'étrange monastère

L'abbé Névole, qui ne demande jamais rien.
Le père Foreur, tombé dans un trou.
Le père Pendiculaire, géomètre.

Trouvez le chemin pour sortir de ce labyrinthe.

ÉNIGME

Un ver ronge 10 *Almaniak des WC* alignés sur une étagère. L'épaisseur de chaque livre est de 4,5 cm pour les pages et de 0,25 cm pour la couverture. Il commence son travail à la première page du premier livre et le termine à la dernière page du dernier livre. Quelle est la distance parcourue par l'animal ?

JEU DE LETTRES

Formez un mot avec les lettres suivantes :

R – G – L – Y – I – Z – Z

Devinette

Qu'est-ce qui est transparent, léger et qui sent la carotte ?

Un pet de lapin.

JEU DE CHIFFRES

Pouvez-vous compléter ce carré avec les nombres de 1 à 9, de manière à ce que le total de chaque ligne verticale et horizontale soit identique ?

solutions p. 378

ÉNIGME

Le père dit à son fils :
« J'ai 40 ans, c'est 4 fois l'âge que tu avais quand j'avais ton âge. »
Quel âge a son fils ?

Quels sont les deux animaux les plus intelligents ?

Le cerf et le veau (le cerveau) !

JEU DE LETTRES

Pouvez-vous retrouver ces mots de 5 lettres ? Attention : les lettres doivent être en ordre croissant de l'alphabet !

C				
C				
C				

« La première chose que je regarde chez un homme, c'est sa femme. »
Catherine Lara, musicienne française

SEMAINE 6

Mercredi
8
Février

Ste Jacqueline

CULTURE G — INSOLITE

Après sa mort en juillet 1566, Michel de Nostre-Dame, dit Nostradamus, fut enseveli en position verticale, conformément à sa demande.

JEU DE CHIFFRES

Pouvez-vous diviser 100 par 0,5 et ajouter 50 ? Combien cela fait-il ?

CULTURE G — GENTILÉS

Quel est le nom des habitants de :

A. Saint-Dié-des-Vosges
B. Saint-Cloud
C. Saint-Omer

Le tireur prétend avoir 87 points.
De combien de points se trompe-t-il ?

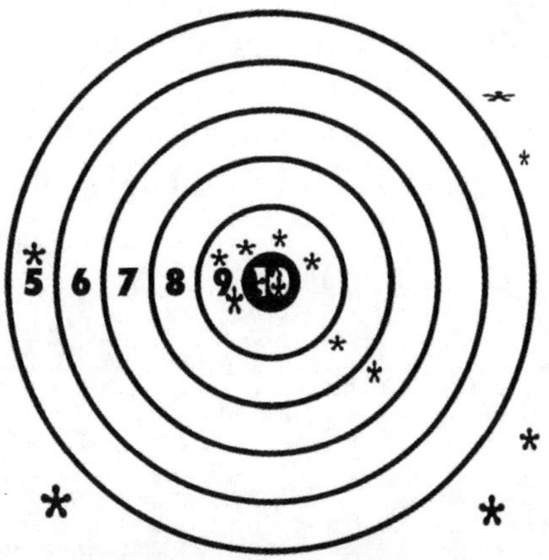

solutions p. 378

SEMAINE 6

Jeudi
9
Février

Ste Apolline

ÉNIGME

Dans une écurie, on dénombre 18 têtes et 64 jambes. Combien y a-t-il d'hommes et de chevaux ?

CULTURE G — VRAI/ FAUX

L'acronyme FNAC signifie « Fédération nationale d'achats pour les corporations ».

SUITE LOGIQUE

Pouvez-vous compléter cette suite logique ?

Un frère et sa soeur se disputent :
– Quel âne !
– Tête de cochon !
– Espèce de dinde !
Leur mère arrive et crie :
« Oh ! La ferme ! »

Virelangue

Amusez-vous à répéter dix fois de suite cette phrase.

« Ces six chasseurs sachant chasser sans chien, dit le sage garde-chasse, ne les chassez pas. »

Quelle est la figure qui apparaît seulement dans l 'image du haut ?

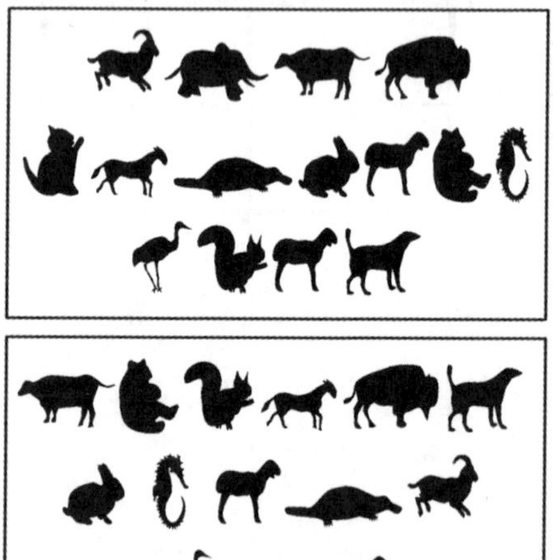

CULTURE G — LE SAVIEZ-VOUS ?

La mer Morte, lac d'eau salée, est située à 423 mètres sous le niveau de la mer : c'est le point le plus bas du globe.

La vraie paresse, c'est de se lever à 6 heures du matin pour avoir plus de temps à ne rien faire.

solutions p. 378

ÉNIGME

Jean et Rémi partagent les frais d'essence sur un trajet de 240 km. Jean remplit le réservoir pour aller du kilomètre 1 au kilomètre 120, Rémi le remplit à nouveau pour aller du kilomètre 120 au kilomètre 240. Bien que la voiture ait roulé à la même vitesse, Rémi ne comprend pas pourquoi il a dû mettre plus d'essence que Jean. Avez-vous une explication à lui fournir ?

SEMAINE 6

Vendredi

10

Février

St Arnaud

CULTURE G

Quiz

Quelles sont les plus hautes chutes d'eau du monde ?

A - Les chutes du Niagara au Canada
B - Les chutes Victoria au Zimbabwe
C - Les chutes du Saut de l'ange au Venezuela

« Les gens qui vous disent qu'ils dorment comme un bébé, en général, n'ont pas de bébé. »
Leo J. Burke, auteur américain

JEU DE CHIFFRES

Faites cette opération de tête ! N'utilisez pas de papier, de crayon ou de calculatrice.

(50 + 50) × 10 + (25 × 4) =

AUX ORIGINES

CULTURE G

Les chats de la race manx, originaires de l'île de Man (située entre la Grande-Bretagne et l'Irlande) ne possèdent pas de queue : c'est une mutation génétique causée par une forte consanguinité, qui s'est développée à cause de l'isolement de ces chats.

Devinette

M. et Mme Dajin ont un fils. Comment s'appelle-t-il ?

Bruno.

Combien de carrés voyez-vous dans cette figure ?

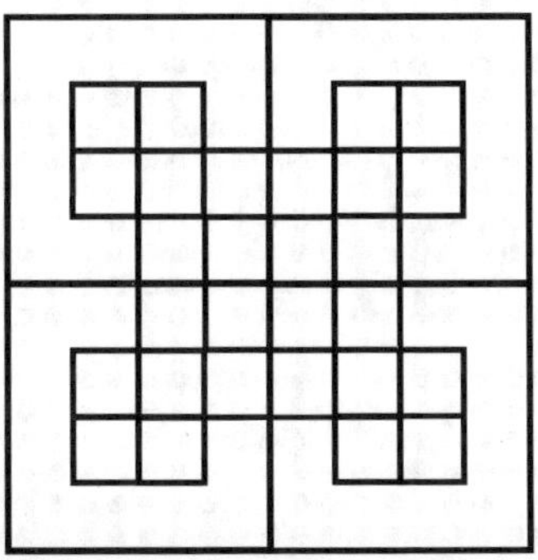

JEU DE LETTRES

Pouvez-vous retrouver ces mots de 5 lettres ?

Attention : les lettres doivent être en ordre croissant de l'alphabet !

solutions p. 378

SEMAINE 6

Samedi

11

Février

N.-D. de Lourdes

ÉNIGME

Le directeur d'un refuge félin vient de s'apercevoir que ses 400 chats mangent 400 boîtes de croquettes en 8 jours. Combien de boîtes de croquettes mangent 200 chats en 4 jours ?

Pingouins dans les champs, hiver méchant.

CULTURE G

SURNOMS GÉOGRAPHIQUES

Quels pays appelle-t-on…

A - L'île d'Aphrodite
B - Le pays de l'Oncle Sam
C - L'Empire du Milieu

Un fou se précipite dans le cabinet du médecin de l'asile :
– J'ai une carotte qui pousse dans mon oreille gauche !
– C'est assez surprenant, en effet !
– Ben, oui ! J'y avais planté des laitues !

JEU DE LETTRES

Pouvez-vous compléter la conjugaison au subjonctif de l'imparfait du verbe « se gausser » ?

que je me _ _ _
que tu te _ _ _
qu'il se _ _ _
que nous nous _ _ _
que vous vous _ _ _
qu'ils se _ _ _

CULTURE G

VRAI/ FAUX

Le compositeur Hector Berlioz a écrit une nouvelle de science-fiction.

Combien de pois ont été recouverts par la coulée d'encre ?

Sudoku

			4	8			7	5
		6	1				8	
			9	3				
	1	7	2					
2	9	5						1
								3
1	6			9				
5			8					
		3		6				

solutions p. 379

SEMAINE 6

Dimanche
12
Février

St Félix

ÉNIGME

Jean-Pierre prétend avoir vu le monstre du loch Ness. « Il mesure 20 m, plus la moitié de sa longueur », affirme-t-il. Quelle est donc sa taille ?

SUITE LOGIQUE

Quel est le nombre qui complète cette suite logique ?

9 - 8 - 7 - 6 - 5 - 4 - X

Gare en fuyant le scorpion à éviter la morsure du cobra.
Proverbe indien

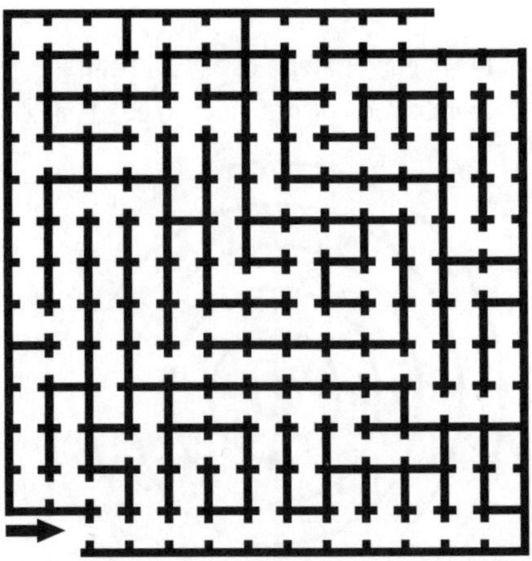

Trouvez le chemin pour sortir de ce labyrinthe.

« Il avait une voix à vous dégoûter de vos oreilles ! »
Frédéric Dard, écrivain français

Devinette

Pourquoi les fans du PSG ont-ils les mains toutes lisses ?

Car cela fait trois mois qu'ils se les frottent en disant : « Le prochain match, on le gagne ! »

CULTURE G – C'EST ARRIVÉ AUJOURD'HUI

12 février 1999

Bill Clinton, au bord de l'*impeachment* (la destitution) à cause du scandale provoqué par l'annonce de sa relation avec Monica Lewinsky, une jeune stagiaire de la Maison-Blanche, est acquitté par le Sénat.

JEU DE LETTRES

Pouvez-vous retrouver ce mot de 6 lettres ?

Attention : les lettres doivent être en ordre décroissant de l'alphabet !

					E

solutions p. 379

SEMAINE 7

Lundi

13

Février

Ste Béatrice

CULTURE G

INSOLITE

Il y a un pays africain dont le nom signifie « hippopotame » : c'est le Mali. C'est du malinké et du bambara.

CULTURE G

Quiz

Quel est l'animal qui jabote ?

A - Le cachalot

B - La tortue de mer

C - Le pingouin

D - La baleine

ÉNIGME

Thomas achète une demi-douzaine de douzaines de gâteaux. Son frère préfère demander six douzaines de douzaines de gâteaux. Combien de gâteaux ont-ils d'écart ?

Tousse pour un, rhume pour tous !

JEU DE LETTRES

Retrouvez le mot !

Voici la définition d'un mot de 9 lettres de la langue française, donnée par un dictionnaire daté de 1690. Devinez de quel mot il s'agit !

« Condition servile qui fait tomber une personne dans le mépris. »

Un mendiant sonne à la porte d'un prêtre :
– Auriez-vous un petit quelque chose pour moi ?
– Oui, vous aimez la soupe de la veille ?
– Oh, oui ! Oh, oui !
– Alors, repassez demain !

Sudoku de lettres

Attention : les chiffres sont remplacés par les lettres A, B, C, D, E, F, G, H, I !

			I		F			
G	E						D	
	A						E	
	G							
			H		C	E		
B		C		D		H	G	I
A					I			D
H					E	B	C	

Le tireur prétend avoir 26 points. De combien de points se trompe-t-il ?

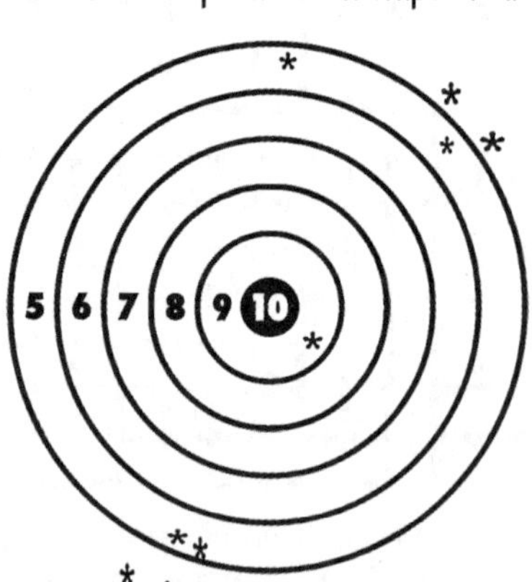

solutions p. 379

Devinette

Quel est le sport le plus fruité ?

La boxe, parce que l'on se prend une pêche en pleine poire et on tombe dans les pommes.

ÉNIGME

Rafael dit à sa maîtresse que dans quatre ans, il sera trois fois plus âgé qu'il ne l'était il y a quatre ans. Quel est son âge ?

SEMAINE 7

Mardi

14

Février

St Valentin
FÊTE DES AMOUREUX

CULTURE G — AUX ORIGINES

Dans la Rome antique, il existait un rite de fertilité, les lupercales, qui se pratiquait le 15 février. À cette date, les hommes frappaient certaines jeunes femmes avec des lanières en peau de bouc, afin de les rendre fertiles. Ensuite, des couples étaient formés, au hasard.

« Les cons, ça ose tout. C'est même à ça qu'on les reconnaît. »
Michel Audiard, scénariste et cinéaste français

JEU DE CHIFFRES

Réalisez ces égalités en insérant des opérateurs mathématiques (+, –, ×, / et ( )) entre les chiffres.

6 6 6 6 = 5	6 6 6 6 = 6
6 6 6 6 = 30	6 6 6 6 = 66

Enlevez 6 cœurs du tableau ci-dessus, de façon à ce qu'il en reste un nombre pair dans chaque ligne horizontale et verticale.

CULTURE G — C'EST ARRIVÉ AUJOURD'HUI

14 février 278

Saint Valentin fut décapité car il avait continué à célébrer les mariages malgré l'interdiction imposée par l'empereur Claudius, qui estimait que les jeunes mariés, dévoués à leur famille, faisaient de piètres soldats.

JEU DE LETTRES

Retrouvez les lettres de l'alphabet manquantes : elles indiqueront la direction de ce pays d'Amérique.

solutions p. 379

SEMAINE 7

Mercredi 15 Février

St Claude

À la piscine, un nageur se fait enguirlander parce qu'il fait pipi dans l'eau.
– Mais enfin, proteste-t-il, vous exagérez, je ne suis pas le seul à faire ça !
– Si, monsieur, du haut du plongeoir, vous êtes le seul !

JEU DE LETTRES

Formez un mot avec les lettres suivantes :

A – E – E – E – S – S – S – Y

On n'assiste jamais à sa propre mort, toujours à celle des autres. Peut-on en conclure que cela n'arrive qu'aux autres ?

ÉNIGME

Ilan va chez le bijoutier car il veut réunir en une chaîne 6 chaînes, chacune composée de 5 maillons. Le bijoutier demande 10 € pour chaque maillon ouvert et refermé. Comment peut-on procéder pour payer le moins cher possible ?

CULTURE G – VRAI/ FAUX

Le bœuf est le mâle de la vache.

Que ce soit le matin ou le soir, les pendules indiquent les heures de 1 à 12. Papeete est en GMT – 10, Vladivostok en GMT + 11 et Fukuoka en GMT + 9. Trouvez l'heure de quelle ville indique chaque pendule.

CULTURE G – LE SAVIEZ-VOUS ?

Les examens médicaux utilisant le principe de la résonnance magnétique nucléaire (RMN) portent le nom d'IRM (imagerie à résonnance magnétique). Le mot « nucléaire » risquait de faire peur aux patients !

SUITE LOGIQUE

Complétez cette suite logique.

solutions p. 380

« La seule chose absolue dans un monde comme le nôtre, c'est l'humour. »
Albert Einstein,
physicien américain

Quiz

CULTURE G

Quel est le volcan responsable de la destruction de la ville de Pompéi en l'an 79 ?

A - Le Stromboli
B - Le Vésuve
C - L'Etna

SEMAINE 7

Jeudi 16 Février

Ste Julienne

ÉNIGME

Baptiste possède autant d'albums de BD que son frère. Combien doit-il lui en donner pour qu'il en ait six de plus que lui ?

C'EST ARRIVÉ AUJOURD'HUI

CULTURE G

16 février 1899

Félix Faure, président de la République, meurt dans les bras de sa maîtresse Marguerite Steinheil, à qui il avait demandé de passer le voir après le Conseil des ministres. Des quatre présidents morts en fonction, il est le seul à être décédé dans le palais présidentiel.

M. et Mme Turik ont une fille. Comment s'appelle-t-elle ?

Barbie.

JEU DE CHIFFRES

Essayez d'obtenir 28 en utilisant une seule fois les chiffres 2, 3, 4 et 5 et en insérant des opérateurs mathématiques (+, –, ×, / et ( )).

Comment disposer huit reines sur cet échiquier de façon à ce qu'aucune d'elles ne soit mise en échec par aucune autre ? Une reine peut se déplacer horizontalement, verticalement et en diagonale.

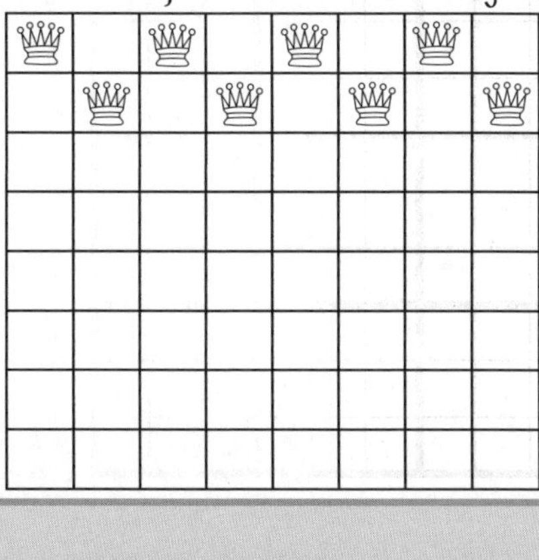

JEU DE LETTRES

Quel est le nom de cet animal ?

		Q		

solutions p. 380

SEMAINE 7

Vendredi
17
Février

St Alexis

ÉNIGME

Une bijouterie a été cambriolée. Un premier voleur a emporté la moitié des lingots contenus dans le coffre, plus un. Le deuxième a pris la moitié de ce qu'il restait, plus un, et ainsi de suite jusqu'au quatrième voleur qui a alors pris tout ce qu'il restait. Combien de lingots volés le bijoutier doit-il déclarer à la police ?

JEU DE LETTRES

Quels sont les trois mots masculins qui deviennent féminins au pluriel ?

Quand mille personnes prennent la route, il en faut une pour prendre la tête.
Proverbe chinois

VRAI/ FAUX

CULTURE G

Le héros de *Star Wars* s'appelle Luke (Skywalker) en hommage au créateur de la saga, George Lucas.

Comment une blonde fait-elle pour obtenir un double de ses clefs ?

Elle les photocopie.

Ton futur dépend de tes rêves. Ne perds pas de temps : va te coucher !

Sudoku

7		9						1
	5	4	3					6
	6						7	5
				1				
6	8				2			
4			5	6				8
1	3		2		4			
	7		1			2		
				5		6		

Le tireur prétend avoir 46 points. De combien de points se trompe-t-il ?

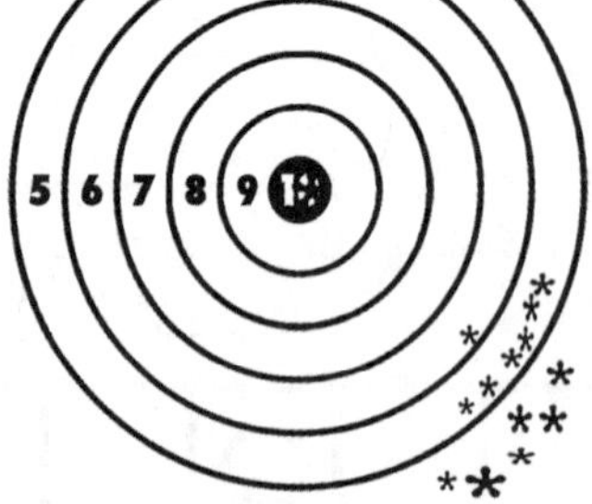

solutions p. 380

Combien de pois ont été cachés ?

SUITE LOGIQUE

Quel est le nombre qui complète cette suite logique ?

2 – 6 – 18 – 54 – **X**

SEMAINE 7

Samedi

18

Février

Ste Bernadette

JEU DE LETTRES

Élargissez votre vocabulaire !

Quel mot de 13 lettres désigne l'avant-avant-dernier ?

Le Premier ministre aurait, paraît-il, l'intention de faire progressivement appliquer les 35 heures dans la fonction publique. En effet, les fonctionnaires vont voir leur temps de travail hebdomadaire passer de 30 à 31 heures, puis de 32 à... 35 heures !

CULTURE G

LE SAVIEZ-VOUS ?

Le mois de pluviôse, cinquième mois du calendrier républicain français, utilisé de 1792 à 1806, correspondait à la période allant du 20 janvier au 18 février. Il tirait son nom « des pluies qui tombent généralement avec plus d'abondance de janvier en février ».

ÉNIGME

Le cadet d'une fratrie a un chien de moins que son frère aîné. Celui-ci en a un de moins que leur oncle, qui, lui, en a deux fois plus que le plus jeune des frères. Combien de chiens chacun de ces hommes a-t-il ?

« Dieu soit loué, meublé ou non ! »
Jean Yanne, acteur français

CULTURE G

VRAI/ FAUX

L'organologie est l'étude de l'orgue.

solutions p. 380

SEMAINE 7

Dimanche
19
Février

St Gabin

Devinette

Quel est le comble pour un médecin ?

Ausculter son crayon pour voir s'il a bonne mine.

ÉNIGME

Un chat part de la maison en marchant à la vitesse de 3 km/h. Soudain, il a faim et fait demi-tour pour rentrer manger. Il revient en courant deux fois plus vite. Son absence a duré 15 minutes. Quelle distance a-t-il parcourue lorsqu'il marchait ?

DEVISE NATIONALE

CULTURE G

Quels sont les pays ayant la même devise nationale : « L'union fait la force » ?

A - La Belgique et le Burundi
B - La Belgique et Haïti
C - La Belgique et le Gabon

Quiz

CULTURE G

Quelle est la couleur la plus loin du centre d'un arc-en-ciel ?

A - Le rouge
B - Le violet
C - Cela dépend de l'hémisphère dans lequel on se trouve.

JEU DE LETTRES

Formez un mot avec les lettres suivantes :

E – E – I – O – N – R – T – M – Z – Z

Quand tu ne sais pas quoi faire, dis un proverbe chinois.
Proverbe chinois

Sudoku de lettres

Attention : les chiffres sont remplacés par les lettres A, B, C, D, E, F, G, H, I !

				E		G		
		F			D	A	B	
H				D				
			C		G			
C			I		A	F	D	
	G		F		C		I	
		I				C	A	
		A	B				F	

Trouvez le chemin pour sortir de ce labyrinthe.

solutions p. 381

ÉNIGME

Joseph compte ses jouets. Il dit à sa mère : « Si on ajoute le quart de ce nombre au tiers de ce nombre, il y en aura dix de plus que la moitié ! » Combien de jouets a-t-il ?

Un homme entre dans un bar et demande :
« Quelqu'un aurait-il perdu un gros rouleau d'argent avec un élastique enroulé autour ? »
Un client s'approche et dit :
– C'est à moi, c'est à moi !
– Tenez, j'ai retrouvé l'élastique...

SEMAINE 8

Lundi
20
Février

Ste Aimée

CULTURE G

INSOLITE

Muhammad Noor Che Musa, un Malaisien de 33 ans, a épousé une femme de 104 ans, assurant qu'il ne l'avait pas fait pour l'argent. La mariée a, pour sa part, dit espérer que cette union « dure longtemps »...

CULTURE G

VRAI/ FAUX

Une étude de Chopin est surnommée « La négresse », car une femme noire lui en aurait inspiré la mélodie.

SUITE LOGIQUE

Quel est le nombre qui complète cette suite logique ?

55 - 46 - 37 - 28 - X

« Le chauffeur est, de loin, la partie la plus dangereuse de l'automobile. »
Léo Campion, humoriste français

JEU DE LETTRES

Pouvez-vous retrouver ces mots de 6 lettres ?

Attention : les lettres doivent être en ordre décroissant de l'alphabet !

R					
S					

Complétez cette suite logique de cartes.

solutions p. 381

SEMAINE 8

Mardi
21
Février

St Pierre-Damien
MARDI GRAS

Où trouve-t-on samedi avant vendredi ?

Dans le dictionnaire.

Quiz

CULTURE G

Comment appelle-t-on l'athlète qui pratique le bobsleigh ?

A - Un lugeur
B - Un bobeur
C - Un sleigeur

JEU DE LETTRES

Quelle est la particularité du mot « ressasser » ?

On tombe toujours du côté où l'on penche.

SUITE LOGIQUE

Complétez cette suite logique.

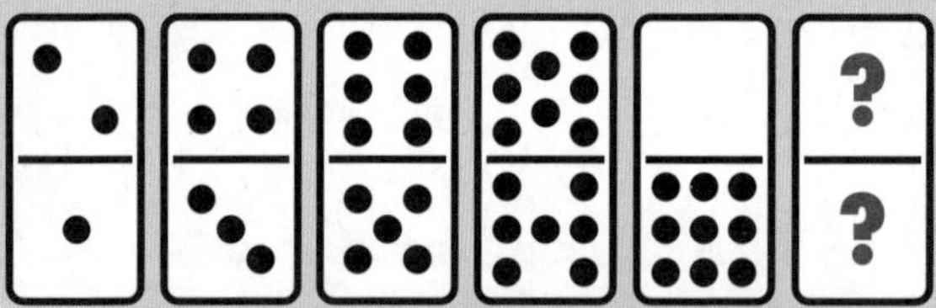

ÉNIGME

Cinq verres (A, B, C, D, E) sont alignés. Les trois premiers, A, B, C, sont pleins, les deux derniers sont vides. Comment obtenir l'alternance plein/vide en ne touchant qu'un seul verre ?

Là où la diplomatie a échoué, il reste la femme.
Proverbe arabe

Quelle figure se trouve une fois de plus dans le cadre de droite ?

solutions p. 381

CULTURE G

C'EST ARRIVÉ AUJOURD'HUI

22 février 1732

C'est la date de naissance de George Washington, le premier président des États-Unis, en fonction de 1789 à 1797. Il a fait l'objet de nombreux hommages depuis la fin du XVIIIe siècle : son nom a été donné à la capitale des États-Unis, à un État du nord-ouest de l'Union, ainsi qu'à de nombreux sites et monuments. Son effigie figure depuis 1932 sur la pièce de 25 cents (quarter) ainsi que sur le billet d'un dollar.

ÉNIGME

Dans une pièce carrée, il y a un tabouret à chaque angle. En face de chaque tabouret, il y en a trois autres. Combien y a-t-il de tabourets dans cette pièce ?

SEMAINE 8

Mercredi
22
Février

Ste Isabelle
CENDRES

Que fait une baleine lorsqu'on la chatouille ?

Elle dit : « C'est assez ! J'ai le dos fin ! » Et elle se cache à l'eau...

SUITE LOGIQUE

Trouvez le nombre qui complète cette suite logique.

1 - 1 - 2 - 3 - 5 - 8 - 1 - X

« Si le sommeil ne séparait pas les couples, il y aurait deux fois plus de divorces. »
Philippe Bouvard, journaliste et humoriste français

CULTURE G

HYMNES NATIONAUX

De quels pays ces hymnes sont-ils les hymnes nationaux ?

A - *La Bannière étoilée (The Star-Spangled Banner)*

B - *La Brabançonne*

JEU DE LETTRES

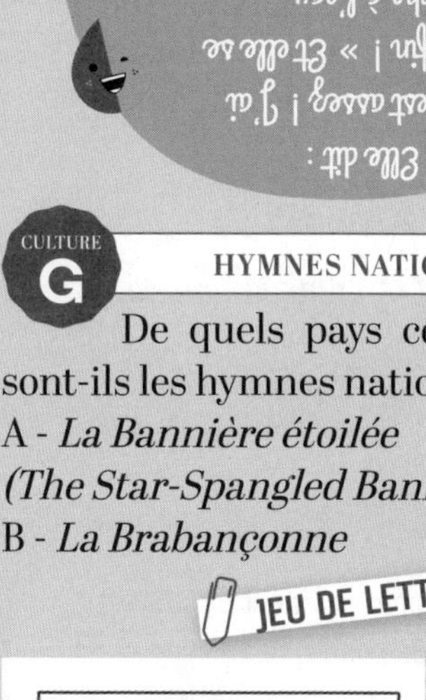

Retrouvez les lettres de l'alphabet manquantes : elles indiqueront le nom d'une ville d'Europe.

Combien de triangles et de carrés voyez-vous dans cette figure ?

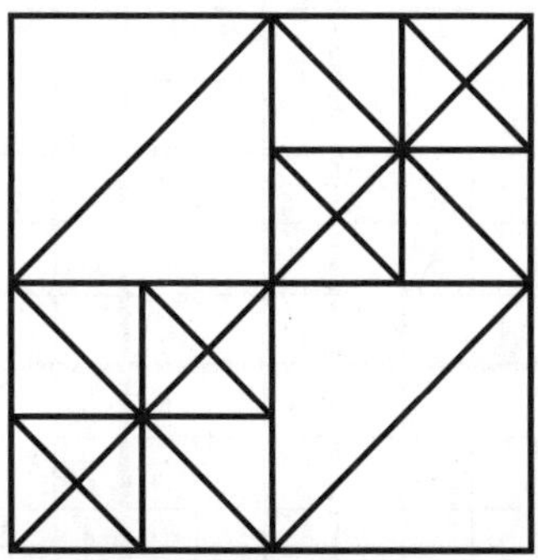

SEMAINE 8

Jeudi
23
Février

St Lazare

Un fonctionnaire surmené déclare : « Il y avait du travail pour quatre, heureusement, on était huit ! »

JEU DE LETTRES

Mélangez les lettres de ces 7 mots aux lettres des jours de la semaine pour former 7 nouveaux mots :

Vie – léoni – soi – natal – raie – moelle – ras

CULTURE G — Quiz

Qu'est-ce que le martinisme ?

A - La religion développée en Martinique
B - Un courant de pensée ésotérique
C - La pensée de Martin Luther King

Sudoku

	4	1	9					
5			6					
6				1				8
	9				1		4	3
	3					6		
4		2						
3		4	8		6	5		
					5	7		
2		5			7	4		

ÉNIGME

Mon premier coupe le bois. Mon deuxième est une partie du visage. Mon troisième porte les voiles d'un bateau. Mon tout a été muet, puis est devenu parlant. Qui suis-je ?

CULTURE G — LE SAVIEZ-VOUS ?

La catachrèse consiste à détourner un mot de son sens propre, en étendant sa signification. C'est par exemple le cas lorsque l'on parle du pied d'une table ou lorsque l'on est « à cheval » sur une chaise.

Devinette

Quel est le genre d'humour que les dindes n'aiment pas ?

Les farces.

Le tireur prétend avoir 70 points. De combien de points se trompe-t-il ?

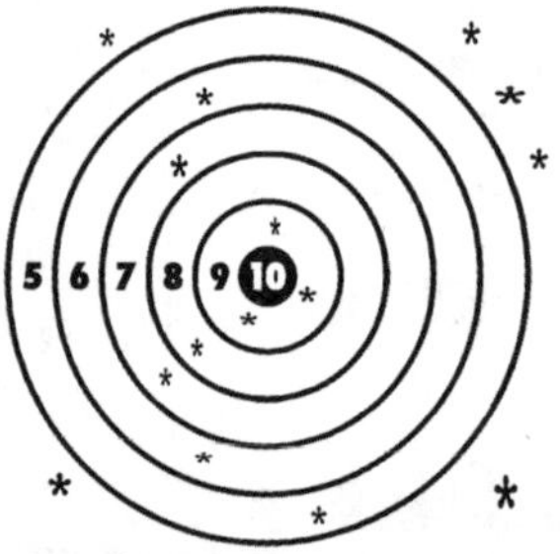

solutions p. 382

ÉNIGME

Jean-Pierre conduit sa voiture de sport sur une route en forêt, le long de laquelle il n'y a aucune lumière, sous un ciel sans lune, ni étoiles, aucun phare allumé. Une dame noire, habillée de noir, traverse soudain la route. Il freine, laisse passer la dame et repart. Comment a-t-il pu l'apercevoir ?

CULTURE G

LE SAVIEZ-VOUS ?

Les doigts du koala possèdent des empreintes digitales semblables à celles des humains. Seul un examen approfondi permet de les reconnaître. C'est également le cas des gorilles et des chimpanzés.

Travailler dur n'a jamais tué personne, mais pourquoi prendre le risque ?

SUITE LOGIQUE

Quel est le nombre qui complète cette suite logique ?

9 – 16 – 23 – 30 – 37 – X

M. et Mme Tol ont un fils. Comment s'appelle-t-il ?

Brice.

SEMAINE 8

Vendredi

24

Février

St Modeste

CULTURE G

VRAI/ FAUX

Une équipe de policiers londoniens a remporté une médaille aux Jeux olympiques.

JEU DE LETTRES

Élargissez votre vocabulaire !

Quel mot de 10 lettres désigne une personne qui parle plusieurs langues ?

Combien de pois ont été recouverts par la coulée d'encre ?

Samedi

25

Février

St Roméo

SEMAINE 8

ÉNIGME

Julien a 38 ans et son frère 20 ans. Julien a-t-il déjà eu le double de l'âge de son frère ?

JEU DE LETTRES

Quel mot français commençant par la lettre T ne rime avec aucun autre mot ?

SUITE LOGIQUE

Complétez cette suite logique.

– Alors, cet examen ? demande un papa kangourou à sa fille qui rentre de l'école.
– Pas de problème, c'est dans la poche !

« Dieu ne recevra jamais le prix Nobel de la paix. »
José Artur, animateur de radio français

Quand l'eau déborde, les digues sont rompues ; quand le cœur déborde, l'entente est rompue.
Proverbe malgache

Quel est le score ?

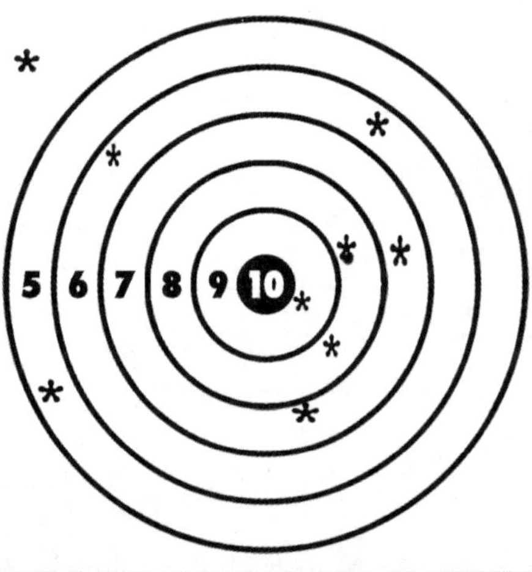

CULTURE G

Quiz

À quelle date la guillotine a-t-elle été supprimée en France ?

A - 1889

B - 1927

C - 1977

solutions p. 382

ÉNIGME

Rafael, Ilan, Sébastien, Benjamin et Tom regardent leur classement à l'école. Rafael est meilleur que Sébastien. Ilan est meilleur que Tom, mais moins bon que Benjamin. Tom et Benjamin sont moins bons que Rafael, mais Tom est meilleur que Sébastien. Pouvez-vous donner le classement des élèves ?

SEMAINE 8

Dimanche
26
Février
St Nestor
1ER DIMANCHE DE CARÊME

SUITE LOGIQUE

Quel est le nombre qui complète cette suite logique ?

1 - 3 - 7 - 15 - 31 - X

VRAI/ FAUX

CULTURE G

Il y avait une épreuve de nage sous-marine lors des Jeux olympiques de 1900.

LE SAVIEZ-VOUS ?

CULTURE G

La capacité d'enregistrement d'un CD est de 74 minutes, à la demande du chef d'orchestre autrichien, Herbert von Karajan, qui voulait que la version la plus lente de la 9e symphonie de Beethoven tienne sur un seul CD !

« Pour mes obsèques, je ne veux que le strict nécessaire, c'est-à-dire moi. »
Georges Clemenceau, homme politique français

– Docteur, si j'arrête le vin, les femmes et la cigarette, est-ce que je vivrai plus longtemps ?
– Pas vraiment… Mais la vie vous paraîtra plus longue.

JEU DE LETTRES

Avec les lettres au centre, formez quatre mots nouveaux en vous aidant des lettres dans les carrés ci-contre.

BAR
CEN
TIRE
NUEC
AVR

Que ce soit le matin ou le soir, les pendules indiquent les heures de 1 à 12. Houston est en GMT – 6, Hong Kong en GMT + 8 et Indianapolis en GMT – 5. Trouvez l'heure de quelle ville indique chaque pendule.

06:05

05:05

07:05

solutions p. 382

SEMAINE 9

Lundi

27

Février

Ste Honorine

Devinette

Quel est l'insecte qui arrive toujours le premier à la course ?

Le pou, parce qu'il est toujours en tête...

ÉNIGME

Julien a deux frères de plus que de sœurs. Sa sœur, Léa, a trois fois plus de frères que de sœurs. Combien y a-t-il de frères et de sœurs ?

JEU DE LETTRES

Formez un mot avec les lettres suivantes :

E – E – E – E – E – E – G – L – M – N – R – T – D

Quiz

CULTURE G

À quelle occasion fut lancé le premier S.O.S. radio ?

A - Le naufrage du *Titanic*

B - Le pillage de la banque centrale du Texas

C - L'attaque du train postal Glasgow-Londres

Il y a trois types de personnes : celles qui savent compter et celles qui ne savent pas.

INSOLITE

CULTURE G

En 1845, Émilie Sagée, jeune professeure de français à l'institut Von Neuwelcke de Lettonie, suscite les plus folles rumeurs. Des dizaines de témoignages sont concordants : elle apparaît, au même moment, en deux endroits différents de l'établissement ! Ce phénomène est appelé « bilocation ». Elle ne serait pas la seule personne à qui cela serait arrivé. On cite aussi Padre Pio, Marthe Robin, Joseph de Cupertino, etc.

Sudoku

			5					2
						3		7
			8	2	7		9	
6		7	4					
		2				4		
9	8			5				
					8			3
7	1					9		
		3	2		9	6	1	

Complétez cette suite logique de cartes.

solutions p. 383

SEMAINE 9

Mardi
28
Février

St Romain

ÉNIGME

Hector et Gaspar se battent pour découper un gâteau : chacun veut faire la plus grande part ! Leur maman a trouvé la solution pour stopper le conflit. Comment a-t-elle fait ?

Devinette

Comment appelle-t-on le bébé d'un loup et d'une otarie ?

Je ne sais pas, mais cela doit être loufoque !

La Coupe du monde de foot, à coups sûrs !

Coup de boule avec Zidane.
Coup de gueule avec Anelka.
Coup de main avec Henry. Avec un peu de patience, bientôt ils joueront avec les pieds !

CULTURE G – VRAI/ FAUX

« Bissextile » se décompose en « bis » et « sexte », pour les deux chiffres 6 du nombre 366.

JEU DE CHIFFRES

Faites cette opération de tête ! N'utilisez pas de papier, de crayon ou de calculatrice.

79 + 87 =

CULTURE G – LE SAVIEZ-VOUS ?

Le Grand sceau des États-Unis, leur emblème, notamment présent sur les billets de banque américains, porte la mention « *E Pluribus Unum* » (« un seul à partir de plusieurs »), pour rappeler la réunion des 13 États d'origine.

Trouvez le chemin pour sortir de ce labyrinthe.

Mot carré

	A	B	C	D
A				
B				
C				
D				

Complétez cette grille en respectant les indications suivantes :
A - Verticalement et horizontalement : pays de Gandhi.
B - Verticalement et horizontalement : succède au jour.
C - Verticalement et horizontalement : principe supérieur.
D - Verticalement et horizontalement : boîte.

solutions p. 383

SEMAINE 9

Mercredi

1

Mars

St Aubin

ÉNIGME

Quand je suis propre, je suis noir, et quand je suis sale, je suis blanc. Qui suis-je ?

« J'ai une vie privée trop irrégulière pour me permettre d'avoir des opinions politiques. »

Henry Millon de Montherlant, écrivain français

CULTURE G

Quiz

De qui George Sand fut-elle la maîtresse ?

A - Frédéric Chopin
B - Franz Liszt
C - Voltaire

CULTURE G

AUX ORIGINES

Dans l'Antiquité, les falaises qui bordaient le détroit de Gibraltar marquaient la frontière entre le monde civilisé et un monde inconnu. Elles étaient surnommées « les colonnes d'Hercule ».

Les pluriels

Un beau ? Des cors.
Un mur ? Des crépis.
Un vrai ? Des dalles.

JEU DE LETTRES

Formez un mot avec les lettres suivantes

Z – Z – E – E – A – I – N – N – M

Sudoku

3								
	1				8			9
				2				
6			3					
9			4	5				1
		2	6					8
5					9	1		2
7	3					8		5
								4

Quel est le score de cette cible ?

solutions p. 383

CULTURE G

C'EST ARRIVÉ AUJOURD'HUI

2 mars 1978

Alors qu'il reposait en paix depuis sa mort, le jour de Noël 1977, le cercueil contenant le corps de Charlie Chaplin est volé au cimetière de Corsier-sur-Vevey. Il est retrouvé intact 11 semaines plus tard.

Le borgne n'a qu'un œil, mais il pleure quand même.
Proverbe bantou

SEMAINE 9

Jeudi
2
Mars
St Charles le Bon

Que demande un douanier à un cochon qui passe la frontière ?

Son passe-porc.

JEU DE CHIFFRES

Réalisez ces égalités en insérant des opérateurs mathématiques (+, –, ×, / et ()) entre les chiffres.

5 5 5 5 = 30
5 5 5 5 = 55
5 5 5 5 = 50
5 5 5 5 = 120

« Le génie, c'est 1 % d'inspiration et 99 % de transpiration. »
Thomas Edison, inventeur américain

JEU DE LETTRES

Saurez-vous trouver ce mot de 5 lettres ?

			Q	

Combien de pois ont été effacés ?

ÉNIGME

M. Serrurier, M. Lévêque et M. Pasteur habitent boulevard Serrurier, Pasteur et Lévêque. L'un est serrurier, l'autre pasteur et le troisième évêque. Leur nom ne correspond ni à leur métier, ni au nom du boulevard dans lequel ils habitent. Sachant que M. Serrurier habite boulevard Pasteur, pouvez-vous dire quelle est la profession de chacun et où il habite ?

solutions p. 383

SEMAINE 9

Vendredi
3
Mars

St Guénolé

ÉNIGME

Lorsque je suis debout, ils sont allongés, mais lorsque je suis allongé, ils sont debout. Qui sont-ils ?

JEU DE LETTRES

L'imprimeur étourdi a oublié d'insérer les voyelles et les espaces dans cette phrase. Saurez-vous retrouver ce proverbe africain ?

QNDLBLNCBG,
LNTRPRTBCPDTRVL

Perle de bulletin scolaire

« Dort en cours, sur le clavier ou le tapis de la souris, selon l'urgence. Ne se réveille que pour boire son café à l'intercours. »

CULTURE G

INSOLITE

Frane Selak s'est échappé d'un train tombé dans une rivière glacée, a survécu à un accident d'avion qui a fait 19 morts, est sorti d'un bus tombé dans une rivière, a réussi à s'extraire de sa voiture en feu juste avant son explosion, et maintes autres mésaventures. Il a finalement gagné 800 000 € grâce à son tout premier ticket de loterie ! Il est surnommé « l'homme le plus chanceux du monde » !

Trouvez le chemin pour sortir de ce labyrinthe.

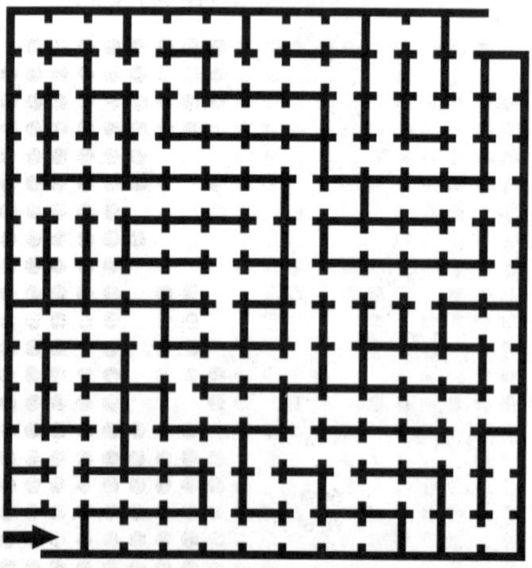

CARRÉ MAGIQUE

Pouvez-vous compléter ce carré pour que le total de chaque ligne verticale, ou horizontale, soit égal à 34 ?

1		7	
		2	
	3		5
			4

CULTURE G

GENTILÉS

Quel est le nom des habitants de :
A. Jérusalem
B. Ouagadougou
C. Los Angeles

solutions p. 384

SEMAINE 9

Samedi

4

Mars

St Casimir

ÉNIGME

Rafael raconte ses vacances : « Il y a eu 11 jours de pluie ; pendant ces 11 jours, quand il pleuvait le matin, il faisait beau l'après-midi et s'il pleuvait l'après-midi, il avait fait beau le matin. » Au total, il y a eu 9 matinées et 12 après-midi sans pluie. Combien de jours de vacances a-t-il eus ?

CULTURE G — VRAI/ FAUX

Katmandou est la capitale du Tibet.

« Quel aigle, cet Hollande ! La plus brillante médiocrité du PS est à sa place : à la tête du parti ! »

Jean-Luc Mélenchon, homme politique

Devinette

Quelle est la ville la plus vieille du monde ?

Milan.

JEU DE LETTRES

Pouvez-vous retrouver ces mots de 5 lettres ?

Attention : les lettres doivent être en ordre croissant de l'alphabet !

D				
D				

Quel est le score de cette cible ?

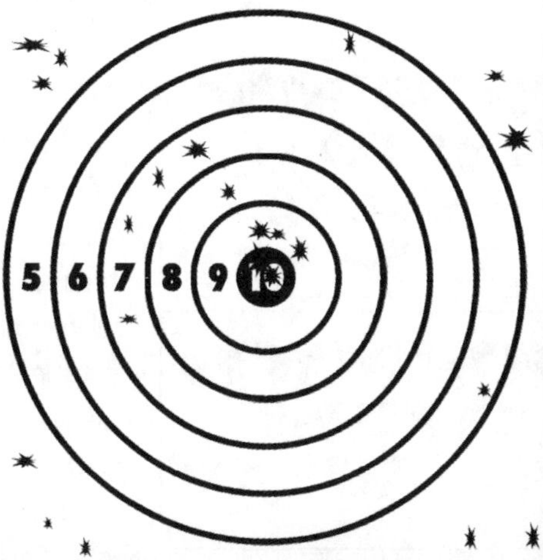

CULTURE G — LE SAVIEZ-VOUS ?

Il est presque impossible de garder les yeux ouverts en éternuant. Certains disent que celui qui y arriverait atteindrait la sagesse suprême !

JEU DE CHIFFRES

Faites cette opération de tête ! N'utilisez pas de papier, de crayon ou de calculatrice.

$6 - (99/3) + 7 + (3 \times 7) =$

solutions p. 384

SEMAINE 9

Dimanche
5
Mars

Ste Olive
FÊTE DES GRANDS-MÈRES

CULTURE G

Quiz

Quel grand compositeur de musique est mort une heure avant Staline ?

A - Stravinsky
B - Prokofiev
C - Chostakovitch

JEU DE LETTRES

Élargissez votre vocabulaire !

Quel mot de 14 lettres désigne une personne qui a toujours peur d'être malade ?

Que font des bouteilles sur la route ?

Des bouchons.

CULTURE G

HYMNES NATIONAUX

De quel morceau est extrait l'hymne officiel de l'Union européenne ?

ÉNIGME

On considère que l'océan Atlantique fait la 1/2 du Pacifique, et l'Arctique le 1/4 de l'Atlantique. L'Arctique et l'Antarctique font ensemble les 2/5 de l'océan Indien, qui fait lui-même les 9/20 de l'Atlantique. Combien faut-il d'océans Antarctique pour recouvrir tout le Pacifique ?

Une station de métro, c'est l'endroit où le métro s'arrête. Une station d'autobus, c'est l'endroit où les bus s'arrêtent. Devant moi, j'ai une station de travail.

Sudoku

	4			1	8			3
3	5			2				
		9						
2		7				1	9	
		3	1	6				
1			6		4		8	
		4	5			2		
			7					6

Quelle est la figure qui se trouve seulement dans le cadre du haut ?

solutions p. 384

SEMAINE 10

Lundi

6

Mars

Ste Colette

ÉNIGME

On me voit dans l'heure, dans la minute, mais pas dans le jour. Qui suis-je ?

M. et Mme Dé ont une fille. Comment s'appelle-t-elle ?

Bonnie.

JEU DE CHIFFRES

Faites cette opération de tête ! N'utilisez pas de papier, de crayon ou de calculatrice.

(123 – 456) =

CULTURE G — VRAI/ FAUX

Pendant les Jeux olympiques de Paris, en 1900, une épreuve de tir a été réalisée sur des pigeons vivants.

« Pourquoi dit-on que la boxe est le plus dur de tous les sports, alors qu'en fait c'est juste un coup à prendre ? »
Marc Escayrol, auteur français

On apprend peu par la victoire, mais beaucoup par la défaite.
Proverbe japonais

JEU DE LETTRES

Pouvez-vous retrouver ce proverbe touareg, composé sur les touches du clavier ?

5'46663 2 4683683 52 666873, 6247 3438 2 4683683 53 83677.

Combien de cercles voyez-vous ?

solutions p. 384

SEMAINE 10

Mardi
7
Mars

Ste Félicité
POURIM

Une flaque d'eau a plus de profondeur que lui !

Suite logique

Complétez cette suite logique de dominos.

CULTURE G

INSOLITE

L'année dernière, en Argentine, Carrefour a commercialisé un cake qui contenait 12 grammes de cocaïne ! On vous rassure : il s'agissait seulement d'une erreur dans la liste des ingrédients sur l'emballage !

Quel est le score de cette cible ?

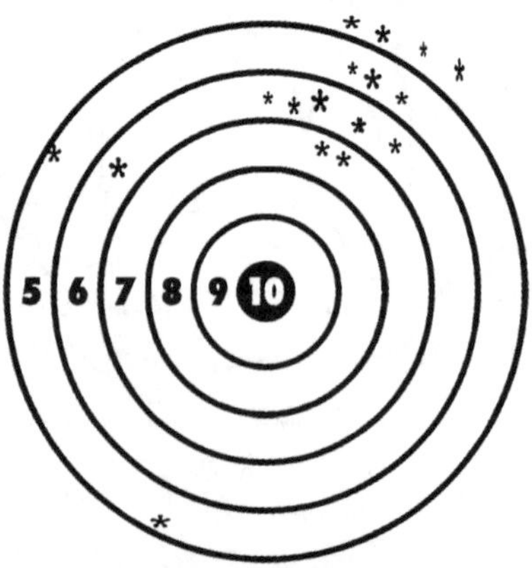

JEU DE LETTRES

Voici la définition d'un mot de 5 lettres de la langue française, donnée par un dictionnaire daté de 1690. Devinez de quel mot il s'agit !

« C'est une espèce de rue longue, large et voûtée à la hauteur de 40 ou 50 pieds, destinée au commerce. Ce terme est usité parmi les Orientaux, principalement dans la Perse. »

CULTURE G

Quiz

Qu'est-ce que le point Nemo ?

A - L'emplacement où a sombré le *Nautilus* du capitaine Nemo.

B - Le point de l'océan le plus isolé du globe.

C - L'endroit où les oiseaux migrateurs se réunissent.

Un professeur demande à son élève quel est le travail de son père.

– Il est fonctionnaire, répond-il.

– Et ta mère ?

– Ben, elle ne fait rien non plus !

ÉNIGME

Dans un tiroir, il y a des chaussettes. Elles sont toutes rouges, sauf deux. Elles sont toutes vertes, sauf deux. Elles sont toutes bleues, sauf deux. Combien y a-t-il de chaussettes dans ce tiroir ?

solutions p. 385

ÉNIGME

Si vous arrivez à faire une cigarette entière avec trois mégots, combien en ferez-vous avec neuf mégots ?

Devinette

Comment dit-on « rentrez chez vous » en brésilien ?

Troasero.

SEMAINE 10

Mercredi

8

Mars

St Jean de Dieu

JOURNÉE INTERNATIONALE DES DROITS DES FEMMES

CULTURE G — VRAI/ FAUX

La knismolagnie désigne le fait d'éprouver du plaisir sexuel par les chatouilles.

Suite logique

Quel est le nombre qui complète cette suite logique ?

1 - 4 - 9 - 16 - 25 - X

L'étrange monastère

L'abbé Canne, aumônier des cyclistes.

L'abbé MW, qui flirte avec la mère Cédes.

Le père Idurale, aumônier des accouchées.

CULTURE G — C'EST ARRIVÉ AUJOURD'HUI

8 mars 1911

Les empreintes digitales servent pour la première fois devant un tribunal à New York. Elles permettent de condamner un cambrioleur.

JEU DE LETTRES

À l'aide des lettres au centre, formez quatre mots nouveaux en vous aidant des lettres dans les carrés ci-dessous.

Que ce soit le matin ou le soir, les pendules indiquent les heures de 1 à 12. Zagreb est en GMT + 1, Hô Chi Minh en GMT + 7 et Jacksonville en GMT – 5. Trouvez l'heure de quelle ville indique chaque pendule.

solutions p. 385

SEMAINE 10

Jeudi

9

Mars

Ste Françoise

ÉNIGME

Devinez un nombre de 3 chiffres, dont la somme des chiffres est 12. Le premier chiffre est la moitié du second, mais également le tiers du troisième. Quel est ce nombre ?

Un homme demande à son ami :
– Tu peux me prêter 100 € ?
– Je n'ai malheureusement que 60 €...
– Ce n'est pas grave. Donne-les-moi, tu m'en devras 40.

Virelangue

Amusez-vous à répéter dix fois de suite cette phrase.

Sachez chasser les six chats sans souci.

CULTURE G

LE SAVIEZ-VOUS ?

Pendant la Seconde Guerre mondiale, la BBC commençait ses émissions par le motif de la 5e Symphonie de Beethoven, car, transcrit en morse, il ressemble à la lettre V de « victoire » !

Si vous n'avez rien à faire, prière de ne pas le faire ici.

CULTURE G

Quiz

Quel roi a-t-on appelé Saint Louis ?

A - Louis VIII

B - Louis IX

C - Louis XI

Sudoku de symboles

Attention : les chiffres ont été remplacés par les 9 symboles suivants : &, £, %, $, », =, μ, ! et +.

				μ	+	=		
	»			$				
	$		%				!	
			=	&				%
		&	£					»
	!	$						
	+				&		μ	
		£		%	=			

Trouvez le chemin pour sortir de ce labyrinthe.

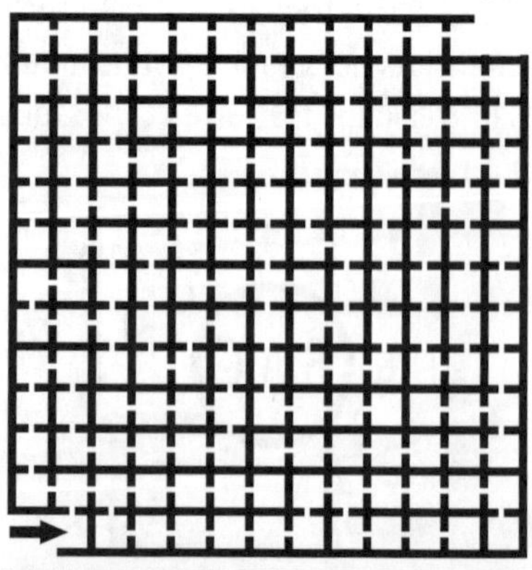

solutions p. 385

« Dire que nous foulons ce sol de la Lune où jamais la main de l'homme n'a mis le pied ! »
Dupond dans *On a marché sur la Lune* de Hergé

ÉNIGME

Qu'est-ce qu'on jette lorsque l'on en a besoin et qu'on ramène lorsqu'on n'en a plus besoin ?

SEMAINE 10

Vendredi
10
Mars
St Vivien

CULTURE G

C'EST ARRIVÉ AUJOURD'HUI

10 mars 1876

Alexander Graham Bell effectue le premier appel téléphonique de l'histoire. Il appelle son assistant en prononçant cette célèbre phrase : « *Mr. Watson, come here, I want to see you* » (M. Watson, venez ici, je veux vous voir).

JEU DE CHIFFRES

Réalisez ces égalités en insérant des opérateurs mathématiques (+, –, ×, / et ()) entre les chiffres.

6 6 6 6 = 5
6 6 6 6 = 6
6 6 6 6 = 8
6 6 6 6 = 24

Trop de colle ne colle plus, trop de sucre n'adoucit plus.
Proverbe chinois

Que disent deux chats quand ils sont amoureux ?
On est félins pour l'autre.

Quel est le score de cette cible ?

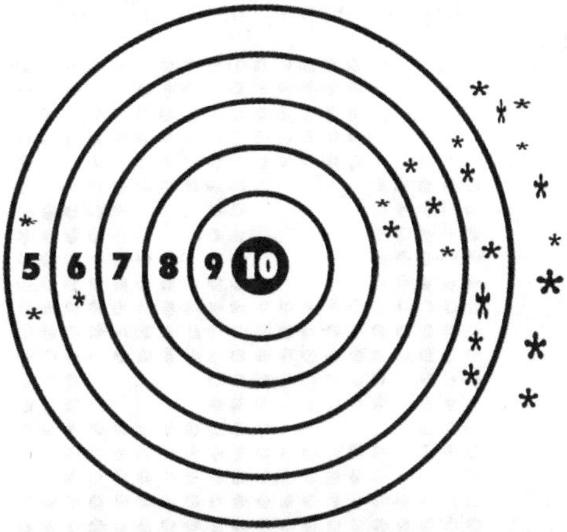

JEU DE LETTRES

Saurez-vous retrouver ces 4 mots horizontaux ?
Attention : il n'y a pas de lettre U !

		Q	A			
	A				Q	
Q	A					
			Q	I		

solutions p. 385

SEMAINE 10

Samedi
11
Mars

Ste Rosine

Une maman demande à son fils :
– Pourquoi as-tu de mauvaises notes ?
– Parce que ce n'est pas moi qui les mets !

ÉNIGME

Deux dromadaires sont dans le désert. L'un regarde le nord, l'autre le sud. Pourtant, ils arrivent à se voir, alors qu'ils n'ont pas de miroir. Comment est-ce possible ?

JEU DE LETTRES

Conjuguez le verbe à la forme qui convient :
Trois présidents se sont (succéder) la même année.

A. Succédé *B. Succédés*

Le travail d'équipe est essentiel. En cas d'erreur, cela permet d'accuser quelqu'un d'autre.

CULTURE G

INSOLITE

Dans le film *Vincent et Moi*, sorti en 1989, Jeanne Calment pulvérise le record d'âge pour une apparition à l'écran : elle avait 114 ans !

CULTURE G

SURNOMS GÉOGRAPHIQUES

Quelles villes appelle-t-on...
A - La Venise de l'Orient
B - La Chicago française
C - Le Paris de l'Orient

Sudoku

8	5				4		1	
1		4		9		2		6
					8		4	
4			2			5		
	1							
	2	3		6				
						9		
	9				5			
	7					8	5	3

Combien de pois ont été effacés ?

solutions p. 385

ÉNIGME

Quelle est la masse du menhir d'Obélix, sachant qu'elle est égale à 19 fois celle d'Obélix, et que, lorsqu'il le transporte sur son dos, ils pèsent à eux deux 1,8 t ?

Devinette

Pourquoi les blondes accrochent-elles leur photo dans leur chambre ?

Pour les utiliser comme miroir.

SEMAINE 10

Dimanche
12
Mars
Ste Justine

« Enfant : fruit qu'on fit. »
Léo Campion, humoriste français

JEU DE CHIFFRES

Faites cette opération de tête ! N'utilisez pas de papier, de crayon ou de calculatrice. 56 + 135 + 16 =

CULTURE G

Quiz

Qui a introduit le tabac en Europe ?

A - Christophe Colomb
B - Jean Nicot
C - Magellan

CULTURE G

LE SAVIEZ-VOUS ?

Bien qu'il soit un film musical, *Le Chanteur de jazz*, sorti en 1927, est considéré comme le premier film parlant de l'histoire, avec ses 354 mots prononcés.

Quelle est la figure qui se trouve seulement dans le cadre du bas ?

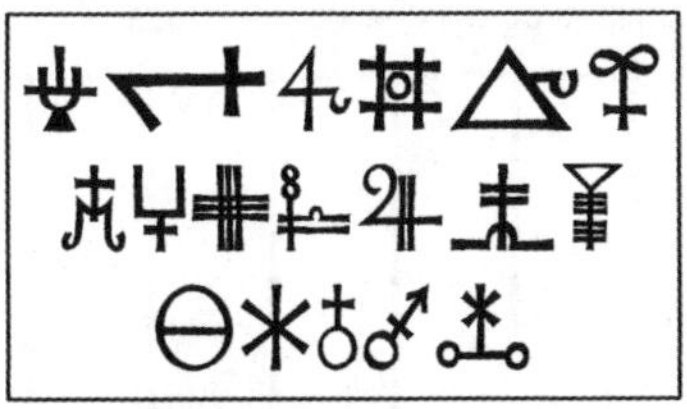

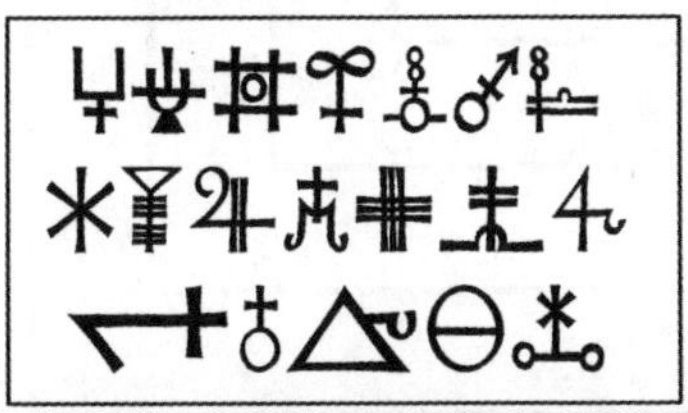

JEU DE LETTRES

Formez un mot avec les lettres suivantes :

A – D – I – E – N – M –
T – T – T – L – G – S – O –
O – O – O – O – O

	D		N						M				L			I	

solutions p. 386

SEMAINE 11

Lundi

13

Mars

St Rodrigue

CULTURE G

VRAI/ FAUX

La clémentine doit son nom à son inventeur, un certain Clément.

Si vos parents sont stériles, vous avez de grandes chances de l'être aussi.

Suite logique

Complétez cette suite logique de dominos à 6 points.

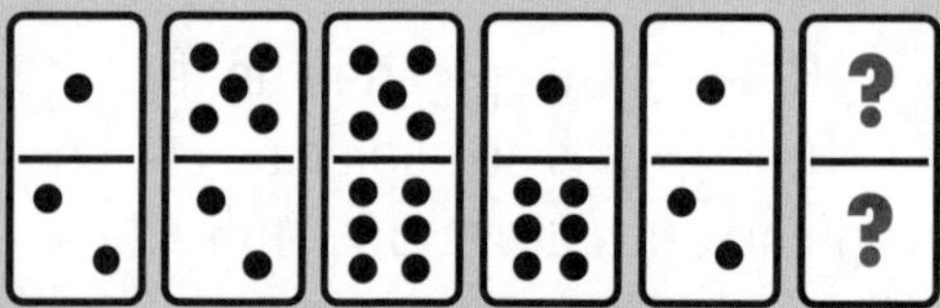

ÉNIGME

Jean-Pierre sort de sa maison et n'est pas surpris de voir 2 fois plus de neige dans son champ que dans celui de son voisin. Pourquoi ?

À attendre l'herbe qui pousse, le bœuf meurt de faim. Proverbe anglais.

Avant d'être opéré du cœur, un patient demande à son chirurgien :
– L'intervention va-t-elle me coûter cher ?
– Monsieur, laissez donc ce souci à vos héritiers.

Combien de carrés voyez-vous ?

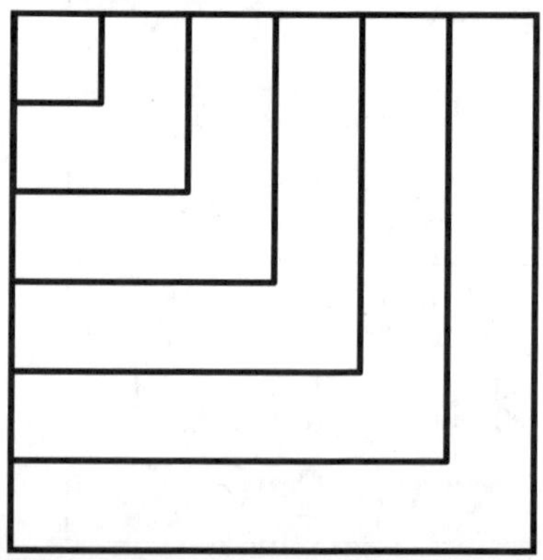

JEU DE LETTRES

Quelle est l'anagramme du mot « marouflerai » ?

solutions p. 386

SEMAINE 11

Mardi
14
Mars

Ste Mathilde

ÉNIGME

Patrick demande à Germaine :
- Quel est ton âge ?
- J'ai six fois ton âge, répond-elle. Il y a deux ans, j'avais huit fois ton âge. Quels sont les âges de Germaine et Patrick ?

Devinette

M. et Mme Opéra ont deux filles. Comment s'appellent-elles ?

Elle, Chantal.

CULTURE G — INSOLITE

Dans certaines universités, le 14 mars (écrit 3/14 en notation anglo-saxonne) est le jour de π, dont la somme des 20 premières décimales donne 100, et celle des 144 décimales est égale à 666.

Suite logique

Complétez cette suite logique :

2 - 6 - 18 - 54 - X

JEU DE LETTRES

Complétez ce mot uniquement avec des voyelles !

C		Q		

« Si vous voulez maigrir, suivez mon conseil : mangez autant que vous voulez, mais recrachez tout. »
Harry Secombe, acteur britannique

Quel est le score de cette cible ?

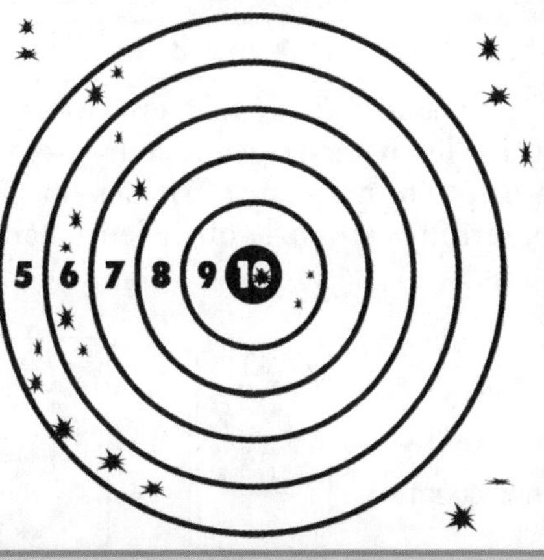

CULTURE G — LE SAVIEZ-VOUS ?

Auguste Piccard, le physicien suisse, a inspiré Hergé pour le personnage de Tryphon Tournesol.

solutions p. 386

Semaine 11

Mercredi
15
Mars

Ste Louise

« Il vaut mieux qu'il pleuve un jour comme aujourd'hui, plutôt qu'un jour où il fait beau. »
Pierre Dac, chansonnier et humoriste français

JEU DE CHIFFRES

Faites cette opération de tête ! N'utilisez pas de papier, de crayon ou de calculatrice.

8 754 – 7 845 =

Virelangue

Amusez-vous à répéter dix fois de suite cette phrase.

Le fisc fixe exprès chaque taxe fixe excessive, exclusivement au luxe et à l'exquis.

CULTURE G

AUX ORIGINES

Selon d'anciennes croyances, on baptise les bateaux avant leur première traversée en mer pour offrir des libations aux divinités et ainsi s'offrir leurs bonnes grâces.

CULTURE G

C'EST ARRIVÉ AUJOURD'HUI

15 mars 1964

Elizabeth Taylor épouse Richard Burton. À 32 ans, c'est déjà son cinquième mari. Ils divorcent 3 mois plus tard et se remarient… l'année suivante ! En 1979, Elizabeth revend pour 5 millions de dollars le diamant Taylor-Burton de 69,42 carats que Richard lui avait offert. L'argent récolté sert à la construction d'un hôpital au Botswana.

ÉNIGME

Un fermier a 3 fois plus de cochons que de vaches. Vient une période de famine, il mange 8 cochons et 8 vaches. Il lui reste maintenant 5 fois plus de cochons que de vaches. Combien de vaches avait-il en tout ?

Une jeune fille confie à son amie :
– Mon rêve, ce serait d'épouser un archéologue.
– Ah bon ? Et pourquoi ?
– Parce que plus on vieillit, plus il nous aime.

Trouvez la carte manquante.

solutions p. 386

SEMAINE 11

Jeudi

16

Mars

Ste Bénédicte

ÉNIGME

Une règle est graduée de 0 à 50 cm tous les centimètres. Il faut un millième de gramme d'encre rouge pour marquer chaque graduation. Le fabriquant produit 100 000 règles. Quel poids d'encre rouge doit-il prévoir pour la totalité des règles ?

Comment dit-on « déshabille-toi » en japonais ?

Tokatoukité.

JEU DE LETTRES

Pouvez-vous retrouver ces mots de 5 lettres ?

Attention : les lettres doivent être dans l'ordre croissant de l'alphabet !

F				
F				
F				

CULTURE G

Quiz

Pourquoi le mont Dolent, dans le massif du Mont-Blanc, est-il connu ?

A - Il est réputé pour être inaccessible.

B - Il marque la frontière entre la France, la Suisse et l'Italie.

C - Il culmine à 4 800 mètres, soit 10 mètres de moins que le mont Blanc.

Le soleil nuit pour tout le monde.

JEU DE CHIFFRES

Résolvez cette opération :

$$\frac{2}{7} + \frac{2}{5} =$$

Combien de pois ont été effacés ?

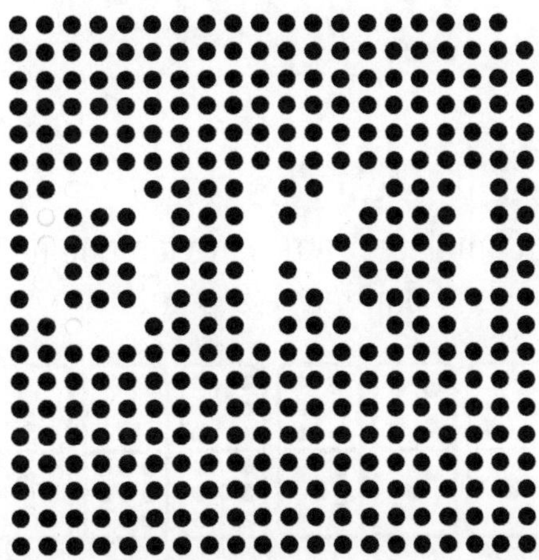

CULTURE G

LE SAVIEZ-VOUS ?

La combinaison spatiale portée par Armstrong lors de son alunissage en 1969 a été fabriquée par Playtex, un fabricant de lingerie !

solutions p. 386

SEMAINE 11

Vendredi
17
Mars

St Patrick

« J'ai un moi très fort, un surmoi inexistant et des fins de mois très difficiles. »
Coluche, humoriste français

ÉNIGME

Je ne respire jamais, mais j'ai beaucoup de souffle. Qui suis-je ?

CULTURE G — VRAI/FAUX

L'acronyme CEDEX signifie « courrier d'entreprise à distribution exceptionnelle ».

Les vieux péchés ont de longues ombres.
Proverbe anglais

Deux amis discutent.
– J'ai du mal à joindre les deux bouts en ce moment. Tu te rends compte : tous les matins, ma femme me demande 100 € !
– 100 € ?! Comment tu fais ?
– Ben, je ne les lui donne pas.

JEU DE LETTRES

Trouvez un mot de 4 lettres ne comportant que des voyelles.

Trouvez le chemin pour sortir de ce labyrinthe.

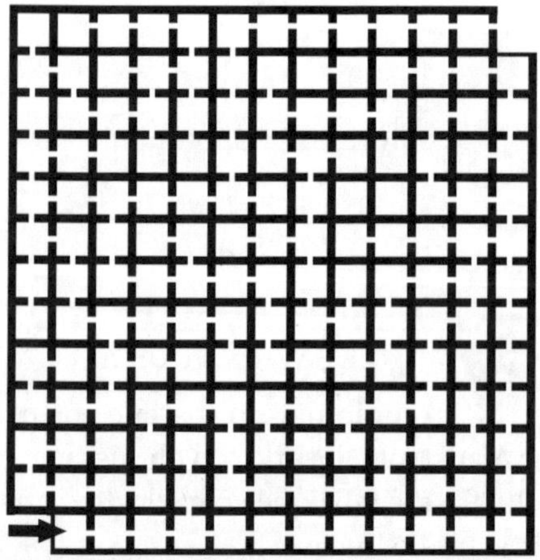

Suite logique

Complétez cette suite logique de dominos à 9 points.

solutions p. 387

Si le travail, c'est la santé, donnez donc le mien à quelqu'un de malade !

CULTURE G

LE SAVIEZ-VOUS ?

Le couteau suisse est appelé ainsi car, à l'origine, il était destiné aux soldats de l'armée suisse, pour manger et démonter leur fusil.

ÉNIGME

Qu'est-ce qui fait le tour du monde sans bouger ?

JEU DE CHIFFRES

Résolvez cette équation :

$$3x + 2 = 4 + 7x$$

CULTURE G

SURNOMS GÉOGRAPHIQUES

Quelles villes appelle-t-on...

A - La ville des 1 001 nuits
B - La ville trois fois sainte
C - La perle de l'Orient

Quel est le skieur de l'équipe A qui ne fait pas partie de l'équipe B ?

Devinette

À quoi s'expose-t-on quand on reste au soleil ?

Au plus grand des astres...

JEU DE LETTRES

Quel est ce mot populaire qui ne s'emploie que dans une seule locution ?

P											

solutions p. 387

SEMAINE 11

Dimanche
19
Mars

St Joseph

Un client retourne chez son pharmacien.
– Votre dentifrice a un goût infect !
– Et alors ? De toute façon, vous le recrachez !

ÉNIGME

Jean-Pierre est enrhumé. Il utilise des mouchoirs carrés de 25 cm de côté. En 8 jours, il a utilisé 6 m^2 de tissu. Combien, en moyenne, a-t-il utilisé de mouchoirs par jour ?

JEU DE LETTRES

Trouvez deux lettres qui, ajoutées et mélangées aux lettres des mots suivants, permettent de former quatre nouveaux mots.

Bel - berne - ceci - damné

CULTURE G

INSOLITE

À Tombouctou, au Mali, de nombreux mausolées, mosquées, cimetières et tombeaux entretiennent le souvenir de nombreux hommes pieux, valant à la ville le surnom de la ville aux 333 saints.

CULTURE G

Quiz

Où se trouve le sultanat de Brunei ?

A - Il est sur le territoire de l'île de Bornéo, en Asie.

B - Il est voisin des Émirats arabes unis, en Extrême- Orient.

C - Il est situé au sud de la péninsule du golfe Persique.

Prudente, la maman allumette recommande à ses enfants :
« Et surtout, ne vous grattez pas la tête ! »

Sudoku

				5	4			9
		1	9		7	3		
							6	
					2	1		
		5	1					8
8								4
7		8			6		9	
	5	2	7					
				8	5			3

Quel est le score de cette cible ?

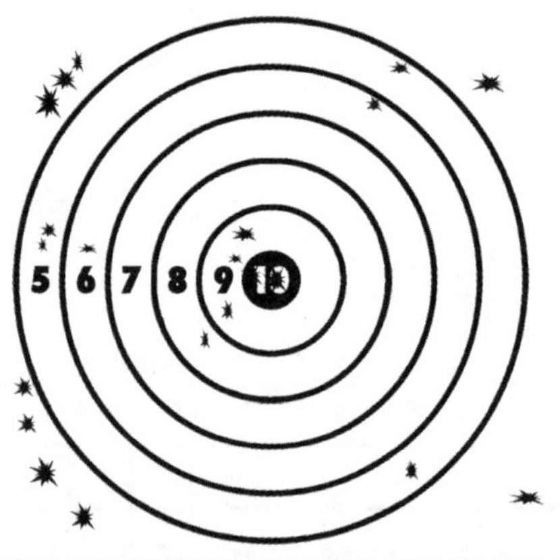

solutions p. 387

ÉNIGME

Vous participez à une course cycliste. Vous doublez le second. À quelle position vous situez-vous ?

Cet individu prive quelque part un village de son idiot.

CULTURE G

C'EST ARRIVÉ AUJOURD'HUI

Aujourd'hui, le Soleil a rendez-vous avec la Lune. L'éclipse solaire totale se produit le jour de l'équinoxe, ce qui n'est pas très fréquent.

Combien de triangles voyez-vous ?

SEMAINE 12

Lundi

20

Mars

St Herbert

PRINTEMPS

JOURNÉE INTERNATIONALE DE LA FRANCOPHONIE

Pourquoi les lapins jouent-ils avec 36 cartes au lieu de 52 ?

Parce qu'ils ont mangé les trèfles !

JEU DE CHIFFRES

Faites cette opération de tête ! N'utilisez pas de papier, de crayon ou de calculatrice.

8 888 + (1 500/4) =

JEU DE LETTRES

À l'aide des lettres au centre, formez quatre mots nouveaux en vous aidant des lettres dans les carrés ci-dessous.

Ce que vous avez perdu dans le feu, vous le retrouvez dans la cendre.

Proverbe martiniquais

solutions p. 387

Mardi
21
Mars

Ste Clémence

Un fou rentre chez lui lorsque son horloge sonne trois coups. « Oh, ça va ! Je sais qu'il est une heure, pas la peine de le répéter trois fois ! »

CULTURE G – VRAI/ FAUX

On distingue les crocodiles des alligators en observant si leurs dents du bas sont apparentes.

Suite logique

Complétez cette suite logique :
4 - 6 - 15 - 105 - X

JEU DE LETTRES

Formez un mot avec les lettres suivantes :
E – E – E – E – G – S – X

Quand tu n'es pas dans ton bureau, tu glandes. Quand ton chef n'est pas dans son bureau, il est en rendez-vous. Quand tu ne respectes pas le protocole, tu es grossier. Quand ton chef le fait, il est original.

ÉNIGME

Bernard est en compagnie de quelques amis. Il dit alors à l'un d'eux : « Je te parie que je peux m'asseoir à un endroit où tu ne pourras jamais t'asseoir. » À quel endroit pense-t-il ?

Combien de pois ont été effacés ?

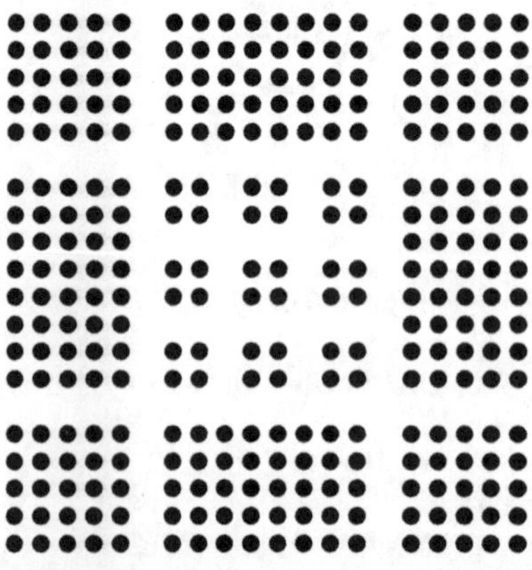

CULTURE G – C'EST ARRIVÉ AUJOURD'HUI

21 mars

Dans le calendrier révolutionnaire, utilisé de 1792 à 1806, c'est aujourd'hui que commence le mois de germinal, correspondant à la germination des végétaux. Les noms des jours étaient remplacés par des noms de végétaux : primevère, platane, asperge, tulipe, etc.

solutions p. 387

ÉNIGME

Nous sommes nés de la même mère, la même année, le même mois, le même jour et à la même heure. Pourtant nous ne sommes pas jumeaux, ni même jumelles. Pourquoi ?

« Les hommes se distinguent par ce qu'ils montrent et se ressemblent par ce qu'ils cachent. »
Paul Valéry, écrivain français

SEMAINE 12

Mercredi 22 Mars
Ste Léa
JOURNÉE MONDIALE DE L'EAU

CULTURE G

Quiz

Pourquoi les militaires se saluent-ils en levant leur main droite au niveau de leur front ?

A - C'est un usage romain.
B - C'est une superstition transformée en usage.
C - Cela date de l'époque des chevaliers.

MATHS

Quelle est la formule de l'aire d'un triangle ?

A. Côté × côté × côté
B. (Base × hauteur)/2
C. Côté + côté + côté

JEU DE LETTRES

Retrouvez les lettres de l'alphabet manquantes : elles indiqueront le nom de cette ville française.

CULTURE G

LE SAVIEZ-VOUS ?

Les premiers jumeaux rattachés par une partie de leur corps connus sont nés au XIXe siècle en Thaïlande, alors appelé pays de Siam. C'est pour cela que, depuis, les jumeaux de ce type sont appelés siamois.

Devinette

M. et Mme Gnorer ont deux filles. Comment s'appellent-elles ?

Ella, Cathy.

Trouvez la carte manquante.

83

SEMAINE 12

Jeudi

23

Mars

St Victorien

DÉBUT DU RAMADAN

Quand on voit ce qu'un pigeon peut faire sur un banc, on peut remercier Dieu de ne pas avoir donné d'ailes aux vaches !

Suite logique

Complétez cette suite logique de dominos à 9 points.

Deux collègues discutent :

– Notre patron est mort, c'est très triste. Mais, qui est l'autre personne décédée ?

– L'autre personne ?

– Sur le faire-part, il était écrit « Avec lui disparaît notre meilleur collaborateur. »

CULTURE G

INSOLITE

L'État de la cité du Vatican possède plusieurs langues officielles : l'italien pour l'État et le dialogue avec le diocèse de Rome ; le latin comme langue juridique, ainsi que pour l'Église catholique ; le français pour la diplomatie ; l'allemand pour l'armée et les gardes suisses.

ÉNIGME

Les gardes du roi réussissent à capturer François, un voleur de grand chemin. Il est condamné à la décapitation, mais le roi l'autorise à choisir sa façon de mourir. Que choisit-il ?

Virelangue

Amusez-vous à répéter dix fois de suite cette phrase.

Tonton Toto, ton thé t'a-t-il ôté ta toux ?

CULTURE G

VRAI/FAUX

Le mot « Islande » signifie « terre de feu ».

Quel est le score de cette cible ?

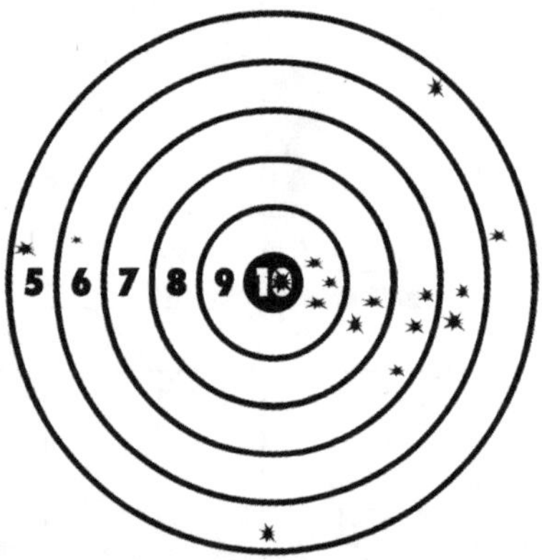

solutions p. 388

Vendredi

24

Mars

Ste Catherine de Suède

SEMAINE 12

ÉNIGME

Amélie boit un verre avec l'époux de la fille unique de la grand-mère maternelle de sa sœur. Qui l'accompagne ?

« Les enfants, c'est comme les pets, on supporte surtout les siens. »

Frédéric Dard, écrivain français

On ne dit pas « je pars en Grèce », on dit « je grossis ».

MATHS

Comment se nomme le résultat d'une division ?

A. Le reste B. Le quotient C. Le dividende

CULTURE G

Quiz

Quel régime français a fait adopter la devise « Travail, famille, patrie » ?

A - Napoléon sous le premier Empire

B - Le régime de Vichy

C - Louis-Philippe

Il y a plus d'esprit dans deux têtes que dans une.

Proverbe canadien

JEU DE LETTRES

Formez deux prénoms en croix avec les lettres suivantes :

I – R – C – H – E – L – A – A – A – S – S – S

Trouvez le chemin pour sortir de ce labyrinthe.

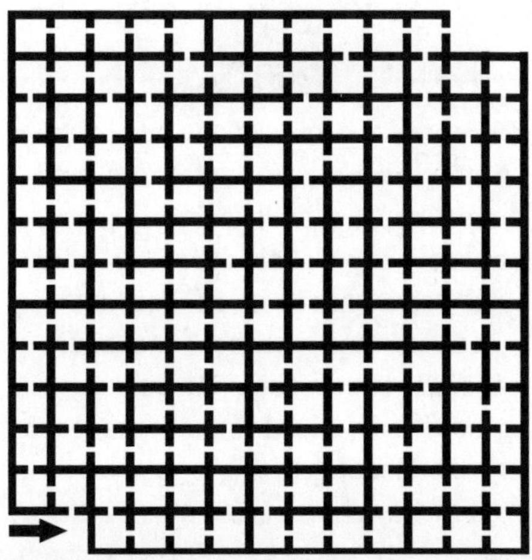

solutions p. 388

SEMAINE 12

Samedi

25

Mars

St Humbert

ANNONCIATION

CULTURE G — VRAI/ FAUX

L'eau de Javel tire son nom de son inventeur, Claude-Louis Javel.

Le meilleur moyen de prendre un train à l'heure, c'est de s'arranger pour rater le précédent.

JEU DE LETTRES

Pouvez-vous trouver l'anagramme de Pierre Corneille ?

CULTURE G — INSOLITE

Un Chinois a poursuivi sa femme en justice parce qu'elle a donné naissance à un enfant laid. La justice lui a donné gain de cause car il a découvert les opérations de chirurgie esthétique subies par sa femme après la naissance de leur enfant.

Un prêtre un peu fou monte un escalier en chantonnant : « C'est l'abbé bête qui monte, qui monte, qui monte... »

JEU DE CHIFFRES

Réalisez ces égalités en insérant des opérateurs mathématiques (+, –, ×, / et ()) entre les chiffres.

9 9 9 9 = 7   9 9 9 9 = 9

9 9 9 9 = 10   9 9 9 9 = 19

Quelles sont les différences entre le dessin du haut et celui du bas ?

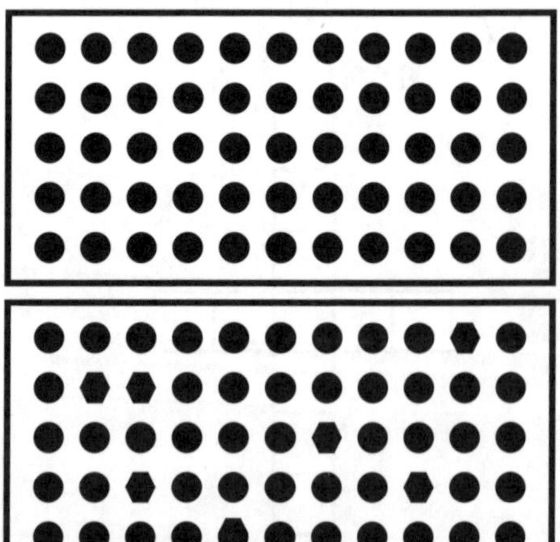

ÉNIGME

Un cow-boy qui s'est aventuré sur les terres des Sioux est capturé. Le chef sioux propose au cow-boy de choisir lui-même sa condamnation, et lui dit : « Dis-moi une phrase, une seule ; si elle est fausse tu subiras la pendaison, si elle est vraie tu périras décapité. » Le cow-boy est finalement libéré. Qu'a-t-il dit ?

solutions p. 388

SEMAINE 12

Dimanche

26

Mars

Ste Larissa

PASSAGE À L'HEURE D'ÉTÉ (+ 1 H)

CULTURE G

Quiz

Qu'est-ce que l'onomastique ?

A - L'étude des dialectes

B - L'étude des noms propres

C - L'étude de l'hérédité

JEU DE CHIFFRES

Faites cette opération de tête ! N'utilisez pas de papier, de crayon ou de calculatrice.

3 309 + (33 – 88) =

JEU DE LETTRES

Comment compléter cette grille en plaçant les lettres C, X et Y ?

	O				

M. et Mme Honnête ont une fille. Comment s'appelle-t-elle ?

Camille.

ÉNIGME

Une entreprise demande 10 000 € pour peindre les lignes blanches divisant un chemin en trois voies de circulation. Combien coûterait la peinture pour une route de six voies de circulation ?

Qui donne ne doit jamais s'en souvenir. Qui reçoit ne doit jamais oublier.

Proverbe hébreu

Combien de figures différentes forment cette image ?

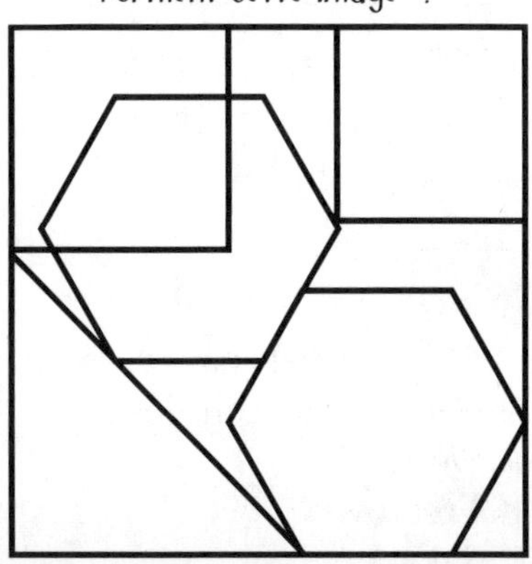

« Quand son troisième mari est mort, elle est devenue blonde de chagrin. »

Oscar Wilde, auteur britannique

solutions p. 388

SEMAINE 13

Lundi
27
Mars

St Habib

L'alcool ne résout pas les problèmes… mais le lait et l'eau non plus.

CULTURE G

VRAI/ FAUX

L'expression « OK » viendrait du grec moderne « ola kala », littéralement « tout bien ».

JEU DE LETTRES

Trouvez deux lettres qui, ajoutées et mélangées aux lettres des mots suivants, permettent de former quatre nouveaux mots.

Elie – meule – étoiler

ÉNIGME

Je parle toutes les langues et j'ai tout le temps la tête à l'envers. Qui suis-je ?

CULTURE G

CAPITALES

De quels pays ces villes sont-elles les capitales ?

A. Doha
B. Freetown
C. Jakarta

Que ce soit le matin ou le soir, les pendules indiquent les heures de 1 à 12. Zhengzhou est en GMT + 8, Paris en GMT + 1 et Washington en GMT – 5. Trouvez l 'heure de quelle ville indique chaque pendule.

09:21 03:21

04:21

Un roi souffre des dents.
Son dentiste lui dit :
– Sire, il faudrait changer de couronne.
– Ah, ça, jamais ! répond le roi.

Sudoku de lettres

Attention : les chiffres sont remplacés par les lettres A, B, C, D, E, F, G, H, I !

	G	I					H	
			I			D		
F						A	E	
			A	I			G	C
					B			E
	H			C			B	
		H		F	C			
					D			
	E		B				A	

solutions p. 389

« L'éternité, c'est long… surtout vers la fin. »
Woody Allen, cinéaste et acteur américain

ÉNIGME

Un prêtre met 3 secondes pour sonner 4 heures. Combien de temps mettra-t-il pour sonner midi ?

SEMAINE 13

Mardi 28 Mars

St Gontran

Suite logique

Complétez cette suite logique :

0 – 10 – 1 110 – 3 110 – 132 110 – X

JEU DE LETTRES

Formez une phrase avec l'anagramme de Marie Stuart. Le T, qui est remplacé par un Y, est déjà à sa place.

M	A	R	I	E	S	T	U	A	R	T
M				Y						S

CULTURE G

LE SAVIEZ-VOUS ?

Lors de son invention, Anders Celsius, l'inventeur du thermomètre Celsius, a attribué la température 0 au point d'ébullition de l'eau et 100 à son point de solidification. L'échelle a été inversée après sa mort.

Quelle est la différence entre la bière et l'urine ?

Environ un quart d'heure.

Quel est le score de cette cible ?

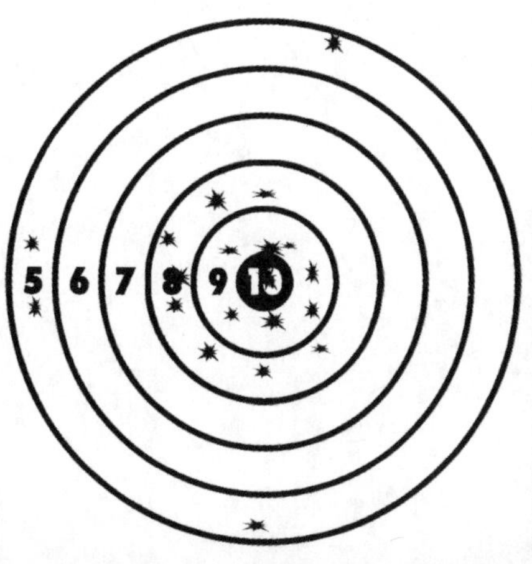

CULTURE G

Quiz

Pourquoi Marie Paradis est-elle restée célèbre ?

A - C'est la première femme à avoir réalisé l'ascension du mont Blanc.
B - C'est la première femme à être entrée à l'Académie française.
C - Elle a été la muse de Picasso.

solutions p. 389

Semaine 13

Mercredi
29
Mars

Ste Gladys

ÉNIGME

Rafael et Ilan échangent leurs photos de joueurs de football. Rafael dit : « Si tu m'en donnes une, j'en aurai le double de ce qu'il te restera. » Ilan lui répond : « Si toi tu me donnes une image, nous en aurons autant chacun. » Pouvez-vous calculer le nombre d'images que détiennent Rafael et Ilan ?

JEU DE CHIFFRES

Faites cette opération de tête ! N'utilisez pas de papier, de crayon ou de calculatrice.

99 × 7 =

CULTURE G – C'EST ARRIVÉ AUJOURD'HUI

29 mars 1951

Marilyn Monroe, l'icône du cinéma des années 1950, fait sa première et unique apparition aux Oscars, non pas pour recevoir un prix, mais pour en remettre un : celui de la meilleure prise de son pour *All About Eve*, film dans lequel elle a joué un tout petit rôle.

Le mariage est le triomphe de l'imagination sur l'intelligence.

Que celui qui n'a pas traversé ne se moque pas de celui qui s'est noyé.
Proverbe africain

JEU DE LETTRES

Pouvez-vous retrouver cette citation de Voltaire, dont les lettres à l'intérieur des mots ont été mélangées ?

« Lse fblsseeais sde mmesoh fnto la roefc eds eefmms. »

Trouvez les 7 différences entre ces deux dessins.

Une souris rencontre une copine :
– J'ai décidé de me mettre au régime, lui dit-elle.
– Tu ne manges plus ton gruyère, alors ?
– Si, mais je ne mange plus que les trous !

solutions p. 389

ÉNIGME

Si je suis muet,
aveugle et sourd,
combien de sens me
reste-t-il ?

CULTURE G — LE SAVIEZ-VOUS ?

Le nom de la sauce béchamel vient de celui de son créateur, Louis de Béchameil de Nointel, le maître d'hôtel de Louis XIV. Le roi en raffolait !

SEMAINE 13

Jeudi
30
Mars

St Amédée

MATHS

Comment doit être un triangle pour pouvoir appliquer le théorème de Pythagore ?

A. Isocèle
B. Équilatéral
C. Rectangle

CULTURE G — *Quiz*

Lorsque l'on est buticulamicrophiliste, on collectionne :

A - Des insectes qui butinent
B - Des buts de football
C - Des mignonnettes de boisson

M. et Mme Dékonnery ont une fille et un fils. Comment s'appellent-ils?

Elle, Dick.

JEU DE LETTRES

Retrouvez ce mot de 5 lettres.

		Z	Z	

Combien de pois ont été effacés ?

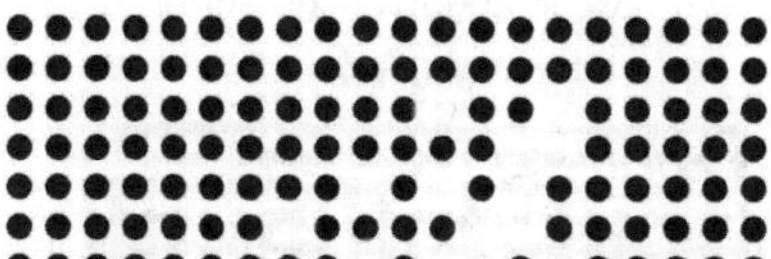

« Elle était belle comme la femme d'un autre. »
Paul Morand,
écrivain français

solutions p. 389

SEMAINE 13

Vendredi

31

Mars

St Benjamin

Un zéro, qui rencontre un huit, lui dit : « Tiens, tu as mis une ceinture aujourd'hui ? »

ÉNIGME

Jean-Philippe a toujours mal quelque part ! Un jour sur trois, il a mal au dos, un jour sur quatre, mal aux dents, un jour sur cinq, la migraine et un jour sur six, il souffre de deux de ces maux ! Le pire étant les jours maudits, où il a à la fois mal au dos, aux dents et à la tête. Quelle est la fréquence de ces jours maudits ?

JEU DE LETTRES

Pouvez-vous retrouver ce proverbe italien, dont les lettres à l'intérieur des mots ont été mélangées ?

els grndsae dleouurs snot tteuesm.

Il y aurait moins de patients automobilistes dans les hôpitaux s'il y avait plus d'automobilistes patients sur les routes.

CULTURE G — VRAI/FAUX

Marie Curie est la seule femme à être enterrée au Panthéon.

CULTURE G — AUX ORIGINES

Redessiné en 1971, le logo du parti socialiste (un poing fermé tenant une rose) représente l'alliance de la force et de la douceur.

JEU DE SYMBOLES

Attention : les chiffres ont été remplacés par les 9 symboles suivants : &, £, %, $, », =, µ, ! et +.

			&		$			
				»		$		%
			%				=	µ
»							µ	
$	!			%	»			£
		=			!			»
£							+	
&				=				
+					µ	!		

Trouvez le chemin pour sortir de ce labyrinthe.

solutions p. 390

SEMAINE 13

Samedi

1

Avril

St Hugues

ÉNIGME

Bertrand vient de gagner un pari. Il dépense intégralement cet argent dans quatre magasins. Dans chacun d'eux, il dépense 15 € de plus que la moitié de ce qu'il avait en y entrant. Combien d'argent avait-il au départ ?

CULTURE G – *Quiz*

De qui Madame de Pompadour était-elle la maîtresse ?

A - Louis XIV
B - Louis XV
C - Louis XVI

Les morts en mangent.
Si les vivants en mangent, ils meurent.
Qu'est-ce ?

Rien.

JEU DE LETTRES

Complétez cette grille grâce à cette indication :
Résine, en cinq lettres

L	A	Q	U	E

JEU DE CHIFFRES

Combien font
(1 000 000 ÷ 1/4) + 50 ?

Quel est le score de cette cible ?

35

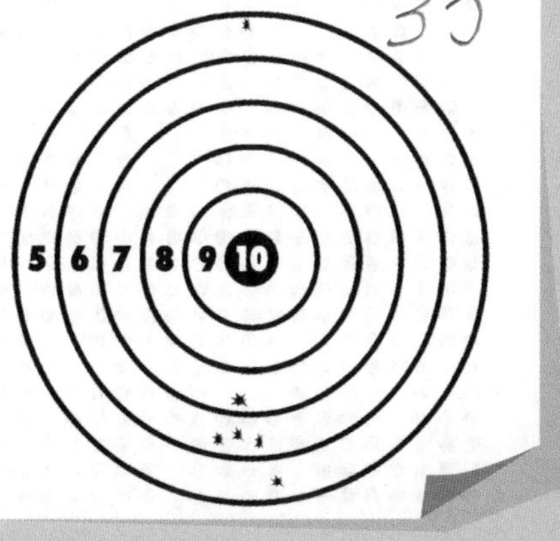

« La mer est salée parce qu'il y a des morues dedans. Et, si elle ne déborde pas, c'est parce que la Providence, dans sa sagesse, y a placé aussi des éponges. »
Alphonse Allais, écrivain français

CULTURE G – GENTILÉS

Quel est le nom des habitants (imaginaires) de la Lune ?

solutions p. 390

SEMAINE 13

Dimanche

2

Avril

Ste Sandrine

RAMEAUX

ÉNIGME

Camille regarde des photos de famille. Soudain, elle dit : « Le père de cet homme est le fils de mon père. »
De qui s'agit-il ?

Perle de bulletin scolaire

« En nette progression... vers le zéro absolu ! »

CULTURE G — VRAI/ FAUX

Le chat possède trois paupières.

CULTURE G — INSOLITE

Le Code pénal américain (chapitre 14, section 1211) rend illégal pour les citoyens américains d'avoir tout contact avec des extraterrestres !

Un prêtre pose sa main sur la cuisse d'une nonne.
Celle-ci, confuse, dit alors :
« Mon père, souvenez-vous du psaume 129 ! »
Penaud, il retire sa main et se confond en excuses.
Rentré au presbytère, il consulte la Bible et lit ce fameux psaume :
« Allez de l'avant, cherchez toujours plus haut, vous trouverez la gloire ! »

Il est plus facile de devenir ami au hasard d'une rencontre que de le rester dans la vie.
Proverbe chinois

Sudoku

8	1				6		2	
	4					6	7	
9					5		3	
		7			2		1	9
	8		6					
4							5	
								2
6		3		7				
			8					

Combien de pois ont été effacés ?

solutions p. 390

CULTURE G

Quiz

Quelle est la température du zéro absolu ?

A - 125 °C
B - –273,15 °C
C - –173,5 °C

M. et Mme Dainoir ont une fille. Comment s'appelle-t-elle ?

Daisy.

SEMAINE 14

Lundi
3
Avril
St Richard

ÉNIGME

Jean a trois enfants. Son fils aîné a quatre ans de plus que le deuxième, qui, lui, a quatre ans de plus que le dernier, qui a exactement la moitié de l'âge de l'aîné. Pouvez-vous trouver l'âge de ses fils ?

JEU DE CHIFFRES

Faites cette opération de tête ! N'utilisez pas de papier, de crayon ou de calculatrice.

9 865 – 8 956 =

« Je mets ensemble les notes qui s'aiment. »
Wolfgang Amadeus Mozart, compositeur allemand

CULTURE G

INSOLITE

Le Verfügbar aux Enfers (1944-1945) est une opérette qui raconte, avec humour, les conditions d'internement du camp de Ravensbrück. L'œuvre a été écrite clandestinement par la Résistante Germaine Tillion, pendant sa captivité dans ce camp.

JEU DE LETTRES

À l'aide des lettres au centre, formez quatre mots nouveaux en vous aidant des lettres dans les carrés ci-dessous.

Trouvez le chemin pour sortir de ce labyrinthe.

solutions p. 390

Mardi
4
Avril

St Isidore

Un pépé et une mémé vont se coucher. La mémé dit :
– Chéri, qu'est-ce que tu fais ?
– Je me lave les dents.
– Ben, tant que tu y es, lave aussi les miennes !

ÉNIGME

Le père de Thomas lui dit : « Je vais te payer un salaire de 60 €/heure pour te laver les mains avant le dîner. » Thomas met 6 secondes à se laver les mains. Combien sera-t-il payé ?

JEU DE LETTRES

Ajoutez la même voyelle et la même consonne aux lettres composant les mots suivants pour former de nouveaux mots :

NAGEUR – LISSE – SUCRE – LIN

CULTURE G – VRAI/ FAUX

En Lorraine, les soutiens-gorge sont appelés « chache-creupé ».

Le remariage, c'est le triomphe de l'espoir sur l'expérience.

Quelle est la figure qui se trouve deux fois dans le cadre du bas ?

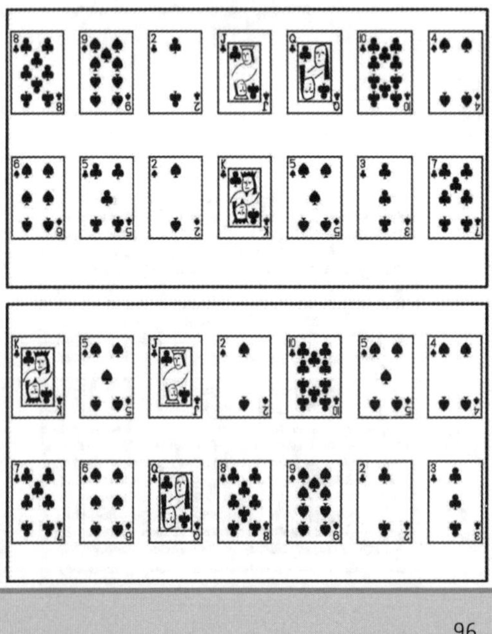

Suite logique

Complétez cette suite logique de dominos à 9 points.

CULTURE G – LE SAVIEZ-VOUS ?

Le sultan ottoman Soliman le Magnifique a guéri Francois Ier de ses troubles digestifs grâce à du « lait magique fermenté » : c'est l'ancêtre du yaourt que nous connaissons ! Ainsi, alors qu'il existait en Asie depuis le IIIe millénaire av. J.-C., il est arrivé en France seulement au XVIe siècle.

solutions p. 391

ÉNIGME

Mon premier est le contraire de dur. Mon second se dit de quelqu'un qui ne se presse pas. Mon tout est un condiment. Qui suis-je ?

« La preuve que la Terre est ronde, c'est que les gens qui ont les pieds plats ont du mal à marcher. »

Charles de Bernard, romancier français

SEMAINE 14

Mercredi

5

Avril

Ste Irène

CULTURE G — C'EST ARRIVÉ AUJOURD'HUI

5 avril 1722

L'île de Pâques, célèbre pour ses statues monumentales moaïs, a été découverte le jour de Pâques, le 5 avril 1722. La NASA y a depuis construit une piste d'atterrissage d'urgence pour les navettes spatiales !

JEU DE LETTRES

Retrouvez les lettres de l'alphabet manquantes : elles indiqueront le nom de cet État d'Europe.

Tu dis ton secret à ton ami, mais ton ami a un ami aussi.

Proverbe turc

CULTURE G — LE SAVIEZ-VOUS ?

C'est en observant des fleurs de bardane accrochées à la fourrure de son chien que George de Mestral développa, en 1941, la bande autoagrippante Velcro pour « velours » et « crochets ».

Quel est le score de cette cible ?

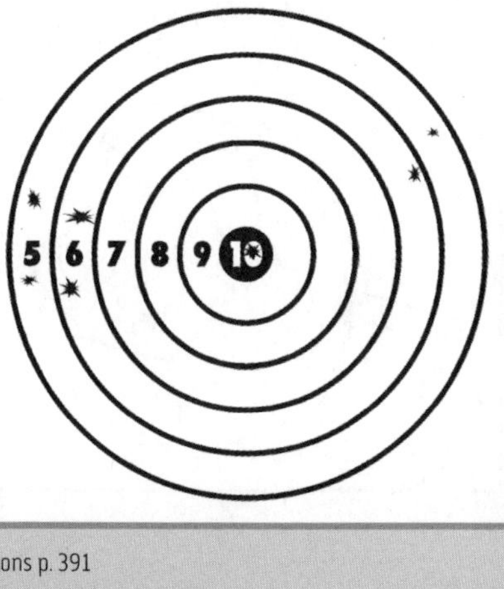

JEU DE CHIFFRES

Réalisez ces égalités en insérant des opérateurs mathématiques (+, –, ×, / et ( )) entre les chiffres.

6 6 6 6 = 30

6 6 6 6 = 48

6 6 6 6 = 66

6 6 6 6 = 180

solutions p. 391

SEMAINE 14

Jeudi
6
Avril

St Marcellin
PESSA'H

CULTURE G — **VRAI/ FAUX**

L'ancien nom du Bénin est le Nyassaland.

Un petit lutin au chômage s'est suicidé en se jetant d'une girolle.

ÉNIGME

Quand je coule, je montre la peine. Avec une lettre de plus, tout le quartier est averti. Qui suis-je ?

Une jeune femme demande à son futur époux :
– Tu te maries avec moi parce que j'ai hérité de 10 000 € de ma grand-mère, c'est ça ?
– C'est complètement faux ! Je me fous éperdument de savoir de qui tu as hérité.

CULTURE G — **C'EST ARRIVÉ AUJOURD'HUI**

6 avril 32

Les quatre évangiles enseignent que Jésus est mort supplicié sur une croix, sur la colline du Golgotha, ce qui signifie « lieu du crâne ». Attaché bras écartés sur une poutre, pieds cloués, le condamné meurt par asphyxie, ne pouvant plus à la fois respirer et se soutenir.

JEU DE LETTRES

Formez un mot avec les lettres suivantes :

Z – Z – O – E – M – R – L – L – A – A

Sudoku

		4			3			8
		9		5				
5					2			
		3	2	6				
			1			5	3	
9	1			8				2
						7		6
	9			4	6		1	
					8	3	4	

Combien de polygones à 6 côtés pouvez-vous dénombrer dans cette figure ?

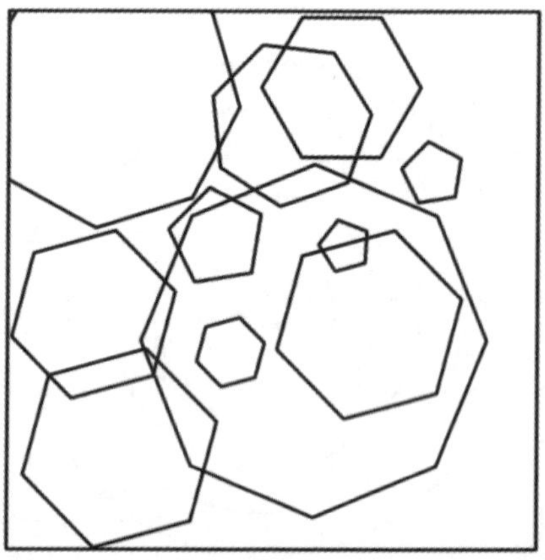

solutions p. 391

CULTURE G — GENTILÉS

Quel est le nom des habitants de ces communes françaises ?

A - Bizou

B - Bourré

C - Crottes-en-Pithiverais

ÉNIGME

S'il était 2 heures plus tard, ça prendrait la moitié moins de temps pour atteindre minuit que s'il était 1 heure plus tard.
Quelle heure est-il ?

SEMAINE 14

Vendredi 7 Avril

St Jean-Baptiste de La Salle

VENDREDI SAINT

Qu'est-ce qu'un fonctionnaire qui travaille une demi-heure par jour ?

Un hyperactif.

JEU DE LETTRES

Pouvez-vous retrouver ce mot de 5 lettres ?

Attention : les lettres doivent être en ordre croissant de l'alphabet !

B	I	J	O	U	X

CULTURE G — *Quiz*

Le magnum est une bouteille conçue pour contenir :

A - L'équivalent de deux bouteilles de 75 cl, soit un litre et demi.

B - L'équivalent de trois bouteilles de 75 cl.

C - L'équivalent de quatre bouteilles de 75 cl, soit trois litres.

Que ce soit le matin ou le soir, les pendules indiquent les heures de 1 à 12. Istanbul est en GMT + 2, New York en GMT – 5 et les îles Galapagos en GMT – 6. Trouvez l'heure de quelle ville indique chaque pendule.

MATHS

Combien d'arêtes possède un parallépipède ?

CULTURE G — LE VRAI NOM DES STARS

Charlton Heston => John Charles Carter

Jean Gabin => Jean Alexis Gabin Moncorgé

Fernandel => Fernand Joseph Désiré Contandin

solutions p. 391

SEMAINE 14

Samedi

8

Avril

Ste Julie

Dans la salle de travail, la sage-femme remarque que la future maman tourne désespérément les pages de l'annuaire :
– Vous cherchez un prénom pour le petit ?
– Non, non... Je l'ai déjà, c'est le nom que je cherche !

CULTURE G

AUX ORIGINES

Le mythe de la Petite Souris viendrait d'un conte du XVIIe siècle, *La Bonne Petite Souris*, dans lequel une souris transformée en fée aide une gentille reine à triompher d'un méchant roi en faisant tomber toutes ses dents.

La rouille ronge le fer et les chagrins le coeur.
Proverbe russe

ÉNIGME

Un homme qui habite au 32e étage d'un immeuble prend l'ascenseur tous les matins pour sortir de chez lui. Le soir, quand il rentre, il prend l'ascenseur jusqu'au 25e étage et monte le reste par les escaliers, sauf quand il n'est pas seul dans cet ascenseur. Pourquoi ?

JEU DE LETTRES

Pouvez-vous conjuguer le verbe coudre au passé simple ?

Je cou______ Tu cou______
Il cou______ Nous cou______
Vous cou______ Ils cou______

Si tu veux qu'on parle de toi après ta mort... laisse des dettes !

Sudoku de lettres

Attention : les chiffres sont remplacés par les lettres A, B, C, D, E, F, G, H !

				B				H
				H			F	A
	G			C			E	B
F	E	H						
					E		G	
H	A				I		D	C
	I				G	F		
B			D					

Quel est le score de cette cible ?

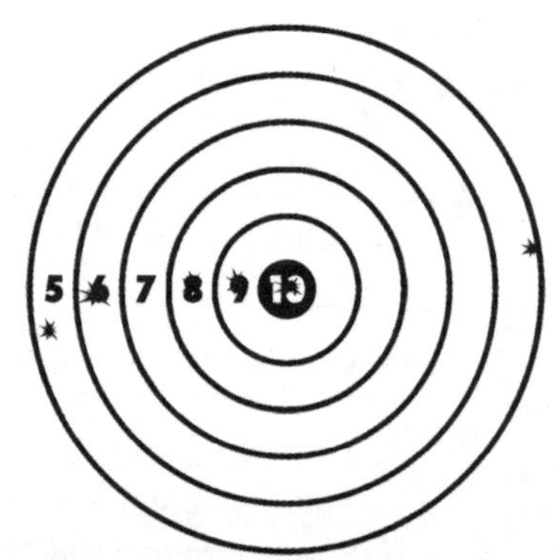

solutions p. 391

ÉNIGME

Les cambrioleurs sont entrés dans l'appartement de Julie, qui les a vus à l'œuvre. Pourtant, elle n'a rien dit à la police. Pourquoi ?

Devinette

Quelle est la différence entre une blonde et une grenouille ?

« Que »

SEMAINE 14

Dimanche
9
Avril

St Gautier
PÂQUES

« Beethoven était tellement sourd que, toute sa vie, il a cru qu'il faisait de la peinture. »

François Cavanna,
journaliste français

CULTURE G

Quiz

Quel est le point commun des six communes suivantes ?

- Beaumont-en-Verdunois
- Bezonvaux
- Cumières-le-Mort-Homme
- Fleury-devant-Douaumont
- Haumont-près-Samogneux
- Louvemont-Côte-du-Poivre

CULTURE G

LE SAVIEZ-VOUS ?

Presque tous les acteurs de *La Fureur de vivre* (1955) ont connu un destin tragique : James Dean est décédé d'un accident de voiture, Sal Mineo a été poignardé, Natalie Wood est morte noyée, Nick Adams a succombé à une overdose et Edward Platt s'est suicidé.

JEU DE CHIFFRES

Faites cette opération de tête ! N'utilisez pas de papier, de crayon ou de calculatrice.

(56 + 65) – (54 – 45) =

Trouvez le chemin pour sortir de ce labyrinthe.

JEU DE LETTRES

Trouvez un mot de 7 lettres qui se compose des lettres suivantes :

C – D – D – E – E – E – E

solutions p. 392

SEMAINE 15

Lundi
10
Avril
St Fulbert
LUNDI DE PÂQUES

ÉNIGME

Sylvain pèse son ballon de football. Il pèse 1 kg + un demi-ballon de football. Quel est le poids du ballon ?

CULTURE G — INSOLITE

4'33" est une partition musicale composée par John Cage. 4 minutes et 33 secondes durant lesquelles le pianiste en scène ne joue absolument rien. La musique, ce sont les réactions du public.

Virelangue

Amusez-vous à répéter dix fois de suite cette phrase.

Huit huîtres cuites, huit truites frites, huit frites cuites.

Une femme taquine son mari :
– Dis-moi, chéri, tu préfères une femme belle ou une femme intelligente ?
– Ni l'une, ni l'autre, ma chérie. Tu sais bien que je n'aime que toi.

Les pluriels

Une jolie ? Des gaines.
Un crâne ? Des garnis.
Un frigo ? Des givrés.

CULTURE G — VRAI/FAUX

La locution latine « *Acta est fabula* » signifie : « Les acteurs sont fabuleux. »

Combien de pois ont été effacés ?

Sudoku

4								3
			2	5			1	
		5		7	1	2		
			7					
5		7		1			4	
				4	8	6	2	
1								
6				2		8	9	
	4				9			

solutions p. 392

M. et Mme Hidaman ont une fille. Comment s'appelle-t-elle ?

Ève.

ÉNIGME

Le père d'Hugo a fêté ses 31 ans lorsqu'Hugo avait 7 ans. Maintenant, son père est deux fois plus âgé que lui. Quels âges ont-ils ?

JEU DE CHIFFRES

Quel est le nombre qui, divisé par lui-même, donne son double ?

JEU DE LETTRES

Changez les prénoms de ligne, de manière à faire apparaître deux autres prénoms dans les deux diagonales du carré.

C	O	L	O	M	B
D	E	N	I	S	E
S	A	L	O	M	E
E	U	G	E	N	E
P	I	E	R	R	E
H	E	L	E	N	E

Pour bien faire, mille jours ne sont pas suffisants, pour faire mal, un jour suffit amplement.
Proverbe chinois

Quiz

CULTURE G

Pourquoi la saga *Harry Potter* comporte-t-elle 7 épisodes ?

A - L'auteure voulait passer à une autre histoire.
B - Le chiffre 7 porte bonheur pour les sorciers.
C - C'est la durée de la scolarité du jeune sorcier.

Quel est le score de cette cible ?

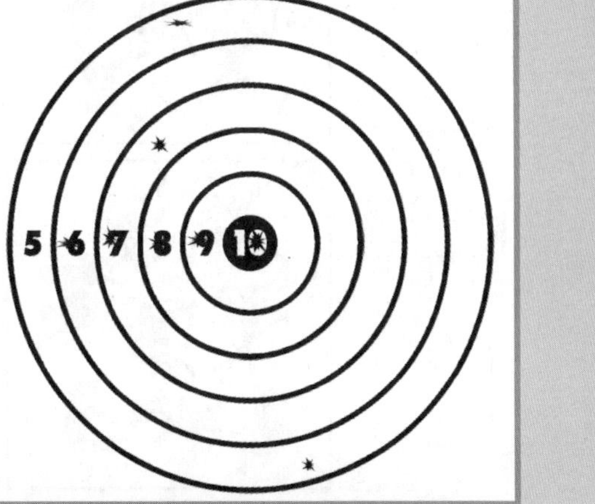

« Il vaut mieux être cocu que ministre. Ça dure plus longtemps et l'on n'est pas obligé d'assister aux séances. »
Léo Campion,
humoriste français

solutions p. 392

SEMAINE 15

Mercredi

12

Avril

St Jules

Soyez gentil avec vos enfants, car ce sont eux qui choisiront votre maison de retraite !

JEU DE LETTRES

Trouvez six noms de villes de France qui forment également d'autres noms de grandes villes, lorsqu'on leur enlève une lettre.

Ex : Digne – D = Gien

JEU DE CHIFFRES

Complétez cette suite logique :

1 – 3 – 9 – 27 – 81 – X

Quel est le skieur de l'équipe A qui ne fait pas partie de l'équipe B ?

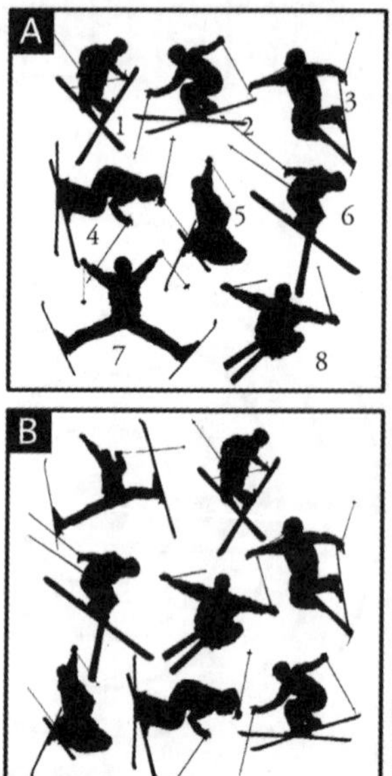

ÉNIGME

Mon premier est une lettre de l'alphabet.
Mon deuxième est un autobus.
Mon troisième est synonyme de « start ».
Mon tout est un petit animal lent qui grimpe partout.
Qui suis-je ?

CULTURE G

VRAI/FAUX

Une femme borgne est une « borgnesse ».

– Docteur, ça ne va pas du tout. Lorsque j'appuie sur mon cœur, ça me fait mal. Quand je tâte mon foie, la douleur est intense, et quand je touche mon ventre, ça me fait très mal aussi. Avez-vous une idée de ce que j'ai ?

– Oui, monsieur : le doigt cassé !

CULTURE G

INSOLITE

Richard Wagner a fait construire une salle d'opéra, le Festspielhaus, spécialement dédiée à l'exécution de ses œuvres. Cette salle, inaugurée en 1876, est le siège du festival de Bayreuth et le haut lieu du wagnérisme.

solutions p. 392

ÉNIGME

Deux canards se trouvent devant un canard. Deux canards se trouvent derrière un canard et un canard est au milieu. Combien y a-t-il de canards ?

JEU DE CHIFFRES

Faites cette opération de tête ! N'utilisez pas de papier, de crayon ou de calculatrice.

(9 764 – 7 946)/2 =

Devinette

Pourquoi les marchands de savons font-ils fortune ?

Parce que leurs clients les savent honnêtes.

CULTURE G

LE SAVIEZ-VOUS ?

Dom Pérignon, moine bénédictin, a été le premier à trouver la méthode champenoise, qui permet d'obtenir un vin à la mousse régulière : c'est le champagne que nous connaissons.

« La météo est une science qui permet de connaître le temps qu'il aurait dû faire. »

Philippe Bouvard, journaliste et humoriste français

SEMAINE 15

Jeudi

13

Avril

Ste Ida

JEU DE LETTRES

Trouvez ce mot qui désigne une personne incapable de réagir.

		Q		

CULTURE G

Quiz

Quel homme d'État américain a proposé de stériliser les criminels ?

A - William McKinley

B - Harry Truman

C - Theodore Roosevelt

Combien de figures différentes forment cette image ?

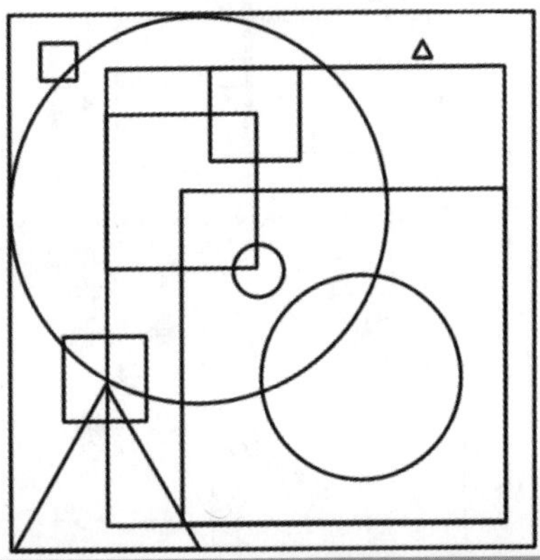

solutions p. 392

SEMAINE 15

Vendredi
14
Avril

St Maxime

Ne me dites pas que ce problème est difficile. S'il n'était pas difficile, ce ne serait pas un problème.

ÉNIGME

Je suis rond comme un disque et profond comme une tasse. Je suis sous terre et je ne sèche jamais. Qui suis-je ?

CULTURE G — VRAI/FAUX

La devise d'Henri IV était « *Nec pluribus impar* » (au-dessus de presque tous).

JEU DE LETTRES

Quel mot français commençant par la lettre G ne rime avec aucun autre mot ?

Deux amis boivent un café lorsque la sirène des pompiers retentit.
– Excuse-moi, le devoir m'appelle, dit l'un des deux en se levant.
– Mais, tu n'es pas pompier volontaire !
– Moi, non, mais le mari de Sylvie, oui !

Sudoku

		5			2			4
				4				3
7						2		
				9			1	
	8				6		4	9
1		9			5	8		
2			6					
8				1		6		
5							8	7

CULTURE G — C'EST ARRIVÉ AUJOURD'HUI

14 avril 1865

La guerre de Sécession vient de se terminer. Alors qu'Abraham Lincoln, 16e président américain, se rend au théâtre avec sa femme, un homme l'abat d'une balle dans la nuque.

Trouvez la carte manquante.

solutions p. 393

SEMAINE 15

Samedi

15

Avril

St Paterne

ÉNIGME

Jean-Pierre fait le pari suivant : il dit pouvoir manger une même pomme deux années différentes sans qu'elle pourrisse. Il gagne son pari sans tricher. Comment fait-il ?

MATHS

Qu'est-ce qu'un angle aigu ?

A. Un angle inférieur à 90°

B. Un angle égal à 90°

C. Un angle supérieur à 90°

JEU DE LETTRES

À l'aide des lettres au centre, formez quatre mots nouveaux en vous aidant des lettres dans les carrés ci-dessous.

Qu'est-ce qui travaille 8 heures par jour dans la fonction publique ?

La machine à café.

Quiz

CULTURE G

Quelle est l'origine de l'appellation « côté cour » et « côté jardin » des salles de spectacle ?

A - C'est une habitude qui n'a pas de raison particulière.

B - Ces appellations viennent d'une habitude prise à la Comédie-Française au XVIIIe siècle.

C - Les comédiens s'imaginent être dans une école avec un jardin et une cour.

C'est le nez qui reçoit le coup et ce sont les yeux qui pleurent.

Proverbe martiniquais.

Quel est le score de cette cible ?

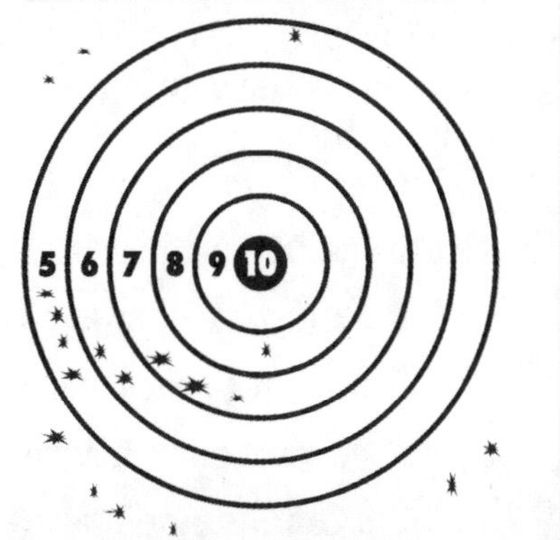

« L'État possède le monopole de la violence légitime. »

Max Weber, philosophe allemand

solutions p. 393

SEMAINE 15

Dimanche
16
Avril

St Benoît-Joseph

ÉNIGME

Un homme marche, son pantalon se déchire et il en meurt. Pourquoi ?

VRAI/FAUX

CULTURE G

Marie Curie a demandé à reposer à côté de Voltaire au Panthéon, car elle l'admirait.

L'étrange monastère

L'abbé Tise, on ne peut pas lui en vouloir.
L'abbé Teudeussex, un membre vigoureux du monastère.

C'EST ARRIVÉ AUJOURD'HUI

CULTURE G

16 avril 1921

Léon Bel invente La Vache Qui Rit, ce fromage à la crème d'emmental et de cheddar fondus.

Un coq rentre au poulailler avec un œuf d'autruche. Il convoque ses poules : « Mesdames, je ne voudrais pas vous vexer, mais voyez ce que produit la concurrence... »

JEU DE SYMBOLES

Attention : les chiffres ont été remplacés par les 9 symboles suivants : &, £, %, $, », =, µ, ! et +.

		»				=		£
				%				+
					!			
		$			%			µ
			µ		£	!	&	
		%		+				$
	+		$	=		»	$	
	µ	=		£				

JEU DE LETTRES

En poésie, comment appelle-t-on un vers de douze pieds ?

Combien de pois ont été effacés ?

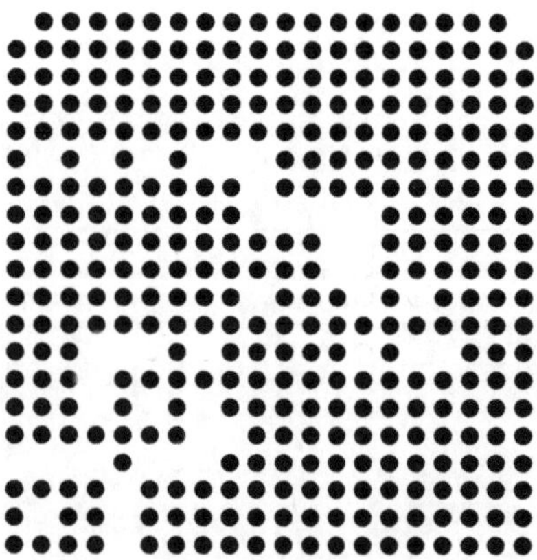

solutions p. 393

SEMAINE 16

Lundi

17

Avril

St Anicet

ÉNIGME

Lors d'une expédition au pôle Nord, deux scientifiques retrouvent deux corps nus dans la glace. Le premier scientifique dit : « Ce sont Adam et Ève. » Le deuxième confirme. Comment ces deux scientifiques peuvent-ils en être sûrs ?

« Je pense que quand on mettra les cons sur orbite, t'as pas fini de tourner. »

Michel Audiard, scénariste et cinéaste français

JEU DE CHIFFRES

Faites cette opération de tête ! N'utilisez pas de papier, de crayon ou de calculatrice.

$79 - (77 - (55/11) - 6) =$

CULTURE G

INSOLITE

Le kasiksi est une bière artisanale issue de la fermentation des bananes à bière. Également surnommée « vin de bananes », elle est issue de la fermentation des bananes *musa acuminata* du Congo.

Mot carré

	A	B	C
A			
B			
C			

Complétez cette grille en respectant les indications suivantes.

Attention : une case = une syllabe du mot à trouver.

A - Verticalement et horizontalement : qu'on applique sur la peau.

B - Verticalement et horizontalement : le contraire de monsieur.

C - Verticalement et horizontalement : sorte de peigne.

Que fait une blonde dont le Tupperware est cassé ?

Elle l'emmène voir un chirurgien plastique.

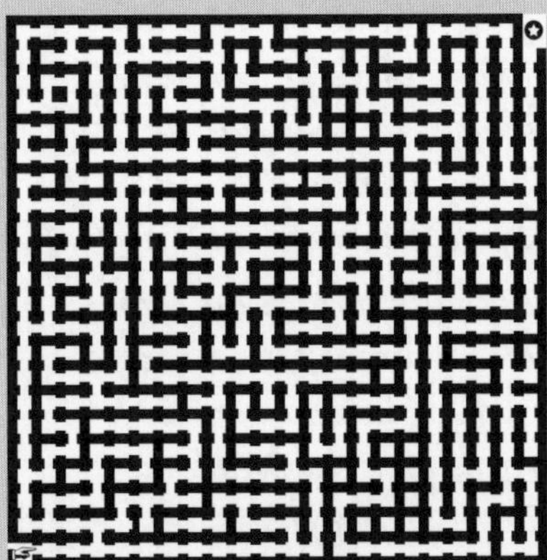

Trouvez le chemin pour sortir de ce labyrinthe.

CULTURE G

Quiz

Quel est le nom de l'arbre produisant des noix de cajou ?

A - L'anacardier

B - Le noyer-cajoyer

C - Le cajoyer

solutions p. 393

SEMAINE 16

Mardi

18

Avril

St Parfait

CULTURE G — **VRAI/FAUX**

Le corail est un animal et non pas un végétal.

Souffrance et persévérance sont les deux mamelles de la réussite.

Suite logique

Complétez cette suite logique de dominos à 9 points.

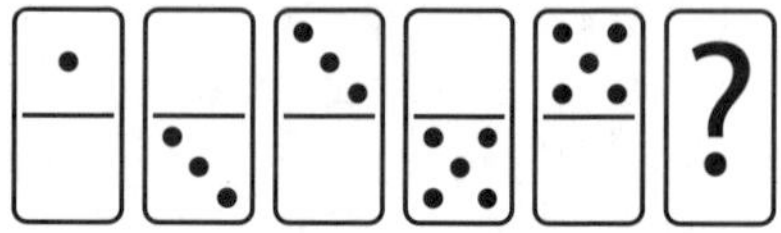

Faites le bien et vous ferez des ingrats.
Proverbe canadien

– Bonjour, monsieur, je voudrais un perroquet, demande une dame à un oiselier.
– Je suis désolé, madame, je n'en ai plus ! Mais, je peux vous proposer ce pivert.
– Est-ce qu'il parle, lui aussi ?
– Non, mais il connaît le morse !

ÉNIGME

Marie a quatre garçons, mais chacun d'eux a une sœur. Combien Marie a-t-elle d'enfants ?

Trouvez les 7 différences entre ces deux images.

JEU DE LETTRES

Retrouvez le mot !

Voici la définition d'un mot de 10 lettres de la langue française, donnée par un dictionnaire daté de 1690. Devinez de quel mot il s'agit !

« Jeune fille à qui l'on fait l'amour. Ce mot n'est en usage que lorsque, soit en vers, soit en prose, on veut imiter la naïveté de nos pères. »

solutions p. 394

ÉNIGME

Si nous ne sommes pas le lendemain de lundi ou le jour avant jeudi, que demain n'est pas dimanche, que ce n'était pas dimanche hier, que le jour d'après-demain n'est pas samedi, et que le jour avant hier n'était pas mercredi, quel jour sommes-nous ?

Si tous tiraient dans la même direction, le monde basculerait.

Proverbe yiddish

SEMAINE 16

Mercredi

19

Avril

Ste Emma

CULTURE G

Quiz

Quel président de la 5e République est né à l'étranger ?

A - Valéry Giscard d'Estaing

B - François Mitterrand

C - Charles de Gaulle

JEU DE CHIFFRES

Faites cette opération de tête ! N'utilisez pas de papier, de crayon ou de calculatrice.

142 + 857 =

Pourquoi Christophe Colomb était-il économiste ?

Quand il est parti, il ne savait pas où il allait. Quand il est arrivé, il ne savait pas où il était... Et tout ça était financé par le gouvernement !

JEU DE LETTRES

Pouvez-vous retrouver ce mot de 5 lettres ?

Attention : les lettres doivent être en ordre décroissant de l'alphabet !

R				

Combien de triangles différents voyez-vous ?

« J'ai vu un film tellement mauvais que les gens faisaient la queue pour sortir de la salle. »

Robert Frost, poète américain

solutions p. 394

SEMAINE 16

Jeudi

20

Avril

Ste Odette

Il est intéressant de voir que les gens qui se moquent de la science-fiction se fient à la météo et aux économistes.

JEU DE LETTRES

Formez un mot avec les lettres suivantes :

C – C – D – G – N – N – S – R – E – E – E – E – E – E

		G							C			C	

Un employé demande à son patron :
– Pourrais-je quitter le bureau trois heures plus tôt pour faire du shopping avec ma femme ?
– Il n'en est pas question !
– Merci ! Je savais que vous ne me laisseriez pas tomber.

CULTURE G

INSOLITE

Un jour de 1992, un chewing-gum bloque le mécanisme d'ouverture des portes du métro de Singapour. Le lendemain, la sanction tombe : la gomme à mâcher est interdite dans la ville. Depuis 2004, seuls les chewing-gums à usage médical sont vendus en pharmacie.

ÉNIGME

```
Mon premier peut se boire.
Mon second est dans une phrase.
Mon tout désigne deux personnes qui se ressemblent.
Qui suis-je ?
```

CULTURE G

VRAI/FAUX

La vulcanisation du caoutchouc doit son nom au dieu romain Vulcain.

JEU DE CHIFFRES

Quel est le carré du quart du tiers de 12 ?

Quel est le score de cette cible ?

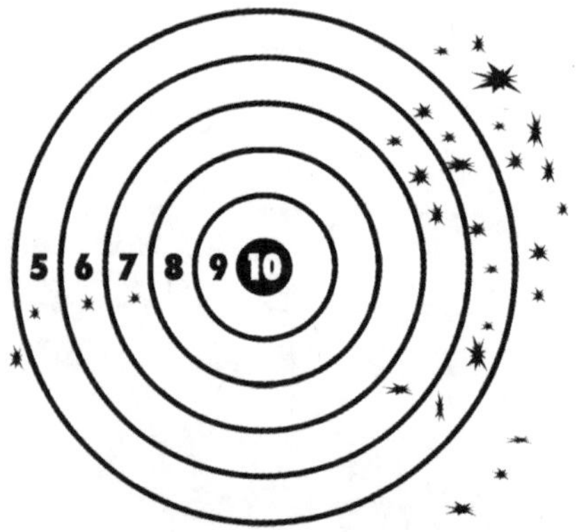

solutions p. 394

ÉNIGME

Mon frère a une sœur.
Ma sœur a deux frères.
Combien d'enfants
sommes-nous ?

CULTURE G — LE SAVIEZ-VOUS ?

La fixation de la date de Pâques provient d'un calcul indexé sur les mois lunaires alors que notre calendrier est basé sur le cycle du soleil. En simplifiant, c'est le premier dimanche qui suit la première pleine lune après le 20 mars, date du début du printemps.

« Un seul trou suffit pour faire une passoire ! »
Ylipe, dessinateur humoristique français

JEU DE CHIFFRES

Convertissez en heures et minutes 24 000 secondes.

CULTURE G — GENTILÉS

Qu'est-ce que le liège qui sert à faire les bouchons de bouteilles ?

A. C'est la racine d'un arbre.
B. C'est un mélange de sciure et de colle.
C. C'est l'écorce d'un arbre.

SEMAINE 16

Vendredi
21
Avril
St Anselme
FIN DU RAMADAN

Mot carré

Complétez cette grille en respectant les indications suivantes :

A - Horizontalement et verticalement : petit signe de ponctuation.
B - Horizontalement et verticalement : fils de Dédale.
C - Horizontalement et verticalement : marquis élu à l'Académie française vers 1634.
D - Horizontalement et verticalement : une des neuf Muses.
E - Horizontalement et verticalement : ancien directeur du journal *La Gironde*.

		A		
		C	A	
		A		

Que ce soit le matin ou le soir, les pendules indiquent les heures de 1 à 12. Hanoï est en GMT + 7, Tokyo en GMT + 9 et Nouméa en GMT + 11. Trouvez l 'heure de quelle ville indique chaque pendule.

05:15   09:15

07:15

solutions p. 394

SEMAINE 16

Samedi
22
Avril

St Alexandre

ÉNIGME

Dans son manuel des petits scouts, Martin lit qu'une corde brûle irrégulièrement en une heure. Il désire mesurer une demi-heure avec cette même et unique corde, sans la couper. Comment s'y prend-il ?

Pourquoi l'électricité est-elle forte en karaté ?

Car elle connaît toutes les prises !

JEU DE LETTRES

Conjuguez ce verbe de la bonne manière.
La maison que j'ai (faire) bâtir.

A. Fait *B. Faits*
C. Faite

CULTURE G

INSOLITE

Les nains aussi ont commencé petits (Auch Zwerge haben klein angefangen) est un film allemand de Werner Herzog, sorti en 1970, suggérant une critique du totalitarisme. C'est le seul film dans lequel tous les comédiens sont nains.

Si tu as de nombreuses richesses, donne ton bien ; si tu possèdes peu, donne ton cœur.
Proverbe berbère

Quel est le score de cette cible ?

Sudoku

7	1	4						
9								7
		6					9	
		3	6					8
		1			8	6		
				9			4	
			2			1		6
			8		5	9		
			9			4	5	

solutions p. 394

ÉNIGME

Philippe a trois enfants : Rafael, Ilan et Tom. Rafael a trois fois l'âge de Tom et, dans deux ans, il aura le double de l'âge d'Ilan. Sachant qu'Ilan a un an de plus que Tom, pouvez-vous calculer les âges de ces enfants ?

« Le désir s'accroît quand l'effet se recule. »
Pierre Corneille, poète dramatique français

SEMAINE 16

Dimanche
23
Avril

St Georges

CULTURE G

VRAI/FAUX

Le film *Indiana Jones et le temple maudit* est la suite des *Aventuriers de l'arche perdue.*

CULTURE G

C'EST ARRIVÉ CE JOUR

23 avril 1564

Saviez-vous que William Shakespeare était perfectionniste jusqu'au bout ? Il est né et mort un 23 avril (1564-1616).

JEU DE LETTRES

Complétez ce mot.
Vous disposez des lettres A, S, U et W.

	Q			

Trouvez le chemin pour sortir de ce labyrinthe.

Pourquoi les livres de mathématiques sont-ils tristes ?

Parce qu'ils ont des problèmes…

JEU DE CHIFFRES

Faites cette opération de tête ! N'utilisez pas de papier, de crayon ou de calculatrice.

189 × 6 =

solutions p. 395

SEMAINE 17

Lundi
24
Avril

St Fidèle

ÉNIGME

Mon premier est une question.
Mon second est une affirmation.
Mon tout se mange.
Qui suis-je ?

« Donne un poisson à un homme, tu le nourris pour un jour. Apprends-lui à pêcher, tu le nourriras toute sa vie. »

Lao-tseu, philosophe chinois

CULTURE G

Quiz

Qui a écrit : « Le nez de Cléopâtre : s'il eût été plus court, toute la face de la Terre aurait changé » ?

A - Elizabeth Taylor
B - Voltaire
C - Blaise Pascal

MATHS

Dans un triangle, qu'est-ce que l'on appelle « hauteur » ?

A. La droite qui passe par un sommet et le milieu du côté opposé
B. La droite perpendiculaire à la base et qui passe par le sommet opposé
C. Le côté le plus long

CULTURE G

AUX ORIGINES

L'alliance se porte à l'annulaire de la main gauche car les Égyptiens croyaient y avoir identifié la veine de l'amour, qui mènerait directement au cœur.

Combien de pois ont été recouverts ?

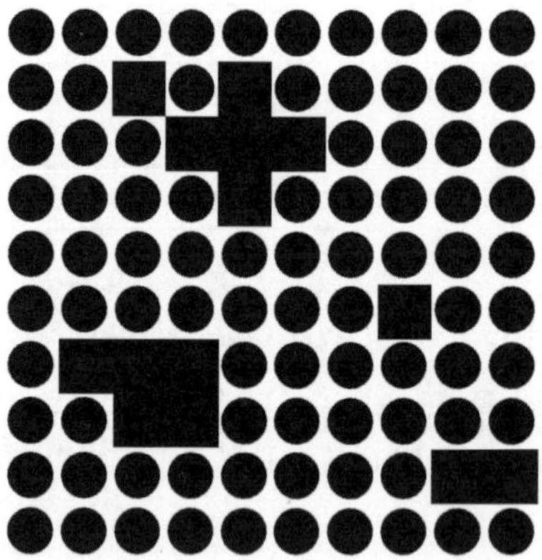

Quand tu envoies des blagues, c'est du courrier inutile. Quand ton chef le fait, c'est de l'humour.
Quand tu es en arrêt maladie, tu es toujours malade. Quand ton chef l'est, il doit être gravement malade.
Quand tu maintiens ta position, tu es entêté. Quand ton chef le fait, il est ferme.

JEU DE LETTRES

Formez deux mots avec les lettres suivantes :
A - U - O - T - Q

solutions p. 395

SEMAINE 17

Mardi
25
Avril

St Marc

ÉNIGME

Vincent essaie de dormir, mais n'y arrive pas. Alors il se lève, décroche le téléphone, compose un numéro et demande : « Puis-je parler à Gérard, s'il vous plaît ? » Il s'endort ensuite paisiblement. Pourquoi ?

CULTURE G

LE SAVIEZ-VOUS ?

En 1841, le jeune Adolphe Sax, facteur d'instruments de musique belge, a pris le bec d'une clarinette, y a installé le corps d'une grosse flûte et a joint à l'ensemble le pavillon d'une trompette : le saxophone était né !

Pourquoi « séparés » s'écrit-il en un mot, alors que « tous ensemble » s'écrit en deux mots distincts ?

JEU DE LETTRES

Retrouvez les lettres de l'alphabet manquantes : elles indiqueront le nom de cette ville de France.

M. et Mme Gale ont un fils. Comment s'appelle-t-il ?

Martin.

JEU DE CHIFFRES

Faites cette opération de tête ! N'utilisez pas de papier, de crayon ou de calculatrice

$(503 + 11) \times 22 =$

CULTURE G

VRAI/FAUX

Lahire et Argine sont les noms de personnages de cartes à jouer.

Quel est le score de cette cible ?

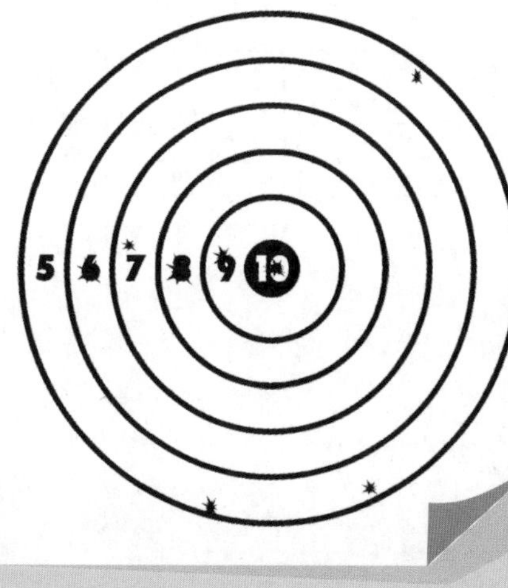

solutions p. 395

SEMAINE 17

Mercredi

26

Avril

Ste Alida

ÉNIGME

La mère de Toto a trois enfants : Tic, Tac et… Quel est le nom de son troisième enfant ?

« Selon les derniers sondages, 47 % des statistiques sont fausses. »
Anonyme

Quand une parole est lâchée, même quatre chevaux seraient en peine pour la rattraper.
Proverbe chinois

C'EST ARRIVÉ CE JOUR

CULTURE G

26 avril 1986

Le cœur de la centrale nucléaire de Tchernobyl, en Ukraine, entre en fusion, ce qui entraîne la fonte du combustible et la libération du gaz radioactif. L'explosion soulève la dalle de béton (1 000 t) du réacteur. À ce jour, il s'agit de la plus grande catastrophe du nucléaire civil.

JEU DE LETTRES

Pouvez-vous retrouver ce proverbe japonais, dont les lettres à l'intérieur des mots ont été mélangées ?

no daepprn eup arp al vctriieo, aism bpeaouuc arp al dfteéai.

Suite logique

Complétez cette suite logique de dominos à 9 points.

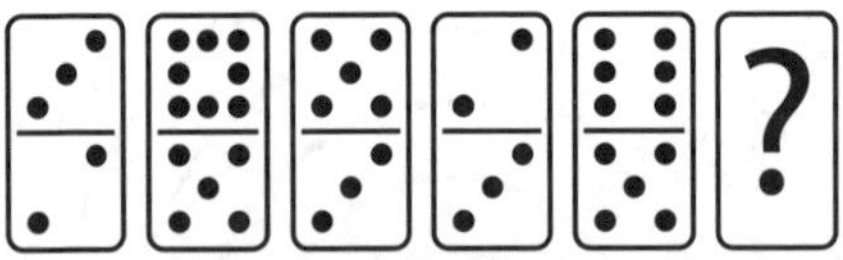

Trouvez les différences entre ces deux images.

Un prof pointe sa règle vers son élève et dit : « Au bout de cette règle se trouve un idiot ! » L'élève a été collé quand il a demandé : « À quel bout ? »

solutions p. 395

ÉNIGME

D'après une constitution, cinq conditions doivent être remplies pour qu'un individu soit élu Premier ministre. Le candidat doit avoir 35 ans, être citoyen du pays, avoir été un résident de ce pays durant les 14 dernières années et être né dans ce pays. Quelle est la dernière condition ?

Quelle est la différence entre une échelle et un pistolet ?

L'échelle sert à monter et le pistolet à descendre.

SEMAINE 17

Jeudi **27** Avril

Ste Zita

CULTURE G

Quiz

Pourquoi les chauves-souris dorment-elles la tête en bas ?

A - C'est leur système respiratoire qui le leur impose.

B - Car ainsi, elles peuvent surveiller l'endroit où elles se trouvent.

C - Cela leur permet de s'envoler plus facilement.

CULTURE G

INSOLITE

Dans *Les Temps modernes* (1936), Charlie Chaplin essaye de chanter une célèbre chanson française de l'époque, *Je cherche après Titine*. Comme il en a perdu les paroles, il improvise des paroles incompréhensibles. Il s'agit des premiers mots prononcés au cinéma par Chaplin, dont les précédents films étaient muets.

JEU DE CHIFFRES

Faites cette opération de tête ! N'utilisez pas de papier, de crayon ou de calculatrice.

$(14 + 28 + 57) \times 3 =$

JEU DE LETTRES

Pouvez-vous trouver ce mot qui ne contient qu'une voyelle ?

_ O _ _ _ _ _ _

Combien de carrés différents voyez-vous ?

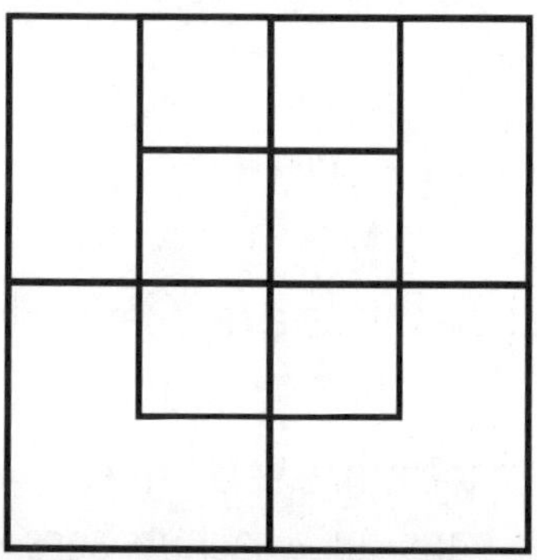

À quel temps sont les verbes suivants : « Ils ne voulurent pas d'enfants, mais en eurent deux. »

Au présent imparfait...

solutions p. 395

SEMAINE 17

Vendredi

28

Avril

Ste Valérie

Un chat entre dans une pharmacie : « Est-ce que je pourrais avoir un sirop pour ma toux ? »

JEU DE CHIFFRES

Réalisez ces égalités en insérant des opérateurs mathématiques (+, –, ×, / et ( )) entre les chiffres.

7 7 7 7 = 3

7 7 7 7 = 8

7 7 7 7 = 13

7 7 7 7 = 15

Trouvez les 7 différences entre ces deux images.

ÉNIGME

Il existe une vieille invention dont on se sert encore dans certaines régions du monde et qui permet aux gens de voir à travers les murs. Quelle est cette invention ?

CULTURE G – VRAI/FAUX

James Bond est le nom d'un véritable agent secret dont s'est inspiré Ian Fleming.

« L'homme plus sage apprend des erreurs des autres. »

Confucius, sage chinois

CULTURE G – LE SAVIEZ-VOUS ?

La plus basse température enregistrée à la surface de la Terre est de -93,2 °C, dans l'est de l'Antarctique, le 10 août 2010. Le précédent record était de -89,2 °C, dans la même région, en juillet 1983.

JEU DE LETTRES

Amusez-vous à répéter dix fois de suite cette phrase.

Seize jacinthes sèchent sagement dans seize sachets secs.

solutions p. 396

ÉNIGME

Mon premier souffle.
Mon deuxième est le contraire de tôt.
Mon tout est prétentieux.
Qui suis-je ?

M. et Mme Esprit ont une fille.
Comment s'appelle-t-elle ?

Maude.

SEMAINE 17

Samedi

29

Avril

Ste Catherine de Sienne

JEU DE LETTRES

Pouvez-vous compléter la conjugaison à l'imparfait du verbe « absoudre » ?

J'abso______ Tu abso______
Il abso______ Nous abso______
Vous abso______ Ils abso______

CULTURE G

C'EST ARRIVÉ AUJOURD'HUI

29 avril 1980

Alfred Hitchcock, maître incontesté du suspense, meurt. Il a souvent fait une brève apparition dans les premières minutes de ses films (les cinéastes disent « des caméos »). Dans le célébrissime *Psychose*, le rôle de Caroline, la secrétaire, est tenu par... sa propre fille, Patricia !

Ce qu'un homme ne dit pas est le sel de la conversation.

Proverbe japonais

Quel est le score de cette cible ?

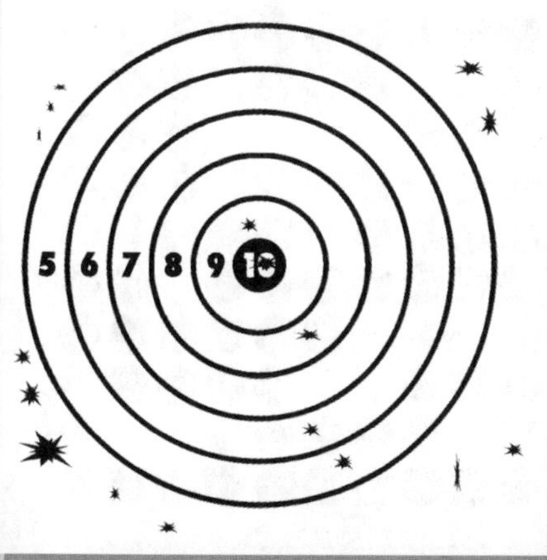

Sudoku de lettres

Attention : les chiffres sont remplacés par les lettres A, B, C, D, E, F, G, H, I !

				D		E		
			I	A	B			H
		B						
	I							
			H				I	C
	D	C						G
A			D	B			G	
F				H		A		
	C	E			A		F	

solutions p. 396

Semaine 17

Dimanche
30
Avril

St Robert
Journée nationale du souvenir de la déportation

ÉNIGME

Gérard se rend à un entretien d'embauche pour un emploi de cuisinier dans un grand restaurant. Hélas, l'entretien se passe mal et le recrutement ne se finalise pas. Pourtant, Gérard n'est pas malheureux. Pourquoi ?

Quiz

CULTURE G

« Quand je me considère, je me désole, mais quand je me compare, je me console. » D'où provient cette citation ?

A - De Charles-Maurice de Talleyrand
B - Du livre d'Isaïe
C - De Winston Churchill

MATHS

Quel est-ce théorème ? « Dans un triangle rectangle, le carré de la longueur de l'hypoténuse est égal à la somme des carrés des longueurs des côtés de l'angle droit. »

A. Le théorème de Pythagore
B. Le théorème de Thalès

Une petite fille rentre de l'école. Arrivée chez elle, elle voit son père assis confortablement dans un fauteuil en train de lire le journal. Elle lui dit :
– Papa, papa, tu ne connais pas la dernière ?
– Non.
– Ben, c'est moi !

« Si tu as envie de travailler, assieds-toi et attends que ça passe. »
Proverbe corse

Combien de pois ont été effacés ?

JEU DE LETTRES

Formez un mot avec les lettres suivantes :

A – A – A – I – R – P – P – Z – Z

CULTURE G

INSOLITE

Aux États-Unis, en Californie plus précisément, il est interdit de porter des bottes de cow-boy si l'on possède moins de deux vaches.

solutions p. 396

Devinette

Qu'est-ce qu'un homme riche ?

Un homme qui gagne plus que ce que sa femme ne dépense et qui peut, en plus, payer les impôts.

SEMAINE 18

Lundi

1

Mai

St Jérémie

FÊTE DU TRAVAIL

CULTURE G — **VRAI/FAUX**

Le président Jimmy Carter a eu le prix Nobel de la paix en 1979.

JEU DE LETTRES

Complétez ce mot qui, en plus du Z, ne comporte que des voyelles.

Z		Z		

ÉNIGME

Mon premier est une boisson.
Mon deuxième est une boisson.
Mon troisième est une boisson.
Mon tout est une boisson.
Qui suis-je ?

JEU DE CHIFFRES

Réalisez ces égalités en insérant des opérateurs mathématiques (+, –, ×, / et ( )) entre les chiffres.

9 9 9 9 = 7
9 9 9 9 = 19
9 9 9 9 = 9
9 9 9 9 = 80

Trouvez le chemin pour sortir de ce labyrinthe.

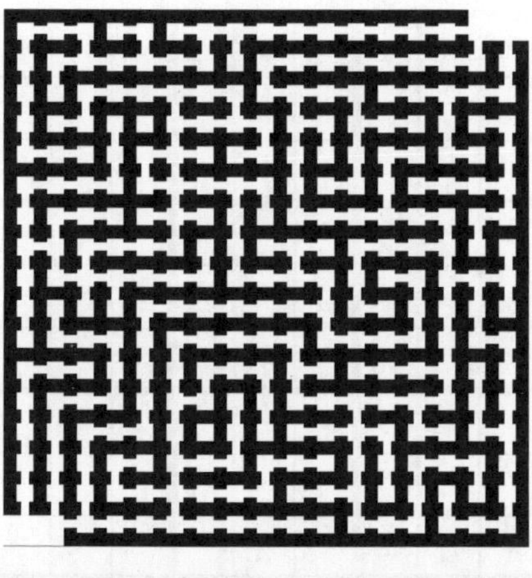

CULTURE G — **AUX ORIGINES**

La tradition d'offrir du muguet le 1er mai viendrait du roi Charles IX qui, en 1561, a décidé d'en offrir chaque année aux dames de la Cour !

Perle de bulletin scolaire

« Participe beaucoup… à la bonne ambiance de la classe. »

solutions p. 396

SEMAINE 18

Mardi
2
Mai

St Boris

« On reconnaît le rouquin aux cheveux du père et le requin aux dents de la mère. »

Pierre Desproges, humoriste français

Virelangue

Amusez-vous à répéter dix fois de suite ces phrases.

Un chasseur sachant chasser sans son chien de chasse est un bon chasseur.
Il faut qu'un chasseur sachant chasser sur ses échasses sache chasser sans son chien de chasse.

Quel est le score de cette cible ?

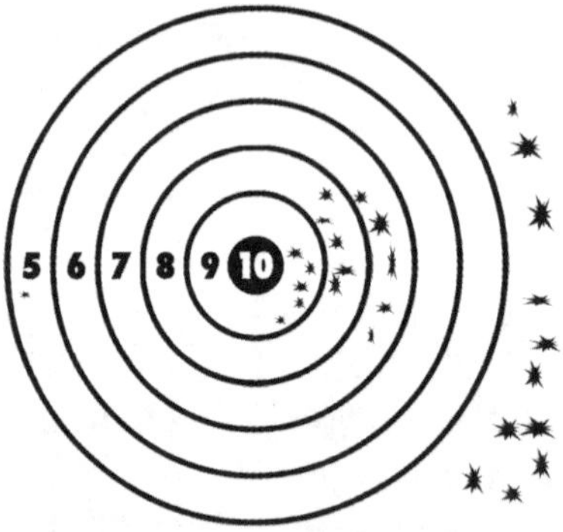

Quiz

CULTURE G

Quel roi de France fut surnommé le Hutin ?

A - Louis X
B - Louis XII
C - Louis XIII

ÉNIGME

Les registres d'état civil d'un pays indiquent qu'un homme a eu un frère qui est mort. D'autres registres indiquent que l'homme qui est mort n'avait pas de frère. Ces registres sont parfaitement fiables. Comment cela est-il possible ?

CULTURE G

INSOLITE

La frontière entre l'Alaska et la Russie est fixée entre les deux îles Diomède, distantes de 3 km, à l'endroit de la ligne de changement de date. Ainsi, lorsque l'on se trouve à l'est, sur la Petite Diomède, c'est-à-dire en Alaska, et que l'on regarde à l'ouest la Grande Diomède (la Russie), on peut dire : « En face, c'est demain ! »

JEU DE SYMBOLES

Attention : les chiffres ont été remplacés par les 9 symboles suivants : &, £, %, $, », =, µ, ! et +.

		»				=		£
				%				+
					!			
		$			%			µ
			µ		£	!	&	
		%		+				$
	+		&	=		»	$	
	µ	=		£				

solutions p. 397

Devinette

Qu'est-ce que l'écureuil dit au policier qui lui donne une amende pour stationnement interdit ?

« J'aurais préféré une noisette ! »

CULTURE G

C'EST ARRIVÉ AUJOURD'HUI

3 mai 1968

Le mouvement de contestation étudiant prend de l'ampleur. Mgr Marty déclare : « Faute d'avoir été réalisées à temps, certaines réformes s'imposent brutalement, elles ne sont pas pour cela nécessairement condamnables. » Un mois plus tard, le général de Gaulle dissout l'Assemblée nationale : du changement, il y en a eu !

JEU DE LETTRES

Pouvez-vous retrouver cette citation de Rabelais, composée sur les touches du clavier ?

53 467437 378 52 7386466 33 3389 26638487 727 53778357 537 2667 6687 7678368 38 727 68 537 2667 66723289 3687368

Les morts ne sont vraiment morts que lorsque les vivants les ont oubliés.

Proverbe malgache

ÉNIGME

Je suis jaune. Ma mère est blanche. Mon grand-père est blanc. Mon arrière-grand-mère est blanche et rousse dans le vert. Qui sommes-nous ?

SEMAINE 18

Mercredi 3 Mai

Sts Philippe et Jacques

JOURNÉE MONDIALE DE LA LIBERTÉ DE LA PRESSE

« Je suis désolé, c'est très prétentieux, mais peut-être que cet album est trop bien pour qu'il marche fort pour l'instant. »

M – Matthieu Chedid, auteur, compositeur et interprète français

JEU DE CHIFFRES

Faites cette opération de tête ! N'utilisez pas de papier, de crayon ou de calculatrice.

47 + 74 – 44 =

Combien de pois ont été recouverts ?

solutions p. 397

SEMAINE 18

Jeudi

4

Mai

St Sylvain

Devinette

M. et Mme Di ont une fille et deux fils. Comment les appellent-ils ?

Bonnie, Ken et Alain.

ÉNIGME

Un homme mange un œuf chaque jour pour son petit-déjeuner. Il n'a aucune poule chez lui. Il n'achète jamais d'œuf, n'emprunte jamais d'œuf, ne les vole pas et ne les reçoit pas en cadeau. Comment fait-il alors pour manger un œuf par jour ?

JEU DE LETTRES

Formez un mot avec les lettres suivantes :

A – T – T – K – I – I – Z – Z

CULTURE G

LE SAVIEZ-VOUS ?

C'est en partant à la recherche de leur chien tombé dans un trou que quatre adolescents ont découvert la grotte de Lascaux en 1940. Datée de 15 000 ans avant J.-C., elle est surnommée « la chapelle Sixtine de l'art pariétal ».

CULTURE G

Quiz

Pourquoi le pianiste Paul Wittgenstein demanda-t-il à Ravel de lui écrire un *Concerto pour la main gauche* ?

A - C'était un exercice de style.

B - Il était amputé du bras droit.

C - Il avait parié avec Ravel que c'était possible.

Suite logique

Complétez cette suite logique de dominos à 6 points.

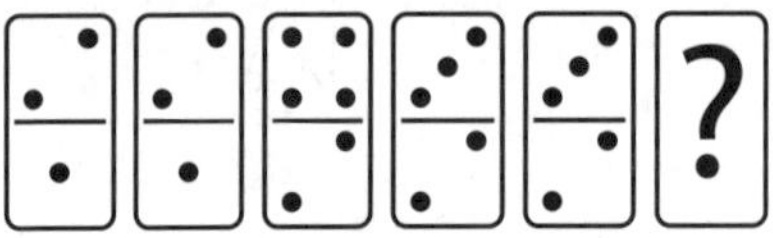

Trouvez le chemin pour sortir de ce labyrinthe.

« Tout le monde fait des erreurs, mais les hommes mariés s'en aperçoivent plus vite. »

Red Skelton, acteur américain

solutions p. 397

Ne dites pas à ma mère que je suis fonctionnaire, elle croit que je travaille !

ÉNIGME

En prononçant mon nom, tu me détruis. Qui suis-je ?

SEMAINE 18

Vendredi

5

Mai

Ste Judith

CULTURE G

VRAI/FAUX

Ce sont les bactéries présentes dans notre bouche qui forment les caries.

Suite logique

Complétez cette suite logique :
9 – 14 – 19 – 24 – X

Ce que tu jettes aujourd'hui avec le pied, tu le ramasses demain avec la main.

Proverbe martiniquais

Devinette

M. et Mme Kuze ont une fille et un fils. Comment s'appellent-ils ?

Elle, Alex.

Quel est le pongiste de l'équipe A qui ne fait pas partie de l'équipe B ?

JEU DE LETTRES

À l'aide des lettres au centre, formez quatre mots nouveaux en vous aidant des lettres dans les carrés ci-dessous.

MYA
L
S
CORNE
TUE
O
L
ATE

solutions p. 397

SEMAINE 18

Samedi
6
Mai

Ste Prudence

« Mon mari m'a tellement trompée que je ne suis pas sûre d'être la mère de mes enfants. »
Duchesse de Lauraguais, maîtresse de Louis XV.

JEU DE LETTRES

Quel mot français commençant par la lettre M ne rime avec aucun autre mot ?

CULTURE G

INSOLITE

Connaissez-vous toutes les insultes du capitaine Haddock ? Non ? Alors en voici quelques-unes ! Accapareur, amiral de bateau-lavoir, amphitryon, anthropopithèque, apache, apprenti dictateur à la noix de coco...

Quel est le score de cette cible ?

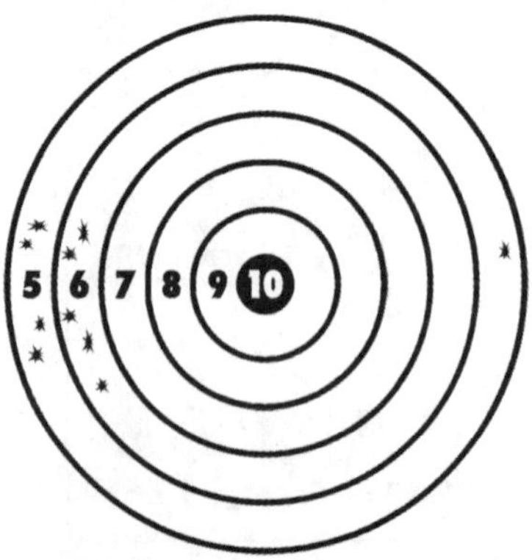

ÉNIGME

Un émir mourant fait venir auprès de lui ses deux fils et leur dit : « Celui d'entre vous dont le cheval arrivera en dernier au pied du minaret de la ville voisine héritera de mon immense fortune. » Les deux fils se précipitent vers l'écurie et partent au triple galop vers le minaret. Pourquoi se pressent-ils ainsi ?

CULTURE G

Quiz

Que mesure l'échelle de Scoville ?

A - La dureté des métaux
B - La puissance des cyclones
C - La force des piments

Devinette

Quelle différence y a-t-il entre un homme et un perroquet ?

Il est possible de faire dire des choses gentilles à un perroquet...

Sudoku de lettres

Attention : les chiffres sont remplacés par les lettres A, B, C, D, E, F, G, H, I !

					C		G	
			B	D		H		
	C							
		H			A	C	E	I
	I			C	F		A	
					D			
	A	F		I			B	
		C						E
		E	F	A	B			

solutions p. 398

SEMAINE 18

Dimanche

7

Mai

Ste Gisèle

Devinette

Pourquoi les Belges ont-ils arrêté le water-polo ?

Parce qu'ils noyaient trop de chevaux.

ÉNIGME

Je fus demain,
je serai hier.
Qui suis-je ?

Grosse Corvette, petite quéquette.
Proverbe canadien

JEU DE CHIFFRES

Faites cette opération de tête ! N'utilisez pas de papier, de crayon ou de calculatrice.

96 + 85 704 =

CULTURE G – GENTILÉS

Quel est le nom des habitants de ces grandes villes ?

A - Istanbul
B - Amsterdam
C - Le Caire

Si le vin te gêne dans ton travail, supprime le travail.

JEU DE LETTRES

Retrouvez les lettres de l'alphabet manquantes : elles indiqueront le nom d'un grand compositeur.

Trouvez le chemin pour sortir de ce labyrinthe.

solutions p. 398

SEMAINE 19

Lundi

8

Mai

St Désiré

VICTOIRE DE 1945

« Mon cœur est une penderie dans laquelle tous les costumes de mes personnages sont accrochés. »

Simone Signoret, actrice française

ÉNIGME

Quelle punition doit-on infliger à l'auteur d'un crime parfait ?

Virelangue

Amusez-vous à répéter dix fois de suite cette phrase.

Sachez, mon cher Sasha, que Natasha n'attacha pas son chat qui se percha sur ce sofa.

CULTURE G – VRAI/FAUX

Il n'y avait aucun candidat de gauche au second tour de l'élection présidentielle qui a suivi la démission du général de Gaulle.

Un homme à longue barbe blanche consulte un psychiatre.

– Je ne connais pas encore vos problèmes, alors commencez par le commencement ! lui demande le médecin.

– Au commencement, je créai le Ciel et la Terre...

CULTURE G – INSOLITE

À Londres, en 1931, il existait un club du suicide formé par des hommes déterminés à se suicider. Le gagnant d'une partie de cartes organisée était le prochain à quitter le club... en passant par le cimetière ! Ses « amis » organisaient ensuite une grande fête... et maquillaient le suicide en accident.

Dans cette image, combien de polygones pouvez-vous dénombrer ?

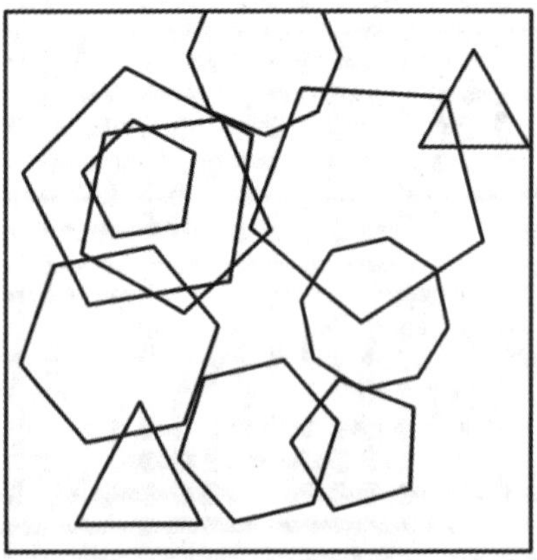

Sudoku

				7	2	6		9
							5	
3		1						
				6		7		4
6		7	2					
		8		5				
9			7					
4		6					2	
	2			3		4		

solutions p. 398

JEU DE CHIFFRES

Faites cette opération de tête !
N'utilisez pas de papier, de crayon ou de calculatrice.

(1 000 – 890) × 2 =

Le temps sera le maître de celui qui n'a pas de maître.

Proverbe arabe

SEMAINE 19

Mardi

9

Mai

St Pacôme

JOURNÉE DE L'EUROPE

ÉNIGME

Mon premier est un bruit qui accompagne un coup de feu. Mon deuxième est parfois en sable, parfois en charbon. Mon troisième est le contraire de court. Mon tout est surtout porté par les garçons. Qui suis-je ?

CULTURE G

Quiz

Qu'est-ce que la borne des trois puissances ?

A - C'est une invention du scénariste du *Seigneur des Anneaux*.

B - C'est une borne fictive qui marque la frontière entre les États-Unis, l'URSS et le Japon.

C - C'est une borne qui marque la rencontre des frontières de la France, de l'Allemagne et de la Suisse.

Devinette

Qu'est-ce qu'on obtient si on demande à un politicien de dire « la vérité, toute la vérité, rien que la vérité » ?

Trois réponses différentes.

CULTURE G

LE VRAI NOM DES STARS

Arthur => Jacques Arthur Essebag
Vincent Lagaf' => Vincent Rouil
Difool => David Massard

JEU DE LETTRES

Pouvez-vous retrouver ces mots de 5 lettres ? Attention : les lettres doivent être en ordre décroissant de l'alphabet !

P				
P				
P				

Quelle est la pièce qui ne rentre pas dans le puzzle ?

solutions p. 398

SEMAINE 19

Mercredi
10
Mai
Ste Solange
JOURNÉE NATIONALE DE L'ABOLITION DE L'ESCLAVAGE

Un homme entre dans une pharmacie :
– Bonjour, monsieur, je voudrais du viagra, s'il vous plaît.
– Avez-vous une ordonnance ?
– Non, mais j'ai une photo de ma femme !

ÉNIGME

Lorsque l'on naît,
il existe déjà, et
lorsque l'on meurt,
il est toujours là.
Qui est-il ?

JEU DE LETTRES

Retrouvez cette partie du corps humain.

	U	Q		

CULTURE G – VRAI/FAUX

La guerre de Cent Ans a opposé la dynastie des Plantagenêts à celle des Valois.

MATHS

Dans le nombre 56 779,3785, quel est le chiffre des millièmes ?

Que ce soit le matin ou le soir, les pendules indiquent les heures de 1 à 12. Hong Kong est en GMT + 8, Honolulu en GMT – 10 et New York en GMT – 5. Trouvez l'heure de quelle ville indique chaque pendule.

CULTURE G – SURNOMS GÉOGRAPHIQUES

Quels pays sont désignés par ces expressions ?

A. Le Rocher
B. Le Toit du Monde

Avec 3 fois rien, on n'a plus grand-chose !

solutions p. 399

CULTURE G

C'EST ARRIVÉ AUJOURD'HUI

11 mai 1502

Quatre caravelles prennent la mer sous la direction de Christophe Colomb. C'est son quatrième voyage en direction de l'ouest. Un mois plus tard, il passe à proximité de la Martinique, puis atteint Saint-Domingue le 24 juin. Ses bateaux, endommagés par le périple, s'échouent en juin 1503 dans la baie de Santa Gloria, sur l'île de la Jamaïque.

Une blonde annonce à une autre blonde :
– Ça y est ! J'ai réussi mon test de grossesse !
– Toutes mes félicitations ! Les questions n'étaient pas trop dures ?

SEMAINE 19

Jeudi
11
Mai

Ste Estelle

ÉNIGME

Mon premier est l'endroit favori des canards.
Mon deuxième est le contraire de tard.
Mon tout enfonce le clou.
Qui suis-je ?

Suite logique

Complétez cette suite logique :
5 - 11 - 7 - 13 - 9 - 15 - 11 - X - X

CULTURE G

INSOLITE

Il serait de mauvais augure que les noms de famille du mari et de la femme commencent par la même lettre. La femme, en prenant le nom de son mari, ne change alors pas pour autant d'initiales… et cela l'empêcherait de commencer une nouvelle vie !

« C'est en sciant que Léonard devint scie. »
Pierre Blanche, comique français

JEU DE LETTRES

Trouvez ce mot de 6 lettres. Attention : les lettres doivent être dans l'ordre alphabétique !

D					

Trouvez la carte manquante.

solutions p. 399

SEMAINE 19

Vendredi

12

Mai

St Achille

Des fois, il vaut mieux ne rien dire et passer pour un con, que de l'ouvrir et ne laisser aucun doute à ce sujet.

ÉNIGME

Doit-on dire 7 + 3 font « tonze » ou 7 + 3 font « onze » ?

CULTURE G

LE SAVIEZ-VOUS ?

Traditionnellement, la gauche représente le mauvais côté des choses. Le mot « droit » évoque la rigueur morale. La dextérité, c'est être adroit, alors qu'on dit de quelqu'un de malhabile qu'il est gauche. Autrefois, les gauchers étaient suspectés d'être des sorciers. Ainsi, le mot « sinistre » vient du latin *sinister*, qui signifie « gauche » !

JEU DE LETTRES

Rajoutez la même voyelle et la même consomme aux lettres composant les mots suivants pour former de nouveaux mots :

RIEN – LIBRE – SIRE – CIEL – LOURD

Devinette

Comment pourrait-on faire pour réussir à faire mouiller le maillot des joueurs de l'équipe de France de football ?

En les faisant jouer sous la pluie !

Les diamants ont leur prix, un bon conseil n'en a pas.

Proverbe espagnol

Quel est le score de cette cible ?

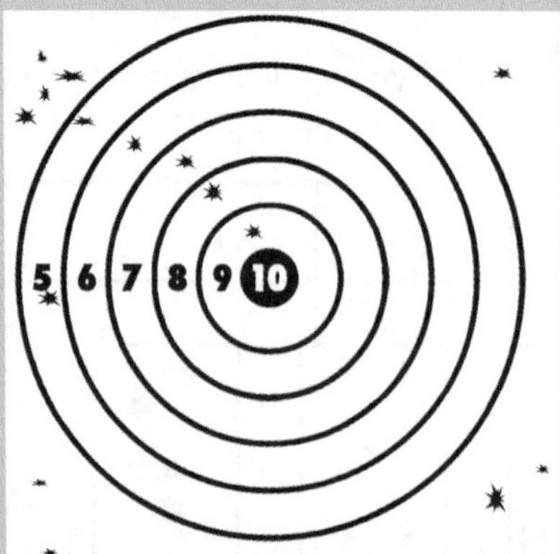

Sudoku

			6	4			8	
			7		2			
4					8			7
				5		2		
6		7						9
8		5	2		9			
7							1	
							3	5
9	3		4			8		

solutions p. 399

SEMAINE 19

Samedi

13

Mai

Ste Rolande

ÉNIGME

Mon premier a six faces.
On dort dans mon deuxième.
Mon troisième est le pluriel de « ciel ».
Mon tout signifie « très bon ».
Qui suis-je ?

CULTURE G — VRAI/FAUX

À la naissance, les bébés ont plus d'os que les adultes.

JEU DE CHIFFRES

Faites cette opération de tête ! N'utilisez pas de papier, de crayon ou de calculatrice.

(33 + 44)/2 =

J'ai compris pourquoi il n'y a plus de gazon devant les buts des terrains de foot : c'est le gardien du PSG qui a tout fumé !

Devinette

Pourquoi les poules pondent-elles des œufs et les coqs ont-ils des ailes ?

Parce que les poules ont besoin d'eux et que les coqs ont besoin d'elles.

CULTURE G — C'EST ARRIVÉ AUJOURD'HUI

13 mai 1610

Marie de Médicis est sacrée reine de France. Le lendemain, son mari, le roi Henri IV, est assassiné à Paris. Rappelons-nous qu'il a eu 19 enfants… dont 12 illégitimes !

Combien de pois ont été recouverts ?

JEU DE LETTRES

À l'aide des lettres au centre, formez quatre mots nouveaux en vous aidant des lettres dans les carrés ci-dessous.

solutions p. 399

SEMAINE 19

Dimanche

14

Mai

St Matthias
FÊTE DES MÈRES
(SUISSE, BELGIQUE
& CANADA)

Un jeune homme
demande à un copain :
– Tu as déjà vu le
code-barres sur les
préservatifs ?
– Non…
– Alors, c'est que tu ne les
déroules pas assez loin !

Quiz

CULTURE G

Qui a été le successeur de Napoléon à la tête de la France ?

A - Louis XVIII
B - Louis-Philippe
C - Napoléon II

Quelles sont les 7 différences
entre ces deux images ?

ÉNIGME

Trois personnes rentrent
dans un ascenseur.
Au dixième étage, ils
ne sont plus que deux.
Pourquoi ?

Virelangue

Amusez-vous à répéter dix fois de suite cette phrase.

Six ou seize chaises sèches, douze douches douces, seize chaises douces et archisèches.

« C'est Dieu qui créa l'eau,
mais l'homme fit le vin. »
Victor Hugo, écrivain français

Suite logique

Complétez cette suite logique de
dominos à 6 points.

Le léopard ne se déplace
pas sans ses taches.
Proverbe nigérien

solutions p. 399

ÉNIGME

Mon premier habite dans les cheveux. Mon deuxième n'est pas beau. Mon tout est un poussin qui a grandi. Qui suis-je ?

L'étrange monastère

Le père Midechasse, premier prix au tir à l'arc. L'abbé Résina, avec lui, rien n'est possible.

SEMAINE 20

Lundi
15
Mai

Ste Denise

CULTURE G — C'EST ARRIVÉ AUJOURD'HUI

15 mai 1768

Les Génois cèdent la Corse à la France de Louis XV comme remboursement des dettes que Gênes avait contractées. Le traité est signé à Versailles.

JEU DE CHIFFRES

Faites cette opération de tête ! N'utilisez pas de papier, de crayon ou de calculatrice.

(123 + 411) – (8 × 16) =

Trouvez le chemin pour sortir de ce labyrinthe.

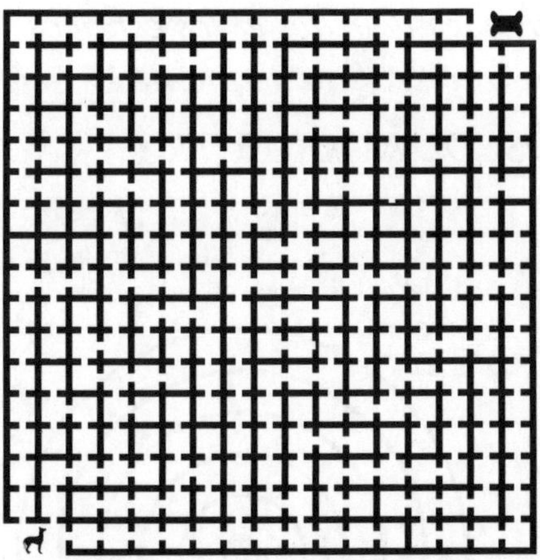

Devinette

Qu'entend un homme quand il parle de « donner un coup de main à la maison » ?

Soulever ses jambes pour que sa femme puisse passer l'aspirateur en dessous.

JEU DE LETTRES

Formez un mot avec les lettres suivantes :

A – D – Q – S – U

CULTURE G — VRAI/FAUX

La cacahuète se récolte en grappes accrochées à des arbres.

solutions p. 400

SEMAINE 20

Mardi
16
Mai

St Honoré

ÉNIGME

Je mets mes dents entre tes dents. Qui suis-je ?

Devinette

Quelle est la différence entre un ascenseur et une cigarette ?

Il n'y en a pas, tous les deux font des cendres !

CULTURE G – LE SAVIEZ-VOUS ?

L'astrophysicien anglais sir Fred Hoyle a utilisé pour la première fois l'expression « big-bang » en 1950 lors d'une émission de la BBC. Pour lui, c'était dans un sens ironique.

« La fin de l'État est donc en réalité la liberté. »
Baruch Spinoza, philosophe hollandais

JEU DE CHIFFRES

Saurez-vous résoudre cette équation ?
$61 - x = 54$

JEU DE LETTRES

L'imprimeur étourdi a oublié d'insérer les voyelles et les espaces. Saurez-vous retrouver cette citation de Lautréamont ?

J'RCLVCMMNBLSSRTJ'DFNDSCDD'NGRRLCCTRC

CULTURE G – C'EST ARRIVÉ AUJOURD'HUI

16 mai 1929

La première cérémonie de remise des oscars a lieu à Hollywood. Warner Bros y reçoit un oscar spécial pour la production du *Chanteur de jazz* et Chaplin pour *Le Cirque*.

Quel est le score de cette cible ?

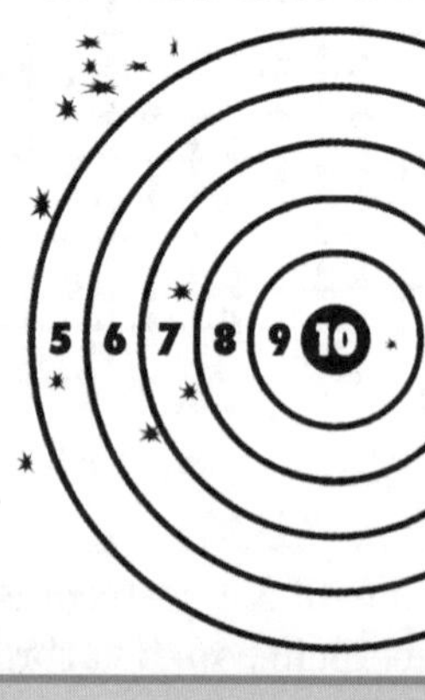

solutions p. 400

Devinette

M. et Mme Riendit ont une fille. Comment s'appelle-t-elle ?

Emma.

ÉNIGME

Mon premier sert à transporter l'eau. On dort dans mon deuxième. Mon troisième est un nombre. Mon tout est le contraire de liquide. Qui suis-je ?

SEMAINE 20

Mercredi
17
Mai

St Pascal

CULTURE G

INSOLITE

Humphrey, un chat employé comme chasseur de souris au 10, Downing Street, de 1989 à 1997, était plus compétent que le dératiseur professionnel employé, qui, lui, coûtait plus de 10 fois plus cher !

CULTURE G

Quiz

Qu'est-ce qu'une gousse de vanille ?

A - Un fruit tropical

B - Le fruit d'une orchidée tropicale

C - La racine du vanillier

Qui trop écoute la météo passe sa vie au bistrot !

JEU DE CHIFFRES

Faites cette opération de tête ! N'utilisez pas de papier, de crayon ou de calculatrice.

989,78 – 209,99 =

Quelles sont les 7 différences entre ces deux images ?

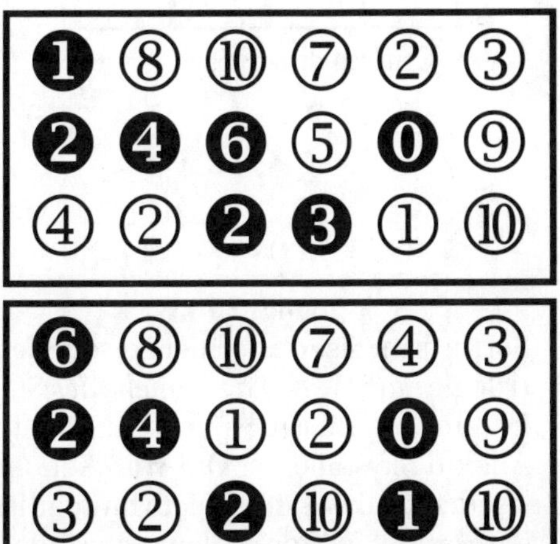

JEU DE LETTRES

Pouvez-vous retrouver ces mots de 5 lettres ?

Attention : les lettres doivent être en ordre décroissant de l'alphabet !

T				
T				
T				
T				

solutions p. 400

SEMAINE 20

Jeudi

18

Mai

St Éric
ASCENSION

« Si l'on bâtissait la maison du bonheur, la plus grande pièce serait la salle d'attente. »

Jules Renard, écrivain français

ÉNIGME

Un homme rentre chez lui à la fin de sa journée de travail. Il pleut et il a oublié son parapluie. Quand il arrive chez lui, ses cheveux ne sont pas mouillés, mais ses lunettes le sont. Pourquoi ?

Virelangue

Amusez-vous à répéter dix fois de suite cette phrase.

Je veux et j'exige d'exquises excuses.

CULTURE G – VRAI/FAUX

Louis XV a fait cultiver des ananas au château de Versailles.

Sudoku

1		6		9			4	
7					2	8		
							9	
		8						
	1	3	4		7			
	6						2	9
6	3		2					
		7			4		3	
					8		6	

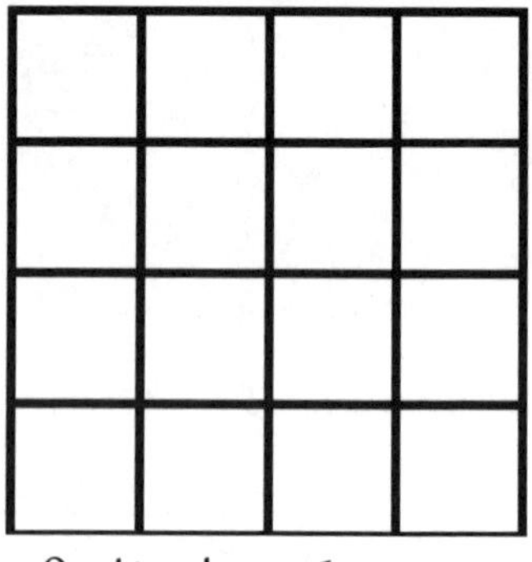

Combien de carrés voyez-vous ?

Un vieux monsieur entre chez son médecin en claudiquant :

– Docteur, il faut que vous me donniez quelque chose pour rabaisser mes envies sexuelles !

– Allons, monsieur, vous savez bien que la libido, c'est dans la tête que ça se passe…

– Justement, docteur, c'est ce que je voulais dire : il faudrait que ça se passe un peu plus bas !

CULTURE G – C'EST ARRIVÉ AUJOURD'HUI

18 mai 2005

Sortie française du dernier épisode de la trilogie *Star Wars*, *La revanche des Sith*. Le film est marqué par le duel entre Anakin Skywalker et Obi-Wan Kenobi : les deux adversaires, pourtant alliés, s'affrontent à l'aide de deux sabres de la même couleur : bleu contre bleu.

solutions p. 400

ÉNIGME

Mon premier est un animal
qui porte des bois.
Mon deuxième est un animal
qui fait la roue.
Mon tout est un reptile.
Qui suis-je ?

JEU DE CHIFFRES

À combien de secondes équivaut 3/4 de minute ?

CULTURE G – INSOLITE

Caligula, un empereur romain, envisageait de nommer son cheval, Incitatus, consul (l'équivalent de notre Premier ministre) !

CULTURE G – *Quiz*

Que précisait la Constitution de 1946 concernant les membres d'une famille ayant régné sur la France ?

A - Ils étaient inéligibles à la présidence de la République.

B - Ils étaient éligibles à la présidence de la République.

C - Il leur fallait 250 parrainages au lieu de 500.

Les footballeurs, c'est comme l'essence. Des pieds à la ceinture, c'est du super ; de la ceinture aux épaules, c'est de l'ordinaire ; et des épaules à la tête, du sans-plomb !

Devinette

Quelle est la différence entre un fonctionnaire et un chômeur ?

Le chômeur a déjà travaillé.

Quel est le score de cette cible ?

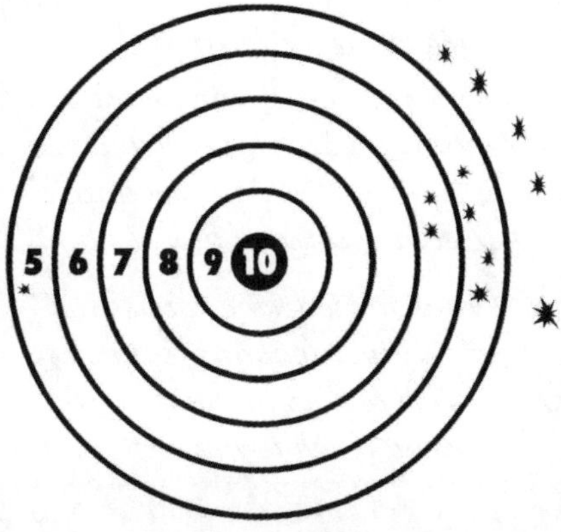

JEU DE LETTRES

Retrouvez les lettres de l'alphabet manquantes : elles indiqueront le nom de ce pays d'Europe.

solutions p. 400

SEMAINE 20

Samedi

20

Mai

St Bernardin

CULTURE G

VRAI/FAUX

Sous l'effet de la pluie, la mer se dessale lentement.

ÉNIGME

Que ne faut-il jamais organiser dans un sous-marin ?

« Vous n'êtes pas responsable de la tête que vous avez, mais vous êtes responsable de la gueule que vous faites. »
Coluche, humoriste français

CULTURE G

LE SAVIEZ-VOUS ?

Le mois de prairial, neuvième mois du calendrier républicain français, commençait le 20 ou le 21 mai et se terminait le 18 ou le 19 juin. Il tirait son nom « de la fécondité riante et de la récolte des prairies de mai en juin. »

JEU DE CHIFFRES

Réalisez ces égalités en insérant des opérateurs mathématiques (+, –, ×, / et ( )) entre les chiffres.

7 7 7 7 = 48 | 7 7 7 7 = 49

7 7 7 7 = 56 | 7 7 7 7 = 105

Un vieux rat rencontre une petite taupe. Curieux, il lui demande :
– Que veux-tu faire plus tard, ma petite ?
– Taupe modèle !

Combien de pois ont été recouverts ?

JEU DE LETTRES

Retrouvez le mot !

Voici la définition d'une expression de 12 lettres de la langue française, donnée par un dictionnaire daté de 1690. Devinez de quel mot il s'agit !

« Terme de médecine, qui se dit quand l'enfant dont une femme est grosse sort dehors avant qu'il soit venu à son terme. »

solutions p. 401

ÉNIGME

Mon premier est une note de musique.
On se nourrit de mon deuxième.
Mon troisième attache.
Mon tout est indispensable pour faire du pain.
Qui suis-je ?

Plus les sentiments sont distants, plus les politesses sont nombreuses.
Proverbe chinois

JEU DE LETTRES

Vous ne disposez que des lettres E et S pour compléter ce mot !

D	E	E	S	S	E	S

Quand on sait ce qu'on sait et qu'on voit ce qu'on voit, on a raison de penser ce qu'on pense !

JEU DE CHIFFRES

Faites cette opération de tête ! N'utilisez pas de papier, de crayon ou de calculatrice.

(111 × 7) – 77 =

CULTURE G

AUX ORIGINES

La taille des feuilles de papier utilise le rapport hauteur/largeur égal à la racine carrée de 2, soit 1,41. Le chiffre obtenu indique le nombre de fois qu'une feuille de base (format A0) a été divisée en deux.

Quelles sont les 7 différences entre ces deux images ?

Devinette

M. et Mme Pnotise ont une fille. Comment s'appelle-t-elle ?

hunuz

solutions p. 401

SEMAINE 21

Lundi
22
Mai

St Émile

« Je vais vous raconter une histoire terrible de contraception orale. J'ai demandé à une fille de coucher avec moi et elle m'a dit non ! »

Woody Allen, cinéaste et acteur américain

ÉNIGME

Mes deux grands-pères, Gérard et Jean-Pierre, ont à eux deux 147 ans. Gérard a 15 ans de plus que Jean-Pierre. Quel âge aura Jean-Pierre dans 8 ans ?

Devinette

Quelle différence y a-t-il entre un boucher et un marin ?

Le boucher voit le port (porc) avant les côtes.

JEU DE LETTRES

Formez un mot avec les lettres suivantes :

A-A-B-R-I-N-Z-Z

CULTURE G

INSOLITE

En 1954, la nouvelle série de billets imprimée par la Banque du Canada a créé une polémique car le dessin de la chevelure de la reine pouvait laisser apparaître – avec un peu d'imagination – un visage satanique. Ces billets ont été surnommés les billets de Satan. La Banque du Canada a donc dû demander aux imprimeurs de foncer la chevelure de la reine dans les nouvelles planches.

CULTURE G

Quiz

Qu'entraîne la maladie de Gilles de la Tourette ?

A - De fortes fièvres
B - Une paralysie des muscles
C - Une perte de contrôle neurologique entraînant l'émission de mots grossiers

Combien d'hexagones réguliers dénombrez-vous ?

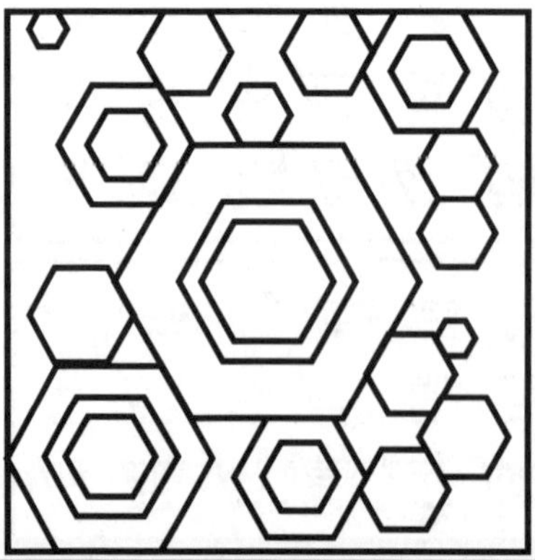

Sudoku

		3	9		5			
6		2						4
	5					2		
			8					
							9	1
	8	4		5				7
	1				4	5		8
	9		1				4	
					6			

solutions p. 401

SEMAINE 21

Mardi
23
Mai

St Didier

ÉNIGME

Mon premier a dévoré
le Petit Chaperon Rouge.
Mon deuxième se réalise
parfois.
Mon troisième se passe
le matin.
Mon tout est le petit
de mon premier.
Qui suis-je ?

CULTURE G

C'EST ARRIVÉ AUJOURD'HUI

23 mai 1934

Les policiers guettent. Lorsque la voiture tant attendue arrive à toute allure : ils sont identifiés. Les officiers ne leur laissent aucune chance. Bonnie et Clyde, les plus romantiques des gangsters, meurent comme ils ont vécu : par les armes.

Trouvez le chemin
pour sortir de ce labyrinthe.

Le coup du lapin, ça doit être mortel pour une girafe…

JEU DE LETTRES

Pouvez-vous retrouver ces mots de 6 lettres ? Attention : les lettres doivent être en ordre décroissant de l'alphabet !

S					A
S				I	

Suite logique

Complétez cette suite logique :

8 – 10 – 13 – 17 – 22 – X

Devinette

Pourquoi les policiers belges ont-ils toujours une baignoire sur le toit de leur voiture ?

Pour y mettre leur sirène.

CULTURE G

VRAI/FAUX

L'homéopathie est
une médecine par les plantes.

solutions p. 401

SEMAINE 21

Mercredi

24

Mai

St Donatien

ÉNIGME

Dans une classe de 30 élèves, il n'y a que 27 places. Tout le monde est assis sur une chaise, il n'y a donc personne debout. Comment est-ce possible ?

« Sardine : petit poisson sans tête qui vit dans l'huile. »
Léo Campion, humoriste français

CULTURE G – LE SAVIEZ-VOUS ?

Aux États-Unis, on appelle électricien d'État le bourreau responsable de la chaise électrique.

Virelangue

Amusez-vous à répéter dix fois de suite cette phrase.

Fruits frais, fruits frits, fruits cuits, fruits crus.

Suite logique

Complétez cette suite logique de dominos à 6 points.

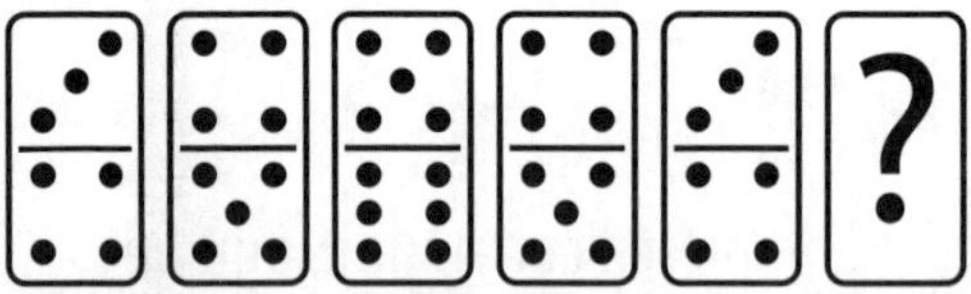

Les pluriels

Une moue ? Des goûters.
Un brusque ? Des luges.
Un ministre ? Des missionnaires.

Le poisson est un animal dont la croissance est excessivement rapide entre le moment où il est pris et le moment où le pêcheur en fait la description à ses amis.

CULTURE G – INSOLITE

Aux États-Unis, une famille, terrorisée, a été obligée d'appeler la police au secours pour la libérer de... son chat persan ! Une belle bête de 10 kg tout de même !

Trouvez la carte manquante.

solutions p. 401

SEMAINE 21

Jeudi
25
Mai

Ste Sophie

Pour l'amour d'une rose, le jardinier est le serviteur de mille épines.

Proverbe turc

ÉNIGME

Mon premier aime le lait.
Mon deuxième est le contraire de tard.
Mon tout est un monument fortifié.
Qui suis-je ?

JEU DE LETTRES

Pouvez-vous retrouver cette maxime de La Rochefoucauld, dont les lettres, à l'intérieur des mots, ont été mélangées ?

L'raomu-eroppr ste el lpsu radng ed stuo els lfaeuttrs.

Rien ne me fascine plus que le travail : je peux rester assis et le contempler pendant des heures.

JEU DE CHIFFRES

Faites cette opération de tête ! N'utilisez pas de papier, de crayon ou de calculatrice.

10 000 – (56 × 5) =

Quel est le score de cette cible ?

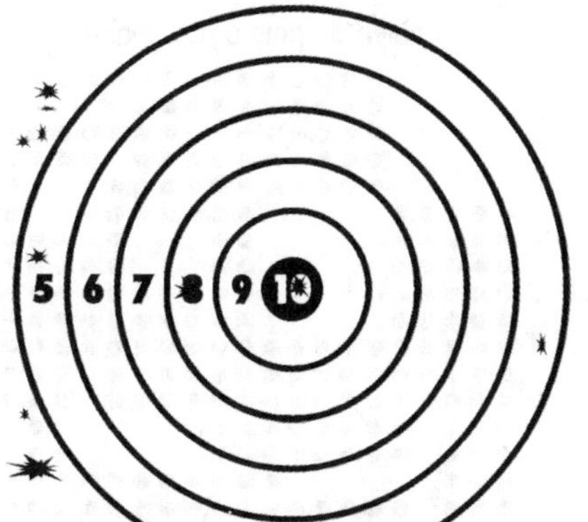

CULTURE G

Quiz

Pourquoi y a-t-il un sphinx devant les pyramides ?

A - C'est un animal terrifiant.

B - C'était l'animal préféré du pharaon.

C - Cet animal montait la garde sur la nécropole.

solutions p. 402

SEMAINE 21

Vendredi
26
Mai

St Bérenger
FÊTE DES VOISINS

« La femme sera vraiment l'égale de l'homme le jour où, à un poste important, on désignera une femme incompétente. »
Françoise Giroud, journaliste et femme politique française

CULTURE G

INSOLITE

Dans le film *Mary Poppins* apparaît une chanson qui a pour titre *Supercalifragilisticexpialidocious*. Le chanteur Prince s'en est inspiré pour le titre d'une de ses chansons : *Superfunkycalifragisexy*.

ÉNIGME

Un cheval et un mulet portent tous les deux de lourds sacs. Le mulet répond ceci au cheval qui se plaint : « Si je te prends un sac, ma charge sera deux fois plus lourde que la tienne, mais si tu me prends un sac, ton fardeau sera égal au mien. » Combien de sacs portent-ils ?

JEU DE LETTRES

Complétez la conjugaison au subjonctif de l'imparfait du verbe « discourir » ?

que je ____ que tu ____
qu'il ____ que nous ____
que vous ____ qu'ils ____

CULTURE G

VRAI/FAUX

Pépin le Bref doit son surnom à la brièveté de son règne.

Sudoku

3							9	
					1			
	9	5				3		
				7		6	2	
	7		8				1	
	5	8	3					4
			7	9		1	4	
		3						
4				6		2		

Devinette

M. et Mme Antretteau ont un fils. Comment s'appelle-t-il ?

Édouard.

Combien de pois ont disparu ?

solutions p. 402

Un couple consulte un psychiatre :
– Docteur, ma femme se prend pour une perceuse électrique depuis plus de six mois, explique le mari.
– Pourquoi ne pas l'avoir amenée plus tôt ?
– Le voisin me l'avait empruntée et j'ai dû attendre qu'il me la rende !

CULTURE G

LE VRAI NOM DES STARS

John Wayne => Marion Michael Morrisson
Omar Sharif => Michel Demitri Chalhoub
Michael Keaton => Michael John Douglas

ÉNIGME

Mon premier est un oiseau bavard.
Mon second est une note de musique.
Mon troisième se trouve au milieu du visage.
Mon tout est un massif montagneux.
Qui suis-je ?

JEU DE LETTRES

Trouvez ce mot de 5 lettres. Vous disposez des consonnes K, Q et R. Les autres lettres sont des voyelles.

CULTURE G

Quiz

Quelle langue est désignée comme étant la langue de Jésus ou la langue du Christ ?

SEMAINE 21
Samedi
27
Mai
St Augustin de Cantorbéry

JEU DE CHIFFRES

Faites cette opération de tête ! N'utilisez pas de papier, de crayon ou de calculatrice.

(999 – 155) × 3 =

Que ce soit le matin ou le soir, les pendules indiquent les heures de 1 à 12. Londres est en GMT +0, Budapest en GMT +1 et Séoul en GMT +9. Trouvez l 'heure de quelle ville indique chaque pendule.

17:08 18:08

01:08

CULTURE G

LE SAVIEZ-VOUS ?

Le point commun entre le Costa Rica, l'Islande, l'île Maurice, le Vatican, Monaco ? Ces États n'ont pas d'armée ! Et ce ne sont pas les seuls !

solutions p. 402

SEMAINE 21

Dimanche

28

Mai

St Germain
PENTECÔTE

ÉNIGME

Qu'est-ce qui est noir, qui vole et qui a un petit point qui brille ?

Un jour, un citron et une vache veulent braquer une banque.
– Que personne ne bouze ! dit la vache.
– Pas un zeste ! ajoute le citron.

CULTURE G — INSOLITE

Dans le *Livre des esprits*, l'ouvrage fondateur du spiritisme, paru en 1857, Allan Kardec présente des milliers de questions/réponses qui lui auraient été dictées par les esprits de grands penseurs disparus.

JEU DE LETTRES

Formez un mot avec les lettres suivantes :

O – O – E – T – Z – Z – R

« Il était si laid que, lorsqu'il faisait des grimaces, il l'était moins. »
Jules Renard, écrivain français

CULTURE G — VRAI/FAUX

L'extrémité de la trompe des éléphants d'Afrique et d'Asie n'est pas identique.

Combien de triangles et de carrés voyez-vous ?

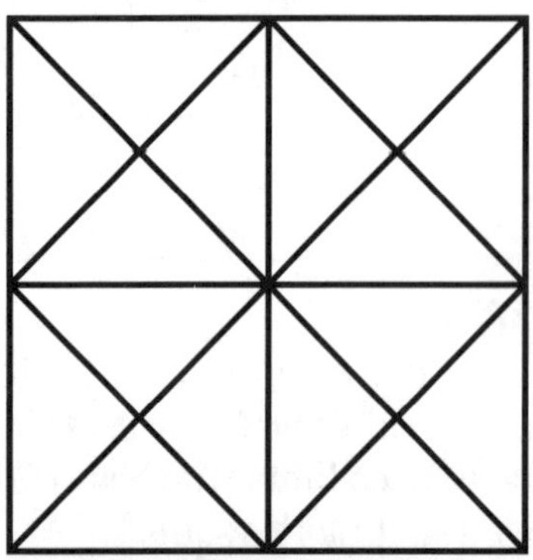

Sudoku de lettres

Attention : les chiffres sont remplacés par les lettres A, B, C, D, E, F, G, H, I !

					D	F	C	G
F			B	C			D	A
				F				D
			I					
	A				C		B	F
I				G	F	C		
		B						
		D	E	I			G	

solutions p. 402

Un banc de poissons nage dans la mer. Un des poissons voit une étoile de mer et dit : « Attention, voilà le shérif ! »

CULTURE G

Quiz

Quel est le seul être vivant qui est mort dans l'espace ?

A - La chienne Laïka

B - Iouri Gagarine

C - Les passagers de la navette *Columbia*

SEMAINE 22

Lundi

29

Mai

St Aymar

LUNDI DE PENTECÔTE

ÉNIGME

Mon premier sert à voler.
Mon second est la conjonction de coordination la plus utilisée.
Mon troisième est le petit de la biche.
Mon tout est un animal.
Qui suis-je ?

JEU DE LETTRES

Complétez ce mot. Vous ne devez utiliser que la consonne Q, les autres lettres sont des voyelles !

				Q		

Il est trop tard pour couvrir le puits quand l'enfant est tombé dedans.

Proverbe islandais

Devinette

Quel est le point commun entre les blondes intelligentes et les extraterrestres ?

Tout le monde en parle, mais personne n'en a jamais vu.

Trouvez le chemin pour sortirde ce labyrinthe.

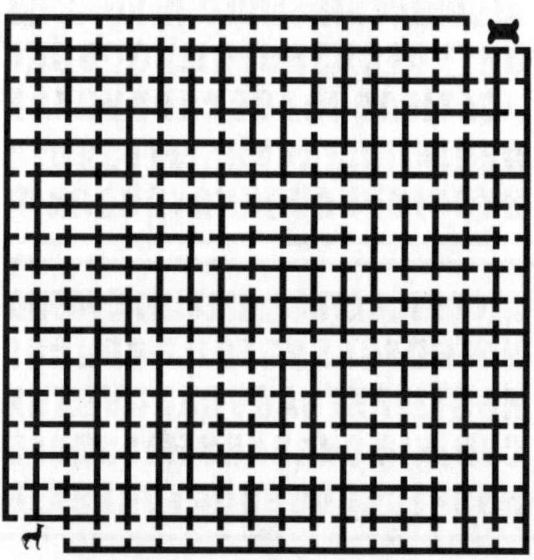

JEU DE CHIFFRES

Dans le nombre 789,654, quel est le chiffre des dixièmes ?

solutions p. 402

SEMAINE 22

Mardi

30

Mai

Ste Jeanne d'Arc

« Ma boisson favorite est un cocktail à base de whisky et de carottes. Je suis toujours saoul, mais je vois très bien. »

Roy Brown, chanteur américain

JEU DE CHIFFRES

Saurez-vous résoudre cette équation ?

$$3x + 2 = 4 + 7x$$

CULTURE G

LE SAVIEZ-VOUS ?

Une station désaffectée du métro parisien est dédiée au tournage de films. Y ont été tournées des scènes du *Fabuleux destin d'Amélie Poulain*, d'*À bout portant*, ou encore des *Rois Mages*.

ÉNIGME

Avant de l'avoir,
on ne la veut pas, mais
quand on l'a, on ne veut
pas la perdre. Qu'est-ce
que c'est ?

CULTURE G

VRAI/FAUX

Les olives vertes sont des olives noires cueillies avant d'être mûres.

Virelangue

Amusez-vous à répéter dix fois de suite cette phrase.

L'assassin sur son sein suçait son sang sans cesse.

Une girafe et un chien veulent se baigner. La girafe entre dans la rivière pour voir si l'eau est profonde. L'eau lui monte jusqu'au cou. Elle se retourne et dit alors au chien : « Tu peux venir : on a pied ! »

Quelles sont les 7 différences entre ces deux images ?

AEODKJCCNFHSÊIDFLSIIFKDFGFND
NDFNDFGNSDDFGILVQDVCGL
HSETJEABDQACVCXBBVCXBX
CVNJKINCHARKHSFFLESHDFD
HHGHFGHHDUDHHDYDHDDKJD

AEODKJCCAFHSEIDFLSIIFKDFGFND
NDFNDFGNSDDFGILGQDVCGL
HSCTJEABZQACVCXBBVCXBX
CVNJKIMCHARKHSFFLESHDFD
HHGHFGHHDUDHHDYDHDSKJD

solutions p. 403

ÉNIGME

Mon premier est
dans la bouche.
Mon second est une lettre
de l'alphabet.
Mon tout est un verbe
à l'infinitif.
Qui suis-je ?

Devinette

M. et Mme Hitonlaigaf ont une fille. Comment s'appelle-t-elle ?

Ève.

SEMAINE 22

Mercredi
31
Mai
Ste Pétronille
VISITATION
JOURNÉE MONDIALE SANS TABAC

CULTURE G – Quiz

Comment est mort le compositeur Lully ?

A - D'une infection alimentaire
B - Renversé par une calèche à Versailles
C - De la gangrène

Suite logique

Complétez cette suite logique :
42 – 36 – 30 – 24 – 18 – X

Perle de bulletin scolaire

« A les prétentions d'un cheval de course et les résultats d'un âne. »

Le chagrin est comme un grand trésor : on ne s'en ouvre qu'à ses intimes.

Proverbe malgache

Quel est le score de cette cible ?

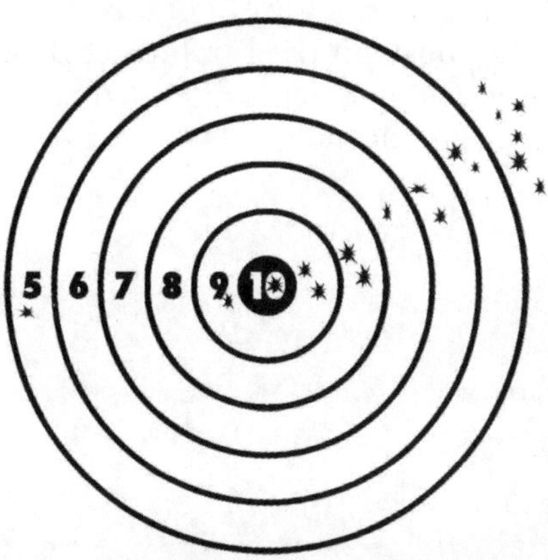

JEU DE LETTRES

À l'aide des lettres au centre, formez quatre mots nouveaux en vous aidant des lettres dans les carrés ci-dessous.

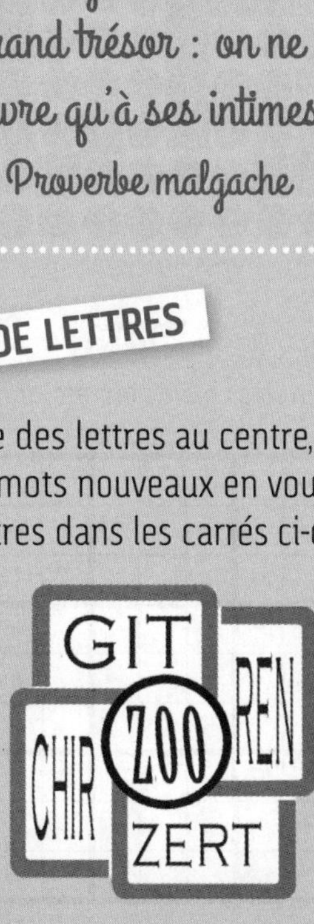

solutions p. 403

SEMAINE 22

Jeudi
1
Juin

St Justin

ÉNIGME

Julien et Sophie sont frère et sœur. Sophie annonce : « J'ai autant de frères que de sœurs. » Julien répond : « J'ai deux fois plus de sœurs que de frères. » Combien y a-t-il de frères et sœurs ?

CULTURE G

LE SAVIEZ-VOUS ?

Au Japon, le Koromogae marque le passage de la tenue d'hiver à celle d'été et vice versa. Il a lieu le 1er juin et le 1er octobre. Cette tradition est respectée dans les écoles, mais également dans certaines entreprises et administrations.

Combien de pois ont été recouverts ?

JEU DE LETTRES

Comment résoudre l'équation suivante ?

105 + AGE + NOE = commune du département de la Charente

« Le sexe est ce qu'il y a de plus profond dans l'homme, dans la femme. »
Laurent Fabius, homme politique français

JEU DE SYMBOLES

Attention : les chiffres ont été remplacés par 9 symboles !

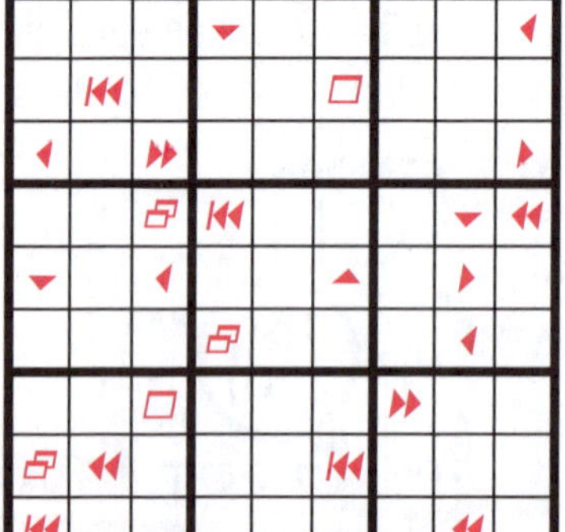

CULTURE G

AUX ORIGINES

Selon les récits mythologiques, le roi Minos a fait enfermer le Minotaure dans un labyrinthe construit par l'architecte Dédale. C'est pour cela que de nos jours, un dédale désigne un labyrinthe.

Une secrétaire est à l'hôpital. Lors de la visite d'une collègue, elle lui demande :
– Comment ça va, au bureau ?
– Oh, tout le monde y met du sien pour te remplacer : Carole fait le café, Monique lit tes magazines et Béatrice se tape le patron…

solutions p. 403

« La grandeur de l'homme est grande en ce qu'il se connaît misérable. »
Blaise Pascal, scientifique et écrivain français

ÉNIGME

Je suis parfois rond, d'autres fois ovale. Utilisé pour des jeux, je ne vais pas toujours où on veut. Qui suis-je ?

SEMAINE 22

Vendredi
2
Juin

Ste Blandine

CULTURE G

C'EST ARRIVÉ AUJOURD'HUI

2 juin 1953

Elizabeth II reçoit de l'archevêque de Canterbury l'onction qui la consacre reine d'Angleterre. La jeune femme, âgée de 27 ans, incarne l'avenir de l'Angleterre. 8 000 voix s'élèvent pour demander à ce que « God save the Queen ! »

JEU DE LETTRES

Pouvez-vous retrouver cette citation de Woody Allen composée sur les touches du clavier ?

5'24 58 8688 483773 38 7249 36 84648 6468837 : 22 72753 33 52 787743

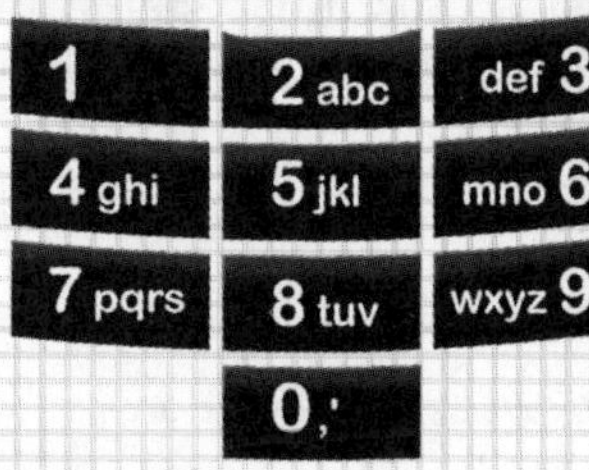

Étudier vaut mieux qu'ignorer.
Proverbe canadien

Trouvez le chemin pour sortir de ce labyrinthe.

JEU DE CHIFFRES

Faites cette opération de tête ! N'utilisez pas de papier, de crayon ou de calculatrice.

$(87 - 65) \times 2 =$

Pourquoi la psychanalyse des hommes est-elle plus rapide que celle des femmes ?

Parce qu'il s'agit de remonter dans l'enfance, et qu'avec les hommes, on y est déjà.

solutions p. 403

SEMAINE 22

Samedi

3

Juin

St Kévin

ÉNIGME

Thomas révise son examen qui se tient dans un million de secondes. Pouvez-vous dire rapidement combien de temps cela fait approximativement en jours et en heures ?

Quel est le score de cette cible ?

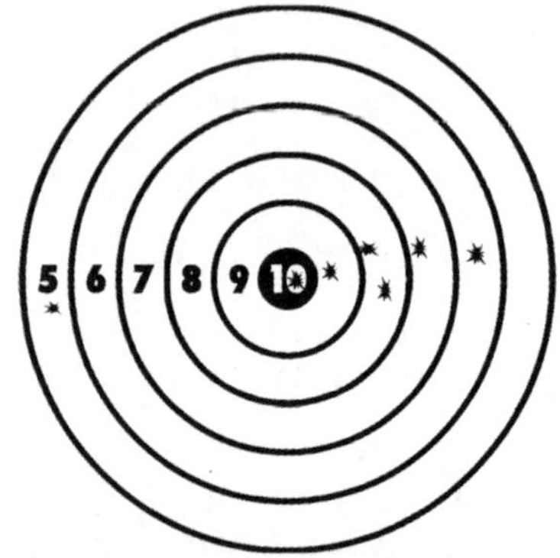

CULTURE G

LE SAVIEZ-VOUS ?

Aveugle depuis l'âge de 3 ans, le jeune Louis Braille invente, en 1821, à l'âge de 12 ans, un système tactile de reconnaissance de lettres : l'alphabet braille est né.

Ce ne sont pas les enfants sur la banquette arrière qui font les accidents, mais bien les accidents sur la banquette arrière qui font des enfants...

JEU DE LETTRES

Rajoutez la même voyelle et la même consonne aux lettres composant les mots suivants pour former de nouveaux mots :

FRONDE – REIN –
TIR – FREIN

Sudoku

	5						3	
8		2	1					
		1				5		
	2				3			
1		7					2	6
6							5	
			5			4		
		6			7	2	9	
		4		6		1		3

CULTURE G

Quiz

Pourquoi Louis XIV fut-il surnommé le Roi-Soleil ?

A - Parce que la galerie des Glaces de Versailles reflétait le Soleil.

B - Parce qu'il a pris pour emblème le Soleil.

C - C'est un surnom donné par sa mère.

Devinette

Quel est le comble pour un cycliste ?

C'est de se recycler !

solutions p. 404

ÉNIGME

Mon premier est un animal qui vit dans la nature.
Mon second est un animal qui vit dans la ferme.
Mon tout est ce que les hommes ont toujours voulu avoir.
Qui suis-je ?

Devinette

Savez-vous pourquoi on va rebaptiser le parc des Princes « stade Victor-Hugo » ?

Parce qu'on y joue Les Misérables tous les 15 jours !

SEMAINE 22

Dimanche

4

Juin

Ste Clotilde
FÊTE DES MÈRES (FRANCE)
FÊTE DES PÈRES (SUISSE)
TRINITÉ

CULTURE G — VRAI/FAUX

C'est le président américain Dwight Eisenhower qui a décidé de faire exploser la bombe atomique sur Hiroshima, en 1945.

JEU DE LETTRES

Formez un mot de 5 lettres. Vous disposez des consonnes Q et S. Les autres lettres sont des voyelles.

Q				

Que ce soit le matin ou le soir, les pendules indiquent les heures de 1 à 12. São Paulo est en GMT – 2, Philadelphie en GMT – 5 et Phnom Penh en GMT + 7. Trouvez l'heure de quelle ville indique chaque pendule.

Suite logique

Complétez cette suite logique :
124 - 112 - 101 - 91 - 82 - X

« Le pire, c'est de se marier par amour et de découvrir que son mari n'a pas d'argent. »
Zsa Zsa Gabor, actrice américaine

CULTURE G — SURNOMS GÉOGRAPHIQUES

Quel ancien pays était appelé la Sérénissime ?

solutions p. 404

SEMAINE 23

Lundi

5

Juin

St Igor

JOURNÉE MONDIALE DE L'ENVIRONNEMENT

ÉNIGME

J'ai deux fois l'âge que vous aviez quand j'avais l'âge que vous avez. Quand vous aurez l'âge que j'ai, nous aurons ensemble 99 ans. Quels sont nos âges ?

La tour de Pise penche-t-elle vers la droite ou la gauche ?

Suite logique

Complétez cette suite logique de dominos.

CULTURE G

Quiz

Lors de l'élection présidentielle de 2002, quel parti politique a inscrit à son programme la réouverture des maisons closes ?

A - Le Parti du plaisir de Cindy Lee
B - Coluche
C - Lionel Jospin

Virelangue

Amusez-vous à répéter dix fois de suite cette phrase.

Sachez, cher ami, que le chasseur Sacha, sachant chasser sans changer ses six chiens de chasse, cherche ses cinq sièges chez ce cher Serge !

Quel est le joueur de l'équipe A qui ne fait pas partie de l'équipe B ?

CULTURE G

INSOLITE

La rue la plus tordue du monde se trouve à San Francisco. Les 8 virages très serrés de la Lombard Street étaient censés faciliter la montée des voitures dans les années 1920.

Deux femmes discutent :
– Alors, ça ne te manque pas trop la cigarette ?
– Absolument pas ! Si tu veux tout savoir, je n'y pense même pas !
– C'est super ! Et depuis quand as-tu arrêté de fumer ?
– 1 an, 4 mois, 7 jours, 11 heures et 12 minutes !

solutions p. 404

SEMAINE 23

Mardi
6
Juin
St Norbert

« Jack Lang avait toutes les qualités pour briguer la présidence de la République. C'est pour cela que je l'ai chaudement encouragé à se retirer. »
François Hollande, homme d'État français

CULTURE G — VRAI/FAUX

Les trajets en avion sont plus longs d'est en ouest à cause du vent soufflant en altitude.

ÉNIGME

Je suis un fruit que le poisson déteste. Qui suis-je ?

CULTURE G — C'EST ARRIVÉ AUJOURD'HUI

6 juin 1968

Alors qu'il célèbre la fin de sa campagne pour les primaires démocrates, Robert F. Kennedy, sénateur et frère du président assassiné John Fitzgerald Kennedy, est, lui aussi, assassiné. Cela fait 51 ans que son tueur est en prison.

Devinette

M. et Mme Hingrin ont une fille et un fils. Comment s'appellent-ils ?

Ella, Côme.

JEU DE CHIFFRES

Réalisez ces égalités en insérant des opérateurs mathématiques (+, –, ×, / et ( )) entre les chiffres.

8 8 8 8 = 10
8 8 8 8 = 15
8 8 8 8 = 56
8 8 8 8 = 65

Quel est le score de cette cible ?

JEU DE LETTRES

À l'aide des lettres au centre, formez quatre mots nouveaux en vous aidant des lettres dans les carrés ci-contre.

LEOGAI
TSSI
ZAN
LUNE
BAIE

solutions p. 404

SEMAINE 23

Mercredi

7

Juin

St Gilbert

CULTURE G

Hymne

De quel pays *Salut à toi, pays de nos aïeux* est-il l'hymne national ?

Deux vieilles dames sont assises côte à côte dans le couloir d'un hôpital. La première engage la conversation :
– Avez-vous passé de bonnes vacances ?
– Ah, ne m'en parlez pas... J'étais dans le coma !
– Ah, et vous avez eu beau temps ?

JEU DE LETTRES

Pouvez-vous retrouver cette maxime de La Rochefoucauld, dont les lettres à l'intérieur des mots ont été mélangées ?

Soun snavo suot aessz de oefrc opur euoppsrrt sle auxm d'auuitr.

CULTURE G

INSOLITE

En juin 2001, le prince héritier du Népal, Dipendra Bir Bikram, dîne en famille. Armé d'un fusil, il abat son père, sa mère, son frère, sa sœur, son oncle, puis se tire une balle dans la tête. Suivant le protocole, il est proclamé roi alors qu'il se trouve dans le coma. Son règne prend fin lorsqu'il meurt de ses blessures, quatre jours plus tard.

Ne remets pas à demain ce que tu as enlevé à quatre...

ÉNIGME

Comment faire 12 avec trois fois le chiffre 1 ?

Sudoku de lettres

Attention : les chiffres sont remplacés par les lettres A, B, C, D, E, F, G, H, I !

		G		C			F	I
								G
	I			A		C		
B				I			E	
		D	G				B	
		C			H			
						E	C	
	C	H			B		G	
	E				F			A

Combien de pois ont été recouverts ?

solutions p. 404

ÉNIGME

Ce tableau n'est pas vraiment apprécié. Pour vous nourrir, vous la cassez. En travaillant, vous la gagnez. Sortant du four, elle est dorée. Qui est-elle ?

« À quoi bon apprendre ce qui est dans les livres, puisque ça y est ? »
Sacha Guitry, dramaturge français

SEMAINE 23
Jeudi
8
Juin
St Médard

CULTURE G

LE SAVIEZ-VOUS ?

En France, le président de la République hérite de plusieurs titres religieux (chanoine d'honneur de la basilique Saint-Jean-de-Latran, pro-chanoine de la cathédrale Notre-Dame d'Embrun, etc.). Il s'agit d'un héritage des rois de France.

JEU DE LETTRES

Retrouvez les lettres de l'alphabet manquantes : elles indiqueront la direction de cette ville de France.

Devinette

Pourquoi un Belge enlève-t-il ses lunettes pour passer un alcootest ?

Ça fait toujours deux verres en moins !

JEU DE CHIFFRES

Faites cette opération de tête ! N'utilisez pas de papier, de crayon ou de calculatrice.

(6 654 – 456)/2 =

CULTURE G

VRAI/FAUX

La galanterie exige qu'un homme précède toujours une femme en montant et en descendant les escaliers.

Trouvez la carte manquante.

solutions p. 405

SEMAINE 23

Vendredi

9

Juin

Ste Diane

ÉNIGME

Marcel n'a pas voulu me donner le code postal de sa ville. Il m'a seulement répondu :

- Comme tout code postal français, il comporte 5 chiffres.
- La somme du premier chiffre et du deuxième est 17.
- La somme du deuxième chiffre et du troisième est 15, de même que la somme du troisième et du quatrième.
- La somme des deux derniers est 9.
- La somme du dernier et du premier est 8.

Quel est le code postal de Marcel ?

Le sage ne dit pas ce qu'il sait, le sot ne sait pas ce qu'il dit.
Proverbe turc

Virelangue

Amusez-vous à répéter dix fois de suite cette phrase.

Ces saucissons et ces six saucisses sèchent sur le séchoir.

Un homme dit à sa copine : « Ma chérie, mon ami Rémi a une Porsche, une villa et beaucoup d'argent. Moi, je n'ai rien, mais je t'aime. » Émue, la jeune femme lui répond : « Si tu m'aimes vraiment, présente-moi Rémi ! »

C'EST ARRIVÉ AUJOURD'HUI

CULTURE G

9 juin 1934

Un canard grincheux et colérique fait sa première apparition au cinéma comme héros de dessins animés. Son second prénom est Fauntleroy : il s'agit de... Donald Duck !

Sudoku

				7	2		6	4
			4			3	9	
6			9			1		
					9			
7				5				
5		2		6				
			5				3	
		1			7		2	
		7		2	1	5		

Combien de triangles différents voyez-vous ?

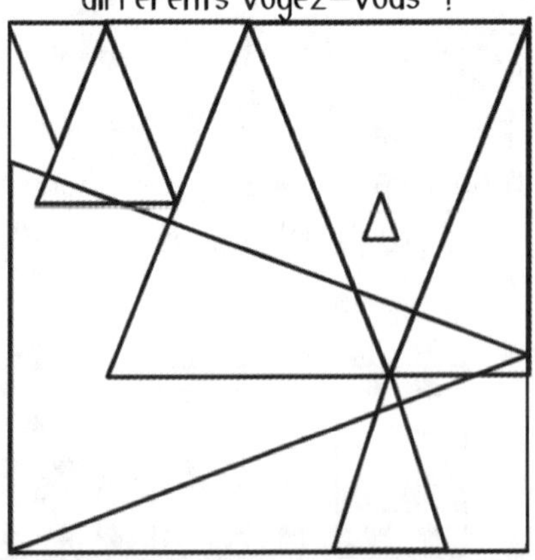

solutions p. 405

Devinette

Que dit une blonde quand elle est enceinte ?

« J'espère qu'il est de moi ! »

ÉNIGME

Je peux voler, mais je n'ai pas d'ailes. Je peux vous pousser, mais je n'ai pas de mains et je suis invisible. Qui suis-je ?

SEMAINE 23

Samedi
10
Juin

St Landry

JEU DE CHIFFRES

Faites cette opération de tête ! N'utilisez pas de papier, de crayon ou de calculatrice.

$8^2 \times (889 - 776) =$

CULTURE G

INSOLITE

Le plus haut château de sable du monde a été construit au Danemark. Il mesurait 21,16 mètres de haut et il a fallu près de 5 000 tonnes de sable pour le construire.

CULTURE G

Quiz

À quel endroit de Paris l'astronome Léon Foucault a-t-il présenté une expérience prouvant la rotation de la Terre sur elle-même ?

A - Au Panthéon
B - Aux Champs-Élysées
C - À l'École polytechnique

« Que l'on meure gros ou maigre, la différence, c'est pour les porteurs. »
Peter Ustinov, acteur et écrivain britannique

Mot carré

	A	B	C	D	E
A					
B					
C					
D					
E					

Complétez cette grille en respectant les indications suivantes.

A - Verticalement et horizontalement : empereur romain qui régna de 54 à 68.
B - Verticalement et horizontalement : écrivain grec, inventeur des fables.
C - Verticalement et horizontalement : prénom masculin.
D - Verticalement et horizontalement : haut lieu de la musique.
E - Verticalement et horizontalement : tour de la vallée d'Aoste, en Italie.

Quel est le score de cette cible ?

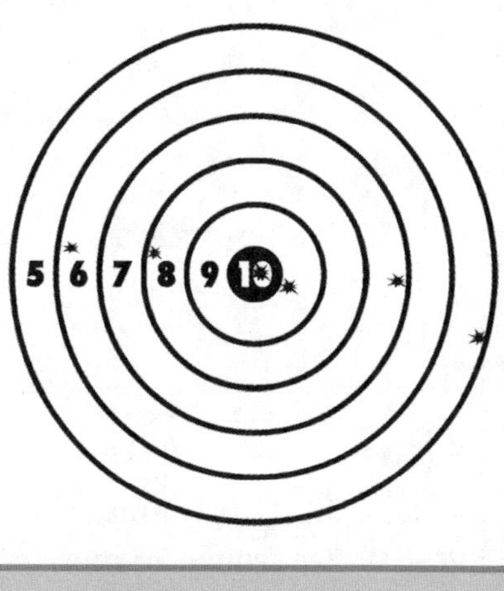

solutions p. 405

SEMAINE 23

Dimanche

11

Juin

St Barnabé
FÊTE DES PÈRES
(BELGIQUE)

L'étrange monastère

Le père Pétuité, il ne vaut pas la peine... d'en parler !

La mère Ideparis, ex-femme du bourgmestre.

La sœur Pillère, bonne à tout faire.

ÉNIGME

Mon premier est plus long qu'une chaussette.
Mon second se jette au loin.
Mon tout nous sert à peser.
Que suis-je ?

JEU DE LETTRES

Formez un mot avec les lettres suivantes :

I – I – I – I – I – I – B – D – E – N – V – S – L – T

		D						B				T	

CULTURE G

LE SAVIEZ-VOUS ?

C'est en étudiant la culture des petits pois dans le jardin de son monastère que le moine autrichien Gregor Mendel a découvert les lois de l'hérédité, à la base de la génétique moderne.

Trouvez le chemin pour sortir de ce labyrinthe.

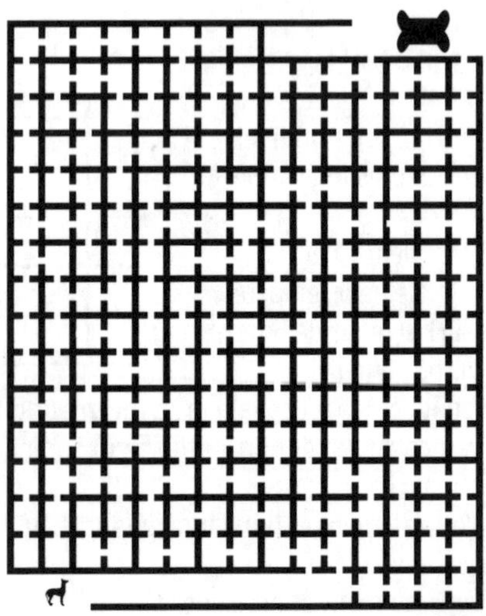

Suite logique

Complétez cette suite logique :

38 - 2 - 19 - 9 - 3 - 3 - 40 - 4 - X

Un homme a écrit sur son mur Facebook qu'il avait gagné au Loto. J'ai cliqué sur « partager », j'espère qu'il comprendra !

CULTURE G

VRAI/FAUX

80 % de l'équateur se trouve en mer.

solutions p. 405

SEMAINE 24

Lundi

12

Juin

St Guy

ÉNIGME

Kiang tente de s'échapper de sa prison quand deux gardes arrivent. D'un côté se trouvent les gardes et de l'autre, une fenêtre donnant sur 300 m de vide. Il saute par la fenêtre. Le lendemain, on le retrouve intact, sans blessure, vivant. Comment est-ce possible ?

« Toute la vie est une affaire de choix. Cela commence par : la tétine ou le téton ? Et cela s'achève par : le chêne ou le sapin ? »

Pierre Desproges, humoriste français

Devinette

M. et Mme Chaite ont une fille. Comment s'appelle-t-elle ?

Barbie.

Quiz

CULTURE G

Pourquoi les avions laissent-ils des traînées dans le ciel ?

A - Ce sont les gaz d'échappement des réacteurs.

B - Ce sont des traces de condensation.

C - Ce sont des traces dues au frottement de l'air.

Quelles sont les 7 différences entre ces deux images ?

JEU DE CHIFFRES

Faites cette opération de tête ! N'utilisez pas de papier, de crayon ou de calculatrice.

$78 \times ((8 \times 25) / (4 \times 100)) =$

CULTURE G

INSOLITE

Aux États-Unis, en Alabama, il est interdit de jouer aux dominos le dimanche.

JEU DE LETTRES

Vous ne disposez que des lettres E et T pour compléter ce mot !

	N	T				

solutions p. 406

SEMAINE 24

Mardi
13
Juin

St Antoine

ÉNIGME

Est-il vrai qu'un mot de 11 lettres toutes différentes est introuvable ?

Une belle-mère tombe dans un puits. Son gendre lui lance une bouteille de vodka en ricanant : « Tenez, buvez ça, ça vous remontera ! »

CULTURE G – VRAI / FAUX

La robe des avocats a une origine religieuse.

CULTURE G – LE SAVIEZ-VOUS ?

En 1796, un médecin anglais, Edward Jenner, a guéri un enfant infecté par la vaccine (nom de la variole des vaches). La technique a pris le nom de vaccination !

Virelangue

Amusez-vous à répéter dix fois de suite cette phrase.

J'ai vu 606 sots suisses suçant sagement 606 saucisses sèches, 6 en sauce et 600 sans sauce.

MATHS

À quoi correspond le double du quart de la moitié d'un litre ?

A. 125 ml

B. 25 cl

C. 5 dl

Combien de carrés voyez-vous en diagonale uniquement ?

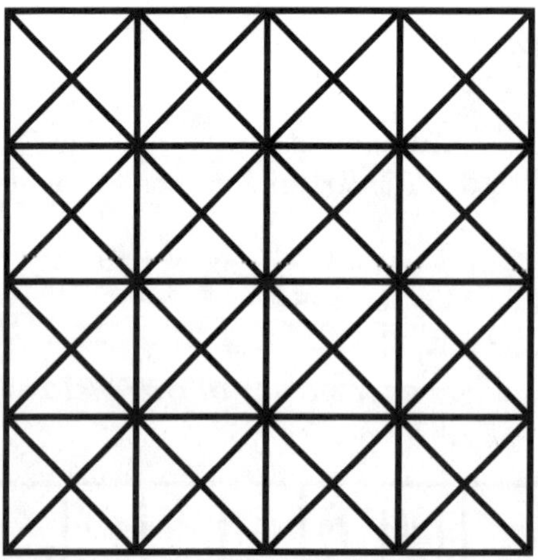

CULTURE G – LE VRAI NOM DES STARS

Roman Polanski => Raymond Liebling
Pierre Richard => Pierre Defays
Jean-Claude Van Damme => Jean-Claude Van Varenberg

solutions p. 406

ÉNIGME

Mon premier est une partie du corps.
Mon deuxième n'est pas habillé.
Mon troisième est la lumière des voitures.
Mon tout est une plante sur laquelle les grenouilles se reposent.
Qui suis-je ?

Quiz

CULTURE G

Pourquoi l'alcool ne gèle-t-il pas au congélateur ?

A - Il ne peut pas geler.
B - Sa température de congélation est trop basse.
C - Il gèle seulement lorsqu'il est pur.

SEMAINE 24

Mardi
14
Juin
St Élisée

Suite logique

Complétez cette suite logique :

2 - 3 - 5 - 7 - 11 - 13 - X

Mot carré

Complétez cette grille en respectant les indications suivantes.

	A	B	C	D	E
A					
B					
C					
D					
E					

A - Horizontalement et verticalement : lieu de plaisir pour le seigneur.
B - Horizontalement et verticalement : colore comme le ciel pur.
C - Horizontalement et verticalement : contraire de urbain.
D - Horizontalement et verticalement : patronne de la poésie lyrique.
E - Horizontalement et verticalement : cucurbitacée.

CULTURE G

INSOLITE

Le pont Neuf est paradoxalement le plus vieux de la capitale ! Construit à la fin du XVIe siècle, c'est également l'un des plus longs de Paris.

Quel est le score de cette cible ?

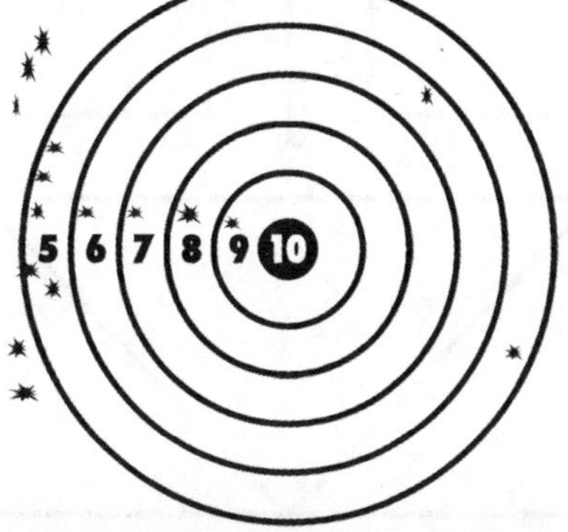

Devinette

M. et Mme Saédadigérer ont une fille. Comment s'appelle-t-elle ?

Dorothée.

SEMAINE 24

Jeudi

15

Juin

Ste Germaine

Un homme va voir son médecin : « Docteur, j'espère que je suis malade, parce que je n'aimerais pas me sentir aussi mal si je suis en bonne santé ! »

Suite logique

Complétez cette suite logique de dominos.

ÉNIGME

Trois enfants rentrent de l'école. Le premier a un parapluie, le deuxième a un imperméable et le troisième a un K-way. Qui sera le plus mouillé ?

CULTURE G – C'EST ARRIVÉ AUJOURD'HUI

15 juin 1963

Le premier hypermarché français ouvre ses portes à Sainte-Geneviève-des-Bois, sous l'enseigne Carrefour. Avec ses 2 500 mètres carrés et ses 450 places de parking, 2 500 clients s'y précipitent en ce jour d'ouverture !

CULTURE G – VRAI / FAUX

C'est Marie-Antoinette d'Autriche qui a déclaré : « S'ils n'ont pas de pain, qu'ils mangent de la brioche ! »

JEU DE LETTRES

Quel est le seul mot se terminant par « ouil » ?

« La puissance des mouches : elles gagnent des batailles, empêchent notre âme d'agir, mangent notre corps. »

Blaise Pascal, scientifique et écrivain français

Combien de figures différentes forment cette image ?

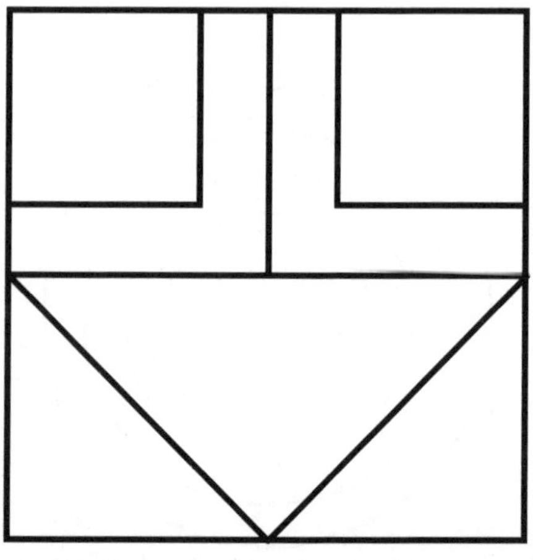

solutions p. 406

SEMAINE 24

Vendredi

16

Juin

St Jean-François Régis

ÉNIGME

Un bourreau laisse à un condamné le choix de sa mort :
- écrasé sous une boule de cinq tonnes,
- dévoré par des lions qui n'ont pas mangé depuis 6 mois,
- décapité une nuit de pleine lune,
- mordu par des serpents,
- mangé vivant par une tribu de cannibales.

Quel est le meilleur choix ?

Si tu veux déplacer des montagnes, commence tout de suite !

JEU DE CHIFFRES

Faites cette opération de tête ! N'utilisez pas de papier, de crayon ou de calculatrice.

(72 × 2) – (56 × 3) =

Devinette

Quel est le dernier tube de Claude François ?

Un néon !

CULTURE G — *Quiz*

Comment s'appelle la science qui étudie les arbres ?

A - La dendrologie

B - La sylvologie

C - L'arbrologie

Combien de pois ont été recouverts ?

JEU DE LETTRES

À l'aide des lettres au centre, formez quatre mots nouveaux en vous aidant des lettres dans les carrés ci-contre.

CULTURE G — LE SAVIEZ-VOUS ?

Certains immeubles n'ont pas de 13e étage ! C'est essentiellement le cas dans les pays à culture anglo-saxonne, dans lesquels ce nombre porte malheur.

solutions p. 406

SEMAINE 24

Samedi
17
Juin

St Hervé

ÉNIGME

Je suis à la fois carré et ovale. Qui suis-je ?

Deux geeks discutent :
– Hier, j'étais à Troyes.
– Ah, ouais ? Moi, j'ai acheté GTA5 !

CULTURE G – VRAI / FAUX

La couleur rouge énerve les taureaux.

CULTURE G – INSOLITE

Il existe une langue anale. Ne vous méprenez pas, il s'agit d'une langue tibéto-birmane parlée par environ 15 000 personnes.

« La différence entre les oiseaux et les hommes politiques, c'est que, de temps en temps, les oiseaux s'arrêtent de voler ! »
Coluche, humoriste français

JEU DE LETTRES

Pouvez-vous retrouver cette citation d'Amadou Hampâté Bâ, dont les lettres à l'intérieur des mots ont été mélangées ?

En Aeifruq, dnauq nu rdvielali mrteu, c'ste nue thqueiioebbl uiq bleûr.

Combien de segments de lignes droites voyez-vous dans cette figure ?

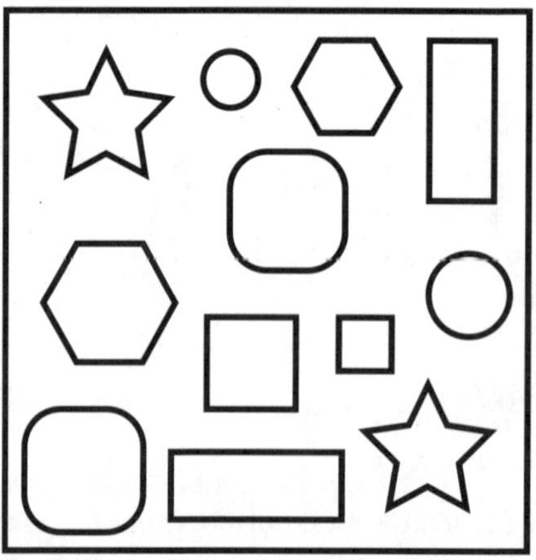

Sudoku

		9	8		6			1
	2	4				7		
		1		3				
				4	8	5		3
7	1	3						4
								6
4			9	8		3		
		2						
				2	5	6		

solutions p. 407

ÉNIGME

Mon premier a la forme d'un cube.
Mon second est un ordre que les parents emploient souvent.
Mon tout se dit de quelqu'un qui n'est pas normal.
Qui suis-je ?

Devinette

M. et Mme Barre ont une fille et un fils. Comment s'appellent-ils ?

Ella, Denis.

SEMAINE 24

Dimanche 18 Juin

St Léonce
Fête des Pères
(France & Canada)

CULTURE G — **C'EST ARRIVÉ AUJOURD'HUI**

18 juin 1940

« À tous les Français, la France a perdu une bataille ! Mais la France n'a pas perdu la guerre ! » Le général de Gaulle lance son fameux appel à poursuivre le combat au micro de la BBC.

JEU DE CHIFFRES

Qu'obtient-on en multipliant 6 par le quart du double de lui-même ?

A. 18
B. 12
C. 24

JEU DE LETTRES

Formez un mot de 5 lettres.
Vous disposez des consonnes Q et S.
Les autres lettres sont des voyelles.

Q				

Tout ce que je demande, c'est une chance de prouver que l'argent ne fait pas le bonheur.

CULTURE G — **SURNOM GÉOGRAPHIQUE**

Quelle capitale était anciennement appelée Christiania ?

Trouvez la carte manquante.

solutions p. 407

Semaine 25

Lundi

19

Juin

St Romuald

Les fonctionnaires, c'est comme les livres d'une bibliothèque : ce sont les plus haut placés qui servent le moins !

Virelangue

Amusez-vous à répéter dix fois de suite cette phrase.

Je veux et j'exige un coussin sagement posé sur chaque siège.

Culture G

INSOLITE

Charles XIV, roi de Suède de 1818 à 1844, était français ! Avant d'être couronné, Jean-Baptiste Bernadotte était lieutenant de Bonaparte et maréchal d'Empire. Il s'est ensuite tout simplement porté candidat à l'élection du prince héritier de Suède, puis est devenu roi.

Quel est le score de cette cible ?

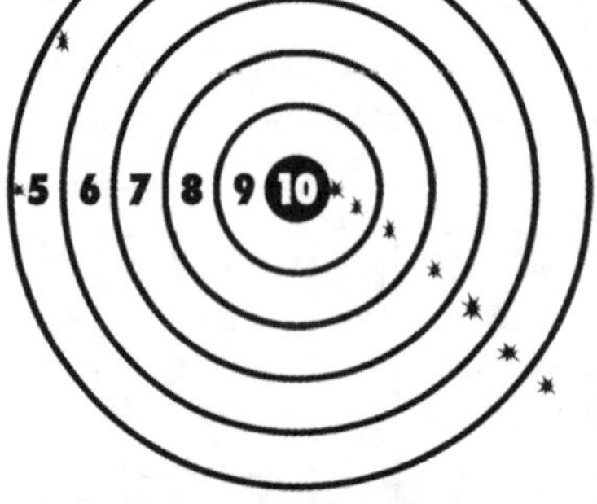

ÉNIGME

J'ai une serrure, mais pas de porte. Qui suis-je ?

Culture G

Quiz

À base de quoi est fabriqué le colorant alimentaire de couleur rouge (E 120), utilisé dans les bonbons et les pâtisseries ?

A - D'insectes

B - De la racine d'une plante tropicale

C - Il est strictement chimique

« Tenir un rôle comique, c'est exactement comme faire la cour à une jolie fille. Il faut du répondant. »

Bourvil, acteur français

JEU DE SYMBOLES

Attention : les chiffres ont été remplacés par 9 symboles !

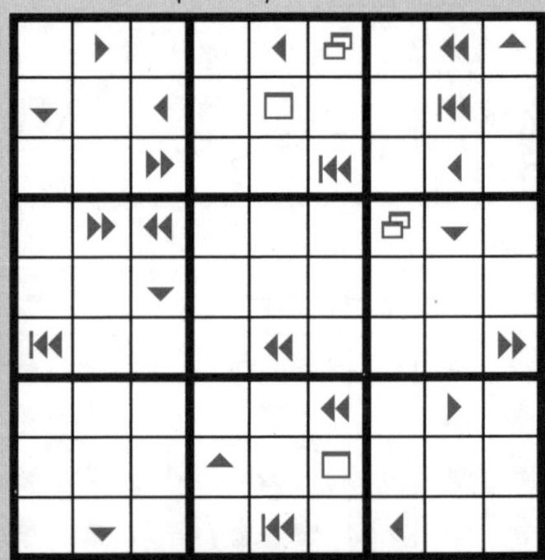

solutions p. 407

SEMAINE 25

Mardi

20

Juin

St Silvère

CULTURE G

VRAI / FAUX

Tous les Templiers de France (un ordre militaire et religieux) ont été arrêtés par ordre du roi Philippe IV le Bel, au matin du vendredi 13 octobre 1307.

Devinette

Quel pays vient après la pluie ?

Le Bhoutan.

Un aveugle peut-il avoir peur du noir ?

JEU DE CHIFFRES

Faites cette opération de tête ! N'utilisez pas de papier, de crayon ou de calculatrice.

(444 – 375) × 56 =

CULTURE G

LE SAVIEZ-VOUS ?

Le CSA a fixé un quota de diffusion de musique francophone sur les radios françaises. Ainsi, entre 6 h 30 et 22 heures, on entend sur les radios au minimum 40 % de chansons francophones.

ÉNIGME

Un cambrioleur s'introduit dans un magasin durant la nuit, il a une lampe de poche pour chercher ce qu'il veut. Il se saisit d'une boîte et marche vers la sortie, lorsqu'il tombe et se tue. Pourquoi ?

JEU DE LETTRES

Retrouvez les lettres de l'alphabet manquantes : elles indiqueront le nom de cette ville de France.

Que ce soit le matin ou le soir, les pendules indiquent les heures de 1 à 12. Papeete est en GMT – 10, Jakarta en GMT + 7 et Tokyo en GMT + 9. Trouvez l'heure de quelle ville indique chaque pendule.

SEMAINE 25

Mercredi
21
Juin
St Rodolphe
ÉTÉ / FÊTE DE LA MUSIQUE

ÉNIGME

Mon premier est le contraire de dur.
Mon second est un poisson.
Mon tout est un animal.
Qui suis-je ?

« La fête de la Musique est une grande réussite puisqu'elle nous garantit 364 jours de silence par an. »
Philippe Bouvard, journaliste et humoriste français

Quiz

CULTURE G

Saurez-vous rendre chaque animal à son maître ?

A - Gris-Gris
B - Elvis
C - Baltique
D - Bo

1 - François Mitterrand
2 - Barack Obama
3 - John Lennon
4 - Général de Gaulle

JEU DE LETTRES

Mettez le verbe à la forme qui convient :
Les efforts que ce travail m'a (coûter) étaient élevés.
A. coûté
B. coûtés
C. coûtée

AUX ORIGINES

CULTURE G

Lorsque le soleil commençait à décroître sur l'horizon, à l'approche du solstice d'été, le 21 juin, les anciens fêtaient la Saint-Jean pour bénir les moissons à venir. Les traditionnels feux, eux, symbolisaient la lumière de l'été à venir.

— Tu connais la blague du Barça ?
— Non.
— Messi !

Quelles sont les différences entre ces deux images ?

1903652846370128458036529
03037646201927364562763563
9833094098837438327283673
84741230848210639284746210
937461804572830123746378123

1903952846370128458036529
0303764620192136456276G3563
98330940988374383272836Z3
847A1230848218639284746210
93746180457S830123746378123

Sudoku

		9	8		6			1
	2	4				7		
		1		3				
				4	8	5		3
7	1	3						4
								6
4			9	8		3		
		2						
				2	5	6		

solutions p. 407

ÉNIGME

J'ai 5 doigts, mais je n'ai pas d'os. Qui suis-je ?

Pourquoi autorise-t-on les animaux à se promener nus ?

SEMAINE 25

Jeudi

22

Juin

St Alban

CULTURE G

VRAI / FAUX

La Muraille de Chine est visible à l'œil nu depuis la Lune.

Suite logique

Complétez cette suite logique :

C8 – E10 – G13 – I17 – X

Devinette

Que s'inflige une brune qui se fait teindre en blonde ?

Une lobotomie.

CULTURE G

LE SAVIEZ-VOUS ?

Les premiers jeans ont été réalisés en France, au XIXe siècle, avec de la toile fabriquée à Nîmes, puis exportés à Gênes, où ils ont été teintés en bleu. Par déformation, « bleu de Gênes » a donné « blue-jeans » et « de Nîmes », « denim ».

Trouvez le chemin pour sortir de ce labyrinthe.

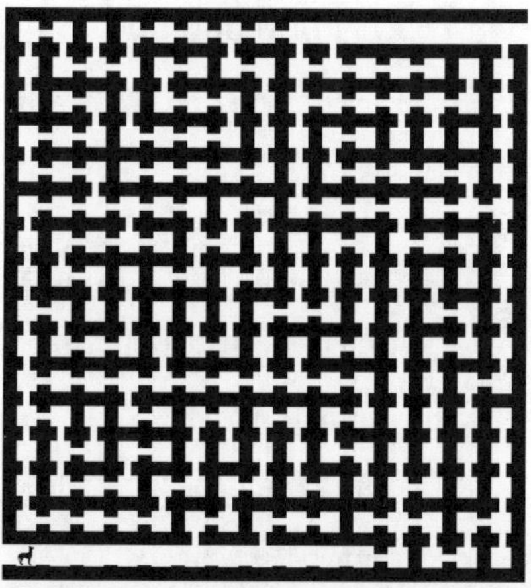

JEU DE LETTRES

Formez un mot de 5 lettres. Vous disposez des consonnes Q et T. Les autres lettres sont des voyelles !

Q				

solutions p. 408

SEMAINE 25

Vendredi

23

Juin

Ste Audrey

FÊTE NATIONALE LUXEMBOURGEOISE

Un père confie à sa fille :
– J'ai des soucis d'argent, rien que tes études, ça me coûte une fortune !
– Et encore, moi, je ne suis pas de celles qui étudient le plus !

CULTURE G

C'EST ARRIVÉ AUJOURD'HUI

Boris Vian succombe à un œdème pulmonaire après la projection du film issu de son roman *J'irai cracher sur vos tombes.*

Quel est le score de cette cible ?

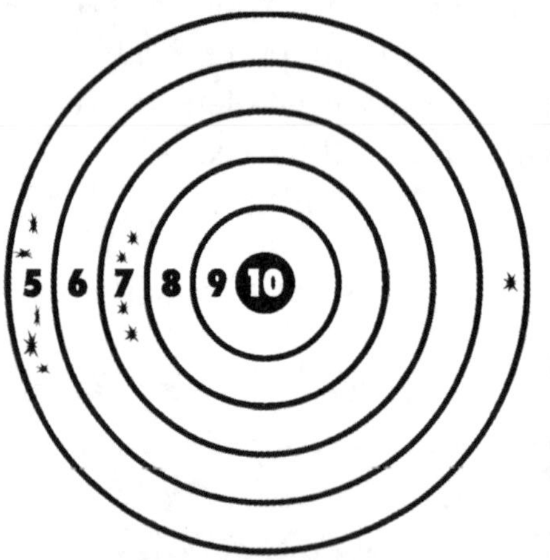

ÉNIGME

Combien d'animaux mangent avec leur queue ?

CULTURE G

INSOLITE

Le plus grand rond-point du monde se situe en Malaisie, près de Kuala Lumpur. Il a tout de même une circonférence de 3,4 km de long…

Virelangue

Amusez-vous à répéter dix fois de suite cette phrase.

Donnez-lui à minuit 808 fruits cuits, et si ces 808 fruits cuits lui nuisent, donnez-lui à midi 8 fruits crus.

JEU DE CHIFFRES

Quel est le cube de 100 ?

A. 10 000
B. 1 000 000
C. 1 000 000 000

« Les conneries, c'est comme les impôts, tu finis toujours par les payer. »
Michel Audiard, cinéaste français

solutions p. 408

ÉNIGME

Mon premier est la première lettre de l'alphabet.
Mon deuxième veut dire « aucun ».
Mon troisième est ce qui fait souffrir.
Mon tout est un être vivant.
Qui suis-je ?

Le mariage, c'est comme un mirage dans le désert : palais, cocotiers, chameau... Mais soudain, tout disparaît, et il ne reste que le chameau.

CULTURE G

Quiz

Quel est l'insecte qui représente la bonne conscience dans Pinocchio ?

A - Une sauterelle
B - Un criquet
C - Un grillon

JEU DE CHIFFRES

Faites cette opération de tête !
N'utilisez pas de papier, de crayon ou de calculatrice.

$(37 \times 3) - 110 =$

Devinette

M. et Mme Raton ont une fille.
Comment s'appelle-t-elle ?

Candy.

Qui a un bon gendre trouve un fils ; qui a un mauvais gendre perd une fille.

Proverbe grec

Combien de rectangles voyez-vous ?

JEU DE LETTRES

Pouvez-vous retrouver cette maxime de La Rochefoucauld, dont les lettres à l'intérieur des mots ont été mélangées ?

Is ouns n'saiovn oiptn ed éaudfst, onus en eiopndrrns aps antt ed aiisplr à ne eaermrqur ands els auetrs.

solutions p. 408

SEMAINE 25

Dimanche

25

Juin

St Prosper

ÉNIGME

J'ai quelque chose dans ma poche, mais ma poche est vide. Qu'est-ce que c'est ?

Est-ce qu'on appelle « première dame » la femme du président parce que l'on sait que la liste risque d'être longue ?

CULTURE G — VRAI / FAUX

Mozart est le plus célèbre compositeur autrichien.

Virelangue

Amusez-vous à répéter dix fois de suite cette phrase.

Une sauterelle sautant haut sur le seau saturé de sable sableux.

« Au pays des travestis, les rois sont reines. »
Philippe Geluck, dessinateur belge

CULTURE G — LE SAVIEZ-VOUS ?

Dans *Le Temple du Soleil*, Hergé s'est inspiré d'une aventure qui est arrivée à Christophe Colomb en 1504. Échoué sur les côtes jamaïcaines, sans nourriture, Christophe Colomb, qui avait des connaissances astronomiques, a menacé les indigènes d'une éclipse solaire s'ils ne l'aidaient pas.

Quelle est la pièce qui ne rentre pas dans le puzzle ?

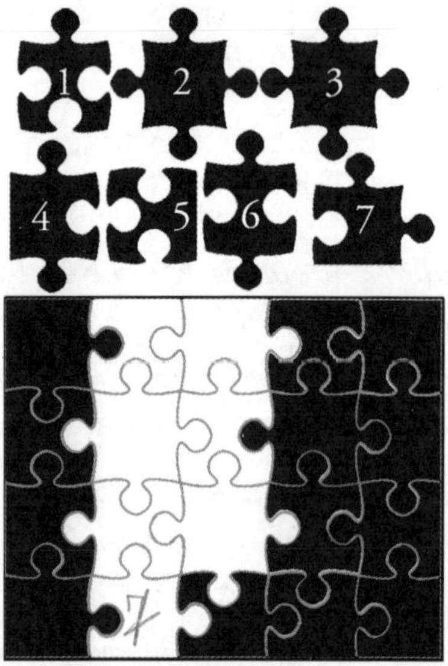

Sudoku

			7	9		5	4	
	3	5			1	9		
		4				2		
		3					7	2
2					8	4		1
	5	7					9	
		9				7		
3	8							
			9					

solutions p. 408

Une erreur peut devenir exacte. Il suffit que celui qui l'a commise se soit trompé.

ÉNIGME

Gérard rentre chez lui après ses vacances. En entrant dans son appartement, il sent bien qu'il y a quelque chose d'étrange. Il ouvre son frigo et meurt aussitôt. Pourquoi ?

SEMAINE 26

Lundi 26 Juin

St Anthelme

MATHS

Quelle est la racine carrée de 64 ?

A. 5

B. 8

C. 32

Devinette

Qu'est-ce qu'un taureau en string ?

Une vache folle.

CULTURE G

INSOLITE

Dans la vallée de la Mort, aux États-Unis, il existe des pierres mouvantes. Ce sont des pierres qui se déplacent seules, laissant derrière elles de longues traînées. Les forces à l'origine de ce phénomène géologique sont encore aujourd'hui inconnues.

CULTURE G

Quiz

Quelle est la plus grande de ces îles ?

A - La Grande-Bretagne

B - Le Groenland

C - Bornéo

Combien de pois ont été recouverts ?

JEU DE LETTRES

À l'aide des lettres au centre, formez quatre mots nouveaux en vous aidant des lettres dans les carrés ci-dessous.

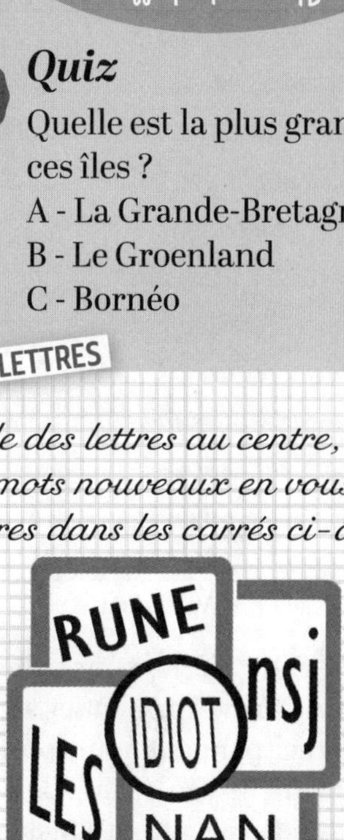

solutions p. 408

SEMAINE 26

Mardi

27

Juin

St Fernand

« Le cinéma, c'est l'écriture moderne dont l'encre est la lumière. »

Jean Cocteau, écrivain et cinéaste français

ÉNIGME

Mon premier est dans le fruit. Mon deuxième est une note de musique. Mon troisième sert à transporter de l'eau. Mon tout est un tout petit ver. Qui suis-je ?

Suite logique

Complétez cette suite logique de dominos.

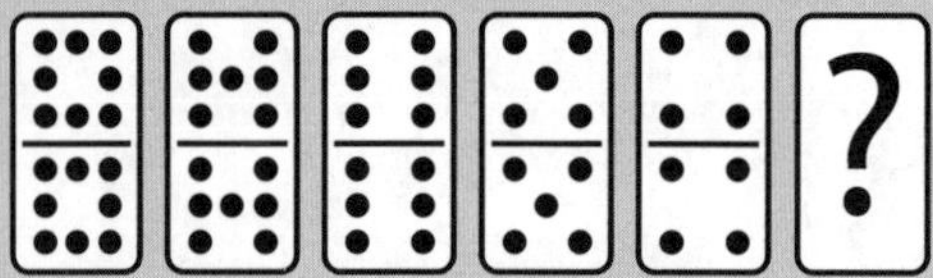

JEU DE LETTRES

Formez un mot avec les lettres suivantes :

A – H – H – H – C – C – S – S – I

Un milliardaire reçoit un coup de fil de son avocat :

– J'ai une bonne et une mauvaise nouvelle pour vous. Je commence par la bonne ou par la mauvaise ?

– Par la bonne…

– Votre femme détient une photo qui vaut bien deux millions d'euros !

– Waouh, super ! Et quelle est la mauvaise ?

– Il s'agit d'une photo de vous avec votre secrétaire…

CULTURE G

VRAI / FAUX

Le drapeau du Népal est de forme circulaire.

CULTURE G

LE SAVIEZ-VOUS ?

Au XVIIIe siècle, pour promouvoir la pomme de terre, Parmentier a eu l'idée de faire garder par des hommes en armes, le jour seulement, son champ de pommes de terre. Les Parisiens ont ainsi cru qu'il s'agissait d'un mets de choix et ont profité de la nuit pour en voler.

Quel est le score de cette cible ?

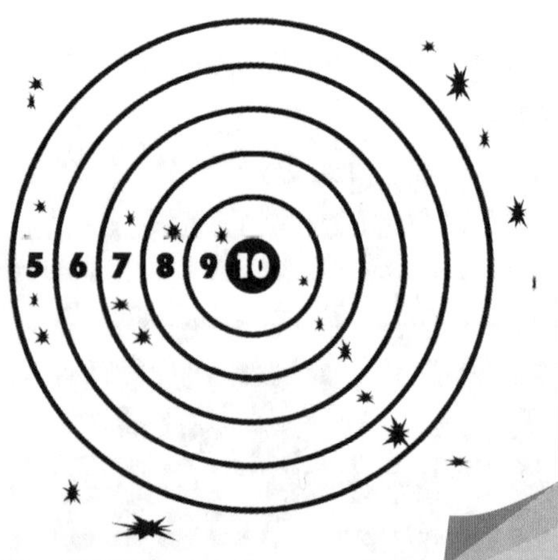

solutions p. 409

Nous naissons nus,
mouillés et affamés.
Ensuite, les choses empirent.

SEMAINE 26

Mercredi
28
Juin

St Irénée

ÉNIGME

Quand je sèche,
je me mouille.
Qui suis-je ?

JEU DE CHIFFRES

Faites cette opération de tête !
N'utilisez pas de papier, de crayon ou de calculatrice.

1 000 + 40 + 1 000 + 30 +
1 000 + 20 + 1 000 + 10 =

JEU DE LETTRES

Quel est ce mot ?
Vous ne pouvez utiliser que les lettres A, R et T.

T		R					

CULTURE G — VRAI / FAUX

Pythagore est l'inventeur
du théorème qui porte son nom.

Devinette

Quelle est la différence entre
l'homme et le chameau ?

Le chameau peut travailler 10 jours
sans boire et l'homme peut boire
10 jours sans travailler.

Quelles sont les 7 différences
entre ces deux images ?

CULTURE G — C'EST ARRIVÉ AUJOURD'HUI

28 juin 1914

François-Ferdinand de Habsbourg, archiduc d'Autriche, et son épouse Sophie Chotek, sont assassinés à Sarajevo. Ces coups de feu entraîneront la Première Guerre mondiale !

solutions p. 409

SEMAINE 26

Jeudi
29
Juin

Sts Pierre et Paul
AÏD EL-KEBIR

Toutes marchandises vantées perdent leur prix.
Proverbe canadien

Quiz

CULTURE G

Quel est le philosophe français dont le corps repose dans une église et le crâne dans un musée ?

A - Descartes
B - Pascal
C - Pierre de Fermat

ÉNIGME

Je suis noir, je deviens rouge et je finis blanc. Qui suis-je ?

Virelangue

Amusez-vous à répéter dix fois de suite cette phrase.

Ciel, si ceci se sait, ces soins sont sans succès.

Devinette

Quel point commun y a-t-il entre un policier et un escargot ?

C'est à la bave que l'on voit par où ils sont passés…

« Pour les aveugles, on dit "non-voyants", pour les sourds, "non-entendants" et pour les cons, "non-comprenants". »
Guy Bedos, humoriste français

Sudoku de lettres

Attention : les chiffres sont remplacés par les lettres A, B, C, D, E, F, G, H, I !

		F	G	B	E			
C	G				F		H	
	E				D			B
				H		F	A	
				I	C			
				G	A		D	
	A	I					B	
H	F							

Quel est le score de cette cible ?

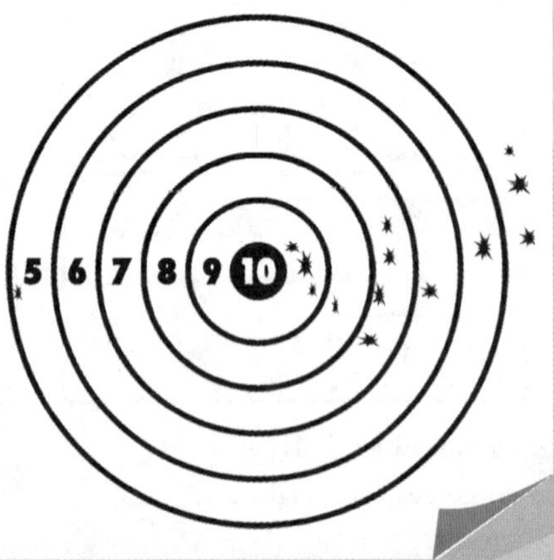

solutions p. 409

ÉNIGME

Mon premier est
d'une seule couleur.
Mon deuxième n'est
pas faible.
Mon troisième est
un meuglement.
Mon tout est un vêtement.
Qui suis-je ?

Devinette

Que fait l'agneau ?

L'agneau gnote (gnognotte).

SEMAINE 26

Vendredi
30
Juin
St Martial

CULTURE G — VRAI / FAUX

Les éléphants qui sentent la mort approcher se rendent dans des cimetières d'éléphants.

JEU DE CHIFFRES

Comment s'écrit 2015 en numérotation romaine ?

A. CCXV
B. MMXV
C. LLXV

Devinette

M. et Mme Dalarme ont une fille. Comment s'appelle-t-elle ?

Cyrène.

Trouvez le chemin pour sortir de ce labyrinthe.

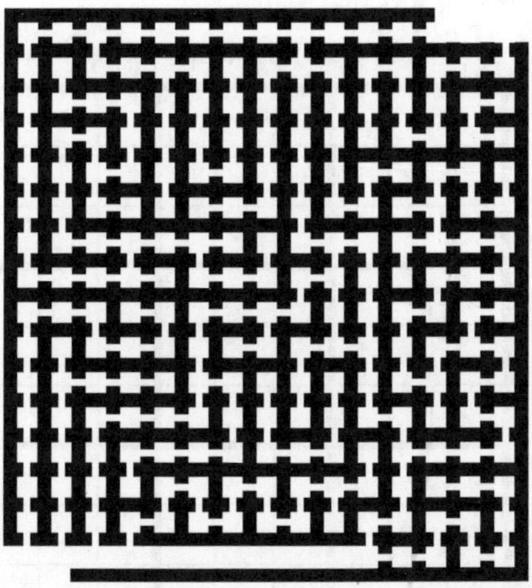

CULTURE G — INSOLITE

L'hypertrichose se manifeste par une hyperpilosité sur tout ou partie du corps, en raison d'un dérèglement hormonal. C'est ce qui a donné naissance au mythe du loup-garou.

JEU DE LETTRES

Quelles sont les deux lettres à ajouter aux mots suivants pour former des nouveaux mots ?

ANE – APRE –
BAR – BEC

solutions p. 409

SEMAINE 26

Samedi
1
Juillet

St Thierry
FÊTE NATIONALE CANADIENNE

« Nous choisissons d'aller sur la Lune dans cette décennie et de faire d'autres choses encore, non parce que c'est facile, mais bien parce que c'est difficile. »

John Fitzgerald Kennedy, homme d'État américain

Virelangue

Amusez-vous à répéter dix fois de suite ces phrases.

Natacha n'attacha pas son chat Pacha, qui s'échappa sur le sofa. Cela fâcha Sacha qui chassa Natacha et Pacha griffa Sacha.

ÉNIGME

Quel âge a Hildegarde sachant que Jean-Pascal a 46 ans, que Christian a 36 ans et que Gaston a 24 ans ?

Quel est le score de cette cible ?

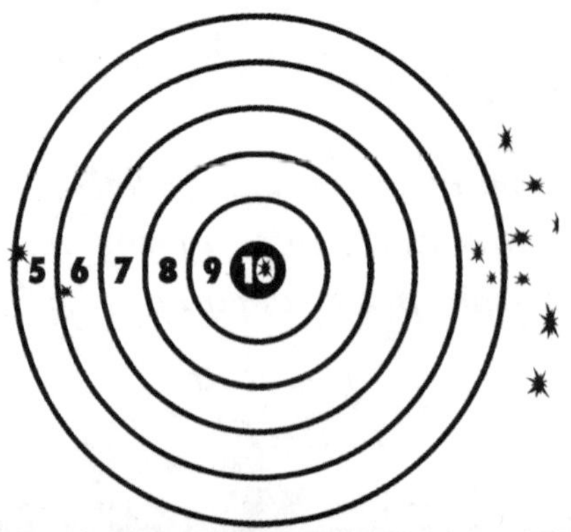

CULTURE G

C'EST ARRIVÉ AUJOURD'HUI

1er juillet 776 av. J.-C.

Selon les historiens, ce serait la date de création des Jeux olympiques antiques. Ils tirent leur nom du site d'Olympie, sanctuaire consacré à Zeus, le roi des dieux.

Un horrible drame s'est produit en Belgique : un hélicoptère est tombé dans un cimetière. On a déjà découvert plus de 10 000 corps.

CULTURE G

Quiz

Que désigne le terme botanique d'« abscission » ?

A - La montée de la sève dans les arbres
B - La chute des feuilles
C - La croissance des feuilles

JEU DE SYMBOLES

Attention : les chiffres ont été remplacés par 9 symboles !

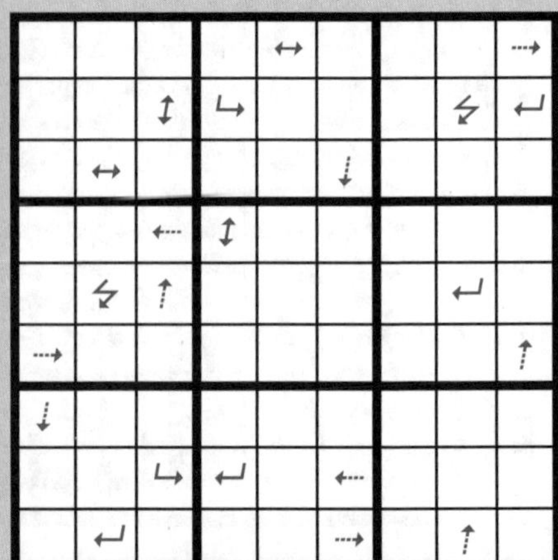

solutions p. 410

SEMAINE 26

Dimanche

2

Juillet

St Martinien

ÉNIGME

Jean-Pierre regarde un groupe de nageurs. Soudain, un aileron de requin déchire la surface de l'eau. Pourtant, Jean-Pierre ne fait rien. Pourquoi ?

Pourquoi Jésus-Christ n'a-t-il pas joué la finale du match Bethléem-Nazareth en 33 ?

Parce qu'il était suspendu.

CULTURE G — VRAI / FAUX

Les artères sont les vaisseaux qui transportent le sang du cœur vers les capillaires.

Perle de bulletin scolaire

« En forme pour les vacances. »

CULTURE G — INSOLITE

Dans *2001 : l'Odyssée de l'espace* de Stanley Kubrick, certains ont montré une correspondance entre le nom de l'ordinateur, HAL 9 000, et celui de la société informatique IBM (par décalage d'un rang de chacune des lettres). Cette version a cependant toujours été démentie par le scénariste.

JEU DE CHIFFRES

Faites cette opération de tête !
N'utilisez pas de papier, de crayon ou de calculatrice.

(122 + 223) × 3 =

Combien de pois ont été recouverts ?

JEU DE LETTRES

Pouvez-vous retrouver cette citation de Francis Blanche composée sur les touches du clavier ?

784 2463 2436 737 58638837 636243 72 6668873

solutions p. 410

SEMAINE 27

Lundi
3
Juillet
St Thomas

ÉNIGME

Je tombe sans me faire mal, qui suis-je ?

« Dieu, celui que tout le monde connaît, de nom. »
Jules Renard, écrivain français

CULTURE G

AUX ORIGINES

Ce sont les Américains Kellogg's (John Harvey et son frère Will Keith) qui ont élaboré les corn flakes (pétales de maïs) en 1898. Le premier, chirurgien et végétarien, prescrivait ces pétales de maïs à ses patients. À l'époque, les grains de maïs étaient cuits, écrasés au rouleau à pâtisserie, puis grillés. Depuis, les corn flakes ont bien évolué !

Suite logique

Complétez cette suite logique de dominos.

À l'hôpital, une femme attend sur sa civière, dans le couloir, d'être conduite au bloc opératoire. Un homme en blouse blanche s'approche, relève son drap, examine son corps nu et s'éloigne. Un deuxième fait de même. Quand un troisième arrive, la femme s'impatiente : « C'est bien beau toutes ces auscultations, mais quand allez-vous m'opérer ? » L'homme hausse les épaules : « J'en ai aucune idée, nous on repeint le couloir. »

Trouvez le chemin pour sortir de ce labyrinthe.

JEU DE LETTRES

Complétez la conjugaison au subjonctif de l'imparfait du verbe « naître ».

que je _ _ _ *que tu* _ _ _
qu'il _ _ _ *que nous* _ _ _
que vous _ _ _ *qu'ils* _ _ _

En parlant des anges, on leur voit les ailes.
Proverbe canadien

solutions p. 410

ÉNIGME

Mon premier est le contraire de haut. Mon deuxième est le contraire de rapide. Mon troisième est le contraire du matin. Mon tout est dans un jardin. Qui suis-je ?

Devinette

M. et Mme Responsable ont une fille. Comment s'appelle-t-elle ?

Daisy.

SEMAINE 27

Mardi

4

Juillet

St Florent

FÊTE NATIONALE AMÉRICAINE (INDEPENDENCE DAY)

Ceux qui boivent pour oublier sont priés de payer d'avance, merci.

CULTURE G

Quiz

John Kennedy, Abraham Lincoln et James Garfield sont des présidents des États-Unis ayant été assassinés en cours de mandat. Quel autre président américain a, lui aussi, été assassiné en cours de mandat ?

A - William McKinley

B - Theodore Roosevelt

C - Franklin D. Roosevelt

D - Benjamin Harrison

Suite logique

Complétez cette suite logique de chiffres.

24 - 48 - 37 - 74 - 58 - 116 - 41 - X

JEU DE LETTRES

Formez un mot de 5 lettres. Vous disposez d'une consonne Q. Les autres lettres sont des voyelles !

Q				

Quel est le score de cette cible ?

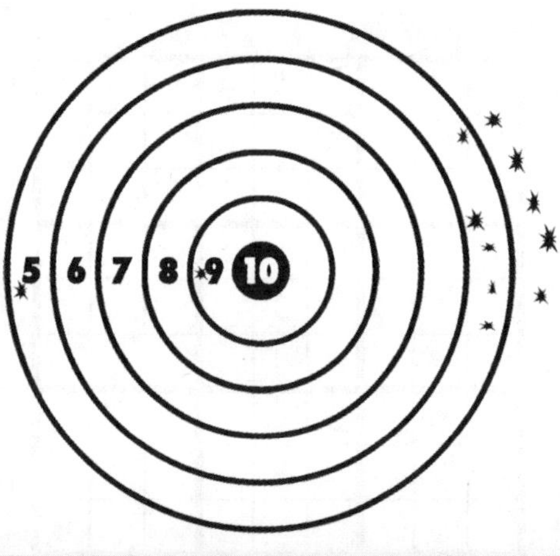

CULTURE G

C'EST ARRIVÉ AUJOURD'HUI

4 juillet 1776

Les treize colonies anglaises des États-Unis proclament leur indépendance, c'est l'Independence Day. Pour les Américains, ce jour est férié.

solutions p. 410

SEMAINE 27

Mercredi

5

Juillet

Ste Zoé

ÉNIGME

Des scientifiques ont prouvé que les chats avaient plus de poils d'un côté que l'autre. De quel côté s'agit-il ?

« Il ne faut pas prendre les gens pour des cons, mais il ne faut pas oublier qu'ils le sont. »

Les Inconnus, groupe d'humoristes français

Virelangue

Amusez-vous à répéter dix fois de suite cette phrase.

Sachez que je cherche ce cher Serge si sage et sans souci.

CULTURE G

Quiz

Quelles étaient les relations entre Franz Liszt et Richard Wagner :

A - La fille de Liszt a épousé Richard Wagner.

B - Liszt était cousin germain de Wagner.

C - Le fils de Liszt a épousé la fille de Wagner.

CULTURE G

INSOLITE

On a donné la couleur jaune au maillot du gagnant du Tour de France car c'était la couleur du papier sur lequel le magazine *L'Auto*, organisateur du Tour, était imprimé.

Pendant un match de boxe, un spectateur hurle :

– Vas-y Simon, dans les dents !

Son voisin lui demande :

– Vous avez parié sur Simon ?

– Non, mais je suis le dentiste de Thomas, son adversaire !

Quel est le joueur de l'équipe A qui ne fait pas partie de l'équipe B ?

Sudoku

4					9	8		
			5		6			7
				4				9
2		5			1		3	
	1	7		3				
			9					
		6	3		7			2
	5			8				
		2						4

solutions p. 411

ÉNIGME

Poilu contre poilu qui cache le petit tout nu : qui est-ce ?

Il ne faut pas boire au volant, il faut boire à la bouteille.

CULTURE G — LE SAVIEZ-VOUS

Au début de l'année 1895, les frères Lumière déposent le brevet de leur invention révolutionnaire : le cinématographe. Leur père, Antoine Lumière, proposait le nom de « Domitor ».

CULTURE G — VRAI / FAUX

Les ambassades bénéficient de l'extraterritorialité.

Devinette

Pourquoi les manifestations de fonctionnaires sont-elles souvent organisées sur des routes en pente ?

Pour ne pas trop se fatiguer, surtout qu'il y a leurs logements de fonction juste en bas.

JEU DE LETTRES

À l'aide des lettres au centre, formez quatre mots nouveaux en vous aidant des lettres dans les carrés ci-dessous.

JEU DE CHIFFRES

Faites cette opération de tête ! N'utilisez pas de papier, de crayon ou de calculatrice.

90 909 + 5 544 =

Trouvez la carte manquante.

solutions p. 411

SEMAINE 27

Vendredi
7
Juillet

St Raoul

ÉNIGME

Trois Russes ont un frère commun. Quand ce frère meurt, les trois Russes n'ont alors plus de frère. Comment est-ce possible ?

Suite logique

Complétez cette suite logique.
255L – 121D – 413H – 226?

CULTURE G

INSOLITE

Wendy Carlos, célèbre pour avoir composé l'album *Switched-on Bach*, réalisé entièrement au synthétiseur, a également composé les musiques de *Orange mécanique* et *Shining*. Wendy porte ce prénom depuis qu'elle a changé de sexe, en 1973. Avant, c'était Walter.

« Vous savez ce que c'est un spermatozoïde avec un attaché-case ? C'est un représentant de mes couilles. »
Coluche, humoriste français

Ma fille de 6 ans et moi sommes au supermarché, lorsqu'elle s'écrie : « Papa, ça fait mal à mes fesses, ce que tu as mis dedans ! » Ce matin, ma fille était malade, je lui ai juste mis un suppositoire…

CULTURE G

Quiz

Qu'est-ce que les sous-mariniers appellent un « bateau noir » ?

A - Une image radar fantôme correspondant à une mauvaise réception

B - Un navire ennemi, par rapport au drapeau noir des pirates

C - Un autre sous-marin

JEU DE LETTRES

Retrouvez les lettres de l'alphabet qui ont été effacées sur ce panneau : elles indiqueront le nom d'une ville française.

Que ce soit le matin ou le soir, les pendules indiquent les heures de 1 à 12. New York est en GMT – 5, Abu Dhabi en GMT + 4 et les îles Galápagos en GMT – 6. Trouvez l'heure de quelle ville indique chaque pendule.

solutions p. 411

SEMAINE 27

Samedi

8

Juillet

St Thibaut

Plus tu pédales moins fort, moins t'avances plus vite !

ÉNIGME

La famille Durand a 5 enfants. La moitié d'entre eux sont des filles. Comment expliquer cela ?

CULTURE G — VRAI / FAUX

Le premier film de la série *Indiana Jones* s'appelle *Indiana Jones et les Aventuriers de l'arche perdue.*

CULTURE G — LE SAVIEZ-VOUS

Les anneaux du drapeau olympique représentent les cinq continents du monde, mais aucun en particulier. Les six couleurs, fond blanc compris, ont été choisies de telle sorte qu'elles se retrouvent dans tous les drapeaux du monde.

Devinette

Comment peut-on laisser tomber un œuf cru sur un sol en béton sans le fissurer ?

Les sols de béton sont très difficiles à fissurer.

JEU DE CHIFFRES

Combien coûte un livre à 50 € après une remise de 5 % ?

Combien de pois ont été effacés ?

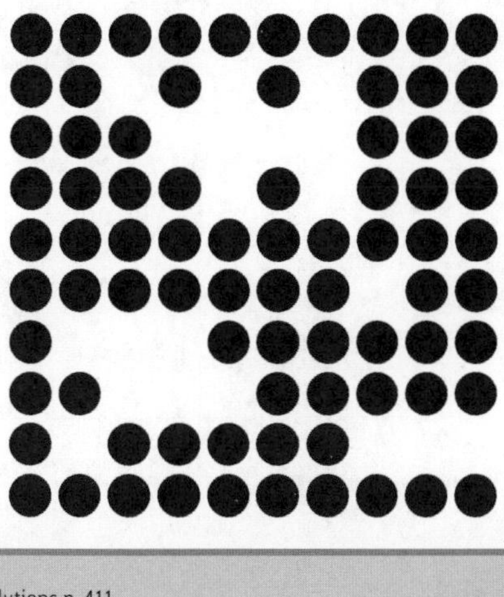

Mot carré

Complétez cette grille en respectant les indications suivantes.

A - Horizontalement et verticalement : mélange d'algues, en vieux français.

B - Horizontalement et verticalement : repas de charité.

C - Horizontalement et verticalement : plantes à la racine comestible.

D - Horizontalement et verticalement : nomma les lettres d'un mot.

E - Horizontalement et verticalement : dictateur romain.

	A	B	C	D	E
A					
B					
C					
D					
E					

solutions p. 411

SEMAINE 27

Dimanche
9
Juillet

Ste Amandine

Ribéry ne veut pas jouer en Angleterre. Être payé en livres, c'est pas trop son truc.

JEU DE CHIFFRES

S'il faut 2 500 l de lait pour obtenir 120 kg de beurre, combien en obtient-on avec 1 000 l de lait ?

A. 42 kg de beurre B. 48 kg de beurre C. 54 kg de beurre

Honorez le médecin avant que vous n'ayez besoin de lui.

Proverbe hébreu

Quel est le score de cette cible ?

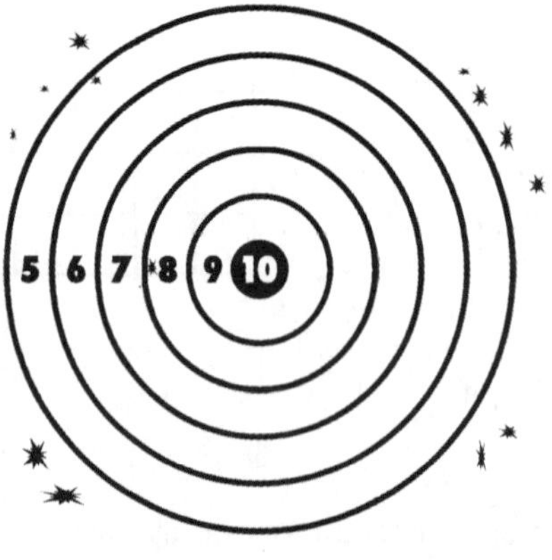

ÉNIGME

Mon premier est un oiseau que l'on dit voleur.
Mon deuxième est un animal à longues oreilles.
Mon troisième mouille.
Mon tout est un instrument de musique.
Qui suis-je ?

CULTURE G

VRAI / FAUX

La théorie du big-bang fournit une explication des origines de l'Univers.

JEU DE LETTRES

Un imprimeur étourdi a oublié d'insérer les voyelles et les espaces. Saurez-vous retrouver cette citation de Sacha Guitry ?

LSCRTD'NCLTRNTLLGNT,
C'STDSVRSRQLRND
LBBLTHQSTNTLLRSS

« Chaque assassin est probablement le vieil ami de quelqu'un. »

Agatha Christie,
femme de lettres britannique

solutions p. 411

ÉNIGME

Mon premier est une partie du corps.
Mon deuxième est une couleur.
Mon troisième est la deuxième personne du singulier.
Mon quatrième est la dernière syllabe de « lecture ».
Mon tout me tient chaud.

En politique, il faut toujours suivre le droit chemin. On est sûr de n'y rencontrer personne.

SEMAINE 28
Lundi
10
Juillet
St Ulrich

JEU DE CHIFFRES

Faites cette opération de tête ! N'utilisez pas de papier, de crayon ou de calculatrice.

(999 + 101) × (7 × 11) =

Devinette

Comment appelle-t-on, dans le corps médical, une prise de sang faite à Gérard Depardieu ?

Les vendanges !

CULTURE G

C'EST ARRIVÉ AUJOURD'HUI

10 juillet 1547

C'est la naissance du fameux coup de Jarnac ! Alors qu'Henri II a rétabli la pratique du duel pour mettre fin à un différend entre François de Vivonne et le baron de Jarnac, le seigneur François de Vivonne est blessé mortellement.

Trouvez le chemin pour sortir de ce labyrinthe.

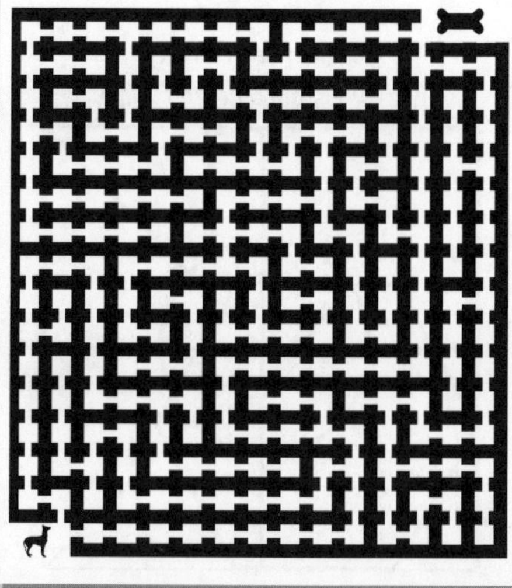

JEU DE LETTRES

Formez un mot avec les lettres suivantes :

E – E – I – S – S – S – S – S – S – U

		I			E			E	

CULTURE G

SURNOM GÉOGRAPHIQUE

Quel pays appelle-t-on « le pays des kiwis » ?
A - L'Italie
B - La Nouvelle-Zélande
C - La Grèce

solutions p. 412

SEMAINE 28

Mardi
11
Juillet

St Benoît

ÉNIGME

Je suis le seul à être content quand on m'ôte le sang… Qui suis-je ?

« Si on t'avait foutu à la lourde chaque fois que t'as fait des conneries, t'aurais passé ta vie dehors. »
Michel Audiard, cinéaste français

CULTURE G — VRAI / FAUX

En Italie, Riri, Fifi et Loulou, les neveux de Donald, s'appellent Qui, Quo et Qua.

MATHS

Quelle est la racine carrée de 625 ?

A. 5 B. 25

C. 252

Virelangue

Amusez-vous à répéter dix fois de suite cette phrase.

J'excuse cet exquis exploit, tu excuses cet exploit exquis.

CULTURE G — LE SAVIEZ-VOUS ?

Les différentes tailles de navires de commerce font référence à certaines dimensions maximales (longueur, largeur, tirant d'eau, tirant d'air) imposées par les canaux et les ports. On a ainsi le panamax, pour le canal de Panama, le baltimax pour la mer Baltique, le malaccamax, pour le détroit de Malacca, etc.

Un couple discute de leur fin de vie :
– Si je meurs avant toi, est-ce que tu te remarieras ?
– Je pense que oui.
– Et tu laisseras ta nouvelle femme vivre dans notre maison ?
– Je pense que oui.
– Et tu la feras dormir dans notre lit ?
– Je pense que oui. Après tout, le sommier est neuf.
– Et tu la laisseras utiliser mes clubs de golf ?
– Bien sûr que non, chérie ! Elle est gauchère !

Combien de triangles voyez-vous dans cette figure ?

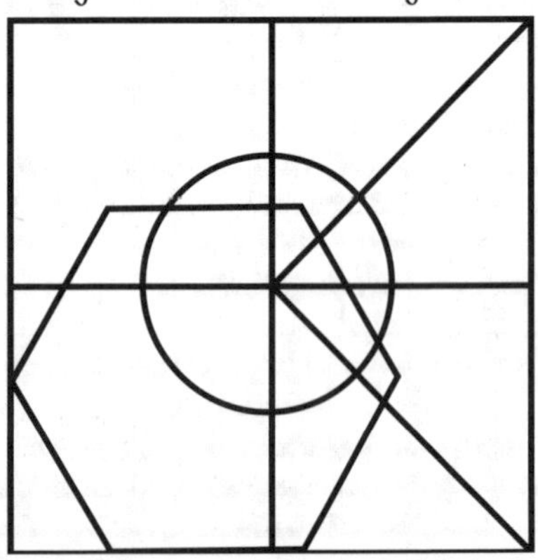

solutions p. 412

SEMAINE 28

Mercredi
12
Juillet
St Olivier

ÉNIGME

Une pièce sans fenêtre a une ampoule. Trois interrupteurs sont placés à l'extérieur de cette pièce. Sachant que les trois sont en position « off » et qu'on n'a le droit d'entrer qu'une fois dans la pièce, comment savoir quel est l'interrupteur qui allume cette lumière ? (La porte doit être fermée, on ne peut pas se faire aider de quelqu'un et la porte n'a pas de vitre.)

CULTURE G

Quiz

Quel animal sort son estomac de son corps pour se nourrir ?

A - L'étoile de mer
B - L'oursin
C - La méduse

Devinette

Comment reconnaît-on Jésus-Christ dans la rue ?

C'est le seul qui prend le passage clouté…

Suite logique

Complétez cette suite logique :

VOITURE = TMGRSPC
BATEAU = ?

Trouvez les 7 différences entre ces dessins.

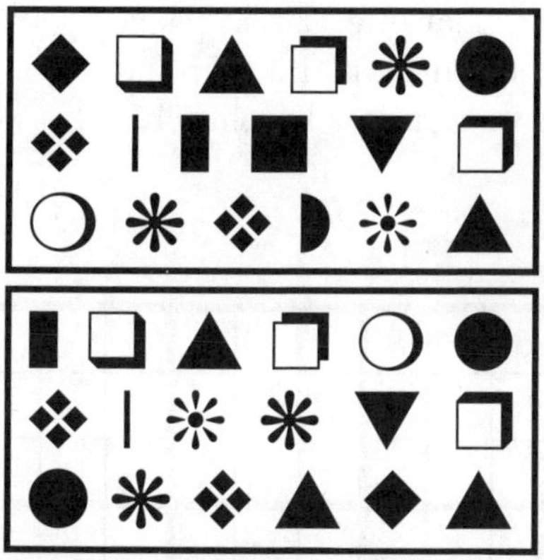

CULTURE G

AUX ORIGINES

En 1919, André Citroën fonde la société des Engrenages Citroën, exploitant un brevet d'engrenages à double chevron, représentés sur le logo de la marque. La production de la Citroën Type A, première automobile française fabriquée en série, atteint 100 voitures par jour !

JEU DE LETTRES

À l'aide des lettres au centre, formez quatre mots nouveaux en vous aidant des lettres dans les carrés ci-contre.

« Comme disaient Nietzsche et Michel Platini, tout n'explique pas tout, et inversement. »
Guy Bedos, humoriste français

solutions p. 412

SEMAINE 28

Jeudi **13** Juillet

Sts Henri et Joël

Deux fans de football discutent :
– Ajaccio est encore descendu dans le classement.
– On peut dire que pour eux… ça se corse !

ÉNIGME

Quand je rentre de mon tout, j'aime bien boire mon premier au coin de mon second. Qui suis-je ?

L'étrange monastère

Le père Manganate de Potassium, un noble alchimiste.
Le père Demenotte, geôlier.
Le père Pétuel, incontournable.

JEU DE LETTRES

Formez un mot avec les lettres suivantes :

A – B – B – R – R – E – L – S – C – U

CULTURE G

C'EST ARRIVÉ AUJOURD'HUI

13 juillet 1793

Marat est assassiné dans sa baignoire par Charlotte Corday. À ses yeux, il représente le mal absolu. Marat devient un martyr de la Révolution.

CULTURE G

VRAI / FAUX

C'est un ancien pensionnat abandonné à Poudlard, en Écosse, qui a inspiré les aventures d'Harry Potter.

Combien de carrés voyez-vous en diagonale uniquement ?

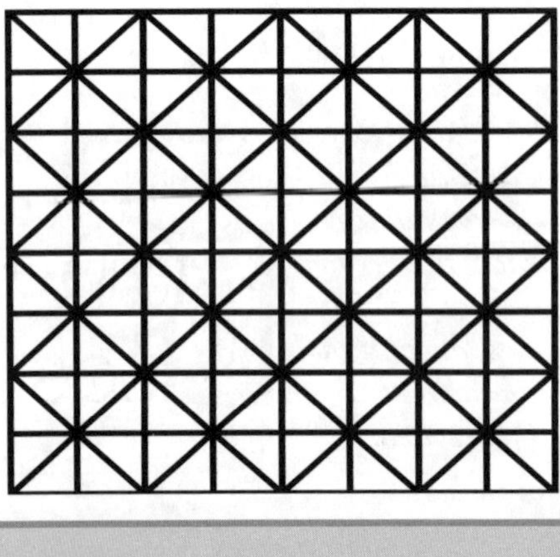

Sudoku

6		8			1			
3		4	2			7		
								2
				6			8	5
					9			4
9			5	8				
	5		3					
							9	1
	9				6		3	

solutions p. 412

ÉNIGME

Mon premier est un instrument de musique à vent.
Mon second est le contraire de laid.
Mon tout est un oiseau noir.
Qui suis-je ?

« On n'a quand même pas pris la Bastille pour en faire un opéra. »
Pierre Desproges, humoriste français

Combien de pois ont été effacés ?

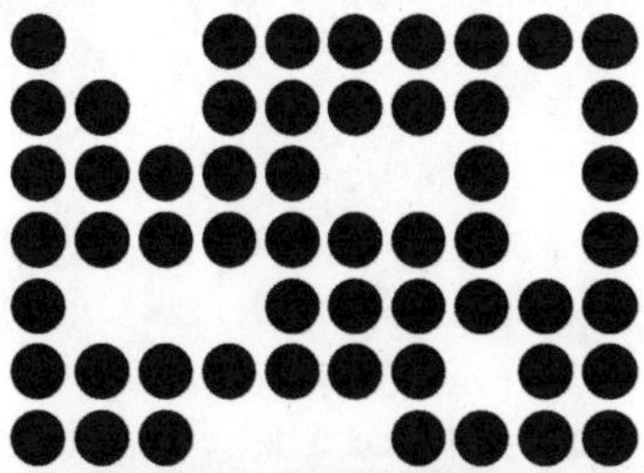

Devinette

M. et Mme Daigou ont une fille.
Comment s'appelle-t-elle ?

Deborah.

Quiz

CULTURE G

Que désigne, dans le jargon des marins de commerce, un jean-louis ?
A - Un requin
B - Un débutant
C - Un orage très violent

SEMAINE 28
Vendredi
14
Juillet
St Camille
FÊTE NATIONALE FRANÇAISE

JEU DE LETTRES

Formez un mot avec les lettres suivantes :

I – I – I – I – I – I – E – E – L – L – L – B – G – N – N – T – T

I									G							E

CULTURE G

LE SAVIEZ-VOUS ?

La fête nationale française commémore la fête de la Fédération du 14 juillet 1790, un an après la prise de la Bastille, jour où Louis XVI prêta serment à la Nation, mettant fin à la monarchie absolue.

JEU DE CHIFFRES

Faites cette opération de tête !
N'utilisez pas de papier, de crayon ou de calculatrice.
1 099 + 113 + 2 001 + 115 =

solutions p. 413

SEMAINE 28

Samedi
15
Juillet

St Donald

ÉNIGME

Combien de gouttes d'eau peut-on mettre dans un verre vide ?

JEU DE LETTRES

Élargissez votre vocabulaire !

Trouvez le mot de 9 lettres qui désigne le fait de favoriser des personnes de sa propre famille.

CULTURE G — INSOLITE

Durant les manifestations de 1968, le général de Gaulle disparaît subitement de l'Élysée. Il était parti rencontrer le général Massu, à Baden-Baden. Il aurait déclaré : « Tout est foutu, les communistes ont provoqué une paralysie totale du pays. Je ne commande plus rien. »

CULTURE G — VRAI / FAUX

George Lucas est le réalisateur de tous les films de la saga *La Guerre des Étoiles.*

Un officier de police dit à son supérieur :
– Chef ! Chef ! Deux banquiers se sont entretués ce matin !
– Eh bien, on peut dire... qu'ils ont réglé leurs comptes !

Sudoku de lettres

Attention : les chiffres sont remplacés par les lettres A, B, C, D, E, F, G, H, I !

	A	D	H					F
F			I				E	G
C			E					
A	F			C			G	
	G	I			H			E
								D
							A	
			C	F		D		
		H						

Quel est le score de cette cible ?

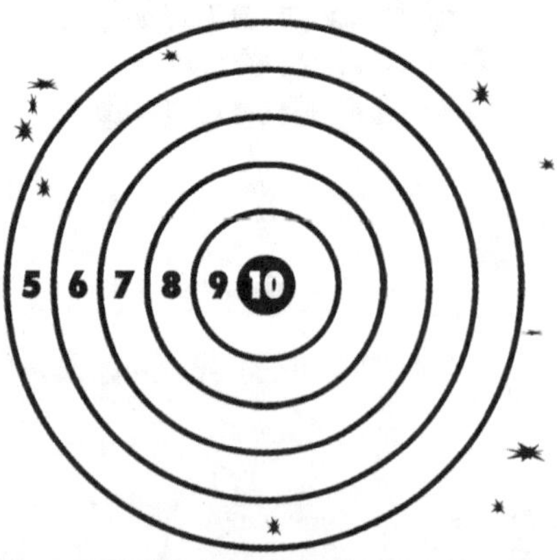

solutions p. 413

ÉNIGME

Mon premier est un terme géométrique.
Mon deuxième est une planète.
Mon tout est un pays.
Qui suis-je ?

Quiz

CULTURE G

The Daily Planet est :

A - Le premier quotidien de langue anglaise, disparu au début du siècle

B - Le nom de la newsletter pour les diplomates anglais

C - Un quotidien imaginaire, dans l'univers de Superman

SEMAINE 28

Dimanche
16
Juillet

N.-D. du Mont Carmel

Quand le pick-up de Chuck Norris roule sur un clou, c'est le clou qui crève !

Suite logique

Complétez cette suite logique de lettres.

ABD – HIL – OPT – QR?

JEU DE LETTRES

À l'aide des lettres au centre, formez quatre mots nouveaux en vous aidant des lettres dans les carrés ci-dessous.

BAC | EX | SUC | POULE | RS | CHA

CULTURE G

C'EST ARRIVÉ AUJOURD'HUI

16 juillet 1942

Le régime de Vichy organise la rafle du Vel' d'Hiv. Des familles entières sont parquées pendant cinq jours dans l'enceinte du vélodrome d'Hiver, dans des conditions de détention épouvantables. Elles seront ensuite déportées vers des camps de concentration.

Que ce soit le matin ou le soir, les pendules indiquent les heures de 1 à 12. Denver est en GMT – 7, Melbourne en GMT + 11 et Manille en GMT + 8. Trouvez l 'heure de quelle ville indique chaque pendule.

06:24 | 03:24 | 09:24

Devinette

Pourquoi les blondes tondent-elles la pelouse avec une tondeuse électrique ?

Pour retrouver le chemin de la maison.

solutions p. 413

SEMAINE 29

Lundi
17
Juillet

Ste Charlotte

« Si je ne suis pas devenu prêtre, c'est à cause des vœux de chasteté. »
Michel Serrault, acteur français

Virelangue

Amusez-vous à réciter cette petite histoire le plus vite possible.

Kiki la cocotte demande à Coco le concasseur de cacao de lui offrir un caraco kaki avec un col de caracul.
Coco le concasseur de cacao offrit à Kiki la cocotte le caraco kaki, mais sans col de caracul.
Un coquin conquit le cœur de Kiki la cocotte, il offrit à Kiki la cocotte le caraco kaki avec le col de caracul.
Conclusion : Coco le concasseur de cacao fut cocu.

Combien de triangles voyez-vous dans cette figure ?

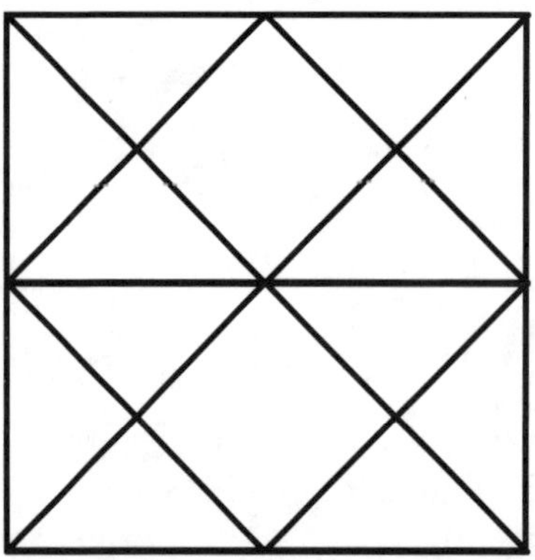

CULTURE G

LE SAVIEZ-VOUS ?

Lorsqu'un homme est anobli par la reine d'Angleterre, il devient « sir », comme Alfred Hitchcock ou Elton John. S'il s'agit d'une femme, sa particule sera « dame ».

ÉNIGME

Les quatre façades d'une même maison sont exposées au sud. Comment est-ce possible ?

Suite logique

Complétez cette suite logique de dominos.

Quels sont les plus petits livres du monde ?
– Les Meilleures Recettes de la cuisine anglaise
– Ce que les hommes savent des femmes
– Les Avancées des droits de l'homme en Chine
– Opportunités de carrière pour les diplômés d'histoire
– L'annuaire téléphonique amish
– Le Guide de la mode pour ingénieurs

CULTURE G

VRAI / FAUX

Le Pays de Cocagne est l'ancien nom de la Floride.

solutions p. 413

SEMAINE 29

Mardi
18
Juillet

St Frédéric

ÉNIGME

Parfois je suis fort,
parfois je suis faible.
Je connais toutes les
langues sans jamais
les avoir apprises.
Qui suis-je ?

Il n'y a que sur Twitter qu'on peut suivre Usain Bolt.

CULTURE G

INSOLITE

La route la plus large du monde est l'avenue du 9-Juillet à Buenos Aires. Large de 140 mètres, on y compte pas moins de 12 voies !

CULTURE G

C'EST ARRIVÉ AUJOURD'HUI

18 juillet 1898

Marie Curie annonce la découverte du polonium, nommé en référence à son pays d'origine. Puis, le 26 décembre, elle annonce la découverte du radium. Il aura fallu traiter plus d'une tonne de minerai pour extraire un gramme d'élément radioactif !

JEU DE LETTRES

Ajoutez les lettres manquantes. La seule voyelle disponible est le A.

			W	

Devinette

M. et Mme Coptère ont un fils, comment s'appelle-t-il ?

Élie.

JEU DE CHIFFRES

Faites cette opération de tête !
N'utilisez pas de papier,
de crayon ou de calculatrice.

$1 \times 2 \times 3 \times 4 \times 5 \times 6 \times 7 \times 8 \times 9 =$

Trouvez la carte manquante.

solutions p. 413

SEMAINE 29

Mercredi
19
Juillet

St Arsène

ÉNIGME

Comment couper un cake en huit morceaux en quatre coups de couteau ?

« Il n'y a pas de problème qu'une absence de solution ne finisse par résoudre. »
Henri Queuille, homme politique français

CULTURE G — **VRAI / FAUX**

Quelques épisodes des *Aventures de Tintin* se passent dans le pays imaginaire de Moravie.

JEU DE LETTRES

Élargissez votre vocabulaire !

Quel mot de 9 lettres désigne une personne (ou un animal) ayant la faculté de voir la nuit ?

Un coiffeur dit à son client :
– J'ai presque fini. Pour les pattes, vous les préférez comment ?
– Avec de la sauce tomate, s'il vous plaît !

CULTURE G — **LE SAVIEZ-VOUS ?**

Le onzième mois du calendrier républicain français correspondait à la période allant du 19 juillet au 17 août du calendrier grégorien. C'était le mois de thermidor, qui tirait son nom « de la chaleur tout à la fois solaire et terrestre qui embrase l'air de juillet en août. »

Sudoku

		1				6		
			4			8		3
7					8			5
		2				3		
		7	5		2	4		
					9			6
	1				3		6	
				4		5		
4			8			7		9

Quel est le score de cette cible ?

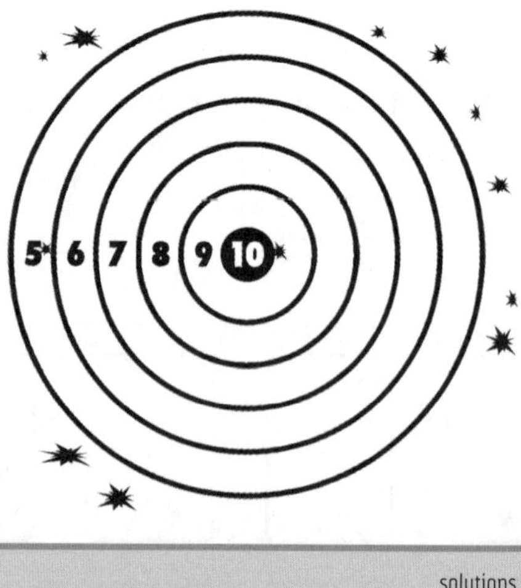

solutions p. 414

ÉNIGME

Pour me manger, on doit m'enlever l'extérieur, cuire mon intérieur, manger mon extérieur et jeter mon intérieur. Qui suis-je ?

Devinette

Comment reconnaît-on un canard aveugle ?

Il se promène avec une cane blanche.

SEMAINE 29

Jeudi 20 Juillet

Ste Marina

JEU DE LETTRES

Pouvez-vous retrouver cette citation de Pierre Dac, dont les lettres à l'intérieur des mots ont été mélangées ?

L'vniaer, s'cet ud psséa ne pprrtnéaaio.

CULTURE G

Quiz

Lors des Jeux olympiques de 1908, pourquoi le coureur Wyndham Halswelle n'a-t-il pas eu de difficultés à remporter la médaille d'or du 400 mètres ?

A - Il était seul à se présenter au départ.

B - Il était de loin le meilleur athlète.

C - Il n'y avait que trois candidats pour l'épreuve.

La Belle et la Bête se marièrent et eurent beaucoup d'enfants... Voilà comment sont nés les Portugais !

Trouvez les 7 différences entre ces dessins.

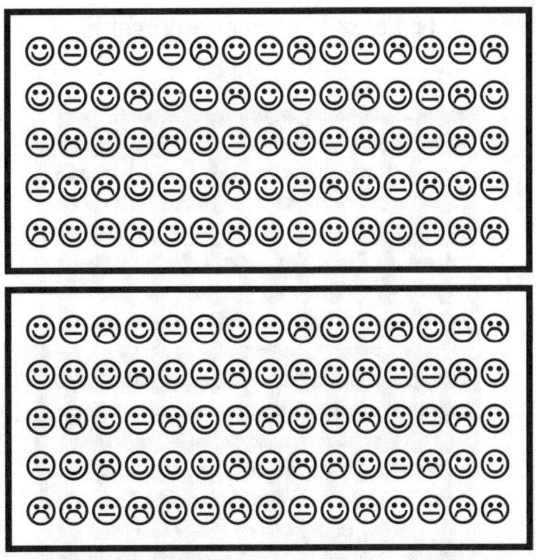

JEU DE CHIFFRES

Réalisez ces égalités en insérant des opérateurs mathématiques (+, –, ×, / et ( )) entre les chiffres.

9 9 9 9 = 80 9 9 9 9 = 89

9 9 9 9 = 90 9 9 9 9 = 720

CULTURE G

INSOLITE

Le film *Casablanca* avec Humphrey Bogart et Ingrid Bergman a été parodié par... Bugs Bunny : c'est *Carrotblanca* !

solutions p. 414

SEMAINE 29

Vendredi

21

Juillet

St Victor

FÊTE NATIONALE BELGE

« Les talons hauts ont été inventés par une femme qu'on embrassait toujours sur le front. »

Marcel Achard, écrivain français

ÉNIGME

Un sculpteur nommé Blanc, un violoniste nommé Noir et un poète nommé Roux se rencontrent dans un café. L'un d'eux dit :

– Mes cheveux sont noirs, les vôtres sont respectivement roux et blancs, mais aucun de nous trois n'a une couleur de cheveux correspondant à son nom.

– C'est vrai, répond Blanc.

Quelle est la couleur des cheveux du poète ?

JEU DE LETTRES

Ajoutez à chacun de ces mots une lettre, pour former un nom de plante.

MALICE – TARE – VEAU – MARRON – THÈME

CULTURE G – VRAI / FAUX

Les comédiennes Katharine Hepburn et Audrey Hepburn étaient cousines germaines.

Suite logique

Complétez cette suite logique de dominos.

Trouvez le chemin pour sortir de ce labyrinthe.

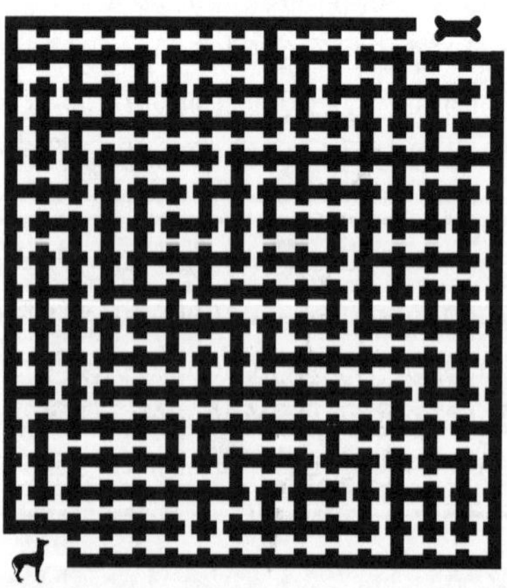

À la piscine, une blonde demande à son petit ami : « Est-ce vrai que si tu retires ton doigt, je coule ? »

CULTURE G – LE SAVIEZ-VOUS ?

Avec en moyenne un mort pour deux ascensions réussies, l'Annapurna (8 091 m) est le sommet le plus dangereux de la chaîne himalayenne.

solutions p. 414

SEMAINE 29

Samedi
22
Juillet
Ste Marie-Madeleine

ÉNIGME

Mon premier est le contraire de vrai.
Mon second protège l'œil.
Mon tout est dans la pierre.
Qui suis-je ?

Devinette

Où emmène-t-on un joueur de football blessé ?

Dans la surface de réparation

À qui dit la vérité, donnez un cheval afin qu'il puisse se sauver après l'avoir dite.

Proverbe russe

JEU DE LETTRES

Pouvez-vous retrouver le titre de cette célèbre chanson de Serge Gainsbourg, composée sur le clavier ?

53 76462666387 337 54527

Suite logique

Complétez cette suite logique.

J – M – H – 365 – 12 – X

Quel est le score de cette cible ?

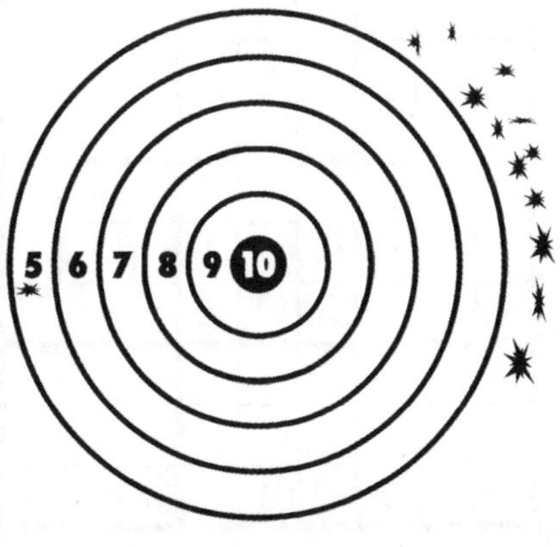

Si l'eau de Javel vient du quartier de Javel à Paris et si l'eau de Cologne vient de la ville de Cologne, alors pourquoi mettons-nous toujours de l'eau de toilette ?

Quiz

CULTURE G

Quel livret d'opéra expose des liens étroits avec la franc-maçonnerie ?

A - *La Flûte enchantée* de Mozart

B - *La Force du destin* de Guiseppe Verdi

C - *Wozzeck* d'Aban Berg

solutions p. 414

SEMAINE 29

Dimanche

23

Juillet

Ste Brigitte

ÉNIGME

Je reçois tout le monde. Mais ils me quittent sans me dire merci. Qui suis-je ?

CULTURE G

VRAI /FAUX

En 1833, soit 95 ans avant Ravel, un compositeur avait déjà composé un boléro.

Une brune et une blonde sont devant un ascenseur. La brune dit :
– Tu peux appeler l'ascenseur, s'il te plaît ?
La blonde se met à hurler :
– ASCENSEUR !
– Mais non ... Pas comme ça ... Avec le doigt.
– ACHENCHEUR !!

JEU DE LETTRES

Quel mot français commence par la lettre B et ne rime avec aucun autre mot ?

« Je ne mangerai pas d'huîtres. Je veux que mes aliments soient morts. Ni malades, ni blessés, simplement morts. »
Woody Allen, cinéaste américain

CULTURE G

INSOLITE

En 1897, une jeune femme de 23 ans, Elva Zona Heaster, est découverte morte. Peu après, sa mère prétend avoir reçu la visite du fantôme de sa fille, affirmant que son mari l'aurait étranglée. Le corps est exhumé et l'autopsie réalisée : le verdict confirme la mort par strangulation. Le mari est arrêté et condamné à la prison à vie : c'est probablement le premier – et le seul – individu à avoir été condamné grâce au témoignage d'un fantôme !

Combien de rectangles voyez-vous dans cette figure ?

Sudoku

8			2			4		
5			4					1
	4		8			6	5	
				4			6	
1		3		9		2		
9						7	1	
			7					2
3	9					5		
		7		6				

solutions p. 415

On ne dit pas « une fille moche en discothèque », mais « un thon en boîte » !

ÉNIGME

Pourquoi ne peut-on pas glisser une carte entre les pages 1 007 et 1 008 d'un livre ?

SEMAINE 30

Lundi **24** Juillet

Ste Christine

JEU DE CHIFFRES

Faites cette opération de tête ! N'utilisez pas de papier, de crayon ou de calculatrice.

123 + (456 × 8) =

CULTURE G

LE SAVIEZ-VOUS ?

Le graveur italien Francesco Raibolini a créé une police de caractères penchés, initialement appelés « lettres vénitiennes ». Parce qu'elles venaient d'Italie, les lettres sont devenues « italiques » !

CULTURE G

Quiz

Titanic de James Cameron a reçu l'oscar de la meilleure musique de film. Qui en est l'auteur ?

A - John Barry

B - Ennio Morricone

C - James Horner

Devinette

Comment peut-on mesurer l'intelligence d'une blonde ?

En lui introduisant un manomètre dans l'oreille.

JEU DE LETTRES

À l'aide des lettres au centre, formez quatre mots nouveaux en vous aidant des lettres dans les carrés ci-dessous.

ONE

TA

HF

FRIC

EE

ZE

SEAT

Combien de pois ont été effacés ?

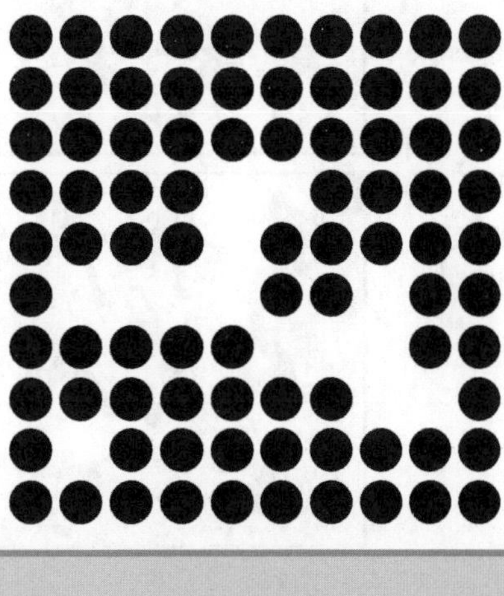

solutions p. 415

SEMAINE 30

Mardi

25

Juillet

St Jacques

ÉNIGME

Je suis toujours noire, mais je peux être blanche. Qui suis-je ?

MATHS

Qui couvre la plus grande surface ?

A. Un carré de côté de longueur A

B. Un cercle de diamètre A

C. Un triangle isocèle de côté A

CULTURE G — VRAI / FAUX

En Angleterre, Milou, le chien de Tintin, s'appelle Snowy (neigeux).

Quel est le joueur de l'équipe A qui ne fait pas partie de l'équipe B ?

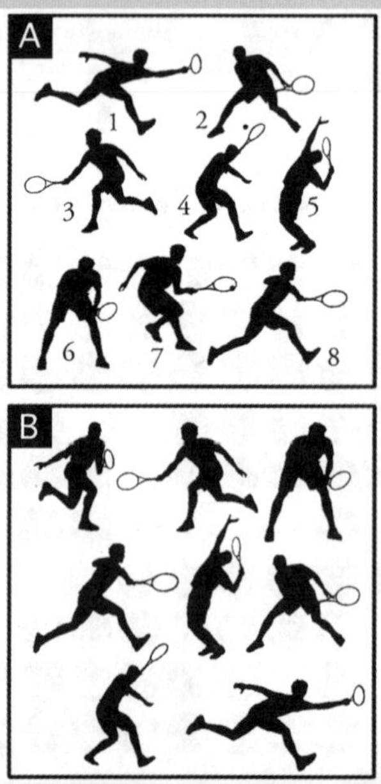

« Si tu téléphones à une voyante et qu'elle ne décroche pas avant que ça sonne, raccroche. »

Jean-Claude Van Damme, acteur et réalisateur belge

Virelangue

Amusez-vous à répéter dix fois de suite cette phrase.

Un taxi attaque 6 taxis pour 606 centimes soutirés.

CULTURE G — C'EST ARRIVÉ AUJOURD'HUI

25 juillet 1593

Henri IV, roi de France depuis 1589, abjure le protestantisme à la cathédrale de Saint-Denis et demande à devenir catholique, dans le but de mettre un terme aux guerres de Religion.

Un Chinois est en cours de sport, le prof lui dit :

– Chang, fais-moi 30 pompes !

– D'accord, mais des Nike ou des Adidas ?

solutions p. 415

ÉNIGME

Qu'est-ce qui est devant soi mais qu'on ne voit jamais ?

Deux équipes de frites jouent un match. Il y a deux équipes : une avec mayo et l'autre sans mayo.

CULTURE G

INSOLITE

Connaissez-vous toutes les insultes du capitaine Haddock ? Non ? Alors en voici quelques-unes ! Bachi-bouzouk, coloquinte à la graisse de hérisson, concentré de moule à gaufres, cow-boy de la route.

Suite logique

Complétez cette suite logique.

10 - 13 - 20 - 17 - X- 11 - 15 - 15 - 25 - X

JEU DE LETTRES

Pouvez-vous retrouver le titre de cette célèbre chanson de Jeanne Moreau, composée sur le clavier ?

53 8687245566 33 52 843

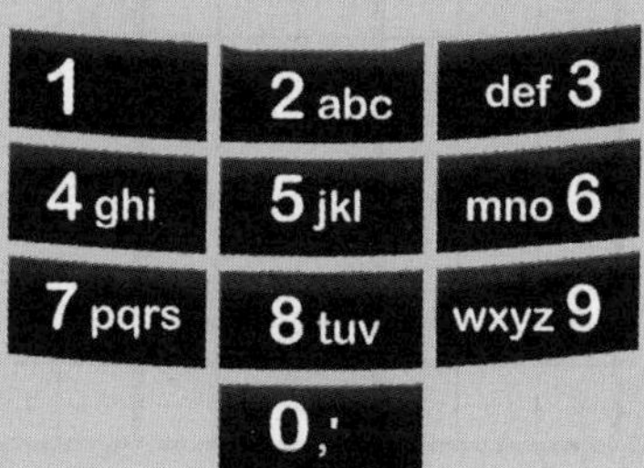

Devinette

M. et Mme Baralair ont un fils. Comment s'appelle-t-il ?

Denis.

SEMAINE 30

Mercredi

26

Juillet

Sts Anne et Joachim

CULTURE G

Quiz

Qu'est-ce que la podonipsie ?

A - Une malformation de la plante des pieds

B - L'étude des lignes de la plante des pieds

C - La cérémonie rituelle de lavement des pieds

Trouvez le chemin pour sortir de ce labyrinthe.

SEMAINE 30

Jeudi

27

Juillet

Ste Nathalie

« Enfer chrétien, du feu. Enfer païen, du feu. Enfer mahométan, du feu. Enfer hindou, des flammes. À en croire les religions, Dieu est né rôtisseur. »

Victor Hugo, écrivain français

ÉNIGME

Mon premier est un moyen de transport.
Mon second est un meuble avec quatre pieds.
Mon tout est l'objet que l'écolier porte sur son dos.
Qui suis-je ?

CULTURE G

VRAI / FAUX

Le sang se colore en rouge avec l'oxygène et en bleu avec le gaz carbonique.

JEU DE LETTRES

Ajoutez la même voyelle et la même consonne aux lettres composant les mots suivants pour former de nouveaux mots :

VOIR – BILE – RACE

Une blonde vient de renverser un policier. Voulant faire amende honorable, elle appelle la police :
– Allô, le 17 ?
– Oui ?
– Je crois que vous n'êtes plus que 16 !

CULTURE G

LE SAVIEZ-VOUS

Du pain confectionné avec du seigle atteint d'un champignon parasite avait provoqué de nombreuses hallucinations à Pont-Saint-Esprit, en 1951. La substance mise en cause : l'acide lysergique, dont est dérivé le LSD !

Sudoku de lettres

Attention : les chiffres sont remplacés par les lettres A, B, C, D, E, F, G, H, I !

					E			
B						I	D	
						B		C
				G	C			
							G	
	C	E			A	F		
		F		D				
A				I		G		
E	D				G		C	

Quel est le score de cette cible ?

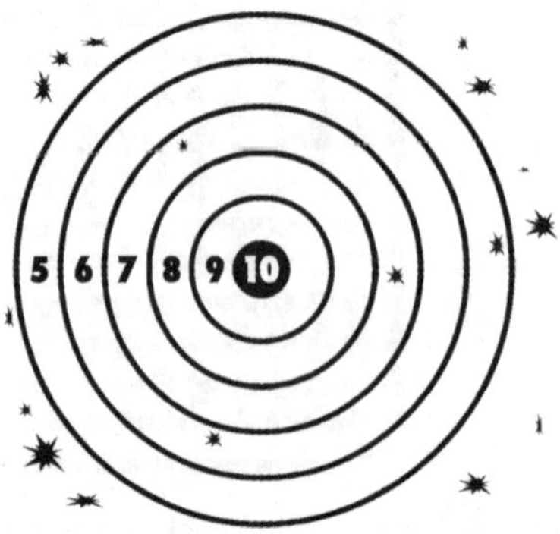

solutions p. 416

Devinette

Comment appelle-t-on un poisson roux ?

Un rouquin !

JEU DE CHIFFRES

Faites cette opération de tête ! N'utilisez pas de papier, de crayon ou de calculatrice.

$11^2 - 11^3 =$

SEMAINE 30

Vendredi

28

Juillet

St Samson

ÉNIGME

Un homme et une femme très amoureux sont dans un lit. Sur la table de nuit, il y a une bougie.
Qu'est-ce qui fond ?

CULTURE G

INSOLITE

« Si cet homme-là étendait un jour la correspondance d'une ville à une autre [...] Il ne s'agirait plus que d'avoir chacun sa boîte ; ces boîtes seraient comme deux petites imprimeries où tout ce qu'on imprimerait dans l'une, subitement s'imprimerait dans l'autre... ». À la lecture de ce passage, on peut se demander si Diderot n'avait pas prédit l'invention du fax. Il s'agit d'un extrait d'une lettre à Sophie Volland, du 28 juillet 1762.

En Asie, les chiens te jappent au nez.

JEU DE LETTRES

Complétez ce mot avec les lettres proposées et des voyelles :

G – N – S – S – S – S – S

G			S			S				N	

Combien d'ellipses voyez-vous dans cette figure ?

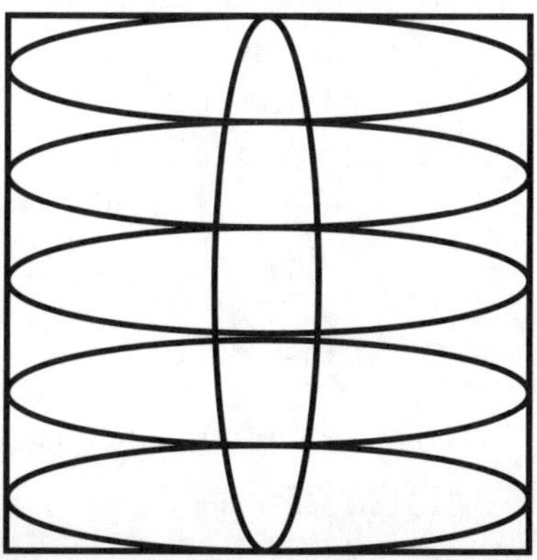

CULTURE G

C'EST ARRIVÉ AUJOURD'HUI

28 juillet 1750

Jean-Sébastien Bach meurt à Leipzig. C'est totalement aveugle qu'il a dicté à son gendre sa dernière œuvre, le prélude de choral *Devant ton trône, je me présente, Seigneur.*

solutions p. 416

SEMAINE 30

Samedi

29

Juillet

Ste Marthe

ÉNIGME

Un gardien de nuit meurt de jour. Touche-t-il une pension ?

Deux amis discutent :
– Allez ! Viens, qu'on en termine !
– C'est qui Mine ?

CULTURE G

LE SAVIEZ-VOUS ?

Dans la nature, les chauves-souris assurent la pollinisation des fleurs du bananier. Elles font le même travail que les abeilles dans nos contrées.

Combien de pois ont été effacés ?

« La guerre, c'est la guerre des hommes ; la paix, c'est la guerre des idées. »
Victor Hugo, écrivain français

JEU DE LETTRES

À l'aide des lettres au centre, formez quatre mots nouveaux en vous aidant des lettres dans les carrés ci-dessous.

NET
EN
SIEE
PERDU
SS
LER

CULTURE G

Quiz

De quel pays d'Afrique l'assiko est-t-elle la danse traditionnelle ?

A - Le Cameroun
B - Le Sénégal
C - La Côte d'Ivoire

Suite logique

Trouvez le mot manquant.

413126975 = parachute
239265 = ?

solutions p. 416

SEMAINE 30

Dimanche

30

Juillet

Ste Juliette

ÉNIGME

Plus je suis vieux,
plus je suis fort.
Qui suis-je ?

Un jour, Dieu ordonna à Nafissatou de répondre au téléphone et depuis, Nafissatou Diallo.

CULTURE G — AUX ORIGINES

Selon la mythologie, le jeune Héraclès, voulant se nourrir, tira sur le sein de la déesse Héra avec tant de force que des gouttes de lait jaillirent dans le ciel... formant ainsi la voie lactée : « galaxie » vient du grec *gala*, qui signifie « lait ».

JEU DE LETTRES

Retrouvez ce mot de 13 lettres. Vous disposez des consonnes D, S, S, S, S, S, S. Rajoutez les voyelles !

D												S

Quel est le score de cette cible ?

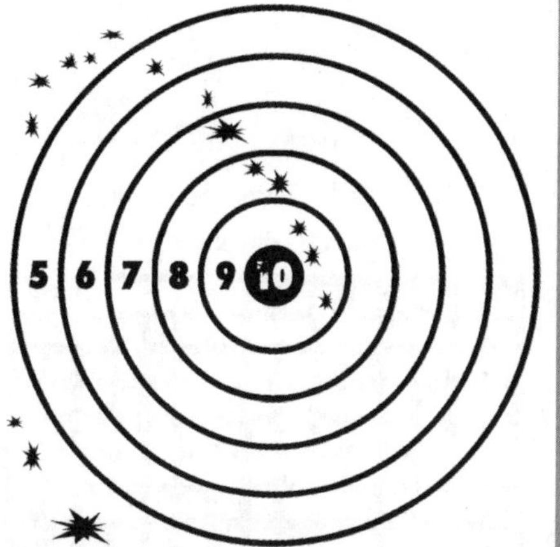

MATHS

Si un garçon part de chez lui à 8 heures et marche à 4 km/h, combien de temps mettra-t-il pour arriver à son école qui se trouve à 1,5 km de chez lui ?

A. 22,5 minutes
B. 30 minutes
C. 15,5 minutes

CULTURE G — VRAI / FAUX

Pascal a imaginé un nouveau système de notation musicale.

Devinette

M. et Mme Engile ont une fille. Comment s'appelle-t-elle ?

Ève.

solutions p. 416

SEMAINE 31

Lundi

31

Juillet

St Ignace de Loyola

« Quand on dit d'une femme qu'elle est assez jolie, c'est qu'elle ne l'est justement pas assez. »

Sacha Guitry, comédien français

ÉNIGME

Pour un oui ou pour un non, je m'entrouvre. Qui suis-je ?

Virelangue

Amusez-vous à répéter dix fois de suite cette phrase.

Le beau barbu Barnabé perdit son bras par un débris d'obus.

CULTURE G – C'EST ARRIVÉ AUJOURD'HUI

31 juillet 1914

Jean Jaurès, le leader socialiste, est assassiné d'un coup de révolver par un nationaliste déséquilibré, Raoul Villain, qui sera acquitté à l'issue de son procès. Anatole France commente ainsi ce verdict dans une lettre adressée à *L'Humanité* : « Un verdict monstrueux proclame que son assassinat n'est pas un crime. »

Un homme rentre tard un vendredi soir. Sa femme, énervée, lui dit : « J'espère que tu as bu avec modération ! » Après réflexion, l'homme répond : « Non, il n'est pas venu… »

Qui s'attache à un bon arbre en reçoit une bonne ombre.

Proverbe espagnol

Sudoku

				2			6	
		8		6	5		7	
			8		7	3		9
		7			8	1		
			5		6	9		7
3								
		5		3		8		
			6		4			
4		1			2			

Trouvez le chemin pour sortir de ce labyrinthe.

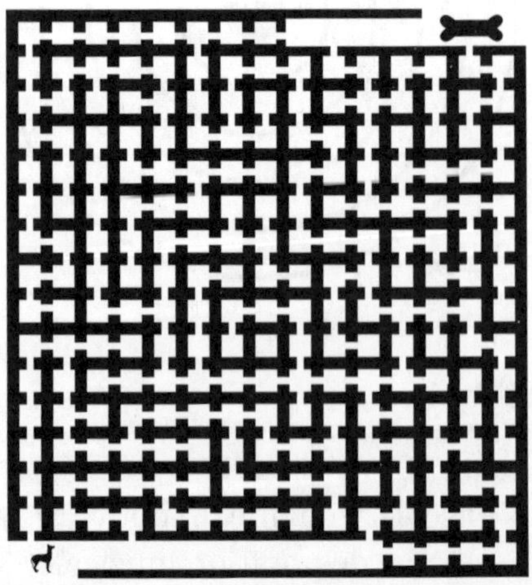

solutions p. 416

SEMAINE 31

Mardi
1
Août
St Alphonse
FÊTE NATIONALE SUISSE

ÉNIGME

Trois cubes identiques sont posés sur la table. Sur chaque face est peinte une couleur différente. Jean-Pierre, Fabrice et Gérard regardent chacun un cube et énoncent les couleurs qu'ils voient. Jean-Pierre : bleu, blanc et jaune ; Fabrice : orange, bleu et rouge ; Gérard : vert, orange et blanc. Quelle est la couleur de la face opposée au blanc ?

CULTURE G

Quiz

Qui a été le premier président de la République française à s'être marié au cours de son septennat ?

A - Valéry Giscard d'Estaing

B - Georges Pompidou

C - Gaston Doumergue

Que ce soit le matin ou le soir, les pendules indiquent les heures de 1 à 12. Addis-Abeba est en GMT + 3, New Delhi en GMT + 5 h 30 et Philadelphie en GMT – 5. Trouvez l'heure de la ville qu'indique chaque pendule.

04:10 05:40

01:40

Un héros aujourd'hui, un vaurien demain.
Proverbe québécois

JEU DE LETTRES

Pouvez-vous retrouver le titre d'une œuvre de Zola, composé sur les touches du clavier ?

28 2664387 337 32637

Devinette

Il a fallu 8 heures à 10 hommes pour construire un mur. Combien de temps faudrait-il à 4 hommes pour le construire ?

Inutile, le mur est déjà construit.

Les Chinois ont porté plainte contre le jeu Paf le Chien parce qu'on ne joue pas avec la nourriture !

JEU DE CHIFFRES

Faites cette opération de tête ! N'utilisez pas de papier, de crayon ou de calculatrice.

(10 101 – 1 010) × 4 =

solutions p. 417

SEMAINE 31

Mercredi

2

Août

St Julien

JEU DE LETTRES

Formez un mot avec les lettres suivantes :

C – C – C – C – E – E – I – N – N – O – P – S – U

ÉNIGME

Celui de la cathédrale de Chartres est vraiment fameux. On n'en sort jamais sans mal, mais pour les enfants, c'est un jeu. Qui est-il ?

Une jeune femme demande à un vieil homme :
– Pourquoi un homme qui a des relations sexuelles avec de nombreuses femmes est considéré comme un séducteur, alors qu'une femme qui a des relations avec de nombreux hommes est considérée comme une fille de joie ?
– Ma fille, une clef qui ouvre de nombreuses serrures est considérée comme une clef magique. Mais une serrure qui s'ouvre avec n'importe quelle clef ne sert à rien !

« Les pianos devraient être frappés de deux impôts : le premier au profit de l'État, le second au profit des voisins. »

Georges Courteline,
écrivain français

CULTURE G

AUX ORIGINES

Avant l'invention des montres, pour connaître l'heure, on regardait les cadrans solaires. Lorsque l'horloge a été inventée, on a décidé de donner aux aiguilles des montres le même sens de rotation que celui de l'ombre des cadrans solaires.

Suite logique

Complétez cette suite logique de dominos.

Quel est le joueur de l'équipe A qui ne fait pas partie de l'équipe B ?

CULTURE G

VRAI/FAUX

Le général de Gaulle et le maréchal Leclerc sont nés le même jour.

solutions p. 417

SEMAINE 31

Jeudi
3
Août
Ste Lydie

ÉNIGME

Si ma sœur a un frère et si mon frère a deux sœurs, combien sommes-nous dans la famille ?

Perle de bulletin scolaire

« Se retourne parfois... pour regarder le tableau. »

Suite logique

Complétez cette suite logique.

I4 – A2 – L1 – P3 – N5 – LAPIN
E7 – H1 – R3 – O2 –L4 –O5 – G6 – ?

Devinette

Quel est le jeu favori des fonctionnaires ?

Le « c'est le premier qui bouge qui a perdu » !

CULTURE G — *Quiz*

Qu'est-ce qu'un glacophile ?

A - Un collectionneur de fèves
B -Un collectionneur de pots de yaourt
C - Un collectionneur de fausse monnaie

CULTURE G — C'EST ARRIVÉ AUJOURD'HUI

3 août 1958

Le premier sous-marin à propulsion nucléaire de l'histoire, l'*USS Nautilus SSN-571*, a réussi l'exploit de passer sous la calotte glaciaire du pôle Nord.

Quel est le score de cette cible ?

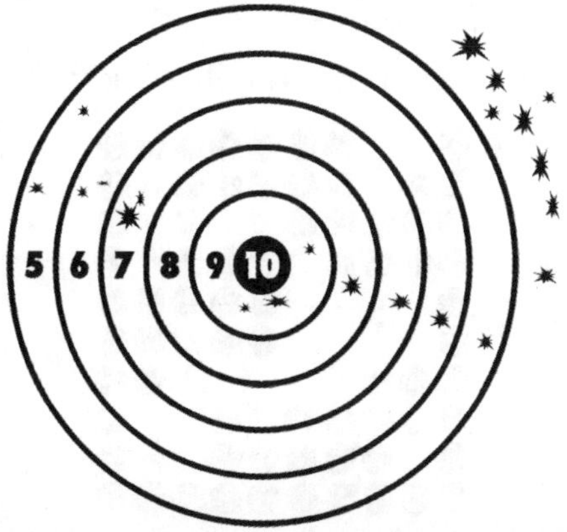

JEU DE LETTRES

À l'aide des lettres au centre, formez quatre mots nouveaux en vous aidant des lettres dans les carrés ci-dessous.

solutions p. 417

SEMAINE 31

Vendredi

4

Août

St Jean-Marie Vianney

ÉNIGME

Mon premier est la première lettre de l'alphabet. Mon deuxième est un aliment qui vient de Chine. Mon troisième est un objet dans lequel on plante des fleurs.
Mon quatrième est ce que donne une horloge.
Mon tout est un sorcier.

CULTURE G — VRAI/FAUX

Ron Hubbard, le fondateur de l'Église de scientologie, était avant tout un écrivain de science-fiction.

Un enfant un peu trop bavard dit :
– Mon papa va encore à l'école.
– Ah bon, pourquoi ?
– Car il a des maîtresses !

JEU DE LETTRES

Élargissez votre vocabulaire !

Trouvez le mot de 11 lettres qui désigne les écrits qui servent d'introduction à un ouvrage.

« On peut obtenir beaucoup plus avec un mot gentil et un revolver qu'avec un mot gentil tout seul. »
Al Capone, gangster américain

CULTURE G — C'EST ARRIVÉ AUJOURD'HUI

4 août 1944

Anne Frank et sa famille sont arrêtées après s'être cachées durant deux ans dans un appartement aménagé au-dessus des anciens bureaux d'Otto Frank, le père, à Amsterdam.

JEU DE SYMBOLES

Attention : les chiffres ont été remplacés par 9 symboles !

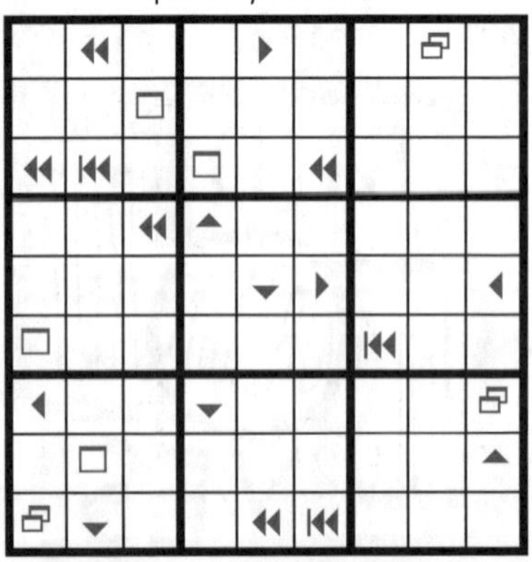

Combien de pois ont été effacés ?

solutions p. 417

SEMAINE 31

Samedi

5

Août

St Abel

ÉNIGME

Rafael et Ilan sont chez le marchand. Ils demandent :

- Combien pour un ?

Le vendeur répond :

- Trois euros.
- Combien pour douze ?
- Six euros.

Alors, ils demandent :

- Combien pour cent ?
- Neuf euros.

Qu'achètent-ils ?

MATHS

Saurez-vous résoudre cette équation toute simple ?

$6x = 132$

CULTURE G — LE SAVIEZ-VOUS ?

Les Français consomment en moyenne 13,7 l d'alcool pur par an et par habitant !

JEU DE LETTRES

Saurez-vous retrouver ce mot qui ne comporte qu'une seule consonne, le S ?

S									S

Certains ont peur du vide, moi, vu le prix de l'essence, j'ai surtout peur du plein !

CULTURE G — *Quiz*

Pourquoi y a-t-il plus d'étoiles filantes en août ?

A - Les conditions d'observation sont meilleures à cause du ciel dégagé.

B - La Terre traverse une zone remplie de débris dans l'espace.

C - Cela dépend de l'hémisphère dans lequel on se trouve.

Combien de carrés et de rectangles voyez-vous dans cette figure ?

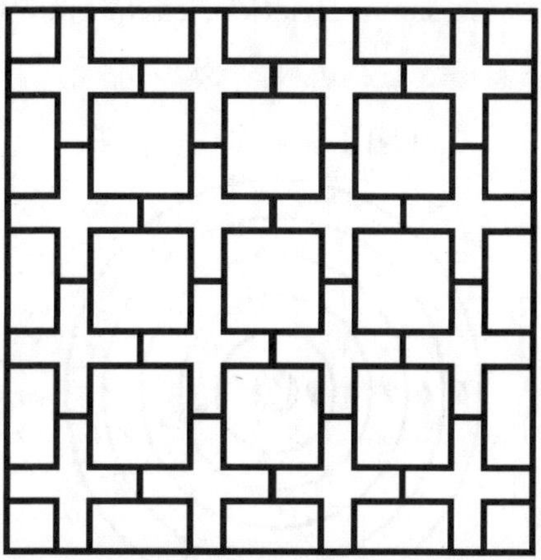

Devinette

M. et Mme Dirondelle ont un fils. Comment s'appelle-t-il ?

Denis.

Dimanche
6
Août
St Octavien
TRANSFIGURATION DU SEIGNEUR

Deux blondes discutent, l'une dit à l'autre :
– J'ai postulé dans un pressing aujourd'hui.
– Tu commences quand ?
– Bah, je n'en sais rien, ils m'ont dit de repasser, mais je ne sais pas quand !

ÉNIGME

Paul s'est rendu chez Maurice en voiture. À l'aller, il a roulé sagement à 90 km/h. Au retour, par la même nationale, à cause des bouchons, il ne roule plus qu'à 60 km/h. Il passe ainsi en tout 7 h 30 dans la voiture. Quelle distance sépare Paul et Maurice ?

« La plupart des gens disent qu'on a besoin d'amour pour vivre. En fait, on a surtout besoin d'oxygène. »
Dr House, personnage de la série éponyme

JEU DE LETTRES

Pouvez-vous compléter la conjugaison au présent du verbe « choir » ?

je _ _ _ *tu* _ _ _
il _ _ _ *nous* _ _ _
vous _ _ _ *ils* _ _ _

CULTURE G

DEVISE NATIONALE

Quel est le pays dont la devise nationale est « La vérité vaincra » ?
A. La République tchèque
B. La Hongrie
C. L'Ukraine

CULTURE G

C'EST ARRIVÉ AUJOURD'HUI

6 août 1965

Lyndon Johnson, le 36e président des États-Unis, signe le Voting Rights Act, une loi qui autorise, sans restriction, les Noirs à voter.

Sudoku

5		9						
	7	4	1		8		9	2
8								6
	4			2	5	3		7
				8		4	6	
1		7						9
	6				4		1	3

Quel est le score de cette cible ?

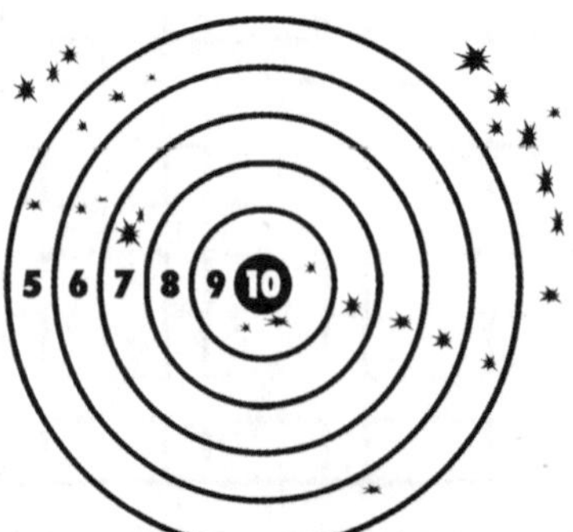

solutions p. 418

SEMAINE 32

Lundi

7

Août

St Gaétan

ÉNIGME

Quel est le centre de gravité ?

L'histoire n'est qu'à moitié dite quand une seule partie la raconte.

Proverbe islandais

JEU DE CHIFFRES

Faites cette opération de tête ! N'utilisez pas de papier, de crayon ou de calculatrice.

142 857 × 2 = 285714

Quiz

CULTURE G

Que s'est-il passé lors de la première du *Sacre du Printemps* de Stravinsky ?

A - Le public a demandé douze « bis » en triomphe.

B - Le compositeur a été traité de fou ou de génie.

C - Le public, divisé, a fait un énorme chahut, riant, se moquant, provocant des contre-manifestations.

Les pluriels

Une grosse ? Des panses.

Un propos ? Des placés.

Une cinglante ? Des routes.

JEU DE LETTRES

Saurez-vous retrouver ce mot ne comportant qu'une seule consonne, le S ?

	S			Y					S

Devinette

Que fait un singe quand il sonne à la porte ?

King kong !

Trouvez la carte manquante.

solutions p. 418

SEMAINE 32

Mardi

8

Août

St Dominique

Devinette

Que donne un boulanger qui fait des photocopies ?

Un mille-feuille !

ÉNIGME

La souris mange le fromage, le chat mange la souris. Qui reste-t-il ?

CULTURE G

Quiz

De quand date la première ascension du mont Blanc ?

A - 1786
B - 1886
C - 1905

Suite logique

Complétez cette suite logique.

19 -287 - 255 - 223 - X

JEU DE LETTRES

Trouvez les mots correspondant aux définitions ci-dessous. Les initiales de chaque mot formeront une célèbre devise.

Tarte salée – Blessé – Terre entourée d'eau – Première lettre – Gâteau avec du rhum – Fabrique industrielle – Lèvre des animaux – Eau dans le désert – Parfait – Petite bande de tissu – Cri du chien

« Quand on parle pognon, à partir d'un certain chiffre, tout le monde écoute. »
Michel Audiard, scénariste et réalisateur français

Trouvez le chemin pour sortir de ce labyrinthe.

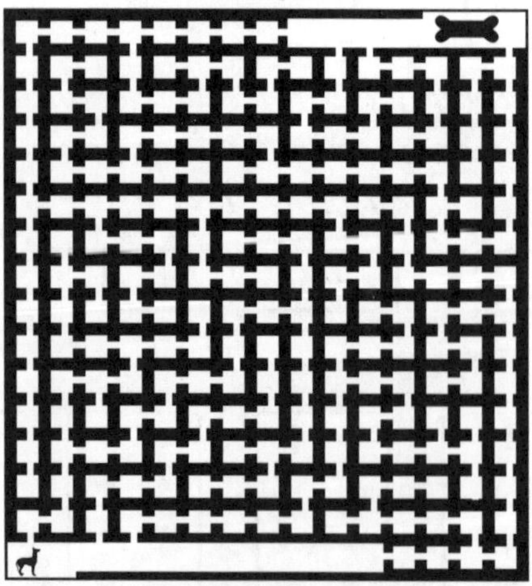

CULTURE G

LE SAVIEZ-VOUS ?

Saviez-vous qu'on pouvait vraiment mourir d'avoir trop mangé ? C'est ce qui est arrivé au roi de Suède Adolphe- Frédéric, qui est mort après avoir englouti du homard, du caviar, de la choucroute, du champagne et du semla, une brioche fourrée à la crème, servie dans un bol de lait chaud.

solutions p. 418

Mercredi
9
Août
St Amour

Devinette

Comment un neurone de blonde meurt-il ?

Seul.

ÉNIGME

Posée, c'est une question. Parfois à base de poisson, on l'utilise en dissolution, et c'est aussi une punition. Qui est-elle ?

JEU DE CHIFFRES

À quel nombre correspond quatre-vingts millions quatre-vingt-dix-neuf mille deux cent soixante-dix-neuf ?

A. 80 990 279
B. 80 099 279
C. 80 999 279

CULTURE G — VRAI/FAUX

Le prénom du héros du film *Les Aventuriers de l'arche perdue* est Indiana.

CULTURE G — INSOLITE

Il existe un record du monde de pliage de papier. En apparence complètement farfelu, ce record repose pourtant sur de savants calculs ! Jusqu'en 2002, on pensait qu'il n'était pas possible de plier plus de 7 fois une feuille de papier, car elle double d'épaisseur à chaque pliage. Pourtant, en 2012, le nouveau record est établi à 13 pliages !

Un officier de police dit à son supérieur :
– Chef ! Chef ! Un peintre en bâtiment s'est suicidé hier soir !
– On peut dire… qu'il était au bout du rouleau !

JEU DE LETTRES

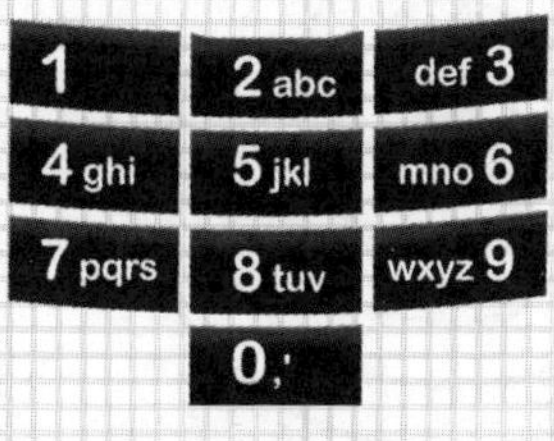

Pouvez-vous retrouver le nom de ce roi de France, composé sur les touches du clavier ?

72468 56847

Quelles sont les 7 différences entre ces deux images ?

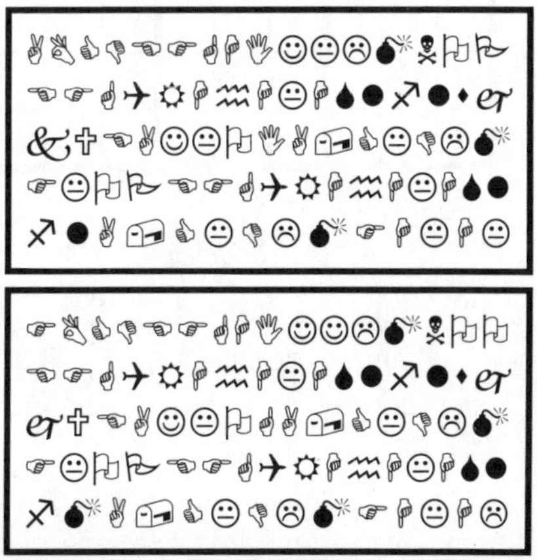

solutions p. 418

SEMAINE 32

Jeudi

10

Août

St Laurent

« Un général ne se rend jamais, même à l'évidence. »

Jean Cocteau, écrivain français

JEU DE LETTRES

Pouvez-vous retrouver ce proverbe africain, dont les lettres à l'intérieur des mots ont été mélangées ?

Uge cueli iqu a'n spa rratvées ne es eugmo aps de lcuei ugi s'set ényo.

Sudoku de lettres

Attention : les chiffres sont remplacés par les lettres A, B, C, D, E, a, b, c, d !

		a		B	b		A	
D								
c	B		C					
		E					d	
					c	a	B	
	A		d	a				b
	C	D						
d				D		A	c	
a					E		C	B

ÉNIGME

Le papa de Benoît lui dit que l'année dernière, il était exactement huit fois plus âgé que lui. Cette année, son âge est le carré de celui de son fils. Quels sont les âges du père et du fils ?

CULTURE G

C'EST ARRIVÉ AUJOURD'HUI

10 août 1985

Michael Jackson rachète les droits du catalogue des Beatles pour la modique somme de 47,5 millions de dollars.

Devinette

Quel est le comble pour un couturier ?

De perdre le fil de la conversation.

CULTURE G

Quiz

Le seul président de la République française protestant fut :

A - Gaston Doumergue, en 1934

B - Paul Doumer, en 1932

C - René Coty, en 1954

Quel est le score de cette cible ?

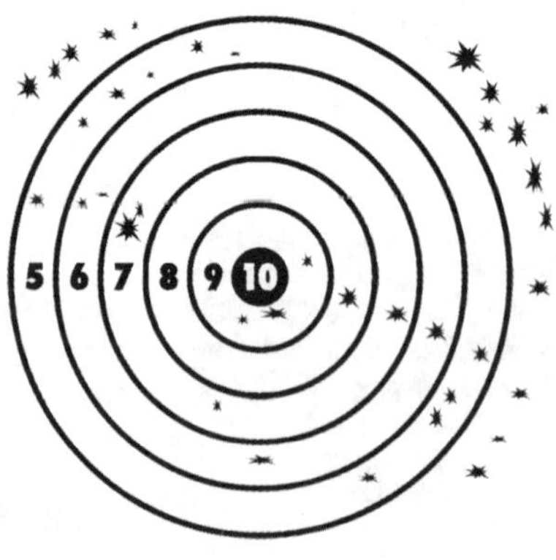

solutions p. 419

ÉNIGME

Jean-Pierre reçoit de la visite : c'est la fille unique de la sœur unique de l'épouse du frère unique de sa belle-mère. Qui est-ce ?

CULTURE G

VRAI/FAUX

Le compositeur Gabriel Fauré a été organiste à l'église de la Madeleine à Paris

Une fonctionnaire demande à une dame :
– Combien d'enfants avez-vous ?
– 10.
– Comment s'appellent-ils ?
– Ils s'appellent tous Bernard.
– Mais, comment faites-vous pour les appeler quand ils jouent tous dehors, par exemple ?
– Très simple : je crie « Bernard » et ils rentrent tous.
– Mais, et si vous voulez parler particulièrement avec l'un d'entre eux ? Comment faites-vous ?
– Ah ! Dans ce cas-là, je l'appelle par son nom de famille...

Combien de carrés et de rectangles voyez-vous dans cette figure ?

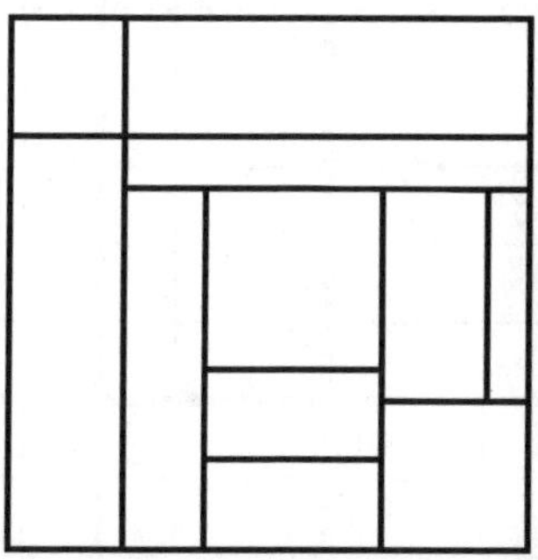

JEU DE CHIFFRES

Avec les chiffres suivants, trouvez les opérations à effectuer pour obtenir 100. Attention : chaque chiffre ne peut être utilisé qu'une seule fois !

3 - 5 - 7 - 9

Mot carré

Complétez cette grille en respectant les indications suivantes.

A - Horizontalement et verticalement : pompe du système circulatoire.

B - Horizontalement et verticalement : jour de travail normal.

C - Horizontalement et verticalement : commune de Haute-Savoie.

D - Horizontalement et verticalement : acide urique.

E - Horizontalement et verticalement : fille de Louis XII.

	A	B	C	D	E
A					
B					
C					
D					
E					

CULTURE G

LE SAVIEZ-VOUS ?

Les Aventures de Pinocchio, de l'Italien Carlo Collodi, est l'un des livres les plus traduits au monde ! Il serait disponible dans 400 langues et dialectes, dont le latin, traduction dans laquelle la petite marionnette se nomme Pinoculus !

solutions p. 419

SEMAINE 32

Samedi

12

Août

Ste Jeanne-Françoise de Chantal

ÉNIGME

Mon premier est un outil. Mon second est le bas de l'arbre. Mon tout est un fruit acide. Qui suis-je ?

« Récalcitron : citron qui refuse de se laisser cueillir. »
Marc Escayrol, auteur français

JEU DE LETTRES

Trouvez les trois lettres qui forment de nouveaux mots avec les mots suivants :
ROSE – PUCE – MENU

Quelles sont les 7 différences entre ces deux images ?

CULTURE G

Quiz

Le festival de Bayreuth est un festival :

A - Réservé à l'opéra
B - Réservé à la musique contemporaine
C - Uniquement consacré aux œuvres de Wagner

CULTURE G

INSOLITE

La célèbre dictée de Mérimée de 1857 a été créée à la demande de l'impératrice Eugénie pour distraire la Cour ! Napoléon III a commis 75 fautes, l'impératrice, 62, Alexandre Dumas fils, 24. L'ambassadeur d'Autriche, un étranger, n'en a fait que trois !

Devinette

Si vous aviez trois pommes et quatre oranges dans une main et quatre pommes et trois oranges dans l'autre, qu'auriez-vous ?

De grandes mains.

Sudoku

	9		2				6	
							8	5
			4	6		2	7	
3	7					5		
			6				9	8
	1		7					
		3						
	6				1			
9		4			8			

solutions p. 419

ÉNIGME

Vous avez devant vous trois montres. La montre n° 1 perd une minute par jour. La montre n° 2 donne l'heure juste. La montre n° 3, qui est cassée, marque midi. Laquelle de ces trois montres donnera, dans l'absolu, le plus souvent l'heure exacte ?

JEU DE CHIFFRES

Faites cette opération de tête ! N'utilisez pas de papier, de crayon ou de calculatrice.

(9 999 × 2) – 9 099 =

SEMAINE 32

Dimanche
13
Août

St Hippolyte

CULTURE G — INSOLITE

Le chiffre 13 a vraiment mauvaise réputation : pendant la Cène, le repas précédant la mort de Jésus, les convives étaient 13 à table. Paul Doumer, élu le 13 mai 1931 président de la République française, fut assassiné par Paul Gorguloff, dont le nom comporte 13 lettres !

L'étrange monastère

Le père Amptoire, qui est bien sûr de lui.
Le père Verti, qui a succombé à la tentation.
Le père Spicace, un fin connaisseur

Un avocat discute avec son client :
– M. Houx, pourquoi avez-vous volé une Audi A5 ?
– Mais, j'étais tout seul au moment du vol !

CULTURE G — C'EST ARRIVÉ AUJOURD'HUI

13 août 1961

Un mur est édifié à l'intérieur de Berlin, interdisant à la population est-allemande l'accès au secteur occidental. Ce « mur de la honte » tombera en 1989.

JEU DE LETTRES

Pouvez-vous retrouver le nom du pays, composé sur les touches du clavier ?

267643-43793468463

Trouvez le chemin pour sortir de ce labyrinthe.

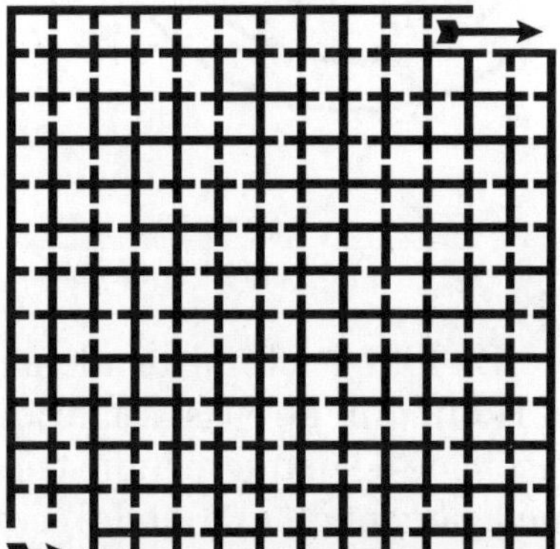

solutions p. 419

SEMAINE 33

Lundi
14
Août

St Evrard

Devinette

Qu'est-ce qui est transparent, léger et qui sent la banane ?

Un pet de singe.

Suite logique

Complétez cette suite logique de dominos.

JEU DE LETTRES

Pouvez-vous retrouver ce proverbe, dont les lettres à l'intérieur des mots ont été mélangées ?

Els cnsllrsoeieu en tson psa lse pyrsaeu.

ÉNIGME

Un sondage a été effectué sur les divers moyens de transport mécanique que les gens utilisent quotidiennement pour se rendre au travail. Quel est le mode de transport le plus courant ?

Quel est le score de cette cible ?

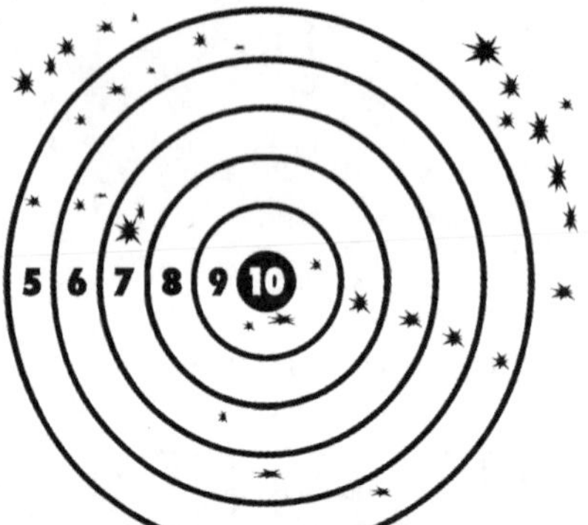

« Monseigneur, d'ici à 24 heures, vous serez mort ou guéri. »
Chicot, médecin,
au cardinal de Richelieu.

CULTURE G

LE SAVIEZ-VOUS ?

En 1897, le chimiste allemand Felix Hoffmann a réussi à fabriquer de l'aspirine de manière industrielle. Ce médicament est extrait de l'écorce du saule.

CULTURE G

Quiz

Pourquoi y a-t-il des Indiens en Amérique alors que l'Inde se trouve en Asie ?

A - À l'époque, les deux pays portaient le même nom.

B - Christophe Colomb croyait être arrivé aux Indes.

C - C'est une erreur de traduction, qui est restée.

solutions p. 420

ÉNIGME

Qu'est-ce qui est rouge, sert lors de forte chaleur et peut envoyer de la mousse ?

CULTURE G — DEVISE NATIONALE

Quel est le pays dont la devise nationale est « Fraternité, travail, progrès » ?

A. L'Allemagne

B. L'Italie

C. Le Niger

On ne dit pas « je t'attends à mi-quai », on dit « rendez-vous à Disneyland ».

Suite logique

Complétez cette suite logique.

CHAT20 – SOURIS19 – CHIEN14 – ABEILLE?

Que ce soit le matin ou le soir, les pendules indiquent les heures de 1 à 12. São Paulo est en GMT – 2, Tokyo en GMT + 9 et Honolulu en GMT – 10. Trouvez l'heure de la ville qu'indique chaque pendule.

01:25 — 09:25 — 08:25

Deux amis discutent :

– Que vas-tu faire pour tes 30 ans de mariage ?

– J'emmène ma femme sur une île déserte.

– Et pour tes 50 ans ?

– J'irai la chercher !

SEMAINE 33

Mardi 15 Août

Ste Marie ASSOMPTION

JEU DE LETTRES

À l'aide des lettres au centre, formez quatre mots nouveaux en vous aidant des lettres dans les carrés ci-contre.

NRV — QUS — MNS — SUIJ

BOITER

CULTURE G — C'EST ARRIVÉ AUJOURD'HUI

15 août 1945

L'empereur du Japon Hirohito annonce à la radio que son pays accepte la capitulation. C'est la première fois que des millions de Japonais entendent la voix de leur souverain !

CULTURE G — LE SAVIEZ-VOUS ?

Coïncidences entre Abraham Lincoln et John F. Kennedy : ils ont tous deux été abattus un vendredi d'une balle dans la tête. Les tueurs présumés, Booth et Oswald, ont tous deux été assassinés avant leurs procès. Les noms de Lincoln et Kennedy comportent tous deux 7 lettres !

solutions p. 420

SEMAINE 33

Mercredi
16
Août

St Armel

ÉNIGME

Mon premier se trouve sur les bateaux. Mon deuxième vient après le un. On tond les moutons pour obtenir mon troisième. Mon tout est quelque chose qu'on mange pour le goûter.
Qui suis-je ?

CULTURE G — INSOLITE

Charlie Chaplin est connu pour s'être marié avec des femmes bien plus jeunes que lui : Mildred Harris, 17 ans, quand lui en avait 29 ; Lita Grey, 16 ans, alors qu'il était âgé de 35 ans ; Paulette Goddard, qui avait 25 ans quand lui en avait 47. À 54 ans, il s'est marié avec Oona O'Neill, alors âgée de 18 ans.

Devinette

M. et Mme Tuai ont une fille. Comment s'appelle-t-elle ?

Emma.

JEU DE LETTRES

Complétez la conjugaison au présent du verbe « acquiescer ».

j' _ _ _   *tu* _ _ _
il _ _ _   *nous* _ _ _
vous _ _ _   *ils* _ _ _

Combien de pois ont été effacés ?

« De l'audace, encore de l'audace, toujours de l'audace. »
Georges Jacques Danton, homme politique français

CULTURE G — VRAI/FAUX

Le prénom du roi Louis XIV était Louis-Dieudonné.

JEU DE CHIFFRES

Réalisez ces égalités en insérant des opérateurs mathématiques (+, –, ×, / et ( )) entre les chiffres.

4 4 4 4 = 24   4 4 4 4 = 28
4 4 4 4 = 32   4 4 4 4 = 48

solutions p. 420

ÉNIGME

De politesse, elle est conforme à l'usage. Au restaurant, elle est du jour. Elle est magique ou algébrique. Qui est-elle ?

JEU DE CHIFFRES

Faites cette opération de tête ! N'utilisez pas de papier, de crayon ou de calculatrice.

(728 + 9) × 11 =

SEMAINE 33

Jeudi 17 Août

St Hyacinthe

L'indiscret est une lettre décachetée, tout le monde peut la lire.

Proverbe espagnol

CULTURE G

Quiz

« Passavant li meillor » (« Que le plus brave s'avance contre nous ! ») est :

A - Un cri de guerre
B - La devise des chevaliers
C - La devise du club de football de Rome

JEU DE LETTRES

Saurez-vous retrouver ce mot ?

Vous disposez des lettres suivantes :

A – E – E – Z – Z

				Y		R

Devinette

Que dit un serpent à un autre serpent ?

« Quelle heure, reptile ?! »

Quel est le score de cette cible ?

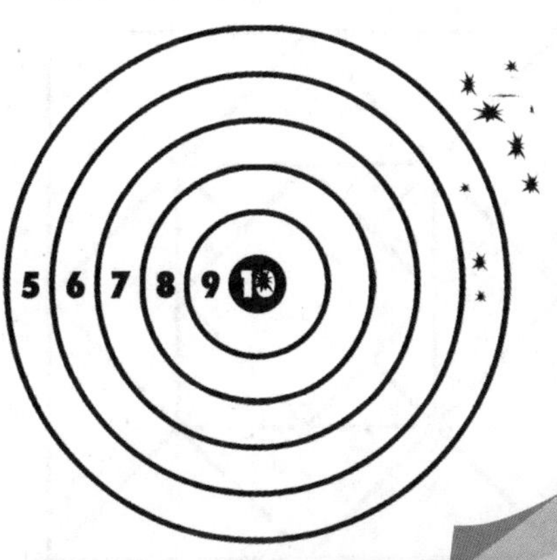

Une blonde au guichet de la poste :
– Cette lettre est trop lourde. Vous devez y coller deux timbres.
– C'est absurde. Ce n'est pas en y collant deux timbres que vous l'allégerez !

solutions p. 420

SEMAINE 33

Vendredi

18

Août

Ste Hélène

« Elle chante tellement faux que même les sourds refusent de regarder ses lèvres bouger. »

Woody Allen, cinéaste américain

JEU DE LETTRES

Pouvez-vous retrouver cette citation de Pierre Dac, dont les lettres à l'intérieur des mots ont été mélangées ?

Rnei n'set mnsoi srû qeu l'ncrtniiea.

ÉNIGME

Un cantonnier creuse un trou pour y faire passer un gros tuyau de 1 m de diamètre. C'est un trou qui mesure 3 m de long, 1 m de large et 2 m de profondeur. Combien de terre contient-il ?

Suite logique

Complétez cette suite logique de dominos.

CULTURE G — C'EST ARRIVÉ AUJOURD'HUI

18 août 1828

Champollion, le plus célèbre des égyptologues, part, avec le professeur Rosellini, pour sa première mission scientifique en Égypte.

Devinette

Quelle différence y a-t-il entre un œuf et le temps ?

Le temps passe et l'œuf dure.

CULTURE G — VRAI/FAUX

La bande originale du *Fabuleux Destin d'Amélie Poulain* a été composée par Bruno Coulais, compositeur des *Choristes*.

Combien de triangles voyez-vous dans cette figure ?

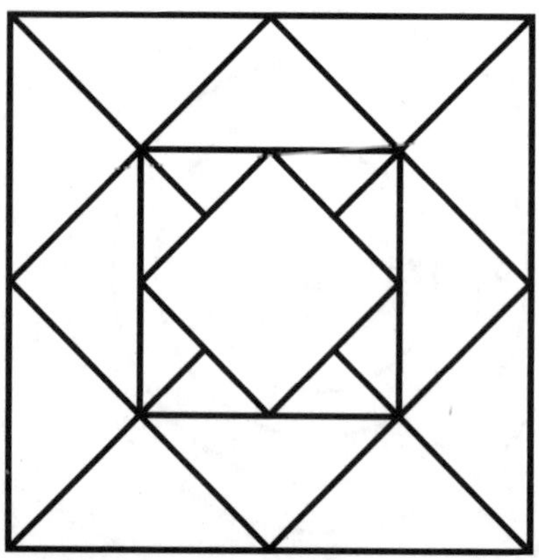

solutions p. 420

Semaine 33

Samedi

19

Août

St Jean Eudes

ÉNIGME

La reine vient de tuer le roi devant deux prêtres. Ensuite, ces deux mêmes prêtres se serrent la main et chacun part de son côté. Que vient-il de se passer ?

On ne dit pas : « J'ai un perroquet. », mais « Mon papa est d'accord. »

Devinette

Quel est le fromage préféré des Indiens ?

L'apache qui rit.

JEU DE CHIFFRES

Faites cette opération de tête ! N'utilisez pas de papier, de crayon ou de calculatrice.

$(12\,345 \times 8) + 5 =$

CULTURE G – INSOLITE

Connaissez-vous toutes les insultes du capitaine Haddock ? Non ? Alors en voici quelques-unes ! Crème d'emplâtre à la graisse de hérisson, écraseur, ectoplasme à roulettes, esclavagiste, escogriffe, extrait de cornichon, extrait d'hydrocarbure...

CULTURE G – *Quiz*

Les lettres HB des crayons à papier signifient :

A - *Half Black*, « à demi-noir »

B - *Heat Boiled*, « chaleur bouillie », processus de fabrication des mines

C - *Heart Brown*, « cœur marron », couleurs des mines à l'époque

Trouvez le chemin pour sortir de ce labyrinthe.

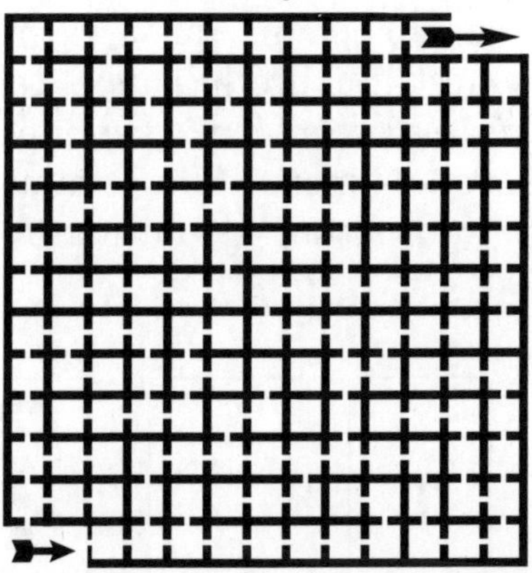

JEU DE LETTRES

À l'aide des lettres au centre, formez quatre mots nouveaux en vous aidant des lettres dans les carrés ci-contre.

SEMAINE 33

Dimanche

20

Août

St Bernard

ÉNIGME

Homme aux multiples facettes, il est un empereur célèbre, un personnage de Marcel Pagnol, ou encore un sculpteur français. Qui est-ce ?

JEU DE LETTRES

Formez un mot avec les lettres suivantes :

C - C - C - I - O - O - O - R

CULTURE G — VRAI/FAUX

La durée d'un jour a toujours été de 24 heures.

« Je ne connais absolument rien à la musique, mais dans mon domaine, ce n'est pas nécessaire. »

Elvis Presley, chanteur américain

Devinette

Comment un homme peut-il rester huit jours sans dormir ?

En ne dormant que la nuit.

Sudoku

			7		2			
				1	3			
9		4		8				
		2				6		
	3				8		7	
		1		7				
	2						6	3
			4				2	8
	8		5					1

CULTURE G — LE SAVIEZ-VOUS ?

La Porsche de James Dean, dans *La Fureur de vivre*, surnommée « Little Bastard » était, elle aussi, maudite ! James Dean s'est tué à son volant, l'homme qui a racheté l'épave s'est fracturé la jambe, celui qui a récupéré le moteur a percuté un arbre et en est mort. Enfin, le camion qui la transportait a subi un grave accident !

Trouvez la carte manquante.

solutions p. 421

ÉNIGME

Souvent associé au printemps, on peut aussi plonger dedans. Très utile pour la pâtisserie, il peut servir à se plaindre. Qui est-ce ?

JEU DE CHIFFRES

Réalisez ces égalités en insérant des opérateurs mathématiques (+, –, ×, /et ( )) entre les chiffres.

8 8 8 8 = 80 8 8 8 8 = 120

8 8 8 8 = 192

Devinette

Qu'est-ce qu'il ne faut jamais faire devant un poisson-scie ?

La planche.

CULTURE G – INSOLITE

En 1926 et 1930 parurent deux ouvrages prétendant mettre en évidence les « indices » disséminés par les bâtisseurs des cathédrales témoignant de leur connaissance de l'alchimie : *Le Mystère des cathédrales* et *Les Demeures philosophales*. L'identité de l'auteur, abrité sous le pseudonyme de Fulcanelli, n'a jamais été révélée.

Combien de pois ont été recouverts ?

Si parfois tu te sens petit, inutile, démoralisé ou dépressif, n'oublie jamais que tu as été un jour le spermatozoïde le plus rapide de la bande !

JEU DE LETTRES

Pouvez-vous retrouver cette citation de Pierre Dac, composée sur les touches du clavier ?

537 773737828437 7668 537
22237764737 33 5'26687 627783

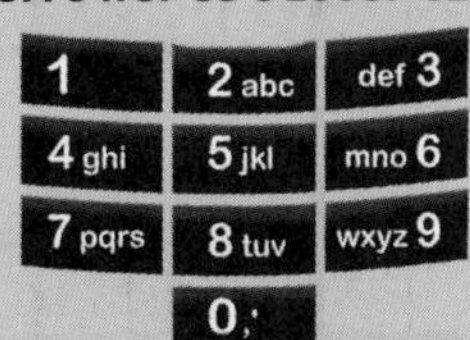

CULTURE G – *Quiz*

Pourquoi, en politique, parle-t-on de la gauche et de la droite ?

A - C'est une convention pour distinguer les camps à l'Assemblée nationale.

B - C'est un usage datant de la Révolution.

C - Le Nouveau Testament parle de Jésus assis à la droite de Dieu.

solutions p. 421

SEMAINE 34

Mardi

22

Août

St Fabrice

« J'aime les chats parce qu'il n'existe pas de chats policiers. »

Jean Cocteau, écrivain et cinéaste français

JEU DE LETTRES

Formez un mot avec les lettres suivantes :

D – D – D – E – H – N –
N – O – O – O – R – R

M. et Mme Rimonamour ont une fille. Comment s'appelle-t-elle ?

Moché.

Sudoku

						7		
5					9			8
1		4			5		9	
			4				3	
4				8	2			
	3	8	9		7			
						6	7	
		5		1				
2		9		4		3		

CULTURE G

VRAI/FAUX

Les éléphants ont peur des souris.

ÉNIGME

```
Dans une formule
consacrée, par une cour
elle est exigée. À quelqu'un
peut être assenée si par
quatre est multipliée.
Qui est-ce ?
```

CULTURE G

C'EST ARRIVÉ AUJOURD'HUI

22 août 1911

Stupeur au musée du Louvre : on a volé *La Joconde* ! La police arrête le voleur, Vincenzo Peruggia, à Florence, deux ans après. Ce dernier, ancien travailleur au Louvre, avait décidé de ramener la toile en Italie, qu'il considérait être comme sa « patrie » d'origine. Monna Lisa a réintégré le musée en 1914.

Quel est le score de cette cible ?

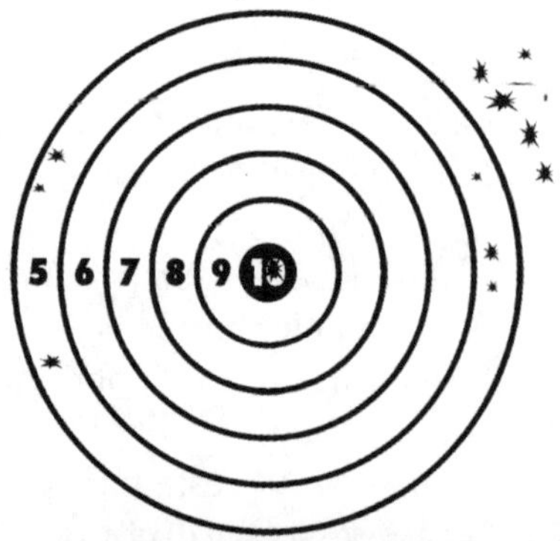

solutions p. 421

ÉNIGME

Un bateau chargé de bois précieux quitte le port de Nantes le 7 mai 1590 à 15 h 45. Après un long et difficile voyage, il arrive dans le port de Londres le 7 mai 1590 à 15 h 48. Par quel prodige ?

Mot carré

	A	B	C	D	E
A					
B					
C					
D					
E					

Complétez cette grille en respectant les indications suivantes.

A - Horizontalement et verticalement : sur la tête de certains animaux.

B - Horizontalement et verticalement : se soumettre.

C - Horizontalement et verticalement : imaginer en dormant.

D - Horizontalement et verticalement : fille du frère ou de la sœur.

E - Horizontalement et verticalement : aller sans but.

Quelles sont les différences entre ces deux images ?

On peut dire que la tentative de Jeanne d'Arc de mettre les Anglais hors de France a été un échec... cuisant !

SEMAINE 34

Mercredi **23** Août

Ste Rose de Lima

CULTURE G — *Quiz*

Combien d'os comporte le corps humain ?

A - Environ 100

B - Environ 200

C - Environ 300

JEU DE CHIFFRES

Faites cette opération de tête ! N'utilisez pas de papier, de crayon ou de calculatrice.

108 × (100/200) =

CULTURE G — LE SAVIEZ-VOUS ?

Nous soufflons les bougies d'anniversaire pour montrer qu'il existe en nous un souffle qui nous maintient en vie, chaque bougie représentant une étape effectuée.

Devinette

Quel était le deuxième prénom de Staline ?

Chris.

solutions p. 422

SEMAINE 34

Jeudi
24
Août

St Barthélemy

ÉNIGME

Les fusées en usent. Il possède une rampe sans être un escalier. Son principe s'applique à la publicité ou encore a un produit de beauté. Qui est-il ?

JEU DE CHIFFRES

Réalisez ces égalités en insérant des opérateurs mathématiques (+, –, ×, / et ( )) entre les chiffres.

2 2 2 2 = 4   2 2 2 2 = 5

2 2 2 2 = 6   2 2 2 2 = 10

2 2 2 2 = 12

CULTURE G

AUX ORIGINES

Narcisse, personnage mythologique, est tombé amoureux de son reflet dans l'eau. Incapable de détourner son regard, il a dépéri et est mort. Ses sœurs ont retiré son corps de l'eau et y ont trouvé des fleurs blanches qui portent désormais le nom de... narcisses.

CULTURE G

VRAI/FAUX

Laura Ingalls, l'héroïne de *La Petite Maison dans la prairie*, a bel et bien existé.

« Ce n'est pas parce que l'homme a soif d'amour qu'il doit se jeter sur la première gourde. »

Pierre Desproges, humoriste français

Devinette

Pourquoi les moutons se brossent-ils les dents ?

Pour avoir la laine fraîche.

JEU DE LETTRES

Trouvez des synonymes à ces adjectifs. Leur première lettre formera une célèbre devise.

Ténèbres – Soumis – Joli – Frivole – Étudiant – Érudit – Réfléchi – Accéder – Enlever – Bandit – Attacher – Partial – Froid – Glaive

Trouvez le chemin pour sortir de ce labyrinthe.

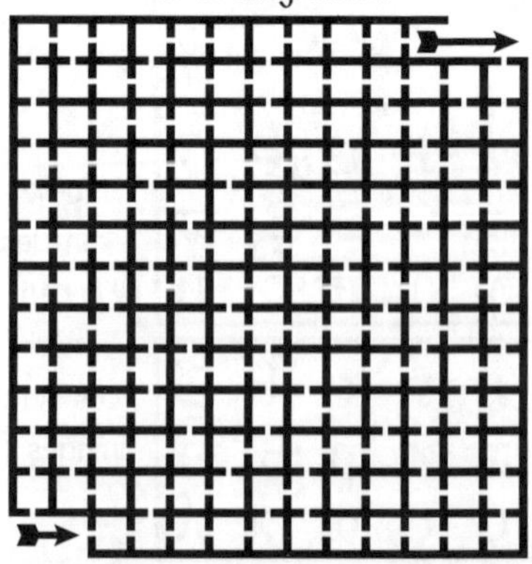

solutions p. 422

ÉNIGME

Je donne toujours l'heure, bien que cela ne soit pas mon fort. Alors que je n'ai pas d'aiguille, je peux être au bout d'un hêtre. Qui suis-je ?

CULTURE G

C'EST ARRIVÉ AUJOURD'HUI

25 août 2000

Décès de Carl Barks. Il était le principal dessinateur et scénariste des aventures de Donald, Picsou, Gontran, Géo Trouvetou, Miss Tick, les Rapetou et les Castors Juniors. Merci, Carl, pour toutes ces belles histoires !

Devinette

Pourquoi les fonctionnaires lisent-ils le journal avant de rentrer chez eux ?

Pour n'avoir plus rien à faire le soir.

Combien de carrés et de triangles voyez-vous dans cette figure ?

CULTURE G

Quiz

Qu'est-ce que la campanologie ?

A - L'étude de la vie des campagnes

B - L'étude des instruments de musique

C - L'étude des cloches

SEMAINE 34

Vendredi 25 Août

St Louis

Un enfant demande à son père :
– Pourquoi les femmes sont-elles en blanc le jour de leur mariage ?
– Car c'est le plus beau jour de leur vie.
– Je comprends pourquoi les hommes sont en noir, alors !

Suite logique

Complétez cette suite logique de mots.

Répondre – surgeler – floraison – pondre – geler – X

JEU DE LETTRES

À l'aide des lettres au centre, formez quatre mots nouveaux en vous aidant des lettres dans les carrés ci-contre.

solutions p. 422

SEMAINE 34

Samedi
26
Août

Ste Natacha

Devinette

Quelle est la différence entre une casserole et un pot de chambre ?

Vous ne savez vraiment pas ? Non ? Alors je ne viendrai pas manger chez vous…

ÉNIGME

Il peut être rond, carré
et bien moulé. Servi au
marché, il est découpé.
Ça ne vaut pas le coup
d'en faire un, surtout
pour de tout petits
riens. Qui est-il ?

MATHS

Que signifie la lettre E dans $E = mc^2$?

A. Effort
B. Équivalent
C. Énergie

CULTURE G – LE SAVIEZ-VOUS ?

Dans l'interprétation des rêves, l'escalier symbolise l'idée d'une meilleure connaissance des choses : s'il monte, il s'agit plutôt du monde apparent, des zones plus spirituelles. Si l'escalier descend, il risque de se diriger vers les profondeurs de l'inconscient. Rêver d'un escalier est souvent interprété comme un signe de notre courage à affronter nos craintes et nos refoulements.

Quel est le score de cette cible ?

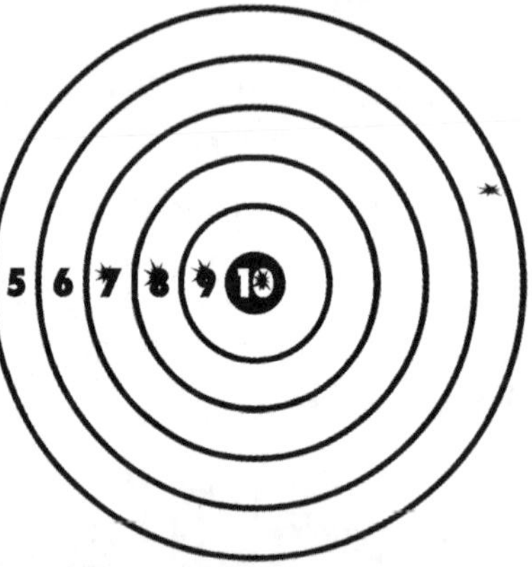

« J'ai compris que
je devenais chauve quand ça me
prenait de plus en plus de temps
de me laver le visage. »

Harry Hill, comédien britannique

JEU DE LETTRES

Formez un mot avec les lettres suivantes :

A – D – D – E – M – N – U – D

CULTURE G – C'EST ARRIVÉ AUJOURD'HUI

26 août 1980

Décès de Tex Avery, créateur de Bugs Bunny, Daffy Duck, Droopy, Porky Pig et du loup libidineux.

solutions p. 422

SEMAINE 34

Dimanche

27

Août

Ste Monique

Devinette

M. et Mme Terrieur ont deux fils. Comment s'appellent-ils ?

Alain et Alex.

La bonne volonté raccourcit le chemin.

Proverbe brésilien

Quiz

CULTURE G

Le film *Blade Runner* est adapté d'un roman dont le titre original est :

A - *Blade Runner*

B - *Les androïdes rêvent-ils de moutons électriques ?*

C. *Les Réplicants*

ÉNIGME

Mon premier se dirige quelque part. Mon second est la moitié d'un cheveu. Mon tout vit à la ferme.

Un homme entre dans un bar en marchant sur les mains. Le serveur, surpris, lui demande pourquoi. L'homme lui répond alors : « C'est à cause de ma femme, elle ne veut plus que je mette un pied dans un bar ! »

JEU DE CHIFFRES

Trouvez le nombre 377 à l'aide des chiffres suivants.

1 - 4 - 6 - 100

JEU DE LETTRES

Pouvez-vous retrouver le nom d'une bataille, composée sur les touches du clavier ?

22824553 33 62744626

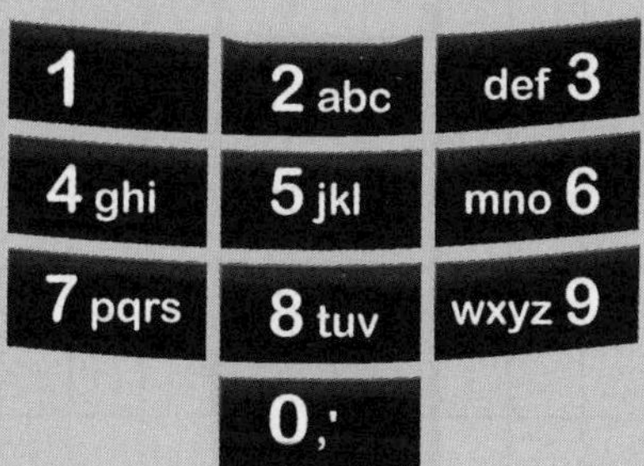

Trouvez le chemin pour sortir de ce labyrinthe.

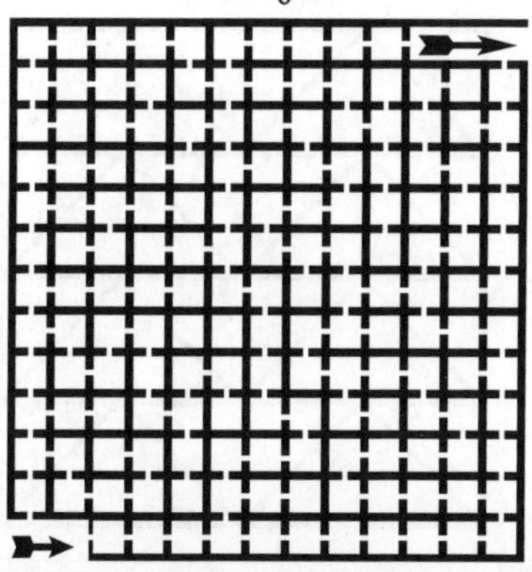

solutions p. 422

SEMAINE 35

Lundi
28
Août

St Augustin

ÉNIGME

Une armada en comporte trois. Un bataillon en a deux. Un commando n'en a qu'un et un régiment n'en a pas du tout. Qu'est-ce ?

Que dit-on à un homme fraîchement amputé ?

Dieu vous prothèse !

CULTURE G — VRAI/FAUX

Un cheval en bonne santé ne se couche jamais.

« Tous les êtres humains pensent. Seuls les intellectuels s'en vantent. »
Philippe Bouvard, journaliste et humoriste français

JEU DE LETTRES

Formez un mot avec les lettres suivantes :

E – I – L – R – U – U – U – X – X

CULTURE G — C'EST ARRIVÉ AUJOURD'HUI

28 août 1963

Devant le Lincoln Memorial à Washington D.C., Martin Luther King prononce son discours considéré comme l'un des plus marquants du XXe siècle : *« I have a dream »*. Il illustre le désir de voir à l'avenir les Noirs et les Blancs égaux en droits et vivre en harmonie.

Combien de triangles voyez-vous dans cette figure ?

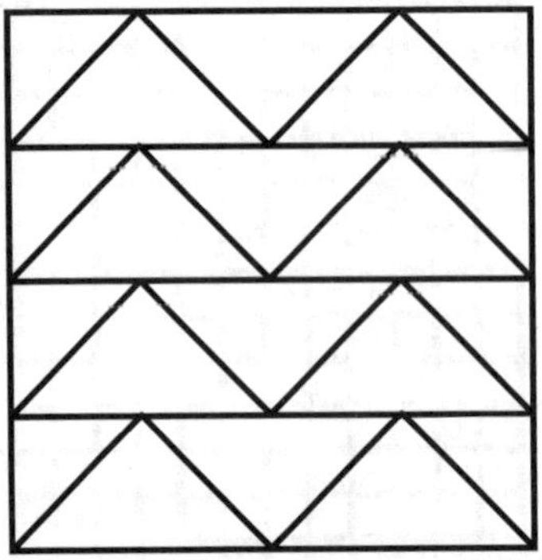

Sudoku de lettres

Attention : les chiffres sont remplacés par les lettres A, B, C, D, E, F, G, H, I !

	D			H	E	G		
								H
	C	B		A				
I		D						
		C	H			A	I	
	H			F		B		
		F	E				C	
		I		G			D	
	B							I

solutions p. 423

ÉNIGME

Deux font un duo.
Trois, un trio.
Que font quatre
et cinq ?

JEU DE CHIFFRES

Faites cette opération de tête !
N'utilisez pas de papier,
de crayon ou de calculatrice.

1 092 + 83 =

JEU DE LETTRES

Retrouvez ce mot. La seule voyelle est le E. Attention : le mot, en palindrome, se lit des deux côtés à la fois !

		L			

CULTURE G – *Quiz*

Aux JO de 1932, la polonaise Stanisława Walasiewicz a remporté une médaille d'or pour le 100 m.
Qu'a-t-on découvert après sa mort ?

A - Elle avait trois ventricules cardiaques.
B - Elle était hermaphrodite.
C - Une maladie génétique lui permettait de courir très vite.

Mieux vaut une Kronenbourg à La Poste qu'un Chronopost à la bourre !

Un couple se balade quand tout à coup, la femme s'arrête devant une vitrine. Elle est émerveillée par une robe. Son mari lui demande :
– Elle te plaît ?
– Oh oui, elle est magnifique !
– Si tu veux, demain, on revient et tu pourras encore la regarder.

Combien de pois ont été effacés ?

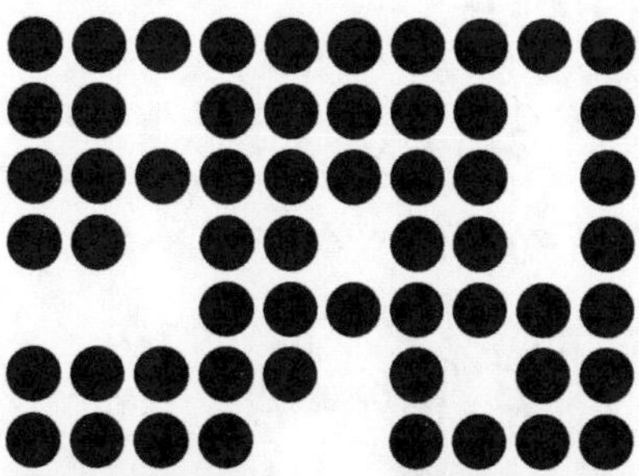

CULTURE G – LE SAVIEZ-VOUS ?

Charlie Chaplin avait les yeux bleus ! Le monde entier pensait que le comédien avait les yeux bruns, à cause de ses films en noir et blanc. En réalité, il portait des lentilles de couleur afin d'accentuer son regard.

solutions p. 423

SEMAINE 35

Mercredi

30

Août

St Fiacre

« La mort, c'est un peu comme la connerie. Le mort, lui, il ne sait pas qu'il est mort, ce sont les autres qui sont tristes. Le con, c'est pareil. »

Philippe Geluck, dessinateur belge

ÉNIGME

Un homme a marié 31 femmes de son village et pourtant, il n'a jamais été accusé de polygamie. Pourquoi ?

CULTURE G

C'EST ARRIVÉ AUJOURD'HUI

30 août 1918

Dans une Russie en pleine guerre civile, Fanny Kaplan, une socialiste révolutionnaire, tente d'assassiner Lénine de trois coups de pistolet.

Quelles sont les 7 différences entre ces deux images ?

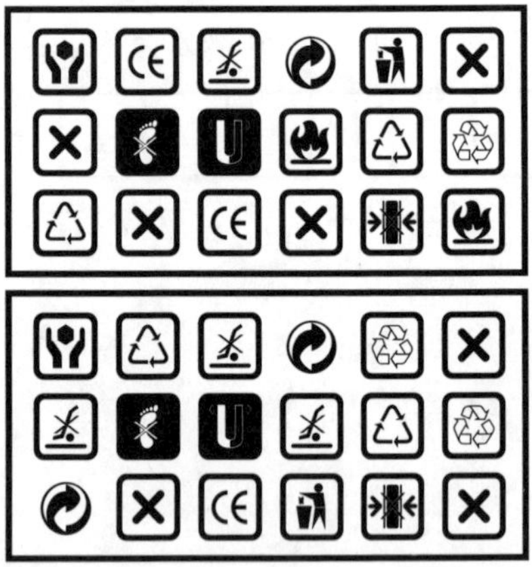

Sudoku

8				7				
			9			7	1	
		1		2			9	5
	7				6	5		
			3	5		8		
		3				4		
2			7				6	3
	3			6	9			
		6						

JEU DE LETTRES

Quels mots français commençant par la lettre Q ne riment avec aucun autre mot ?

Devinette

Qu'est-ce qu'une blonde avec deux neurones ?

Une blonde enceinte.

CULTURE G

VRAI/FAUX

La mousse pousse sur la partie du tronc des arbres exposée au nord.

solutions p. 423

SEMAINE 35

Jeudi
31
Août

St Aristide

ÉNIGME

Mon premier est un grand cri de victoire. Mon second se porte en hiver. Mon tout est dévastateur. Qui suis-je ?

Quand les mouettes ont pied, il est temps de virer.

Proverbe marin

CULTURE G

INSOLITE

Authentique pour les uns, canular pour les autres, le *Manuscrit de Voynich* est un livre illustré écrit entre 1408 et 1436 à l'aide d'un alphabet inconnu par un auteur inconnu. Les thèses les plus diverses s'affrontent quant à la nature exacte de ce manuscrit unique et mystérieux, les nombreux spécialistes en linguistique et cryptologie qui en ont effectué des analyses n'ayant pas réussi à en décrypter le sens.

JEU DE LETTRES

Pouvez-vous retrouver cette citation de Coluche, dont les lettres à l'intérieur des mots ont été mélangées ?

Lse rcseih rnaout ed al ouuenrrit, lse sauepvr ed l'iaéttpp.

Quel est le score de cette cible ?

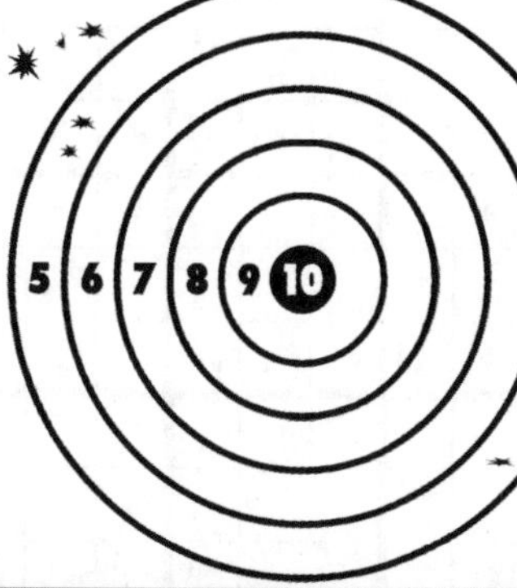

Une femme va voir son psychologue et lui dit : « Monsieur, mon mari ne me parle plus depuis des années ! »

Le psychologue convoque alors le mari :

– Monsieur, apparemment, vous ne parlez plus à votre femme depuis des années. Pourquoi ?

– Parce que je suis bien trop poli pour l'interrompre !

CULTURE G

Quiz

Quel est l'unique opéra composé par Beethoven ?

A - *Fidelio*

B - *La Norma*

C - *Don Juan*

JEU DE CHIFFRES

Avec les chiffres suivants, trouvez les opérations à effectuer pour obtenir 291. Attention : chaque chiffre ne peut être utilisé qu'une seule fois !

6 – 8 – 9 – 25

solutions p. 423

SEMAINE 35

Vendredi

1

Septembre

St Gilles

ÉNIGME

Cadeau qu'on fait
à un félin,
qui dans la poche parfois
n'est point. Souvent
tirée par les petits,
la mauvaise vous
calomnie.
Qui est-elle ?

Quelle est la pièce qui ne rentre pas dans le puzzle ?

Si les poules pondaient des haches, elles se fendraient le cul.

Proverbe québécois

JEU DE LETTRES

Quel autre mot peut-on former avec les lettres suivantes ?

C – A – F – E

Jeu de symboles

Attention : les chiffres ont été remplacés par 9 symboles !

		⏩			▲		⧉	
▶				☐		◀		▼
⏮						▲		
	▲					▶	◀	
	▶	⏮	▲		⏩		☐	
		☐						
⧉						▼	▶	
	⏪				⧉			⏩

M. et Mme Issoitil ont une fille. Comment s'appelle-t-elle ?

Maude.

CULTURE G

C'EST ARRIVÉ AUJOURD'HUI

1er septembre 1939

Louis Lumière est le premier président du Festival de Cannes. Le lendemain de la cérémonie d'ouverture, la guerre éclate... et le festival est immédiatement fermé !

« Si l'État est fort, il nous écrase. S'il est faible, nous périssons. »

Paul Valéry, écrivain français

solutions p. 424

ÉNIGME

Vincent vient d'acheter une bouteille de 5 l de whisky. Lorsqu'il en a bu la moitié, il s'aperçoit que la bouteille pèse 3 kg. Combien pèse la bouteille vide ?

Suite logique

Complétez cette suite logique :

(1:2) - (2:4) - (3:5) - (4:6) - (5:X)

SEMAINE 35

Samedi

2

Septembre

Ste Ingrid

CULTURE G

Quiz

Quel a été le premier président de la République française ?

A - Louis Napoléon Bonaparte

B - Émile Thiers

C - Paul Deschanel

Désormais, lorsque vous écoutez la mer dans un coquillage, vous entendez aussi le doux roulement des galettes de mazout dans le sable fin…

Combien de pois ont été effacés ?

JEU DE LETTRES

À l'aide des lettres au centre, formez quatre mots nouveaux en vous aidant des lettres dans les carrés ci-contre.

CULTURE G

INSOLITE

En Suède, lorsque la conduite est passée de gauche à droite, lors du Dagen H en 1967, certaines personnes âgées ont préféré ne plus conduire plutôt que d'adopter le nouveau sens de circulation !

Entendu sur le Titanic :

– Capitaine, oh, mon capitaine ! Quelle est la distance vers la terre la plus proche ?

– Environ deux miles, monsieur.

– Dans quelle direction, capitaine ?

– Vers le bas, je le crains.

solutions p. 424

SEMAINE 35

Dimanche
3
Septembre

St Grégoire

« Les femmes pardonnent parfois à celui qui brusque l'occasion, mais jamais à celui qui la manque. »

Talleyrand, homme politique français

ÉNIGME

Jean-Pierre est condamné à mort, mais il a une chance d'être gracié. On lui présente deux papiers à tirer au sort. L'un porte la mention « condamné » et l'autre « gracié ». Il est gracié s'il tire le bon papier, bien entendu. Un ami le prévient que le jeu est truqué, les deux papiers portent le mention « condamné ». Que faire pour être gracié malgré tout ?

Suite logique

Complétez cette suite logique de dominos

Quel est le score de cette cible ?

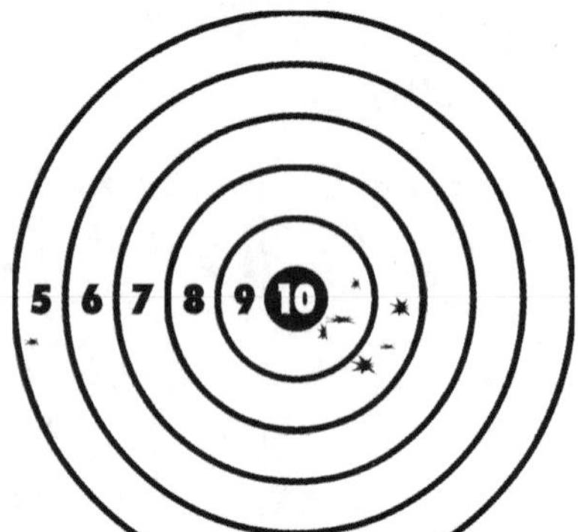

JEU DE LETTRES

Formez le mot le plus long à l'aide des lettres données.

Vous pouvez utiliser chacune de celles-ci aussi souvent que vous le souhaitez.

A – E – M – N – O – T

CULTURE G

VRAI/FAUX

Dans *Les Aventures de Tintin*, le héros habite 26, rue de Terre-Neuve, à Bruxelles.

CULTURE G

LE SAVIEZ-VOUS ?

Il y a eu deux présidents de la République française assassinés en cours de mandat. En juin 1894, Sadi Carnot, puis en mai 1932, Paul Doumer, meurent dans l'exercice de leurs fonctions.

solutions p. 424

ÉNIGME

Elles font zigzaguer les champions, et permettent la communication. Dérobées sans jamais être volées, on peut les fermer à votre nez. Qui sont-elles ?

– Docteur, je suis venu vous remercier.
– Il n'y a pas de quoi. Mais pardonnez-moi : êtes-vous… l'un de mes patients… ou un héritier ?

SEMAINE 36

Lundi 4 Septembre
Ste Rosalie
FÊTE DU TRAVAIL (CANADA)

Un des plus grands mystères de l'existence est de comprendre comment le garçon qui n'était pas digne d'épouser votre fille a pu devenir le père de la plus belle petite-fille du monde.

Proverbe hébreu

JEU DE CHIFFRES

Les impôts sur la farine consistent à prélever 1/10 de la farine moulue faite par le meunier. Pour livrer 72 kg de farine, combien doit-il en moudre ?

JEU DE LETTRES

Pouvez-vous retrouver cette citation d'Erik Satie, composée sur les touches du clavier ?

88 28727 33 52 73463 2 63 73266624873 : 5'24 524773 7687737 637 728743737

CULTURE G – AUX ORIGINES

Le riz qui est jeté sur les mariés au sortir de l'église est symbole de fécondité et de prospérité : chaque grain représenterait une année de vie commune !

Qu'est-ce qui est vert et qui a la chair de poule ?

Un cornichon.

Trouvez le chemin pour sortir de ce labyrinthe.

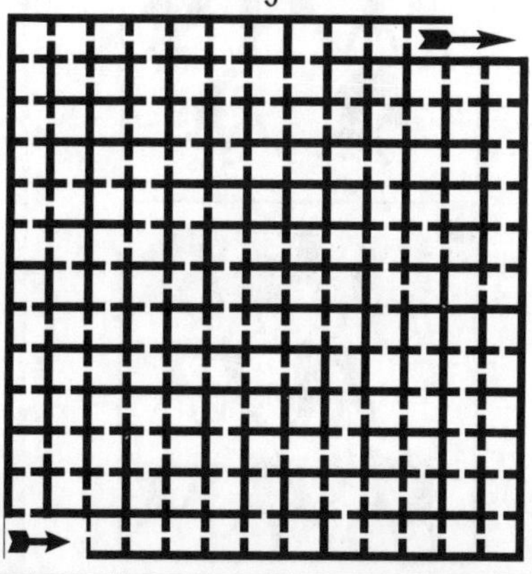

solutions p. 424

SEMAINE 36

Mardi

5

Septembre

Ste Raïssa

ÉNIGME

Le père de Julien lui dit : « Si on multiplie l'âge que tu avais il y a 10 ans par celui que tu auras dans 10 ans, on obtient 44 ans. » Quel est l'âge de Julien ?

Que dit la jambe droite d'une nymphomane à sa jambe gauche au retour des vacances ?

Dis donc, ça fait longtemps qu'on ne s'est pas vues !

Quels sont les boxeurs de l'équipe A qui ne font pas partie de l'équipe B ?

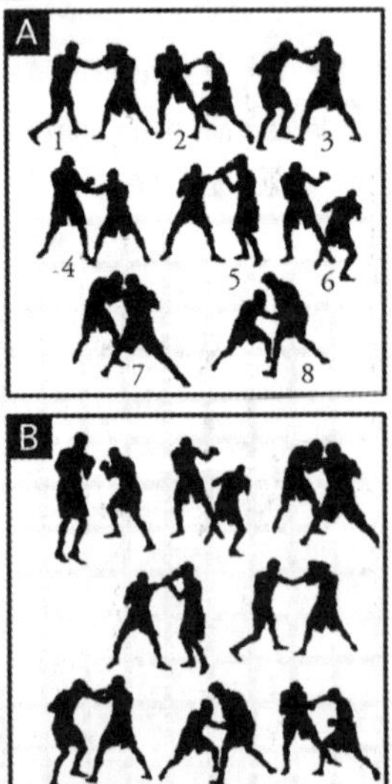

CULTURE G

C'EST ARRIVÉ AUJOURD'HUI

5 septembre 1638

Après 23 années d'un mariage infécond, Anne d'Autriche donne enfin à Louis XIII un héritier au trône : ce sera Louis XIV, prénommé à sa naissance Louis-Dieudonné, c'est à dire « don de Dieu ».

JEU DE LETTRES

L'imprimeur étourdi a oublié d'insérer les voyelles et les espaces. Saurez-vous retrouver cette citation de Philippe Bouvard ?

LDMCRTC'STLMTDSCNSPLSN

CULTURE G

LE SAVIEZ-VOUS ?

Le mot « canicule » vient du latin *canicula* (« petite chienne »), nom donné à l'étoile Sirius. En été, cette étoile se lève et se couche en même temps que le soleil. Les anciens la rendaient responsable des fortes périodes de chaleur.

Sudoku

		6		9				
			7		1	2		6
7					2			4
	3	1						5
	8				7		9	
4			3	5				2
	4							
1			4		9	8		
		8				5		

solutions p. 425

ÉNIGME

Au cours d'un dîner, Martine est assise à gauche de Jean-Pierre. Geneviève n'est ni à côté de Magali ni à droite de Daniel, mais en face d'Alain. Reconstituez la table !

CULTURE G

Quiz

Quelle différence d'âge y avait-il entre Picasso et sa dernière épouse, Jacqueline Roque ?

A - 26 ans
B - 36 ans
C - 46 ans

SEMAINE 36

Mercredi
6
Septembre

St Bertrand

CULTURE G

INSOLITE

À Barber, en Caroline du Nord, la loi interdit aux chiens et aux chats de se battre.

JEU DE CHIFFRES

Faites cette opération de tête ! N'utilisez pas de papier, de crayon ou de calculatrice.

(1 000 - 2) × 5 =

On ne dit pas : « si j'aurais pu », on dit : « si j'avais sué, j'aurais pué. »

JEU DE LETTRES

Saurez-vous retrouver ce mot ?

		X			Y	

Quel est le score de cette cible ?

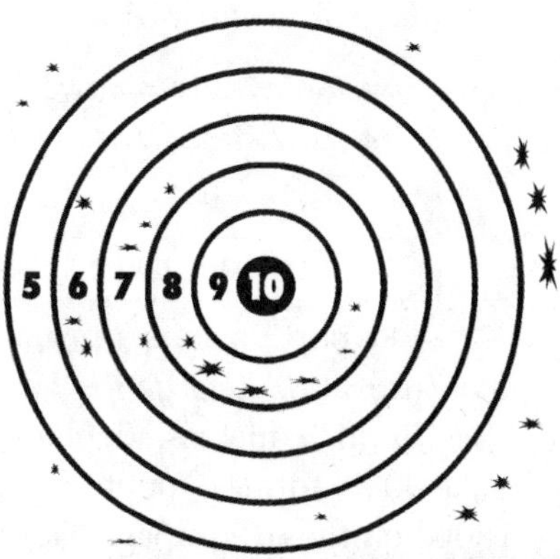

Deux naufragés discutent sur leur radeau :
– Mais pourquoi as-tu mis une carotte au bout de ta ligne ?
– Bah, ce serait sympa de manger du lapin pour changer !

solutions p. 425

SEMAINE 36

Jeudi

7

Septembre

Ste Reine

« Si le potage avait été aussi chaud que le vin, le vin aussi vieux que la poularde, et la poularde aussi grasse que la maîtresse de maison, ç'aurait été presque convenable. »

Curnonsky, écrivain français

JEU DE CHIFFRES

Complétez cette grille pour que les lignes et les colonnes de 9 cases ne comportent qu'une seule fois les chiffres de 1 à 9.

		1		8						
			5				6			
		7						5		8
	6	9		■		3	8		7	
			7				■			9
	4				6				5	
2			■				7			
	5		9	1		■		6	3	
3		8						1		
			2				4			
					6			7		

ÉNIGME

Jérôme vient de s'enfuir de prison. Alors qu'il marche sur la route, il voit devant lui une voiture de police. Il se retourne, hésite, et décide de courir vers la voiture de police. À environ 15 m de la voiture, il tourne à droite et s'enfonce dans le bois. Pourquoi Jérôme a-t-il couru vers la voiture ?

Combien de triangles et de cercles voyez-vous dans cette figure ?

Virelangue

Amusez-vous à répéter dix fois de suite cette phrase.

Six saucisses sèches et six saucissons sèchent sagement.

CULTURE G

LE SAVIEZ-VOUS ?

Le porte-avions à propulsion nucléaire l'*USS George H. W. Bush CV-N 77* (333 mètres, déplacement de 9 8000 tonnes) peut emmener 5 600 hommes d'équipage. Fait rare : il a été baptisé en l'honneur d'une personnalité encore en vie.

CULTURE G

VRAI/FAUX

Les chats transpirent par les coussinets.

solutions p. 425

Semaine 36

Vendredi
8
Septembre
St Adrien
NATIVITÉ DE LA VIERGE MARIE

ÉNIGME

Mon premier voit s'arrêter les trains. On fait mon deuxième avec une corde. Mon troisième ne dit pas la vérité. Mon tout est un enfant espiègle.
Qui suis-je ?

CULTURE G — C'EST ARRIVÉ AUJOURD'HUI

8 septembre 1957

Par l'encyclique *Miranda Prorsus,* le Vatican exige que les diffuseurs de radio et de télévision ne propagent pas d'idées contraires à la morale : « Plus que le livre, les techniques audiovisuelles offrent la possibilité de collaboration et d'échange, et l'Église, qui par mandat s'intéresse à toute l'humanité, désire qu'elles servent à la diffusion du bien. »

Qu'est-ce qui est jaune et qui fait « crac croc crac » ?

Un poisson qui mange des chips.

JEU DE LETTRES

Pouvez-vous retrouver cette citation latine très connue, composée sur les touches du clavier ?

6367 7262 46 2677673 7266

On ne dit pas : « la maîtresse d'école », on dit : « l'institutrice prend l'avion ».

JEU DE CHIFFRES

Avec les chiffres suivants, trouvez les opérations à effectuer pour obtenir 533.
Attention : chaque chiffre ne peut être utilisé qu'une seule fois !

1 - 6 - 8 - 8 - 25

Trouvez le chemin pour sortir de ce labyrinthe.

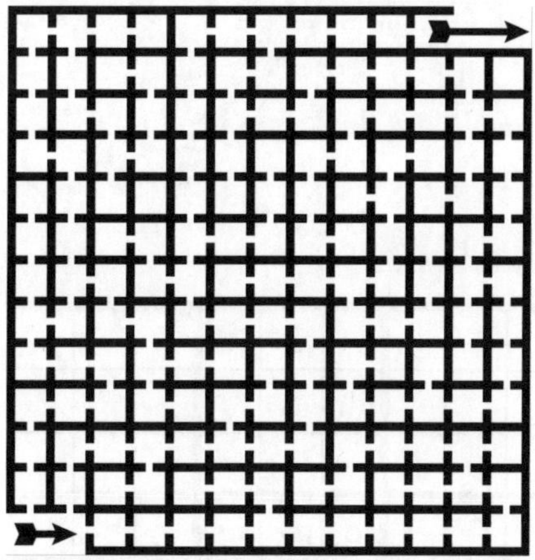

CULTURE G — Quiz

L'attentat de Pont-sur-Seine visait :

A - Le général de Gaulle
B - Le maréchal Pétain
C - Napoléon Bonaparte

solutions p. 425

SEMAINE 36

Samedi

9

Septembre

St Alain

JEU DE LETTRES

Formez un mot avec les lettres suivantes :

A – C – D – D – E – G – I – I – L – O – O – T

M. et Mme Opiqueur ont une fille. Comment s'appelle-t-elle ?

Marthe.

ÉNIGME

Près d'Athènes, un touriste découvre une tombe ornée de deux bustes de fillettes et comportant l'inscription suivante :

```
L N E M      E L V A
I R E T      D B B A
J T E N      R V D C
D O P Y      N E A C
```

Pouvez-vous déchiffrer cette inscription ?

CULTURE G – VRAI/FAUX

L'homme n'utilise que 10 % de son cerveau.

« Je n'ai pas parlé à ma belle-mère depuis 18 mois. Je n'aime pas l'interrompre. »
Ken Dodd, humoriste britannique

CULTURE G – C'EST ARRIVÉ AUJOURD'HUI

9 septembre 1963

Création des *Vexations* d'Erik Satie : c'est une série d'accords joués 840 fois de suite par une équipe de pianistes se relayant. Durée : 18 h 40 mn.

Sudoku

	6			9		7		
				8				3
	9	5						
	1	4	8	6				
		2	9					
8					2		5	7
					3	9	4	1
				7		2		

Que ce soit le matin ou le soir, les pendules indiquent les heures de 1 à 12. Pyongyang est en GMT +9, Paris est en GMT + 1 et Manado en GMT + 8. Trouvez l'heure de quelle ville indique chaque pendule.

07:11 12:11

08:11

solutions p. 426

ÉNIGME

Dans sa bibliothèque, Ruben possède 119 livres qui sont écrits soit en français, soit en anglais, soit en italien. Il y a 28 livres anglais de moins que de livres français, et 35 livres anglais de plus que de livres italiens. Combien y a-t-il d'ouvrages en français ?

On ne dit pas « je suis halluciné », on dit : « je suis allé au ciné ».

SEMAINE 36

Dimanche

10

Septembre

Ste Inès

JEU DE CHIFFRES

Réalisez ces égalités en insérant des opérateurs mathématiques (+, –, ×, / et ( )) entre les chiffres.

3 3 3 3 = 7 3 3 3 3 = 8

3 3 3 3 = 9 3 3 3 3 = 10

CULTURE G

LE SAVIEZ-VOUS ?

Pour l'Union astronomique internationale, l'unité astronomique (AU) est approximativement égale à la distance Terre-Soleil et mesure 149 597 870 700 mètres exactement.

Un automobiliste remorque son voilier sur l'autoroute, un policier l'arrête :
– Vous étiez en excès de vitesse, monsieur !
– Ah bon ?
– Ah oui, vous dépassiez la vitesse autorisée de 13 nœuds…

JEU DE LETTRES

À l'aide des lettres au centre, formez quatre mots nouveaux en vous aidant des lettres dans les carrés ci-dessous.

CULTURE G

Quiz

La ceinture de feu du Pacifique est :

A. Un alignement de volcans
B. La ligne d'implantation des centrales nucléaires
C. La ligne de déplacement des ouragans

Trouvez la carte manquante.

solutions p. 426

SEMAINE 37

Lundi
11
Septembre

St Adelphe

« Il vaut mieux mobiliser son intelligence sur des conneries que mobiliser sa connerie sur des choses intelligentes. »
Les Shadoks, série télévisée d'animation française

ÉNIGME

Mon premier est la première lettre de l'alphabet. Mon deuxième se dit quand on n'a pas compris. Mon troisième se mange en Chine. Mon quatrième est la dernière syllabe de « muséum ». Mon tout est la maison du poisson. Qui suis-je ?

CULTURE G

VRAI/FAUX

L'hymne officiel des Jeux olympiques de 1984 a été composé par John Williams, compositeur de la musique de *Star Wars*.

Virelangue

Amusez-vous à répéter dix fois de suite cette phrase.

Suis-je chez ce cher Serge si sage ?

Sudoku de lettres

Attention : les chiffres sont remplacés par les lettres A, B, C, D, E, F, G, H, I !

				D	B	I		C
G		B	A					
	D			E				
	G					E	I	
A								
				A	H	D		
			I		F			B
E				C		A		
	F							

Comment fait-on pour noyer une blonde ?

On met un miroir au fond de la piscine !

CULTURE G

INSOLITE

Dans l'Illinois, il est interdit de pêcher en pyjama.

Quel est le score de cette cible ?

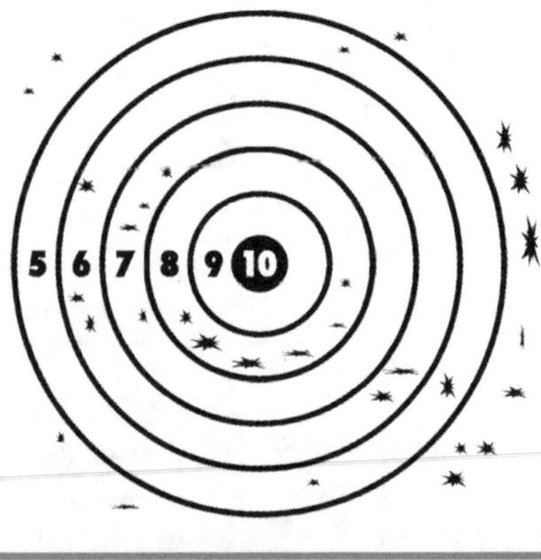

solutions p. 426

SEMAINE 37

Mardi

12

Septembre

St Apollinaire

ÉNIGME

Mon premier est « une » au masculin. On marche sur mon deuxième. Mon troisième est le contraire de « vie ». Mon quatrième est un arbuste qui a des fruits rouges et qui pique. Mon tout est réalisé par des journalistes. Qu'est-ce ?

Quel oiseau se mange comme un fruit ?

Un kiwi.

JEU DE LETTRES

Quel est l'adjectif féminin qui ne s'emploie que dans une seule locution ?

C						

Combien de pois ont été recouverts ?

CULTURE G

LE SAVIEZ-VOUS ?

Le koala ne boit pas, sauf pendant les périodes les plus chaudes. L'eau contenue dans les feuilles d'eucalyptus lui suffit.

JEU DE CHIFFRES

Avec les chiffres suivants, trouvez les opérations à effectuer pour obtenir 153. Attention : chaque chiffre ne peut être utilisé qu'une seule fois !

1 – 4 – 4 –9

Une petite fille demande à son père : « Dis, papa ? C'est où la Mauritanie ? » Alors le père lui répond : « Demande à ta mère, c'est elle qui range tout ! »

CULTURE G

Quiz

Pourquoi les oiseaux ne s'électrocutent-ils pas sur les fils électriques ?

A - Parce que leur corps n'est pas traversé par le courant.

B - Parce que les griffes de leurs pattes forment un isolant.

C - Ils s'envolent dès qu'ils sentent les picotements du courant.

solutions p. 426

SEMAINE 37

Mercredi

13

Septembre

St Aimé

ÉNIGME

Vous avez une boîte d'allumettes, des punaises et une bougie. Trouvez une solution pour accrocher la bougie au mur.

CULTURE G — C'EST ARRIVÉ AUJOURD'HUI

13 septembre 2015

Cette éclipse partielle de soleil est la dixième éclipse du XXIe siècle et la dernière de l'année 2015. Elle est visible dans le sud du continent africain, sur une partie de l'Antarctique, au sud de l'océan Atlantique et au sud de l'océan Indien.

Quel est le comble pour un tireur de feux d'artifice ?

De vendre la mèche !

JEU DE CHIFFRES

Faites cette opération de tête ! N'utilisez pas de papier, de crayon ou de calculatrice.

$777 - (33 \times 3) =$

CULTURE G — VRAI/FAUX

Idoménée, roi de Crète est l'opéra le plus court de Mozart : son exécution dure à peine 45 minutes.

JEU DE LETTRES

Élargissez votre vocabulaire !

Trouvez le mot de 7 lettres qui désigne quelque chose de difficilement compréhensible.

Quelles sont les 7 différences entre ces deux images ?

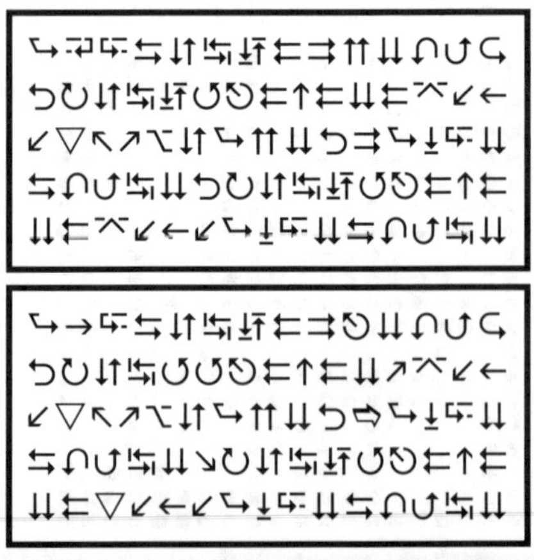

« Le vin, c'est de l'eau emplie de soleil. »
Galilée, astronome et physicien italien

solutions p. 427

SEMAINE 37

Jeudi
14
Septembre

St Materne

ÉNIGME

On me frappe dessus,
mais en spectacle
je suis la vedette.
Qui suis-je ?

CULTURE G — LE SAVIEZ-VOUS ?

On ne connaît toujours pas l'origine de l'explosion géante qui s'est produite en juin 1908, en Sibérie, détruisant toute la forêt sur un rayon de 20 kilomètres.

Perle de bulletin scolaire

« Sèche parfois le café pour venir en cours. »

JEU DE LETTRES

Pouvez-vous retrouver cette comptine, composée sur les touches du clavier ?

776636667 6687 3267 537 2647

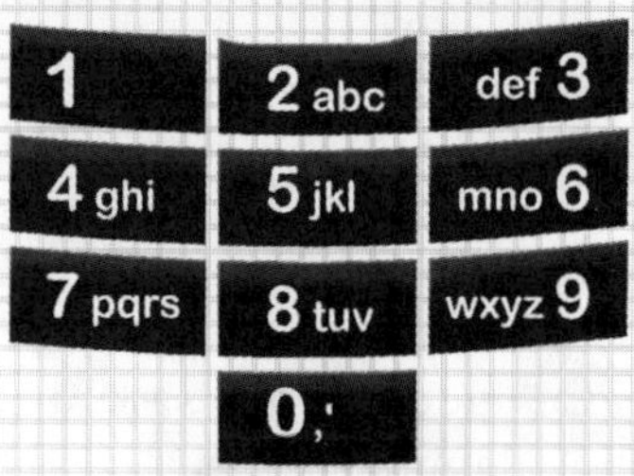

CULTURE G — AUX ORIGINES

Nicolas Stohrer, le pâtissier du roi Stanislas Ier de Pologne, avait suivi à Versailles Marie Leszczyńska, princesse de Pologne, reine de France, épouse de Louis XV. C'est lui qui, le premier, eut l'idée d'arroser une brioche de crème et de vin : d'abord appelé « l'Ali-Baba », ce dessert est devenu le baba que nous connaissons aujourd'hui !

Deux puces sortent d'un cinéma. Il pleut, alors l'une dit : « On rentre à pied ou on prend un chien ? »

Combien de cercles et de carrés voyez-vous ?

JEU DE CHIFFRES

Avec les chiffres suivants, trouvez les opérations à effectuer pour obtenir 919. Attention : chaque chiffre ne peut être utilisé qu'une seule fois !

4 - 7 - 6 - 9 - 25

solutions p. 427

SEMAINE 37

Vendredi

15

Septembre

St Roland

Ce n'est pas à toute oreille percée que l'on met des anneaux d'or.

Proverbe africain

Virelangue

Amusez-vous à répéter dix fois de suite cette phrase.

La grosse cloche sonne.

CULTURE G

Quiz

Une épée flamboyante est :

A - Une épée sur laquelle est fixée une torche allumée.

B - Une épée équipée d'une lame ondulée.

C - Une épée qui résiste aux flammes.

Sudoku

		1						
		7		5	4			2
8	2				3			4
			6					
	8		1	7		9		
1								
			5					
	9						6	8
3				9	6	7	5	

ÉNIGME

Mon premier est le contraire de calme. Mon deuxième est en-dessous de la tête. Je trouve mon troisième dans la première partie du mot « chiffon ». Mon quatrième détermine ma possession. Mon tout est une centrale nucléaire.

« Il a cinq ou six cerveaux remarquablement irrigués. »

Carla Bruni, chanteuse française, à propos de son mari Nicolas Sarkozy.

Quel est le score de cette cible ?

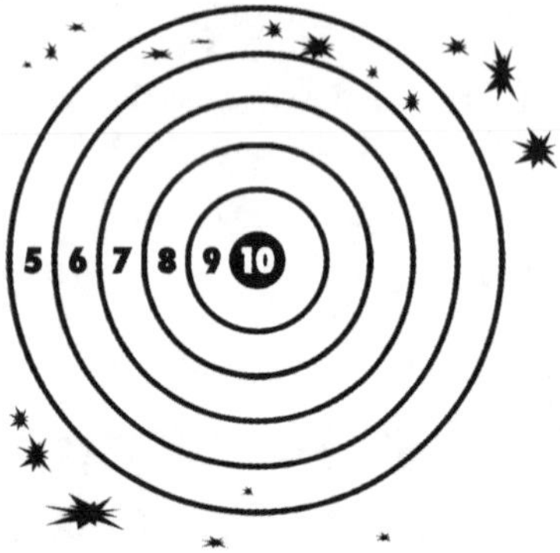

Devinette

Quelle est la différence entre un escargot et une limace ?

La limace déménage et l'escargot a trouvé une maison !

solutions p. 427

SEMAINE 37

Samedi
16
Septembre
Ste Édith
ROSH HACHANA

ÉNIGME

Mon premier est une partie du corps. Mon second est un fleuve français. Mon tout voit passer beaucoup de personnes. Qui suis-je ?

CULTURE G — INSOLITE

En 1991, pendant une opération, Pamela Reynolds est maintenue en état de mort cérébrale. L'intervention terminée, la patiente affirme être « sortie de son corps » et avoir observé tout ce qui se passait : les paroles des médecins, les instruments utilisés, etc.

On ne dit pas « javellisé », on dit : « j'ai lu ».

JEU DE LETTRES

À l'aide des lettres au centre, formez quatre mots nouveaux en vous aidant des lettres dans les carrés ci-dessous.

JEU DE CHIFFRES

Faites cette opération de tête ! N'utilisez pas de papier, de crayon ou de calculatrice.

(10 101 – 909) × 6 =

Un sanglier demande à un cochon : « Ça se passe bien, ta chimiothérapie ? »

Trouvez le chemin pour sortir de ce labyrinthe.

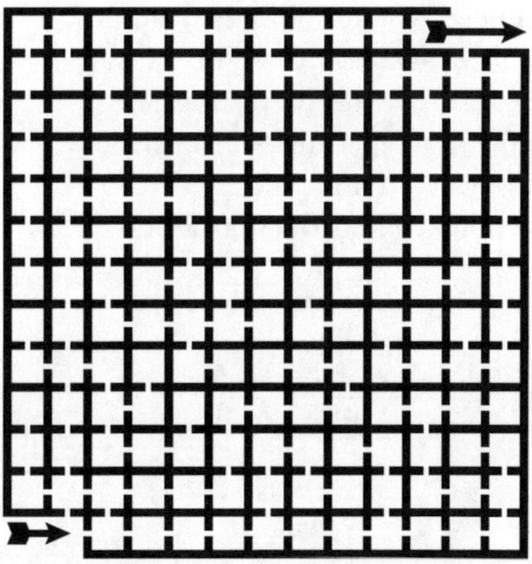

SEMAINE 37

Dimanche
17
Septembre

St Renaud

ÉNIGME

Le suif obtenu en faisant brûler 10 chandelles permet de faire une autre chandelle. En brûlant 1 000 chandelles, combien de chandelles pouvez-vous faire ?

CULTURE G

Quiz

La B.O. du *Mécano de la Générale* (1926) de Buster Keaton a été composée par :

A - Buster Keaton

B - Charlie Chaplin

C - Il n'y avait pas de bande-son lors de la sortie du film.

JEU DE LETTRES

Trouvez un mot qui comporte 7 fois la lettre S.

Suite logique

Complétez cette suite logique de dominos.

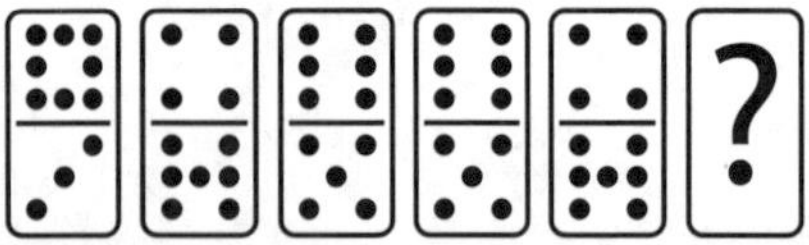

« Être neutre, c'est profiter des embarras des autres pour arranger ses affaires. »
Denis Diderot, écrivain français

CULTURE G

LE SAVIEZ-VOUS ?

Il y a environ 75 millions d'années, soit 10 millions d'années avant la catastrophe qui a fait disparaître les derniers dinosaures, vivait le gryposaurus. Herbivore, il pouvait atteindre les 9 m et sa mâchoire comportait 300 dents !

Combien de cercles voyez-vous dans cette figure ?

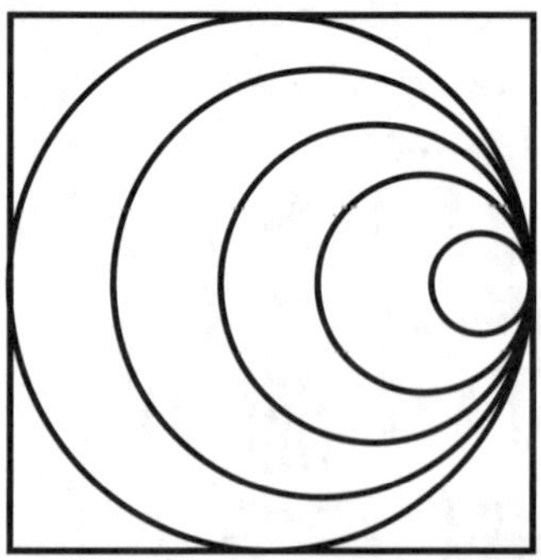

Complétez la phrase : « Certains hommes n'ont que ce qu'ils méritent... »

« ... les autres sont célibataires ! »

solutions p. 427

SEMAINE 38

Lundi

18

Septembre

Ste Nadège

ÉNIGME

Quelle est la particularité de cette phrase ?
« Élu par cette crapule. »

Quel est le score de cette cible ?

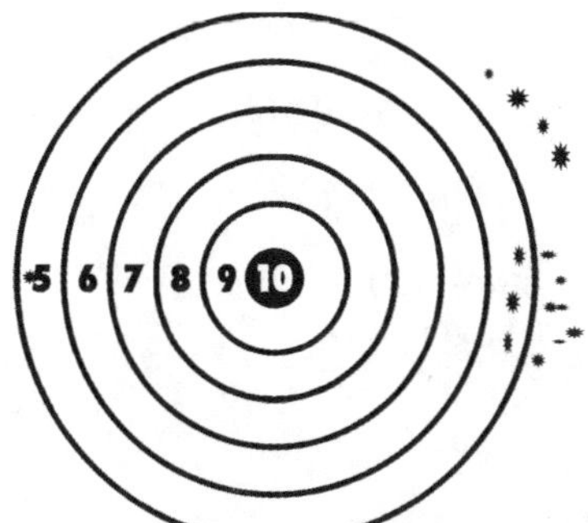

CULTURE G — INSOLITE

Le film *Citizen Kane* a été élu deux fois Meilleur film américain de tous les temps par l'American Film Institute. La scène d'ouverture a même été reprise, pratiquement plan par plan, dans la bande dessinée de Picsou, *Le Canard le plus riche du monde* !

–Toto, 12 bouteilles de vin à 4 € pièce, combien ça fait ?
– À la maison, ça fait 3 jours, m'dame.

Suite logique

Complétez cette suite logique.

2 - 4 - 8 - 32 - 256 - X

CULTURE G — VRAI/FAUX

L'homme a plus de poils que la femme.

JEU DE LETTRES

À l'aide des lettres au centre, formez quatre mots nouveaux en vous aidant des lettres dans les carrés ci-dessous.

L'étrange monastère
Le père Missionnaire, toujours en vadrouille.
Le père Sil, herboriste.
La mère Creudi, morte un jeudi.

SEMAINE 38

Mardi

19

Septembre

Ste Émilie

« Si l'argent ne fait pas le bonheur, rendez-le ! »

Jules Renard, écrivain français

Que ce soit le matin ou le soir, les pendules indiquent les heures de 1 à 12. Islamabad est en GMT + 5, Honolulu en GMT – 10 et Hiroshima en GMT + 9. Trouvez l 'heure de quelle ville indique chaque pendule.

09:38 12:38

04:38

CULTURE G

Quiz

En ésotérisme, « Papus » désigne :

A - L'un des fondateurs de l'ordre martiniste

B - L'auteur d'un ancien papyrus alchimique

C - Le manuscrit fondateur de la scientologie

JEU DE LETTRES

Mettez le verbe à la forme qui convient :

Voici tous les soins qu'il a (falloir) pour le guérir.

A. Fallus B. Fallu

C. Fallues

ÉNIGME

On la tourne pour avancer. Mais quand on y est, cela signifie que l'on est branché.

Qui est-elle ?

MATHS !

Quelle est la somme des angles d'un triangle ?

A. 120° B. 180°

C. 360°

Comment faire briller les yeux d'une blonde ?

En éclairant ses oreilles.

CULTURE G

LE SAVIEZ-VOUS ?

Le premier vol habité d'une montgolfière a été effectué le 19 septembre 1783, sous les yeux du roi Louis XVI. À bord, trois passagers : un coq, un mouton et un canard !

solutions p. 428

ÉNIGME

Quelle était la plus grande île du monde avant que l'Australie ne soit découverte ?

Les névrosés construisent des châteaux en Espagne, les mythomanes croient les habiter et les psychiatres récoltent les loyers.

SEMAINE 38

Mercredi 20 Septembre

St Jean-Charles

JEU DE LETTRES

Pouvez-vous retrouver le titre de ce film de Sergio Leone, composé sur les touches du clavier ?

53 266, 52 27883 38 53 878263

CULTURE G — VRAI/FAUX

Le palmier est un arbre.

JEU DE CHIFFRES

Faites cette opération de tête ! N'utilisez pas de papier, de crayon ou de calculatrice.

5 505 + (59 – 99) =

Quel est le comble pour un jardinier ?

De raconter des salades.

CULTURE G — INSOLITE

David Bowie n'avait pas les yeux vairons. La pupille de son œil gauche était simplement dilatée en permanence suite à un coup de poing reçu au cours d'une bagarre.

Trouvez la carte manquante.

solutions p. 428

SEMAINE 38

Jeudi

21

Septembre

St Matthieu

JOURNÉE INTERNATIONALE DE LA PAIX

Quelles sont les différences entre ces deux images ?

ÉNIGME

Dans une pièce, on trouve un tigre à chacun des quatre coins. Devant chaque tigre, il y a trois tigres et sur la queue de chaque tigre, un tigre. Combien y a-t-il de tigres en tout ?

M. et Mme Misurlapaille ont une fille. Comment s'appelle-t-elle ?

Emma.

Virelangue

Amusez-vous à répéter dix fois de suite cette phrase.

Petit pot de beurre, quand te dépetitpotdebeurreriseras-tu ? Je me dépetitpotdebeurreriserai quand tu te dépetitpotdebeurreriseras.

CULTURE G

INSOLITE

La rue la plus étroite du monde est la Spreuerhofstraße, située à Reutlingen, en Allemagne. Au plus étroit, elle mesure 31 cm, et au plus large 50 cm !

CULTURE G

Quiz

Le pays imaginaire Kelsaltan apparaît dans :

A - *Tintin en Amérique*

B - *Bérurier au sérail* de San Antonio

C - *Batman et Robin*

Sudoku

4			2		5			
						8		
	1						6	3
6	2				9	1		
					3	9		
	9			1	4	5		8
1	5	4		8				2
		2						
	6	9				4		

« Certains livres ressemblent à la cuisine italienne : ils bourrent mais ne remplissent pas. »

Jules et Edmond de Goncourt, écrivains français

solutions p. 428

Quel est le score de cette cible ?

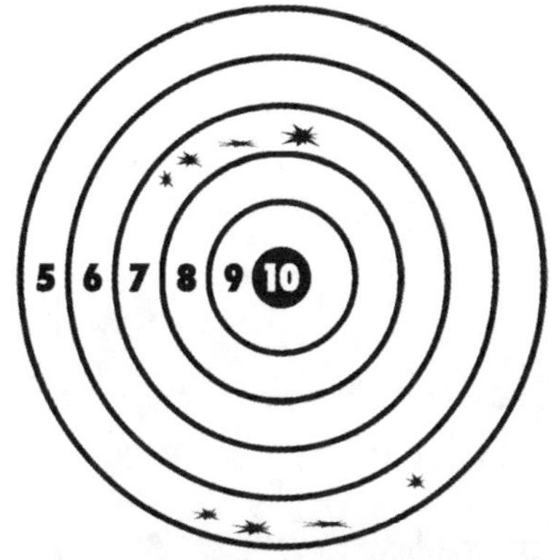

ÉNIGME

Mon premier est un garçon. La vache produit mon second. Mon tout est un ensemble de notes. Qui suis-je ?

SEMAINE 38

Vendredi

22

Septembre

St Maurice
JOURNÉE MONDIALE SANS VOITURE

CULTURE G

VRAI/FAUX

Une guerre, déclenchée suite au vol d'une vache, a fait près de 15 000 morts.

On ne dit pas « dégât des eaux », on dit « des marins ».

JEU DE CHIFFRES

Avec les chiffres suivants, trouvez les opérations à effectuer pour obtenir 799.
Attention : chaque chiffre ne peut être utilisé qu'une seule fois !

3 – 10 – 10 – 25 – 2 –7

CULTURE G

LE SAVIEZ-VOUS ?

Le premier mois du calendrier républicain français est le mois de vendémiaire. Il correspondait à la période allant du 22 septembre au 21 octobre du calendrier grégorien, et tirait son nom des vendanges, qui ont lieu de septembre en octobre. Se voulant universel, le calendrier républicain était néanmoins très influencé par le monde rural français.

JEU DE LETTRES

À l'aide des lettres au centre, formez quatre mots nouveaux en vous aidant des lettres dans les carrés ci-dessous.

CAC

LE

ORDURE

ZEG

EZ

PIE

Savez-vous comment les abeilles communiquent entre elles ?

Par e-miel.

solutions p. 428

Semaine 38

Samedi
23
Septembre
St Constant
AUTOMNE

« Notre tête est ronde pour permettre à la pensée de changer de direction. »
Francis Picabia, peintre français

ÉNIGME

Mon premier est une note de musique.
Mon second est un arbre.
Mon tout est un animal.
Qui suis-je ?

Qui fait l'âne ne doit pas s'étonner si les autres lui montent dessus.
Proverbe chinois

JEU DE LETTRES

Formez un mot avec les lettres suivantes :
D – E – F – G – H – O – R – U – Y – Z

Combien de pois ont été effacés ?

CULTURE G – C'EST ARRIVÉ AUJOURD'HUI

23 septembre 1998

C'est dans un hôpital français qu'a été réalisée la première greffe réussie d'une main. Malheureusement, deux ans et demi après, le patient, supportant mal son traitement et cette main étrangère, a demandé à ce qu'on la lui retire.

Comment reconnaît-on un gangster belge ?

C'est celui qui attaque un casino et qui repart avec les jetons.

Suite logique

Complétez cette suite logique de dominos.

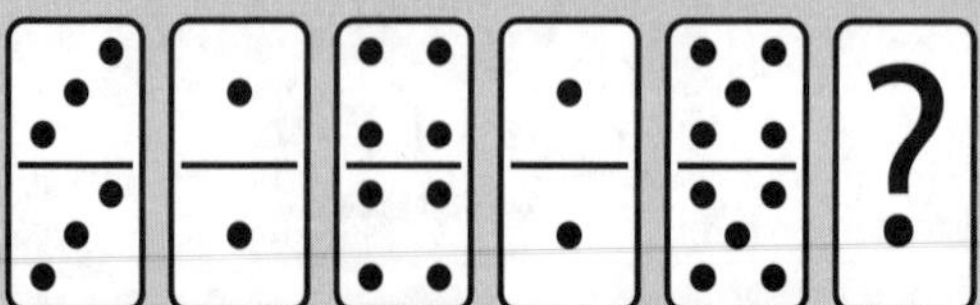

solutions p. 429

SEMAINE 38

Dimanche

24

Septembre

St Anatole

ÉNIGME

Une cage du zoo de la ville contient des paons et des sangliers. S'il y a 30 yeux et 44 pattes, combien y a-t-il d'animaux de chaque espèce dans la cage ?

JEU DE CHIFFRES

Combien vaut la racine carrée de 64 ?

A. 6

B. 8

C. 10

JEU DE LETTRES

Pouvez-vous retrouver le titre de ce livre de Marc Levy, composé sur les touches du clavier ?

38 74 2 38248 8724...

Devinette

Pourquoi ne faut-il jamais donner de coup de pied aux fesses à un Écossais ?

Parce qu'il garderait la chaussure.

CULTURE G – LE SAVIEZ-VOUS ?

Vénus (l'étoile du Berger) est la planète qui a la rotation la plus lente du système solaire : 243 jours terrestres. Cela signifie qu'un jour, sur Vénus, est plus long qu'une année (224,7 jours).

CULTURE G – *Quiz*

Quel est le credo olympique, affiché lors de la cérémonie d'ouverture des Jeux ?

A - Vaincre ou mourir, telle est la loi.

B - L'important est de participer.

C - Toujours plus haut et plus fort.

Trouvez le chemin pour sortir de ce labyrinthe.

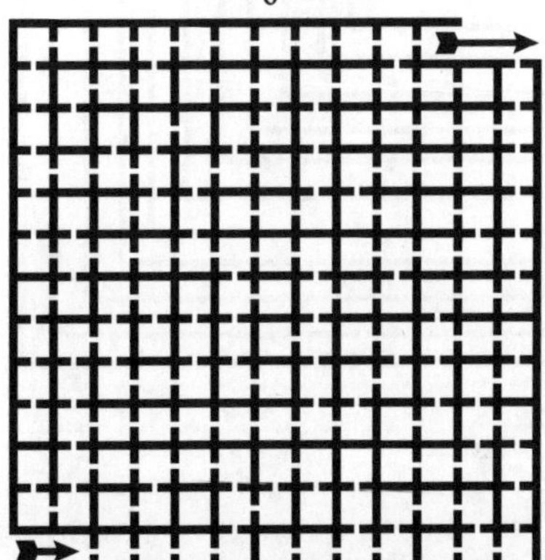

Ève Angeli et une amie sont devant un coucher de soleil sur la mer : « Oh la la, l'eau doit être très chaude là-bas... »

solutions p. 429

SEMAINE 39

Lundi
25
Septembre

St Hermann
YOM KIPPOUR

ÉNIGME

Contre elle on a une dent. On a peur quand on l'entend. Elle nous fait jouer pourtant, et permet le déplacement. Qui est-elle ?

« Il y a deux sortes de justice : vous avez l'avocat qui connaît bien la loi, et l'avocat qui connaît bien le juge ! »
Coluche, humoriste français

Virelangue

Amusez-vous à répéter dix fois de suite ces phrases.

Six sales sorcières sifflantes suivent ! Deux dragons déchaînés dégobillent des déchets dégoûtants.

CULTURE G

AUX ORIGINES

Dans le langage courant, le mot « énergumène » désigne une personne agitée. Selon certains dictionnaires, le mot tient son origine du latin *energumenos*, qui signifie « possédé du démon » !

Qu'est-ce qu'un oiseau sur un arbre ?
Un porte-plume sur un portefeuille !

Combien de carrés voyez-vous dans cette figure ?

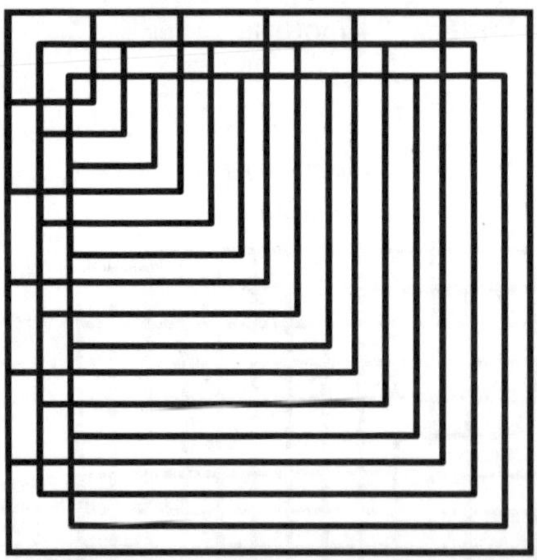

Sudoku de lettres

Attention : les chiffres sont remplacés par les lettres A, B, C, D, E, F, G, H, I !

		C		E				
	B		H		G	D		
	H				A			G
C				D	F	B		
	F		E	H		I		
			A				H	
	A	D					F	
				G				I
					C			

CULTURE G

VRAI/FAUX

La planète Pandora n'existe que dans le film *Avatar*.

solutions p. 429

SEMAINE 39

Mardi

26 Septembre

Sts Côme et Damien

ÉNIGME

Mon premier est un félin. Mon second permet de voir plus grand. Mon tout va sur l'eau. Qui suis-je ?

JEU DE LETTRES

À l'aide des lettres au centre, formez quatre mots nouveaux en vous aidant des lettres dans les carrés ci-dessous.

Quelles sont les 7 différences entre ces deux images ?

On ne dit pas « un microprocesseur », on dit « un petit prof ».

Quiz

CULTURE G

Qu'est-ce qu'une voix de haute-contre ?

A - C'est une voix qui parvient à chanter un *contre-ut*, note très élevée.

B - C'est une voix qui chante grave et aigu en même temps.

C - C'est un ténor qui chante dans l'aigu.

C'EST ARRIVÉ AUJOURD'HUI

CULTURE G

26 septembre 1946

Le premier numéro du magazine *Tintin*, le plus célèbre des reporters, avec son fidèle compagnon Milou, paraît.

– Monsieur, savez-vous que votre chien aboie toute la nuit ?
– Oh, mais ça ne fait rien : il dort toute la journée !

Suite logique

Complétez cette suite logique.

11 – 13 – 10 – 12 – 9 – X

solutions p. 429

SEMAINE 39

Mercredi
27
Septembre

St Vincent de Paul

« Mettez tous vos œufs dans le même panier et surveillez le panier. »
Mark Twain, écrivain américain

ÉNIGME

L'addition suivante n'est pas vérifiée :
5 + 5 + 5 = 550
Que faut-il faire pour que, juste en ajoutant un trait, elle soit juste ?

JEU DE CHIFFRES

Avec les chiffres suivants, trouvez les opérations à effectuer pour obtenir 694.
Attention : chaque chiffre ne peut être utilisé qu'une seule fois !
3 - 6 - 19 - 75

CULTURE G – VRAI/FAUX

Il n'y a aucun serpent en Irlande.

CULTURE G – LE SAVIEZ-VOUS ?

La musique originale du film *L'Assassinat du duc de Guise* est considérée comme la première musique de film. Elle a été écrite sur commande par Camille Saint-Saëns pour la sortie du film, en 1908.

Quel est le score de cette cible ?

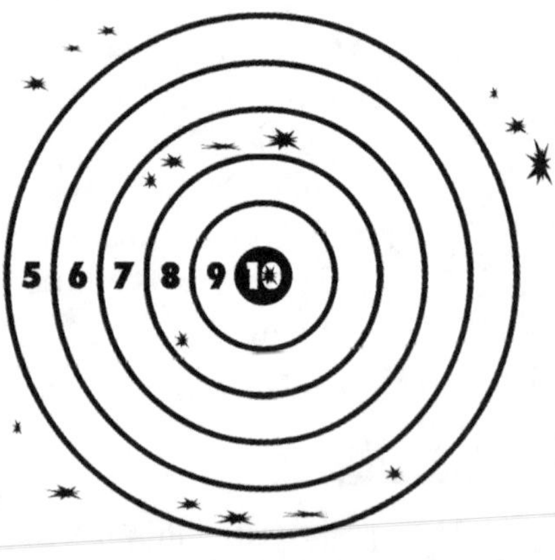

JEU DE LETTRES

Pouvez-vous retrouver ce proverbe indien, dont les lettres à l'intérieur des mots ont été mélangées ?

Trqupoo n'se ndrreep à la lhfceè, nqdua el rietru set seéntpr ?

solutions p. 430

Combien de cercles voyez-vous dans cette figure ?

SEMAINE 39

Jeudi

28

Septembre

St Venceslas

Quiz

CULTURE G

Dans quel film d'Hitchcock un tueur doit-il attendre l'unique coup de cymbale d'un concert pour faire feu de son arme ?

A - *Les 39 Marches*

B - *La Mort aux trousses*

C - *L'homme qui en savait trop*

CULTURE G

C'EST ARRIVÉ AUJOURD'HUI

28 septembre 2015

Cette éclipse totale de lune est totalement visible en France. L'entrée dans l'ombre commence vers 1 heure du matin, la totalité vers 3 heures. La sortie de la phase partielle a lieu vers 4 heures.

ÉNIGME

Un homme regarde un portrait. Quelqu'un lui demande ce qu'il regarde. L'homme répond alors « Je n'ai ni frère ni sœur, mais le père de l'homme représenté ici est le fils de mon père. » De qui l'homme regarde-t-il le portrait ?

Deux dames discutent :

– Alors, ça fait combien de temps qu'il marche, votre petit bout ?

– Ça va faire 6 mois.

– Ben dites donc, il doit être loin !

Quel est le comble pour un juge ?

C'est de manger des avocats !

JEU DE LETTRES

À l'aide des lettres au centre, formez quatre mots nouveaux en vous aidant des lettres dans les carrés ci-contre.

CUT – LIA – CIE – MIS

DEMON

JEU DE CHIFFRES

Faites cette opération de tête ! N'utilisez pas de papier, de crayon ou de calculatrice.

(1 234 × 8) + 4 =

solutions p. 430

SEMAINE 39

Vendredi

29

Septembre

Sts Michel, Gabriel et Raphaël

M. et Mme Tansavairien ont une fille et un fils. Comment s'appellent-ils ?

Ella, Vich.

Virelangue

Amusez-vous à répéter dix fois de suite cette phrase.

Panier, piano.

ÉNIGME

Mon premier est un gros mot qui veut dire bête. Mon deuxième est une boisson. Mon troisième est le contraire de triste. Mon quatrième est la deuxième syllabe du mot « maison ». Mon tout n'est pas forcément apprécié des enfants. Qui suis-je ?

CULTURE G

INSOLITE

Dans l'est de la Thaïlande, il existe un temple fait de bouteilles de bière. Il s'agit du Wat Pa Maha Chedi Kaew, surnommé « le temple d'un million de bouteilles ».

« J'ai passé une excellente soirée… mais ça n'était pas celle-ci. »
Groucho Marx, comédien américain

Combien de pois ont été effacés ?

Sudoku

			6				5	4
				1	7		8	3
						6		
		7			4	9		
	9		8					
				3				7
5	7				2			
	6					8		
	1				3		6	

CULTURE G

VRAI/FAUX

Les cheveux et les ongles continuent de pousser après la mort.

solutions p. 430

ÉNIGME

Mon premier est un oiseau noir et blanc. Mon deuxième circule dans notre corps. Mon troisième a besoin d'un matelas. Mon tout est une plante.
Qui suis-je ?

CULTURE G

Quiz

Qu'est-ce qu'un ailurophile ?
A - Une personne qui collectionne les arêtes de poisson.
B - Une personne qui aime les chats.
C - Une personne qui aime les oiseaux.

SEMAINE 39

Samedi
30
Septembre
St Jérôme

Pourquoi les Belges vont-ils aux toilettes avec un fusil ?

Pour tirer la chasse.

JEU DE CHIFFRES

Avec les chiffres suivants, trouvez les opérations à effectuer pour obtenir 1 000.
Attention : chaque chiffre ne peut être utilisé qu'une seule fois !
10 – 11 – 12 – 13 – 15

CULTURE G

C'EST ARRIVÉ AUJOURD'HUI

30 septembre 1962

L'inscription du premier étudiant noir, James Meredith, à l'université du Mississippi provoque de violents heurts qui feront deux morts et deux cents blessés.

JEU DE LETTRES

Pouvez-vous retrouver le titre de ce film de Dany Boon, composé sur les touches du clavier ?
497372663742783

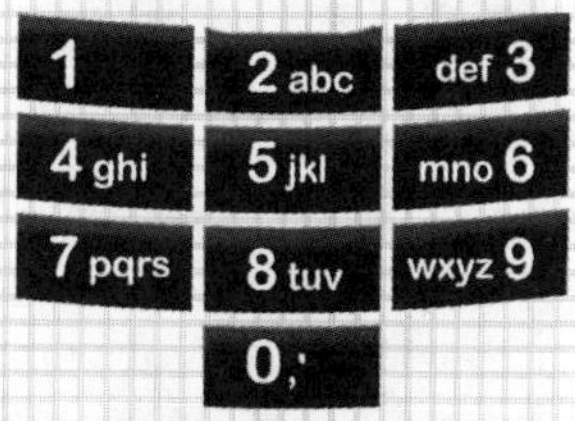

Quel est le score de cette cible ?

Deux étudiants discutent :
– Je crois que mes parents veulent que je quitte la maison...
– Ah bon, pourquoi ?
– Depuis deux mois, mon père me file mon argent de poche en chèques de voyage...

solutions p. 430

SEMAINE 39

Dimanche

1

Octobre

Ste Thérèse de l'Enfant Jésus

« Je ferai aimablement remarquer aux hommes politiques qui me prennent pour un rigolo que ce n'est pas moi qui ai commencé. »

Coluche
humoriste français

ÉNIGME

```
Jean-Pierre fait ses courses.
Il rencontre la belle-mère
de l'épouse de son frère
unique. Qui rencontre-t-il ?
```

CULTURE G

VRAI/FAUX

La révolution d'Octobre de Russie s'est déroulée en novembre.

CULTURE G

AUX ORIGINES

La coutume de trinquer date du Moyen Âge. À l'époque, les deux convives devaient s'échanger un peu du contenu de leurs verres, pour se convaincre que les liquides n'étaient pas empoisonnés.

M. et Mme Teaume ont une fille. Comment s'appelle-t-elle ?

Emma.

Virelangue

Amusez-vous à répéter dix fois de suite cette phrase.

Si ça se passe ainsi, c'est sans souci.

Quel est le joueur de l'équipe A qui ne fait pas partie de l'équipe B ?

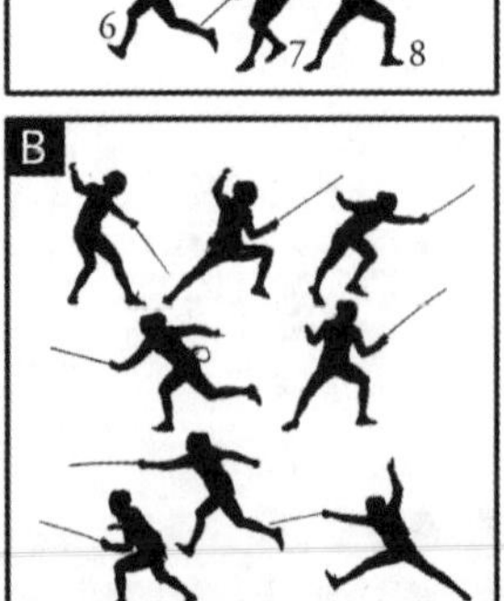

Jeu de symboles

Attention : les chiffres ont été remplacés par des symboles !

					↔			
		⇡						⇣
	⇠	↳				↵	⇢	
↳	↕					↯		
				↕	↵	⇡		⇠
								↵
			⇣					
↵					↯	↳		
⇠		⇣		⇡		↕		↯

solutions p. 430

Combien de pois ont été effacés ?

Le mot que tu retiens entre tes lèvres est ton esclave. Celui que tu prononces est ton maître.

Proverbe arabe

ÉNIGME

Mon premier est la première lettre de l'alphabet. Mon deuxième nous est utile pour dormir. Mon troisième est ce que fait le téléphone. Mon tout est un prénom. Qui suis-je ?

Perle de bulletin scolaire

« A de bien jolis petits chapeaux avec pas grand-chose dessous ! »

SEMAINE 40

Lundi

2

Octobre

St Léger

JEU DE CHIFFRES

Faites cette opération de tête ! N'utilisez pas de papier, de crayon ou de calculatrice.

1 009 + (460/4) =

JEU DE LETTRES

Quel est l'adjectif féminin qui ne s'emploie que dans une seule locution ?

E							

CULTURE G

C'EST ARRIVÉ AUJOURD'HUI

2 octobre 1869

Naissance de Mohandas Karamchand Gandhi. Dirigeant politique, guide spirituel de l'Inde, ce pionnier de la non-violence est mort à 78 ans, assassiné par un nationaliste. Ses funérailles ont rassemblé pas moins de deux millions d'Indiens.

– Maman, maman ! Papa dit que nous descendons tous du singe. C'est vrai ?

– Je n'en sais rien : ton père a toujours refusé de me parler de sa famille !

solutions p. 431

SEMAINE 40

Mardi

3

Octobre

St Gérard

ÉNIGME

Une baignoire entièrement remplie contient 400 l plus un tiers de sa capacité. Quelle est la capacité de la baignoire ?

« Mozart était tellement précoce qu'à 35 ans, il était déjà mort. »
Pierre Desproges, humoriste français

CULTURE G — *Quiz*

Quel est le point commun entre les opéras *Les Noces de Figaro*, *Don Giovanni* et *Cosi fan tutte* de Mozart ?

A - Lorenzo Da Ponte a écrit les livrets des trois opéras.

B - Dans les trois opéras, les femmes ont des petits rôles.

C - Ce sont les trois derniers opéras du compositeur.

JEU DE LETTRES

Formez un mot avec les lettres suivantes :

E – E – H – H – O – P – Q – R – T – U – Y

À quelle bataille Charles le Téméraire est-il mort ?

À sa dernière bataille.

CULTURE G — INSOLITE

Louis XIII est mort exactement 33 ans après son père, Henri IV : le même jour du mois, à la même heure !

Sudoku

						3	8	1
2						9		
				3	1	5		7
8				9				
	2	1			5			
			6	7				
	8		3				6	5
			7					3
		5			6	4		

Quel est le score de cette cible ?

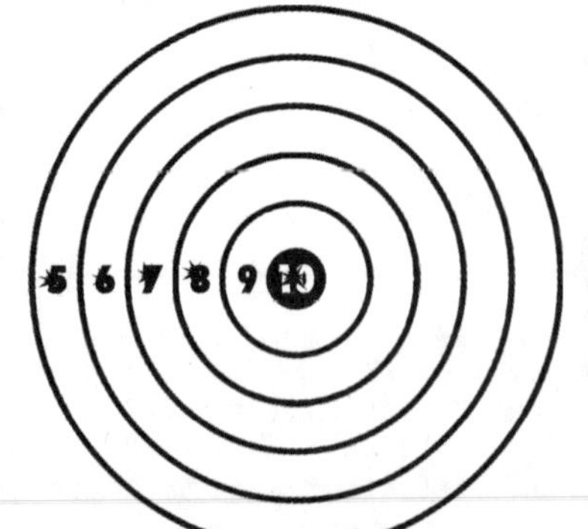

solutions p. 431

ÉNIGME

Mon premier est une boisson. Mon deuxième n'est pas beau. Mon troisième n'est pas juste. Mon quatrième est une négation. Mon tout est fixe à la maison, mobile dans ma poche.

JEU DE CHIFFRES

Avec les chiffres suivants, trouvez les opérations à effectuer pour obtenir 513.
Attention : chaque chiffre ne peut être utilisé qu'une seule fois !
6 - 8 - 10 - 1 - 25

SEMAINE 40

Mercredi 4 Octobre

St François d'Assise

CULTURE G

LE SAVIEZ-VOUS ?

« Bolchevik » veut dire « majoritaire ». Ce sont les partisans de Lénine qui ont choisi cette appellation en 1903. Par opposition, ils appelaient leurs adversaires « mencheviks » (minoritaires).

Deux fous, en plein désert, font le Paris-Dakar :
– Il vient de neiger, dit le premier.
– Tu crois ?
– Ben oui, regarde, ils ont sablé la route !

On ne dit pas « un cyclone », on dit « des sextuplés ».

CULTURE G

VRAI/FAUX

Il est impossible de pleurer dans l'espace.

Combien de carrés et de triangles voyez-vous dans cette figure ?

JEU DE LETTRES

Pouvez-vous retrouver cette citation du professeur Choron, composée sur les touches du clavier ?

7587 53 2666247 537 336637, 7587 5'2463 62 6246

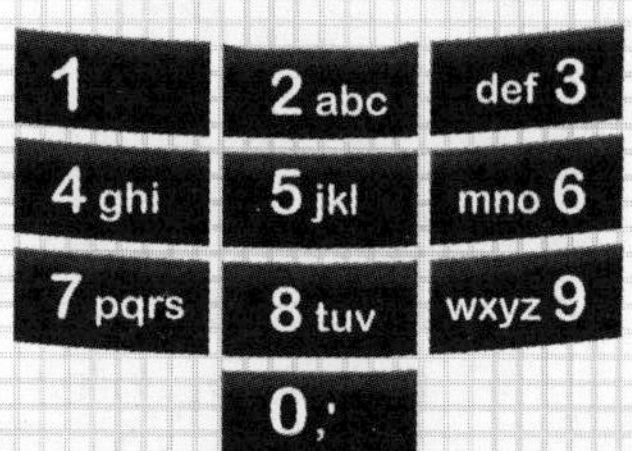

solutions p. 431

SEMAINE 40

Jeudi
5
Octobre

Ste Fleur

Devinette

Où a été signée la Déclaration d'indépendance américaine ?

Au bas de la dernière page.

JEU DE LETTRES

Pouvez-vous retrouver cette citation de Beethoven, dont les lettres à l'intérieur des mots ont été mélangées ?

Al suuiegm ste enu rtieeaonvl supl htuae ueq ttuoe ssseeag te tteou sehloopphii.

MATHS !

Résolvez l'équation suivante :

$4x - 3 = 9.$

A. 2 B. 3 C. 4

« Je me sers des animaux pour instruire les hommes. »

Jean de La Fontaine, poète français

CULTURE G

Quiz

Que fait la souris ?

A - Elle stridule.

B - Elle chicote.

C - Elle piaille.

ÉNIGME

Une grosse pierre de 10 m de longueur repose sur 10 rondins de bois. Chacun des rondins fait exactement un mètre de circonférence. Lorsque le premier rondin a effectué un tour complet, quelle est la distance parcourue par la pierre ?

CULTURE G

C'EST ARRIVÉ AUJOURD'HUI

5 octobre 1927

Sam Warner décède la veille de la présentation du premier film parlant de l'histoire du cinéma, *Le Chanteur de jazz*, produit par son studio, la Warner Bros.

Trouvez le chemin pour sortir de ce labyrinthe.

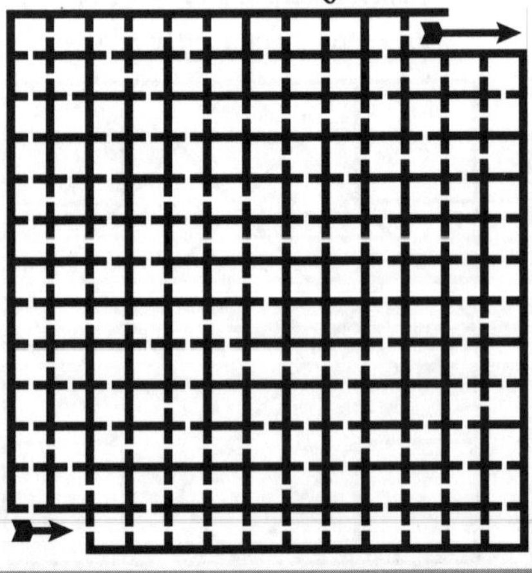

solutions p. 431

CULTURE G

LE SAVIEZ-VOUS ?

La rose dont le Petit Prince de Saint-Exupéry est amoureux n'est autre que sa femme, Consuelo, comme en témoigne les *Mémoires de la rose*.

JEU DE LETTRES

À l'aide des lettres au centre, formez quatre mots nouveaux en vous aidant des lettres dans les carrés ci-dessous.

Deux femmes au visage recouvert d'un voile noir se croisent. L'une d'elles s'adresse à l'autre :

– Vous êtes veuve, vous aussi ?

– Non, moi, je suis laide.

ÉNIGME

Il est léger comme le coton et peut être de glace ou d'avoine, ainsi que de céréales pour le petit déjeuner.
Qui est-il ?

SEMAINE 40

Vendredi
6
Octobre

St Bruno

On boira du lait quand les vaches mangeront du raisin.

Suite logique

Complétez cette suite logique :

233C – 567F – 678G – 799?

CULTURE G

VRAI/FAUX

La fourmi est l'insecte le plus fort proportionnellement à son poids.

Trouvez la carte manquante.

solutions p. 431

SEMAINE 40

Samedi
7
Octobre

St Serge

ÉNIGME

Si 7 personnes se rencontrent et que chacune ne sert la main des autres qu'une seule fois, combien de poignées de main seront échangées ?

CULTURE G

INSOLITE

C'est Abel Janszoon Tasman, navigateur néerlandais mort en octobre 1659, qui a découvert l'île de Tasmanie. Il l'a baptisée Van Diemen's Land, mais les Britanniques ont préféré lui donner le nom de son découvreur. Tasman a également découvert la Nouvelle-Zélande.

Virelangue

Amusez-vous à répéter dix fois de suite cette phrase.

Le dragon gradé dégrade le gradé dragon.

« Les pommes de terre cuites sont tellement plus faciles à digérer que les pommes en terre cuite ! »
Alphonse Allais,
écrivain français

M. et Mme Fissafairsaidevoir ont un fils. Comment s'appelle-t-il ?

Edmond.

Sudoku de lettres

Attention : les chiffres sont remplacés par les lettres A, B, C, D, E, F, G, H, I !

	F							
B							I	
			H	E				B
		E		I			H	
	B							F
		A	F	H		I		G
				G			B	
H	D					F	A	
A			E					

CULTURE G

Quiz

De quel film est tirée la réplique « J'ai vu tant de choses que vous, humains, ne pourriez pas croire [...] j'ai vu des rayons fabuleux, des rayons C, briller dans l'ombre de la porte de Tannhäuser. »

A - *I, Robot* B - *Blade Runner*
C - *Minority Report*

Que ce soit le matin ou le soir, les pendules indiquent les heures de 1 à 12. Honolulu est en GMT – 10, Sydney en GMT + 10 et Rio de Janeiro en GMT – 3. Trouvez l'heure de la ville qu'indique chaque pendule.

09:11 02:11

10:11

solutions p. 432

ÉNIGME

Mon premier est la première syllabe de tomate. Mon deuxième est le contraire de laid. Mon troisième protège les mains. Comme cette charade, mon tout est un jeu d'enfant. Qui suis-je ?

JEU DE LETTRES

Pouvez-vous retrouver le titre de ce dessin animé, composé sur les touches du clavier ?

52 23553 28 2647 3676268

SEMAINE 40

Dimanche

8

Octobre

Ste Pélagie

CULTURE G

LE SAVIEZ-VOUS ?

Le bruit de l'explosion du volcan Krakatoa, en 1883, entendu à plus de 4 000 km de distance, a probablement été le phénomène sonore le plus important de l'histoire humaine.

– Vous voulez que je vous raconte l'histoire de Toto aux toilettes ?
– Oui ?
– Eh bien, je ne peux pas, il a fermé la porte à clé !

On ne dit pas « pastèque », on dit « j'aime pas les steaks »...

JEU DE CHIFFRES

Avec les chiffres suivants, trouvez les opérations à effectuer pour obtenir 933. Attention : chaque chiffre ne peut être utilisé qu'une seule fois !

5 – 6 – 7 – 8 – 9 – 10

Quel est le score de cette cible ?

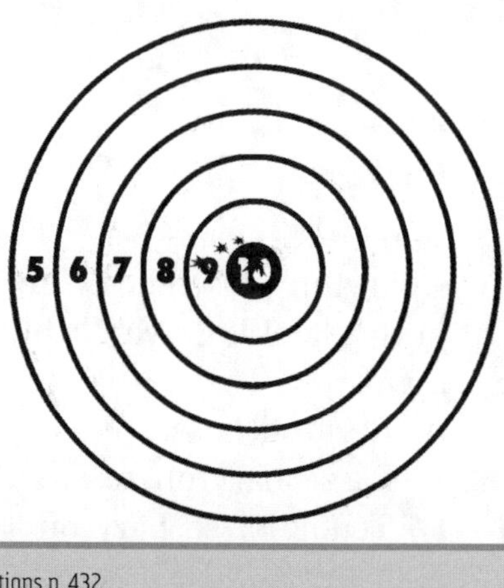

CULTURE G

VRAI/FAUX

Les célèbres roulements de timbales de l'ouverture de *2001, l'Odyssée de l'espace* sont issus du final de la *Neuvième Symphonie* de Beethoven.

solutions p. 432

SEMAINE 41

Lundi
9
Octobre
St Denis
ACTION DE GRÂCE (CANADA)

« À vaincre sans péril, on triomphe sans gloire. »
Pierre Corneille, écrivain français

Suite logique

Complétez cette suite logique de dominos.

ÉNIGME

Mon premier est le contraire de haut. Mon deuxième est une lettre entre M et O. Mon troisième est un animal qui ressemble au cheval. Mon tout est un fruit qui ressemble à la Lune. Qui suis-je ?

CULTURE G — INSOLITE

Connaissez-vous toutes les insultes du capitaine Haddock ? Non ? Alors en voici quelques-unes ! Face de brute, fatma de prisunic, faux jeton à la sauce tartare, flibustier de carnaval, forban, frère de la côte, garde-côtes à la mie de pain, etc.

Quelles sont les 7 différences entre ces deux images ?

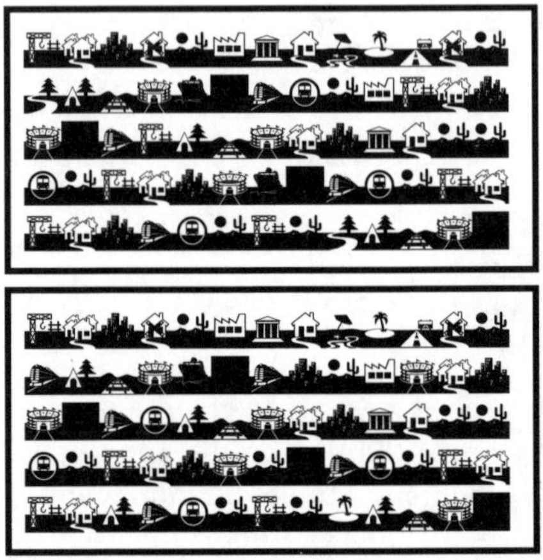

JEU DE LETTRES

Quel mot français, commençant par la lettre S, ne rime avec aucun autre mot ?

Que dit une souris qui voit une chauve-souris ?

Oh ! Un ange !

CULTURE G — Quiz

Classez les « basse », « baryton » et « ténor », de la voix la plus grave à la plus aïgue.

A - Baryton, basse, ténor
B - Basse, baryton, ténor
C - Ténor, basse, baryton

solutions p. 432

ÉNIGME

Parfois blanche,
ou bleue, souvent
noire, on est discret
lorsqu'on y rit. Elle
s'apparente souvent à
l'ennui, pas sûr qu'elle
aime les rasoirs.
Qui est-elle ?

CULTURE G — C'EST ARRIVÉ AUJOURD'HUI

10 octobre 1964

L'empereur Hirohito déclare ouverts les Jeux olympiques de Tokyo. L'athlète Yoshinori Sakai, qui porte la flamme olympique, est né le 6 août 1945, jour de l'explosion de la bombe atomique !

Combien de rectangles et de triangles voyez-vous dans cette figure ?

SEMAINE 41

Mardi

10

Octobre

St Ghislain

JEU DE CHIFFRES

Faites cette opération de tête ! N'utilisez pas de papier, de crayon ou de calculatrice.

888 + (780/4) =

Une blonde demande à une de ses copines :
– Pourquoi tu as une chaussette rouge et une chaussette noire ?
– Je ne sais pas, et en plus, j'en ai encore trouvé une paire comme ça dans mon armoire.

JEU DE LETTRES

Retrouvez les lettres de l'alphabet manquantes : elles indiqueront le nom d'une grande ville.

CULTURE G — LE SAVIEZ-VOUS ?

En 1873, l'Assemblée nationale a élu Patrice de Mac-Mahon, royaliste convaincu... dans l'espoir qu'il restaure la monarchie !

solutions p. 432

SEMAINE 41

Mercredi

11

Octobre

St Firmin

ÉNIGME

Mon premier est le contraire de rien.
Mon deuxième est une machine de guerre.
Mon troisième est le contraire de l'aval.
Mon tout est un pharaon très célèbre.
Qui suis-je ?

JEU DE LETTRES

Formez un mot avec les lettres suivantes :

C – C – E – I – K – K – O – P – P – T

CULTURE G

Quiz

Que collectionne un repassophile ?

A - Des fers à repasser

B - Des appareils d'affutage

C - Des menus de restaurant

Que voit-on quand on regarde une blonde dans les yeux ?

Le fond de son crâne.

CULTURE G

INSOLITE

La folie des selfies (ces photos-autoportraits) est sans fin... À Milan, un étudiant a cassé la jambe d'une statue antique en voulant s'immortaliser avec l'œuvre. Heureusement, ce n'était qu'une copie du *Satyre ivre*, dont l'original est bien en sécurité (du moins, on l'espère...) dans un musée à Munich.

« Ce n'est pas la fin. Ce n'est même pas le commencement de la fin. Mais, c'est peut-être la fin du commencement. »
Winston Churchill, homme d'État britannique

Quel est le score de cette cible ?

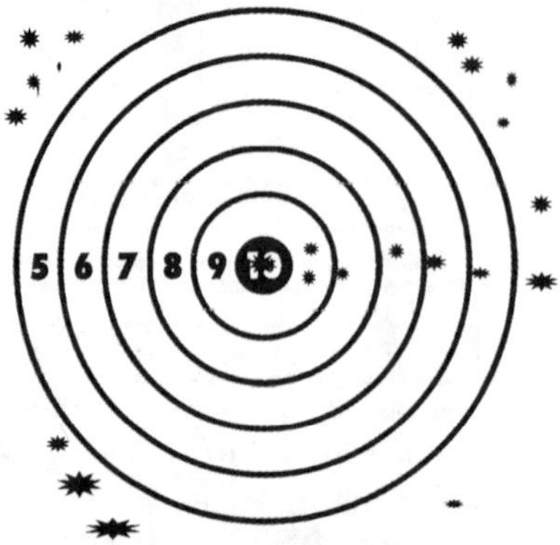

Sudoku

7		5	8					2
1				4			8	6
		2						
							7	
				2		3	1	
			5					
	9	3	2					
	4			9				
		1			5		6	7

solutions p. 432

SEMAINE 41

Jeudi

12

Octobre

St Wilfried

ÉNIGME

Mon premier signifie « eau » en anglais.
Mon second est ce que l'on gagne à un loto.
Mon tout est une ville belge où Napoléon a été battu.
Qui suis-je ?

On ne dit pas « mélodie en sous-sol », on dit « gare la voiture au parking ».

CULTURE G

VRAI/FAUX

La célèbre chanson de *Zorro* a été composée par Walt Disney.

Un homme dit à un autre : « Ma femme parle tellement que l'hiver dernier, quand on est allés passer deux semaines à Cuba, elle est rentrée avec un coup de soleil sur la langue. »

JEU DE LETTRES

À l'aide des lettres au centre, formez quatre mots nouveaux en vous aidant des lettres dans les carrés ci-contre.

CULTURE G

LE SAVIEZ-VOUS ?

La méthode de mise à mort sur une croix est appelée crucifiement. Attaché bras écartés, pieds cloués, le condamné meurt par asphyxie. Le terme « crucifixion » est réservé à Jésus !

Combien de pois ont été effacés ?

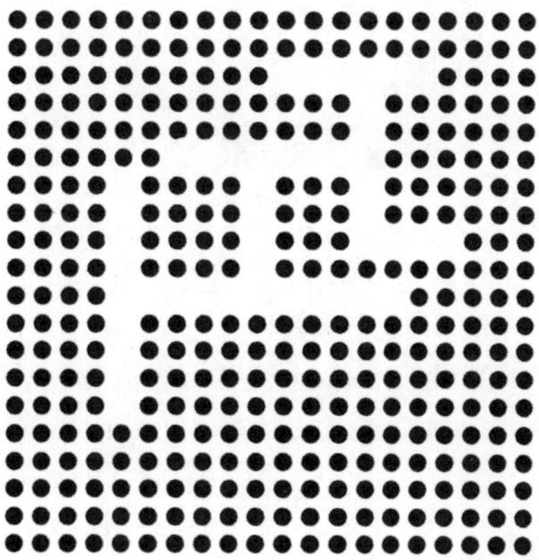

JEU DE CHIFFRES

Avec les chiffres suivants, trouvez les opérations à effectuer pour obtenir 848.

Attention : chaque chiffre ne peut être utilisé qu'une seule fois !

3 - 6 - 10 - 50

solutions p. 433

SEMAINE 41

Vendredi

13

Octobre

St Géraud

« Les invités, comme le poisson, commencent à sentir mauvais au bout de trois jours. »

Benjamin Franklin, homme d'État américain

CULTURE G

C'EST ARRIVÉ AUJOURD'HUI

13 octobre 1970

Après avoir été inscrite sur la liste des personnes recherchées par le FBI, Angela Davis, militante révolutionnaire du mouvement Noir américain, est arrêtée et condamnée à mort. Elle sera acquittée en juin 1972 de toutes les charges qui pèsent contre elle.

JEU DE LETTRES

Pouvez-vous compléter la conjugaison au passé simple du verbe « acquiescer » ?

j'_ _ _ *tu _ _ _*

il _ _ _ *nous _ _ _*

vous _ _ _ *ils _ _ _*

On tarde à grandir,
on ne tarde pas à mourir.

Proverbe africain

MATHS

Savez-vous à quoi est égal 1 mètre cube ?

A. 10 litres B. 100 litres

C. 1 000 litres D. 10 000 litres

Trouvez le chemin pour sortir de ce labyrinthe.

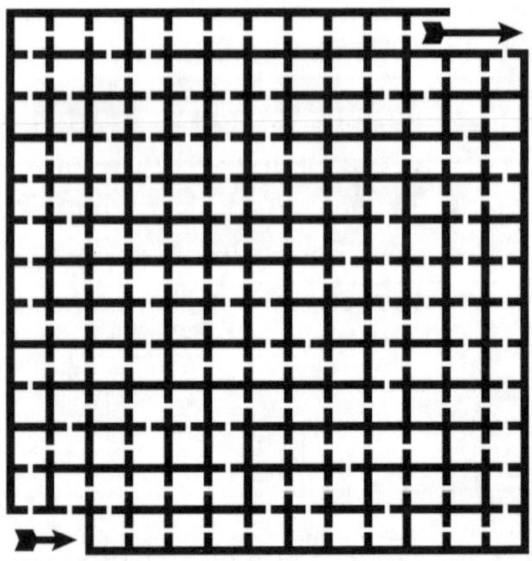

ÉNIGME

Dans un tiroir se trouvent 10 chaussettes bleues et 10 chaussettes rouges. Combien dois-je prendre de chaussettes dans mon tiroir pour être certain d'en avoir une paire de la même couleur ?

M. et Mme Smoalplancher ont une fille. Comment s'appelle-t-elle ?

Déborah

solutions p. 433

ÉNIGME

J'ai 4 pattes,
16 boules, 2 queues et
6 trous.
Qui suis-je ?

CULTURE G — Quiz

Quel pays d'Afrique a pour monnaie nationale l'ariary ?

A - La Somalie
B - L'Éthiopie
C - Madagascar

SEMAINE 41

Samedi 14 Octobre

St Juste

JEU DE LETTRES

Pouvez-vous retrouver le nom de ce dictateur, composé sur les touches du clavier ?

546 5664-86

JEU DE CHIFFRES

Faites cette opération de tête ! N'utilisez pas de papier, de crayon ou de calculatrice.

(55/11) × 9 =

Un chameau dit à un dromadaire :
– Comment ça va ?
– Bien, je bosse, et toi ?
– Je bosse, je bosse !

CULTURE G — INSOLITE

Un Américain a acheté sur un marché aux puces un œuf en or pour 14 000 $, dans le but de le fondre. Quelques années plus tard, en lisant un article, il s'est rendu compte que cet œuf était l'un des 8 œufs de Fabergé, disparu depuis un siècle, et qu'il valait la bagatelle de 20 millions de dollars. Une chance : il ne l'avait pas encore fait fondre !

Quel est le score de cette cible ?

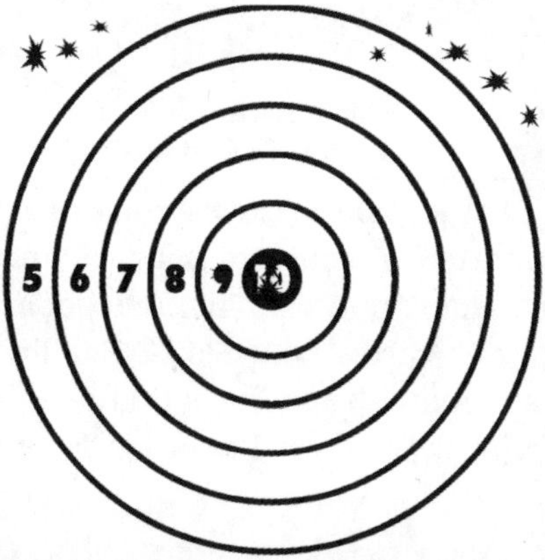

Que préfèrent les abeilles dans le mariage ?

La lune de miel.

solutions p. 433

SEMAINE 41

Dimanche

15

Octobre

Ste Thérèse d'Avila

ÉNIGME

Mon premier est le nom d'un animal têtu. Mon deuxième correspond aux trois dernières lettres du mot « nana ». Mon troisième est une lettre qu'on ajoute généralement au pluriel. Mon tout est un fruit. Qui suis-je ?

JEU DE CHIFFRES

Avec les chiffres suivants, trouvez les opérations à effectuer pour obtenir 340. Attention : chaque chiffre ne peut être utilisé qu'une seule fois !

3 - 8 - 11 - 13 - 25

JEU DE LETTRES

Pouvez-vous retrouver ce proverbe japonais, dont les lettres à l'intérieur des mots ont été mélangées ?

Il en em prtaaî psa sszae gntllntieei oupr treê ofu.

Pourquoi les Belges rentrent-ils dans un magasin avec un seau d'eau?

Pour payer en liquide.

CULTURE G – C'EST ARRIVÉ AUJOURD'HUI

15 octobre 1940

Le Dictateur, premier long-métrage parlant de Chaplin, est présenté aux États-Unis. C'est le premier film antinazi de l'histoire, bien que le symbole nazi n'apparaisse jamais.

« La politique n'est pas seulement l'art du possible. Il est des moments où elle devient l'art de rendre possible ce qui est nécessaire. »

Jacques Chirac, homme d'État français

Combien de carrés et de rectangles voyez-vous dans cette figure ?

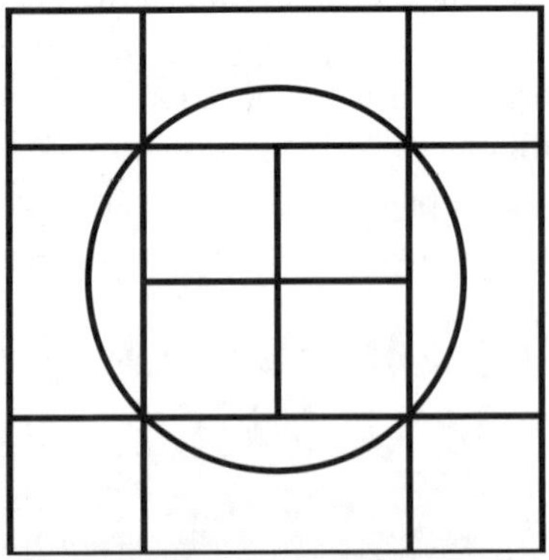

CULTURE G – LE SAVIEZ-VOUS ?

Les jeux de 52 cartes sont basés sur le calendrier : 4 couleurs pour les quatre saisons de l'année, 12 figures pour les 12 mois, 52 cartes pour les 52 semaines ; et la somme de tous les points d'un jeu, plus le joker, est de 365 pour les 365 jours de l'année.

solutions p. 433

SEMAINE 42

Lundi
16
Octobre

Ste Edwige

ÉNIGME

Mon premier est une boisson. Mon deuxième est une note de musique. Mon troisième est une action conjuguée que l'on fait à la bibliothèque. Mon tout est un prénom. Qui suis-je ?

L'étrange monastère

Le père Siffleur, bon musicien, mais mauvaise langue.
Le père Turbé, simple d'esprit, dérangeant et dérangé.
Le moine Ho, fin éleveur d'oiseaux.

Suite logique

Complétez cette suite logique.

8 - 2 - 6 - 4 - 7 - 3 - 5 - X

JEU DE LETTRES

À l'aide des lettres au centre, formez quatre mots nouveaux en vous aidant des lettres dans les carrés ci-contre.

Quand on met la main à la pâte, il en reste toujours quelque chose aux doigts.

Proverbe français

CULTURE G

INSOLITE

La rue la plus courte du monde est longue de seulement 2 mètres. Il s'agit d'Ebenezer Place à Wick, en Écosse, qui ne comporte qu'un seul numéro. Si vous partez à sa recherche, faites attention, car elle n'apparaît pas sur tous les GPS !

Combien de rectangles voyez-vous ?

Un officier de police dit à son supérieur :
– Chef ! Chef ! Un suspect a été arrêté hier, il est boulanger !
– Il faudra faire attention à l'interrogatoire, il pourrait bien... nous rouler dans la farine !

solutions p. 433

SEMAINE 42

Mardi
17
Octobre

St Baudouin

ÉNIGME

Pourquoi certains Français portent-ils des bretelles « bleu blanc rouge » ?

« Il y a plus de philosophie dans une bouteille de vin que dans tous les livres. »
Louis Pasteur, scientifique français

CULTURE G

Quiz

Quel Africain a reçu le prix Nobel de la paix en 1984 ?
A - Nelson Mandela
B - Félix Houphouët-Boigny
C - Desmond Tutu

JEU DE LETTRES

Formez un mot avec les lettres suivantes :

Z – H – I – O – S – W – B

Dans quel état se trouve le fleuve Rio Grande ?

Liquide.

CULTURE G

LE SAVIEZ-VOUS ?

Le contact d'un chat ronronnant permet la production de sérotonine, qui entraîne une diminution de la douleur, de l'anxiété et de la tension artérielle, ainsi qu'une amélioration des cycles du sommeil.

Combien de pois ont été effacés ?

JEU DE CHIFFRES

Faites cette opération de tête ! N'utilisez pas de papier, de crayon ou de calculatrice.

(1 000 – 6 789) × 4 =

solutions p. 434

ÉNIGME

Pouvez-vous faire un nœud avec une ficelle, en la tenant par les deux bouts, mais sans les lâcher ?

CULTURE G

INSOLITE

À Autheuil, dans l'Orne, un contribuable décédé a reçu une lettre du Trésor public à sa dernière demeure : le cimetière ! Même le numéro de la tombe était indiqué !

JEU DE CHIFFRES

Avec les chiffres suivants, trouvez les opérations à effectuer pour obtenir 555. Attention : chaque chiffre ne peut être utilisé qu'une seule fois !

1 - 3 - 4 - 7 - 9 - 100

Un gendarme fait stopper un automobiliste :
– À combien rouliez-vous ?
– À deux seulement, mais si vous voulez monter, il reste une place.

SEMAINE 42

Mercredi 18 Octobre

St Luc

CULTURE G

VRAI/FAUX

C'est François Mitterrand qui a proclamé l'ouverture des Jeux olympiques à Albertville, en 1992.

JEU DE LETTRES

Formez un mot avec les lettres suivantes :

A – A – V – I – U – O

Le chien aboie, le chacal jappe, le cheval hennit et la fourmi croonde.

Quelles sont les 7 différences entre ces deux images ?

solutions p. 434

SEMAINE 42

Jeudi

19

Octobre

St René

ÉNIGME

Mon premier est un féculent. Mon deuxième est un déterminant possessif. Mon troisième est un endroit où l'on cultive. Mon quatrième est quelque chose que les chiens aiment ronger. Mon tout est un animal à cornes. Qui suis-je ?

CULTURE G — C'EST ARRIVÉ AUJOURD'HUI

19 octobre 1960

Les États-Unis mettent en place un embargo contre Cuba, interdisant les exportations américaines vers l'île, pour marquer leur opposition à son dirigeant, Fidel Castro. Encore en vigueur, c'est le plus long embargo commercial de l'époque contemporaine.

« Non seulement Dieu n'existe pas, mais en plus il est impossible de trouver un plombier le dimanche. »

Woody Allen, cinéaste américain

Virelangue

Amusez-vous à répéter dix fois de suite cette phrase.

Un pâtissier qui pâtissait chez un tapissier qui tapissait dit un jour au tapissier qui tapissait : « Vaut-il mieux pâtisser chez un tapissier qui tapisse ou tapisser chez un pâtissier qui pâtisse ? »

CULTURE G — LE SAVIEZ-VOUS ?

Pour les biologistes, le fruit est le produit végétal succédant à la fleur après fécondation et renfermant les graines de la plante. La tomate est donc un fruit, comme l'aubergine ou le concombre !

Sudoku de lettres

Attention : les chiffres sont remplacés par les lettres A, B, C, D, E, F, G, H, I !

B	C							H
D					B	F		
H				C	F			D
	D						A	I
						D		
			I			H	E	
			C		G			
I						E		
	A			E			F	C

Quel est le score de cette cible ?

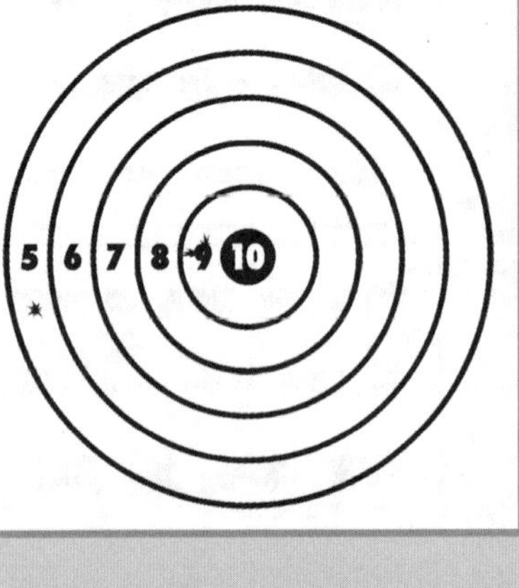

solutions p. 434

On ne dit pas « Hélène Ségara », mais « Hélène s'est perdue ».

ÉNIGME

Mon premier a des bois.
Mon deuxième a des bois.
Mon troisième a des bois.
Mon quatrième a des bois.
Mon cinquième a des bois.
Mon sixième a des bois.
Mon tout vit dans l'eau.
Qui suis-je ?

SEMAINE 42

Vendredi 20 Octobre

Ste Adeline

JEU DE LETTRES

Pouvez-vous retrouver le nom de ce chef gaulois, composé sur les touches du clavier ?

8372464386749

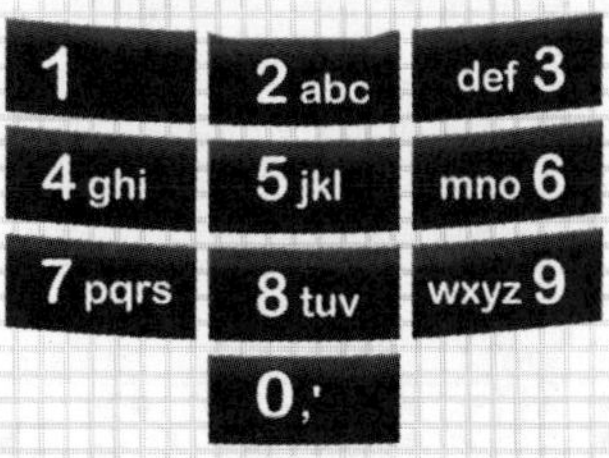

CULTURE G

INSOLITE

Raoul Villain, l'assassin du leader socialiste Jean Jaurès, a été acquitté au terme de son procès. La veuve de Jaurès a, quant à elle, été condamnée à payer les frais du procès !

CULTURE G

Quiz

Quelle est la hauteur des chutes Victoria ?
A - 108 m
B - 158 m
C - 178 m

Toto est à l'école.
La maîtresse lui demande :
– Toto, nomme-moi deux pronoms.
– Qui, moi ?
– Bravo Toto, c'est très bien !

Que ce soit le matin ou le soir, les pendules indiquent les heures de 1 à 12. Anchorage est en GMT – 9, Wellington en GMT + 13 et Hangzhou en GMT + 8. Trouvez l'heure de la ville qu'indique chaque pendule.

M. et Mme Diossy ont une fille. Comment s'appelle-t-elle ?

Daisy.

solutions p. 434

SEMAINE 42

Samedi

21

Octobre

Ste Céline

« Celle-là, quand on veut l'embrasser sur les deux joues, il est plus court de passer par-derrière... »

Tristan Bernard, écrivain français

ÉNIGME

Lucie dispose de 159 perles. Combien peut-elle faire de colliers de 17 perles et de colliers de 13 perles en utilisant exactement ses 159 perles ?

JEU DE LETTRES

Élargissez votre vocabulaire !

Trouvez ce mot de 14 lettres, qui est synonyme de « discrètement » et de « furtivement ».

Les gens riches ont des héritiers, pas des enfants.

Proverbe juif

Suite logique

Complétez cette suite logique de dominos.

Trouvez le chemin pour sortir de ce labyrinthe.

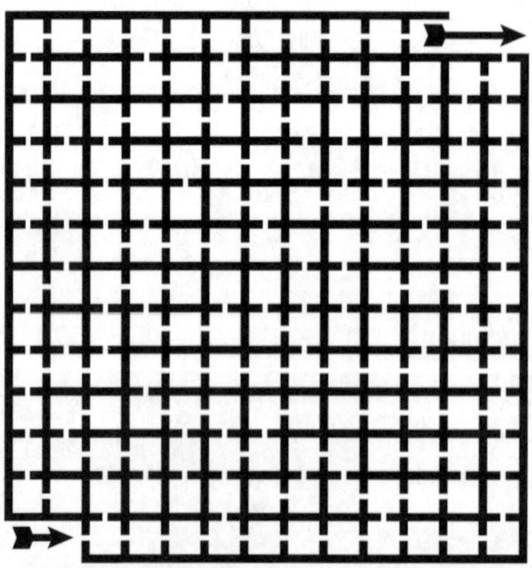

Comment peut-on expliquer qu'il y ait autant de divorces ?

Parce qu'il y a trop de mariages.

CULTURE G — C'EST ARRIVÉ AUJOURD'HUI

21 octobre 1934

30 centimes : c'est le prix du premier numéro du *Journal de Mickey* mis en vente ce jour-là. La moitié des pages est en couleurs et les héros sont Mickey Mouse et Donald Duck.

solutions p. 434

SEMAINE 42

Dimanche

22

Octobre

Ste Élodie

ÉNIGME

Mon premier est un moyen de transport.
Mon second est un moyen de cuisson.
Mon tout est un croisement de route.
Qui suis-je ?

Quel est le comble pour un chien de chasse ?

C'est de poser un lapin à son maître.

CULTURE G

INSOLITE

La gourmandise n'a pas de limite ! En France, cinq personnes ont braqué une boulangerie pour y dérober... 48 Kinder Surprise !

Suite logique

Complétez cette suite logique :

VIII 5 – XXXI 7 – IIV 4 - XXVI 7 - XVI ?

CULTURE G

Quiz

Quel est le seul pays hispanophone d'Afrique ?

A - La Guinée équatoriale
B - La Guinée Bissau
C - Le Congo

JEU DE LETTRES

Formez un mot avec les lettres suivantes :

A – D – E – H – I – N – O – O – P – Q – R – U – Y

Combien de carrés et de rectangles voyez-vous dans cette figure ?

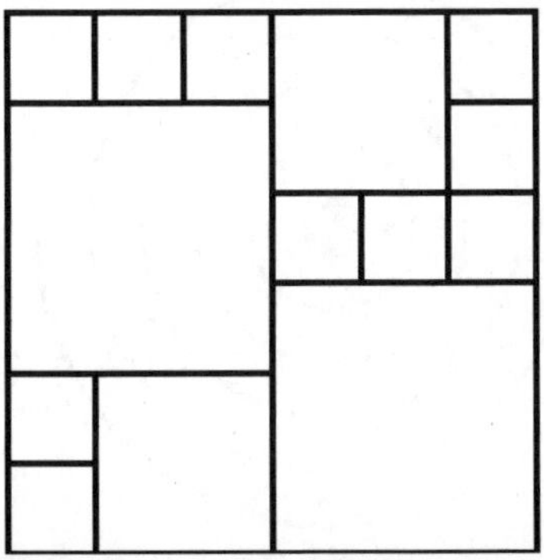

Toto est adulte et cherche un ancien camarade d'école.
Il entre dans un immeuble et s'adresse au concierge :
– Bonjour, est-ce que M. Dupoussin habite encore ici ?
– Non, il n'y a pas de M. Dupoussin dans cet immeuble.
– Vous en êtes sûr ?
– Oui. En revanche, il y a un M. Ducoq.
– Oh, ça doit sûrement être lui ! Il a dû grandir depuis l'école !

solutions p. 435

SEMAINE 43

Lundi

23

Octobre

St Jean de Capistran

ÉNIGME

Mon premier vient après la lettre H. Mon deuxième est fait avec un instrument de géométrie. Mon troisième est le féminin de « il ». Mon tout est un oiseau. Qui suis-je ?

JEU DE LETTRES

Quel est le seul mot dont la première lettre change au pluriel ?

CULTURE G — LE SAVIEZ-VOUS ?

Le Chant de guerre pour l'armée du Rhin composé par Rouget de Lisle a été repris par les fédérés de Marseille participant à l'insurrection des Tuileries : il est devenu *La Marseillaise*.

« Se faire tuer ne prouve rien ; sinon qu'on n'est pas le plus fort. »
Denis Diderot, écrivain français

M. et Mme Parailafatigue ont une fille. Comment s'appelle-t-elle ?

Candice.

CULTURE G — VRAI/FAUX

La langue est le muscle le plus puissant du corps humain.

Sudoku

				2				
3				1				
	1		5			2	6	
	5		4		7			2
			2				4	
8					5			
1	8						7	
			6	4		8	3	9
								4

Quel est le score de cette cible ?

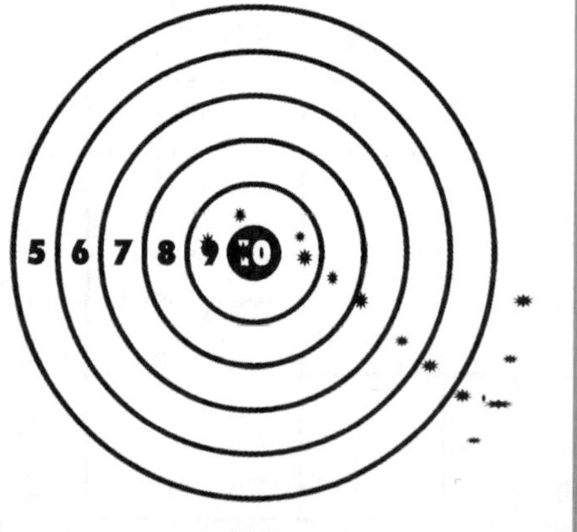

solutions p. 435

ÉNIGME

Quel est l'animal qui marche sur quatre pattes à l'aube, deux pattes durant le jour et trois pattes le soir ?

JEU DE CHIFFRES

Avec les chiffres suivants, trouvez les opérations à effectuer pour obtenir 168.

Attention : chaque chiffre ne peut être utilisé qu'une seule fois !

1 - 1 - 3 - 2 - 4 - 5

SEMAINE 43

Mardi

24

Octobre

St Florentin

CULTURE G

Quiz

Qui a composé le célèbre thème de *Star Wars* ?

A - John Williams

B - John Barry

C - Bernard Hermann

JEU DE LETTRES

Pouvez-vous retrouver ce proverbe turc, dont les lettres à l'intérieur des mots ont été mélangées ?

Rpou l'rmaou d'nue roes, el neraiijrd set el srvituree ed imlle spinee

Quel animal est le plus dangereux ?

La tortue, car elle tord et elle tue.

Quelles sont les 7 différences entre ces deux images ?

Quelle heure est-il quand l'horloge sonne 13 coups ?

L'heure de la réparer.

CULTURE G

C'EST ARRIVÉ AUJOURD'HUI

Jeudi 24 octobre 1929

Krach boursier : les cours de Wall Street s'effondrent. L'indice Dow Jones perd 22,6 %. L'indice boursier perd 40 %. Les États-Unis s'enfoncent dans la crise.

solutions p. 435

SEMAINE 43

Mercredi

25

Octobre

St Crépin

« Tout le monde est capable de créer un système incapable de fonctionner. »

Coluche, humoriste français

ÉNIGME

Pourquoi un homme qui vit au Canada ne peut-il pas être enterré aux États-Unis ?

JEU DE LETTRES

Pouvez-vous compléter la conjugaison au passé simple du verbe « choir » ?

je ___ *tu* ___
il ___ *nous* ___
vous ___ *ils* ___

CULTURE G – VRAI/FAUX

On peut avoir une acuité visuelle supérieure à 10.

Quel est le comble pour un footballeur ?

De ne pas avoir de but dans la vie !

CULTURE G – LE SAVIEZ-VOUS ?

C'est parce que Riri, Fifi et Loulou ont fait exploser un pétard sous le fauteuil de leur père que leur mère, Della, les expédie chez Donald, leur oncle. Il ne sera plus jamais question des parents des garnements dans la suite des bandes dessinées.

JEU DE CHIFFRES

Savez-vous à quoi est égale 1 tonne ?

A. 10 kg B. 100 kg
C. 1 000 kg D. 10 000 kg

Que ce soit le matin ou le soir, les pendules indiquent les heures de 1 à 12. Anchorage est en GMT – 9, Vientiane en GMT + 7 et Fort-de-France est en GMT –4. Trouvez l'heure de la ville qu'indique chaque pendule.

07:11 12:11

08:11

solutions p. 435

SEMAINE 43

Jeudi

26

Octobre

St Dimitri

Quel est le sport que les serpents détestent le plus ?

La course à pied.

JEU DE CHIFFRES

Faites cette opération de tête !
N'utilisez pas de papier,
de crayon ou de calculatrice.

(1 000 – 740) × 0,5 =

CULTURE G – INSOLITE

Chaque 26 octobre est fêté le *Angam Day* dans la république de Nauru. C'est à cette date que l'île a atteint pour la première fois, depuis sa colonisation, une population de 1 500 habitants.

Quel est le score de cette cible ?

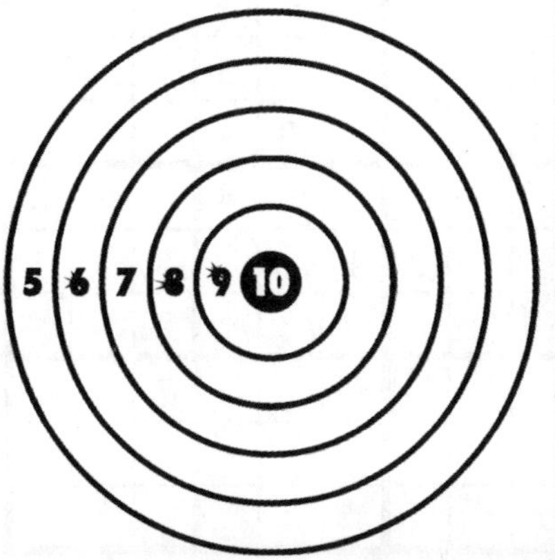

ÉNIGME

Jean-Pierre aime jouer au tennis. Son partenaire préféré est le frère unique de la fille unique de son beau-père. Qui est-ce ?

CULTURE G – *Quiz*

Quel empereur a interdit, et donc mis fin aux Jeux olympiques antiques ?

A - Néron
B - Théodose
C - Caligula

Un Mexicain est le témoin d'un accident : un bus plein de touristes tombe au fond d'un ravin. Que crie-t-il ?

« Cie ! Cie ! Cie ! Car en bas ! »

JEU DE LETTRES

À l'aide des lettres au centre, formez quatre mots nouveaux en vous aidant des lettres dans les carrés ci-contre.

solutions p. 435

SEMAINE 43

Vendredi

27

Octobre

Ste Émeline

ÉNIGME

Mon premier sert à ouvrir la porte. Mon second signifie « dit quelque chose de faux ». Mon tout est un prénom. Qui suis-je ?

Combien de pois ont été effacés ?

CULTURE G — VRAI/FAUX

Le chocolat peut jouer un rôle d'antidépresseur.

Virelangue

Amusez-vous à répéter dix fois de suite cette phrase.

Supercalifragilistique expialidocious.

« Comme le disent les Chinois : "Qui n'est pas venu sur la Grande Muraille n'est pas un brave, et qui vient sur la Grande Muraille conquiert la bravitude." »

Ségolène Royal, femme politique française

CULTURE G — LE SAVIEZ-VOUS ?

Les initiales de chaque mot de la phrase « Mon Vieux Tacot M'a Jeté Sur Une Nouvelle Planète » correspondent à l'ordre des planètes du système solaire : Mercure, Vénus, Terre, Mars, Jupiter, Saturne, Uranus, Neptune et Pluton, même si cette dernière ne fait plus partie des planètes du système solaire depuis peu.

Sudoku

					1		4	
					5	1		7
8			7	9				2
			2		4			6
5		8	1			3		
2								
	3					7		
		5		8				4
7							1	

Quel animal a le plus de dents ?

La petite souris.

solutions p. 436

CULTURE G

C'EST ARRIVÉ AUJOURD'HUI

28 octobre 1949

Premier crash sur la ligne Paris-New York. Parmi les victimes se trouve Marcel Cerdan. Anéantie, Édith Piaf, sa compagne, lui dédie l'un de ses plus beaux succès, *L'Hymne à l'amour*.

ÉNIGME

Mon premier est un animal de la ferme. Mon deuxième est un pronom démonstratif. Mon troisième sert à faire les pulls. Mon tout est une matière fragile qui sert aussi à faire des assiettes. Qui suis-je ?

SEMAINE 43

Samedi 28 Octobre

Sts Simon et Jude

JEU DE LETTRES

Pouvez-vous retrouver le titre de cet album de Tintin, composé sur les touches du clavier ?

53 732738 33 52 5426763

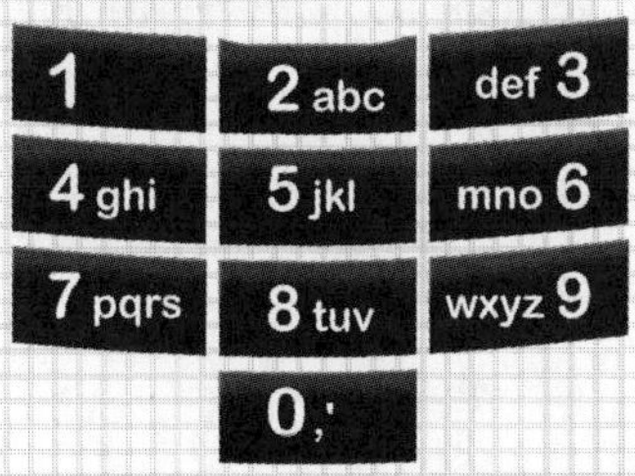

Dans un poste de police en Laponie, un policier interroge un suspect : « Que faisiez-vous durant la nuit du 28 octobre au 4 mars ? »

JEU DE CHIFFRES

Avec les chiffres suivants, trouvez les opérations à effectuer pour obtenir 401. Attention : chaque chiffre ne peut être utilisé qu'une seule fois !

6 - 7 - 8 - 9 - 10

« Certains hommes aiment tellement leur femme que, pour ne pas l'user, ils se servent de celles des autres. »
Coluche, humoriste français

Que sert à l'homme de gagner l'Univers s'il n'a pas de culotte pour passer l'hiver ?
Proverbe canadien

Trouvez la carte manquante.

solutions p. 436

SEMAINE 43

Dimanche

29

Octobre

St Narcisse

PASSAGE À L'HEURE D'HIVER (- 1 H)

« Un homme sur mille est un meneur d'hommes. Les 999 autres sont des suiveurs de femmes. »

Francis Blanche, humoriste français

Quiz

CULTURE G

Sur quel atoll des îles Marquises est enterré Paul Gauguin, aux côtés de Jacques Brel ?

A - Atuona

B - Nuku Hiva

C - Tahuata

Trouvez le chemin pour sortir de ce labyrinthe.

ÉNIGME

Prenez une pizza et placez-la devant vous. En combien de morceaux maximum pouvez-vous la couper en n'effectuant que six coupes ?

JEU DE LETTRES

Quelle est la particularité des mots suivants ?

Œufs – oignons – houx

Quelle est la différence entre un galet et un conducteur ?

Le galet, plus il roule, plus il est poli.

INSOLITE

CULTURE G

Le clonage de la brebis Dolly a été réalisé à partir de cellules de glande mammaire. Son nom est un hommage à Dolly Parton, chanteuse américaine de country dotée d'une poitrine généreuse !

Suite logique

Complétez cette suite logique :

1 - 11 - 30 - 22 - 41 - 15 - 4X

solutions p. 436

SEMAINE 44

Lundi
30
Octobre

Ste Bienvenue

ÉNIGME

Nous en avons deux, placées de façon symétrique, de manière à réceptionner les sonorités qui nous entourent. Qui sont-elles ?

Pourquoi une blonde met-elle de l'eau sur son ordinateur ?

Pour surfer sur Internet !

JEU DE LETTRES

Formez un mot avec les lettres suivantes :

H – I – C – P – S – T – T

JEU DE CHIFFRES

Avec les chiffres suivants, trouvez les opérations à effectuer pour obtenir 312.
Attention : chaque chiffre ne peut être utilisé qu'une seule fois !

1 - 7 - 4 - 3 - 8

CULTURE G — VRAI/FAUX

Les girafes accouchent debout.

CULTURE G — C'EST ARRIVÉ AUJOURD'HUI

30 octobre 1980

L'humoriste Coluche annonce sa candidature aux élections présidentielles de 1981. Il est crédité de 16 % d'intentions de vote. Son slogan est « Jusqu'à présent la France est coupée en deux, avec moi elle sera pliée en quatre. »

Combien de carrés, de rectangles et de cercles voyez-vous ?

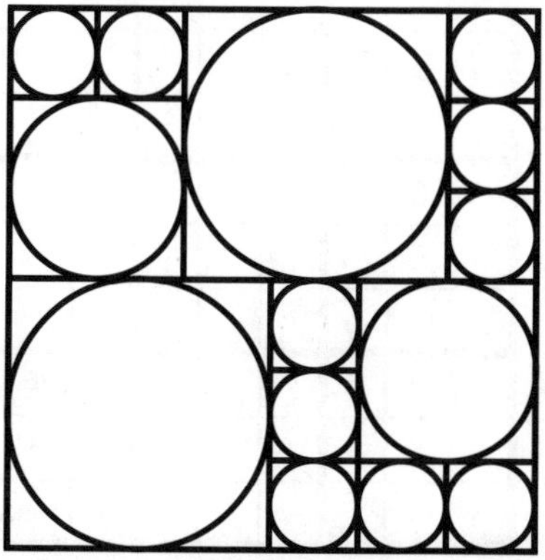

Deux mamans parlent de leurs rejetons :
– Le mien n'arrête pas de faire des bêtises !
– Vous n'avez qu'à lui acheter un vélo…
– Ah bon ? Vous pensez que c'est en le gâtant qu'il va se calmer ?
– Non, mais il ira faire ses bêtises plus loin !

solutions p. 436

SEMAINE 44

Mardi
31
Octobre

St Quentin
HALLOWEEN

ÉNIGME

Un lingot d'or pèse ¾ d'un lingot plus 1 kg. Combien pèse alors un lingot d'or ?

Que fait une blonde quand on lui donne un éventail ?

Elle remue la tête.

CULTURE G

Quiz

Quel est le pays dont la monnaie est le kip ?

A - Laos

B - Burundi

C - Macao

Quel est le score de cette cible ?

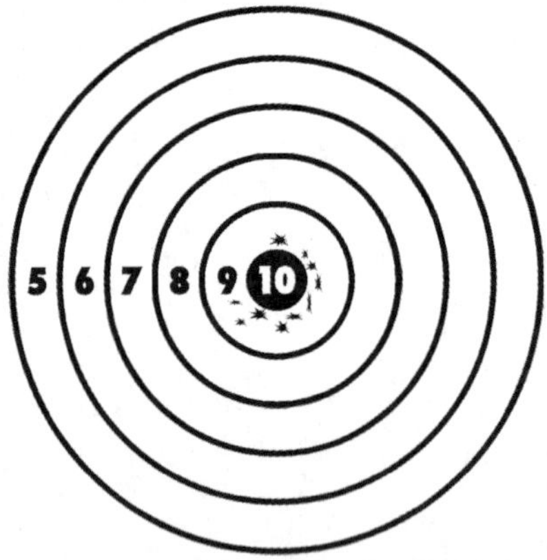

Virelangue

Amusez-vous à répéter dix fois de suite cette phrase.

Un original qui ne veut pas se désoriginaliser ne se désoriginalisera jamais.

CULTURE G

LE SAVIEZ-VOUS ?

La mèche des archets d'instruments de musique à cordes est constituée d'une centaine de crins de chevaux pur-sang. La qualité du crin et la forme de l'archet sont déterminantes pour la qualité du son produit par l'instrument.

Sudoku

5			8	9			3	
			2		5			9
4				3				
	6			7				
9	8	1				6		
								5
			7		1		4	
8				2				
6	3					2		1

« Quatre-vingts ans, c'est l'âge de la puberté académique. »
Paul Claudel, dramaturge et poète français

solutions p. 437

SEMAINE 44

Mercredi

1

Novembre

Ste Cassandre
TOUSSAINT

CULTURE G

INSOLITE

Avez-vous déjà remarqué comme il est difficile de faire tenir une paille dans une canette ? Servez-vous du trou dans l'opercule, il est fait exprès pour ça !

ÉNIGME

Mon premier est un oiseau bavard.
Mon deuxième est une lettre de l'alphabet.
Mon troisième sert à faire des châteaux de sable.
Mon tout est un peintre.
Qui suis-je ?

JEU DE CHIFFRES

Faites cette opération de tête ! N'utilisez pas de papier, de crayon ou de calculatrice.

$8 \times ((25 \times 3)/5) =$

Perle de bulletin scolaire

« Des progrès, mais toujours nul. »

Jésus marche sur l'eau. Saint Pierre, qui nage à ses côtés, l'interpelle : « T'es bête, elle est vachement bonne ! »

CULTURE G

VRAI/FAUX

La pomme contient un poison violent : le cyanure.

Quelles sont les pièces qui ne rentrent pas dans le puzzle ?

JEU DE LETTRES

Pouvez-vous retrouver cette citation de Jules Renard composée sur les touches du clavier ?

6'32688268 783 766 2687243 784 63 584 347248 7436, 45 73 42732 3'4683783647.

solutions p. 437

SEMAINE 44

Jeudi
2
Novembre

St Victorin
DÉFUNTS

Devinette

Quelle est la raison principale de l'échec scolaire ?

Les examens.

JEU DE LETTRES

Formez un mot avec les lettres suivantes :

A – C – E – H – H –
O – P – P – S – T – Y

CULTURE G — LE SAVIEZ-VOUS ?

Les Nord-Coréens n'ont pas le droit d'adopter n'importe quelle coiffure. Ainsi, les femmes ont le choix entre les 18 coiffures imposées par le pouvoir. Tous les hommes, eux, doivent arborer la même coiffure que leur dirigeant : Kim Jong-un.

Suite logique

Complétez cette suite logique de dominos.

ÉNIGME

Pouvez-vous expliquer pourquoi un verre, quand il tombe, n'éclate qu'au dernier rebond ?

CULTURE G — INSOLITE

Elaine Davidson détient le record du plus grand nombre de piercings. Elle n'en a pas moins de 10 500 !

« Je vous croyais mort ! Enfin, ce sera pour une autre fois. »
Jules Renard, écrivain français

Quel est le joueur de l'équipe A qui ne fait pas partie de l'équipe B ?

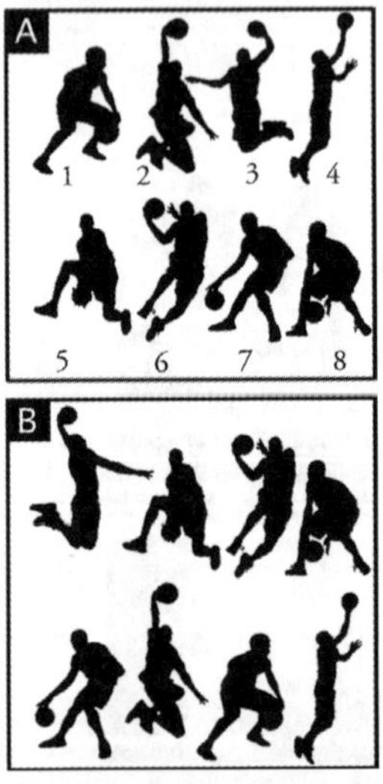

solutions p. 437

ÉNIGME

Mon premier est une lettre. Mon deuxième sert à fixer des objets. Mon troisième correspond aux quatre dernières lettres de « relier ». Et mon tout va à l'école. Qui suis-je ?

Dieu a dit à Obama de faire de la musculation. Depuis, Obama est baraque !

SEMAINE 44

Vendredi
3
Novembre

St Hubert

JEU DE LETTRES

À l'aide des lettres au centre, formez quatre mots nouveaux en vous aidant des lettres dans les carrés ci-contre.

JEU DE CHIFFRES

Avec les chiffres suivants, trouvez les opérations à effectuer pour obtenir 539. Attention : chaque chiffre ne peut être utilisé qu'une seule fois !

1 - 3 - 6 - 7 - 9

Devinette

Que dit un aveugle auquel on tend un morceau de papier de verre ?

« Mince, c'est écrit tout petit ! »

Quiz

CULTURE G

Lequel de ces sports n'a jamais été un sport olympique ?

A - Le surf

B - Le golf

C - La boxe

CULTURE G

C'EST ARRIVÉ AUJOURD'HUI

3 novembre 1957

Lancement du satellite *Spoutnik 2*. À bord, Laïka, une chienne, premier être vivant mis en orbite autour de la Terre. Aucun dispositif de survie n'était prévu pour l'animal, qui est mort dans l'espace, avant que la sonde ne soit désintégrée en rentrant sur Terre.

Quel est le score de cette cible ?

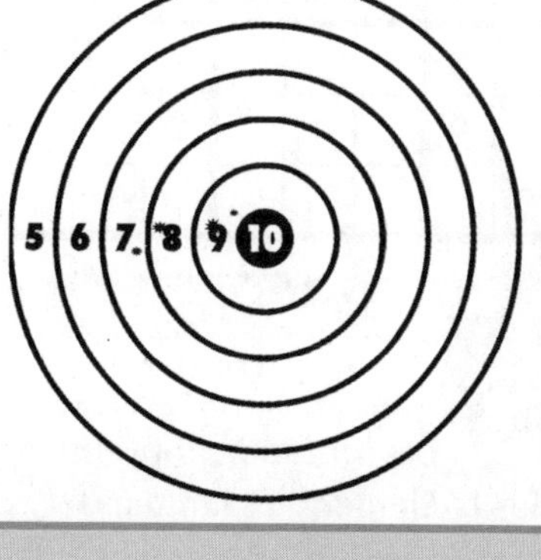

solutions p. 437

SEMAINE 44

Samedi

4

Novembre

St Charles

ÉNIGME

Dans une boîte, on a réuni des araignées et des scarabées au nombre de 8 en tout. Au total, on compte 54 pattes dans la boîte. Combien y a-t-il alors d'araignées et de scarabées dans la boîte ?

Combien de pois ont été effacés ?

Virelangue

Amusez-vous à répéter dix fois de suite cette phrase.

Ce ver vert sévère sait verser ses verres verts.

CULTURE G

LE SAVIEZ-VOUS ?

Ivy Mike, la première bombe H, a explosé sur l'atoll d'Eniwetok en novembre 1952. Elle était 500 fois plus puissante que les bombes atomiques larguées sur Hiroshima et Nagasaki.

Sudoku

	9	3	4	5			8	
				9	6			
								6
		1		8		2	9	
		4						
3					7			8
		8				7		
		9		1		5	2	
	5							

Devinette

Quel est le comble pour un agent de police?

Souffrir de troubles de la circulation.

« Il est sorti premier d'un concours de circonstances. »

Paul Claudel, dramaturge et poète français

CULTURE G

VRAI/FAUX

Les enfants apprennent plus facilement les langues.

solutions p. 437

SEMAINE 44

Dimanche

5

Novembre

Ste Sylvie

ÉNIGME

Synonyme d'habileté, un jongleur sait la gérer. On la trouve dans un carnet ou l'on part sans la laisser.
Qui suis-je ?

On ne dit pas « gestionnaire de tâches », mais « directeur des ressources humaines ».

JEU DE CHIFFRES

Faites cette opération de tête !
N'utilisez pas de papier, de crayon ou de calculatrice.

9 999 + (460/4) =

CULTURE G

Quiz

Quel pays africain a été fondé au XIXe siècle par des esclaves noirs américains affranchis ?

A - La Sierra Leone

B - Le Liberia

C - Le Ghana

JEU DE LETTRES

Formez un mot avec les lettres suivantes :

A – C – P – E – P –
H – I – M – O – P

Un couple se balade :
– Chéri, ce paysage me laisse sans voix...
– Parfait, nous campons ici !

Trouvez le chemin pour sortir de ce labyrinthe.

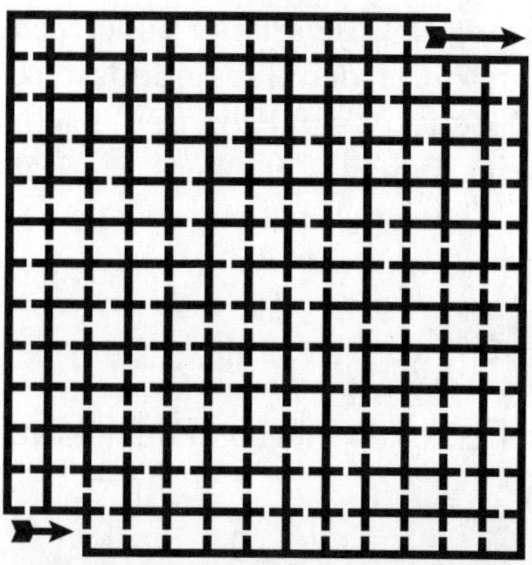

CULTURE G

INSOLITE

On évoque souvent les lois insolites américaines, mais la France en a également ! Saviez-vous par exemple qu'il est interdit d'appeler son cochon Napoléon, et qu'un arrêté municipal interdit aux soucoupes volantes de se poser à Avignon ?

solutions p. 438

SEMAINE 45

Lundi

6

Novembre

St Léonard

« Voler, c'est quand on a trouvé un objet avant qu'il ne soit perdu. »
Coluche, humoriste français

ÉNIGME

Un coq pond un œuf sur le faîte d'un toit, dont la pente est de 30° d'un côté et de 45° de l'autre. De quel côté va tomber l'œuf pondu ?

JEU DE LETTRES

Pouvez-vous retrouver cette citation de Pythagore, dont les lettres à l'intérieur des mots ont été mélangées ?

Nu oehmm n'set jmaias is gnrad euq lrsq'loui set à nxouge pruo draie nu nfneat.

Devinette

Quelle est la différence entre une grand-mère et une théière ?

Aucune, une grand-mère nous donne de la bonté et une théière nous donne du bon thé.

CULTURE G — VRAI/FAUX

L'orange est le fruit qui contient le plus de vitamine C.

CULTURE G — LE SAVIEZ-VOUS ?

L'ophtalmologue anglais John Taylor fut le médecin personnel des yeux du roi George II. Ce charlatan a opéré, en 1749, puis en 1751, les deux plus grands musiciens de l'époque : Jean-Sébastien Bach, puis Haendel. Dans les deux cas, l'opération a échoué, laissant le patient aveugle.

Combien de polygones voyez-vous dans cette figure ?

JEU DE CHIFFRES

Quel est le carré du quart du tiers de 12 ?

A. 1
B. 3
C. 9

solutions p. 438

Quel est le score de cette cible ?

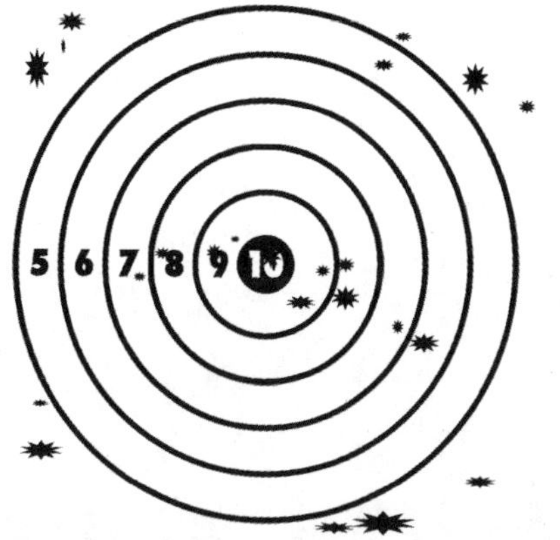

Un petit garçon demande à sa maman :
– Elle faisait quoi comme métier, la Sainte Vierge ?
– Elle était mère au foyer.
– Alors, pourquoi a-t-elle mis le petit Jésus à la crèche ?

SEMAINE 45

Mardi

7

Novembre

Ste Carine

ÉNIGME

Mon premier se met sur un bateau. Mon deuxième est une onomatopée. Mon troisième est le contraire de tard. Mon quatrième correspond aux deux dernières syllabes de « téléphone ». On écoute de la musique avec mon tout.
Qui suis-je ?

Quiz

CULTURE G

Le site de Tsodilo est surnommé « le Louvre du désert » pour ses nombreuses peintures rupestres et gravures, et fait partie du patrimoine mondial de l'Unesco. Dans quel pays se trouve ce site culturel ?

A - Tchad
B - Botswana
C - Somalie
D - Éthiopie

Quand les Chinois se sont-ils intéressés au Tour de France ?

Quand ils ont entendu parler de Mao jaune !

JEU DE CHIFFRES

Avec les chiffres suivants, trouvez les opérations à effectuer pour obtenir 534.
Attention : chaque chiffre ne peut être utilisé qu'une seule fois !

7 - 3 - 9 - 1 - 6

JEU DE LETTRES

Pouvez-vous retrouver le nom d'un groupe de musique, composé sur les touches du clavier ?

843 7655464 786637

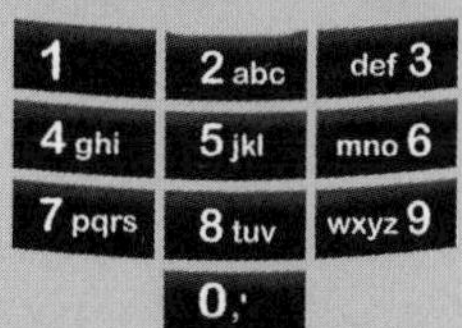

Ne te lasse pas de crier ta joie d'être en vie et tu n'entendras plus d'autres cris.

Proverbe touareg

solutions p. 438

SEMAINE 45

Mercredi

8

Novembre

St Geoffroy

ÉNIGME

Comment peut-on faire du feu avec de la glace ?

JEU DE CHIFFRES

À combien sont égales 12 000 secondes ?

A. 3 h 10

B. 3 h 20

C. 3 h 30

CULTURE G — VRAI/FAUX

Pour mieux cicatriser après une petite blessure, il faut la laisser sécher à l'air libre.

« Le secret de ma bonne santé, c'est ma tempérance. Je n'ai ni bu d'alcool ni fumé le cigare avant l'âge de 9 ans. »

W. C. Fields, acteur américain

JEU DE LETTRES

Quel est le plus long mot de la langue française ne comportant pas la lettre E ?

CULTURE G — AUX ORIGINES

Dans la mythologie, tout ce que le roi Midas touchait se transformait en or. Comme il ne pouvait plus se nourrir, il dut se baigner dans le fleuve Pactole pour être délivré du sort. « Toucher le pactole » signifie s'enrichir très rapidement.

Que ce soit le matin ou le soir, les pendules indiquent les heures de 1 à 12. New York est en GMT – 5, Hô Chi Minh en GMT + 7 et Santiago du Chili en GMT – 3. Trouvez l 'heure de la ville qu 'indique chaque pendule.

Devinette

Qu'est-ce qu'on ne peut jamais manger au petit déjeuner ?

Un dîner ou un souper.

solutions p. 438

SEMAINE 45

Jeudi

9

Novembre

St Théodore

ÉNIGME

Si je sais que je l'ai et qu'on me dit que je ne l'ai pas, je risque de la perdre. Qui suis-je ?

JEU DE CHIFFRES

Faites cette opération de tête ! N'utilisez pas de papier, de crayon ou de calculatrice.

1 001 – (33 × 3) =

JEU DE LETTRES

Formez un mot avec les lettres suivantes :

A – A – E – G – G – I – I – L – L – U

CULTURE G

Quiz

Quelle femme de lettres française s'appelait en réalité Sophie Rostopchine ?

A - George Sand

B - La comtesse de Ségur

C - Colette

L'étrange monastère

Le père Dition, porté disparu.

Le père Dudevue, apprenti du précédent.

Le père Cutant, une force de la nature.

Un bénévole passe pour faire la quête. Il frappe à une porte :

– Vous avez quelque chose à donner pour les maisons de retraite ?

– Oui ! Tout de suite ! Tiens, Mémé, mets ton manteau et prends ton sac !

CULTURE G

C'EST ARRIVÉ AUJOURD'HUI

9 novembre 1970

Après avoir entamé une partie de patience, le général de Gaulle est pris d'un malaise causé par une rupture d'anévrisme et meurt 20 minutes plus tard. Conformément à sa demande, il est enterré à Colombey-les-Deux-Églises.

Trouvez la carte manquante.

solutions p. 438

SEMAINE 45

Vendredi
10
Novembre

St Léon

« Camembour : style de blagues qu'on aime bien faire entre la poire et le fromage. »
Alain Finkielkraut, écrivain français

ÉNIGME

Mon premier n'est pas froid. Mon deuxième entoure le cou. Mon troisième est la première lettre de l'alphabet. Mon tout est délicieux. Qui suis-je ?

JEU DE LETTRES

Pouvez-vous conjuguer le verbe « vaincre » au passé simple ?

Je vainq_ _ _ *Tu vainq_ _ _*
Il vainq_ _ _ *Nous vainq_ _ _*
Vous vainq_ _ _ *Ils vainq_ _ _*

CULTURE G – VRAI/FAUX

Le lait apaise les brûlures dues aux piments.

CULTURE G – C'EST ARRIVÉ AUJOURD'HUI

10 novembre 1799

Le 18 brumaire an VIII du calendrier républicain, Napoléon Bonaparte s'empare du pouvoir. Les députés décrètent la fin du Directoire et votent l'instauration d'un nouveau régime dirigé par Bonaparte : le Consulat.

Pourquoi les blondes n'attrapent-elles pas la maladie de la vache folle ?

Parce que c'est une maladie qui touche le cerveau.

Quel est le score de cette cible ?

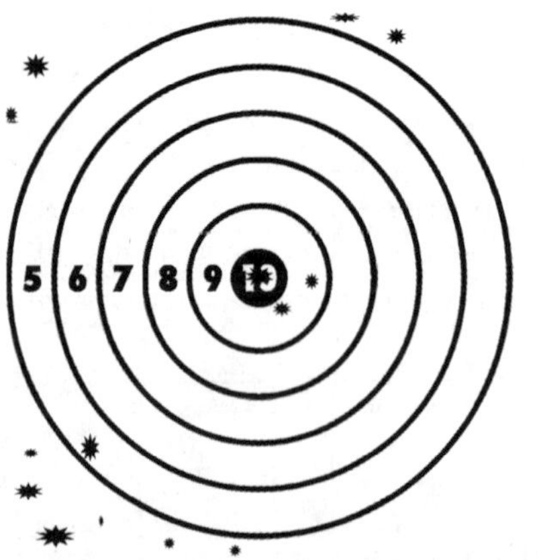

JEU DE CHIFFRES

Avec les chiffres suivants, trouvez les opérations à effectuer pour obtenir 880. Attention : chaque chiffre ne peut être utilisé qu'une seule fois !

7 - 3 - 7 - 100 - 1

solutions p. 439

SEMAINE 45

Samedi

11

Novembre

St Martin de Tours

ARMISTICE DE 1918

ÉNIGME

Touche pas, ça touche.
Touche ne touche pas.
Mars touche alors que
Terre ne touche pas.
Qu'est-ce qui touche ?

Sur l'autoroute, un policier arrête une Ferrari, conduite par une femme blonde.
– Pourquoi roulez-vous à 20 km/h ?
– Parce que sur le panneau, il est écrit A20 !

CULTURE G – LE SAVIEZ-VOUS ?

On croit souvent que les poilus étaient surnommés ainsi à cause de leurs poils. En réalité, dans l'argot militaire, un poilu est un homme courageux.

JEU DE CHIFFRES

Faites cette opération de tête !
N'utilisez pas de papier, de crayon ou de calculatrice.

$10\,000 - (8 \times 8) =$

Quelles sont les 7 différences entre ces deux images ?

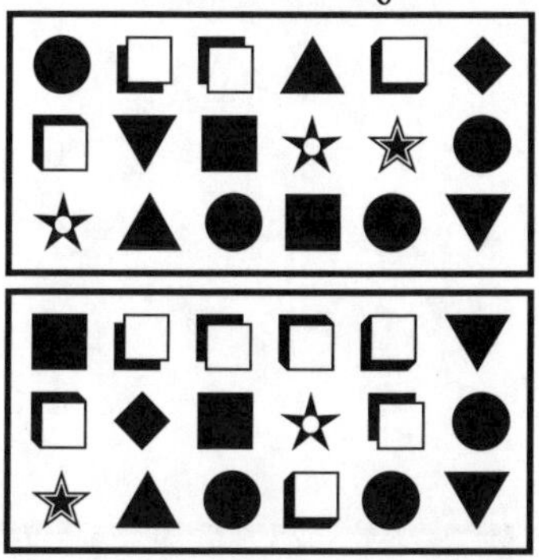

On ne dit pas « l'idole des jeunes », mais « Johnny Hallyday mange ».

JEU DE LETTRES

À l'aide des lettres au centre, formez quatre mots nouveaux en vous aidant des lettres dans les carrés ci-contre.

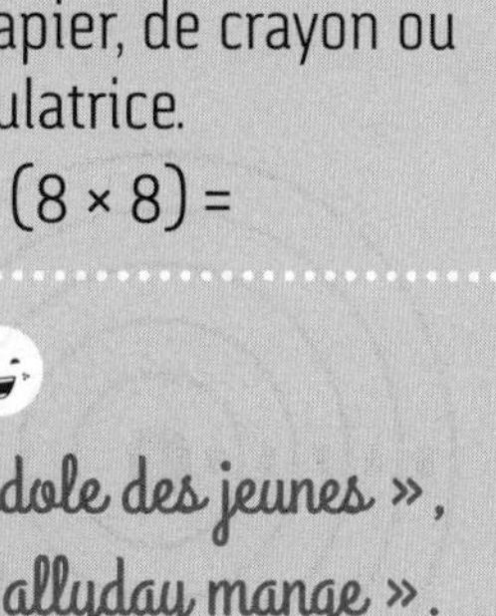

CULTURE G – C'EST ARRIVÉ AUJOURD'HUI

11 novembre 1918

L'armistice entre l'Allemagne et la France est signé, dans un wagon-bureau stationné en forêt de Compiègne. En plus d'évacuer l'Alsace-Lorraine et la rive gauche du Rhin, l'Allemagne doit livrer un impressionnant matériel militaire. La Première Guerre mondiale s'achève.

solutions p. 439

SEMAINE 45

Dimanche
12
Novembre

St Christian

CULTURE G

Quiz

Dans la série *Friends*, quel acteur interprète le père d'Elisabeth, l'étudiante avec qui Ross a une relation ?

A - Bruce Willis

B - George Clooney

C - Richard Gere

ÉNIGME

Quelles lettres sont toujours indisponibles quand elles sont associées ?

Virelangue

Amusez-vous à répéter dix fois de suite cette phrase.

L'effroi du roi noir qui croit en toi s'accroît le soir sous la croix de bois.

Quelle est la différence entre un chewing-gum et un avion ?

Le chewing-gum colle et l'avion décolle.

« Un buffet de gare est un endroit où l'on sert à des gens qui passent des repas qui ne passent pas. »

Alexandre Vialatte, écrivain français

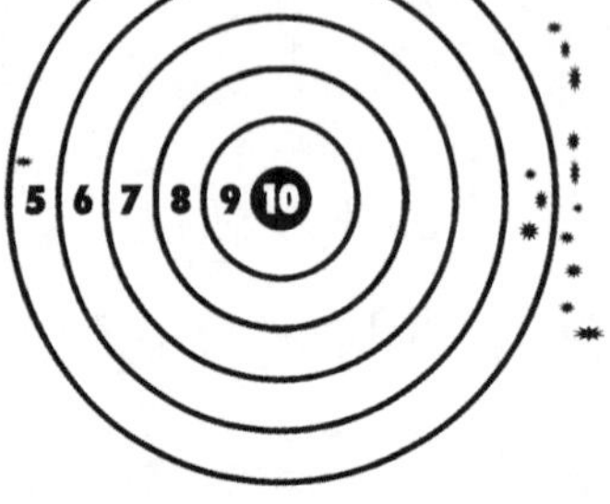

Quel est le score de cette cible ?

CULTURE G

INSOLITE

Stella Liebeck a intenté un procès à McDonald après s'être brûlée aux deuxième et troisième degrés en tentant d'enlever le couvercle d'un de leurs cafés. Elle a été fortement dédommagée par l'entreprise et elle a même donné son nom à un prix qui récompense les procès insolites : les Stella Awards.

Sudoku

		6						
				4		5		
4				7	2			8
	8	9		5			4	
		1		6	3			
2	4				8		1	
	7		3	2				
		2			6	7	3	

solutions p. 439

Combien de pois ont été effacés ?

ÉNIGME

Mon premier est une lettre de l'alphabet. Mon deuxième recouvre tout notre corps. Mon troisième est un récipient. Mon quatrième est un pronom possessif. Mon cinquième est un pronom possessif. Mon tout est un mammifère. Qui suis-je ?

SEMAINE 46

Lundi
13
Novembre

St Brice

CULTURE G – LE SAVIEZ-VOUS ?

L'explosion de la première bombe atomique française (bombe A) a eu lieu en février 1960, au centre saharien d'expérimentation militaire à Reggane, en Algérie.

JEU DE CHIFFRES

Avec les chiffres suivants, trouvez les opérations à effectuer pour obtenir 902.
Attention : chaque chiffre ne peut être utilisé qu'une seule fois !
1 - 2 - 7 - 13 - 100

JEU DE LETTRES

Pouvez-vous retrouver le titre de ce film français très célèbre, composé sur les touches du clavier ?

537 3632687 38 7272347

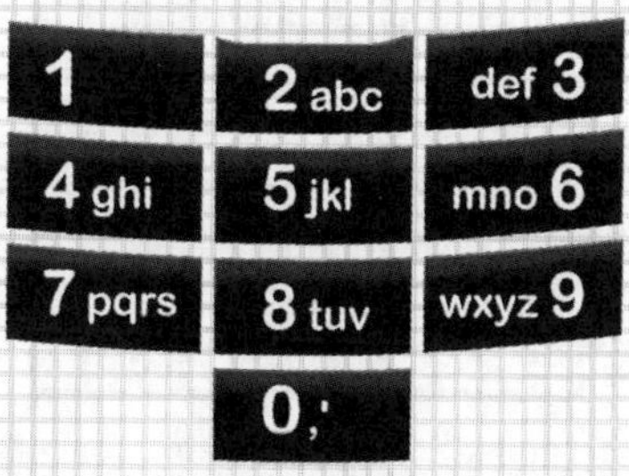

Dans la savane, un éléphant s'approche d'un point d'eau. À sa stupéfaction, il aperçoit un homme blanc tout nu ! Il le regarde et lui dit : « C'est avec ça que tu respires ?! »

CULTURE G – VRAI/FAUX

Il faut systématiquement conserver les œufs au frigo.

Devinette

Quelle est la fée que les enfants détestent le plus ?

La fée Tedevoirs.

solutions p. 439

SEMAINE 46

Mardi
14
Novembre

St Sidoine

La figue ne tombe jamais en plein dans la bouche.
Proverbe kabyle

« Au paradis, on est assis à la droite de Dieu. C'est normal, c'est la place du mort. »
Pierre Desproges, humoriste français

Virelangue

Amusez-vous à répéter dix fois de suite cette phrase.

Je bois aux trois oies du bois du roi qui voit loin et droit chaque fois qu'il parloit.

M. et Mme Pépéatraverserlarue ont un fils. Comment s'appelle-t-il ?

Edmond.

ÉNIGME

Le lion ment le lundi, le mardi et le mercredi. La licorne ment le jeudi, le vendredi et le samedi. Les autres jours, ils disent la vérité. Un jour, la licorne affirme : « Hier, je mentais. » Le lion lui répond : « Moi aussi ! » Quel jour de la semaine sommes-nous ?

Quiz

CULTURE G

Quand la Ire République a-t-elle été proclamée ?

A - En 1789
B - En 1792
C - En 1794

Sudoku

Attention : les chiffres sont remplacés par les lettres A, B, C, D, E, F, G, H, I !

		H					D	
					C			G
C		F					I	B
B	D				I			
			D				C	
	I		E			B		
	A			D	H	E		
			A	F	B			
		G	C					

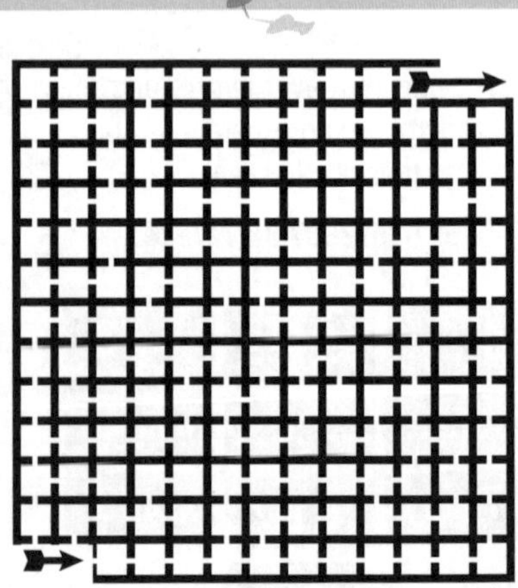

Trouvez le chemin pour sortir de ce labyrinthe.

solutions p. 439

Que ce soit le matin ou le soir, les pendules indiquent les Faux heures de 1 à 12. Auckland est en GMT + 12, Kyoto en GMT + 9 et Phnom Penh en GMT + 6. Trouvez l 'heure de la ville qu 'indique chaque pendule.

12:23 06:23

08:23

Dans un bal, un invité murmure à sa voisine :
– Le champagne vous rend jolie.
– Mais je n'en ai pas bu une seule coupe !
– Oui, mais moi j'en suis à ma dixième...

SEMAINE 46

Mercredi
15
Novembre

St Albert

JEU DE LETTRES

Quel mot français commençant par la lettre L ne rime avec aucun autre mot ?

ÉNIGME

Du début au bout de l'an, on le garnit de l'histoire de notre vie. Affaires, amours, jours et nuits, tout s'y inscrit précisément. Qui est-il ?

Un hippie n'urine pas, il peace !

CULTURE G

LE SAVIEZ-VOUS ?

Le cardinal de Richelieu était un amoureux des chats. Il en avait une douzaine qu'il traitait avec grand soin. Il leur avait même installé une chatterie, gérée par deux personnes, et faisait intervenir son médecin personnel en cas de souci.

JEU DE CHIFFRES

Faites cette opération de tête ! N'utilisez pas de papier, de crayon ou de calculatrice.

5 509 – (89 + 78) =

CULTURE G

VRAI/FAUX

Les Kinder Surprise sont interdits aux États-Unis.

solutions p. 440

SEMAINE 46

Jeudi
16
Novembre

Ste Marguerite

ÉNIGME

Un mage prétend qu'il est capable de donner le score de n'importe quel match de foot, avant même qu'il ne commence. Comment fait-il donc pour avoir raison à tous les coups ?

« Dieu a fait des hommes grands et d'autres petits, je les ai rendus égaux. »
Samuel Colt, inventeur américain du revolver

CULTURE G

Quiz

De quelle compétence relèvent les écoles primaires ?

A. De la commune
B. De la région
C. Du département

JEU DE LETTRES

Pouvez-vous retrouver cette citation de Sacha Guitry, dont les lettres à l'intérieur des mots ont été mélangées ?

Is cxue iqu entisd ud mla de omi svintaae catmeeentx ec euq ej nseep e'dxu, lsi ne drntiiae nieb gdvntaaae.

JEU DE CHIFFRES

Avec les chiffres suivants, trouvez les opérations à effectuer pour obtenir 44.
Attention : chaque chiffre ne peut être utilisé qu'une seule fois !

1 - 3 - 5 - 14

CULTURE G

C'EST ARRIVÉ AUJOURD'HUI

16 novembre 1917

Georges Clemenceau, dit « Le Tigre », est nommé chef du Gouvernement. Âgé de 73 ans, il compose son gouvernement et finit par mener la France à la victoire.

Combien de carrés arrondis voyez-vous dans cette figure ?

Pourquoi les zèbres ne font-ils pas leurs courses dans les supermarchés ?

Pour ne pas être confondus avec les codes-barres.

solutions p. 440

ÉNIGME

Mon premier est
le petit de la vache.
Mon second est une
partie du château.
Mon tout est
un oiseau.
Qui suis-je ?

Dans le grand océan, une petite vague est amoureuse du vent. Celui-ci lui demande tendrement :
– Tu veux que je te fasse une bourrasque ou un ouragan ?
– Oh non, je veux juste une petite bise...

SEMAINE 46

Vendredi
17
Novembre

Ste Élisabeth

JEU DE LETTRES

Formez un mot avec les lettres suivantes :

E – E – A – O – T – U

CULTURE G – INSOLITE

Une des rues de Dunedin, en Nouvelle-Zélande, détient le record de la rue la plus inclinée ! Sa pente est de 35 % ! Heureusement qu'elle n'est longue que de 350 m...

CULTURE G – VRAI/FAUX

Lire dans le noir abîme les yeux.

JEU DE CHIFFRES

Faites cette opération de tête !
N'utilisez pas de papier,
de crayon ou de calculatrice.
9 000 × (1/4) =

Quel est le score de cette cible ?

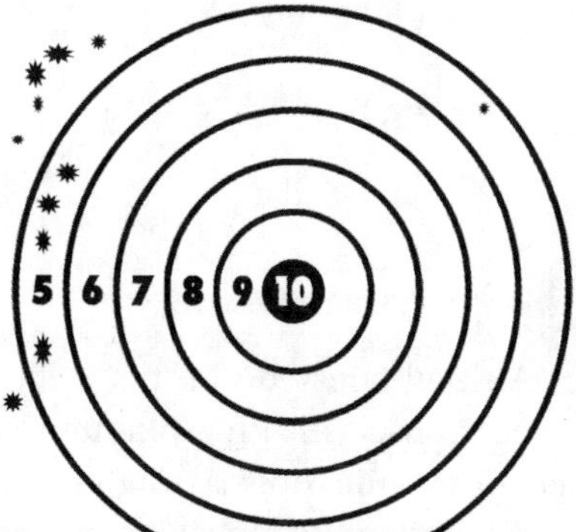

Quelle est la différence entre un voleur et un babouin ?

Aucune, ils ont tous les deux la police aux fesses.

solutions p. 440

SEMAINE 46

Samedi
18
Novembre

Ste Aude

« Si vous ne vous sentez pas bien… faites-vous sentir par un autre ! »
Francis Blanche, acteur français

ÉNIGME

Mon premier est une petite montagne. Mon deuxième est un sport. Mon troisième est content de lui. Mon tout est un moyen de transport. Qui suis-je ?

Combien de pois ont été effacés ?

CULTURE G – C'EST ARRIVÉ AUJOURD'HUI

18 novembre 1928

Présentation de *Steamboat Willie*, considéré comme le film marquant la naissance de Mickey Mouse. C'est une parodie du film *Cadet d'eau douce* avec Buster Keaton.

JEU DE CHIFFRES

Quel est le quadruple du tiers de 18 ?

A. 9 B. 13,5
C. 24

Quel est le comble pour un jardinier ?

D'être vraiment trop chou.

JEU DE LETTRES

L'imprimeur étourdi a imprimé une lettre sur deux, sans les espaces. Saurez-vous retrouver cette citation de Sénèque ?

Cnetapreulshssotifclsununoosa, asacqeos'snpsuelsotifcls.

CULTURE G – LE SAVIEZ-VOUS ?

Au sud-ouest de l'Inde, depuis 2001, on observe un phénomène étrange : de la pluie rouge. Il s'agit en fait de poussières d'un lichen rouge présent dans cette région.

solutions p. 440

Quelles sont les 7 différences entre ces deux images ?

Comment ramasse-t-on la papaye ?

Avec une fourche.

Quiz

CULTURE G

Jusqu'à quand la lutte à la corde faisait-elle partie des épreuves olympiques ?

A - 1900

B - 1920

C - 1950

ÉNIGME

M. Smith et M. John jouent aux échecs tous les vendredis soirs. Vendredi dernier, ils ont joué sept parties et chacun en a remporté autant que l'autre. Ce soir-là, il n'y a pas eu de match nul. Comment est-ce possible ?

SEMAINE 46

Dimanche

19

Novembre

St Tanguy

Une blonde demande conseil à une libraire :

– Je voudrais un livre.

– De quel auteur ?

– Heu… vingt centimètres…

– Vincent qui ?

INSOLITE

CULTURE G

En Égypte, un couple a nommé son enfant Facebook en l'honneur du rôle qu'a joué le réseau social lors de la révolution égyptienne de 2011.

JEU DE CHIFFRES

Faites cette opération de tête !
N'utilisez pas de papier,
de crayon ou de calculatrice.

188 + (780/4) =

JEU DE LETTRES

Pouvez-vous retrouver le titre de ce livre d'Agatha Christie, composé sur les touches du clavier ?

2467 738487 2624667

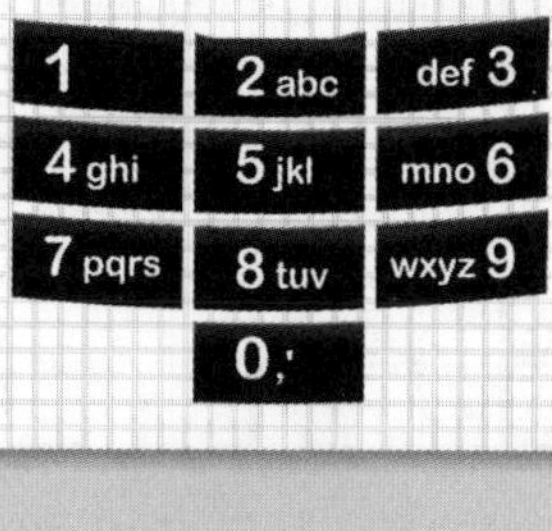

solutions p. 440

SEMAINE 47

Lundi
20
Novembre

St Edmond

JOURNÉE INTERNATIONALE DES DROITS DE LENFANT

ÉNIGME

Vous vous trouvez dans une chambre dont les quatre murs, le sol et le plafond sont complètement recouverts de miroirs. À part vous-même, il n'y a rien d'autre dans la chambre. Vous êtes au centre de la pièce. Combien de reflets de vous-même voyez-vous ?

Trouvez le chemin pour sortir de ce labyrinthe.

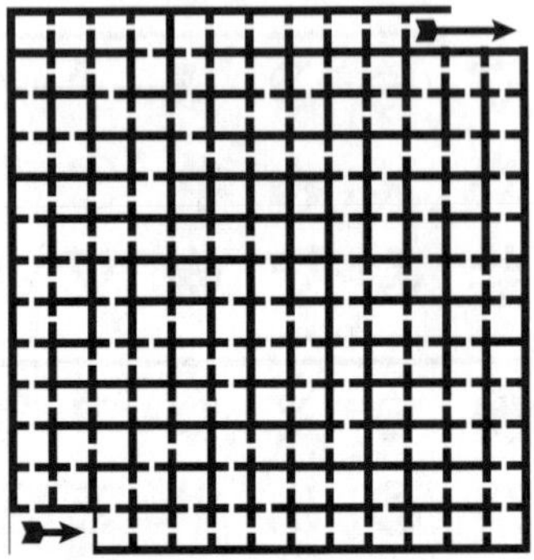

CULTURE G — VRAI/FAUX

La comédienne Valérie Benguigui était la cousine de Patrick Bruel.

« Le cinéma français, c'est une colonie de fourmis qui filme des fourmis. »
Sophie Marceau, actrice française

Qu'est-ce qui a deux pattes et qui fait « nioc nioc » ?

Un canard qui parle en verlan !

Sudoku

		4			7			
	7				6			3
5						9	8	
	9					8	1	
			6					5
7								9
	8					3		
4		3	2			6		
9	2		4					1

CULTURE G — LE SAVIEZ-VOUS ?

Les éthylomètres, qui mesurent le degré d'alcoolémie, utilisent un produit dont la couleur change en fonction du degré d'alcool qu'on lui soumet. Quand vous êtes ivre et que vous soufflez dans le ballon, l'alcool contenu dans l'air que vous expirez forme une réaction chimique avec le produit (du dichromate de potassium solide). Au sein d'une opération chimique, et au contact de l'alcool, sa couleur orange passe... au vert.

Virelangue

Amusez-vous à répéter dix fois de suite cette phrase.

À califourchon sur son canasson, un bachi-bouzouk achète un vieux bouc à six mamelouks assis dans un souk.

solutions p. 441

SEMAINE 47

Mardi
21
Novembre

St Rufus
PRÉSENTATION DE LA VIERGE MARIE

ÉNIGME

Mon premier adore s'installer sur la tête des enfants. Ma seconde n'est pas laide. Mon tout est indispensable dans une maison. Qui suis-je ?

JEU DE LETTRES

À l'aide des lettres au centre, formez quatre mots nouveaux en vous aidant des lettres dans les carrés ci-contre.

PAO

AD

CEC

ROTER

AU

LUC

CULTURE G

Quiz

Quel pays le Tigre et l'Euphrate traversent-ils ?

A - L'Égypte.

B - Le Kenya.

C - L'Irak.

Une secrétaire blonde se plaint à son patron :
– Monsieur le directeur, mon salaire n'est pas en rapport avec mes capacités !
– Je sais bien, répond-il. Mais on ne peut quand même pas vous laisser mourir de faim...

Dieu ordonna à David de guetter, et David Guetta.

JEU DE CHIFFRES

Avec les chiffres suivants, trouvez les opérations à effectuer pour obtenir 71. Attention : chaque chiffre ne peut être utilisé qu'une seule fois !

1 – 3 – 14 – 18

Quel est le score de cette cible ?

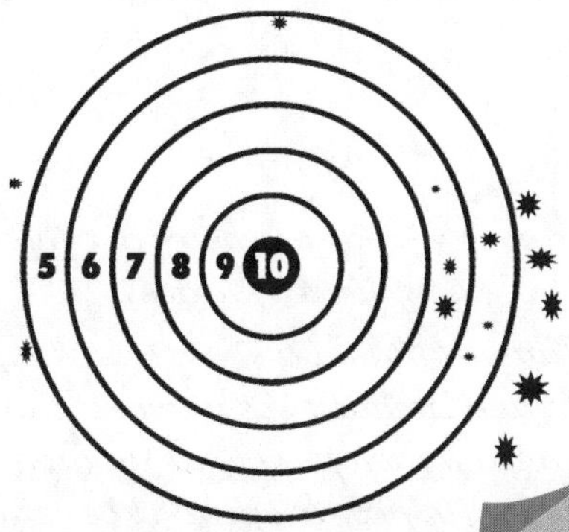

Ce que l'homme sobre a dans la tête, l'homme saoul l'a sur la langue.

Proverbe russe

solutions p. 441

SEMAINE 47

Mercredi

22 Novembre

Ste Cécile

Pourquoi n'y a-t-il aucun ballon sur le plateau de Questions pour un champion ?

Parce que Julien Lepers !

ÉNIGME

Mon premier est une note de musique. Mon second est nécessaire pour les bébés. Mon troisième est une boisson. Mon tout est un prénom. Qui suis-je ?

JEU DE SYMBOLES

Attention : les chiffres ont été remplacés par 9 symboles !

	↔	↳						
	↯	⇡		↵		⇠		
		↵			⇢			
	⇡		↯		↕			
		⇣			⇠		↔	⇡
	⇠		↳				↯	
	⇢					⇡		↳
							⇣	
				↳	⇡			↕

Combien de losanges voyez-vous dans cette figure ?

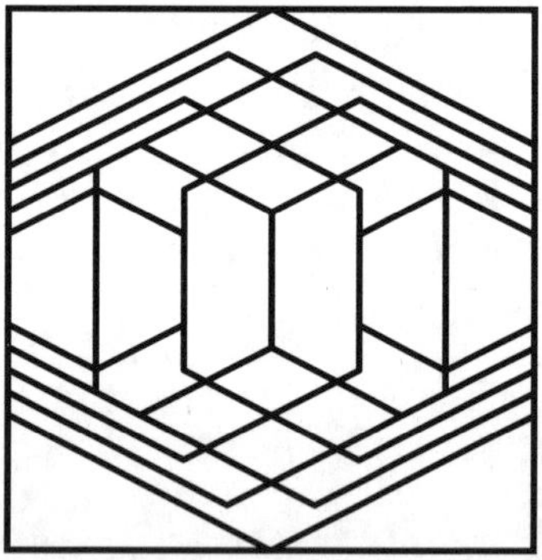

CULTURE G

LE SAVIEZ-VOUS ?

La numérotation des rues de Paris, parallèles à la Seine, suit le cours du fleuve.

CULTURE G

C'EST ARRIVÉ AUJOURD'HUI

22 novembre 1963

À 12 h 30, John F. Kennedy est assassiné sur Dealey Plaza, à Dallas, au Texas. Malgré 25 000 interrogatoires et plus de 2 300 rapports, l'identité du coupable reste discutée.

Virelangue

Amusez-vous à répéter dix fois de suite ces phrases.

Miaou ! Raoul a son caoutchouc rempli d'aoûtats. Le paon est saoul comme un faon piqué par un taon en août. Un peu de cacao et ce sera le chaos !

« Dans l'algèbre comme dans la police, il faut identifier x. »

André Frédérique, poète français

solutions p. 441

SEMAINE 47

Jeudi

23

Novembre

St Clément

THANKSGIVING (ÉTATS-UNIS)

CULTURE G

Quiz

Dans la mythologie grecque, Pégase est :

A - Un taureau ailé

B - Un homme avec une tête d'aigle

C - Un géant

D - Un cheval ailé

ÉNIGME

Sur un chemin passent trois moines. Ils croisent un pommier sur lequel pendent trois pommes. Chacun en prend une. Ils partent et sur le pommier, il reste deux pommes. Pourquoi ?

JEU DE LETTRES

Formez un mot avec les lettres suivantes :

C – C – O – O – U – U

« Qui pisse contre le vent se rince les dents. »

Vieux dicton breton

Combien de pois ont été effacés ?

CULTURE G

C'EST ARRIVÉ AUJOURD'HUI

23 novembre 1407

Le duc d'Orléans est assassiné à Paris par un homme de main de son cousin le duc de Bourgogne, ce qui déclenche la guerre civile entre Armagnacs et Bourguignons.

Comment appelle-t-on un canard qui va chez le coiffeur ?

Un canard laqué.

JEU DE CHIFFRES

Faites cette opération de tête ! N'utilisez pas de papier, de crayon ou de calculatrice.

(10 018 – 330) × 18 =

solutions p. 441

SEMAINE 47

Vendredi

24

Novembre

Ste Flora

ÉNIGME

J'ai besoin de deux pièces pour faire 25 centimes, mais l'une des deux pièces n'est pas 5 centimes. De quelles pièces a-t-on besoin pour avoir 25 centimes ?

JEU DE CHIFFRES

Une équipe de basket-ball comprend 6 joueurs, dont voici les tailles : 2 m ; 1,97 m ; 2,04 m ; 2,02 m ; 1,94 m ; 1,91 m. Trouvez la taille moyenne.

A. 1,98 m

B. 1,99 m

C. 2 m

JEU DE LETTRES

Quel est le pluriel de « soutien-gorge » ?

A. Soutien-gorge

B. Soutiens-gorges

C. Soutiens-gorge

« Il existe deux manières bien distinctes d'aimer son prochain : l'humanisme et le cannibalisme. »

Patrick Sébastien, humoriste français

CULTURE G

INSOLITE

La beauté du regard soutenu d'Elizabeth Taylor était en partie due à sa double rangée de cils, cause d'une anomalie génétique (distichiasis).

Comment un fonctionnaire fait-il un clin d'œil ?

En ouvrant un œil.

CULTURE G

VRAI/FAUX

Les nuages sont très légers.

Quelles sont les 7 différences entre ces deux images ?

solutions p. 441

Quel est le score de cette cible ?

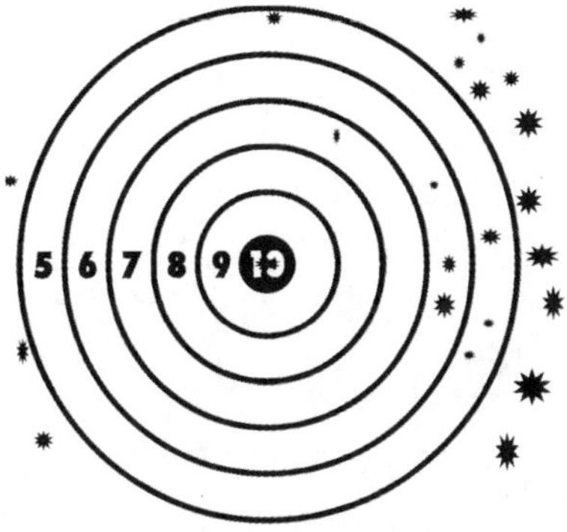

ÉNIGME

À quelle occasion se vérifie l'addition 25 + 7 = 2 ?

SEMAINE 47

Samedi

25

Novembre

Ste Catherine
FÊTE DES CÉLIBATAIRES

CULTURE G

LE SAVIEZ-VOUS ?

Le logo TGV se lit dans les deux sens ! Lorsqu'on le retourne, on y voit les traits d'un escargot : l'exact contraire de ce que représente le TGV !

JEU DE LETTRES

Pouvez-vous retrouver le nom de cette femme de roi, composé sur les touches du clavier ?

237843 28 47263 7433

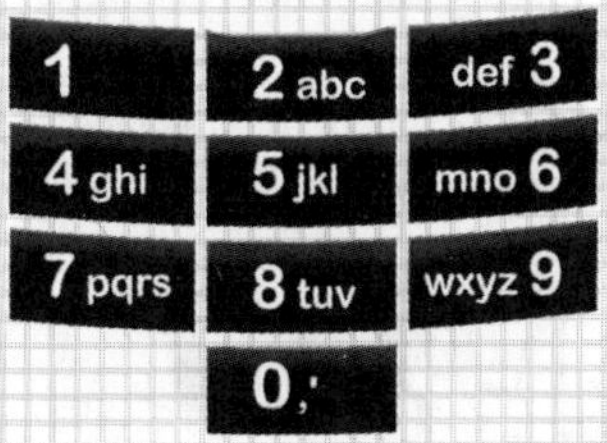

On ne dit pas « faire des vendanges », mais « péter comme un dieu ».

CULTURE G

Quiz

La musique du célèbre générique de *La Panthère rose* a été composée par :

A - Henri Mancini

B - John Williams

C - Blake Edwards

JEU DE CHIFFRES

Avec les chiffres suivants, trouvez les opérations à effectuer pour obtenir 127. Attention : chaque chiffre ne peut être utilisé qu'une seule fois !

7 – 5 – 10 – 6 – 8

Un médecin examine une vieille femme qui agonise. Il se tourne vers son époux :

– Ça fait longtemps qu'elle râle comme ça ?

– Euh, oui, depuis qu'on est mariés...

solutions p. 442

SEMAINE 47

Dimanche
26
Novembre

Ste Delphine

Devinette

Qu'est-ce qui ressemble le plus à une demi-pomme ?

L'autre moitié.

JEU DE CHIFFRES

Si je veux tracer un cercle, je dois parcourir :

A. 90°
B. 180°
C. 360°

« S'il fallait tenir compte des services rendus à la science, la grenouille occuperait la première place. »
Claude Bernard, médecin français

CULTURE G – C'EST ARRIVÉ AUJOURD'HUI

26 novembre 1922

Le tombeau de Toutankhamon est découvert, il est le onzième pharaon de la XVIIIe dynastie (Nouvel Empire), né vers 1345 avant J.-C. Un fabuleux trésor est retrouvé dans le tombeau, l'une des seules sépultures pharaoniques à avoir été découvertes quasi intacte.

ÉNIGME

Mon premier sert à séparer deux champs. Mon second sert à manger une soupe. Mon tout est une artiste de cirque. Qui suis-je ?

JEU DE LETTRES

Formez un mot avec les lettres suivantes :

A – A – C – H – H – H – I – U – U

CULTURE G – VRAI/FAUX

Il faut boire du Coca-Cola lorsqu'on a une gastro-entérite.

Quel est le joueur de l'équipe A qui ne fait pas partie de l'équipe B ?

solutions p. 442

SEMAINE 48

Lundi

27

Novembre

St Séverin

ÉNIGME

Dans un bar, une femme voit deux beaux garçons. L'un d'eux ment toujours et l'autre dit toujours la vérité. Dans l'espoir de trouver le sincère, la femme demande au garçon n° 1 : « Es-tu le plus sincère ? » Il répond, mais la femme n'entend pas. Elle demande alors au garçon n° 2 ce qu'a dit le n° 1 et il répond : « Il a dit qu'il était le sincère. » Lequel des deux est le plus sincère ?

Combien de pois ont été effacés ?

La maîtresse demande à sa classe :

– Qui peut me dire d'où viennent les pommes ?

– Des pommiers ! répond Julie.

– Très bien. Qui peut me dire d'où viennent les dattes ?

– Des calendriers ! dit Rémi.

JEU DE CHIFFRES

Faites cette opération de tête ! N'utilisez pas de papier, de crayon ou de calculatrice.

500 /1/4 =

Devinette

Que donne à boire Blanche-Neige à ses nains pour les réveiller ?

Du 7 Up !

JEU DE LETTRES

À l'aide des lettres au centre, formez quatre mots nouveaux en vous aidant des lettres dans les carrés ci-contre.

Quiz

CULTURE G

Mbabane est la capitale de quel pays ?

A - Swaziland

B - Guinée-Bissau

C - Lesotho

LE SAVIEZ-VOUS ?

CULTURE G

Le nom « Bluetooth » fait référence à Harald Ier Blåtand (Harald Bluetooth, en anglais), roi danois du Xe siècle connu pour avoir conquis et unifié la Norvège et le Danemark, de la même manière que la technologie en question « unifie » les appareils entre eux. Le logo bluetooth représente les initiales H et B traduites dans l'alphabet runique utilisé à l'époque.

solutions p. 442

SEMAINE 48

Mardi
28
Novembre

St Jacques de la Marche

ÉNIGME

Quelle est la moitié de 2 + 2 ?

CULTURE G — INSOLITE

Le mot « épectase » désigne un progrès de l'homme vers Dieu. Cela désigne aussi, dans un sens familier, le décès pendant l'orgasme.

Virelangue

Amusez-vous à répéter dix fois de suite cette phrase.

Un pêcheur pêchait sous un pêcher ; le pêcher empêchait le pêcheur de pêcher ; le pêcheur coupa le pêcher ; le pêcher n'empêcha plus le pêcheur de pêcher.

Sudoku

		3	4		1	9		6
	4	8		5	2			
				3				
		1						4
	5		8		6		2	
	3	9			4			
1	9					8		
4		5						3
				9				

CULTURE G — LE SAVIEZ-VOUS ?

Le célèbre cimetière parisien du Père-Lachaise rend hommage au père La Chaise, confesseur de Louis XIV. La première inhumation s'y est déroulée en mai 1804.

« Sans Bach, la théologie serait dépourvue d'objet, la Création fictive, le néant péremptoire. S'il y a quelqu'un qui doit tout à Bach, c'est bien Dieu. »

Émile Cioran, écrivain roumain

Devinette

Qu'est-ce qu'une brune pour une blonde ?

Une interprète.

Trouvez la carte manquante.

solutions p. 442

ÉNIGME

Mon premier correspond aux semaines avant Noël. Mon deuxième est la deuxième personne du singulier. Mon troisième correspond au verbe « rire » conjugué au présent, à la deuxième personne du pluriel. Mon tout est un explorateur. Qui suis-je ?

JEU DE CHIFFRES

Avec les chiffres suivants, trouvez les opérations à effectuer pour obtenir 188. Attention : chaque chiffre ne peut être utilisé qu'une seule fois !

2 - 2 - 2 - 25 - 3

SEMAINE 48

Mercredi

29

Novembre

St Saturnin

Un aveugle se voit offrir une râpe à fromage. Après avoir longuement passé ses doigts dessus, il éclate de rire : « Je n'ai jamais lu une histoire aussi drôle ! »

Dieu donna à Croco de la drogue, depuis les crocodiles.

Quel est le score de cette cible ?

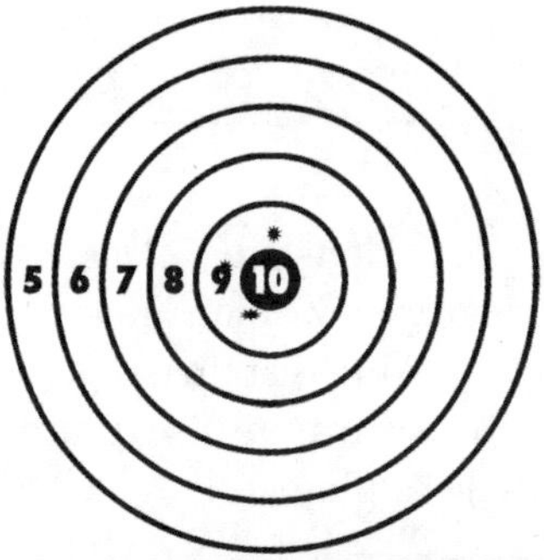

Quiz

CULTURE G

Où habite Amélie Poulain ?

A - Dans le quartier de Montparnasse, à Paris

B - Dans le quartier de Montmartre, à Paris

C - Dans le quartier de Montorgueil, à Paris

JEU DE LETTRES

Pouvez-vous retrouver le nom de cette cité inca, composé sur les touches du clavier ?

62248 742248

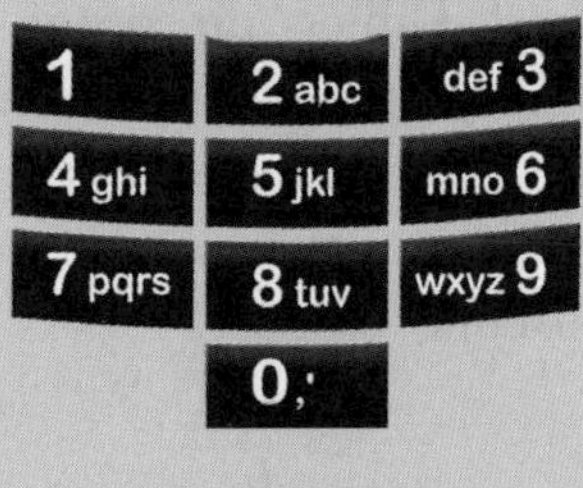

Qui veut moucher autrui doit avoir les doigts propres !
Proverbe danois

solutions p. 442

SEMAINE 48

Jeudi
30
Novembre

St André

« Il ne suffit pas d'être un grand homme, il faut l'être au bon moment. »

Georges Pompidou, homme d'État français

ÉNIGME

Mon premier est un prénom.
Mon deuxième est un liquide.
Mon troisième est un prénom.
Mon quatrième est un liquide.
Mon tout est un explorateur célèbre. Qui suis-je ?

JEU DE LETTRES

Formez un mot avec les lettres suivantes :

A – I – E – L – L – O – U – S

Quelles sont les 7 différences entre ces deux images ?

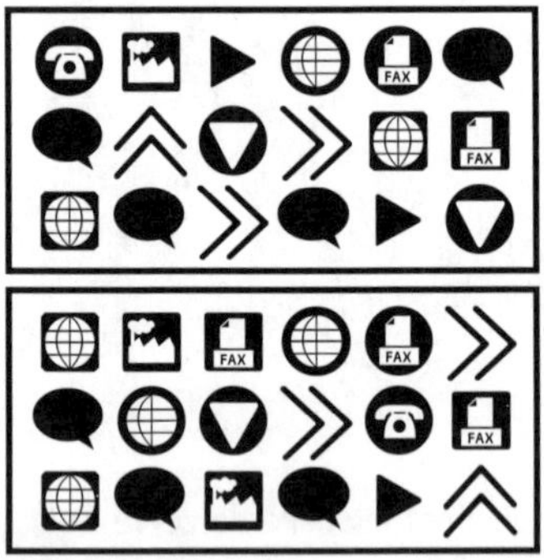

JEU DE CHIFFRES

Faites cette opération de tête ! N'utilisez pas de papier, de crayon ou de calculatrice.

1 001 – (33 × 2) =

CULTURE G

LE SAVIEZ-VOUS ?

« Monsieur Jack, vous dactylographiez bien mieux que votre ami Wolf » est un pangramme, une phrase qui utilise toutes les lettres de l'alphabet.

CULTURE G

INSOLITE

Connaissez-vous toutes les insultes du capitaine Haddock ? Non ? Alors en voici quelques-unes ! Gibier de potence, graisse de hérisson, graisse de trombone à coulisse, grand escogriffe, gros-plein-de-soupe, grotesque polichinelle, gyroscope, etc.

Devinette

Pourquoi les sauterelles ne vont pas à l'école ?

Elles sautent les cours.

solutions p. 443

Combien de pois ont été effacés ?

Une institutrice demande à ses élèves :
– Dans la phrase suivante : « Le malade est mort des suites de son infection. », où se trouve le sujet ?
– Au cimetière, m'dame !

SEMAINE 48

Vendredi

1

Décembre

Ste Florence

JOURNÉE MONDIALE DE LA LUTTE CONTRE LE SIDA

CULTURE G

Quiz

Quel État africain est surnommé « Pays des mille collines » ?

A - Le Rwanda

B - L'Ouganda

C - Le Sénégal

ÉNIGME

Morceau de pain très bon marché, c'est une faible quantité. On peut la servir à la reine, pour n'en faire qu'une, point de peine.
Qui est-elle ?

« Perle de bulletin scolaire

« L'apathie a un visage. »

Virelangue

Amusez-vous à répéter dix fois de suite cette phrase.

Deux yeux bleus pleurent sur les œufs des bœufs peureux.

Sudoku

			2			9		
		3		8			7	
6		7				1		
3			4	1				
		6		9				
9		5						7
	8			6				
		4					3	5
		1			2			6

Une petite maison en ruine vaut mieux qu'un palais en commun.

Proverbe arabe

solutions p. 443

SEMAINE 48

Samedi

2

Décembre

Ste Viviane

JOURNÉE INTERNATIONALE POUR L'ABOLITION DE L'ESCLAVAGE

ÉNIGME

Pierre a 80 ans, mais il vient tout juste de fêter son vingtième anniversaire. Comment est-ce possible ?

Si l'on jette une pierre bleue dans la mer Rouge, que devient-elle ?

Humide… très humide !

CULTURE G

C'EST ARRIVÉ AUJOURD'HUI

2 décembre 1804

Napoléon Bonaparte a été proclamé empereur des Français en mai, par le Sénat. Ce jour a eu lieu le sacre officiel, dans la cathédrale Notre-Dame de Paris. Le pape Pie VII, venu spécialement de Rome, assistait à l'événement.

« L'homme est un chauffage d'appoint qui ronfle. »
Rita Rudner, actrice américaine

JEU DE LETTRES

Pouvez-vous retrouver cette citation de Coluche, composée sur les touches du clavier ?

666 7373 378 2553 2
5687337. 45 63 584 73783
7587 783 5474389 7687 7538737

CULTURE G

VRAI/FAUX

Il y a une ville appelée Rome sur chaque continent.

JEU DE CHIFFRES

Avec les chiffres suivants, trouvez les opérations à effectuer pour obtenir 80. Attention : chaque chiffre ne peut être utilisé qu'une seule fois !

6 - 6 - 11 - 4

Trouvez le chemin pour sortir de ce labyrinthe.

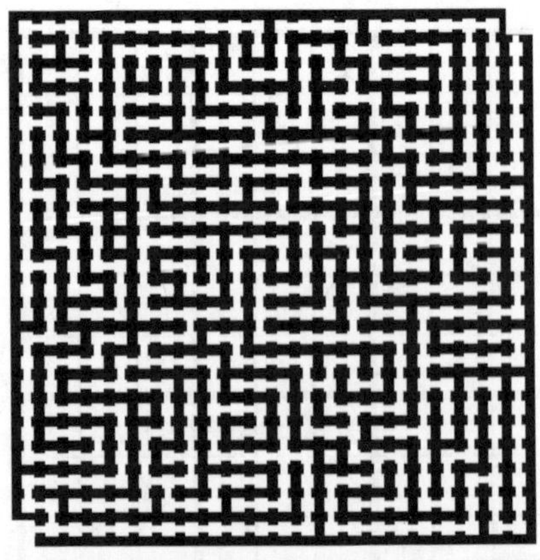

solutions p. 443

Quiz

CULTURE G

Qui est l'auteur de cette célèbre citation : « Science sans conscience n'est que ruine de l'âme » ?

A - François Rabelais

B - Jean-Jacques Rousseau

C - Voltaire

ÉNIGME

Qu'est-ce que cette phrase a d'original ?
« Engage le jeu que je le gagne. »

SEMAINE 48

Dimanche

3

Décembre

St Xavier

AVENT

On ne dit pas « il est népalais », mais « c'est un beau bébé ».

Suite logique

Complétez cette suite logique de dominos.

JEU DE LETTRES

Élargissez votre vocabulaire !

Quel mot de 8 lettres désigne l'inscription faite sur une tombe, en forme d'hommage ?

CULTURE G

C'EST ARRIVÉ AUJOURD'HUI

3 décembre 1999

La navigatrice Victoria Murden arrive en Guadeloupe. En 82 jours, elle a traversé l'Atlantique en solitaire... à la rame !

Quelle est la pièce qui ne rentre pas dans le puzzle ?

Au restaurant, un serveur demande au client :
– Comment avez-vous trouvé le steak ?
– Tout à fait par hasard, en soulevant une frite !

solutions p. 443

SEMAINE 49

Lundi

4

Décembre

Ste Barbara

« L'ennui dans ce monde, c'est que les idiots sont sûrs d'eux, et les gens sensés, pleins de doutes. »

Bertrand Russel, philosophe anglais

ÉNIGME

Mon premier est plus gros qu'une souris. Mon deuxième est un adjectif possessif. Mon troisième n'est pas une partie. Je vois avec mon quatrième. Mon tout est un plat régional avant d'être un célèbre personnage de dessin animé. Qui suis-je ?

JEU DE LETTRES

À l'aide des lettres au centre, formez quatre mots nouveaux en vous aidant des lettres dans les carrés ci-contre.

CETE — AS — TAN — VIEUX — SA — QUS

CULTURE G — LE SAVIEZ-VOUS ?

« Bachi-bouzouk » n'est pas une insulte ! Du turc *başıbozuk*, « tête non standardisée », qui signifie « irrégulier », ce terme désigne un cavalier mercenaire de l'armée de l'Empire ottoman, muni d'un armement très léger.

CULTURE G — VRAI/FAUX

Les écureuils sont capables de se séparer d'une partie de leur queue volontairement, comme les lézards.

Quelle est la joueuse de l'équipe A qui ne fait pas partie de l'équipe B ?

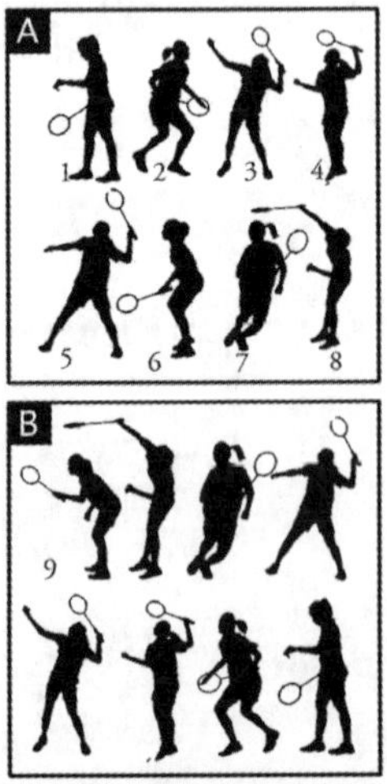

M. et Mme Pridecour ont une fille. Comment s'appelle-t-elle ?

Emma.

JEU DE CHIFFRES

Faites cette opération de tête ! N'utilisez pas de papier, de crayon ou de calculatrice.

9 898 – (22 × 5) =

solutions p. 443

SEMAINE 49

Mardi

5

Décembre

St Gérald

ÉNIGME

Qu'y a-t-il d'original dans la phrase suivante : « Voyons, amis à l'affût, flairons, scrutons, raisonnons, puis soudain nous dirons, d'un ton triomphant, à nos voisins surpris : "J'ai vu, j'ai compris, j'ai vaincu !" »

Une maman kangourou demande à son amie :
– Pourquoi te grattes-tu ainsi ?
– Si tu crois que c'est facile d'élever un enfant qui n'aime que les biscottes !

CULTURE G

LE SAVIEZ-VOUS ?

Savez-vous ce que représente ce numéro : 46664 ? Il s'agit du numéro de prisonnier du premier président de la république d'Afrique du Sud, Nelson Mandela, décédé, ce jour même, il y a six ans.

JEU DE LETTRES

Formez un mot avec les lettres suivantes :

A – I – I – L – L – L – O

On ne dit pas « les hiboux », mais « le lait bout ».

Quel est le score de cette cible ?

CULTURE G

Quiz

Savez-vous ce qu'est une glyptothèque ?

A - Un musée dédié à l'écriture maya

B - Un musée dédié à la sculpture

C - Un musée dédié aux insectes

MATHS

Un véhicule parcourt une distance de 105 km en 1 h 15 : quelle est sa vitesse moyenne ?

A. 72 km/h B. 84 km/h

C. 90 km/h

solutions p. 444

SEMAINE 49

Mercredi
6
Décembre

St Nicolas

ÉNIGME

Sachant que :
Dictateur [Char]
Clubs
Trouvez le mot manquant de 4 lettres :
Jour [????] Prof

Quelle est la différence entre un imbécile et un yaourt ?

Au bout de quelque temps, le yaourt développe une certaine forme de culture.

« Je me presse de rire de tout, de peur d'être obligé d'en pleurer. »
Pierre de Beaumarchais, écrivain français

JEU DE LETTRES

Pouvez-vous retrouver cette citation de Ridley Scott, dont les lettres à l'intérieur des mots ont été mélangées ?

al vei a plsu i'iidmntonaag uge e'en tntoepr ons vrsee

JEU DE CHIFFRES

Avec les chiffres suivants, trouvez les opérations à effectuer pour obtenir 323.
Attention : chaque chiffre ne peut être utilisé qu'une seule fois !

4 - 6 - 7 - 8 - 11

CULTURE G

VRAI/FAUX

L'expression « bayer aux corneilles » est correcte.

Combien de triangles voyez-vous dans cette figure ?

CULTURE G

INSOLITE

À Berea, dans l'Ohio, une loi stipule que tout animal domestique se promenant dans les rues après le coucher du soleil doit avoir... un feu arrière.

solutions p. 444

CULTURE G — Quiz

Quels pays formaient la Triple-Entente ?

A. L'Autriche, la Hongrie et la Prusse

B. La France, le Royaume-Uni et la Russie

C. La Belgique, le Luxembourg et la Hollande

ÉNIGME

Mon premier est un métal précieux. Mon deuxième est un synonyme de « parle ». Mon troisième est une coiffure de fille. Mon quatrième est ce qu'indique la montre. Mon tout est une machine que l'on utilise régulièrement.
Qui suis-je ?

SEMAINE 49

Jeudi
7
Décembre

St Ambroise
HANOUCCA

Les pluriels

Un bond ? Des buts.
Une dent ? Des chaussées.
Un air ? Des confits.

L'eau chaude n'oublie pas qu'elle a été froide.
Proverbe haoussa

Virelangue

Amusez-vous à répéter dix fois de suite cette phrase.

Papa peint dans les bois, papa boit dans les pins, papa peint et boit dans les pins, papa boit et peint dans les bois.

Toto demande à un ami :
– Quelle est la moitié d'un tout ?
– J'sais pas !
– Ben, c'est trois mètres.
– Pourquoi ?
– Parce que le tout est de s'y mettre !

Sudoku de lettres

Attention : les chiffres sont remplacés par les lettres A, B, C, D, E, F, G, H, I !

	I			B				
			G		D		C	
							H	A
			A					B
I		B	C				G	
	E	G						
C								
A	D		I		C			H
H				E			F	

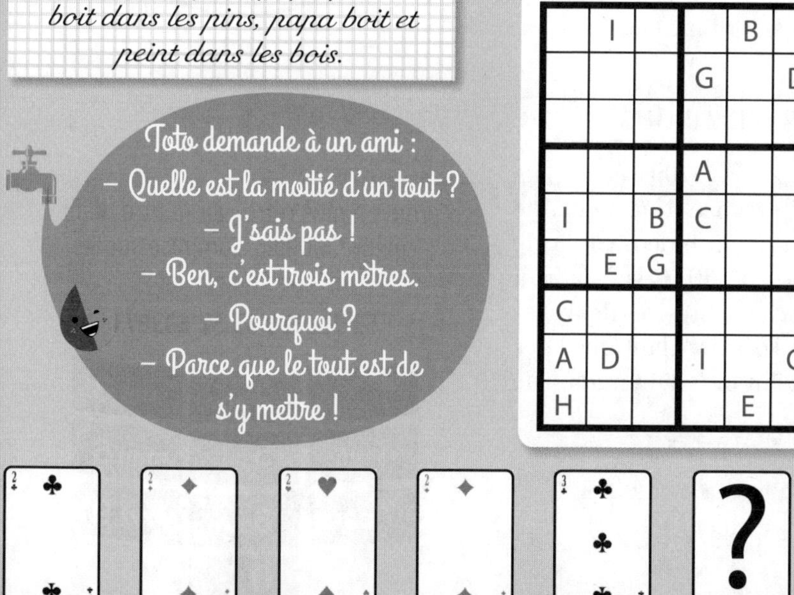

Trouvez la carte manquante.

solutions p. 444

SEMAINE 49

Vendredi

8

Décembre

St Hildeman
IMMACULÉE CONCEPTION

« À mon âge, l'immortalité est devenue une valeur refuge. »

Valéry Giscard d'Estaing, homme d'État français

ÉNIGME

Mon premier est un félin. Mon deuxième est un rongeur. Mon troisième est le second chiffre. Mon tout est la question. Qui suis-je ?

JEU DE CHIFFRES

Faites cette opération de tête ! N'utilisez pas de papier, de crayon ou de calculatrice.

85 – (55/5) =

Quel est le score de cette cible ?

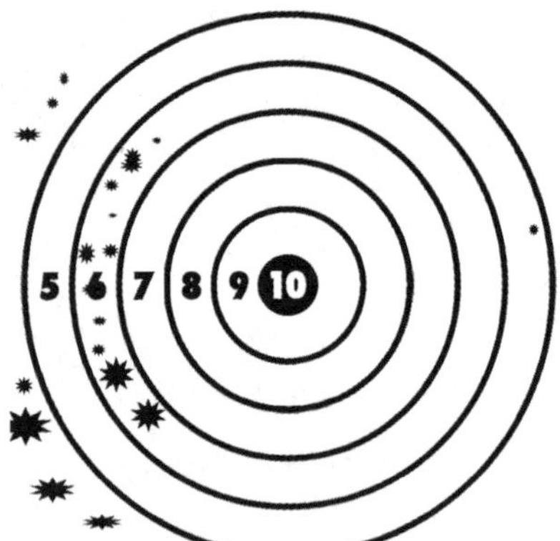

CULTURE G — VRAI/FAUX

Indira Gandhi, Première ministre de l'Inde de 1966 à 1977, est la femme du célèbre Mohandas Gandhi.

CULTURE G — LE SAVIEZ-VOUS ?

En France, l'hiver 1709 a été le plus rigoureux jamais recensé. Une vague de froid s'est abattue très rapidement sur le pays. Il faisait jusqu'à -30 °C sous abri à Paris ! Tout gelait : les arbres, les fleuves et même les côtes de l'océan Atlantique ! Ces températures ont fait plus d'un million de morts.

JEU DE LETTRES

Pouvez-vous retrouver le titre de ce célèbre tableau, composé sur les touches du clavier ?

53 723328 33 52 633873

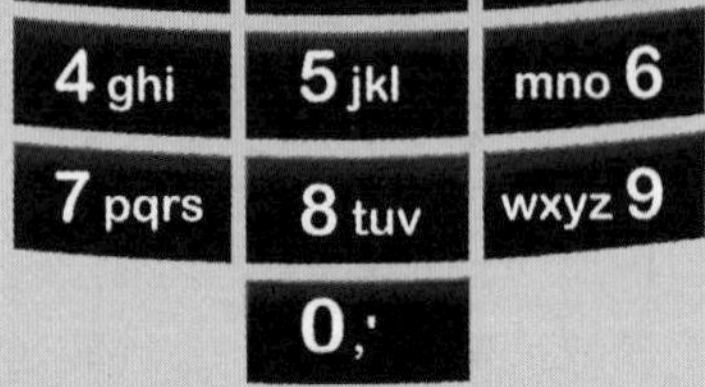

M. et Mme Cambronne ont une fille. Comment s'appelle-t-elle ?

Maude.

solutions p. 444

SEMAINE 49

Samedi

9

Décembre

St Pierre Fourier

ÉNIGME

Sachant que :
26 L de l'A = les 26 Lettres de l'Alphabet.
Pouvez-vous retrouver :

1. 7 M du M
2. 5 D dans une M
3. 12 S du Z
4. 52 C dans un J de C
5. 88 T sur un P

Combien de pois ont été effacés ?

JEU DE LETTRES

Formez un mot avec les lettres suivantes :

A – A – E – I - L – L – L – U

On ne dit pas « Hercule », mais « elle avance ».

Un braqueur entre chez un traiteur et ordonne à la vendeuse : « La caisse, vite ! » La vendeuse reste étonnamment calme : « C'est pour emporter ? »

CULTURE G – C'EST ARRIVÉ AUJOURD'HUI

9 décembre 1984

Le dernier concert du Victory Tour, une tournée de la famille Jackson, est également le dernier du groupe. Michael y annonce, pendant un concert à Los Angeles, qu'il quitte le groupe.

JEU DE CHIFFRES

Avec les chiffres suivants, trouvez les opérations à effectuer pour obtenir 379.
Attention : chaque chiffre ne peut être utilisé qu'une seule fois !

10 – 2 – 8 – 6 – 4 – 4

CULTURE G – INSOLITE

Connaissez-vous toutes les insultes du capitaine Haddock ? Non ? Alors en voici quelques-unes ! Hurluberlu, Inca de carnaval, individou de général de tonnerre de Brest, jet d'eau ambulant, jocrisse, jus de réglisse, loup-garou à la graisse de renoncule de mille tonnerres de Brest, etc.

solutions p. 444

SEMAINE 49

Dimanche

10

Décembre

St Romaric
JOURNÉE INTERNATIONALE DES DROITS DE L'HOMME

ÉNIGME

J'ai deux boîtes de tailles différentes, ainsi que trois trombones. Comment répartir ces trois trombones de telle sorte que chacune de ces deux boîtes en contienne un nombre impair ?

JEU DE CHIFFRES

Faites cette opération de tête !
N'utilisez pas de papier, de crayon ou de calculatrice.

(333 – 222) + 11 =

CULTURE G

Quiz

Pourquoi décerne-t-on le prix Nobel le 10 décembre de chaque année ?

A - C'est le jour de la naissance d'Alfred Nobel.

B - C'est le jour de la mort d'Alfred Nobel.

C - C'est le jour de la Saint-Alfred.

CULTURE G

LE SAVIEZ-VOUS ?

L'océan recouvre 70 % de la surface de la Terre et nous n'en avons exploré pour l'instant que 5 % !

Pourquoi les chats aiment-ils se faire photographier ?

Parce qu'on leur dit : « souris ! »

« L'ennui, c'est que nous négligeons le football au profit de l'éducation. »
Groucho Marx, comédien américain

JEU DE LETTRES

À l'aide des lettres au centre, formez quatre mots nouveaux en vous aidant des lettres dans les carrés ci-contre.

Quelles sont les 7 différences entre ces deux images ?

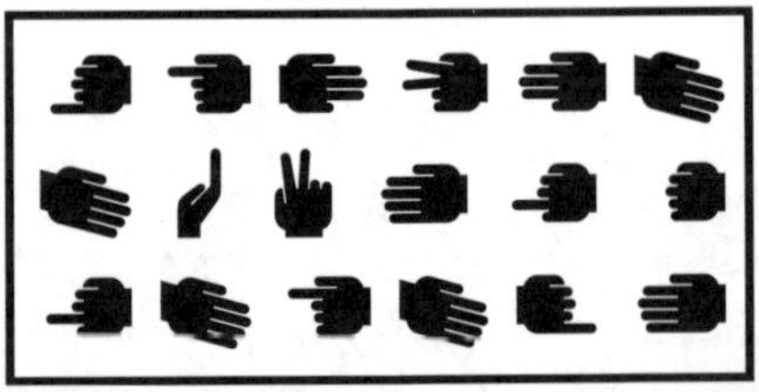

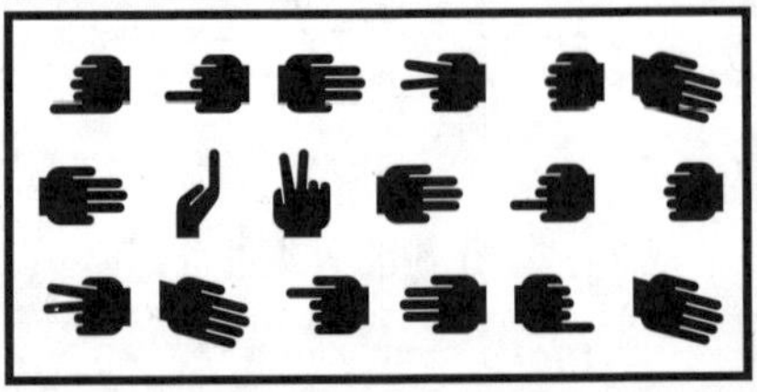

solutions p. 445

SEMAINE 50

Lundi 11 Décembre

St Daniel

ÉNIGME

Mon premier est un adjectif possessif. Mon second est un arbre à longues épines. Mon tout est un conifère. Qui suis-je ?

MATHS !

Pour l'achat de 12 boissons à 0,50 € l'unité et d'un demi-kilo de pommes, j'ai payé 6,50 €. Quel est le prix d'un kilo de pommes ?

A. 1 € B. 0,50 €

C. 0,25 €

CULTURE G — VRAI/FAUX

Ramsès II a eu plus de 100 enfants.

JEU DE LETTRES

Formez un mot avec les lettres suivantes :

E - F - F - F - I - N - O - S

Sur la banquise, un esquimau qui attend sa petite copine très en retard a très froid : « Si elle n'arrive pas à moins 20, je m'en vais ! »

CULTURE G — AUX ORIGINES

Le christianisme est devenu la religion officielle en l'an 337, lorsque l'empereur Constantin a décidé d'unir l'Église et l'État. La fête de la nativité du Christ a alors été instituée. La bûche, qui devait traditionnellement brûler dans les cheminées, rappelle celle qui a réchauffé Jésus dans son étable.

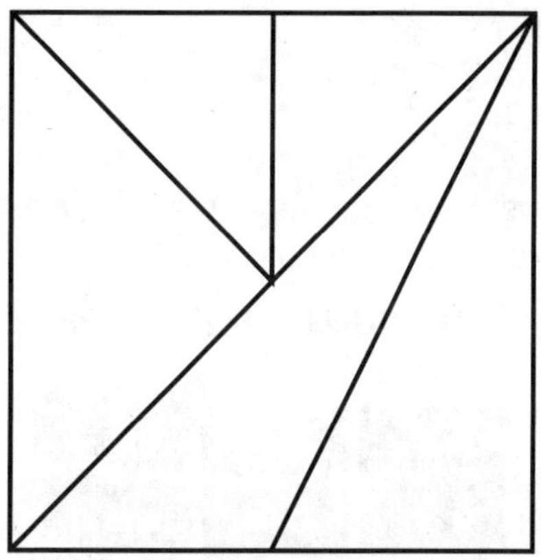

Combien de triangles voyez-vous dans cette figure ?

On ne dit pas « les grenouilles coassaient », mais « c'est quoi les grenouilles ? »

solutions p. 445

SEMAINE 50

Mardi

12

Décembre

St Corentin

« Il ne faut jamais gifler un sourd. Il perd la moitié du plaisir : il sent la gifle, mais il ne l'entend pas. »

Georges Courteline, écrivain français

ÉNIGME

Mon premier signifie « mauvais » en anglais. Mon deuxième est le bout d'un crayon. Mon troisième vaut 1 000 kg. Mon tout est un sport à volant. Qui suis-je ?

CULTURE G

INSOLITE

Savez-vous ce qu'est un capitellophobique ? C'est une personne qui a peur des cadeaux ! En cette période de Noël, bon courage à toutes les personnes qui souffrent de cette peur !

Quel est le score de cette cible ?

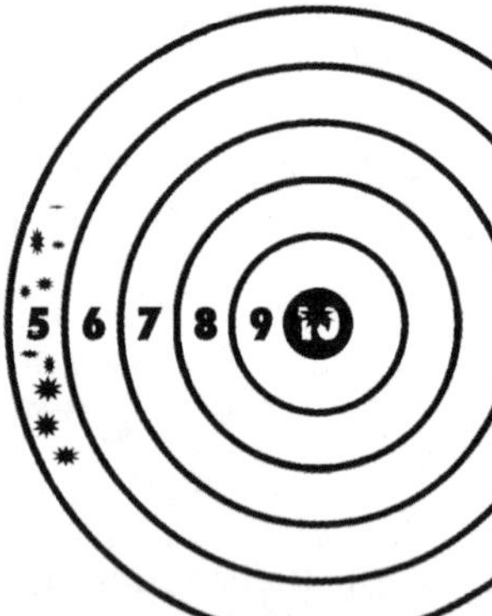

Pourquoi jette-t-on des sous dans la mer ?

Pour faire des sous-marins !

JEU DE LETTRES

Pouvez-vous retrouver ce proverbe français, composé sur les touches du clavier ?

784 2463 2436 242843 2436

CULTURE G

Quiz

Qui a inventé le dadaïsme ?

A - Tristan Tzara

B - Francis Picabia

C - Marcel Duchamp

JEU DE CHIFFRES

Avec les chiffres suivants, trouvez les opérations à effectuer pour obtenir 106. Attention : chaque chiffre ne peut être utilisé qu'une seule fois !

3 - 11 - 7 - 3

solutions p. 445

SEMAINE 50

Mercredi
13
Décembre

Ste Lucie

ÉNIGME

On regarde souvent mon premier pour ses dessins animés. Mon deuxième a une baguette magique. Mon troisième se mange en Chine. La plupart des animaux ont mon quatrième. Mon tout est un moyen de transport aux sports d'hiver. Qui suis-je ?

On ne dit pas « il habite à l'île Maurice », mais « Maurice habite près de Tourcoing ».

Sudoku

		7			5	6		2
		5					9	
		6	4	7	9			
2		8		9			5	6
				2			1	9
3			5					
					2	4		
	8	1						
4			1		6			

CULTURE G – LE SAVIEZ-VOUS ?

Savez-vous ce qu'est la paraskevidékatriaphobie ? Ce mot imprononçable, issu du grec moderne, désigne tout simplement la peur des vendredis 13 !

Combien de losanges voyez-vous dans cette figure

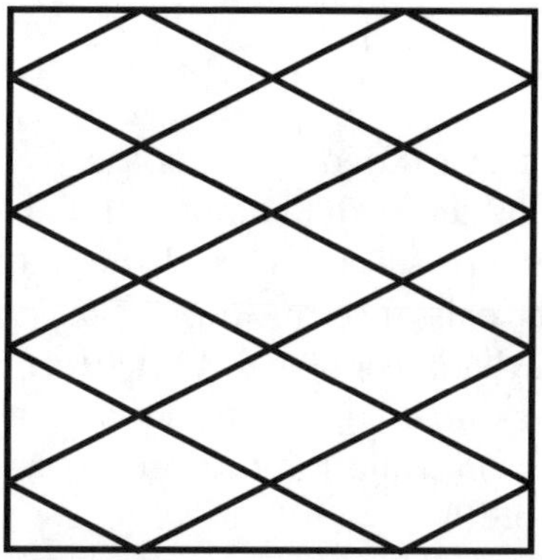

CULTURE G – VRAI/FAUX

L'eau chaude gèle plus vite que l'eau froide.

Virelangue

Amusez-vous à répéter dix fois de suite cette phrase.

Donnez-lui à minuit huit fruits cuits, et si ces huit fruits cuits lui nuisent, donnez-lui à midi huit fruits crus.

Dieu a dit : « Il faut pacifier. Il faut désarmer. » Bush a compris : « Il faut pas s'y fier. Il faut des armées. »

solutions p. 445

Semaine 50

Jeudi
14
Décembre

Ste Odile

ÉNIGME

Quel âge a Manon sachant qu'Amélie a 42 ans, que Bertrand a 26 ans et que Camille a 34 ans ?

JEU DE LETTRES

Formez un mot avec les lettres suivantes :

C - C - D - E - E - E - E - E - E - G - N - N - R - S

L'homme dont le destin est de se noyer se noiera dans un verre d'eau.
Proverbe juif

« La principale qualité d'un politicien, c'est la capacité de prédire ce qui va arriver demain, le mois prochain, et l'année prochaine – et, après, d'expliquer pourquoi cela ne s'est pas passé. »
Winston Churchill,
homme d'État britannique

JEU DE CHIFFRES

Faites cette opération de tête ! N'utilisez pas de papier, de crayon ou de calculatrice.

9 155 – (45 × 2) =

Quelles sont les 7 différences entre ces deux images ?

CULTURE G — INSOLITE

La vie d'Henri IV semble avoir été placée sous l'influence du nombre 14 : il est né le 14 décembre, soit 14 siècles, 14 décades et 14 ans après la naissance du Christ. Son nom, Henri de Bourbon, comporte 14 lettres. Ravaillac, son assassin, a été exécuté 14 jours après avoir commis son crime. Enfin, le roi a été assassiné un 14 mai (1610).

Pourquoi les musulmans sont-ils très cultivés ?

Car ils sont au Coran de tout !

solutions p. 445

SEMAINE 50

Vendredi

15

Décembre

Ste Ninon

JEU DE CHIFFRES

Avec les chiffres suivants, trouvez les opérations à effectuer pour obtenir 77. Attention : chaque chiffre ne peut être utilisé qu'une seule fois !

7 – 10 – 19 – 3

ÉNIGME

Sur une table, nous avons six boules alignées. Sachant que :
- Il y a une seule boule entre les deux boules vertes.
- Il y a deux boules entre deux boules rouges.
- Trois boules séparent les deux boules bleues.
- Une boule bleue se trouve à l'extrémité droite. À vous de reconstituer l'ordre des six boules de gauche à droite.

CULTURE G

C'EST ARRIVÉ AUJOURD'HUI

15 décembre 1809

Après 13 ans d'union, faute d'héritier, Napoléon se sépare de Joséphine. Le divorce des princes et princesses de la famille impériale n'étant pas autorisé par le Code civil, il s'agit d'une simple dissolution.

L'étrange monastère

Le père Manan, toujours présent malgré sa pauvreté.
Le père Tinent, qui ne dit pas que des bêtises.
Le père Cepteur, le trésorier.

Trouvez le chemin pour sortir de ce labyrinthe.

CULTURE G

LE SAVIEZ-VOUS ?

Dupont n'est pas le premier nom de famille le plus porté en France. Il n'arrive que 22e dans le classement. Le nom Martin arrive, lui, en tête !

Une blonde dîne dans un restaurant. Le serveur lui demande :
– Je coupe votre pizza en quatre ou en six morceaux ?
– En quatre, s'il vous plaît. Je n'ai pas assez faim pour six morceaux.

solutions p. 446

SEMAINE 50

Samedi

16

Décembre

Ste Alice

« Mourir, ce n'est rien. Commence donc par vivre. C'est moins drôle et c'est plus long. »

Jean Anouilh, écrivain français

JEU DE CHIFFRES

Faites cette opération de tête ! N'utilisez pas de papier, de crayon ou de calculatrice.

(123 456 × 8) + 6 =

CULTURE G — LE SAVIEZ-VOUS ?

Lors des tempêtes de 1999 en France, l'anémomètre situé en haut de la tour Eiffel s'est bloqué à sa vitesse maximum : 216 km/h !

Quel est le score de cette cible ?

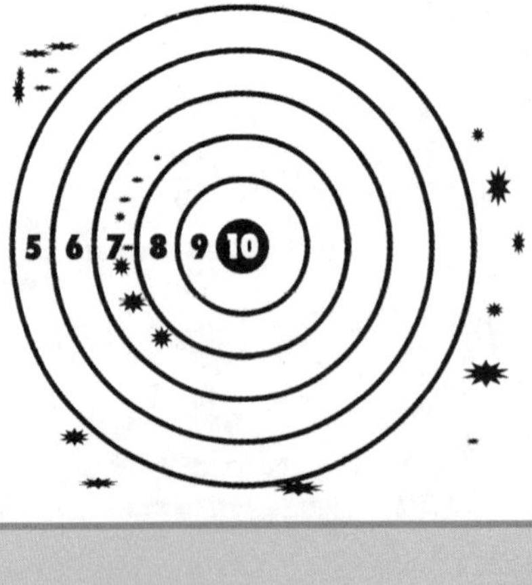

ÉNIGME

Mon premier sert à couper le bois. Mon deuxième se trouve dans le gruyère. Mon troisième sert à voir. Mon tout est orange. Qui suis-je ?

CULTURE G — INSOLITE

En Inde, le steak du Big Mac est remplacé par du poulet. Eh oui, dans ce pays hindouiste, pas question de manger de la vache, considérée comme un animal sacré. Il est alors rebaptisé : Chicken Maharaja Mac.

Quel est le chiffre préféré du vampire ?

Le 109 (sang neuf).

CULTURE G — *Quiz*

Lequel de ces quatre groupes n'est pas anglais ?

A - The Beatles

B - Oasis

C - Nirvana

D - The Rolling Stones

JEU DE LETTRES

À l'aide des lettres au centre, formez quatre mots nouveaux en vous aidant des lettres dans les carrés ci-contre.

NEC — LE — A — COQUIN — RT — VO — HERS

solutions p. 446

SEMAINE 50

Dimanche 17 Décembre

St Gaël

ÉNIGME

Mon premier sert à ouvrir une porte. Mon deuxième est la quinzième lettre de l'alphabet. Mon troisième est la première ou deuxième syllabe de « papa ». Mon quatrième est la deuxième syllabe d'« être ». Mon tout est une reine d'Égypte.
Qui suis-je ?

Deux copains discutent :
– Qu'est-ce qui t'a semblé le plus dur lorsque tu as raté ton permis ?
– Les arbres et le mur !

Combien de pois ont été effacés ?

Virelangue

Amusez-vous à répéter dix fois de suite cette phrase.

Ciel si c'est cinq sous ces six ou sept saucissons-ci, c'est cent cinq sous ces cent sept saucissons aussi.

Sudoku de lettres

Attention : les chiffres sont remplacés par les lettres A, B, C, D, E, F, G, H, I !

		C			B			
					I	F	B	
		D	H	G			C	
A								
	D			C	E	G		F
	I		A			C	H	
						E		I
G								
				D				

CULTURE G

AUX ORIGINES

Le doigt d'honneur tirerait son origine de la Rome antique, où il était appelé *digitus impudicus*, et plus particulièrement de la comédie d'Aristophane, *Les Nuées*, dans laquelle on retrouve une blague grossière mêlant un doigt et un pénis.

On ne dit pas « il a des CD », mais « il est mort ».

CULTURE G

VRAI/FAUX

Le lait des hippopotames est rose.

solutions p. 446

SEMAINE 51

Lundi

18

Décembre

St Gatien

JEU DE CHIFFRES

Avec les chiffres suivants, trouvez les opérations à effectuer pour obtenir 300. Attention : chaque chiffre ne peut être utilisé qu'une seule fois !

6 – 10 – 12 – 15

« Ceux qui ne savent pas où ils vont sont surpris d'arriver ailleurs. »
Pierre Dac, humoriste français

CULTURE G — INSOLITE

À Singapour, ne pas tirer la chasse d'eau après avoir été aux toilettes peut être sanctionné d'une lourde amende.

Pourquoi les fous marchent-ils sans arrêt sur les tuyaux ?

Pour avoir de l'eau plate !

ÉNIGME

1^2 se promène dans une forêt. Au bout de 30 minutes, il ressort de la forêt, mais n'est plus que 1. Pourquoi ?

CULTURE G — *Quiz*

Quel personnage de bande dessinée Quino a-t-il créé ?

A - Lucky Luke

B - Mafalda

C - Corto Maltese

JEU DE LETTRES

Pouvez-vous retrouver ce proverbe français, composé sur les touches du clavier ?

537 738487 784773289
3668 537 4726337 74843737

Quelles sont les 7 différences entre ces deux images ?

solutions p. 446

SEMAINE 51

Mardi

19

Décembre

St Urbain

ÉNIGME

Vous possédez une souris. Combien de souris aurez-vous en 10 mois sachant que chaque souris peut produire 18 souris chaque mois à partir de deux mois ?

CULTURE G – LE SAVIEZ-VOUS ?

Depuis le début du XVIIIe siècle, les facteurs ont pris l'habitude d'offrir un calendrier. Cependant, c'est en 1849 que le directeur des postes les a officiellement autorisés pour la première fois à les distribuer pour leur compte.

JEU DE CHIFFRES

Faites cette opération de tête ! N'utilisez pas de papier, de crayon ou de calculatrice.

(1 234 567 × 8) + 7 =

JEU DE LETTRES

Formez un mot avec les lettres suivantes :

D - F - O - S - R - J

Devant l'école, les parents attendent depuis un bon moment quand un enfant sort seul en disant fièrement : « Les autres sont tous punis ! » Il s'éloigne avec ses parents et ajoute : « Et moi, je suis renvoyé ! »

On ne dit pas « samedi », mais « ça me tente ».

Quel est le score de cette cible ?

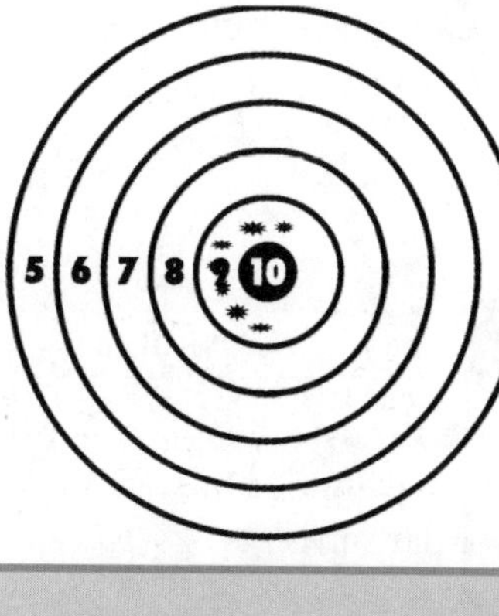

CULTURE G – C'EST ARRIVÉ AUJOURD'HUI

19 décembre 1997

Le film *Titanic* de James Cameron sort sur les écrans américains. C'est l'un des plus grands succès du cinéma, avec pas moins de 11 oscars.

solutions p. 446

SEMAINE 51

Mercredi

20

Décembre

St Théophile

« J'ai tellement tourné de navets que ma carrière ressemble à un potager. »

Jean Lefebvre, acteur français

JEU DE LETTRES

Quel mot français commençant par la lettre M ne rime avec aucun autre mot ?

Combien de carrés voyez-vous dans cette figure ?

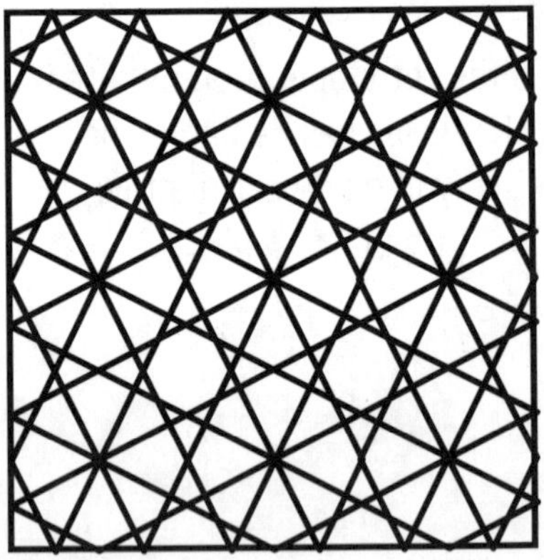

JEU DE CHIFFRES

Avec les chiffres suivants, trouvez les opérations à effectuer pour obtenir 37. Attention : chaque chiffre ne peut être utilisé qu'une seule fois !

6 - 4 - 3 - 1

ÉNIGME

Mon premier est la première lettre de l'alphabet. Mon deuxième est ce que fait le roi. Mon troisième est une lettre. Mon tout est un animal poilu. Qui suis-je ?

CULTURE G

Quiz

Où se trouve la Sagrada Familia ?

A - À Rio

B - À Barcelone

C - À Lisbonne

CULTURE G

INSOLITE

En Australie, il existe une tortue d'eau douce qui a la particularité de pouvoir respirer par son anus !

M. et Mme Perret ont une fille. Comment s'appelle-t-elle ?

Inès.

solutions p. 446

SEMAINE 51

Jeudi

21

Décembre

St Pierre Canisius

ÉNIGME

Mon premier est un grand immeuble. Mon second est ce que l'on fait avec des lacets. On marche sur mon troisième. Mon tout regarde vers le soleil. Qui suis-je ?

JEU DE LETTRES

Pouvez-vous retrouver ce dicton populaire, dont les lettres à l'intérieur des mots ont été mélangées ?

Oecur iqu reouspi a'n psa ec il'uq ireesd.

Deux voisins discutent :
– Les locataires du cinquième sont impossibles ! Cette nuit, ils ont frappé du pied sur le plancher pendant une demi-heure.
– Ils vous ont réveillé ?
– Non, heureusement ! À cette heure-là, je jouais de la trompette !

Les larmes sont à l'âme ce que le savon est au corps.

Proverbe juif

CULTURE G – AUX ORIGINES

Plusieurs légendes expliquent l'utilisation par les Asiatiques des baguettes pour manger. L'une d'elles prétend que l'empereur Yu le Grand avait peur d'être assassiné avec un couteau. Une autre explique que, trop impatient de manger, il se serait servi de deux petites branches d'arbre pour piocher dans un plat en train de chauffer.

Suite logique

Complétez cette suite logique de dominos.

On ne dit pas « potager », mais « vieux copain ».

Trouvez la carte manquante.

SEMAINE 51

Vendredi

22

Décembre

Ste Françoise-Xavière

HIVER

CULTURE G

AUX ORIGINES

La tradition du gâteau d'anniversaire remonte à la Grèce antique. Les Grecs fêtaient l'anniversaire d'Artémis, la déesse de la Lune et de la Chasse, en mangeant un gâteau. Ils y ajoutaient des cierges pour imiter la lueur de la Lune.

ÉNIGME

C'est un petit air léger qui nous ravit l'été. Sans R, elle est glaciale, car plutôt hivernale. Qui est-elle ?

CULTURE G

Quiz

Comment s'appelle le barde qui chante faux dans Astérix ?

A - Assurancetourix

B - Agecanonix

C - Abraracourcix

JEU DE CHIFFRES

Faites cette opération de tête ! N'utilisez pas de papier, de crayon ou de calculatrice.

(12 345 678 × 8) + 8 =

JEU DE LETTRES

Pouvez-vous retrouver le titre de ce film de Noël, composé sur les touches du clavier ?

5683 22882559

M. et Mme Malle ont une fille. Comment s'appelle-t-elle ?

Eleanor.

Quel est le score de cette cible ?

« Certaines gens ont tellement honte d'emprunter qu'ils n'osent pas rendre. »

Frédéric Dard, écrivain français

solutions p. 447

SEMAINE 51

Samedi

23

Décembre

St Armand

ÉNIGME

Dans une maison, un policier trouve un homme mort. Le policier connaît déjà le coupable, mais ne l'arrête pas. Pourquoi ?

CULTURE G — LE SAVIEZ-VOUS ?

Le logo de Chupa Chups a été créé en 1969 par Salvador Dalí. « Chupar » signifie « sucer » en espagnol et « chups » serait l'onomatopée du bruit de la sucette qui sort de la bouche.

JEU DE LETTRES

Pouvez-vous retrouver cette citation de Søren Kierkegaard, dont les lettres à l'intérieur des mots ont été mélangées ?

Znvee, smmloie te mrto ; svou en zttemeopr neir, svuo ztene utot.

On ne dit pas « mon amiral », mais « mon copain rouspète ».

CULTURE G — C'EST ARRIVÉ AUJOURD'HUI

23 décembre 1833

Un obélisque de Louxor, cadeau du vice-roi d'Égypte à Charles X, arrive place de la Concorde à Paris après un trajet de 12 000 km. L'autre obélisque offert, resté sur place, a été rendu à l'Égypte par François Mitterrand.

Combien de pois ont été effacés ?

Deux vis parlent d'un tournevis :
– Oh celui-là, quel beau gosse !
– Il nous a bien fait tourner la tête !

Suite logique

Quel nombre complète la série suivante ?

1 – 3 – 9 – 27– X

solutions p. 447

SEMAINE 51

Dimanche
24
Décembre

Ste Adèle

« Si tu dors et que tu rêves que tu dors, il faut que tu te réveilles deux fois pour te lever. »
Jean-Claude Van Damme, acteur et réalisateur belge

JEU DE CHIFFRES

Faites cette opération de tête ! N'utilisez pas de papier, de crayon ou de calculatrice.

$123 \times 8 \times 3 =$

CULTURE G

AUX ORIGINES

Au XVIe siècle, on décorait déjà un sapin avec des fleurs et des fruits pour Noël. À l'origine, on décorait un arbre, représentant l'arbre de la Connaissance, avec des pommes. Peu à peu, les boules multicolores ont remplacé les fruits. Au XIXe siècle, cette coutume a été adoptée dans toute la France.

Une chorale répète pour la messe de minuit du 24 décembre. Le curé décèle quelque chose d'anormal. Pour en avoir le cœur net, il demande à chacun des membres de chanter seul. Vient le tour de Patrick. Celui-ci entonne bruyamment :

– Léon ! Léon !

– Patrick ! Arrête ! dit le prêtre. Tu tiens ton livre à l'envers. Les paroles, c'est « Noël, Noël »...

ÉNIGME

Dans un village, il y a deux coiffeurs : Marc et Fred. Marc a les cheveux bien coupés, alors que Fred non. Tous les villageois vont toujours se faire couper les cheveux chez le même coiffeur. Si vous étiez l'un de ces villageois, chez quel coiffeur iriez-vous ?

Quelles sont les 7 différences entre ces deux images ?

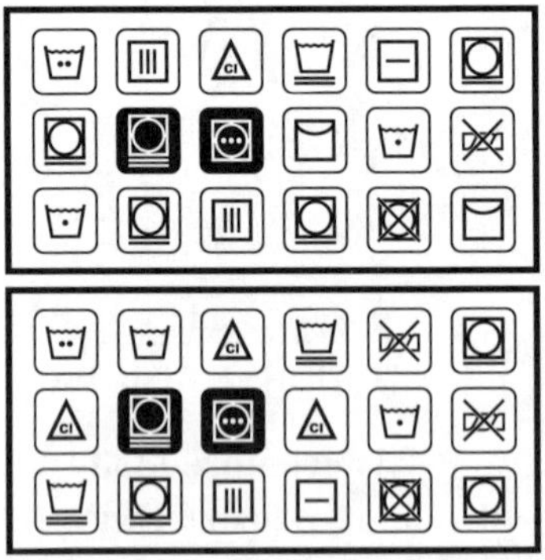

JEU DE LETTRES

Formez un mot avec les lettres suivantes :

A - A - E - H - I - I - N - W

CULTURE G

Quiz

Quel personnage passe pour avoir été à l'origine de la fabrication du champagne ?

A - Madame Nicole Clicquot, dite « veuve Clicquot »

B - Dom Pérignon

C - Charles Heidsieck

solutions p. 447

SEMAINE 52

Lundi

25

Décembre

St Emmanuel
NOËL

ÉNIGME

Cette graine consommée
est pleine de qualités…
Elle fait le bonheur des
myopes, sans elle, pas
de télescope.
Qui est-elle ?

Quel est le score de cette cible ?

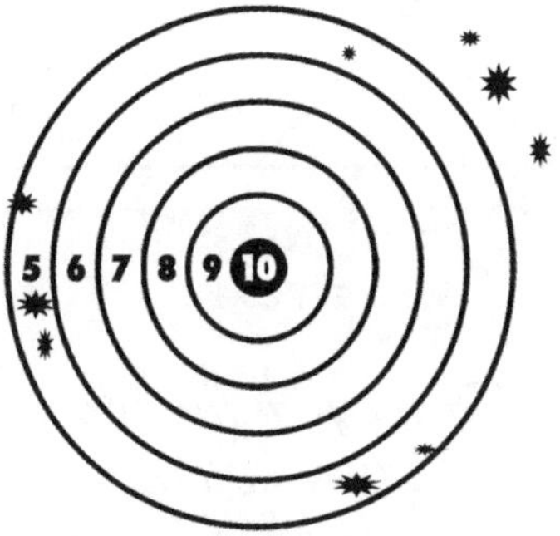

CULTURE G — C'EST ARRIVÉ AUJOURD'HUI

25 décembre

Célébrée le jour de Noël, la Saint-Emmanuel rappelle les paroles de l'évangéliste Mathieu : « Voici, la vierge sera enceinte, elle enfantera un fils, et on lui donnera le nom d'Emmanuel ». Emmanuel signifie « Dieu est avec nous » en hébreu.

Un enfant pleure dans la rue.
Un passant lui demande ce qu'il a.
L'enfant répond :
– À Noël, je n'ai eu qu'un demi-cadeau.
– Ah bon, qu'est-ce que tu as eu ?
– Un mikado !

Virelangue

Amusez-vous à répéter dix fois de suite cette phrase.

Je suis extraordinairement exaspéré, vous cherchez à vous excuser, malgré vos explications exposées, vous êtes sans excuses.

Sudoku

	7			4	9	3		
		8	7	2				5
			5	6		7		
		1					3	
	4		2					8
4	8			5				7
6			1					
	3	2		9				

CULTURE G — VRAI/FAUX

Michel Blanc n'apparaît pas dans le film *Le père Noël est une ordure*.

On ne dit pas « un ingrat »,
mais « un petit gros ».

solutions p. 447

SEMAINE 52

Mardi
26
Décembre

St Étienne

ÉNIGME

C'est un plat consistant. Elle s'oppose au courant… Ce conducteur est sans véhicule. Elle produit de la chaleur. Qui est-elle ?

Combien de triangles voyez-vous dans cette figure ?

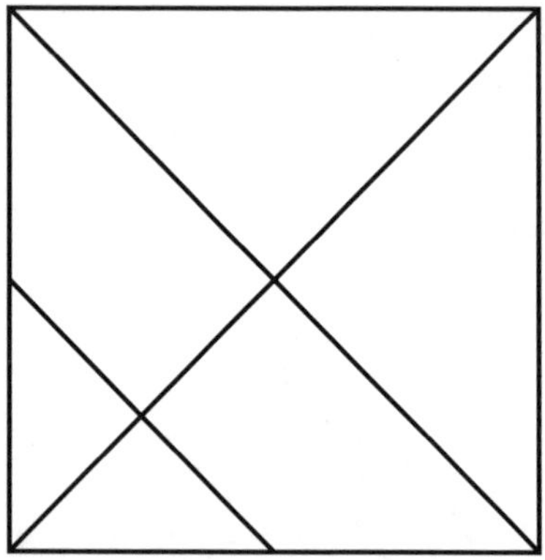

« L'histoire me sera indulgente, car j'ai l'intention de l'écrire. »
Winston Churchill, homme d'État britannique

JEU DE LETTRES

Formez un mot avec les lettres suivantes :
A - E - M - Y - Z

JEU DE CHIFFRES

Avec les chiffres suivants, trouvez les opérations à effectuer pour obtenir 241. Attention : chaque chiffre ne peut être utilisé qu'une seule fois !

7 - 2 - 9 - 13

Le sucre ne sert à rien quand c'est le sel qui manque.
Proverbe yiddish

Quel est le meilleur moyen contraceptif en Belgique ?

Le lance-pierre… pour tuer les cigognes !

CULTURE G

C'EST ARRIVÉ AUJOURD'HUI

26 décembre 2004

Un tsunami gigantesque ravage les côtes de l'océan Indien. Une bande de plancher océanique longue de 1 600 km s'est soulevée à 6 m de hauteur, c'est la quatrième magnitude la plus puissante jamais enregistrée dans le monde. Ce tsunami, le plus grave de l'histoire, a fait environ 220 000 morts.

solutions p. 447

Quelles sont les 8 différences entre ces deux images ?

ÉNIGME

Mon gril ne peut contenir que deux steaks à la fois. Pour cuire une pièce de viande, il faut 5 minutes de chaque côté. Quelle est la durée minimale pour cuire trois steaks ?

SEMAINE 52

Mercredi
27
Décembre

St Jean

Une jolie petite antenne de télévision est tombée amoureuse d'un paratonnerre. Elle lui murmure : « Dis, tu y crois, toi, au coup de foudre ? »

CULTURE G

Quiz

Quel créateur français a comme symbole la marinière ?

A - Jean-Paul Gaultier

B - Marc Jacobs

C - Karl Lagerfeld

JEU DE LETTRES

Pouvez-vous retrouver cette citation d'Oscar Wilde, dont les lettres à l'intérieur des mots ont été mélangées ?

L'rncieeeepx set el nmo uge chcnau dnnoe à sse urrrsee.

Suite logique

Complétez cette suite logique de dominos.

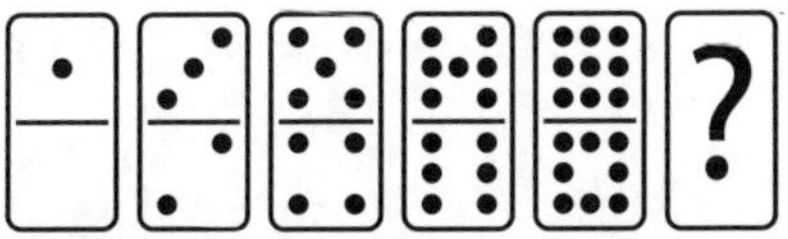

On ne dit pas « c'est l'Amazone », mais « c'est là que j'habite ».

CULTURE G

LE SAVIEZ-VOUS ?

À 16 ans, Hitler était amoureux de Stefanie Isak, une jeune femme... juive ! Malgré ses nombreuses lettres d'amour, la jeune femme n'a jamais répondu aux avances du jeune Adolf.

solutions p. 448

SEMAINE 52

Jeudi
28
Décembre

Sts Innocents

Qui s'attache à un bon arbre en reçoit une bonne ombre.
Proverbe espagnol

JEU DE CHIFFRES

Faites cette opération de tête ! N'utilisez pas de papier, de crayon ou de calculatrice.

612 – (88/4) =

Comment reconnaît-on une échelle qui appartient à une blonde ?

Il est écrit « Arrêtez-vous ici » sur la dernière marche.

CULTURE G

C'EST ARRIVÉ AUJOURD'HUI

28 décembre 1895

Première projection publique et payante de films cinématographiques à Paris, par les frères Lumière. Dix films sont au programme, dont *L'Arroseur arrosé* et *La Sortie de l'usine Lumière*. On compte 35 spectateurs payants le premier jour.

Quel est le score de cette cible ?

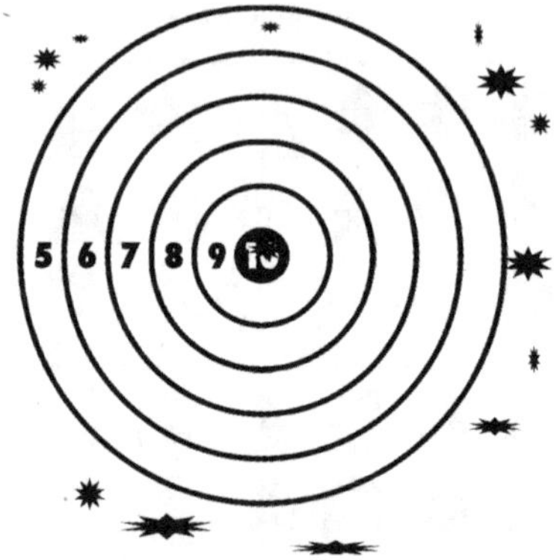

ÉNIGME

Un TGV part de Paris vers Lyon à 7 h 42, il roule à 130 km/h. Un omnibus part de Lyon vers Paris à 8 h 17 à la vitesse de 100 km/h. Lorsqu'ils se croisent, lequel est le plus proche de Paris ?

JEU DE LETTRES

Formez un mot avec les lettres suivantes :

D - D - E - E - E - E - E - M - N - N - S - T - T - T

« Un homme qui ne boit que de l'eau a un secret à cacher à ses semblables. »
Charles Baudelaire, poète français

solutions p. 448

ÉNIGME

Il peut être aussi bien lourd que léger, quand il est utilisé pour construire… Si en défense il peut être joué, c'est aussi un argument difficile à détruire. Qui est-il ?

L'amour, c'est comme le rugby : ça commence par une touche et ça finit par un plaquage !

SEMAINE 52

Vendredi

29

Décembre

St David

JEU DE LETTRES

Pouvez-vous retrouver ce proverbe, dont les lettres à l'intérieur des mots ont été mélangées ?

Al ilpeu ud tamni jrotéiu el nilrepè.

CULTURE G

Quiz

Quel est le roi qui a rompu avec l'Église catholique ?

A - Henri VIII

B - George V

C - Édouard VII

CULTURE G

LE SAVIEZ-VOUS ?

Fidel Castro, le dirigeant cubain, détient un record qu'on ne lui envie pas… Il a survécu à pas moins de 638 tentatives d'assassinat. Il déclara même : « Si survivre aux tentatives d'assassinat était une discipline olympique, je serais médaillé d'or. »

Combien de pois ont été effacés ?

JEU DE CHIFFRES

Avec les chiffres suivants, trouvez les opérations à effectuer pour obtenir 94. Attention : chaque chiffre ne peut être utilisé qu'une seule fois !

25 - 6 - 2 - 6

On ne dit pas « jerrican », mais « j'me bidonne ».

solutions p. 448

SEMAINE 52

Samedi
30
Décembre

St Roger

ÉNIGME

Mon premier est
un félin.
Mon second se dit
quand il pleut.
Mon tout apparaît
quand on est triste.
Qui suis-je ?

JEU DE LETTRES

Pouvez-vous décrypter cette petite phrase de circonstance, composée sur les touches du clavier ?

26663 26633 38 26663 72683

1	2 abc	def 3
4 ghi	5 jkl	mno 6
7 pqrs	8 tuv	wxyz 9
	0 ;	

JEU DE CHIFFRES

Faites cette opération de tête ! N'utilisez pas de papier, de crayon ou de calculatrice.

$(95 + 39)/2$

« Le champagne : c'est le seul vin qui laisse la femme belle après boire. »
Marquise de Pompadour, favorite de Louis XV

CULTURE G

INSOLITE

Le mariage le plus long connu à ce jour a duré 91 ans. Les deux époux se sont mariés en 1772 à l'âge de 12 et 14 ans. Il s'est terminé à la mort de Susan, l'épouse, qui avait 105 ans.

Combien y a-t-il de carrés dans cette figure ?

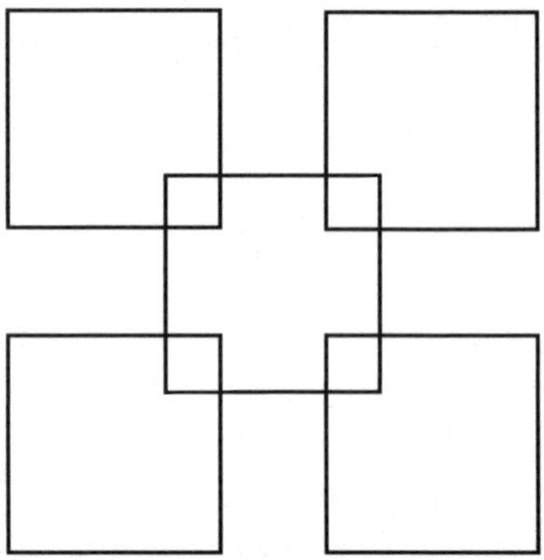

Pourquoi se bouche-t-on les oreilles dans une église ?

Parce que Jésus Christ.

CULTURE G

VRAI/FAUX

Pour faire du rosé, on doit mélanger du vin blanc et du vin rouge.

solutions p. 448

ÉNIGME

On s'embrasse sous mon premier. Mon second n'est pas tôt. Mon tout est un instrument de musique.
Qui suis-je ?

CULTURE G

AUX ORIGINES

Le 9 août 1564, pour unifier le royaume, le roi Charles IX, alors âgé de 14 ans, signe l'édit de Roussillon, qui impose le 1er janvier comme point de départ obligatoire de chaque année.

SEMAINE 52

Dimanche
31
Décembre

St Sylvestre

On ne dit pas « Richelieu », mais « sympa la baraque ».

Jeu de symboles

Attention : les chiffres ont été remplacés par 9 symboles !

	⇣							
				↵	⇢		↕	↳
			↕	↯				⇣
↕					⇣			
		↔	↳					
⇠	↵			↕	⇡			
	⇠		⇢		↕	↵		
↔							⇣	⇢
		↳	↵		↯		⇡	

Quel est le score de cette cible ?

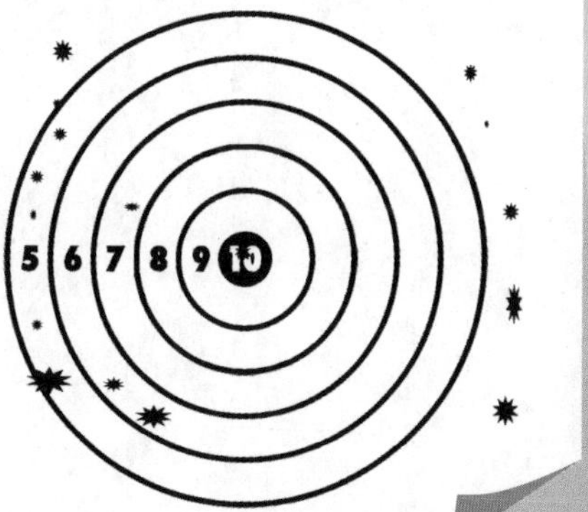

Sur la boutique d'un opticien belge, on peut lire : « Si vous ne pouvez pas lire cet écriteau, entrez chez nous. »

Virelangue

Amusez-vous à répéter dix fois de suite cette phrase.

Chat vit Rôt, Rôt tenta chat,
Chat mit patte à rôt, Rôt brûla
la patte à chat.

CULTURE G

LE SAVIEZ-VOUS ?

La lecture est le passe-temps favori de 47 % des Français aux toilettes !

solutions p. 448

SOLUTIONS

Dimanche 1er Janvier

ÉNIGME : Hier, on était le 31 décembre et elle a eu 18 ans. Cette année, elle va avoir 19 ans et l'année prochaine, elle aura 20 ans.
QUIZ : A. En 532, l'Église a décidé de fixer le commencement de l'année en janvier, car c'est le mois qui suit immédiatement la naissance du Christ. Pour autant, le premier jour de l'année n'était pas le même partout en France. Le 9 août 1564, le roi Charles IX a signé l'édit de Roussillon qui impose le 1er janvier comme point de départ de l'année.
JEU DE LETTRES : Il y a des gens qui ont une bibliothèque comme les eunuques ont un harem.

1	4	8	5	9	2	6	7	3
9	3	5	6	7	4	1	8	2
7	6	2	1	3	8	4	5	9
3	8	6	4	1	9	7	2	5
2	9	1	7	8	5	3	6	4
5	7	4	3	2	6	8	9	1
6	5	9	8	4	3	2	1	7
8	1	3	2	5	7	9	4	6
4	2	7	9	6	1	5	3	8

Lundi 2 Janvier

ÉNIGME : Des trous !
JEU VISUEL : C'est la pièce n° 5.
JEU DE LETTRES : Le vieil éléphant sait où trouver de l'eau.
JEU DE CHIFFRES : 2 + 2 – (2 + 2) = 0 ; (2/2) × (2/2) = 1 ; (2/2) + (2/2) = 2 ; (2 + 2 + 2)/2 = 3.

Mardi 3 Janvier

ÉNIGME : La voiture est une décapotable.
VRAI/FAUX : Vrai. John Kelly (1889-1960), médaille d'or en 1920, était le père de Grace Kelly, princesse de Monaco.
JEU DE LETTRES : Gai + Verseau = Sauvagerie / Lait + Bélier = Libéralité / Irma + Lion = Laminoir / Nans + Sagittaire = Garantissaient / Ni + Balance = Cannibale / Ration + Scorpion = Incorporations / Rire + Cancer = Incarcérer / Rot + Gémeaux = Géométraux / Es + Taureau = Sautereau.

42	71	43	74
53	61	52	64
72	44	73	41
63	54	62	51

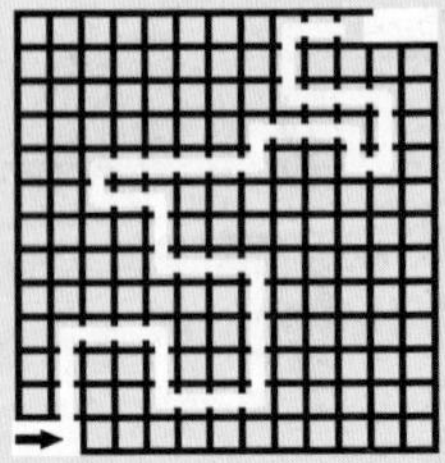

Mercredi 4 Janvier

ÉNIGME : Ils jouent au Monopoly.
JEU VISUEL : 38 carrés.
SURNOMS GÉOGRAPHIQUES : A. L'Angleterre, à cause de ses nombreuses colonies ; B. Le Japon ; C. L'Iran.
VRAI/FAUX : Vrai. Il a été condamné le 2 août 1940 par le tribunal de Vichy.
JEU DE LETTRES : Déréférencée.
JEU DE CHIFFRES : Il suffit d'associer par paire les nombres formant les extrémités de la suite. Nous obtenons ainsi 50 paires de nombres qui sont égales à 101 : 1 + 100 ; 2 + 99 ; 3 + 98, etc. jusqu'à 50. Le total vaut 50 × 101 = 5 050.

Jeudi 5 Janvier

ÉNIGME : L'ombre. Dans le premier énoncé, c'est le verbe « suivre » et dans le second, c'est le verbe « être ».
SUITE LOGIQUE : La même séquence se répète : blanc, un, trois, cinq, sept. En bas, la même séquence est décalée d'un rang.

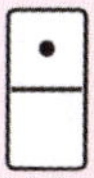

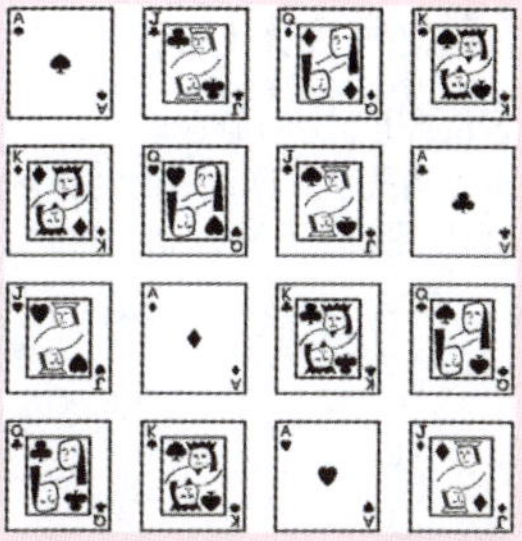

Vendredi 6 Janvier

ÉNIGME : Il a 6 enfants, car chacune des filles n'a qu'un seul frère. Il a donc 5 filles et 1 fils.
JEU DE CHIFFRES : (5 + 5 + 5)/5 = 3 ; 5 + ((5 – 5)× 5) = 5 ; ((5 × 5) + 5)/5 = 6 ; (5 × 5) + (5/5) = 26 ; (5 × 5) + (5 × 5) = 50.

	A	B	C	D	E
A	C	A	R	R	E
B	A	R	I	E	N
C	R	I	A	N	T
D	R	E	N	N	E
E	E	N	T	E	S

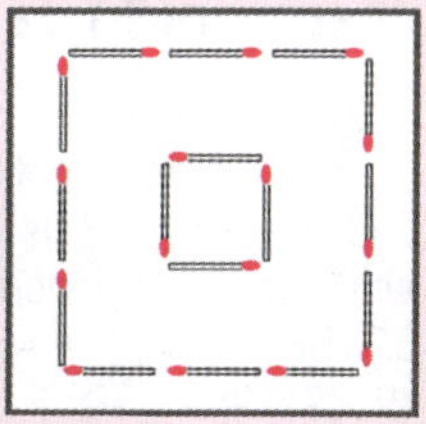

Samedi 7 Janvier

ÉNIGME : Une feuille d'arbre.
JEU VISUEL : C'est le C.
HYMNES NATIONAUX : A. Égypte ; B. Andorre.
JEU DE LETTRES : Nous nous abstînmes ; vous vous abstîntes ; ils s'abstinrent.

7	5	9	8	3	2	4	1	6
2	4	6	1	5	7	3	9	8
1	8	3	4	9	6	2	7	5
5	1	2	7	8	4	9	6	3
3	7	4	6	1	9	8	5	2
9	6	8	5	2	3	1	4	7
6	3	5	9	4	8	7	2	1
8	9	1	2	7	5	6	3	4
4	2	7	3	6	1	5	8	9

Dimanche 8 Janvier

ÉNIGME : Hier, aujourd'hui et demain.
JEU VISUEL : 10 cercles.
QUIZ : B. Il vient d'un singe d'Asie, le *Macacus rhesus*, qui a servi de cobaye, à la fin des années 1930, pour des recherches sur le sang.
JEU DE LETTRES : Abracadabra.
JEU DE CHIFFRES : 540.

Lundi 9 Janvier

ÉNIGME : L'homme est aveugle et son livre est écrit en braille.
VRAI/FAUX : Faux. C'est Claudette Colbert, en 1935, américaine d'origine française, avec le film *New York-Miami*, réalisé par Frank Capra.
JEU DE LETTRES : Pauvre.

B	E	F	H	C	A	D	I	G
D	A	C	F	G	I	H	B	E
H	G	I	B	D	E	C	F	A
C	F	A	G	I	H	E	D	B
E	I	H	D	A	B	F	G	C
G	B	D	E	F	C	I	A	H
F	H	G	C	B	D	A	E	I
A	C	B	I	E	F	G	H	D
I	D	E	A	H	G	B	C	F

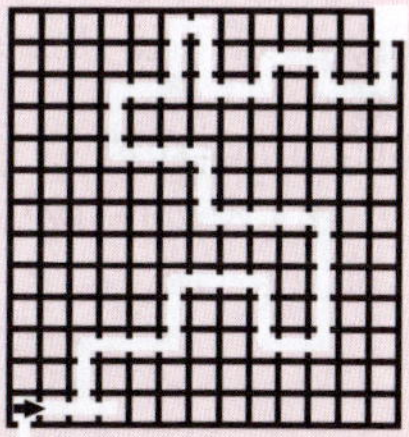

Mardi 10 Janvier

ÉNIGME : Le courant.
JEU VISUEL : On avance d'un cran et on change de couleur.
JEU DE LETTRES : Une didascalie.

3	6	2	9	7	5	1	8	4
9	7	8	4	1	2	3	5	6
5	4	1	3	6	8	7	2	9
4	2	5	6	9	7	8	1	3
7	3	6	8	2	1	4	9	5
8	1	9	5	4	3	6	7	2
6	8	4	7	5	9	2	3	1
2	5	7	1	3	6	9	4	8
1	9	3	2	8	4	5	6	7

Mercredi 11 Janvier

ÉNIGME : L'homme veut acheter des numéros de maison qui coutent 3 € pièce, pour le numéro 100, il lui faut trois pièces, donc 3 × 9 €.
JEU VISUEL : 110 pois.
QUIZ : Toutes les réponses sont bonnes !
JEU DE CHIFFRES : 9 – ((9 + 9)/9) = 7 ; 9 + ((9 – 9) × 9) = 9 ; (9 × 9 + 9)/9 = 10.

B	E	A	U	V	A	I	S
B	E	L	L	E	V	U	E
G	A	R	D	E	R	E	S
S	O	N	G	E	O	N	S
C	E	S	S	E	R	A	S
S	A	N	C	E	R	R	E
G	E	N	O	L	H	A	C
S	O	L	I	G	N	A	C

Jeudi 12 Janvier

ÉNIGME : C'est écrit : 9.
JEU VISUEL : Il est 6 h 22 à Hong Kong, 11 h 22 à Pago Pago et 3 h 52 à New Delhi.
GENTILÉS : A. Les Spinassiens ; B. Les Bellifontains ; C. Les Isséens.
JEU DE LETTRES : La foi (=> le foie).

C	F	A	H	B	D	E	G	I
G	H	E	A	C	I	D	F	B
I	D	B	E	G	F	A	H	C
D	B	I	C	H	A	F	E	G
H	C	G	F	D	E	I	B	A
E	A	F	B	I	G	C	D	H
B	E	D	I	A	H	G	C	F
A	G	C	D	F	B	H	I	E
F	I	H	G	E	C	B	A	D

Vendredi 13 Janvier

ÉNIGME : Son ombre.
VRAI/FAUX : Vrai.
JEU DE LETTRES : Le mot « hôte » peut désigner celui qui invite, ou celui qui est invité.
JEU DE CHIFFRES : (8 × 8) + 8 + 8 = 80 ; ((8 + 8) × 8) – 8 = 120 ; (8 + 8 + 8) × 8 = 192 ; (8 × 8 × 8) + 8 = 520.

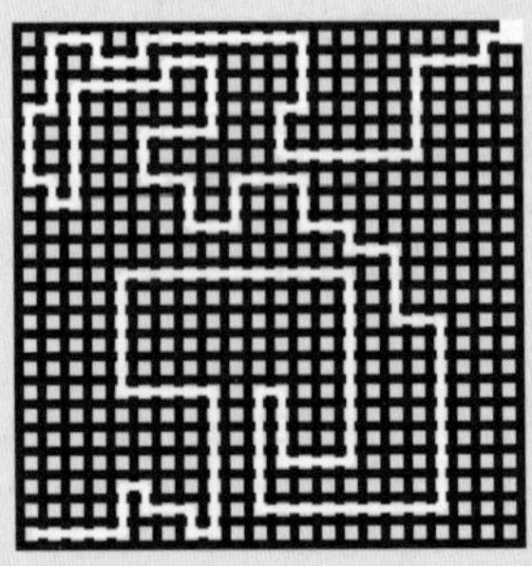

Samedi 14 Janvier

ÉNIGME : La lettre J, car dans l'année il y a le J de « janvier », de « juin » et de « juillet », alors que dans la semaine, il n'y a que le J de « jeudi ».
JEU VISUEL : Il a bien 68 points.
QUIZ : B. Les paléontologues écoutaient *Lucy in the Sky with Diamonds* en boucle sur leur campement.
SURNOMS GÉOGRAPHIQUES : A. La Belgique ; B. Le Burkina Faso ; C. L'Italie.
SUITE LOGIQUE : Chaque domino est la somme des deux précédents.

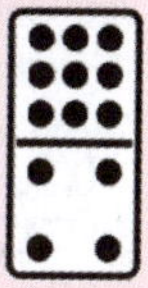

Dimanche 15 Janvier

ÉNIGME : Il en reste tout de même trois, parce que, même mort, le poisson reste dans le seau.
JEU DE LETTRES : Vouvoyez.
JEU DE CHIFFRES : 23.

Lundi 16 Janvier

ÉNIGME : Cet homme est vétérinaire.
JEU VISUEL : 7 cercles.
QUIZ : B. Auguste Piccard, en 1931, dans un ballon rempli d'hydrogène, s'élève à 15 781 mètres et voit la courbure de la Terre.
VRAI/FAUX : Faux. Ce nom désigne un camion équipé d'un lance-roquettes de la Seconde Guerre mondiale.
JEU DE LETTRES : Groggy.

6	1	5	8	7	4	3	2	9
4	7	9	3	6	2	5	1	8
2	3	8	1	5	9	4	6	7
3	2	4	6	1	8	9	7	5
1	9	7	4	3	5	6	8	2
8	5	6	9	2	7	1	4	3
7	4	2	5	9	6	8	3	1
5	6	1	2	8	3	7	9	4
9	8	3	7	4	1	2	5	6

Mardi 17 Janvier

ÉNIGME : Personne.
JEU VISUEL : Il est 4 h 04 à Hong Kong, 8 h 04 à Abidjan et 4 h 04 à Fort-de-France.
JEU DE CHIFFRES : 1 + 2 + 3 + 4 + 5 + 6 + 7 + (8 × 9) = 100.

A	B	D	O	S
A	B	C	E	S
A	G	I	O	S

Mercredi 18 Janvier

ÉNIGME : L'énoncé ne dit pas que c'est son fils !
SUITE LOGIQUE : On exprime 10 et 9 dans chaque couleur.

3	5	4	7	8	2	1	6	9
1	9	2	4	5	6	7	3	8
8	6	7	1	9	3	5	4	2
4	1	8	9	2	7	6	5	3
2	3	6	5	1	4	8	9	7
9	7	5	6	3	8	4	2	1
5	2	1	8	6	9	3	7	4
6	4	3	2	7	1	9	8	5
7	8	9	3	4	5	2	1	6

SOLUTIONS

Jeudi 19 Janvier

ÉNIGME : Une chaise, un lit et une brosse à dents ! Il n'est pas précisé qu'il s'agit d'une seule et même chose !
JEU VISUEL : Il se trompe de 29 points, car il a 71 points.
VRAI/FAUX : Faux. Le mot « patient » est dérivé du mot latin *patiens*, qui signifie « celui qui endure » ou « celui qui supporte ».
JEU DE LETTRES : Cakes.
SUITE LOGIQUE : C'est la somme des chiffres qui composent les nombres multiples de 7. 7 car $7 \times 1 = 7$; 5 car $7 \times 2 = 14$ et $1 + 4 = 5$; 3 car $7 \times 3 = 21$ et $2 + 1 = 3$, etc. Le prochain est donc 6 car $7 \times 6 = 42$ et $4 + 2 = 6$.

Vendredi 20 Janvier

ÉNIGME : Franck aura toujours 5 ans de moins que son frère, soit 95 ans et non 50 ans.
QUIZ : B. Selon la tradition, le camembert aurait été inventé en 1791 par Marie Harel, une Normande qui vivait dans le village de Camembert.
JEU DE LETTRES : Kibboutz.
SUITE LOGIQUE : La série représente les premiers chiffres du nombre pi : 3,14159.

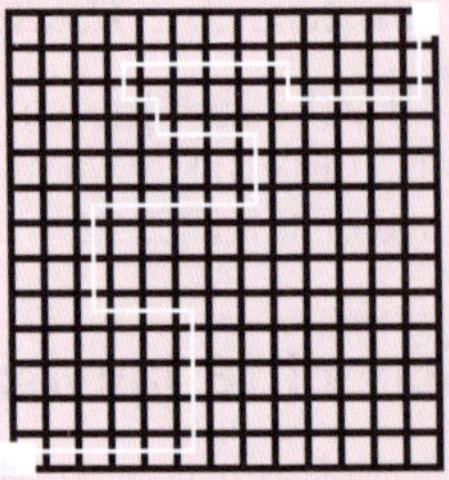

Samedi 21 Janvier

ÉNIGME : Parce que « 192 poule » = « un œuf de poule ».
JEU VISUEL : 120 pois.
GENTILÉS : A. Les Réginaburgiens ; B. Les Carolomacériens ; C. Les Castelthéodoriciens ou Castrothéodoriciens.
SUITE LOGIQUE : Il s'agit de la suite des entiers naturels qui ne s'écrivent qu'avec 4 lettres. Le nombre suivant est donc 100.

	A	B	C	D
A	A	U	R	A
B	U	S	A	I
C	R	A	I	L
D	A	I	L	E

Dimanche 22 Janvier

ÉNIGME : Il n'y a que trois personnes : le fils (qui a son père), le père (qui a son fils et son père) et le grand-père (qui a son fils).
QUIZ : C. C'est la brutale dilatation de l'air surchauffé par l'arc électrique de l'éclair qui provoque le bruit du tonnerre.
JEU DE LETTRES : Concupiscence.

4	7	8	1	3	5	2	9	6
2	1	6	7	9	4	5	8	3
3	5	9	8	6	2	4	1	7
6	9	4	2	7	8	3	5	1
5	8	1	9	4	3	7	6	2
7	3	2	6	5	1	9	4	8
9	6	3	5	1	7	8	2	4
8	4	5	3	2	6	1	7	9
1	2	7	4	8	9	6	3	5

Lundi 23 Janvier

ÉNIGME : La lettre N.
HYMNES NATIONAUX : A. Le Sénégal ; B. La Grande-Bretagne.
JEU DE LETTRES : Ayurvédiques.
JEU DE CHIFFRES : $1 + 1 - 1 = 1$; $(1 + 1) \times 1 = 2$; $1 + 1 + 1 = 3$.

Mardi 24 Janvier

ÉNIGME : Cinq chats suffisent. Car, si la chasse continue cinq minutes de plus, cinq souris supplémentaires seront attrapées. Donc les mêmes chats sont capables d'attraper dix souris en dix minutes, etc.
JEU VISUEL : Il se trompe de 4 points, il en a 71.
VRAI/FAUX : Vrai. La forme caractéristique de ses pupilles lui permet d'obtenir un champ visuel très large sans avoir à bouger la tête.

H	E	G	A	C	B	I	F	D
D	F	A	I	H	G	E	C	B
I	B	C	F	D	E	G	H	A
C	H	I	D	G	A	F	B	E
A	D	F	E	B	I	H	G	C
E	G	B	H	F	C	D	A	I
G	C	H	B	E	D	A	I	F
B	I	D	G	A	F	C	E	H
F	A	E	C	I	H	B	D	G

Mercredi 25 Janvier

ÉNIGME : Il faut les mettre en relief (former un tétraèdre).
JEUX VISUEL : 10 rectangles et 8 carrés.
JEU DE LETTRES : « Si tu continues à dire non, je ne te demanderai pas ton avis, je t'épouserai sous anesthésie. »
SUITE LOGIQUE : Ce sont les chiffres des unités des multiples de 3, dans l'ordre décroissant : 9 × 3 = 27, 8 × 3 = 24, 7 × 3 = 21, etc. Le chiffre suivant est 5 pour 5 × 3 = 15.

Jeudi 26 Janvier

ÉNIGME : Le pain.
JEU VISUEL : Il est 11 h 38 à Zhengzhou, 5 h 38 à Helsinki et 2 h 38 à Nouméa.
QUIZ : C. Ce mot vient du latin *vulpinus*, qui signifie « renard ». Une intelligence de renard est donc une intelligence vulpine !
CAPITALES : A. Swaziland; B. Madagascar; C. Bangladesh.
JEU DE LETTRES : Parcimonieusement.

1	8	2	7	9	3	6	5	4
9	5	4	6	2	1	8	3	7
3	7	6	5	4	8	2	9	1
7	2	1	3	6	4	5	8	9
5	3	9	8	1	2	4	7	6
6	4	8	9	5	7	1	2	3
4	1	7	2	3	5	9	6	8
8	9	5	4	7	6	3	1	2
2	6	3	1	8	9	7	4	5

Vendredi 27 Janvier

ÉNIGME : Ils font partie des rares verbes à avoir trois consonnes d'affilée : -ngl, -ffr, -mbl, -ppr-, -ngr, -mpr.
JEU VISUEL : On progresse de 4 points à chaque itération et on change de couleur.
JEU DE LETTRES : Joyau.
JEU DE CHIFFRES : (3 + 3 + 3)/3 = 3 ; ((3 × 3) + 3)/3 = 4 ; 3 + 3 – (3/3) = 5 ; 3 + 3 + (3 – 3) = 6.

Samedi 28 Janvier

ÉNIGME : Arthur étant un bébé, il n'a pas de dents…
JEU VISUEL : Il se trompe de 10 points, car il a 49 points.
VRAI/FAUX : Vrai. La cloche a été baptisée Emmanuel en 1681 par Louis XIV et Marie-Thérèse d'Autriche. En hébreu, Emmanuel signifie « Dieu est avec nous ». Son battant pèse à lui seul 500 kg !
JEU DE LETTRES : Circuler.

15	12	2	13
6	9	3	24
11	16	14	1
10	5	23	4

Dimanche 29 Janvier

ÉNIGME : Une photographie.
JEU VISUEL : 7 cercles entiers.
VRAI/FAUX : Vrai. La respiration des vers de terre est cutanée, car ils ne possèdent pas de poumons.
JEU DE LETTRES : Kazakhs.
Suite logique : 14. Alternativement, on ajoute 5, puis on retranche 2 à chaque progression.

Lundi 30 Janvier

ÉNIGME : Cet homme habite au rez-de-chaussée de son immeuble.
JEU VISUEL : 120 pois.
QUIZ : B. Mussolini.
JEU DE LETTRES : Procrastination.

7	9	8	1	5	6	3	4	2
6	2	5	4	9	3	8	7	1
4	3	1	2	7	8	5	6	9
8	7	2	5	4	9	6	1	3
1	6	9	3	8	2	4	5	7
5	4	3	6	1	7	9	2	8
3	1	6	9	2	4	7	8	5
2	8	4	7	3	5	1	9	6
9	5	7	8	6	1	2	3	4

Mardi 31 Janvier

ÉNIGME : Tous les chiffres de cette série s'écrivent en 4 lettres : sept, cinq, deux, zéro, neuf et huit.
JEU VISUEL : Il manque 1 point, il en a 60.
JEU DE LETTRES : Incipit.
JEU DE CHIFFRES : 166.

Mercredi 1er Février

ÉNIGME : Un seul, le zèbre, car les autres en reviennent !
JEU DE LETTRES : Versailles.

B	D	I	H	F	E	A	G	C
H	G	F	C	B	A	I	E	D
A	C	E	G	I	D	F	H	B
I	B	C	F	D	G	H	A	E
E	F	A	I	C	H	B	D	G
G	H	D	A	E	B	C	F	I
F	I	G	E	H	C	D	B	A
C	A	B	D	G	F	E	I	H
D	E	H	B	A	I	G	C	F

Jeudi 2 Février

ÉNIGME : L'homme a acheté une valise de 1,10 m de longueur et y a mis sa baguette en diagonale.
JEU VISUEL : 6 cercles et 10 carrés.
GENTILÉS : A. Les Manceaux ; B. Les Lexoviens ; C. Les Briochins.
VRAI/FAUX : Vrai. Le sexe du crocodile sera déterminé par la température d'incubation de son œuf.
JEU DE LETTRES : « L'humour vient tout seul à l'homme comme les poils au pubis. »
JEU DE CHIFFRES : 2 – 2 + 2 – 2 = 0 ; (2 + 2 – 2)/2 = 1 ; (2/2) + (2/2) = 2 ; (2 + 2 + 2)/2 = 3.

Vendredi 3 Février

ÉNIGME : Du produit à récurer (arrêt curé).
JEU VISUEL : C'est la pièce n° 3.
QUIZ : Les 3 réponses sont bonnes !
JEU DE LETTRES : Il faut ajouter les lettres I et L pour former les nouveaux mots suivants : pupille, soleil, vilenie, vieil.

1	3	4	8	5	9	6	2	7
6	5	9	4	7	2	8	1	3
7	8	2	1	6	3	5	9	4
9	7	5	2	4	1	3	8	6
3	6	8	7	9	5	2	4	1
2	4	1	3	8	6	7	5	9
5	1	3	6	2	4	9	7	8
4	9	7	5	3	8	1	6	2
8	2	6	9	1	7	4	3	5

Samedi 4 Février

ÉNIGME : Quelqu'un a rembobiné la cassette après le coup de feu, pour que l'on puisse entendre l'enregistrement depuis le début. Ce n'est donc pas un suicide.
JEU VISUEL : Il a 65 points.
VRAI/FAUX : Vrai. Comme la banane, la pêche, l'abricot ou l'avocat, l'ananas continue de mûrir après sa récolte. Ces fruits sont appelés « climactériques ».
JEU DE LETTRES : Newton.
JEU DE CHIFFRES : $((4 \times 4) - 4)/4 = 3$; $((4 + 4)/4) + 4 = 6$; $4 + 4 - (4/4) = 7$; $(4 \times 4) - (4 + 4) = 8$.

Dimanche 5 Février

ÉNIGME : Il atteindra le haut du mur le 13e jour.
JEU VISUEL : 130 pois.
DEVISE NATIONALE : C. Le Liberia.
JEU DE LETTRES : Vaqua.

6	3	4	1	8	7	9	5	2
1	7	2	3	9	5	8	4	6
8	5	9	6	2	4	7	3	1
4	8	1	5	7	2	6	9	3
2	6	5	9	3	8	1	7	4
7	9	3	4	1	6	2	8	5
9	1	8	2	5	3	4	6	7
3	4	7	8	6	1	5	2	9
5	2	6	7	4	9	3	1	8

Lundi 6 Février

ÉNIGME : Il faut demander « Si je demande à ton ami quelle est la porte de l'enfer, laquelle me désignera-t-il ? » Dans tous les cas, la vraie porte sera celle qui n'aura pas été désignée dans la réponse.
JEU VISUEL : Il a 74 points. L'écart est de 22 points.
VRAI/FAUX : Vrai. Cet animal nage très bien, les pachydermes adorent se baigner dans les rivières.
JEU DE LETTRES : Métromanie.
JEU DE CHIFFRES : $(8 + 8)/8 + 8 = 10$; $8 + 8 - (8/8) = 15$; $(8 \times 8) + (8/8) = 65$.

Mardi 7 Février

ÉNIGME : Le ver aura traversé 40,5 cm. Il faut tenir compte du fait que, lorsque les livres sont rangés de 1 à 10 sur la tranche, la première page du livre 1 se trouve du côté du livre 2 et la dernière page du livre 10 est du côté du livre 9 !
QUIZ : A. La vodka.
JEU DE LETTRES : Grizzly.

8	1	6
3	5	7
4	9	2

Mercredi 8 Février

ÉNIGME : Le fils a 25 ans. Soit y l'âge du fils. Le temps écoulé entre l'âge actuel du père et celui qu'il avait quand il avait l'âge du fils est 40 – y. Le fils avait donc : y – (40 – y), soit 2y – 40. On obtient donc pour l'âge du père : 4 × (2y – 40) = 8y – 160. Donc on cherche y tel que 8y – 160 = 40, donc y – 20 = 5, donc y = 25.
JEU VISUEL : Il se trompe de 2 points : en réalité, il en a 85.
GENTILÉS : A. Les Déodatiens ; B. Les Clodoaldiens ; C. Les Audomarois.
JEU DE CHIFFRES : 100/0,5 = 200 et 200 + 50 = 250.

C	H	I	O	T
C	H	I	P	S
C	H	O	U	X

Jeudi 9 Février

ÉNIGME : S'il n'y avait que des hommes, il y aurait 36 jambes.
Les 28 jambes en plus correspondent à des chevaux. Il y a 14 chevaux et 4 hommes.
VRAI/FAUX : Faux. Fondée en 1954, la Fédération nationale d'achats des cadres s'appelait également à l'origine Fédération nationale d'achats.
SUITE LOGIQUE : La séquence 1 – 3 – 5 – 0 se répète en bas avec un rang de décalage.

Vendredi 10 Février

ÉNIGME : Du kilomètre 1 au kilomètre 120, il y a 119 km. Du kilomètre 120 au kilomètre 240, il y a 120 km. Le trajet est donc légèrement plus long.
JEU VISUEL : 46 carrés.
QUIZ : C. Les chutes du Niagara, avec un point culminant de 51 m, sont les plus renommées, mais celles du Salto Ángel détiennent le record de hauteur avec une chute d'eau atteignant 979 m.
JEU DE LETTRES : Mote + sai = atomise ; Mote + lac = camelot ; Mote + dp = dompte ; Mote + adn = démonta.
JEU DE CHIFFRES : 1 100.

Samedi 11 Février

ÉNIGME : Si 400 chats mangent 400 boîtes de croquettes en 8 jours, 200 chats mangent 200 boîtes en 8 jours. En 4 jours, ils en mangent la moitié, donc 100 boîtes.
SURNOMS GÉOGRAPHIQUES : A. Chypre ; B. Les États-Unis ; C. La Chine.
VRAI/FAUX : Vrai. Berlioz y décrit une ville imaginaire, Euphonia, qui serait entièrement consacrée à la musique.
JEU DE LETTRES : Que je me gaussasse ; que tu te gaussasses ; qu'il se gaussât ; que nous nous gaussassions ; que vous vous gaussassiez ; qu'ils se gaussassent.
JEU VISUEL : 140 pois.

9	3	2	4	8	6	1	7	5
7	4	6	1	5	2	3	8	9
8	5	1	9	3	7	4	6	2
3	1	7	2	4	8	5	9	6
2	9	5	6	7	3	8	4	1
6	8	4	5	1	9	7	2	3
1	6	8	3	9	4	2	5	7
5	7	9	8	2	1	6	3	4
4	2	3	7	6	5	9	1	8

Dimanche 12 Février

ÉNIGME : 40 mètres, car la moitié de sa longueur est donc de 20 m, et 20 + 20 = 40 !
JEU DE LETTRES : Spolié.
SUITE LOGIQUE : 3, car ce sont les chiffres des unités des multiples de 9 : 9, 18, 27, 36, 45 et 54.

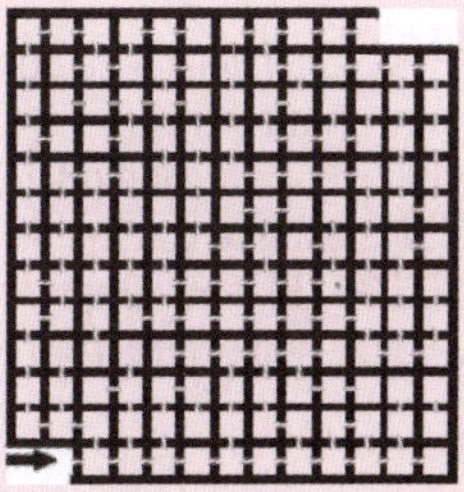

Lundi 13 Février

ÉNIGME : Une demi-douzaine de douzaines de gâteaux = 6 × 12 = 72 gâteaux. Six douzaines de douzaines = 6 × 12 × 12 = 864. L'écart est de 864 – 72 = 792 gâteaux.
JEU VISUEL : Il se trompe de 3 points, car il a 29 points.
QUIZ : C. Le pingouin.
JEU DE LETTRES : Abjection.

C	H	D	I	E	F	G	B	A
G	E	B	C	A	H	I	D	F
I	A	F	D	B	G	C	E	H
E	G	H	F	I	B	D	A	C
D	I	A	H	G	C	E	F	B
B	F	C	E	D	A	H	G	I
A	B	E	G	C	I	F	H	D
F	C	G	B	H	D	A	I	E
H	D	I	A	F	E	B	C	G

Mardi 14 Février

ÉNIGME : Il a 8 ans.
JEUX DE LETTRES : Mexique.
JEU DE CHIFFRES: ((6 × 6) – 6)/6 = 5 ; 6 + (6 × (6 – 6)) = 6 ; (6 – (6/6)) × 6 = 30 ; ((6 + 6) × 6) – 6 = 66.

Mercredi 15 Février

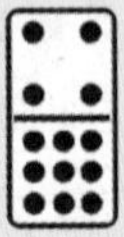

ÉNIGME : La meilleure solution consiste à couper les 5 maillons d'une chaîne et de s'en servir pour réunir toutes les autres chaînes en un cercle. L'opération coûtera alors 50 €.
JEU VISUEL : Il est 6 h 43 à Vladivostok, 4 h 43 à Fukuoka et 9 h 43 à Papeete.
VRAI/FAUX : Faux. Le mâle de la vache est le taureau. Le bœuf est un taureau qui a été castré, afin que sa viande soit plus tendre et donc plus savoureuse.
JEU DE LETTRES : Essayées.
SUITE LOGIQUE : Les séquences en haut 1 – 2 – 4 et en bas 0 – 9 – 4 – 2 se continuent en haut et en bas.

Jeudi 16 Février

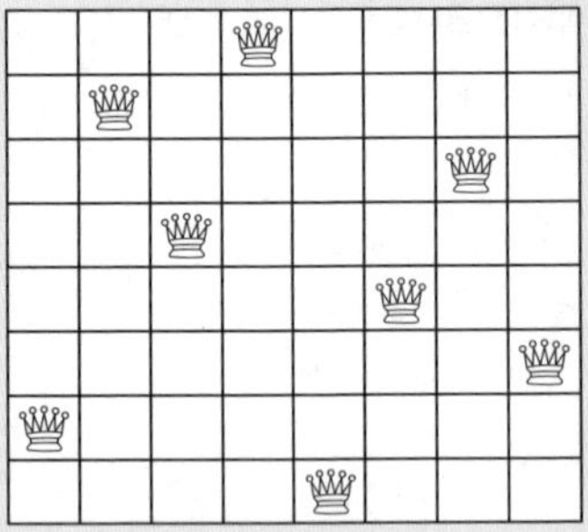

ÉNIGME : Il doit lui en donner 3, car alors Baptiste n'en aura plus et son frère en aura six.
QUIZ : B. L'éruption du Vésuve a détruit la ville, qui a été recouverte d'une épaisse couche de cendres.
JEU DE LETTRES : Bique.
JEU DE CHIFFRES : ((5 × 2) - 3) × 4 = 28.

Vendredi 17 Février

ÉNIGME : Le quatrième voleur en a trouvé deux, puisqu'il ne restait plus rien après lui. Le reste se calcule aisément : le troisième a donc dû en trouver six (2 × (2 + 1)), le second quatorze (2 × (6 + 1)) et le premier trente (2 × (14 + 1)).
JEU VISUEL : Il a bien 46 points.
VRAI/FAUX : Vrai. George Lucas a adapté son propre nom pour son personnage.
JEU DE LETTRES : « Délice », « amour » et « orgue » deviennent féminins lorsqu'ils sont utilisés au pluriel.

7	2	9	6	4	5	8	3	1
8	5	4	3	7	1	9	2	6
3	6	1	8	2	9	4	7	5
5	9	3	4	1	8	7	6	2
6	8	7	9	3	2	1	5	4
4	1	2	5	6	7	3	9	8
1	3	6	2	9	4	5	8	7
9	7	5	1	8	6	2	4	3
2	4	8	7	5	3	6	1	9

Samedi 18 Février

ÉNIGME : Le cadet en a deux, l'aîné trois et l'oncle quatre.
JEU VISUEL : 30 pois.
VRAI/FAUX : Faux. L'organologie est la discipline qui étudie les instruments de musique en général.
SUITE LOGIQUE : 162 (3 × 54) : on multiplie chaque nombre par 3.
JEU DE LETTRES : Antépénultien.

Dimanche 19 Février

ÉNIGME : Il a mis deux fois plus de temps pour aller que pour revenir, donc 10 min pour partir et 5 pour revenir. Sa vitesse de 3 km/h représente 1 km toutes les 20 min. Comme il a marché pendant 10 min, il a parcouru 0,5 km.
QUIZ : A. Le rouge.
DEVISE NATIONALE : B. La locution « L'union fait la force » sert de devise nationale à la Belgique, la Bulgarie, l'Angola, et apparaît sur les armes de la république d'Haïti.
JEU DE LETTRES: Intermezzo.

B	D	C	A	E	I	G	H	F
G	I	F	H	C	D	A	B	E
A	H	E	G	F	B	D	C	I
H	A	B	E	D	F	I	G	C
I	F	D	C	B	G	H	E	A
C	E	G	I	H	A	F	D	B
E	G	H	F	A	C	B	I	D
F	B	I	D	G	E	C	A	H
D	C	A	B	I	H	E	F	G

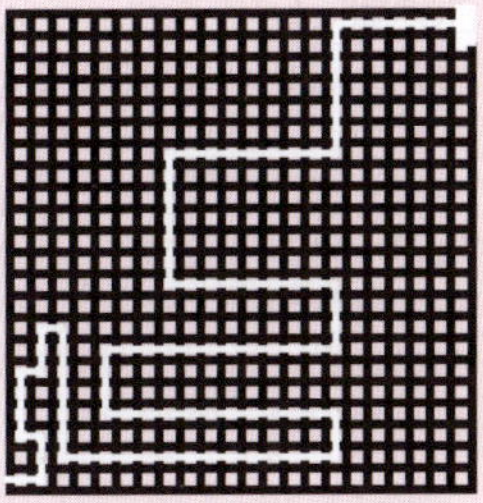

Lundi 20 Février

ÉNIGME : 120. On peut trouver cette solution en posant l'équation : (x/4) + (x/3) = (x/2) + 10.
JEU VISUEL : On enlève 4 points à chaque itération.
VRAI/FAUX : Faux. Cette appellation vient du fait que, pendant toute la durée du morceau, la main droite ne joue quasiment que les touches noires du clavier.
SUITE LOGIQUE : 19, car on enlève 9 à chaque nombre pour connaître le suivant.

R	O	N	G	E	A
S	P	O	L	I	E

Mardi 21 Février

ÉNIGME : Je prends B, dont je verse le contenu dans E, puis je le repose à sa place.
QUIZ : B. C'est un bobeur.
JEU DE LETTRES : C'est un palindrome : il peut se lire dans les deux sens !
SUITE LOGIQUE : On progresse par nombres pairs en haut et nombres impairs en bas.

Mercredi 22 Février

ÉNIGME : Il y a 4 tabourets, un à chaque coin de la pièce.
JEU VISUEL : 14 carrés et 58 triangles.
HYMNES NATIONAUX : A. États-Unis ; B. Belgique.
JEU DE LETTRES : Istanbul.
SUITE LOGIQUE : 9, car chaque nouveau chiffre est la somme des deux précédents (1 + 1 = 2 ; 2 + 3 = 5, etc.) ; on repart de 1 une fois passées les unités.

Jeudi 23 Février

7	4	1	9	5	8	3	6	2
5	8	9	6	2	3	1	7	4
6	2	3	7	1	4	9	5	8
8	9	6	5	7	1	2	4	3
1	3	7	4	8	2	6	9	5
4	5	2	3	6	9	8	1	7
3	7	4	8	9	6	5	2	1
9	1	8	2	4	5	7	3	6
2	6	5	1	3	7	4	8	9

ÉNIGME : Le cinéma.
JEU VISUEL : Il se trompe de 4 points : il en a 66.
QUIZ : B. Le martinisme est un courant de pensée ésotérique se référant principalement à Louis-Claude de Saint-Martin.
JEU DE LETTRES : Vie + lundi = diluvien / Léoni + mardi = méridional / Soi + mercredi = miséricorde / An + jeudi = déjauni / Raie + vendredi = redeviendrai / Moelle + samedi = mademoiselle / Ras + dimanche = marchandise.

Vendredi 24 Février

ÉNIGME : C'est en plein jour !
JEU VISUEL : 125 pois.
VRAI/FAUX : Vrai. En 1908,une équipe de policiers londoniens, la Metropolitan police K division, a remporté la médaille de bronze dans l'épreuve de tir à la corde.
SUITE LOGIQUE : 44, car on ajoute 7 à chaque nombre.
JEU DE LETTRES : Polyglotte.

Samedi 25 Février

ÉNIGME : Oui, il y a deux ans, Julien avait 36 ans et son frère 18.
JEU VISUEL : 56 points.
QUIZ : C. Hamida Djandoubi est la dernière personne au monde à avoir été exécutée au moyen d'une guillotine, et le dernier condamné à mort exécuté en France.
JEU DE LETTRES : Triomphe.
SUITE LOGIQUE : À chaque étape, les points qui disparaissent en haut apparaissent en bas.

Dimanche 26 Février

ÉNIGME : Du premier au dernier : Rafael, Benjamin, Ilan, Tom et Sébastien.
JEU VISUEL : Il est 6 h 05 à Indianapolis, 5 h 05 à Houston et 7 h 05 à Hong Kong.
VRAI/FAUX : Vrai. Il s'agissait de nager le plus loin et le plus longtemps possible, sous l'eau. L'épreuve a disparu des Jeux, les spectateurs ne devaient pas voir grand-chose !
JEU DE LETTRES : Tire + bar = abriter ; Tire + avr = avertir ; Tire + cen = créline ; Tire + nuec = ceinture.
SUITE LOGIQUE : 63, car l'écart entre les nombres double à chaque itération 1 + 2 = 3, 3 + 4 = 7, 7 + 8 =15, 15 + 16 = 31, 31 + 32 = 63.

Lundi 27 Février

ÉNIGME : Il y a 3 filles et 6 garçons.
JEU VISUEL : C'est une simple série croissante.
QUIZ : A. Le *Titanic* a lancé le premier appel de détresse par radio, c'était la première fois qu'un bateau lançait un S.O.S. On estime à 1 500 le nombre de victimes du naufrage, ce qui en fait l'une des plus grandes catastrophes maritimes en temps de paix.
JEU DE LETTRES : Déreglementée.

4	7	9	5	3	6	1	8	2
5	2	8	9	1	4	3	6	7
3	6	1	8	2	7	5	9	4
6	3	7	4	9	2	8	5	1
1	5	2	6	8	3	4	7	9
9	8	4	7	5	1	2	3	6
2	9	5	1	6	8	7	4	3
7	1	6	3	4	5	9	2	8
8	4	3	2	7	9	6	1	5

Mardi 28 Février

ÉNIGME : Elle précise que chacun doit couper la part de l'autre !
VRAI/FAUX : Faux. Le terme vient du latin *bisextilis*, qui signifie « deux fois sixième », soit deux fois le sixième jour avant les calendes de mars (le premier jour du mois de mars romain).
JEU DE CHIFFRES : 166.

	A	B	C	D
A	I	N	D	E
B	N	U	I	T
C	D	I	E	U
D	E	T	U	I

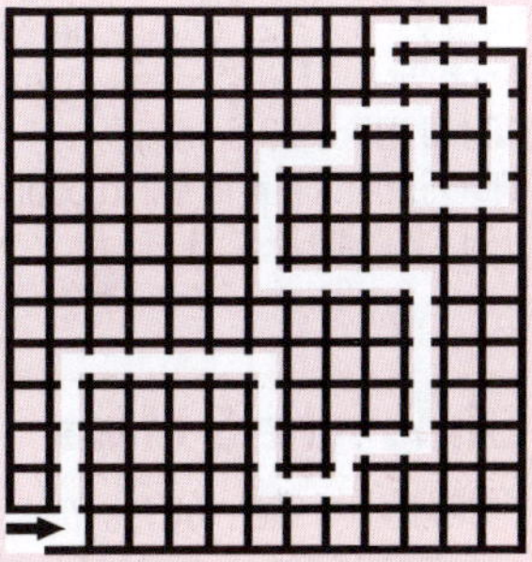

Mercredi 1er Mars

ÉNIGME : Le tableau d'école.
JEU VISUEL : 38 points.
QUIZ : A. Frédéric Chopin.
JEU DE LETTRES : Mezzanine.

3	9	7	1	4	5	2	8	6
2	1	6	7	3	8	5	4	9
8	4	5	9	2	6	7	1	3
6	5	1	3	8	2	4	9	7
9	8	3	4	5	7	6	2	1
4	7	2	6	9	1	3	5	8
5	6	4	8	7	9	1	3	2
7	3	9	2	1	4	8	6	5
1	2	8	5	6	3	9	7	4

Jeudi 2 Mars

ÉNIGME : M. Serrurier, qui est évêque, habite boulevard Pasteur. M. Pasteur est serrurier et habite boulevard Lévêque, et M. Lévêque, pasteur, habite boulevard Serrurier.
JEU VISUEL : 56 pois.
JEU DE LETTRES : Burqa.
JEU DE CHIFFRES : $(5 + (5/5)) \times 5 = 30$; $(5 \times 5) + (5 \times 5) = 50$; $((5 + 5) \times 5) + 5 = 55$; $(5 \times 5 \times 5) - 5 = 120$.

Vendredi 3 Mars

ÉNIGME : Les pieds.
GENTILÉS : A. Les Hiérosolymitains ; B. Les Ouagalais ou Ouagavillois ; C. Les Angelenos.
JEU DE LETTRES : Quand le Blanc bégaie, l'interprète a beaucoup de travail.

1	12	7	14
8	13	2	11
10	3	16	5
15	6	9	4

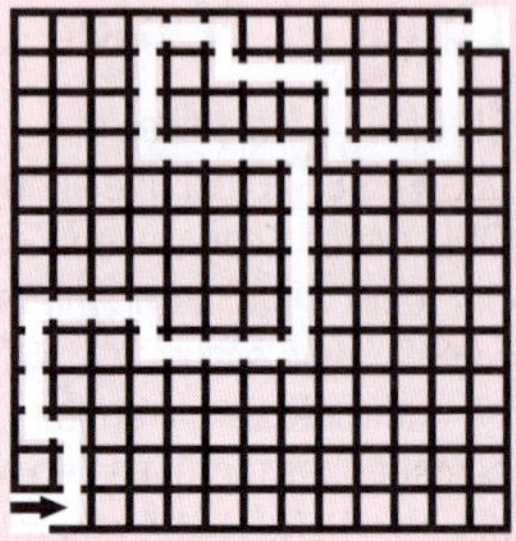

Samedi 4 Mars

D	E	F	I	S
D	E	N	T	U

ÉNIGME : Il y a autant de matinées et d'après-midi que de jours de vacances. Il y a 9 + 12 = 21 demi-journées sans pluie. Il y a 11 demi-journées avec pluie ; donc 21 + 11 = 32 demi-journées au total, soit 16 jours de vacances.
JEU VISUEL : 93 points.
VRAI/FAUX : Faux, c'est la capitale du Népal. La capitale du Tibet est Lhassa.
JEU DE CHIFFRES : 1.

Dimanche 5 Mars

ÉNIGME : L'Indien fait les 9/20 du Pacifique et donc Arctique et Antarctique ensemble font 18/100 = 9/50 du Pacifique. Mais l'Arctique seul fait 1/4 × 1/2 = 1/8 du Pacifique. L'Antarctique fait donc 9/50 – 1/8 = 11/200 du Pacifique. Il faut donc 200/11, soit un peu plus de 18 océans Antarctique pour recouvrir tout le Pacifique.
QUIZ : B. Les autorités feront pression sur sa famille pour qu'elle n'ébruite pas la nouvelle pendant six jours, le temps au peuple de finir de pleurer Staline.
HYMNES NATIONAUX : Il s'agit de l'*Hymne à la joie*, un extrait de la *9e Symphonie* de Beethoven.
JEU DE LETTRES : Hypocondriaque

9	2	8	3	7	5	6	4	1
7	4	6	9	1	8	5	2	3
3	5	1	4	2	6	8	7	9
5	1	9	2	4	7	3	6	8
2	6	7	8	5	3	1	9	4
4	8	3	1	6	9	7	5	2
1	7	2	6	3	4	9	8	5
6	9	4	5	8	1	2	3	7
8	3	5	7	9	2	4	1	6

Lundi 6 Mars

ÉNIGME : La lettre E.
JEU VISUEL : 9 cercles.
VRAI/FAUX : Vrai. Cette épreuve, aujourd'hui abandonnée, s'est déroulée au Cercle du bois de Boulogne. Elle a coûté la vie à 300 pigeons !
JEU DE LETTRES : L'homme a inventé la montre, mais Dieu a inventé le temps.
JEU DE CHIFFRES : -333.

Mardi 7 Mars

ÉNIGME : Il y a trois chaussettes : une rouge, une verte et une bleue.
JEU VISUEL : 75 points.
QUIZ : B. Le point Nemo est le point imaginaire le plus éloigné de toute terre. Il se trouve au milieu de l'océan Pacifique sud, à plus de 2 000 km de l'île la plus proche.
JEU DE LETTRES : Bazar.
SUITE LOGIQUE : Les chiffres représentent le nombre d'or : 1,61803…

Mercredi 8 Mars

ÉNIGME : 4 cigarettes, car les 3 cigarettes refaites donneront chacune un mégot, donc une nouvelle cigarette.
JEU VISUEL : Il est 9 h 23 à Zagreb, 3 h 23 à Hô Chi Minh et 3 h 23 à Jacksonville.
VRAI/FAUX : Vrai. Cette pratique est parfois nommée « fétichisme des chatouilles » par ceux qui la pratiquent, bien qu'elle ne réponde pas à la définition du fétichisme sexuel.
JEU DE LETTRES : Bac + jet = abject ; Bac + lon = balcon ; Bac + hes = bâches ; Bac + nie = cabine.
SUITE LOGIQUE : 36, car cette suite présente les carrés des premiers nombres : 1^2, 2^2, 3^2, 4^2, 5^2, 6^2.

Jeudi 9 Mars

ÉNIGME : 246.
QUIZ : B. Louis IX : Saint Louis n'était pas un surnom de son vivant, mais son titre, depuis qu'il a été canonisé par l'Église catholique en 1297, 27 ans après sa mort à Tunis.

&	£	!	»	µ	+	=	%	$
+	»	=	!	$	%	£	&	µ
$	%	µ	&	=	£	!	»	+
£	$	+	%	»	µ	&	!	=
!	µ	»	=	&	$	+	£	%
%	=	&	£	+	!	µ	$	»
µ	!	$	+	£	»	%	=	&
=	+	%	$	!	&	»	µ	£
»	&	£	µ	%	=	$	+	!

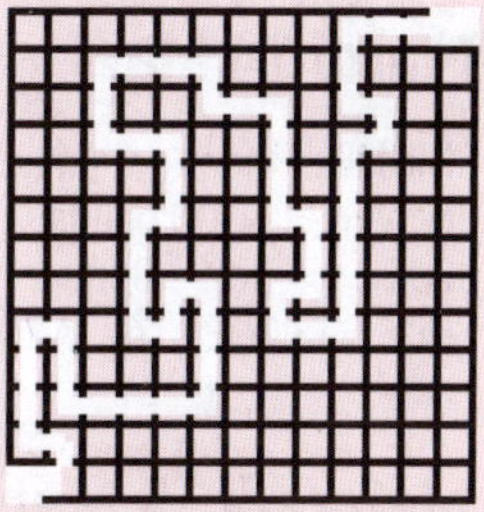

Vendredi 10 Mars

ÉNIGME : L'ancre d'un bateau.
JEU VISUEL : 78 points.
JEU DE CHIFFRES : ((6 × 6) – 6)/6 = 5 ; 6 + (6 × (6 – 6)) = 6 ; 6 + ((6 + 6) /6) = 8 ; (6 × 6) – 6 – 6 = 24.

N	I	Q	A	B		
N	A	S	D	A	Q	
Q	A	T	A	R	I	
I	R	A	Q	I	E	N

Samedi 11 Mars

ÉNIGME : Ils se font face.
JEU VISUEL : 84 pois.
SURNOMS GÉOGRAPHIQUES : A. Bangkok ; B. Marseille ; C. Shanghai.
JEU DE LETTRES : A. « Trois présidents se sont succédé la même année. » Quand le verbe se construit indirectement, le pronom est complément d'objet indirect. Dans ce cas, il n'y a pas d'accord. Ici, trois présidents ont succédé à eux-mêmes.

8	5	7	6	2	4	3	1	9
1	3	4	5	9	7	2	8	6
9	6	2	3	1	8	7	4	5
4	8	6	2	7	9	5	3	1
7	1	9	4	5	3	6	2	8
5	2	3	8	6	1	4	9	7
3	4	5	1	8	6	9	7	2
2	9	8	7	3	5	1	6	4
6	7	1	9	4	2	8	5	3

Dimanche 12 Mars

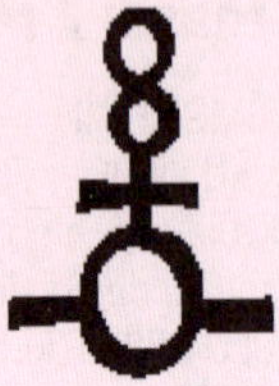

ÉNIGME : Le menhir pèse 1,71 t (1,8 – (1,8/20)).
QUIZ : A. Christophe Colomb.
JEU DE CHIFFRES : 207

O	D	O	N	T	O	S	T	O	M	A	T	O	L	O	G	I	E

Lundi 13 Mars

ÉNIGME : Son champ est deux fois plus grand que celui du voisin !
JEU VISUEL : 6 carrés.
VRAI/FAUX : Vrai. Son nom provient de frère Clément, le religieux botaniste qui a croisé un mandarinier avec un oranger.
JEU DE LETTRES : C'est « faire l'amour ».
SUITE LOGIQUE : À chaque fois, on ajoute ou retranche 4 en bas ou en haut. Lorsque l'on arrive à 6 ou à 0, on change d'opération.

Mardi 14 Mars

ÉNIGME : Patrick a 7 ans et Germaine 42.
JEU VISUEL : 100 points.
JEU DE LETTRES : Coque.
SUITE LOGIQUE : 162. À chaque fois, il faut multiplier le chiffre par 3.

Mercredi 15 Mars

ÉNIGME : On trouve forcément ces chiffres dans les multiples de 8 ! Au début, le fermier possédait 16 vaches et 48 cochons.
JEU VISUEL : On descend d'un rang la valeur des cartes en changeant de couleur.
JEU DE CHIFFRES : 909.

Jeudi 16 Mars

ÉNIGME : Il y a 51 graduations : le 0 et une pour chaque centimètre.
Donc, 51 × 1/1 000 × 100 000 = 5 100 g ou 5,1 kg.
JEU VISUEL : 34 pois.
QUIZ : B. Ce sommet, situé à 20 km au nord-est du mont Blanc, est généralement considéré comme étant le point triple frontalier entre la France, la Suisse et l'Italie.
JEU DE CHIFFRES : $\frac{24}{35}$

F	I	L	O	U
F	I	L	M	S
F	L	O	P	S

Vendredi 17 Mars

ÉNIGME : L'aspirateur.
VRAI/FAUX : Vrai. Ce service est proposé par La Poste pour faciliter la distribution du courrier.
JEU DE LETTRES : Ouïe.
SUITE LOGIQUE : On progresse par nombre pair en haut et nombre impair en bas.

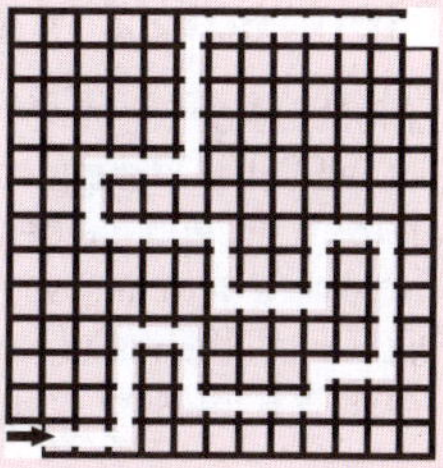

Samedi 18 Mars

ÉNIGME : L'équateur.
JEU VISUEL : C'est le skieur n° 3.
SURNOMS GÉOGRAPHIQUES : A. Bagdad ; B. Jérusalem ; C. Damas.
JEU DE LETTRES : Perlimpinpin. Ce mot ne s'emploie que dans l'expression « poudre de perlimpinpin ».
JEU DE CHIFFRES : $3x - 7x = 4 - 2$; $-4x = 2$; $x = -0,5$.

Dimanche 19 Mars

ÉNIGME : Un mouchoir fait 25 × 25 = 625 cm², soit 0,0625 m².
1 m²/0,0625 m² = 16 mouchoirs. Ainsi, 6 m² représentent 16 × 6 = 96 mouchoirs en 8 jours, ce qui fait en moyenne 96/8 = 12 mouchoirs par jour.
JEU VISUEL : 77 points.
QUIZ : A. Brunei est un petit État, membre du Commonwealth, enclavé dans l'État malais de Sarawak, situé dans le nord de l'île de Bornéo.
JEU DE LETTRES : Il faut ajouter les lettres I et L pour former les nouveaux mots suivants : bille, berline, cilice, limande.

2	7	3	6	5	4	8	1	9
6	8	1	9	2	7	3	4	5
5	9	4	3	1	8	7	6	2
9	3	6	8	4	2	1	5	7
4	2	5	1	7	9	6	3	8
8	1	7	5	6	3	9	2	4
7	4	8	2	3	6	5	9	1
3	5	2	7	9	1	4	8	6
1	6	9	4	8	5	2	7	3

Lundi 20 Mars

ÉNIGME : En doublant le deuxième, vous devenez évidemment deuxième et non premier.
JEU VISUEL : 12 triangles.
JEU DE LETTRES : Ore + tpa = apôtre ; Ore + bng = borgne ; Ore + cut = croûte ; Ore + vid = devoir.
JEU DE CHIFFRES : 9 263.

Mardi 21 Mars

ÉNIGME : Aux genoux de son ami. En effet, celui-ci ne pourra jamais s'asseoir sur ses propres genoux.
JEU VISUEL : 108 pois.
VRAI/FAUX : Vrai. Les crocodiles ont les dents du bas qui dépassent. Les alligators ont le museau plus large et arrondi, alors que celui des crocodiles est en forme de V.
JEU DE LETTRES : Exégèse.
SUITE LOGIQUE : 5 460. Cette suite suit la logique suivante : (4 × 4 – 4)/2 = 6 ; (6 × 6 – 6)/2 = 15, etc.

SOLUTIONS

Mercredi 22 Mars

ÉNIGME : Nous sommes des triplés.
JEU VISUEL : On augmente de 2 en 2 la valeur des cartes, en changeant de couleur.
QUIZ : C. À l'époque des tournois de chevaliers au Moyen Âge, les combattants devaient, avant de s'affronter, soulever la visière de leur armure afin de prouver leur identité.
JEU DE LETTRES : Pontoise.
MATHS : B. (Base × hauteur)/2

Jeudi 23 Mars

ÉNIGME : Il demande à mourir de vieillesse.
JEU VISUEL : 112 points.
VRAI/FAUX : Faux. Au contraire, cela veut dire « terre de glace ».
SUITE LOGIQUE : Le total des points est toujours égal à 9.

Vendredi 24 Mars

ÉNIGME : Son père.
QUIZ : B. Cette devise nationale a été proclamée par le régime de Vichy du maréchal Pétain.
MATHS : B. Le quotient.

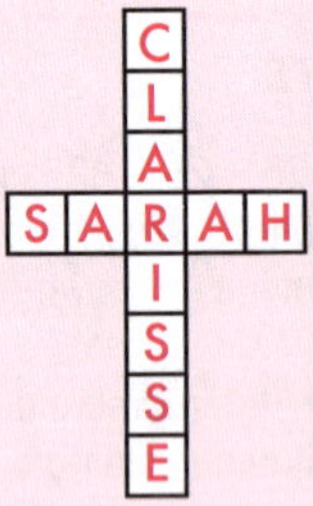

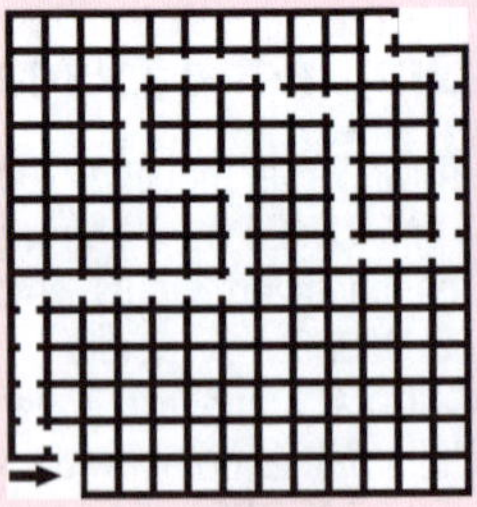

Samedi 25 Mars

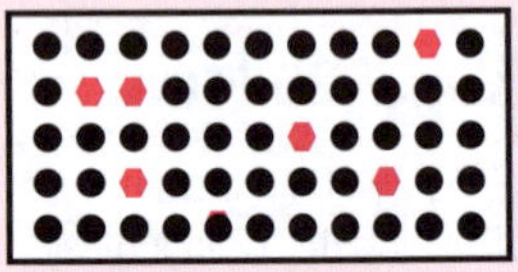

ÉNIGME : Il dit : « Je serai pendu. »
VRAI/FAUX : Faux. L'eau de Javel a été découverte par Claude-Louis Berthollet. L'usine se trouvait dans le village de Javel, près de Paris. Ce nom est resté.
JEU DE LETTRES : Prier orne le ciel.
JEU DE CHIFFRES : 9 – ((9 + 9)/9) = 7 ; 9 – ((9 – 9) × 9) = 9 ; (9 × 9 + 9)/9 = 10 ; (9/9) + 9 + 9 = 19.

Dimanche 26 Mars

ÉNIGME : Il faudrait peindre 5 lignes pour délimiter la route en 6 voies. Le coût serait 2,5 fois plus élevé qu'avec deux lignes, soit 25 000 €.
JEU VISUEL : 2 hexagones, 3 carrés et 3 triangles.
QUIZ : B. L'onomastique est la science qui étudie les noms propres.
JEU DE LETTRES : Coccyx.
JEU DE CHIFFRES : 3 254.

Lundi 27 Mars

ÉNIGME : Un stylo.
JEU VISUEL : Il est 9 h 21 à Paris, 3 h 21 à Washington et 4 h 21 à Zhengzhou.
VRAI/FAUX : Faux. On ne connaît pas avec exactitude l'origine de cette expression, mais on pense qu'elle provient des soldats qui déclaraient « 0 killed », pas de tués, lors des retours de missions.
CAPITALES : A. Qatar ; B. Sierra Leone ; C. Indonésie.
JEU DE LETTRES : Il faut ajouter les lettres G et S pour former les mots suivants : église, légumes et sortilège.

E	G	I	C	D	A	B	H	F
H	A	B	I	E	F	D	C	G
F	D	C	G	B	H	A	E	I
B	F	D	A	I	E	H	G	C
G	C	A	F	H	B	I	D	E
I	H	E	D	C	G	F	B	A
A	B	H	E	F	C	G	I	D
C	I	G	H	A	D	E	F	B
D	E	F	B	G	I	C	A	H

Mardi 28 Mars

ÉNIGME : Il mettra 11 secondes et non 12, ni 9. En effet, 1 seconde correspond à l'intervalle de temps qui s'écoule entre deux sons de cloche.
JEU VISUEL : 157 points.
QUIZ : A. Marie Paradis a été la première femme au sommet du mont Blanc. La date de l'exploit n'est pas connue avec exactitude, on l'estime entre 1808 et 1811.
JEU DE LETTRES : Martyre tu as.
SUITE LOGIQUE : 1 113 122 110. Il s'agit des nombres du chiffre précédent : un 1, un 3, un 2, etc.

Mercredi 29 Mars

ÉNIGME : Rafael en a 7 et Ilan 5.
JEU DE LETTRES : « Les faiblesses des hommes font la force des femmes. »
JEU DE CHIFFRES : 693.

Jeudi 30 Mars

ÉNIGME : Il reste l'odorat, le toucher et le goût. La voix ne correspond pas à un sens.
JEU VISUEL : 40 pois.
QUIZ : C. Des mignonnettes de boisson, d'alcool en général.
JEU DE LETTRES : Jazzy, pizza.
MATHS : C. Rectangle.

Vendredi 31 Mars

ÉNIGME : C'est un simple calcul de fraction ! Soit f la fréquence où Jean-Philippe a mal aux 3 endroits. On a : 1 = f + 1/3 + 1/4 + 1/5 + 1/6. D'où, en mettant tout au même dénominateur, on a f = 3/60 = 1/20 : Jean-Pierre a mal au dos, aux dents et à la tête un jour sur 20.
VRAI/FAUX : Faux. Sophie Berthelot, Germaine Tillion, Geneviève de Gaulle-Anthonioz, Simone Veil et Joséphine Baker y reposent également.
JEU DE LETTRES : Les grandes douleurs sont muettes.

=	%	£	&	µ	$	»	!	+
µ	+	&	!	»	=	$	£	%
!	»	$	%	+	£	&	=	µ
»	£	+	=	$	&	%	µ	!
$	!	µ	+	%	»	=	&	£
%	&	=	µ	£	!	+	$	»
£	=	»	$	!	%	µ	+	&
&	µ	!	»	=	+	£	%	$
+	$	%	£	&	µ	!	»	=

Samedi 1er Avril

ÉNIGME : Puisqu'il a tout dépensé en sortant du dernier magasin, 15 € représentait la moitié de la somme qu'il lui restait, donc 30 €. En partant de cette affirmation, on calcule qu'en entrant dans le second magasin, il avait (30 + 15) × 2 = 90 €, et ainsi de suite : on en déduit que Bertrand avait gagné 450 €.
JEU VISUEL : 35 points.
GENTILÉS : Les Sélénites ou Séléniens.
QUIZ : B. Louis XV.
JEU DE LETTRES : Laque.
JEU DE CHIFFRES : Diviser par 1/4 revient à multiplier par 4. Cela fait donc 4 000 050.

Dimanche 2 Avril

ÉNIGME : Il s'agit de son neveu.
JEU VISUEL : 35 pois.
VRAI/FAUX : Vrai. Cette troisième paupière, qui part du coin de l'œil et se déplace horizontalement sur le globe oculaire, sert de protection.

8	1	5	7	3	6	9	2	4
3	4	2	1	9	8	6	7	5
9	7	6	4	2	5	1	3	8
5	6	7	3	4	2	8	1	9
2	8	9	6	5	1	7	4	3
4	3	1	9	8	7	2	5	6
7	9	8	5	1	4	3	6	2
6	5	3	2	7	9	4	8	1
1	2	4	8	6	3	5	9	7

Lundi 3 Avril

ÉNIGME : Les fils de Jean ont 8, 12 et 16 ans.
QUIZ : B. Il est théoriquement impossible d'atteindre ou de dépasser la température du zéro absolu, qui est de –273,15 °C.
JEU DE LETTRES : Lame + nit = aliment ; Lame + luz = allumez ; Lame + rar = alarmer ; Lame + cia = camélia.
JEU DE CHIFFRES : 909.

Mardi 4 Avril

ÉNIGME : 60 €/heure = 1 €/minute. Thomas a mis 6 secondes, soit 1/10 de ce temps, il est donc payé 1 €/10 = 0,1 €.
VRAI/FAUX : Faux. C'est le nom donné aux crêpes !
JEU DE LETTRES : En ajoutant les lettres A et F, on forme les mots : naufrage – filasse – surface – final.
SUITE LOGIQUE : La rangée en bas représente le chiffre des unités du carré des chiffres du haut.

Mercredi 5 Avril

ÉNIGME : La moutarde.
JEU VISUEL : 43 points.
JEU DE LETTRES : Ukraine.
JEU DE CHIFFRES : (6 – (6/6)) × 6 = 30 ; (6 × 6) + 6 + 6 = 48 ; ((6 + 6) × 6) – 6 = 66 ; ((6 × 6) – 6) × 6 = 180.

Jeudi 6 Avril

ÉNIGME : Une larme (alarme).
JEU VISUEL : 5 polygones à 6 côtés.
VRAI/FAUX : Faux. L'ancien nom du Bénin est Dahomey.
Le Nyassaland est celui du Malawi.
JEU DE LETTRES : Mozzarella.

2	7	4	6	1	3	9	5	8
6	8	9	4	5	7	1	2	3
5	3	1	8	9	2	4	6	7
7	4	3	2	6	5	8	9	1
8	2	6	1	7	9	5	3	4
9	1	5	3	8	4	6	7	2
4	5	2	9	3	1	7	8	6
3	9	8	7	4	6	2	1	5
1	6	7	5	2	8	3	4	9

Vendredi 7 Avril

B	I	J	O	U	X

ÉNIGME : Il est 21 heures.
JEU VISUEL : Il est 3 h 54 aux îles Galapagos, 11 h 54 à Istanbul et 4 h 54 à New York.
QUIZ : A. L'équivalent de deux bouteilles de 75 cl, soit un litre et demi.
GENTILÉS : A. Les Bizouins ; B. Les Bourrinchons ; C. Les Crottois.
MATHS : Il possède 12 arêtes.

Samedi 8 Avril

ÉNIGME : C'est un enfant ou une personne de petite taille, qui ne peut pas atteindre les numéros supérieurs.
JEU VISUEL : 43 points.
JEU DE LETTRES : Je cousis, tu cousis, il cousit, nous cousîmes, vous cousîtes, ils cousirent.

A	H	B	E	I	F	D	C	G
G	D	F	C	B	A	E	I	H
E	C	I	G	H	D	B	F	A
D	G	A	F	C	H	I	E	B
F	E	H	I	G	B	C	A	D
I	B	C	A	D	E	H	G	F
H	A	E	B	F	I	G	D	C
C	I	D	H	A	G	F	B	E
B	F	G	D	E	C	A	H	I

Dimanche 9 Avril

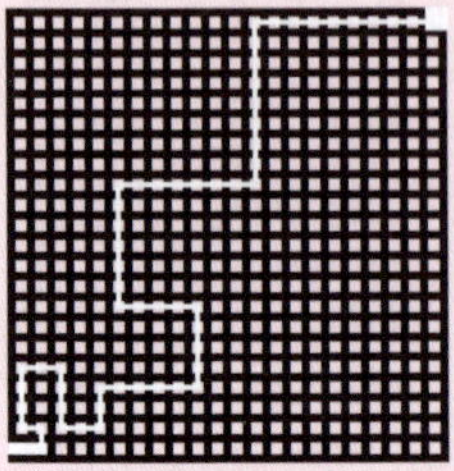

ÉNIGME : Julie est un bébé qui ne sait pas encore parler.
QUIZ : Ces communes, dévastées durant la bataille de Verdun en 1916, n'ont jamais été reconstruites et sont donc inhabitées.
JEU DE LETTRES : Décédée.
JEU DE CHIFFRES : 112.

Lundi 10 Avril

4	1	2	9	8	6	7	5	3
3	7	6	2	5	4	9	1	8
8	9	5	3	7	1	2	6	4
2	6	4	7	9	3	1	8	5
5	8	7	6	1	2	3	4	9
9	3	1	5	4	8	6	2	7
1	2	9	8	3	5	4	7	6
6	5	3	4	2	7	8	9	1
7	4	8	1	6	9	5	3	2

ÉNIGME : Soit x le poids du ballon, $x = 1 + \frac{1}{2}x$; donc $1 = \frac{1}{2}x$. Le ballon pèse donc 2 kg.
JEU VISUEL : 52 pois.
VRAI/FAUX : Faux. Cela signifie : « La pièce est jouée. »

Mardi 11 Avril

H	E	L	E	N	E
C	O	L	O	M	B
D	E	N	I	S	E
S	A	L	O	M	E
P	I	E	R	R	E
E	U	G	E	N	E

ÉNIGME : Puisqu'ils ont 24 ans d'écart, lorsqu'Hugo a 24 ans, son père en a 48.
JEU VISUEL : 57 points.
QUIZ : C. Les 7 épisodes de cette saga couvrent les 7 années de scolarité du héros, du collège à la terminale.
JEU DE CHIFFRES : Il s'agit de 0,5.

Mercredi 12 Avril

ÉNIGME : Un escargot.
JEU VISUEL : Il s'agit du skieur 7.
VRAI/FAUX : Vrai, bien que ce terme soit vieilli. Catherine Bellier, la baronne de Beauvais, fut surnommée Cateau-la-Borgnesse. C'est elle qui fut chargée de faire l'éducation sexuelle du jeune Louis XIV.
JEU DE LETTRES : Châlons – S = Châlon ; Brive – B = Vire ; Privas – V = Paris ; Vitré – T = Vire ; Nérac – R = Caen ; Saint-Pol – P = Saint-Lo.
JEU DE CHIFFRES : 243. Ce sont tous des multiples de 3.

Jeudi 13 Avril

ÉNIGME : Il y a trois canards !
JEU VISUEL : 4 triangles, 3 cercles et 4 rectangles et 9 carrés.
QUIZ : C. C'est Roosevelt qui a déclaré en 1913 : « Les criminels devraient être stérilisés et il devrait être interdit aux personnes faibles d'esprit d'avoir des descendants. »
JEU DE LETTRES : Loque.
JEU DE CHIFFRES : 909.

Vendredi 14 Avril

ÉNIGME : Un puits.
JEU VISUEL : On augmente de 4 en 4 la valeur des cartes en changeant de couleur.
VRAI/FAUX : Faux. Cette devise a été adoptée par Louis XIV.
JEU DE LETTRES : Goinfre.

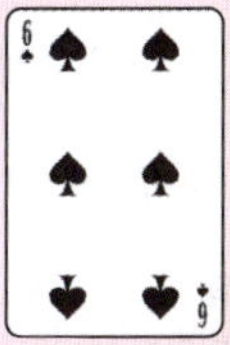

6	1	5	3	8	2	9	7	4
9	2	8	5	4	7	1	6	3
7	3	4	9	6	1	2	5	8
4	5	6	8	9	3	7	1	2
3	8	2	1	7	6	5	4	9
1	7	9	4	2	5	8	3	6
2	4	7	6	5	8	3	9	1
8	9	3	7	1	4	6	2	5
5	6	1	2	3	9	4	8	7

Samedi 15 Avril

ÉNIGME : Il a commencé à manger sa pomme à 11 h 59 un 31 décembre et il a fini de la manger le 1er janvier.
JEU VISUEL : 66 points.
QUIZ : B. L'origine de ces appellations date des années 1770, lorsque les représentations de la Comédie-Française se faisaient dans la salle des machines du jardin des Tuileries. Un côté de la salle donnait sur le jardin, l'autre sur la cour du bâtiment. Depuis, les artistes ont repris cette habitude. Vu de la salle, le côté cour est le côté droit de la scène, le côté jardin étant à gauche.
JEU DE LETTRES : Bru + aje = abjure ; Bru + ere = beurre ; Bru + oge = bouger ; Bru + osc = obscur.
MATHS : A. Inférieur à 90°.

Dimanche 16 Avril

ÉNIGME : L'homme est un astronaute qui marche sur la Lune !
JEU VISUEL : 45 pois.
VRAI/FAUX. Faux. Au Panthéon, Voltaire repose en face de Jean-Jacques Rousseau. Ironie du sort : c'était son pire ennemi !
JEU DE LETTRES : Un alexandrin.

&	%	»	+	µ	$	=	!	£
$	£	!	»	%	=	&	µ	+
+	=	µ	£	&	!	$	%	»
£	&	$	!	»	%	+	=	µ
=	»	+	µ	$	£	!	&	%
µ	!	%	=	+	&	£	»	$
%	+	£	&	=	µ	»	$	!
»	$	&	%	!	+	µ	£	=
!	µ	=	$	£	»	%	+	&

Lundi 17 Avril

ÉNIGME : Aucun des deux corps n'a de nombril.
QUIZ : A. L'anacardier.
JEU DE CHIFFRES : 13.

	A	B	C
A	PO	MA	DE
B	MA	DA	ME
C	DE	ME	LOIR

Mardi 18 Avril

ÉNIGME : Il y a bien quatre garçons et une seule fille : chaque frère a donc une sœur.
VRAI/FAUX : Vrai. La Grande Barrière de corail en Australie, qui s'étend sur plus de 2 500 km, est la plus grande structure vivante sur Terre, classée dans le règne animal.
JEU DE LETTRES : Bachelette.
SUITE LOGIQUE : En haut comme en bas, on progresse par chiffres impairs un domino sur deux, en quinconce.

Mercredi 19 Avril

R	O	N	G	E

ÉNIGME : On est dimanche.
JEU VISUEL : 23 triangles.
QUIZ : A. Valéry Giscard d'Estaing est né en Allemagne, à Coblence, car son père était directeur des finances du Haut-Commissariat en Rhénanie, occupée à cette époque par les forces françaises.
JEU DE CHIFFRES : 999.

Jeudi 20 Avril

D	E	G	E	N	E	R	E	S	C	E	N	C	E

ÉNIGME : Des jumeaux.
JEU VISUEL : 82 points.
VRAI/ FAUX : Vrai. La vulcanisation, inventée par Charles Goodyear en 1839, stabilise le caoutchouc avec la température. Elle doit son nom au dieu romain Vulcain, fils de Jupiter et de Junon, patron des Forgerons, dieu du Feu et des Volcans.
JEU DE CHIFFRES : 1.

Vendredi 21 Avril

T	I	R	E	T
I	C	A	R	E
R	A	C	A	N
E	R	A	T	O
T	E	N	O	T

ÉNIGME : Nous sommes trois : deux garçons et une fille.
JEU VISUEL : Il est 5 h 15 à Hanoï, 9 h 15 à Nouméa et 7 h 15 à Tokyo.
QUIZ : C. Le liège des bouchons de bouteilles est l'écorce du chêne-liège.
JEU DE CHIFFRES : 24 000 secondes = 6 h 40 mn.

Samedi 22 Avril

7	1	4	3	8	9	2	6	5
9	3	5	4	6	2	8	1	7
8	2	6	1	5	7	3	9	4
5	9	3	6	4	1	7	2	8
4	7	1	5	2	8	6	3	9
2	6	8	7	9	3	5	4	1
3	5	9	2	7	4	1	8	6
6	4	2	8	1	5	9	7	3
1	8	7	9	3	6	4	5	2

ÉNIGME : Il allume la corde par les deux bouts en même temps.
JEU VISUEL : 52 points.
JEU DE LETTRES : A. La maison que j'ai fait bâtir.

Dimanche 23 Avril

ÉNIGME : Rafael a 12 ans, Ilan 5 ans et Tom 4 ans.
VRAI/FAUX : Faux. Ce film est une préquelle, c'est-à-dire que l'action se situe avant le premier épisode des *Aventuriers de l'arche perdue*.
JEU DE LETTRES : Squaw.
JEU DE CHIFFRES : 1 134.

Lundi 24 Avril

ÉNIGME : Un kiwi.
JEU VISUEL : 14 pois.
QUIZ : C. C'est Blaise Pascal (*Pensées*, fragment 162).
JEU DE LETTRES : Quota, toqua.
MATHS : B. La droite perpendiculaire à la base et qui passe par le sommet opposé.

Mardi 25 Avril

ÉNIGME : Gérard est le voisin de Vincent et il ronfle. En lui téléphonant, il l'a réveillé, puis s'est rendormi avant que les ronflements ne reprennent.
JEU VISUEL : 55 points.
VRAI/FAUX : Vrai. Lahire, compagnon d'armes de Jeanne d'Arc, correspond au valet de cœur et Argine à la dame de trèfle.
JEU DE LETTRES : Valence.
JEU DE CHIFFRES : 11 308.

Mercredi 26 Avril

ÉNIGME : Toto !
JEU DE LETTRES : On apprend peu par la victoire, mais beaucoup par la défaite.
SUITE LOGIQUE : Le domino du milieu, dans une série de 3, est la somme des deux qui l'entourent.

Jeudi 27 Avril

ÉNIGME : Il doit être élu !
JEU VISUEL : 13 carrés.
QUIZ : C. Les chauves-souris peuvent ainsi prendre directement leur envol, car leurs membres inférieurs, trop faibles, ne leur permettent pas de s'envoler en courant comme certains oiseaux.
JEU DE LETTRES : Borchtch.
JEU DE CHIFFRES : 297.

Vendredi 28 Avril

ÉNIGME : Les fenêtres.
VRAI/FAUX : Faux. James Bond était un ornithologue, qui a écrit un célèbre dictionnaire des oiseaux.
JEU DE CHIFFRES : (7 + 7 + 7)/7 = 3 ; ((7 × 7) + 7)/7 = 8 ; 7 + 7 – (7/7) = 13 ; (7/7) + 7 + 7 = 15.

Samedi 29 Avril

ÉNIGME : Un vantard.
JEU VISUEL : 38 points.
JEU DE LETTRES : J'absolvais, tu absolvais, il absolvait, nous absolvions, vous absolviez, ils absolvaient.

I	A	H	C	D	G	E	B	F
E	F	D	I	A	B	G	C	H
C	G	B	F	E	H	I	A	D
G	I	F	B	C	E	D	H	A
B	E	A	H	G	D	F	I	C
H	D	C	A	F	I	B	E	G
A	H	I	D	B	F	C	G	E
F	B	G	E	H	C	A	D	I
D	C	E	G	I	A	H	F	B

Dimanche 30 Avril

ÉNIGME : Gérard est le patron du restaurant et il recevait un candidat pour le poste de cuisinier.
JEU VISUEL : 16 pois.
QUIZ : B. Cette phrase est extraite du livre d'Isaïe 12, 7-10, dans la Bible. Elle a ensuite été reprise par Talleyrand.
JEU DE LETTRES : Paparazzi.
MATHS : A. Le théorème de Pythagore.

Lundi 1er Mai

ÉNIGME : Le café au lait.
VRAI/FAUX : Faux. Il l'a reçu en 2002. Roosevelt, lui, l'a obtenu en 1906 et Barack Obama en 2009.
JEU DE LETTRES : Zazou.
JEU DE CHIFFRES : 9 + ((9 × 9) – 9) = 81 ; 9 + ((9 – 9) × 9 = 9 ; (9 + 9) + (9 × 9) = 99 ; (9 × 9) – (9 × 9) = 0.

Mardi 2 Mai

ÉNIGME : Le premier frère (l'aîné) est mort avant que son frère ne naisse. Le premier registre fait donc référence au deuxième frère (encore vivant), le deuxième registre parle de l'aîné.
JEU VISUEL : 125 points.
QUIZ : A. Louis X fut surnommé le Hutin car il était querelleur.

&	%	»	+	µ	$	=	!	£
$	£	!	»	%	=	&	µ	+
+	=	µ	£	&	!	$	%	»
£	&	$	!	»	%	+	=	µ
=	»	+	µ	$	£	!	&	%
µ	!	%	=	+	&	£	»	$
%	+	£	&	=	µ	»	$	!
»	$	&	%	!	+	µ	£	=
!	µ	=	$	£	»	%	+	&

Mercredi 3 Mai

ÉNIGME : L'arrière-grand-mère, c'est la vache. Le grand-père, c'est le lait. La mère, c'est la crème. Quant à moi, je suis le beurre.
JEU VISUEL : 19 pois.
JEU DE LETTRES : « Le gosier est la réunion de deux conduits par lesquels les bons mots sortent et par où les bons morceaux entrent. »
JEU DE CHIFFRES : 77.

Jeudi 4 Mai

ÉNIGME : L'homme est fermier et mange des œufs de caille, de cane ou d'autruche.
QUIZ : B. Le pianiste a été blessé au cours de la Première Guerre mondiale. Il voulait continuer à jouer du piano.
JEU DE LETTRES : Tzatziki.
SUITE LOGIQUE : Le troisième domino est la somme des deux précédents. La série recommence ensuite.

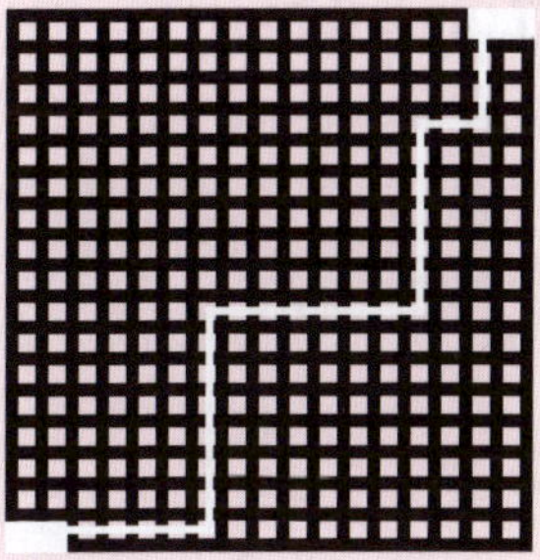

Vendredi 5 Mai

ÉNIGME : Le silence.
JEU VISUEL : Le joueur n° 4.
VRAI/FAUX : Vrai. Ces milliers de bactéries transforment les sucres en acides, qui dissolvent l'émail, puis la dentine : c'est la carie.
JEU DE LETTRES : Corne + mya = acronyme ; Corne + ate = carotène ; Corne + sol = consoler ; Corne + ltue = clouèrent.
JEU DE CHIFFRES : 29, car on augmente de 5 à chaque fois.

SOLUTIONS

Samedi 6 Mai

ÉNIGME : Chacun a pris le cheval de l'autre.
JEU VISUEL : 55 points.
QUIZ : C. L'échelle de Scoville mesure la force des piments. Elle a été inventée en 1912 par le pharmacologue Wilbur Scoville. Son objectif est de mesurer la teneur en capsaïcine, la molécule qui constitue le composé actif du piment.
JEU DE LETTRES : Monstre.

B	F	I	A	H	C	E	G	D
A	E	G	B	D	I	H	C	F
H	C	D	E	F	G	B	I	A
F	D	H	G	B	A	C	E	I
E	I	B	H	C	F	D	A	G
C	G	A	I	E	D	F	H	B
D	A	F	C	I	E	G	B	H
I	B	C	D	G	H	A	F	E
G	H	E	F	A	B	I	D	C

Dimanche 7 Mai

ÉNIGME : Aujourd'hui.
GENTILÉS : A. Les Stambouliotes ou Istanbuliotes ; B. Les Amstellodamois ou Amstellodamiens ; C. Les Cairotes.
JEU DE LETTRES : Wagner.
JEU DE CHIFFRES : 85 800.

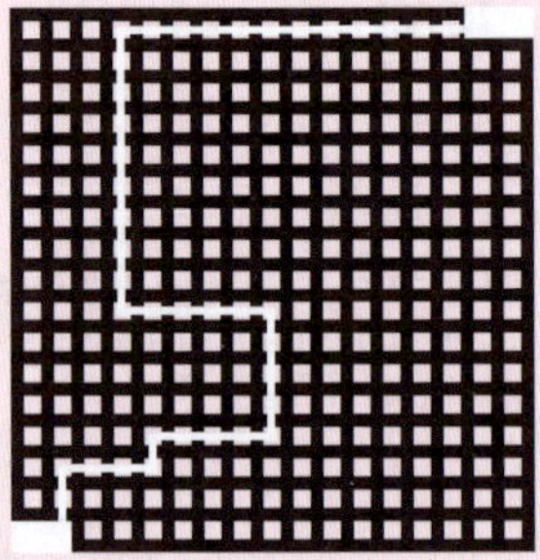

Lundi 8 Mai

ÉNIGME : Aucune. Si c'est un crime parfait, son auteur n'a aucune chance d'être découvert.
JEU VISUEL : 38 polygones.
VRAI/FAUX : Vrai. En 1969, au cours de la troisième élection présidentielle de la Vᵉ République française, Georges Pompidou a battu Alain Poher, tous deux candidats de la droite.

5	8	4	1	7	2	6	3	9
7	6	2	4	9	3	1	5	8
3	9	1	5	8	6	2	4	7
2	5	9	3	6	8	7	1	4
6	3	7	2	4	1	8	9	5
1	4	8	9	5	7	3	6	2
9	1	3	7	2	4	5	8	6
4	7	6	8	1	5	9	2	3
8	2	5	6	3	9	4	7	1

Mardi 9 Mai

ÉNIGME : Un pantalon.
JEU VISUEL : C'est la pièce n° 6.
QUIZ : C. C'est une ancienne borne de démarcation. Lors de l'annexion de l'Alsace-Lorraine par l'Empire allemand entre 1871 et 1919, elle matérialisait le tripoint (point où se rejoignent trois frontières) marquant la rencontre des frontières de la France, de l'Allemagne et de la Suisse.
JEU DE CHIFFRES : 220.

P	I	G	E	A
P	O	L	I	E
P	O	L	K	A

Mercredi 10 Mai

ÉNIGME : Le temps.
JEU VISUEL : Il est 6 h 12 à Hong Kong, 2 h 12 à Honolulu et 5 h 12 à New York.
VRAI/FAUX : Vrai. Ce conflit a opposé, de 1337 à 1453, la dynastie des Plantagenêts à celle des Valois et, à travers elles, le royaume d'Angleterre et celui de France.
SURNOMS GÉOGRAPHIQUES : A. Monaco ; B. Le Tibet.
JEU DE LETTRES : Nuque.
MATHS : Il s'agit du 8.

Jeudi 11 Mai

D	E	H	O	R	S

ÉNIGME : Un marteau.
JEU VISUEL : Les valeurs des cartes expriment le nombre pi : 3,14159.
SUITE LOGIQUE : 17 et 13, car la progression est de + 2 un nombre sur 2.

Vendredi 12 Mai

ÉNIGME : Ni l'un, ni l'autre, puisque 7 + 3 font 10 !
JEU VISUEL : 40 points.
JEU DE LETTRES : Il faut ajouter un A et un F pour former les mots : farine, friable, fraise, calife, foulard.

1	7	9	6	4	3	5	8	2
5	8	3	7	9	2	6	4	1
4	6	2	5	1	8	3	9	7
3	9	4	1	5	7	2	6	8
6	2	7	8	3	4	1	5	9
8	1	5	2	6	9	4	7	3
7	5	8	3	2	6	9	1	4
2	4	6	9	8	1	7	3	5
9	3	1	4	7	5	8	2	6

Samedi 13 Mai

ÉNIGME : Délicieux.
JEU VISUEL : 29 pois.
VRAI/FAUX : Vrai. Les bébés naissent avec environ 150 os de plus qu'un adulte. Au cours des années, les os se soudent et se durcissent. La solidification est terminée vers l'âge de 25 ans.
JEU DE LETTRES : Pape + abll = palpable ; Pape + ltzi = palpitez ; Pape + hlmt = pamphlet ; Pape + turr = trappeur.
JEU DE CHIFFRES : 38,5.

Dimanche 14 Mai

ÉNIGME : L'un des trois s'est arrêté avant le dixième étage.
QUIZ : C. Napoléon François Bonaparte a été proclamé Napoléon II à la fin des Cent-Jours. Il était le fils et héritier de Napoléon Ier et de sa seconde épouse, Marie-Louise d'Autriche. Il a régné sous le nom de Napoléon II du 22 juin au 7 juillet 1815, lors de l'abdication de Napoléon. Son surnom de l'Aiglon lui a été attribué à titre posthume.
SUITE LOGIQUE : En haut, on compte de 1 à 3 et en bas, de 3 à 5.

Lundi 15 Mai

ÉNIGME : Un poulet.
VRAI/FAUX : Faux. Le fruit de l'arachide, appelé cacahuète, pousse sous terre, à la manière des pommes de terre.
JEU DE LETTRES : Quads.
JEU DE CHIFFRES : 406.

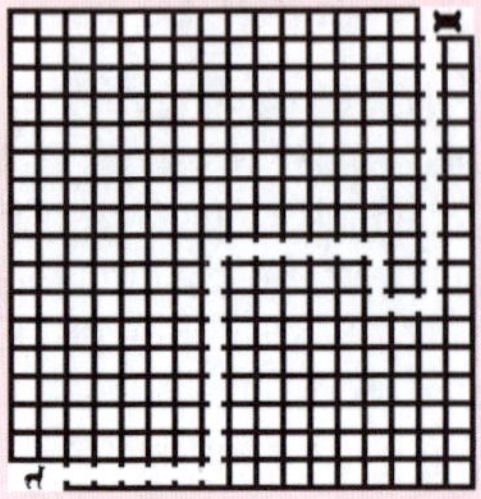

Mardi 16 Mai

ÉNIGME : Une fourchette.
JEU VISUEL : 34 points.
JEU DE LETTRES : « J'ai reçu la vie comme une blessure et j'ai défendu au suicide d'en guérir la cicatrice. »
JEU DE CHIFFRES : x = 7.

Mercredi 17 Mai

ÉNIGME : Solide.
QUIZ : B. Le fruit d'une orchidée tropicale.
JEU DE CHIFFRES : 779,79.

T	O	M	B	A
T	O	N	I	C
T	R	O	N	C
T	R	O	N	E

6	8	10	7	4	3
2	4	1	2	0	9
3	2	2	10	1	10

Jeudi 18 Mai

ÉNIGME : Il est chauve.
JEU VISUEL : 30 carrés.
VRAI/FAUX : Vrai. Louis XIV en avait également fait cultiver, avant d'en abandonner la culture, trop coûteuse.

1	8	6	7	9	5	2	4	3
7	4	9	6	3	2	8	5	1
3	5	2	8	4	1	6	9	7
2	7	8	9	5	6	3	1	4
9	1	3	4	2	7	5	8	6
5	6	4	1	8	3	7	2	9
6	3	5	2	1	9	4	7	8
8	9	7	5	6	4	1	3	2
4	2	1	3	7	8	9	6	5

Vendredi 19 Mai

ÉNIGME : Un serpent.
JEU VISUEL : 37 points.
QUIZ : A. Les membres des familles ayant régné sur la France étaient inéligibles à la présidence de la République. Cette disposition, destinée à faire obstacle à la restauration de la monarchie, a été supprimée dans la Constitution de 1958.
JEU DE CHIFFRES : C'est égal à 45 secondes.
JEU DE LETTRES : Portugal.

Samedi 20 Mai

ÉNIGME : Une journée porte ouverte.
JEU VISUEL : 24 pois.
VRAI/FAUX : Faux. Le sel est en quelque sorte piégé dans la mer, car il ne s'évapore pas avec l'eau lorsque la surface de l'océan est exposée au soleil.
JEU DE CHIFFRES : $(7 \times 7) - (7/7) = 48$; $(7 \times 7) + 7 - 7 = 49$; $(7 + (7/7)) \times 7 = 56$; $((7 + 7) \times 7) + 7 = 105$.
JEU DE LETTRES : Fausse couche.

Dimanche 21 Mai

ÉNIGME : De la farine.
JEU DE LETTRES : Déesses.
JEU DE CHIFFRES : 700.

Lundi 22 Mai

8	4	3	9	2	5	7	1	6
6	7	2	3	8	1	9	5	4
9	5	1	4	6	7	2	8	3
7	3	9	8	1	2	4	6	5
2	6	5	7	4	3	8	9	1
1	8	4	6	5	9	3	2	7
3	1	6	2	9	4	5	7	8
5	9	7	1	3	8	6	4	2
4	2	8	5	7	6	1	3	9

ÉNIGME : Aujourd'hui, Jean-Pierre a (147 – 15)/2, soit 66 ans. Dans 8 ans, il aura donc 74 ans.
JEU VISUEL : 23 hexagones.
QUIZ : C. Le sujet atteint de cette maladie se distingue par l'émission de mots grossiers, la répétition de phrases entendues et parfois de cris d'animaux.
JEU DE LETTRES : Zanzibar.

Mardi 23 Mai

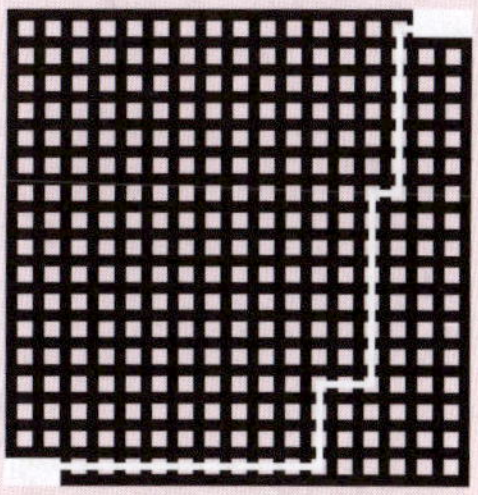

ÉNIGME : Un louveteau.
VRAI/FAUX : Faux. L'homéopathie repose sur le principe de similitude : elle consiste à administrer au malade une dose infime d'une substance qui produit les mêmes effets que de la maladie elle-même.
SUITE LOGIQUE : 28, car à chaque fois, on ajoute un nombre de manière croissante (+2, +3, +4, +5, etc.).

S	O	N	G	E	A
S	P	O	L	I	A

Mercredi 24 Mai

ÉNIGME : Il y a 3 élèves absents.
JEU VISUEL : Il s'agit de la suite des nombres impairs.
SUITE LOGIQUE : En haut, on compte en incrémentant et décrémentant de 3 à 5 et de 4 à 6 en bas.

Jeudi 25 Mai

ÉNIGME : Un château.
JEU VISUEL : 28 points.
QUIZ : C. Le sphinx est un lion à tête humaine qui monte la garde des portes du monde souterrain. Il incarne la puissance souveraine du pharaon et doit veiller sur sa nécropole.
JEU DE LETTRES : « L'amour-propre est le plus grand de tous les flatteurs. »
JEU DE CHIFFRES : 9 720.

Vendredi 26 Mai

ÉNIGME : Le cheval a 5 sacs et le mulet en a 7.
JEU VISUEL : 84 pois.
VRAI/FAUX : Faux. Ce surnom n'est pas dû à la brièveté de son règne, mais à sa petite taille. Il lui a été attribué bien après sa mort.
JEU DE LETTRES : Que je discourusse ; que tu discourusses ; qu'il discourût ; que nous discourussions ; que vous discourussiez ; qu'ils discourussent.

3	4	1	6	5	7	8	9	2
8	2	6	9	3	1	4	5	7
7	9	5	2	8	4	3	6	1
1	3	9	4	7	5	6	2	8
6	7	4	8	2	9	5	1	3
2	5	8	3	1	6	9	7	4
5	8	2	7	9	3	1	4	6
9	6	3	1	4	2	7	8	5
4	1	7	5	6	8	2	3	9

Samedi 27 Mai

ÉNIGME : Les Pyrénées.
JEU VISUEL : Il est 17 h 08 à Londres, 18 h 08 à Budapest et 1 h 08 à Séoul.
QUIZ : Il s'agit de l'araméen.
JEU DE LETTRES : Quark.
JEU DE CHIFFRES : 2 532.

Dimanche 28 Mai

ÉNIGME : Une mouche avec une dent en or.
JEU VISUEL : 52 triangles et 10 carrés.
VRAI/FAUX : Vrai. La trompe de l'éléphant est terminée par un petit appendice très sensible, semblable à un doigt. L'éléphant d'Afrique en possède deux, son cousin d'Asie un seul.
JEU DE LETTRES : Zozoter.

A	B	I	H	E	D	F	C	G
F	E	G	B	C	I	H	D	A
D	C	H	F	A	G	B	I	E
B	I	C	A	F	E	G	H	D
G	D	F	I	B	H	E	A	C
H	A	E	G	D	C	I	B	F
I	H	A	D	G	F	C	E	B
E	G	B	C	H	A	D	F	I
C	F	D	E	I	B	A	G	H

Lundi 29 Mai

ÉNIGME : Un éléphant.
QUIZ : A. Laïka est à la fois le premier être vivant à avoir été mis en orbite autour de la Terre… et le seul à être mort dans l'espace.
JEU DE CHIFFRES : Il s'agit du chiffre 6.

Q	U	O	I	Q	U	E

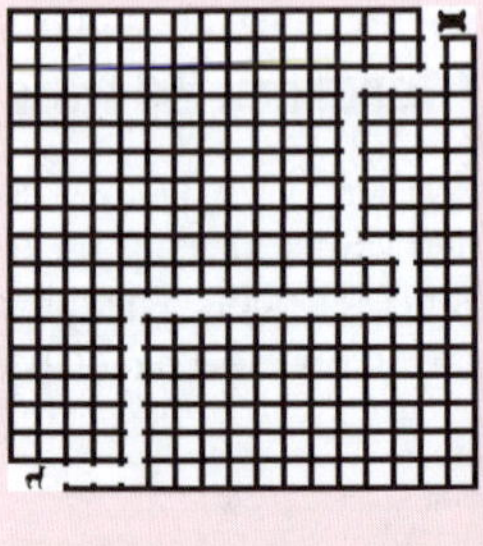

Mardi 30 Mai

ÉNIGME : La guerre.
VRAI/FAUX : Vrai. Ce sont les mêmes olives, récoltées de septembre à novembre pour les vertes et de décembre à janvier pour les noires.
JEU DE CHIFFRES : x = -0,5.

AEODKJCCAFHSEIDFLSIIFKDFGFND
NDFNDFGNSDDFGILGQDVCGL
HSCTJEABZQACVCXBBVCXBX
CVNJKIMCHARKHSFFLESHDFD
HHGHFGHHDUDHHDYDHDSKJD

Mercredi 31 Mai

ÉNIGME : Danser.
JEU VISUEL : 87 points.
QUIZ : C. Lully, après s'être frappé le pied avec son bâton de direction en s'emportant contre les musiciens d'un orchestre, la blessure s'est infectée et la gangrène s'est installée au bout de quelques jours.
JEU DE LETTRES : Zoo + chir = chorizo ; Zoo + zert = zozoter ; Zoo + git = zigoto ; Zoo + ren = ozoner.
SUITE LOGIQUE : 12, car on enlève 6 à chaque fois.

Jeudi 1er Juin

ÉNIGME : Il y a 4 filles et 3 garçons.
JEU VISUEL : 26 pois.
JEU DE LETTRES : En transcrivant 105 en chiffres romains, on obtient 1 000 = M, 50 = L et 5 = U. En ajoutant ces lettres aux mots AGE et NOE, on obtient Angoulême.

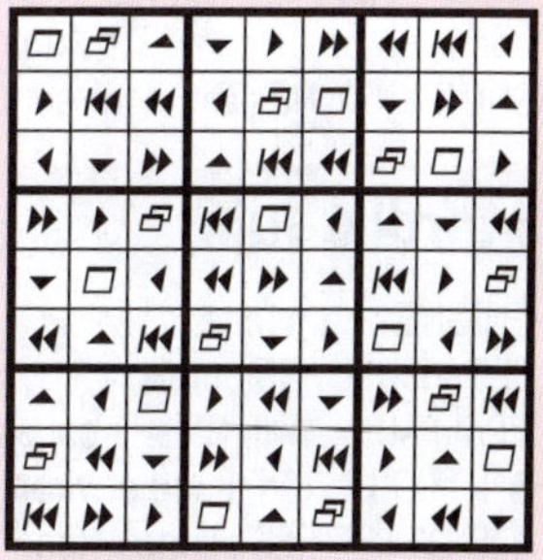

Vendredi 2 Juin

ÉNIGME : Un ballon.
JEU DE LETTRES : « J'ai lu tout *Guerre et Paix* en vingt minutes : ça parle de la Russie. »
JEU DE CHIFFRES : 44.

Samedi 3 Juin

ÉNIGME : Cela fait un peu plus de 11 jours et 13 heures.
JEU VISUEL : 53 points.
QUIZ : B. Il a choisi cet emblème car c'est l'astre qui donne vie à toute chose, mais c'est aussi celui d'Apollon, dieu de la Paix et des Arts.
JEU DE LETTRES : En ajoutant les lettres A et F, on forme les mots suivants : offrande, farine, tarif, raffiné.

7	5	9	4	2	6	8	3	1
8	3	2	1	7	5	6	4	9
4	6	1	3	9	8	5	7	2
9	2	5	6	8	3	7	1	4
1	8	7	9	5	4	3	2	6
6	4	3	7	1	2	9	5	8
2	9	8	5	3	1	4	6	7
3	1	6	8	4	7	2	9	5
5	7	4	2	6	9	1	8	3

Dimanche 4 Juin

ÉNIGME : Un cerveau.
JEU VISUEL : Il est 5 h 28 à Philadelphie, 5 h 28 à Phnom Penh et 8 h 28 à São Paulo.
VRAI/FAUX : Faux. C'est son prédécesseur, Harry Truman.
SURNOM GÉOGRAPHIQUE : Il s'agit de la république de Venise.
JEU DE LETTRES : Quasi.
SUITE LOGIQUE : 74, car à chaque fois, on enlève 12, puis 11, puis 10, etc.

Lundi 5 Juin

ÉNIGME : Il s'agit forcément de multiples de 11 : nous avons 33 et 44 ans.
JEU VISUEL : Le joueur n° 3.
QUIZ : A. Le Parti du plaisir, fondé par Cindy Lee, ancienne strip-teaseuse, a également inscrit dans son programme l'instauration d'un jour de congé dans l'année dédié à l'amour !
SUITE LOGIQUE : On incrémente de un point en haut et en bas.

Mardi 6 Juin

ÉNIGME : La pêche.
JEU VISUEL : 35 points.
VRAI/FAUX : Vrai. C'est à cause d'un vent contraire situé en haute altitude. On rencontre ce courant-jet à 10 000 m d'altitude environ.
JEU DE LETTRES : Lune + leogai = agenouille ; Lune + zan = annulez ; Lune + baie = banlieue ; Lune + tssi = insultes.
JEU DE CHIFFRES : ((8 + 8)/8) + 8 = 10 ; 8 + 8 – (8/8) = 15 ; (8 – (8/8)) × 8 = 56 ; (8 × 8) + (8/8) = 65.

Mercredi 7 Juin

ÉNIGME : Il suffit de faire 11 + 1 = 12.
JEU VISUEL : 44 pois.
HYMNE : Le Togo.
JEU DE LETTRES : « Nous avons tous assez de force pour supporter les maux d'autrui. »

H	A	G	E	C	D	B	F	I
C	B	E	F	H	I	D	A	G
D	I	F	B	A	G	C	H	E
B	F	A	D	I	C	G	E	H
I	H	D	G	F	E	A	B	C
E	G	C	A	B	H	I	D	F
F	D	I	H	G	A	E	C	B
A	C	H	I	E	B	F	G	D
G	E	B	C	D	F	H	I	A

Jeudi 8 Juin

ÉNIGME : La croûte.
JEU VISUEL : On progresse de 2 en 2 : 4, 6, 8, 10, dame.
VRAI/FAUX : Vrai. Dans la descente, cela permettra à l'homme de retenir la femme si elle trébuche. Dans le sens inverse, c'est pour ne pas avoir l'occasion de découvrir ses chevilles, ou ses jambes, sous sa robe !
JEU DE LETTRES : Orléans.
JEU DE CHIFFRES : 3 099.

Vendredi 9 Juin

ÉNIGME : Son code postal est 89690.
JEU VISUEL : 18 triangles.

9	1	5	3	7	2	8	6	4
2	7	8	4	1	6	3	9	5
6	3	4	9	8	5	1	7	2
1	8	3	7	4	9	2	5	6
7	6	9	2	5	8	4	1	3
5	4	2	1	6	3	9	8	7
8	2	6	5	9	4	7	3	1
4	5	1	8	3	7	6	2	9
3	9	7	6	2	1	5	4	8

Samedi 10 Juin

ÉNIGME : Le vent.
JEU VISUEL : 45 points.
QUIZ : A. Cette expérience a été présentée en 1851 sous la coupole du Panthéon. Elle consistait à placer un pendule sous la coupole. La rotation entraîne le balancement du pendule long de 67 m… qui s'y trouve encore !
JEU DE CHIFFRES : 7 232.

	A	B	C	D	E
A	N	E	R	O	N
B	E	S	O	P	E
C	R	O	G	E	R
D	O	P	E	R	A
E	N	E	R	A	N

Dimanche 11 Juin

ÉNIGME : Une balance.
VRAI. L'équateur fait 40 075 km de long et traverse 11 pays ; 80 % de sa longueur se trouve en mer.
JEU DE LETTRES : Indivisibilité.
SUITE LOGIQUE : 10, car il faut diviser le premier nombre par le deuxième pour obtenir le troisième.

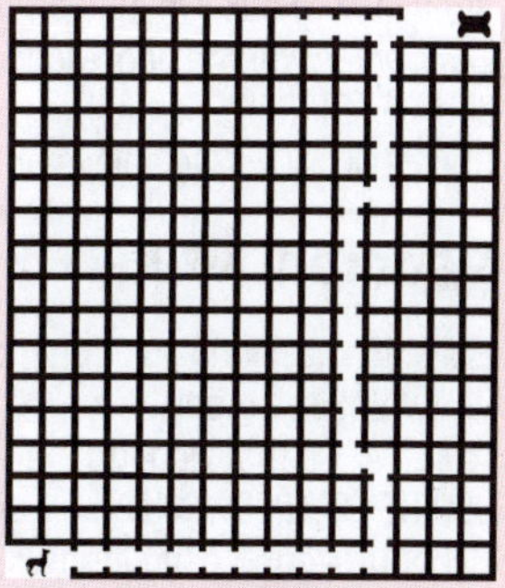

Lundi 12 Juin

ÉNIGME : Kiang est un oiseau, il a pu voler jusqu'au sol.
QUIZ : B. Ces traînées sont provoquées par la condensation de la vapeur d'eau présente dans les gaz d'échappement des réacteurs. À la sortie, les gaz brûlés rencontrent l'air froid et se transforment en minuscules cristaux de glace, qui forment ces traînées.
JEU DE LETTRES : Entêtée.
JEU DE CHIFFRES : 39.

Mardi 13 Juin

ÉNIGME : Oui et non ! Le mot « introuvable » vérifie les conditions énoncées !
JEU VISUEL : 57 carrés.
VRAI/FAUX : Vrai. Au Moyen Âge, les avocats étaient essentiellement des ecclésiastiques : ils plaidaient habillés de leur soutane, qui était de couleur noire. Traditionnellement, le nombre des boutons de la robe est de 33, l'âge du Christ à sa mort.
MATHS : B. 25 cl.

Mercredi 14 Juin

	A	B	C	D	E
A	H	A	R	E	M
B	A	Z	U	R	E
C	R	U	R	A	L
D	E	R	A	T	O
E	M	E	L	O	N

ÉNIGME : Un nénuphar.
JEU VISUEL : 66 points.
QUIZ : B. L'alcool gèle. Cependant, nous ne pouvons pas observer ce phénomène, car sa température de congélation est trop basse. Pour exemple, l'alcool éthylique pur gèle à -114,4 °C !
SUITE LOGIQUE : 17, car il s'agit de la liste des nombres premiers, uniquement divisibles par eux-mêmes.

Jeudi 15 Juin

ÉNIGME : Aucun, il n'est pas dit qu'il pleut !
JEU VISUEL : 3 triangles, 5 carrés et 2 rectangles.
VRAI/FAUX : Faux. On lui a attribué cette phrase en 1789 alors qu'elle figure déjà dans *Les Confessions* de Jean-Jacques Rousseau, publiées en 1782.
JEU DE LETTRES : Fenouil.
SUITE LOGIQUE : On enlève un point à chaque fois. Les points passent du haut au bas et vice versa.

Vendredi 16 Juin

ÉNIGME : Les lions qui n'ont pas mangé depuis 6 mois : ils sont sans aucun doute morts…
JEU VISUEL : 36 pois.
QUIZ : A. Ce mot vient du grec *dendron* (arbre) et *logos* (discours).
JEU DE LETTRES : Schnouf + ere = enfourches ; Schnouf + eafi = échauffions ; Schnouf + era = enfourchas ; Schnouf + eaf = échauffons.
JEU DE CHIFFRES : -24.

Samedi 17 Juin

ÉNIGME : Le chiffre 0, car 0 est le carré de 0 et on le représente par un ovale.
JEU VISUEL : 56 segments.
VRAI/FAUX : Contrairement aux idées reçues, ce n'est pas la couleur rouge qui excite les taureaux, mais l'agitation tout autour. La couleur rouge sert simplement à masquer les taches de sang.
JEU DE LETTRES : « En Afrique, quand un vieillard meurt, c'est une bibliothèque qui brûle. »

3	5	9	8	7	6	2	4	1
6	2	4	5	1	9	7	3	8
8	7	1	2	3	4	9	6	5
2	9	6	1	4	8	5	7	3
7	1	3	6	5	2	8	9	4
5	4	8	7	9	3	1	2	6
4	6	5	9	8	7	3	1	2
9	8	2	3	6	1	4	5	7
1	3	7	4	2	5	6	8	9

Dimanche 18 Juin

ÉNIGME : Dérangé.
JEU VISUEL : À chaque étape, on enlève 2 points, puis on en rajoute 1.
SURNOM GÉOGRAPHIQUE : Oslo.
JEU DE LETTRES : Quais.
JEU DE CHIFFRES : A. 18.

Lundi 19 Juin

ÉNIGME : Un cadenas.
JEU VISUEL : 54 points.
QUIZ : A. Il est produit à partir d'insectes (cochenilles) séchés et broyés en poudre.

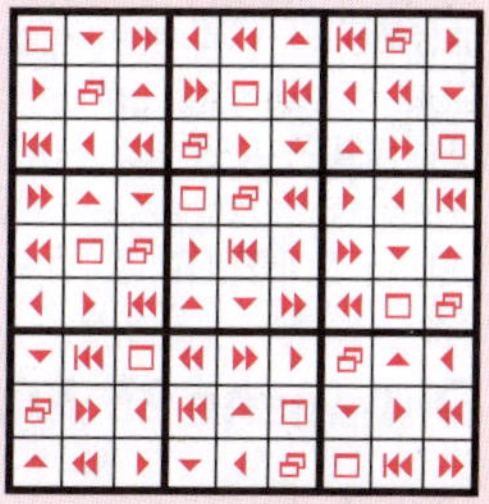

Mardi 20 Juin

ÉNIGME : Il avait la lampe dans sa bouche et, lorsqu'il est tombé, elle s'est enfoncée dans sa gorge.
JEU VISUEL : Il est 10 h 06 à Papeete, 5 h 06 à Tokyo et 3 h 06 à Jakarta.
VRAI/FAUX : Vrai. On dit parfois que la peur du vendredi 13 provient de ce triste épisode de l'histoire.
JEU DE LETTRES : Avignon.
JEU DE CHIFFRES : 3 864.

Mercredi 21 Juin

ÉNIGME : Un mouton.
QUIZ : A4 ; B3 ; C1, D2.
JEU DE LETTRES : B. coûtés.

3	5	9	8	7	6	2	4	1
6	2	4	5	1	9	7	3	8
8	7	1	2	3	4	9	6	5
2	9	6	1	4	8	5	7	3
7	1	3	6	5	2	8	9	4
5	4	8	7	9	3	1	2	6
4	6	5	9	8	7	3	1	2
9	8	2	3	6	1	4	5	7
1	3	7	4	2	5	6	8	9

1903952846370128458036529
03037646201921364562703563
98330940988374383272836Z3
847A1230848218639284746210
937461804575830123746378123

Jeudi 22 Juin

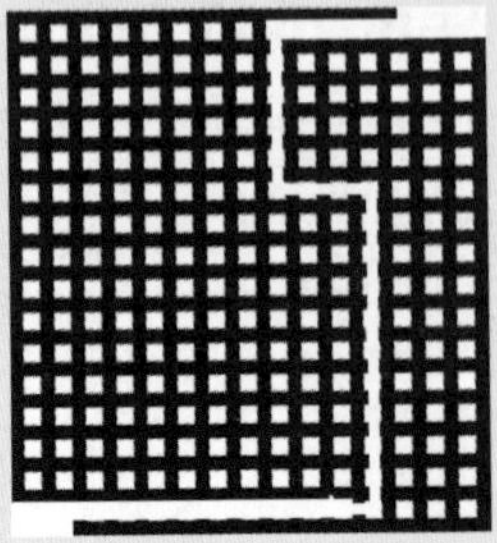

ÉNIGME : Un gant.
VRAI/FAUX. Faux. Contrairement à cette idée reçue, elle n'est pas visible depuis la Lune, ni depuis la Station spatiale internationale.
JEU DE LETTRES : Quota.
SUITE LOGIQUE : K22, car les lettres avancent de 2 en 2 et les chiffres de 2, puis de 3, puis de 4, etc.

Vendredi 23 Juin

ÉNIGME : Tous, car ils ne peuvent pas la retirer… À part ceux qui n'en ont pas !
JEU VISUEL : 58 points.
JEU DE CHIFFRES : B. 1 000 000.

Samedi 24 Juin

ÉNIGME : Un animal.
JEU VISUEL : 14 rectangles.
QUIZ : C. C'est un grillon, bien que son nom à l'écran soit Jiminy Cricket.
JEU DE LETTRES : « Si nous n'avions point de défauts, nous ne prendrions pas tant de plaisir à en remarquer dans les autres. »
JEU DE CHIFFRES : 1.

Dimanche 25 Juin

ÉNIGME : Un trou.
JEU VISUEL : C'est la pièce n° 6.
VRAI/FAUX : Faux. Mozart n'est pas autrichien mais allemand.
Il est né à Salzbourg au temps où la ville faisait partie du Saint Empire romain germanique. Elle n'est devenue autrichienne qu'après sa mort.

1	2	8	7	9	6	5	4	3
7	3	5	4	2	1	9	6	8
9	6	4	8	3	5	2	1	7
4	1	3	6	5	9	8	7	2
2	9	6	3	7	8	4	5	1
8	5	7	2	1	4	3	9	6
6	4	9	1	8	2	7	3	5
3	8	1	5	4	7	6	2	9
5	7	2	9	6	3	1	8	4

Lundi 26 Juin

ÉNIGME : Il avait laissé le gaz allumé. Lorsqu'il a ouvert le frigo, la lumière qui s'est allumée a déclenché l'explosion.
QUIZ : B. Le Groenland, province autonome du Danemark, s'étend sur 2 186 000 km^2. C'est la plus grande île au monde, bien avant l'Australie.
JEU VISUEL : 22 pois.
JEU DE LETTRES : Idiot + nsj = disjoint ; Idiot + nan = nidation ; Idiot + rune = érudition ; Idiot + les = solidité.
JEU DE CHIFFRES : B. 8.

Mardi 27 Juin

ÉNIGME : Un vermisseau.
JEU VISUEL : 93 points.
VRAI/FAUX : Faux. Il représente deux triangles superposés. Le drapeau du Népal est le seul, parmi les drapeaux nationaux, qui ne soit pas rectangulaire.
JEU DE LETTRES : Haschisch.
SUITE LOGIQUE : On enlève un point à chaque fois, en haut et en bas.

Mercredi 28 Juin

ÉNIGME : Une serviette.
VRAI/FAUX. Faux. Ce théorème de géométrie euclidienne semble avoir été découvert en Mésopotamie plusieurs siècles avant Pythagore.
JEU DE LETTRES : Taratata.
JEU DE CHIFFRES : 4 100.

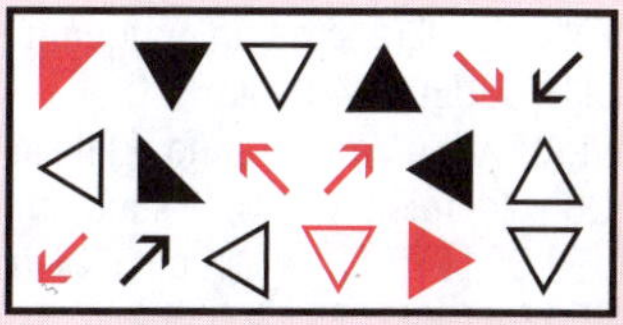

Jeudi 29 Juin

ÉNIGME : Du charbon.
JEU VISUEL : 79 points.
QUIZ : A. Les ossements de Descartes (mort en Suède) se trouvent à l'église de Saint-Germain-des-Prés, à Paris. Son crâne est au musée de l'Homme (des doutes sur son authenticité subsistent).

A	B	D	H	C	I	E	F	G
I	H	F	G	B	E	D	C	A
C	G	E	D	A	F	B	H	I
G	E	H	A	F	D	C	I	B
B	I	C	E	H	G	F	A	D
F	D	A	B	I	C	H	G	E
E	C	B	F	G	A	I	D	H
D	A	I	C	E	H	G	B	F
H	F	G	I	D	B	A	E	C

Vendredi 30 Juin

ÉNIGME : Un uniforme.
VRAI/FAUX : Faux. Le mythe du cimetière des éléphants est fondé sur la découverte de nombreux squelettes d'éléphants regroupés, mais il n'existe pas vraiment dans la réalité.
JEU DE LETTRES : Il faut ajouter les lettres L et I pour former les mots suivants : laine, palier, baril, cible.
JEU DE CHIFFRES : B. MMXV.

Samedi 1er Juillet

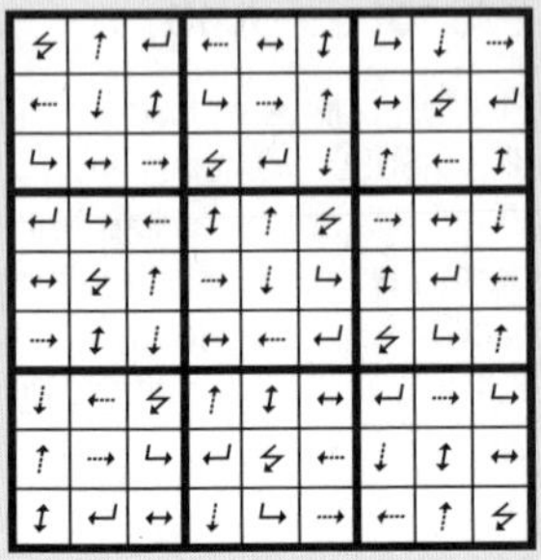

ÉNIGME : Elle a 46 ans. Le premier chiffre correspond au nombre des voyelles que comporte le nom, et le deuxième chiffre au nombre des consonnes.
JEU VISUEL : 31 points.
QUIZ : B. La chute des feuilles

Dimanche 2 Juillet

ÉNIGME : Il regarde un aquarium et les nageurs sont des poissons.
JEU VISUEL : 140 pois.
VRAI/FAUX : Vrai. Le sang quitte le cœur par les artères, qui se ramifient pour irriguer les différents organes. Dans le trajet inverse, le sang emprunte les veines pour revenir vers le cœur.
JEU DE LETTRES : « Qui aime bien ses lunettes ménage sa monture. »
JEU DE CHIFFRES : 1 035.

Lundi 3 Juillet

ÉNIGME : La nuit.
JEU DE LETTRES : Que je naquisse ; que tu naquisses ; qu'il naquît ; que nous naquissions ; que vous naquissiez ; qu'ils naquissent.
SUITE LOGIQUE : Le total des points en haut et en bas est égal à 7.

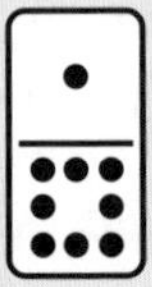

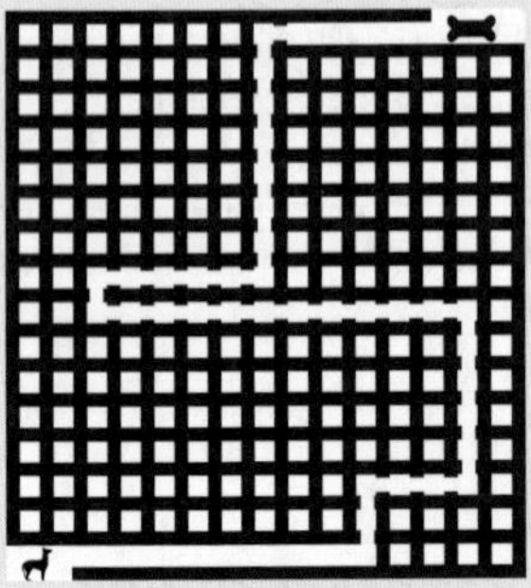

Mardi 4 Juillet

ÉNIGME : Une balançoire.
JEU VISUEL : 39 points.
QUIZ : A. William McKinley.
JEU DE LETTRES : Queue.
SUITE LOGIQUE : 82, car les chiffres vont deux par deux. Pour chaque paire, le second est le double du premier.

Mercredi 5 Juillet

4	6	3	7	2	9	8	1	5
9	2	8	5	1	6	3	4	7
5	7	1	8	4	3	6	2	9
2	9	5	6	7	1	4	3	8
8	1	7	2	3	4	9	5	6
6	3	4	9	5	8	2	7	1
1	4	6	3	9	7	5	8	2
7	5	9	4	8	2	1	6	3
3	8	2	1	6	5	7	9	4

ÉNIGME : Du côté extérieur.
JEU VISUEL : Le joueur n° 2.
QUIZ : A. Cosima Liszt, le fruit de la liaison extraconjugale de Liszt et de la comtesse Marie d'Agoult, s'est mariée avec Wagner en 1870.

Jeudi 6 Juillet

ÉNIGME : L'œil.
JEU VISUEL : C'est une série croissante.
VRAI/FAUX : Faux. Les ambassades bénéficient seulement de l'immunité diplomatique.
JEU DE LETTRES : Crotte + ene = entrecôte ; Crotte + sai = asticoter ; Crotte + nan = racontent ; Crotte + boy = boycotter.
JEU DE CHIFFRES : 96 453.

Vendredi 7 Juillet

ÉNIGME : Les trois Russes sont des femmes !
JEU VISUEL : Il est 3 h 02 à Abu Dhabi, 5 h 02 aux îles Galápagos et 6 h 02 à New York.
QUIZ : C. Dans le langage des sous-mariniers, un bateau noir (ou une bête noire) est le surnom donné aux sous-marins, du fait de la couleur de leur coque.
JEU DE LETTRES : Grenoble.
SUITE LOGIQUE : 226J, car le cumul des chiffres de chaque nombre donne la place de la lettre dans l'alphabet.

Samedi 8 Juillet

	A	B	C	D	E
A	V	A	R	E	C
B	A	G	A	P	E
C	R	A	V	E	S
D	E	P	E	L	A
E	C	E	S	A	R

ÉNIGME : L'autre moitié aussi.
JEU VISUEL : 20 pois.
VRAI/FAUX : Faux. Le titre du film est *Les Aventuriers de l'arche perdue*.
JEU DE CHIFFRES : 50 € – 5 % = 50 – ((50 × 5)/100) = 47,50 €.

Dimanche 9 Juillet

ÉNIGME : Le piano.
JEU VISUEL : 13 points.
VRAI/FAUX : Faux. La théorie du big-bang ne fournit pas une explication des origines de l'Univers, mais explique le début de son évolution.
JEU DE LETTRES : « Le secret d'une culture intelligente, c'est de savoir sur quel rayon de la bibliothèque se tient le *Larousse*. »
JEU DE CHIFFRES : B. 48 kg de beurre.

SOLUTIONS

Lundi 10 Juillet

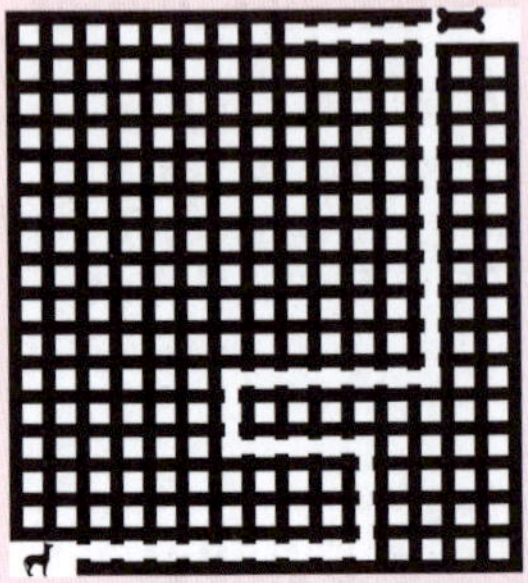

ÉNIGME : Une couverture.
SURNOM GÉOGRAPHIQUE : B. La Nouvelle-Zélande.
JEU DE LETTRES : Suissesses.
JEU DE CHIFFRES : 84 700.

Mardi 11 Juillet

ÉNIGME : Le mot « consentant » ! Si on enlève le -sen, cela forme le mot « content » !
JEU VISUEL : 7 triangles.
VRAI/FAUX : Vrai. Le principe est le même dans toutes les langues : la répétition de sons similaires, en modifiant uniquement quelques lettres.
JEU DE CHIFFRES : B. 25, car la racine carrée d'un nombre est l'inverse du carré d'un nombre.

Mercredi 12 Juillet

ÉNIGME : Il faut allumer l'interrupteur 1 et attendre 2 minutes, puis l'éteindre. Il faut ensuite allumer l'interrupteur 2 et entrer dans la pièce : si l'ampoule est allumée, c'est l'interrupteur n° 2, si l'ampoule est éteinte mais chaude, c'est le n° 1, si l'ampoule est éteinte et froide, c'est le n° 3.
QUIZ : A. Pour se nourrir, l'étoile de mer utilise ses bras pour ouvrir les coquillages, puis introduit son estomac dans la coquille pour digérer le mollusque. Elle commence donc à digérer la proie à l'extérieur de son corps. Ensuite, elle « récupère » son estomac, avec la nourriture.
JEU DE LETTRES : Cuir + one = couiner ; Cuir + eqs = cirques ; Cuir + soq = croquis ; Cuir + chad = archiduc.
SUITE LOGIQUE : ZYRCYS, car chaque lettre est remplacée par la lettre qui est 2 places avant elle dans l'alphabet.

Jeudi 13 Juillet

6	2	8	9	7	1	4	5	3
3	1	4	2	5	8	7	6	9
5	7	9	6	4	3	8	1	2
2	3	7	1	6	4	9	8	5
8	6	5	7	3	9	1	2	4
9	4	1	5	8	2	3	7	6
1	5	6	3	9	7	2	4	8
7	8	3	4	2	5	6	9	1
4	9	2	8	1	6	5	3	7

ÉNIGME : Le théâtre.
JEU VISUEL : 38 carrés.
VRAI/FAUX : Faux. Poudlard (Hogwarts en version originale) est une école fictive, et se trouve dans un lieu imaginaire. C'est dans un train que l'idée du petit sorcier est venue à Rowling !
JEU DE LETTRES : Scrabbleur.

Vendredi 14 Juillet

ÉNIGME : Un corbeau.
JEU VISUEL : 18 pois.
QUIZ : A. Dans le jargon des marins, un jean-louis désigne un requin.
JEU DE LETTRES : Inintelligibilité.
JEU DE CHIFFRES : 3 328.

Samedi 15 Juillet

ÉNIGME : Une seule… Après, le verre n'est plus vide !
JEU VISUEL : 15 points.
VRAI/FAUX : Faux. Lucas est le réalisateur de seulement quatre des six épisodes de la saga intergalactique.
JEU DE LETTRES : Le népotisme.

E	A	D	H	G	C	I	B	F
F	H	B	I	D	A	C	E	G
C	I	G	E	B	F	H	D	A
A	F	E	D	C	I	B	G	H
D	G	I	B	A	H	F	C	E
H	B	C	F	E	G	A	I	D
I	C	F	G	H	D	E	A	B
G	E	A	C	F	B	D	H	I
B	D	H	A	I	E	G	F	C

Dimanche 16 Juillet

ÉNIGME : L'Angleterre.
JEU VISUEL : Il est 6 h 24 à Manille, 3 h 24 à Denver et 9 h 24 à Melbourne.
QUIZ : C. *The Daily Planet* est le quotidien dans lequel travaille le journaliste Clark Kent, alias Superman.
JEU DE LETTRES : Poule + cha = chaloupe ; Poule + bac = coupable ; Poule + suc = opuscule ; Poule + exrs = exploseur.
SUITE LOGIQUE : W, car il faut avancer d'1 lettre, de 2 lettres, puis de 3 et enfin de 4, entre la deuxième et la troisième lettre du groupement de lettres.

Lundi 17 Juillet

ÉNIGME : Elle se situe au pôle Nord.
JEU VISUEL : 30 triangles.
VRAI/FAUX : Faux. Cette expression désigne un paradis terrestre né dans l'imaginaire européen, une contrée miraculeuse et généreuse pour ses habitants.
SUITE LOGIQUE : Le total des points en haut et en bas est toujours de 8. Les points du haut sont dans l'ordre croissant.

Mardi 18 Juillet

ÉNIGME : L'écho.
JEU VISUEL : On rajoute 4, puis on retire 1 point à chaque itération, en alternant les couleurs une fois sur 2.
JEU DE LETTRES : Fatwa.
JEU DE CHIFFRES : 362 880.

Mercredi 19 Juillet

9	8	1	3	5	7	6	4	2
2	6	5	4	9	1	8	7	3
7	4	3	6	2	8	9	1	5
6	9	2	1	8	4	3	5	7
1	3	7	5	6	2	4	9	8
8	5	4	7	3	9	1	2	6
5	1	8	9	7	3	2	6	4
3	7	9	2	4	6	5	8	1
4	2	6	8	1	5	7	3	9

ÉNIGME : On peut faire une coupe dans le sens de l'épaisseur, puis trois autres en hauteur.
JEU VISUEL : 12 points.
VRAI/FAUX : Faux. Le pays imaginaire dans lequel Tintin voyage dans quatre albums s'appelle la Syldavie.
JEU DE LETTRES : Nyctalope.

Jeudi 20 Juillet

ÉNIGME : Un épi de maïs.
QUIZ : A. À cause d'un conflit concernant la qualification, les athlètes qualifiés ne se présentèrent pas. Halswelle courut seul… et remporta donc la course !
JEU DE LETTRES : « L'avenir, c'est du passé en préparation. »
JEU DE CHIFFRES : (9 × 9) – (9/9) = 80 ; (9 × 9) + 9 – 9 = 81 ; (9 + (9/9)) × 9 = 90 ; (9 × 9 × 9) – 9 = 720.

Vendredi 21 Juillet

ÉNIGME : Celui qui parle en premier a les cheveux noirs. De plus, il n'est pas le sculpteur nommé Blanc, qui lui répond. Comme il ne peut être le violoniste nommé Noir, car il a les cheveux noirs, il est donc le poète nommé Roux. De ce fait, les 3 personnes sont :
- Le sculpteur Blanc qui a les cheveux roux.
- Le violoniste Noir qui a les cheveux blancs.
- Le poète Roux qui a les cheveux noirs.

VRAI/FAUX : Faux. Katharine Hepburn était américaine, Audrey Hepburn britannique et de 22 ans sa cadette. Les deux comédiennes n'ont aucun lien de parenté.
JEU DE LETTRES : Malice + A = camélia ; Tare + S = aster ; Veau + M = mauve ; Marron + I = romarin ; Thème + N = menthe.
SUITE LOGIQUE : En partant de 8, on enlève 2 points à chaque fois, puis il y a une case vide et on recommence à partir de 8.

Samedi 22 Juillet

ÉNIGME : Fossile.
JEU VISUEL : 5 points.
QUIZ : A. C'est *La Flûte enchantée*, qui contient de très nombreuses références à la franc-maçonnerie.
JEU DE LETTRES : *Le Poinçonneur des Lilas*.
SUITE LOGIQUE : 8 760, car J correspond à « jour », M à « mois », H à « heures ». 365 correspond au nombre de jours dans une année et 12, au nombre de mois. 8 760 correspond donc au nombre d'heures dans une année.

Dimanche 23 Juillet

ÉNIGME : Le lit.
JEU VISUEL : 21 rectangles.
VRAI/FAUX : Vrai. Le *Boléro*, op.19, est une courte pièce pour piano solo. Créé en 1833 par Frédéric Chopin, il est dédié à la comtesse Émilie de Flahault. Le boléro est un genre musical (danse) qui a inspiré plusieurs autres compositeurs.
JEU DE LETTRES : Belge.

8	7	1	2	5	6	4	9	3
5	3	6	4	7	9	8	2	1
2	4	9	8	1	3	6	5	7
7	8	2	5	4	1	3	6	9
1	5	3	6	9	7	2	8	4
9	6	4	3	8	2	7	1	5
6	1	5	7	3	8	9	4	2
3	9	8	1	2	4	5	7	6
4	2	7	9	6	5	1	3	8

Lundi 24 Juillet

ÉNIGME : Les pages 1 007 et 1 008 forment le recto et le verso d'une même feuille. Il est donc impossible de glisser quelque chose entre elles !
JEU VISUEL : 14 pois.
QUIZ : C. La chanson du thème du film a été composée par James Horner et interprétée par Céline Dion.
JEU DE LETTRES : Fric + one = foncier ; Fric + seat = réactifs ; Fric + taee = cafetier ; Fric + hfze = chiffrez.
JEU DE CHIFFRES : 3 771.

Mardi 25 Juillet

ÉNIGME : La nuit.
JEU VISUEL : Le joueur n° 7.
VRAI/FAUX : Vrai. C'est le nom donné par les traducteurs de la version anglaise.
MATHS : A. Pour trouver la solution, il suffit de comparer l'aire des différentes figures.

Mercredi 26 Juillet

ÉNIGME : Son avenir.
QUIZ : C. Le lavement des pieds, *podonipsie* en grec, est l'acte rituel accompli le Jeudi saint, en mémoire du lavement des pieds des apôtres par Jésus-Christ, la veille de sa Passion.
JEU DE LETTRES : *Le Tourbillon de la vie.*
SUITE LOGIQUE : 30 et 19 car la progression est croisée :
10, 15, 20, 25, 30 et 11, 13, 15, 17, 19.

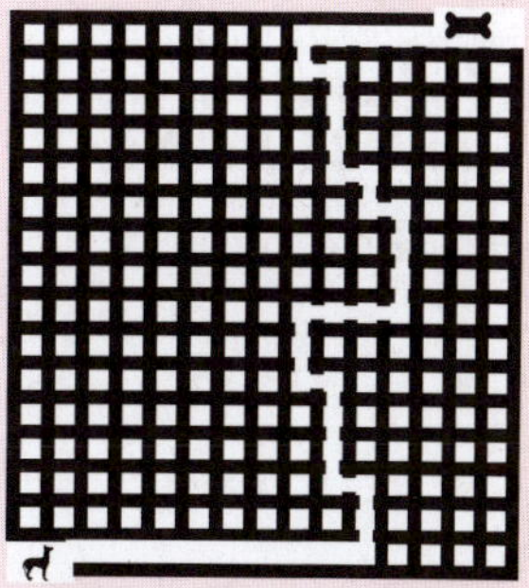

Jeudi 27 Juillet

ÉNIGME : Un cartable.
JEU VISUEL : 25 points.
VRAI/FAUX : Faux. Le sang est toujours de couleur rouge. Il n'est jamais bleu, même lorsqu'il circule dans les veines.
JEU DE LETTRES : En ajoutant les lettres A et F, on forme les mots suivants : favori, faible, carafe.

C	I	D	G	B	E	A	H	F
B	E	A	H	C	F	I	D	G
F	H	G	I	A	D	B	E	C
I	F	H	B	G	C	D	A	E
D	A	B	F	E	I	C	G	H
G	C	E	D	H	A	F	B	I
H	G	F	C	D	B	E	I	A
A	B	C	E	I	H	G	F	D
E	D	I	A	F	G	H	C	B

Vendredi 28 Juillet

ÉNIGME : La bougie, bien sûr !
JEU VISUEL : 6 ellipses.
JEU DE LETTRES : Gaussassions.
JEU DE CHIFFRES : -1 210.

Samedi 29 Juillet

ÉNIGME : Il ne peut rien toucher vu qu'il est mort.
JEU VISUEL : 20 pois.
QUIZ : A. L'assiko est une danse traditionnelle camerounaise, pendant laquelle les danseurs posent des bouteilles sur leurs têtes, tout en continuant leurs acrobaties !
JEU DE LETTRES : Perdu + ler = préluder ; Perdu + net = prétendu ; Perdu + siee = répudiées ; Perdu + enss = suspendre.
SUITE LOGIQUE : Cruche, car chaque chiffre correspond à une lettre.

Dimanche 30 Juillet

ÉNIGME : Un fromage.
JEU VISUEL : 71 points.
VRAI/FAUX : Faux. C'est Jean-Jacques Rousseau qui voulait révolutionner la notation musicale. Son invention ne s'est pas beaucoup répandue.
JEU DE LETTRES : Dessaisissais.
MATHS : A. 22,5 minutes.

Lundi 31 Juillet

ÉNIGME : La bouche.

1	7	4	9	2	3	5	6	8
9	3	8	4	6	5	2	7	1
5	2	6	8	1	7	3	4	9
6	4	7	3	9	8	1	5	2
8	1	2	5	4	6	9	3	7
3	5	9	2	7	1	4	8	6
7	6	5	1	3	9	8	2	4
2	9	3	6	8	4	7	1	5
4	8	1	7	5	2	6	9	3

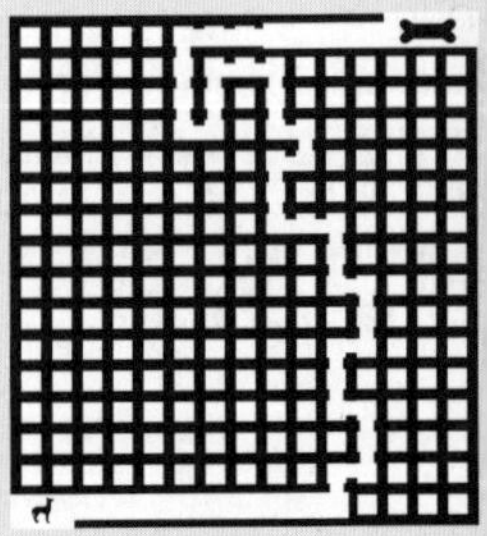

Mardi 1er Août

ÉNIGME : Rouge, la seule couleur qui n'apparaît jamais en même temps que le blanc.
JEU VISUEL : Il est 4 h 10 à New Delhi, 5 h 40 à Philadelphie et 1 h 40 à Addis-Abeba.
QUIZ : C. En juin 1931, Gaston Doumergue, âgé de 68 ans, est le premier président à se marier au cours de son septennat. Nicolas Sarkozy s'est lui aussi (re)marié au cours de son mandat.
JEU DE LETTRES : *Au bonheur des dames.*
JEU DE CHIFFRES : 36 364.

Mercredi 2 Août

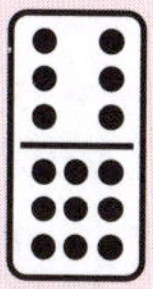

ÉNIGME : Un labyrinthe.
JEU VISUEL : Le joueur n° 1.
VRAI/FAUX : Vrai. Ils sont nés le même jour… mais pas la même année : le 22 novembre 1902 pour le maréchal Leclerc, et le 22 novembre 1890 pour le général de Gaulle.
JEU DE LETTRES : Concupiscence.
SUITE LOGIQUE : En haut des dominos, on a cette séquence : 9-6-3-0-3-6, et en bas 6-3-0-3-6-9.

Jeudi 3 Août

ÉNIGME : Nous sommes 3.
JEU VISUEL : 89 points.
QUIZ : B. Un collectionneur de pots de yaourt.
JEU DE LETTRES : Obama + bud = badaboum ; Obama + rut = marabout ; Obama + buls = bamboulas ; Obama + ayes = abayâmes.
SUITE LOGIQUE : Horloge, car chaque chiffre correspond à la place de la lettre dans le mot.

Vendredi 4 Août

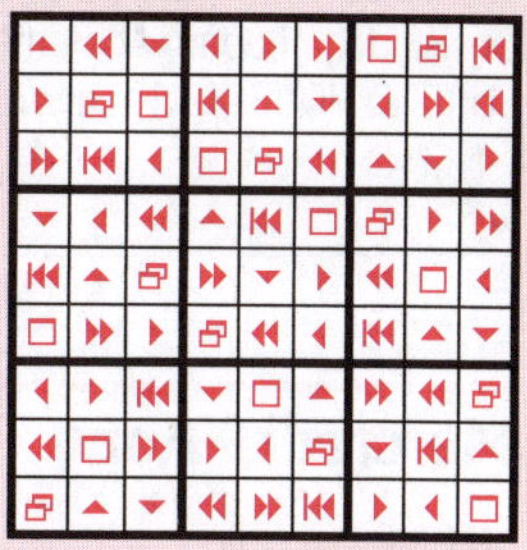

ÉNIGME : Harry Potter.
JEU VISUEL : 29 pois.
VRAI/FAUX : Vrai. Avant de publier *La Dianétique*, ouvrage de référence de l'Église de scientologie, Ron Hubbart publiait des romans de fantasy et de science-fiction.
JEU DE LETTRES : Prolégomène.

Samedi 5 Août

ÉNIGME : Ils achètent des bougies en forme de chiffres, pour un gâteau d'anniversaire !
JEU VISUEL : 26 rectangles, dont 14 carrés.
QUIZ : B. Dans notre rotation annuelle autour du Soleil, nous traversons une zone remplie de débris laissés par le passage de comètes vers le milieu du mois d'août.
JEU DE LETTRES : Saisissais.
MATHS : x = 22.

Dimanche 6 Août

ÉNIGME : Il faut d'abord calculer le rapport entre les vitesses d'aller et de retour : à 60 km/h, Paul met 1,5 fois plus de temps pour son trajet qu'à 90 km/h. Il met donc 3 heures à l'aller et 4 h 30 au retour :
3 h × 90 km/h = 270 km de trajet.
JEU VISUEL : 104 points.
DEVISE NATIONALE : A. La République tchèque.
JEU DE LETTRES : Je chois, tu chois, il choit, nous choyons, vous choyez, ils choient.

5	1	9	2	7	6	8	3	4
6	7	4	1	3	8	5	9	2
8	3	2	4	5	9	1	7	6
7	8	6	3	4	1	9	2	5
9	4	1	6	2	5	3	8	7
3	2	5	9	8	7	4	6	1
4	9	3	7	1	2	6	5	8
1	5	7	8	6	3	2	4	9
2	6	8	5	9	4	7	1	3

Lundi 7 Août

ÉNIGME : La lettre V !
JEU VISUEL : La progression va de 4 en 4 points, en alternant les figures de la couleur noire.
QUIZ : C. Le public a crié au scandale lors de la première de l'œuvre au théâtre des Champs-Élysées à Paris, en 1913. Les électriciens éteignaient et allumaient les lumières pour tenter de calmer les spectateurs.
JEU DE LETTRES : Essayeuses.
JEU DE CHIFFRES : 285 714.

Mardi 8 Août

ÉNIGME : Le chat.
QUIZ : A. La première ascension connue du sommet remonte au 8 août 1786, par Jacques Balmat et le docteur Michel Paccard.
JEU DE LETTRES : Qui a bu boira (Quiche, Ulcéré, Île, A, Baba, Usine, Babine, Oasis, Idéal, Ruban, Aboiement).
SUITE LOGIQUE : 191, car on enlève 32 à chaque nombre.

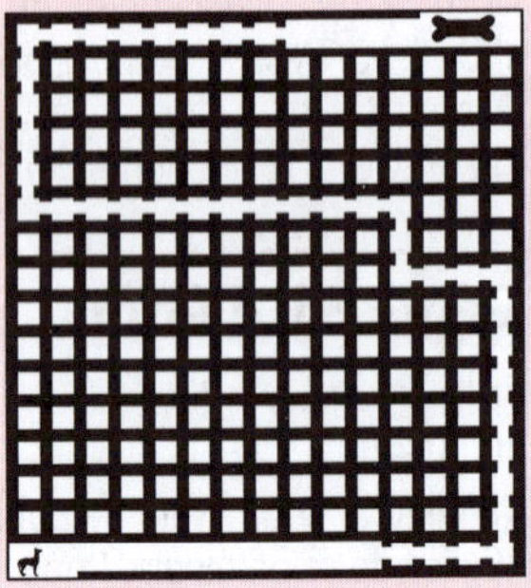

Mercredi 9 Août

ÉNIGME : La colle.
VRAI/FAUX : Faux. Le plus célèbre des archéologues est Henry Jones Jr., dit « Indiana » ou « Indy » pour les intimes (Indiana étant le nom du chien familial).
JEU DE LETTRES : Saint Louis.
JEU DE CHIFFRES : B. 80 099 279.

Jeudi 10 Août

ÉNIGME : Le fils a 7 ans, le père 49 ans. L'année dernière, le père avait 48 ans, soit 8 fois l'âge de son fils (6 ans).
JEU VISUEL : 137 points.
QUIZ : A. Gaston Doumergue était issu d'une famille protestante, mais non pratiquant.
JEU DE LETTRES : Que celui qui n'a pas traversé ne se moque pas de celui qui s'est noyé.

E	d	a	c	B	b	C	A	D
D	b	C	a	A	d	B	E	c
c	B	A	C	E	D	b	a	d
B	a	E	D	b	A	c	d	C
b	D	d	E	C	c	a	B	A
C	A	c	d	a	B	E	D	b
A	C	D	B	c	a	d	b	E
d	E	B	b	D	C	A	c	a
a	c	b	A	d	E	D	C	B

Vendredi 11 Août

ÉNIGME : Sa cousine (par alliance).
JEU VISUEL : 16 rectangles, dont 6 carrés.
VRAI/FAUX : Vrai. Fauré a été titulaire de ce poste, de juin 1896 à septembre 1905.
JEU DE CHIFFRES : 3 × 9 = 27 ; 27 – 7 = 20 ; 20 × 5 = 100.

C	O	E	U	R
O	U	V	R	E
E	V	I	A	N
U	R	A	T	E
R	E	N	E	E

Samedi 12 Août

ÉNIGME : Un citron.
QUIZ : C. Le festival de Bayreuth (*Bayreuther Festspiele*), qui se tient chaque été au palais des festivals de Bayreuth, a été fondé en 1876 par Richard Wagner.
JEU DE LETTRES : Il s'agit des lettres IRE qui forment : rosière, Épicure, meunier.

7	9	1	2	8	5	3	6	4
6	4	2	1	3	7	9	8	5
5	3	8	4	6	9	2	7	1
3	7	6	8	9	4	5	1	2
4	2	5	6	1	3	7	9	8
8	1	9	7	5	2	6	4	3
1	8	3	9	2	6	4	5	7
2	6	7	5	4	1	8	3	9
9	5	4	3	7	8	1	2	6

Dimanche 13 Août

ÉNIGME : La montre 1 perd une minute par jour. Lorsqu'elle aura perdu 12 heures (720 minutes), elle sera de nouveau à l'heure. La montre 2, qui fonctionne normalement, admet forcément une variation. Un écart d'une seconde par semaine est mesurable. La montre 1 donnera donc l'heure juste plus souvent que la montre 2. Quant à la montre 3, elle donnera donc l'heure exacte deux fois par jour.
JEU DE LETTRES : Bosnie-Herzégovine.
JEU DE CHIFFRES : 10 899.

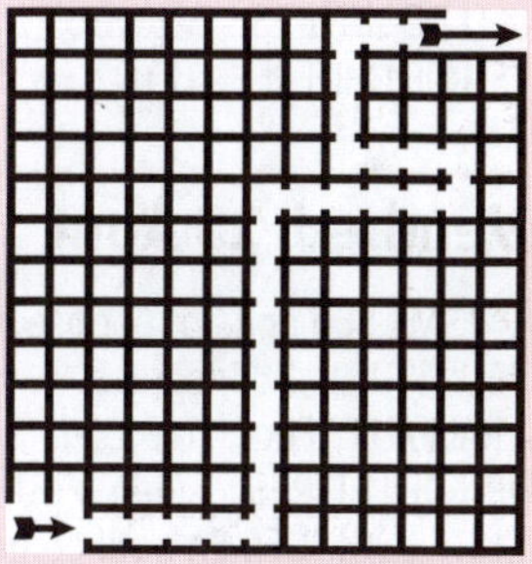

Lundi 14 Août

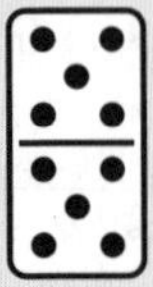

ÉNIGME : L'ascenseur.
JEU VISUEL : 127 points.
QUIZ : B. Lorsqu'il accoste, en août 1492, à Cuba, puis à Saint-Domingue, Christophe Colomb pense avoir atteint le sous-continent indien. C'est donc tout naturellement qu'il appelle les indigènes qu'il rencontre « Indiens ».
JEU DE LETTRES : Les conseilleurs ne sont pas les payeurs.
SUITE LOGIQUE : On fait la somme des points en haut et en bas, mais un domino sur deux.

Mardi 15 Août

ÉNIGME : Un extincteur.
JEU VISUEL : Il est 1 h 25 à Honolulu, 9 h 25 à São Paulo et 8 h 25 à Tokyo.
DEVISE NATIONALE : C. Le Niger.
JEU DE LETTRES : Boîter + nrv = vibreront ; Boîter + mns = trombines ; Boîter + qus = sobriquet ; Boîter + suij = bijoutiers.
SUITE LOGIQUE : 5, car le nombre correspond à la place de la dernière lettre dans l'alphabet.

Mercredi 16 Août

ÉNIGME : Une madeleine.
JEU VISUEL : 40 pois.
VRAI/FAUX : Vrai.
JEU DE LETTRES : J'acquiesce, tu acquiesces, il acquiesce, nous acquiesçons, vous acquiescez, ils acquiescent.
JEU DE CHIFFRES : $(4 \times 4) + 4 + 4 = 24$; $(4 + 4) \times 4 - 4 = 28$; $(4 \times 4) + (4 \times 4) = 32$; $(4 + 4 + 4) \times 4 = 48$.

Jeudi 17 Août

ÉNIGME : La formule.
JEU VISUEL : 25 points.
QUIZ : A. C'était le cri de guerre utilisé par les comtes de Champagne.
JEU DE LETTRES : Zézayer.
JEU DE CHIFFRES : 8 107.

Vendredi 18 Août

ÉNIGME : Eh non, la réponse n'est pas 6 m^3, mais rien du tout. C'est un trou, donc il est vide.
JEU VISUEL : 28 triangles.
VRAI/FAUX : Faux. La B.O. du film est signée par Yann Tiersen.
JEU DE LETTRES : « Rien n'est moins sûr que l'incertain. »
SUITE LOGIQUE : En haut comme en bas, on décrémente de 3 points, puis on incrémente de 2, à chaque fois.

Samedi 19 Août

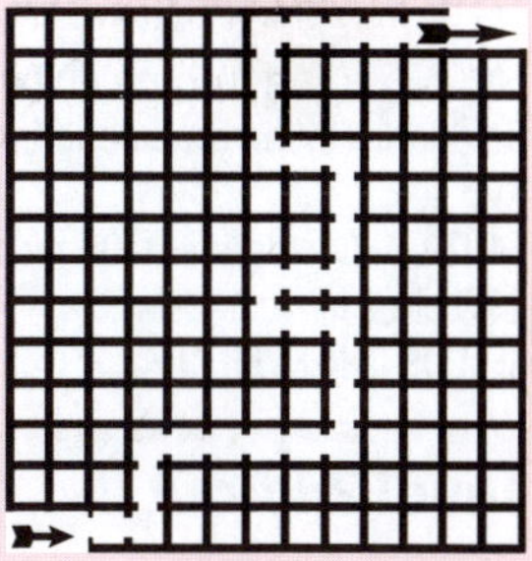

ÉNIGME : Il s'agit d'une partie d'échecs entre deux adversaires.
QUIZ : A. Dans la codification de Faber, l'inventeur des crayons HB, ces lettres signifient « *Half Black* », pour la valeur intermédiaire entre les degrés de dureté des mines.
JEU DE LETTRES : Sncf + euo = confuse ; Sncf + auo = faucons ; Sncf + ouh = schnouf ; Sncf + eae = Nescafé.
JEU DE CHIFFRES : 98 765.

Dimanche 20 Août

ÉNIGME : César.
JEU VISUEL : On enlève 1 point, puis on ajoute 3 points à chaque itération, en alternant les couleurs une fois sur deux.
VRAI/FAUX : Faux. Il y a 900 millions d'années, un jour comptait 18 heures. Les jours sont de plus en plus longs, car l'attraction de la Lune freine très progressivement la rotation de la Terre.
JEU DE LETTRES : Cocorico.

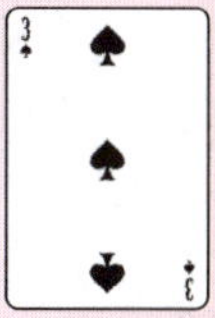

3	5	8	7	4	2	1	9	6
2	6	7	9	1	3	8	5	4
9	1	4	6	8	5	2	3	7
8	7	2	3	5	4	6	1	9
5	3	9	1	6	8	4	7	2
6	4	1	2	7	9	3	8	5
4	2	5	8	9	1	7	6	3
1	9	6	4	3	7	5	2	8
7	8	3	5	2	6	9	4	1

Lundi 21 Août

ÉNIGME : Le rouleau.
JEU VISUEL : 85 pois.
QUIZ : B. L'origine de ces termes toujours en vigueur remonte aux débats de l'Assemblée nationale constituante. En août 1789, les députés favorables à l'établissement d'une constitution se rangèrent à gauche du président de séance, les députés hostiles, à sa droite.
JEU DE LETTRES : « Les préservatifs sont les accessoires de l'amour masqué. »
JEU DE CHIFFRES : (8 × 8) + 8 + 8 = 80 ; ((8 + 8) × 8) – 8 = 120 ; (8 + 8 + 8) × 8 = 192.

Mardi 22 Août

ÉNIGME : La vérité.
JEU VISUEL : 40 points.
VRAI/FAUX : Faux. C'est une légende !
JEU DE LETTRES : Rhododendron.

8	9	6	1	2	4	7	5	3
5	2	3	6	7	9	1	4	8
1	7	4	8	3	5	2	9	6
9	5	2	4	6	1	8	3	7
4	1	7	3	8	2	5	6	9
6	3	8	9	5	7	4	2	1
3	4	1	5	9	8	6	7	2
7	6	5	2	1	3	9	8	4
2	8	9	7	4	6	3	1	5

Mercredi 23 Août

	A	B	C	D	E
A	C	O	R	N	E
B	O	B	E	I	R
C	R	E	V	E	R
D	N	I	E	C	E
E	E	R	R	E	R

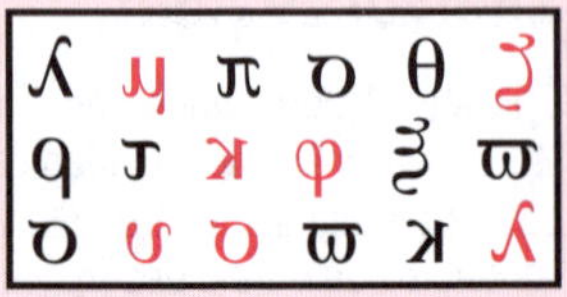

ÉNIGME : C'est à cause du passage du calendrier julien au calendrier grégorien au XVIe siècle !
QUIZ : B. On identifie 206 os chez l'adulte et 270 chez le nourrisson.
JEU DE CHIFFRES : 54.

Jeudi 24 Août

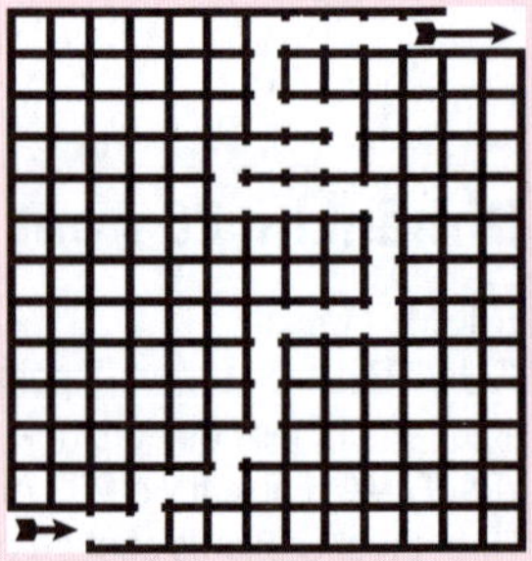

ÉNIGME : Le lancement.
VRAI/FAUX : Vrai. La série est issue de son roman autobiographique.
JEU DE LETTRES : Noblesse oblige (Nuit, Obéissant, Beau, Léger, Écolier, Savant, Sérieux, Entrer, Ôter, Brigand, Lier, Injuste, Glacé, Épée).
JEU DE CHIFFRES : 2 + 2 + 2 – 2 = 4 ; (2 + 2) + (2/2) = 5 ; (2 × 2 × 2) – 2 = 6 ; (2 × 2 × 2) + 2 = 10 ; (2 + 2 + 2) × 2 = 12.

Vendredi 25 Août

ÉNIGME : Le H.
JEU VISUEL : 3 carrés et 12 triangles.
QUIZ : C. La campanologie (du latin *campana*, cloche) est l'étude des cloches et carillons. Un campanile est une tour abritant des cloches.
JEU DE LETTRES : Edf + eie = défiée ; Edf + nus = fendus ; Edf + ile = défilé, fidèle ; Edf + ron = fonder, fronde.
SUITE LOGIQUE : Raison, car on supprime la première syllabe des mots pour former un nouveau mot.

Samedi 26 Août

ÉNIGME : Un fromage.
JEU VISUEL : 39 points.
JEU DE LETTRES : Addendum.
MATHS : C. Énergie.

Dimanche 27 Août

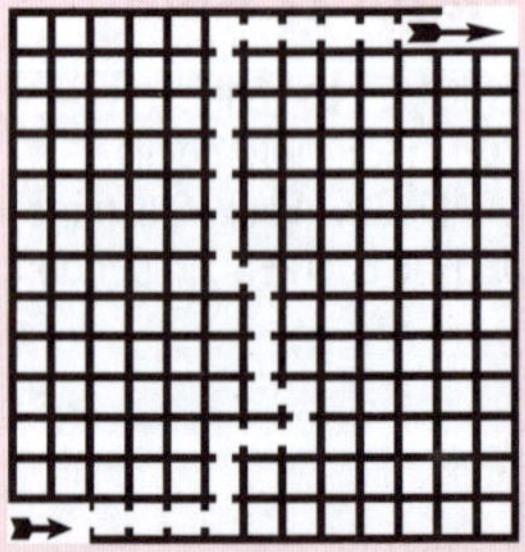

ÉNIGME : Une vache.
QUIZ : B. *Blade Runner* est tiré du roman *Les androïdes rêvent-ils de moutons électriques ?*, écrit par Philip K. Dick, à qui le film est dédié. Il imagine Los Angeles en 2019 et met en scène Rick Deckard, interprété par Harrison Ford.
JEU DE LETTRES : Bataille de Marignan.
JEU DE CHIFFRES : 100 – 6 = 94 ; 94 × 4 = 376 ; 376 + 1 = 377.

Lundi 28 Août

ÉNIGME : La lettre A.
JEU VISUEL : 20 triangles.
VRAI/FAUX : Faux. Un cheval peut aussi bien dormir debout que couché.
JEU DE LETTRES : Luxurieux.

F	D	A	I	H	E	G	B	C
G	I	E	B	C	F	D	A	H
H	C	B	D	A	G	I	F	E
I	E	D	G	B	A	C	H	F
B	F	C	H	E	D	A	I	G
A	H	G	C	F	I	B	E	D
D	G	F	E	I	B	H	C	A
C	A	I	F	G	H	E	D	B
E	B	H	A	D	C	F	G	I

Mardi 29 Août

ÉNIGME : Neuf.
JEU VISUEL : 17 pois.
QUIZ : B. La sprinteuse a été tuée accidentellement lors d'un braquage. L'autopsie a révélé qu'elle possédait les organes des deux sexes !
JEU DE LETTRES : Selles.
JEU DE CHIFFRES : 1 175.

Mercredi 30 Août

ÉNIGME : Il est prêtre.
VRAI/FAUX : Faux. La mousse pousse du côté le plus humide, donc, en France, cela correspond très souvent au côté nord, mais cela peut très bien varier.
JEU DE LETTRES : Quatorze et quinze.

8	9	5	1	7	3	6	4	2
3	6	2	9	4	5	7	1	8
7	4	1	6	2	8	3	9	5
4	7	8	2	1	6	5	3	9
6	2	9	3	5	4	8	7	1
5	1	3	8	9	7	4	2	6
2	5	4	7	8	1	9	6	3
1	3	7	5	6	9	2	8	4
9	8	6	4	3	2	1	5	7

Jeudi 31 Août

ÉNIGME : Ouragan.
JEU VISUEL : 15 points.
QUIZ : A. C'est *Fidelio*, composé de 1804 à 1805.
JEU DE LETTRES : « Les riches auront de la nourriture, les pauvres de l'appétit. »
JEU DE CHIFFRES : 25 + 8 = 33 ; 33 × 9 = 297 ; 297 – 6 = 291.

Vendredi 1er Septembre

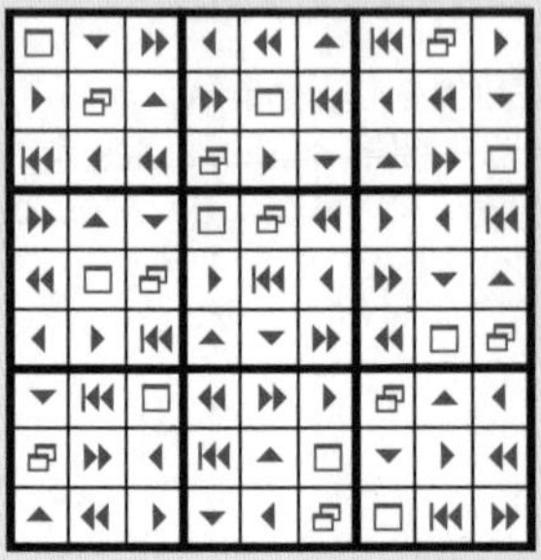

ÉNIGME : La langue.
JEU VISUEL : C'est la pièce n° 4.
JEU DE LETTRES : Face.

Samedi 2 Septembre

ÉNIGME : La moitié du liquide contenu dans la bouteille pèse 5 kg – 2,5 kg = 2,5 kg. Donc la bouteille vide pèse 3 kg – 2,5 kg = 0,5 kg.
JEU VISUEL : 98 pois.
QUIZ : A. C'est Louis Napoléon Bonaparte qui a été le premier président de la République française, du 20 décembre 1848 au 2 décembre 1852.
JEU DE LETTRES : Abc + jet = abject ; Abc + laz = Balzac ; Abc + nie = cabine ; Abc + sor = cobras.
SUITE LOGIQUE : 4, car le deuxième chiffre est le nombre de lettres que contient le premier chiffre.

Dimanche 3 Septembre

ÉNIGME : Il avale un des papiers et montre l'autre, marqué « condamné ». Les témoins penseront donc que celui qui a été avalé portait la mention « gracié ».
JEU VISUEL : 56 points.
VRAI/FAUX : Faux. L'adresse (fictive) de Tintin est 26, rue du Labrador. Mais tout indique qu'il s'agit bien de Bruxelles.
JEU DE LETTRES : Momentanément.
SUITE LOGIQUE : En haut et en bas, on décrémente d'un point, un domino sur deux ; et on incrémente d'un point, un domino sur deux aussi.

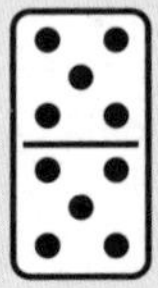

Lundi 4 Septembre

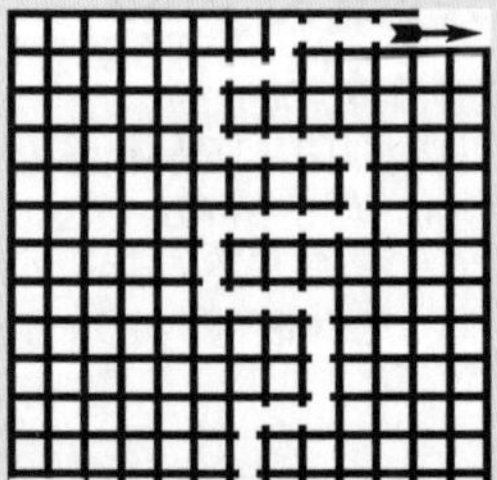

ÉNIGME : Les portes.
JEU DE LETTRES : « Tu auras de la peine à me reconnaître : j'ai laissé pousser mes paupières. »
JEU DE CHIFFRES : Il devra moudre 80 kg de farine : 72 kg représentent les 9/10 du poids total. Celui-ci sera donc égal au 10/9 de 72, soit 72 × 10/9 = 80 kg.

Mardi 5 Septembre

ÉNIGME : Il a 12 ans. Il y a 10 ans, il avait 2 ans et dans 10 ans, il aura 22 ans. Le total fait bien 44.
JEU VISUEL : Les boxeurs n° 4.
JEU DE LETTRES : « La démocratie, c'est la moitié des cons plus un. »

3	2	6	5	9	4	7	1	8
8	9	4	7	3	1	2	5	6
7	1	5	6	8	2	9	3	4
6	3	1	9	2	8	4	7	5
5	8	2	1	4	7	6	9	3
4	7	9	3	5	6	1	8	2
2	4	7	8	1	5	3	6	9
1	5	3	4	6	9	8	2	7
9	6	8	2	7	3	5	4	1

Mercredi 6 Septembre

ÉNIGME : En tournant dans le sens des aiguilles d'une montre, la table s'organise ainsi : Jean-Pierre, Martine, Alain, Magali, Daniel et Geneviève.
JEU VISUEL : 99 points.
QUIZ : C. Jacqueline Roque et Picasso se sont mariés le 2 mars 1961 à Vallauris. Elle avait 34 ans, lui 80.
JEU DE LETTRES : Sextoys.
JEU DE CHIFFRES : 4 990.

Jeudi 7 Septembre

ÉNIGME : Il était sur un pont et il avait déjà fait plus de la moitié du trajet : il était donc plus court de courir vers l'avant que de rebrousser chemin.
JEU VISUEL : 3 cercles et 40 triangles.
VRAI/FAUX : Vrai. Ils leur permettent de maintenir une température corporelle équilibrée.

		1	4	8						
		2	5	9	7	1	6			
		7	3	6	2	4	9	5	1	8
	6	9	1	■	5	3	8	2	7	4
	2	5	7	4	1	8	■	3	6	9
	4	3	8	2	6	7	1	9	5	
2	1	6	■	3	9	5	7	4	8	
7	5	4	9	1	8	■	2	6	3	
3	9	8	6	7	4	2	5	1		
			2	5	3	9	4	8		
						6	3	7		

Vendredi 8 Septembre

ÉNIGME : Un garnement.
QUIZ : A. Il s'agit d'une tentative d'assassinat de Charles de Gaulle, qui eut lieu le 8 septembre 1961 à Pont-sur-Seine, dans l'Aube. L'attentat ne fit ni mort ni blessé.
JEU DE LETTRES : « *Mens sana in corpore sano* » (un esprit sain dans un corps sain).
JEU DE CHIFFRES : 8 × 8 = 64 ; 64 + 25 = 89 ; 89 × 6 = 534 ; 534 – 1 = 533.

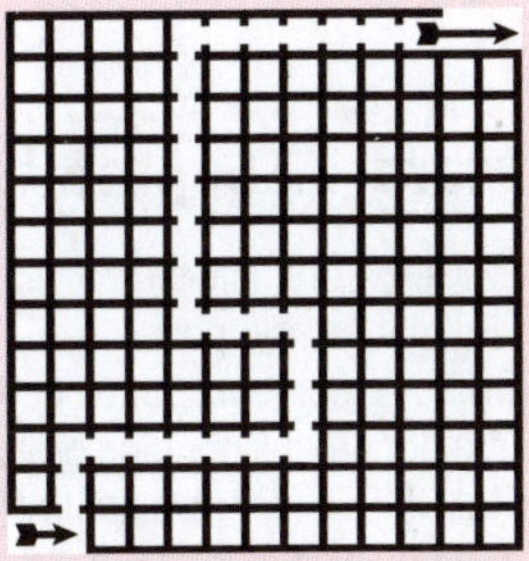

Samedi 9 Septembre

ÉNIGME : Il suffit juste de lire les lettres : « Hélène et Aimée, élevées à Hyères, étaient des bébés agités, énervés, décédés au pays grec, et nés à Sées. »
JEU VISUEL : Il est 7 h 11 à Manado, 12 h 11 à Paris et 8 h 11 à Pyongyang.
VRAI/FAUX : Faux. Toutes les parties de notre cerveau sont utilisées, mais pas en même temps !
JEU DE LETTRES : Addictologie.

3	6	8	5	9	4	7	1	2
4	2	1	7	8	6	5	9	3
7	9	5	3	2	1	4	6	8
5	1	4	8	6	7	3	2	9
6	7	2	9	3	5	1	8	4
8	3	9	4	1	2	6	5	7
2	8	7	6	5	3	9	4	1
9	4	6	1	7	8	2	3	5
1	5	3	2	4	9	8	7	6

Dimanche 10 Septembre

ÉNIGME : 70, car si N = nombre de livres en français, il suffit de poser l'équation :
$(N - 28) + (N - 63) + N = 119$.

JEU VISUEL : On progresse de 6 points, en alternant les couleurs une fois sur deux.
QUIZ : A. La ceinture de feu du Pacifique est un alignement de volcans qui borde l'océan Pacifique sur son pourtour, soit environ 40 000 km. Elle coïncide avec un ensemble de limites de plaques tectoniques et de failles.
JEU DE LETTRES : Chien + mot = cheminot ; Chien + tou = nitouche ; Chien + arr = charnier ; Chien + eme = cheminée.
JEU DE CHIFFRES : $3 + 3 + (3/3) = 7$; $(3 \times 3) - (3/3) = 8$; $(3 \times 3) + (3 - 3) = 9$; $(3 \times 3) + (3/3) = 10$.

Lundi 11 Septembre

ÉNIGME : Un aquarium.
JEU VISUEL : 121 points.
VRAI/FAUX : Vrai. Un nouvel hymne est composé à chaque édition des Jeux. En 1984, John Williams a été choisi pour représenter l'Amérique.

F	E	A	H	D	B	I	G	C
G	C	B	A	F	I	H	D	E
I	D	H	C	E	G	B	A	F
H	G	F	D	B	C	E	I	A
A	B	D	G	I	E	F	C	H
C	I	E	F	A	H	D	B	G
D	A	C	I	H	F	G	E	B
E	H	G	B	C	D	A	F	I
B	F	I	E	G	A	C	H	D

Mardi 12 Septembre

ÉNIGME : Une interview.
JEU VISUEL : 56 pois.
QUIZ : A. Car leurs pattes ne touchent qu'un fil à la fois ! Le courant doit circuler d'un endroit à un autre pour être dangereux pour le corps, qui forme alors un passage.
JEU DE LETTRES : L'adjectif « cochère » ne s'emploie que dans la locution « porte cochère ».
JEU DE CHIFFRES : $4 \times 4 = 16$; $16 + 1 = 17$; $17 \times 9 = 153$.

Mercredi 13 Septembre

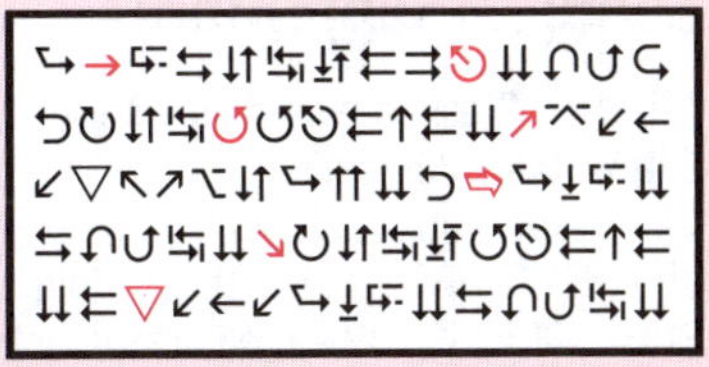

ÉNIGME : On vide les allumettes et l'on conserve la boîte, que l'on punaise au mur pour créer un réceptacle où l'on pose la bougie.
VRAI/FAUX : Faux. Il dure d'environ 3 h 30.
JEU DE LETTRES : Abscons.
JEU DE CHIFFRES : 678.

Jeudi 14 Septembre

ÉNIGME : Un clou.
JEU VISUEL : 4 cercles et 5 carrés.
JEU DE LETTRES : *Promenons-nous dans les bois.*
JEU DE CHIFFRES : 7 × 4 = 28 ; 28 + 9 = 37 ; 37 × 25 = 925 ; 925 – 6 = 919.

Vendredi 15 Septembre

ÉNIGME : Fukushima.
JEU VISUEL : 35 points.
QUIZ : B. L'épée flamboyante possède une lame sinusoïdale. Ce symbole, utilisé en franc-maçonnerie, est mentionné dans le livre de la Genèse.

4	5	1	9	6	2	3	8	7
9	3	7	8	5	4	6	1	2
8	2	6	7	1	3	5	9	4
5	7	9	6	4	8	1	2	3
2	8	3	1	7	5	9	4	6
1	6	4	3	2	9	8	7	5
6	1	2	5	8	7	4	3	9
7	9	5	4	3	1	2	6	8
3	4	8	2	9	6	7	5	1

Samedi 16 Septembre

ÉNIGME : Un couloir.
JEU DE LETTRES : Rire + pun = prunier ; Rire + zabt = arbitrez ; Rire + passa = aspireras ; Rire + lee = réélire
JEU DE CHIFFRES : 55 152.

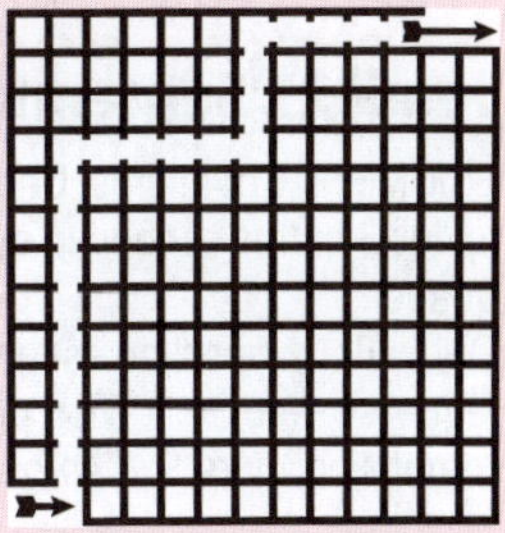

Dimanche 17 Septembre

ÉNIGME : 111 chandelles, car 1000/10 = 100 ; 100/10 = 10 ; 10/10 = 1. On pourra donc faire 100 + 10 + 1 = 111.
SUITE LOGIQUE : 5 cercles.
QUIZ : C. Ce film est l'un des plus grands classiques du cinéma américain, nommé parmi les meilleurs films de tous les temps. Mais il est muet !
JEU DE LETTRES : (Que nous) assassinassions.

Lundi 18 Septembre

ÉNIGME : C'est un palindrome : elle se lit dans les deux sens.
JEU VISUEL : 20 points.
VRAI/FAUX : Faux. La femme a autant de poils que l'homme, ils sont simplement plus fins.
JEU DE LETTRES : Idiot + jsn = disjoint ; Idiot + rune = érudition ; Idiot + jran = joindrait ; Idiot + sel = solidité.
SUITE LOGIQUE : 8 192, car il faut multiplier 2 par 4, puis 4 par 8, etc.

Mardi 19 Septembre

ÉNIGME : La page.
JEU VISUEL : Il est 9 h 38 à Honolulu, 12 h 38 à Islamabad et 4 h 38 à Hiroshima.
QUIZ : A. Dans ses écrits, Papus, alias Gérard Encausse, le cofondateur de l'ordre martiniste, explore de multiples facettes de l'ésotérisme et de l'hermétisme en général, tels le symbolisme, l'alchimie, la Kabbale, le tarot, ou les différents aspects de la philosophie occulte.
JEU DE LETTRES : B. Fallu.
MATHS : B. 180°.

Mercredi 20 Septembre

ÉNIGME : Avant qu'elle ne soit découverte, elle était déjà la plus grande île du monde !
JEU VISUEL : On va de 9 en 9 en changeant de couleur.
VRAI/FAUX : Faux. En botanique, il est considéré comme une herbe géante.
JEU DE LETTRES : *Le Bon, la Brute et le Truand.*
JEU DE CHIFFRES : 5 465.

Jeudi 21 Septembre

4	8	6	2	3	5	7	1	9
2	3	7	9	6	1	8	4	5
9	1	5	7	4	8	2	6	3
6	2	8	5	7	9	1	3	4
5	4	1	8	2	3	9	7	6
7	9	3	6	1	4	5	2	8
1	5	4	3	8	7	6	9	2
8	7	2	4	9	6	3	5	1
3	6	9	1	5	2	4	8	7

ÉNIGME : Il y a 4 tigres. Chaque tigre a devant lui les 3 autres et chacun est assis sur sa propre queue.
QUIZ : B. Le Kelsaltan est un pays imaginaire dans lequel se déroule l'action du *Bérurier au sérail*, épisode de la série de romans policiers *San Antonio*. La capitale est Kelsalmecque.

Vendredi 22 Septembre

ÉNIGME : Une gamme.
JEU VISUEL : 48 points.
VRAI/FAUX : Vrai. Il s'agit de la guerre de la Vache, qui a éclaté au XIIIe siècle en Belgique.
JEU DE LETTRES : Ordure + cac = accordeur ; Ordure + leez = déroulerez ; Ordure + zeg = droguerez ; Ordure + pie = poudrière.
JEU DE CHIFFRES : 25 × 10 = 250 ; 10 + 7 = 17 ; 250 + 17 = 267 ; 267 × 3 = 801 ; 801 – 2 = 799.

Samedi 23 Septembre

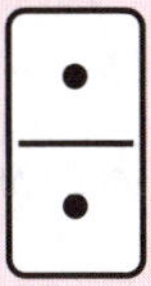

ÉNIGME : Un lapin.
JEU VISUEL : 30 pois.
JEU DE LETTRES : Hydrofugez.
SUITE LOGIQUE : On incrémente d'1 point, mais un domino sur deux seulement.

Dimanche 24 Septembre

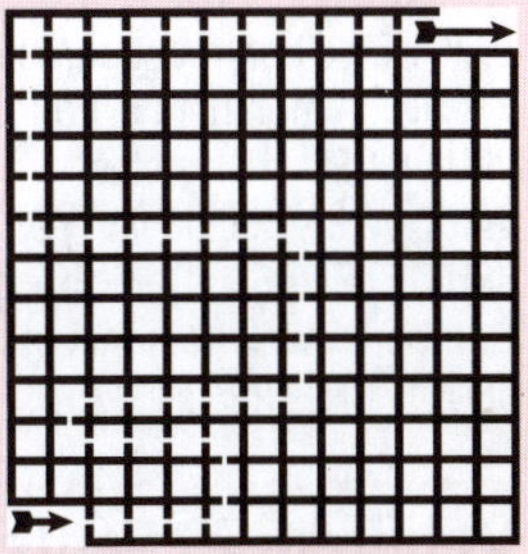

ÉNIGME : Il y a 8 paons et 7 sangliers. Il faut raisonner à rebours : si j'ai 44 = 4 (pattes) × 11 (sangliers), j'ai 11 × 2 = 22 yeux : ce n'est pas assez. Il faut alors ajouter au moins 8 yeux = 2 × 4 paons. Mais j'ai alors 8 pattes en trop… Et ainsi de suite, jusqu'à aboutir à la bonne combinaison !
QUIZ : B. La formulation de cette profession de foi est « Le plus important n'est pas de gagner mais de participer, car l'important dans la vie ce n'est point le triomphe mais le combat ; l'essentiel, ce n'est pas d'avoir vaincu mais de s'être bien battu. »
JEU DE LETTRES : *Et si c'était vrai…*
JEU DE CHIFFRES : B. 8.

Lundi 25 Septembre

I	G	C	B	E	D	F	A	H
E	B	A	H	F	G	D	I	C
D	H	F	C	I	A	E	B	G
C	I	H	G	D	F	B	E	A
A	F	G	E	H	B	I	C	D
B	D	E	A	C	I	G	H	F
G	A	D	I	B	H	C	F	E
H	C	B	F	G	E	A	D	I
F	E	I	D	A	C	H	G	B

ÉNIGME : La roulette.
JEU VISUEL : 41 carrés.
FRAI/FAUX : Faux. Elle existe bien, mais il s'agit d'un satellite naturel de Saturne, découvert en 1980.

Mardi 26 Septembre

ÉNIGME : Une chaloupe.
QUIZ : C. C'est un ténor qui chante dans l'aigu. Le haute-contre évolue entre la tessiture du ténor et de l'alto, et peut passer en voix de tête dans l'aigu ou en voix de poitrine dans le grave.
JEU DE LETTRES : Cheval + mai = Machiavel ; Cheval + rabi = chavirable ; Cheval + ana = avalanche ; Cheval + sui = véhiculas.
SUITE LOGIQUE : 11, car la progression est de +2, -3 et ainsi de suite.

Mercredi 27 Septembre

ÉNIGME : 5 4 5 + 5 = 550. Le + devient 4.
JEU VISUEL : 66 points.
VRAI/FAUX : Vrai. C'est de cette particularité que serait née la légende de saint Patrick, le patron de l'Irlande. Il aurait chassé tous les serpents de l'île en les précipitant du sommet de la montagne de Croagh Patrick.
JEU DE LETTRES : Pourquoi s'en prendre à la flèche, quand le tireur est présent ?
JEU DE CHIFFRES : 3 + 6 = 9 ; 75 × 9 = 675 ; 675 + 19 = 694.

Jeudi 28 Septembre

ÉNIGME : L'homme regarde son fils. En effet, « le père de l'homme », c'est lui, et il est bien « le fils de mon père ». Pour s'en convaincre, remplacez « l'homme représenté ici » par « mon fils ».
JEU VISUEL : 17 cercles.
QUIZ : A. Il s'agit du film *Les 39 Marches* (1935).
JEU DE LETTRES : Demon + cut = document ; Demon + lia = limonade, mondiale ; Demon + cie = comédien ; Demon + mis = immondes.
JEU DE CHIFFRES : 9 876.

Vendredi 29 Septembre

ÉNIGME : La conjugaison.
JEU VISUEL : 36 pois.
VRAI/FAUX : Faux. C'est une légende populaire due à la rétractation de la peau qui se déshydrate après la mort, faisant paraître les cheveux, poils et ongles plus longs. En réalité, dès que le cœur cesse de battre, ces cellules ne sont plus irriguées et meurent aussi.

1	8	3	6	2	9	7	5	4
9	4	6	5	1	7	2	8	3
7	5	2	3	4	8	6	9	1
6	3	7	2	5	4	9	1	8
4	9	5	8	7	1	3	2	6
8	2	1	9	3	6	5	4	7
5	7	8	4	6	2	1	3	9
3	6	4	1	9	5	8	7	2
2	1	9	7	8	3	4	6	5

Samedi 30 Septembre

ÉNIGME : Un pissenlit.
JEU VISUEL : 10 points.
QUIZ : B. Une personne qui aime les chats.
JEU DE LETTRES : *Hypercondriaque.*
JEU DE CHIFFRES : 15 – 11 = 4 ; 12 + 13 = 25 ; 25 × 4 = 100 ; 100 × 10 = 1 000.

Dimanche 1er Octobre

ÉNIGME : Sa mère.
JEU VISUEL : Le joueur n° 7.
VRAI/FAUX : Vrai. Cette révolution a démarré par un coup d'État mené par Lénine et les bolcheviks, le 25 octobre 1917… dans le calendrier julien en usage à l'époque en Russie. Dans notre calendrier grégorien, cela correspond au 7 novembre !

↕	↓	↯	↵	→	↔	←	↑	↳
→	↵	↑	↕	↳	←	↔	↯	↓
↔	←	↳	↑	↯	↓	↵	→	↕
↳	↕	↵	←	↓	↑	↯	↔	→
↓	↔	→	↯	↕	↵	↑	↳	←
↑	↯	←	↳	↔	→	↓	↕	↵
↯	↳	↔	↓	↵	↕	→	←	↑
↵	↑	↕	→	←	↯	↳	↓	↔
←	→	↓	↔	↑	↳	↕	↵	↯

Lundi 2 Octobre

ÉNIGME : Alison.
JEU VISUEL : 35 pois.
JEU DE LETTRES : « Épinière » ne s'emploie que dans la locution « moelle épinière ». Sa forme masculine n'existe pas.
JEU DE CHIFFRES : 1 124.

Mardi 3 Octobre

ÉNIGME : La capacité totale est de 600 litres. Remplie, elle contient donc 400 litres de plus que le tiers de sa capacité (200 litres).
JEU VISUEL : 36 points.
QUIZ : A. C'est le même librettiste, Lorenzo Da Ponte, qui a écrit les livrets des trois opéras.
JEU DE LETTRES : Hypothéquer.

5	7	4	2	6	9	3	8	1
2	1	3	5	8	7	9	4	6
6	9	8	4	3	1	5	2	7
8	4	6	1	9	3	7	5	2
7	2	1	8	4	5	6	3	9
3	5	9	6	7	2	8	1	4
9	8	7	3	1	4	2	6	5
4	6	2	7	5	8	1	9	3
1	3	5	9	2	6	4	7	8

Mercredi 4 Octobre

ÉNIGME : Un téléphone.
JEU VISUEL : 15 carrés et 12 triangles.
VRAI/FAUX : Vrai. C'est dû à la microgravité. Les yeux s'humidifient, mais aucune larme ne se forme.
JEU DE LETTRES : « Plus je connais les femmes, plus j'aime ma main. »
JEU DE CHIFFRES : 6 × 10 = 60 ; 60 + 1 = 61 ; 61 × 8 = 488 ; 488 + 25 = 513.

Jeudi 5 Octobre

ÉNIGME : Elle a parcouru deux fois la circonférence d'un rondin, soit 2 m.
QUIZ : B. Elle chicote.
JEU DE LETTRES : « La musique est une révélation plus haute que toute sagesse et toute philosophie. »
MATHS : B. 4x = 12, donc x = 3.

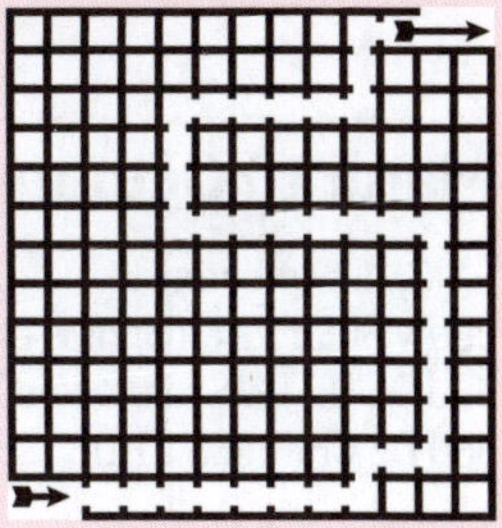

Vendredi 6 Octobre

ÉNIGME : Le flocon.
JEU VISUEL : On va de 4 en 4 sans changer de couleur.
VRAI/FAUX : Faux. C'est le bousier qui, lui, est capable de pousser plus de 1 140 fois son poids.
JEU DE LETTRES : Poire + cru = croupier ; Poire + cus = copieurs ; Poire + cms = comprise ; Poire + gin = peignoir.
SUITE LOGIQUE : I, car le chiffre central de chaque combinaison indique la position de la lettre dans l'alphabet.

Samedi 7 Octobre

ÉNIGME : 21, car 6 + 5 + 4 + 3 + 2 + 1 = 21 poignées de main.
JEU VISUEL : Il est 9 h 11 à Rio, 2 h 11 à Honolulu et 10 h 11 à Sydney.
QUIZ : B. Cette réplique se trouve à la fin de *Blade Runner*. Ce sont les derniers mots que le « réplicant » prononce, avant de mourir.

E	F	C	B	A	I	H	G	D
B	H	D	C	F	G	E	I	A
G	A	I	H	E	D	C	F	B
F	G	E	D	I	A	B	H	C
I	B	H	G	C	E	A	D	F
D	C	A	F	H	B	I	E	G
C	E	F	A	G	H	D	B	I
H	D	G	I	B	C	F	A	E
A	I	B	E	D	F	G	C	H

Dimanche 8 Octobre

ÉNIGME : Un toboggan.
JEU VISUEL : 37 points.
VRAI/FAUX : Faux. Ces roulements proviennent de l'ouverture du poème symphonique *Ainsi parlait Zarathoustra* de Richard Strauss.
JEU DE LETTRES : *La Belle au bois dormant.*
JEU DE CHIFFRES : 9 × 6 = 54 ; 8 × 5 = 40 ; 54 + 40 = 94 ; 94 × 10 = 940 ; 940 – 7 = 933.

Lundi 9 Octobre

ÉNIGME : Une banane.
QUIZ : B. Il s'agit de cet ordre : basse, baryton, ténor.
JEU DE LETTRES : Simple.
SUITE LOGIQUE : Le total des points passe de 9 à 4, avec 1 ou 2 en bas uniquement.

Mardi 10 Octobre

ÉNIGME : La barbe.
JEU VISUEL : 24 triangles et 7 rectangles.
JEU DE LETTRES : Barcelone.
JEU DE CHIFFRES : 1 083.

Mercredi 11 Octobre

ÉNIGME : Toutankhamon.
JEU VISUEL : 54 points.
QUIZ : B. Des appareils d'affutage.
JEU DE LETTRES : Pickpocket.

7	6	5	8	1	3	4	9	2
1	3	9	7	4	2	5	8	6
4	8	2	9	5	6	7	3	1
2	5	4	3	8	1	6	7	9
9	7	8	6	2	4	3	1	5
3	1	6	5	7	9	8	2	4
5	9	3	2	6	7	1	4	8
6	4	7	1	9	8	2	5	3
8	2	1	4	3	5	9	6	7

Jeudi 12 Octobre

ÉNIGME : Waterloo.
JEU VISUEL : 45 pois.
VRAI/FAUX : Faux. Il s'agit de George Bruns, qui a beaucoup travaillé pour les studios Disney.
JEU DE LETTRES : Présent + cot = contrepets ; Présent + sid = dispersent ; Présent + odo = déposeront, dépoterons ; Présent + asau = apesanteurs, apeurassent.
JEU DE CHIFFRES : 50 + 3 = 53 ; 10 + 6 = 16 ; 53 × 16 = 848.

Vendredi 13 Octobre

ÉNIGME : Il faut prendre 3 chaussettes.
JEU DE LETTRES : J'acquiesçai, tu acquiesças, il acquiesça, nous acquiesçâmes, vous acquiesçâtes, ils acquiescèrent. Notez l'apparition du Ç pour le passé simple !
JEU DE CHIFFRES : C. 1 000 litres.

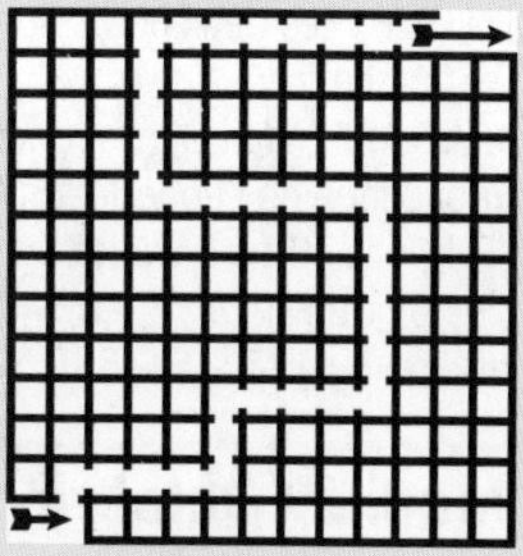

Samedi 14 Octobre

ÉNIGME : Une table de billard.
JEU VISUEL : 34 points.
QUIZ : C. L'ariary est la monnaie de Madagascar.
JEU DE LETTRES : Kim Jong-un.
JEU DE CHIFFRES : 45.

Dimanche 15 Octobre

ÉNIGME : Un ananas.
JEU VISUEL : 18 carrés et 30 rectangles.
JEU DE LETTRES : Il ne me paraît pas assez intelligent pour être fou.
JEU DE CHIFFRES : 11 × 25 = 275 ; 8 – 3 = 5 ; 5 × 13 = 65 ; 275 + 65 = 340.

Lundi 16 Octobre

ÉNIGME : Aurélie.
JEU VISUEL : 17 rectangles.
JEU DE LETTRES : Futur + aef = affûteur ; Futur + sui = usufruit ; Futur + lang= fulgurant ; Futur + salec = fluctueras.
SUITE LOGIQUE : 5, car le total de chaque paire doit être égal à 10 (8 + 2, 6 + 4, etc.).

SOLUTIONS

Mardi 17 Octobre

ÉNIGME : Pour tenir leur pantalon !
JEU VISUEL : 45 pois.
QUIZ : C. L'archevêque anglican sud-africain Desmond Mpilo Tutu a reçu le prix Nobel de la paix en 1984 pour sa lutte contre l'apartheid.
JEU DE LETTRES : Showbiz.
JEU DE CHIFFRES : -23 156.

Mercredi 18 Octobre

ÉNIGME : Les deux bouts dans une main, on fait un nœud avec l'autre main.
VRAI/FAUX : Vrai. C'est François Mitterrand, président de la République de l'époque, qui a proclamé l'ouverture des Jeux.
JEU DE LETTRES : Avouai.
JEU DE CHIFFRES : 7 + 3 = 10 ; 10 + 1 = 11 ; 100 + 11 = 111 ; 9 – 4 = 5 ; 111 × 5 = 555.

Jeudi 19 Octobre

ÉNIGME : Un rhinocéros.
JEU VISUEL : 23 points.

B	C	F	E	G	D	A	I	H
D	G	A	H	I	B	F	C	E
H	I	E	A	C	F	G	B	D
E	D	B	G	F	H	C	A	I
C	H	I	B	A	E	D	G	F
A	F	G	I	D	C	H	E	B
F	E	D	C	B	G	I	H	A
I	B	C	F	H	A	E	D	G
G	A	H	D	E	I	B	F	C

Vendredi 20 Octobre

ÉNIGME : Une sirène (six rennes).
JEU VISUEL : Il est 1 h 33 à Wellington, 8 h 33 à Hangzou et 3 h 33 à Anchorage.
QUIZ : A. Leur hauteur atteint au maximum 108 m, pour une largeur de 1 700 m !
JEU DE LETTRES : Vercingétorix.

Samedi 21 Octobre

ÉNIGME : 4 colliers de 17 perles et 7 colliers de 13 perles.
JEU DE LETTRES : Subrepticement.
SUITE LOGIQUE : Le total des points représente la suite des 6 premiers nombres premiers : 17, 13, 11, 7, 5, 3.

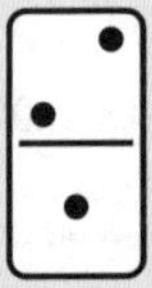

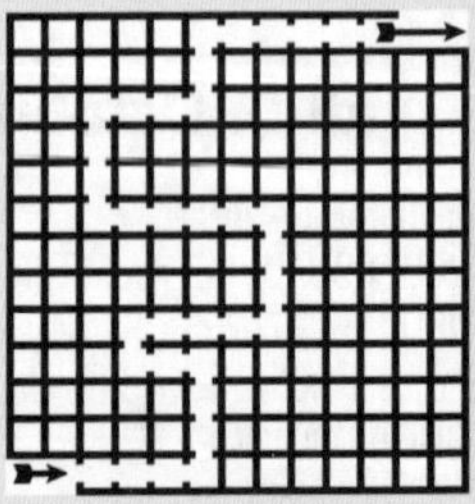

Dimanche 22 Octobre

ÉNIGME : Un carrefour.
JEU VISUEL : 16 carrés et 18 rectangles.
QUIZ : A. La Guinée équatoriale est le seul pays d'Afrique qui a l'espagnol comme langue officielle. Le français est la seconde langue officielle du pays et la présidence utilise aussi bien le français que l'espagnol.
JEU DE LETTRES : Hypocondriaque.
SUITE LOGIQUE : 5, car il suffit de compter le nombre de traits.

Lundi 23 Octobre

ÉNIGME : Une hirondelle.
JEU VISUEL : 72 points.
VRAI/FAUX : Faux. La langue n'est pas un muscle, mais un organe composé de 17 muscles.
JEU DE LETTRES : Un œil (des yeux).

5	6	7	8	2	4	9	1	3
3	2	8	9	1	6	4	5	7
4	1	9	5	7	3	2	6	8
9	5	1	4	6	7	3	8	2
7	3	6	2	8	9	5	4	1
8	4	2	1	3	5	7	9	6
1	8	4	3	9	2	6	7	5
2	7	5	6	4	1	8	3	9
6	9	3	7	5	8	1	2	4

Mardi 24 Octobre

ÉNIGME : L'homme.
QUIZ : A. John Williams a remporté plus de 70 récompenses pour la meilleure musique de film, dont 5 oscars.
JEU DE LETTRES : Pour l'amour d'une rose, le jardinier est le serviteur de mille épines.
JEU DE CHIFFRES : 1 + 1 = 2 ; 5 + 2 = 7 ; 3 × 2 = 6 ; 6 × 7 = 42 ; 42 × 4 = 168.

Mercredi 25 Octobre

ÉNIGME : Pourquoi enterrerait-on un homme qui vit encore ?
JEU VISUEL : Il est 7 h 11 à Fort-de-France, 12 h 11 à Anchorage et 8 h 11 à Vientiane.
VRAI/FAUX : Vrai. 10/10 est une norme et non un maximum. On peut donc la dépasser.
JEU DE LETTRES : Je chus, tu chus, il chut, nous chûmes, vous chûtes, ils churent.
JEU DE CHIFFRES : C. 1 000 kg.

Jeudi 26 Octobre

ÉNIGME : Le frère de son épouse.
JEU VISUEL : 23 points.
QUIZ : B. C'est l'empereur Théodose qui a interdit les Jeux en 394 après J.-C., accusés de diffuser le paganisme.
JEU DE LETTRES : Peter + cac = accepter ; Peter + sid = dépister ; Peter + mex = exempter ; Peter + mine = empreinte.
JEU DE CHIFFRES : 130.

Vendredi 27 Octobre

ÉNIGME : Clément.
JEU VISUEL : 40 pois.
VRAI/FAUX : Faux. Il contient, certes, une molécule proche de l'amphétamine, mais en trop basse quantité. Ces bienfaits ne tiennent donc qu'à son sucre, à son goût, etc.

6	5	7	8	2	1	9	4	3
3	2	9	4	6	5	1	8	7
8	1	4	7	9	3	5	6	2
9	7	1	2	3	4	8	5	6
5	4	8	1	7	6	3	2	9
2	6	3	9	5	8	4	7	1
4	3	6	5	1	2	7	9	8
1	9	5	6	8	7	2	3	4
7	8	2	3	4	9	6	1	5

Samedi 28 Octobre

ÉNIGME : De la porcelaine.
JEU VISUEL : On explore toutes les couleurs de la même figure, puis on change de figure.
JEU DE LETTRES : *Le Secret de la Licorne.*
JEU DE CHIFFRES : 6 × 8 = 48 ; 48 – 7 = 41 ; 41 × 10 = 410 ; 410 – 9 = 401.

Dimanche 29 Octobre

ÉNIGME : 16 morceaux. Coupez trois fois verticalement avec des coupes parallèles, puis coupez trois fois à l'horizontale et vous obtenez ainsi 16 parts.
QUIZ : A. Atuona.
JEU DE LETTRES : Aucune lettre ne se prononce telle quelle.
SUITE LOGIQUE : 43, car le cumul des deux chiffres de chaque nombre est croissant.

Lundi 30 Octobre

ÉNIGME : Les oreilles.
JEU VISUEL : 14 cercles, 16 carrés et 18 rectangles.
VRAI/FAUX : Vrai. Leur bébé tombe donc d'1,5 à 2 m de haut à la naissance. Mais rassurez-vous, cette chute est rarement mortelle.
JEU DE LETTRES : Pschitt.
JEU DE CHIFFRES : 7 + 3 = 10 ; 10 × 4 = 40 ; 40 – 1 = 39 ; 39 × 8 = 312.

Mardi 31 Octobre

5	2	6	8	9	7	1	3	4
1	7	3	2	4	5	8	6	9
4	9	8	1	3	6	5	2	7
3	6	5	9	7	8	4	1	2
9	8	1	4	5	2	6	7	3
7	4	2	6	1	3	9	8	5
2	5	9	7	6	1	3	4	8
8	1	4	3	2	9	7	5	6
6	3	7	5	8	4	2	9	1

ÉNIGME : Si on écrit mathématiquement l'équation, on a : $x = \frac{3}{4}x + 1$, soit $x = 4$. Donc le lingot pèse 4 kg.
JEU VISUEL : 90 points.
QUIZ : A. Le kip est la monnaie nationale de la République populaire et démocratique du Laos (RPDL).

Mercredi 1er Novembre

ÉNIGME : Picasso.
JEU VISUEL : C'est une des pièces avec les 4 bouts qui dépassent (1, 3 ou 4).
VRAI/FAUX : Vrai. Ce sont les pépins qui en contiennent, mais à très faible dose.
JEU DE LETTRES : « N'écoutant que son courage qui ne lui disait rien, il se garda d'intervenir. »
JEU DE CHIFFRES : 120.

Jeudi 2 Novembre

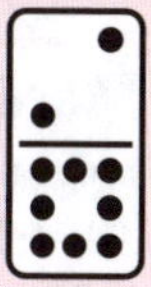

ÉNIGME : Le verre cassé ne peut plus rebondir. Il éclate bien au dernier rebond.
JEU VISUEL : C'est le joueur n° 3.
JEU DE LETTRES : Psychopathe.
SUITE LOGIQUE : On incrémente la rangée du bas, qui passe de 3 à 8, avec 1 et 2 alternativement en haut.

Vendredi 3 Novembre

ÉNIGME : Un écolier.
JEU VISUEL : 33 points.
QUIZ : A. Le surf n'a pas été pratiqué aux Jeux. Il y a eu des épreuves de golf en 1900 et 1904.
JEU DE LETTRES : Boum + tea = tombeau ; Boum + rat = tambour ; Boum + rite = bimoteur ; Boum + srlp = surplomb.
JEU DE CHIFFRES : $9 \times 6 = 54$; $7 + 3 = 10$; $54 \times 10 = 540$; $540 - 1 = 539$.

Samedi 4 Novembre

6	9	3	4	5	2	1	8	7
5	1	7	8	9	6	4	3	2
8	4	2	1	7	3	9	5	6
7	6	1	3	8	5	2	9	4
9	8	4	2	6	1	3	7	5
3	2	5	9	4	7	6	1	8
1	3	8	5	2	4	7	6	9
4	7	9	6	1	8	5	2	3
2	5	6	7	3	9	8	4	1

ÉNIGME : On peut écrire les équations suivantes : x = nombre de scarabées, y = nombre d'araignées. Les scarabées ont 6 pattes et les araignées en ont 8.
$x + y = 8 \Leftrightarrow y = 8 - x$
$6x + 8y = 54 \Leftrightarrow 6x + 8(8 - x) = 54 \Leftrightarrow 6x + 64 - 8x = 54 \Leftrightarrow -2x = 54 - 64 \Leftrightarrow$
$x = -10/-2 = 5$
$y = 8 - 5 = 3$
On trouve alors 5 scarabées et 3 araignées.
JEU VISUEL : 20 pois.
VRAI/FAUX : Vrai. De nombreuses études l'ont prouvé : le cerveau des enfants est bien adapté à cet apprentissage

Dimanche 5 Novembre

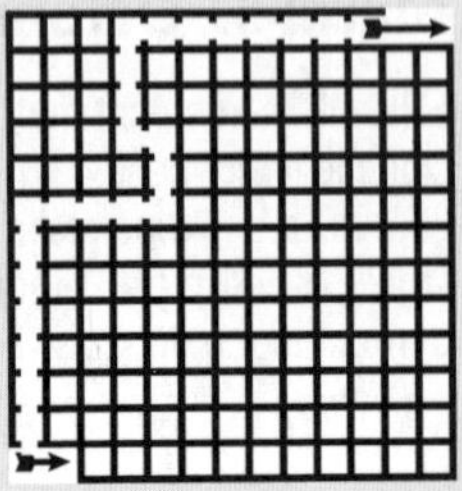

ÉNIGME : L'adresse.
QUIZ : B. Le Liberia a été fondé en 1822 par une société américaine de colonisation pour y installer des esclaves noirs libérés.
JEU DE LETTRES : Hippocampe.
JEU DE CHIFFRES : 10 114.

Lundi 6 Novembre

ÉNIGME : Les coqs ne pondent pas d'œufs !
JEU VISUEL : 10 polygones (les carrés et les triangles sont aussi des polygones).
VRAI/FAUX : Faux. C'est le kakadu, une prune australienne. D'autres fruits et légumes plus connus en France en contiennent également plus que l'orange, comme le poivron ou le kiwi.
JEU DE LETTRES : « Un homme n'est jamais si grand que lorsqu'il est à genoux pour aider un enfant. »
JEU DE CHIFFRES : A. 1, car on doit faire $12/3 = 4$; $4/4 = 1$; $1^2 = 1$.

Mardi 7 Novembre

ÉNIGME : Un magnétophone.
JEU VISUEL : 95 points.
QUIZ : B. Le site archéologique de Tsodilo se trouve au Botswana. Inscrit en 2001 sur la liste du patrimoine mondial, il contient plus de 4 500 peintures sur roche dans le désert du Kalahari.
JEU DE LETTRES : The Rolling Stones.
JEU DE CHIFFRES : $7 + 3 = 10$; $10 \times 9 = 90$; $90 - 1 = 89$; $89 \times 6 = 534$.

Mercredi 8 Novembre

ÉNIGME : Il suffit de se servir du glaçon comme d'une loupe, pour concentrer les rayons du soleil et enflammer des brindilles, par exemple.
JEU VISUEL : Il est 6 h 07 à Hô Chi Minh, 6 h 07 à New York et 8 h 07 à Santiago du Chili.
VRAI/FAUX : Faux. La régénération des cellules de la peau se fait plus facilement en milieu humide. Les pansements aident donc à conserver l'humidité nécessaire.
JEU DE LETTRES : Constitutionnalisassions (du verbe « constitutionnaliser »).
JEU DE CHIFFRES : B. 3 h 20 : 1 h = 3 600 sec.

Jeudi 9 Novembre

ÉNIGME : La raison.
JEU VISUEL : On descend d'un point, mais en intercalant l'as de carreau à chaque fois.
QUIZ : B. Il s'agit de la comtesse de Ségur.
JEU DE LETTRES : Aiguillage.
JEU DE CHIFFRES : 902.

Vendredi 10 Novembre

ÉNIGME : Le chocolat.
JEU VISUEL : 33 points.
VRAI/FAUX : Vrai. La caséine, que l'on trouve dans les produits laitiers, permet de supprimer la sensation de brûlure.
JEU DE LETTRES : Je vainquis, tu vainquis, il vainquit, nous vainquîmes, vous vainquîtes, ils vainquirent.
JEU DE CHIFFRES : 7 + 3 = 10 ; 10 + 100 = 110 ; 7 + 1 = 8 ; 8 × 110 = 880.

Samedi 11 Novembre

ÉNIGME : Quand on prononce le mot ou la phrase, ce sont les lèvres qui touchent ou qui ne touchent pas en fonction des sons (les lèvres se touchent pour prononcer « touche pas », etc.).
JEU DE LETTRES : Vomi + ete = motivée ; Vomi + etc = vicomte ; Vomi + roue = émouvoir ; Vomi + bale = amovible.
JEU DE CHIFFRES : 9 936.

Dimanche 12 Novembre

ÉNIGME : OQP (occupé).
JEU VISUEL : 20 points.
QUIZ : A. Bruce Willis.

9	2	6	8	3	5	4	7	1
8	1	7	6	4	9	5	2	3
4	3	5	1	7	2	9	6	8
6	8	9	2	5	1	3	4	7
7	5	1	4	6	3	2	8	9
2	4	3	7	9	8	6	1	5
3	6	4	9	1	7	8	5	2
5	7	8	3	2	4	1	9	6
1	9	2	5	8	6	7	3	4

Lundi 13 Novembre

ÉNIGME : Un hippopotame.
JEU VISUEL : 51 pois.
VRAI/FAUX : Faux. La coquille de l'œuf n'est pas hermétique. L'œuf peut donc prendre l'odeur des autres aliments de votre frigo, comme le fromage, les oignons, etc.
JEU DE LETTRES : *Les Enfants du paradis*.
JEU DE CHIFFRES : 7 + 1 = 8 ; 100 + 13 = 113 ; 113 × 8 = 904 ; 904 – 2 = 902.

Mardi 14 Novembre

ÉNIGME : Jeudi, car pour remplir les critères, il faut soit trouver un jour où l'animal dit la vérité et la veille dit un mensonge, soit trouver un jour où l'animal dit un mensonge et la veille dit la vérité. Pour le lion, les deux possibilités sont le lundi et le jeudi. Pour la licorne, les deux possibilités sont le jeudi et le dimanche.
QUIZ : B. En 1792.

A	B	H	I	G	F	C	D	E
D	E	I	B	A	C	F	H	G
C	G	F	H	E	D	A	I	B
B	D	A	F	C	I	G	E	H
G	H	E	D	B	A	I	C	F
F	I	C	E	H	G	B	A	D
I	A	B	G	D	H	E	F	C
E	C	D	A	F	B	H	G	I
H	F	G	C	I	E	D	B	A

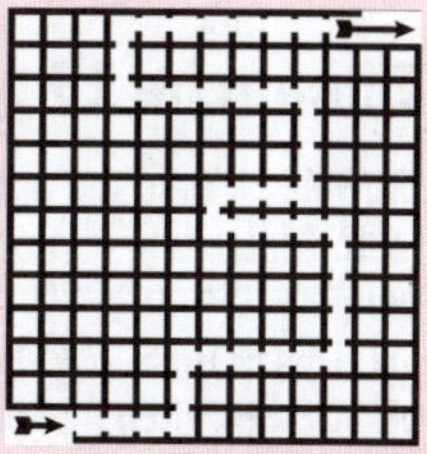

SOLUTIONS

Mercredi 15 Novembre

ÉNIGME : L'agenda.
JEU VISUEL : Il est 12 h 23 à Auckland, 6 h 23 à Phnom Penh et 8 h 23 à Kyoto.
VRAI/FAUX : Vrai. Une loi américaine interdit d'associer la nourriture à une autre substance non comestible, car les autorités ont peur que les enfants s'étouffent avec le jouet.
JEU DE LETTRES : Larve.
JEU DE CHIFFRES : 5 342.

Jeudi 16 Novembre

ÉNIGME : Le score de n'importe quel match de foot, avant même qu'il ne commence, est toujours 0-0 !
JEU VISUEL : 15 carrés.
QUIZ : A. De la commune.
JEU DE LETTRES : « Si ceux qui disent du mal de moi savaient exactement ce que je pense d'eux, ils en diraient bien davantage. »
JEU DE CHIFFRES : 14 – 3 = 11 ; 5 – 1 = 4 ; 11 × 4 = 44.

Vendredi 17 Novembre

ÉNIGME : Un vautour.
JEU VISUEL : 25 points.
VRAI/FAUX : Faux. Cela n'abîme pas les yeux, ils se fatiguent juste plus vite.
JEU DE LETTRES : Ouatée.
JEU DE CHIFFRES : 2 250.

Samedi 18 Novembre

ÉNIGME : Une montgolfière.
JEU VISUEL : 55 pois.
JEU DE LETTRES : « Ce n'est pas parce que les choses sont difficiles que nous n'osons pas, mais parce que nous n'osons pas qu'elles sont difficiles. »
JEU DE CHIFFRES : C. 24, car on doit faire (18/3) × 4.

Dimanche 19 Novembre

ÉNIGME : Rien n'indique qu'ils ont joué l'un contre l'autre !
QUIZ : B. La lutte à la corde (ou tir à la corde) a été jouée la dernière fois en 1920.
JEU DE LETTRES : *Cinq Petits Cochons.*
JEU DE CHIFFRES : 383.

Lundi 20 Novembre

ÉNIGME : Aucun, puisqu'il n'y a aucune source de lumière dans la pièce. Vous êtes donc dans le noir.
VRAI/FAUX : Faux. Bien que le vrai nom de Bruel soit Benguigui, il n'y a pas de lien de parenté direct entre les deux comédiens.

3	1	4	8	9	7	2	5	6
8	7	9	5	2	6	1	4	3
5	6	2	3	1	4	9	8	7
6	9	5	7	4	3	8	1	2
2	4	1	6	8	9	7	3	5
7	3	8	1	5	2	4	6	9
1	8	7	9	6	5	3	2	4
4	5	3	2	7	1	6	9	8
9	2	6	4	3	8	5	7	1

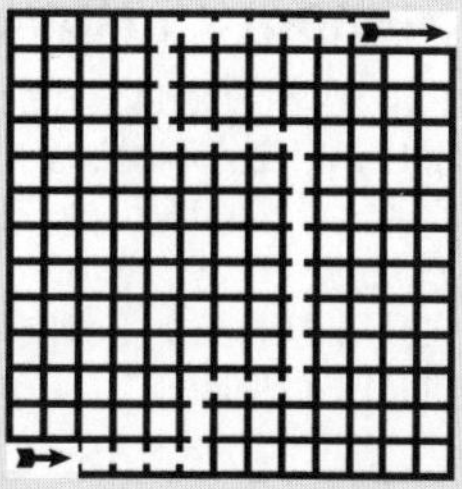

Mardi 21 Novembre

ÉNIGME : Une poubelle.
JEU VISUEL : 38 points.
QUIZ : C. L'Irak.
JEU DE LETTRES : Roter + pao = aéroport ; Roter + cec = correcte ; Roter + luc = clôturer ; Roter + adau = adorateur.
JEU DE CHIFFRES : 18 + 1 = 19 ; 3 × 19 = 57 ; 57 + 14 = 71.

Mercredi 22 Novembre

ÉNIGME : Dorothée.
JEU VISUEL : 10 losanges.

←	↔	↳	↕	↓	↯	→	↑	↵
→	↯	↑	↔	↵	↳	←	↕	↓
↕	↓	↵	↑	←	→	↯	↳	↔
↳	↑	→	↯	↔	↕	↓	↵	←
↯	↕	↓	↵	→	←	↳	↔	↑
↵	←	↔	↳	↑	↓	↕	↯	→
↔	→	↕	↓	↯	↵	↑	←	↳
↑	↳	←	→	↕	↔	↵	↓	↯
↓	↵	↯	←	↳	↑	↔	→	↕

Jeudi 23 Novembre

ÉNIGME : L'un des moines s'appelle Chacun.
JEU VISUEL : 40 pois.
QUIZ : D. C'est un cheval ailé, né du sang de la Gorgone, qui est au service de Zeus.
JEU DE LETTRES : Coucou.
JEU DE CHIFFRES : 174 384.

Vendredi 24 Novembre

ÉNIGME : Une pièce de 20 centimes et une pièce de 5 centimes (l'une des deux pièces n'est donc pas 5 centimes).
VRAI/FAUX : Faux. Ils peuvent peser plusieurs centaines de tonnes.
JEU DE LETTRES : C. Des soutiens-gorge.
JEU DE CHIFFRES : A. 1,98 m, car il faut additionner toutes les tailles et diviser par 6.

Samedi 25 Novembre

ENIGME : Lorsque l'on passe du 25 novembre au 2 décembre.
JEU VISUEL : 55 points.
QUIZ : A. Henri Mancini. Ce compositeur a également composé les B.O. de *Victor Victoria* et *Diamants sur canapé*.
JEU DE LETTRES : Berthe au grand pied.
JEU DE CHIFFRES : 7 + 6 = 13 ; 13 × 10 = 130 ; 8 – 5 = 3 ; 130 – 3 = 127.

Dimanche 26 Novembre

ÉNIGME : Une écuyère.
JEU VISUEL : C'est le joueur n° 8.
VRAI/FAUX : Vrai. Le Coca ne soigne pas, mais permet de lutter contre la déshydratation et de récupérer des sels minéraux. Il faut cependant penser à le dégazéifier.
JEU DE LETTRES : Chihuahua.
JEU DE CHIFFRES : C. 360°.

Lundi 27 Novembre

ÉNIGME : Le garçon n° 2.
JEU VISUEL : 50 pois.
QUIZ : A. Mbabane, capitale du Swaziland, tire son nom de celui d'un chef traditionnel, Mbabane Kunene, qui vivait dans la région lorsque les colons britanniques sont arrivés.
JEU DE LETTRES : Gratter + ade = détartrage ; Gratter + sie = regrettais ; Gratter + sui = surtitrage ; Gratter + unie = intégrateur.
JEU DE CHIFFRES : 2 000.

Mardi 28 Novembre

ÉNIGME : 3, car on doit faire (la moitié de 2) + 2, soit 2/2 + 2 = 1 + 2 = 3.
JEU VISUEL : On augmente d'un point, en changeant la couleur des cartes au bout de deux itérations.

2	7	3	4	8	1	9	5	6
9	4	8	6	5	2	7	3	1
5	1	6	7	3	9	2	4	8
6	2	1	9	7	3	5	8	4
7	5	4	8	1	6	3	2	9
8	3	9	5	2	4	6	1	7
1	9	7	3	4	5	8	6	2
4	8	5	2	6	7	1	9	3
3	6	2	1	9	8	4	7	5

Mercredi 29 Novembre

ÉNIGME : Un aventurier.
JEU VISUEL : 27 points.
QUIZ : B. Dans le quartier de Montmartre, à Paris.
JEU DE LETTRES : Machu Picchu.
JEU DE CHIFFRES : 25 × 2 = 50 ; 50 – 3 = 47 ; 47 × 2 = 94 ; 94 × 2 = 188.

Jeudi 30 Novembre

ÉNIGME : Marco Polo.
JEU DE LETTRES : Ouailles.
JEU DE CHIFFRES : 935.

Vendredi 1er Décembre

ÉNIGME : Une bouchée.
JEU VISUEL : 50 pois.
QUIZ : A. Le Rwanda.

1	5	8	2	4	7	9	6	3
4	9	3	1	8	6	5	7	2
6	2	7	5	3	9	1	4	8
3	7	2	4	1	5	6	8	9
8	1	6	7	9	3	2	5	4
9	4	5	6	2	8	3	1	7
5	8	9	3	6	4	7	2	1
2	6	4	9	7	1	8	3	5
7	3	1	8	5	2	4	9	6

Samedi 2 Décembre

ÉNIGME : Pierre est né un 29 février. Cette date ne tombant qu'une fois tous les quatre ans (année bissextile), il n'a pu fêter son anniversaire que 20 fois.
VRAI/FAUX : Vrai. Il y en a 2 sur le continent européen, 3 sur le continent américain, 1 sur le continent africain, 1 autre sur le continent océanien et 1 autre en Asie.
JEU DE LETTRES : « Mon père est allé à Lourdes. Il ne lui reste plus que Lisieux pour pleurer. »
JEU DE CHIFFRES : 6 × 6 = 36 ; 4 × 11 = 44 ; 44 + 36 = 80.

Dimanche 3 Décembre

ÉNIGME : Cette phrase est un palindrome, c'est-à-dire qu'elle peut se lire des deux côtés.
JEU VISUEL : La pièce n° 2.
QUIZ : A. François Rabelais dans *Pantagruel*.
JEU DE LETTRES : Épitaphe.
SUITE LOGIQUE : On décrémente de 2 en 2 jusqu'à 1 et la série recommence.

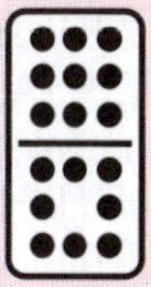

Lundi 4 Décembre

ÉNIGME : Une ratatouille.
JEU VISUEL : La joueuse n° 6 (attention : la joueuse n° 2 a changé de sens !).
VRAI/FAUX : Vrai. C'est le cas pour plusieurs animaux. On appelle ça l'autotomie.
JEU DE LETTRES : Vieux + tan = vaniteux ; Vieux + qus = visqueux ; Vieux + cete = exécutive ; Vieux + assa = vaisseaux.
JEU DE CHIFFRES : 9 788.

Mardi 5 Décembre

ÉNIGME : Il n'y a pas de E.
JEU VISUEL : 81 points.
QUIZ : B. Un musée dédié à la sculpture.
JEU DE LETTRES : Ailloli.
MATHS : B. 84 km/h, car on doit faire 105 km / 75 min = 1,4 km/min × 60 = 84 km/h.

Mercredi 6 Décembre

ÉNIGME : « Inné », car il faut prendre les 2 premières lettres du mot « dictateur » et les 2 dernières du mot « clubs ». On obtient alors « dibs ». On prend chaque lettre précédente dans l'ordre alphabétique et on obtient le mot « char ». Il suffit de faire la même chose avec « joof ».
JEU VISUEL : 48 triangles.
VRAI/FAUX : Vrai. On écrit souvent à tort « bâiller aux corneilles ». « Bayer » signifie « s'étonner », « être bouche bée », et « corneille » ne désigne pas forcément l'oiseau, mais plus généralement quelque chose sans intérêt.
JEU DE LETTRES : « La vie a plus d'imagination que n'en portent nos rêves. »
JEU DE CHIFFRES : 6 × 4 = 24 ; 24 – 7 = 17 ; 11 + 8 = 19 ; 17 × 19 = 323.

Jeudi 7 Décembre

ÉNIGME : Un ordinateur.
JEU VISUEL : On explore les 4 couleurs sur la même figure, puis on augmente d'un point.
QUIZ : B. La France, le Royaume-Uni et la Russie se sont alliés pour contrebalancer la Triple-Alliance (l'Allemagne, l'Autriche-Hongrie et l'Italie).

E	I	C	H	B	A	F	D	G
B	H	A	G	F	D	I	C	E
G	F	D	E	C	I	B	H	A
F	C	H	A	I	G	D	E	B
I	A	B	C	D	E	H	G	F
D	E	G	B	H	F	C	A	I
C	B	E	F	A	H	G	I	D
A	D	F	I	G	C	E	B	H
H	G	I	D	E	B	A	F	C

Vendredi 8 Décembre

ÉNIGME : Une charade.
JEU VISUEL : 77 points.
VRAI/FAUX : Faux. Elle était mariée à un journaliste et homme politique, Feroze Gandhi, qui n'a aucun lien de parenté avec Mohandas.
JEU DE LETTRES : *Le Radeau de la Méduse.*
JEU DE CHIFFRES : 74.

Samedi 9 Décembre

ÉNIGME : 1. 7 Merveilles du monde ; 2. 5 doigts dans une main ; 3. 12 signes du zodiaque ; 4. 52 cartes dans un jeu de cartes ; 5. 88 touches sur un piano.
JEU VISUEL : 60 pois.
JEU DE LETTRES : Alléluia.
JEU DE CHIFFRES : 4 + 4 = 8 ; 8 × 8 = 64 ; 64 × 6 = 384 ; 10/2 = 5 ; 384 – 5 = 379.

Dimanche 10 Décembre

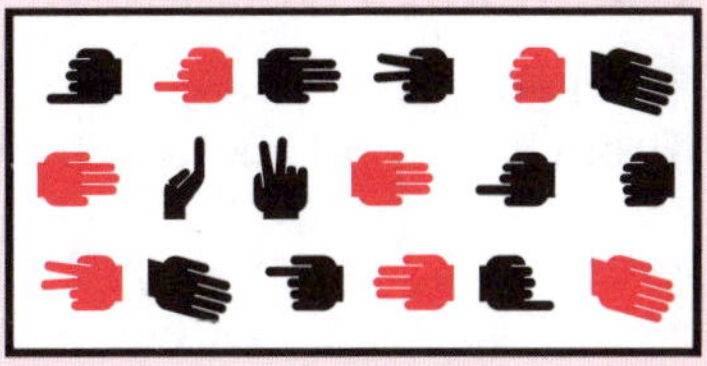

ÉNIGME : On sait que les deux boîtes sont de tailles différentes. Il suffit de mettre un trombone dans la petite boîte et les deux autres dans la grande. Puis on place la petite boîte dans la grande. Ainsi, la petite boîte contient un trombone (impair) et la grande, trois (impair).
QUIZ : B. Le 10 décembre 1896 est le jour de la mort d'Alfred Nobel, créateur du prix Nobel. Il est l'inventeur de la dynamite.
JEU DE LETTRES : Crétin + nou = centurion ; Crétin + log = gicleront ; Crétin + oare = contrariée ; Crétin + vor = convertir.
JEU DE CHIFFRES : 122.

Lundi 11 Décembre

ÉNIGME : Un sapin.
JEU VISUEL : 8 triangles.
VRAI/FAUX : Vrai. Il a eu également beaucoup de femmes et de concubines : environ 200.
JEU DE LETTRES : Offensif.
MATHS : B. 0,50 €, car il suffit de faire 6,50 – (12 × 0,50).

Mardi 12 Décembre

ÉNIGME : Le badminton.
JEU VISUEL : 60 points.
QUIZ : A. Tristan Tzara.
JEU DE LETTRES : Qui aime bien châtie bien.
JEU DE CHIFFRES : 3 × 3 = 9 ; 9 × 11 = 99 ; 99 + 7 = 106.

Mercredi 13 Décembre

ÉNIGME : Un téléphérique.
JEU VISUEL : 13 losanges.
VRAI/FAUX : Vrai.

9	4	7	3	1	5	6	8	2
1	3	5	2	6	8	7	9	4
8	2	6	4	7	9	1	3	5
2	1	8	7	9	4	3	5	6
5	7	4	6	2	3	8	1	9
3	6	9	5	8	1	2	4	7
7	9	3	8	5	2	4	6	1
6	8	1	9	4	7	5	2	3
4	5	2	1	3	6	9	7	8

Jeudi 14 Décembre

ÉNIGME : Elle a 23 ans. Le premier chiffre correspond au nombre de voyelles que comporte le nom, et le deuxième chiffre au nombre de consonnes.
JEU DE LETTRES : Dégénérescence.
JEU DE CHIFFRES : 9 065.

Vendredi 15 Décembre

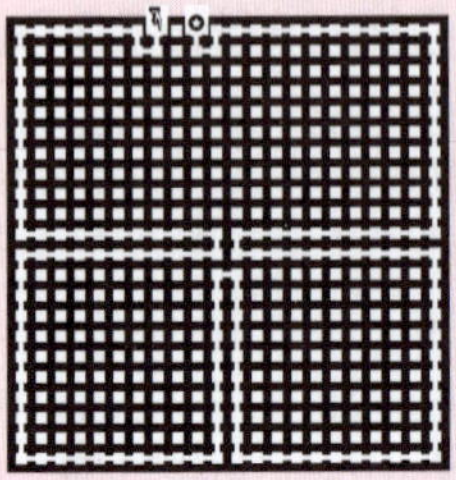

ÉNIGME : De gauche à droite : rouge, bleu, vert, rouge, vert, bleu.
JEU DE CHIFFRES : 10 × 3 = 30 ; 30 – 19 = 11 ; 11 × 7 = 77.

Samedi 16 Décembre

ÉNIGME : Une citrouille. / JEU VISUEL : 56 points. / QUIZ : C. Le groupe Nirvana est américain.
JEU DE LETTRES : Coquin + avo = convoquai ; Coquin + hers = chroniques ; Coquin + nec = quinconce ; Coquin + lert = cliqueront.
JEU DE CHIFFRES : 987 654.

Dimanche 17 Décembre

I	F	C	D	A	B	H	E	G
H	G	A	C	E	I	F	B	D
E	B	D	H	G	F	I	C	A
A	C	E	G	F	H	D	I	B
B	D	H	I	C	E	G	A	F
F	I	G	A	B	D	C	H	E
D	A	B	F	H	C	E	G	I
G	H	F	E	I	A	B	D	C
C	E	I	B	D	G	A	F	H

ÉNIGME : Cléopâtre.
JEU VISUEL : 30 pois.
VRAI/FAUX : Vrai. C'est à cause des deux acides qui le composent, qui sont de couleur rouge et orange.

Lundi 18 Décembre

ÉNIGME : Il s'est pris une racine !
QUIZ : B. Mafalda.
JEU DE LETTRES : Les petits ruisseaux font les grandes rivières.
JEU DE CHIFFRES : 12/6 = 2 ; 2 × 15 = 30 ; 30 × 10 = 300.

Mardi 19 Décembre

ÉNIGME : Une souris ne peut pas se reproduire seule ! / JEU VISUEL : 63 points.
JEU DE LETTRES : Fjords. / JEU DE CHIFFRES : 9 876 543.

Mercredi 20 Décembre

ÉNIGME : Une araignée.
JEU VISUEL : 66 carrés.
QUIZ : B. Cette œuvre de Gaudí se trouve à Barcelone.
JEU DE LETTRES : Meurtre.
JEU DE CHIFFRES : 6 + 3 = 9 ; 9 × 4 = 36 ; 36 + 1 = 37.

Jeudi 21 Décembre

ÉNIGME : Un tournesol.
JEU VISUEL : On alterne avec un as de cœur.
JEU DE LETTRES : Cœur qui soupire n'a pas ce qu'il désire.
SUITE LOGIQUE : Un domino est présenté, puis il est retourné, et ainsi de suite.

Vendredi 22 Décembre

ÉNIGME : La bise. / JEU VISUEL : 10 points. / QUIZ : A. Assurancetourix.
JEU DE LETTRES : *Love Actually*. / JEU DE CHIFFRES : 98 765 432.

Samedi 23 Décembre

ÉNIGME : Le coupable est l'homme qui est mort. Il s'est suicidé. / JEU VISUEL : 40 pois.
JEU DE LETTRES : « Venez, sommeil et mort ; vous ne promettez rien, vous tenez tout. »
SUITE LOGIQUE : 81, car il faut à chaque fois multiplier par 3.

Dimanche 24 Décembre

ÉNIGME : Chez Fred, car les coiffeurs sont aussi des villageois, ce qui signifie que les coiffeurs se sont fait couper les cheveux l'un chez l'autre. Fred a donc bien coupé les cheveux de Marc.
QUIZ : B. En 1670, dom Pérignon, un moine de l'abbaye bénédictine d'Hautvillers, a été le premier à pratiquer l'assemblage du raisin. Il passe pour avoir inventé le champagne.
JEU DE LETTRES : Hawaiien. / JEU DE CHIFFRES : 2 952.

Lundi 25 Décembre

ÉNIGME : Une lentille.
JEU VISUEL : 30 points.
VRAI/FAUX : Vrai. Michel Blanc n'y apparaît pas, on entend seulement sa voix.

3	6	4	8	1	5	2	7	9
2	7	5	6	4	9	3	8	1
9	1	8	7	2	3	4	6	5
8	9	3	5	6	4	7	1	2
5	2	1	9	7	8	6	3	4
7	4	6	2	3	1	5	9	8
4	8	9	3	5	6	1	2	7
6	5	7	1	8	2	9	4	3
1	3	2	4	9	7	8	5	6

Mardi 26 Décembre

ÉNIGME : Une résistance.
JEU VISUEL : 11 triangles.
JEU DE LETTRES : Azyme
JEU DE CHIFFRES : 13 × 2 = 26 ; 26 × 9 = 234 ; 234 + 7 = 241.

Mercredi 27 Décembre

ÉNIGME : 15 minutes.
JEU DE LETTRES : « L'expérience est le nom que chacun donne à ses erreurs. »
SUITE LOGIQUE : On incrémente en passant alternativement de bas en haut des dominos, et ensuite la série recommence.
QUIZ : A. Jean-Paul Gaultier.

Jeudi 28 Décembre

ÉNIGME : Ils sont à la même distance de Paris puisqu'ils se croisent !
JEU VISUEL : 15 points.
JEU DE LETTRES : Désendettement.
JEU DE CHIFFRES : 590.

Vendredi 29 Décembre

ÉNIGME : Le béton.
JEU VISUEL : 50 pois.
QUIZ : A. Henri VIII, car le pape refusait qu'il divorce.
JEU DE LETTRES : La pluie du matin réjouit le pèlerin.
JEU DE CHIFFRES : 6 – 2 = 4 ; 4 × 25 = 100 ; 100 – 6 = 94.

Samedi 30 Décembre

ÉNIGME : Le chagrin.
JEU VISUEL : 9 carrés.
VRAI/FAUX : Faux. Il s'agit d'une espèce de raisin particulière, cependant, le champagne rosé est le seul pour lequel on mélange du vin rouge et du vin blanc.
JEU DE LETTRES : Bonne année et bonne santé.
JEU DE CHIFFRES : 67.

Dimanche 31 Décembre

ÉNIGME : Une guitare.
JEU VISUEL : 54 points.

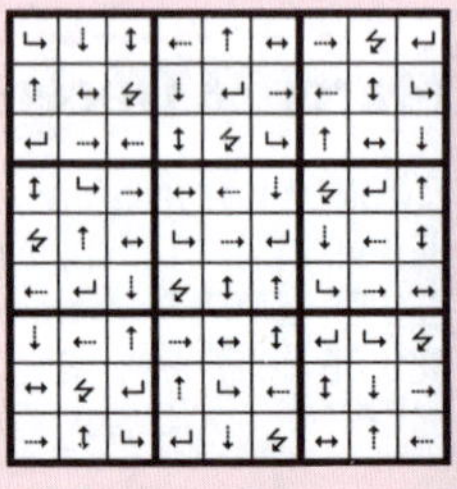